SE BUSCA *Amante*

CASSY HIGGINS

© CASSY HIGGINS
TÍTULO: *SE BUSCA AMANTE*
PRIMERA EDICIÓN: Julio de 2021
SELLO: Independently published
DISEÑO DE PORTADA: Pamela Díaz
CORRECCIÓN Y MAQUETA: Cassy Higgins
IMAGEN: Adobe Stock Images

Para mi madre, por ser siempre esa luchadora incansable, demostrando con tus acciones y amor incondicional que lo verdaderamente importante no es la caída, hecho natural en toda la vida, sino la perseverancia.

Te quiero.

SINOPSIS

Nadie esperaría que la chica en exceso tímida, estudiosa y reservada que se sentaba al final de la clase, y que trataba de evitar llamar la atención, desesperada por ver que sus días de Universidad acabarían sin que ella hubiese tenido su primera experiencia sexual, pusiera un anuncio totalmente anónimo en busca de ¿qué? De un amante.

Crystal Moore tenía la firme creencia de que nadie prestaría atención al anuncio que dejó colgado en un bar de una ciudad cercana. Por eso, cuando uno de los prostitutos más afamados de la ciudad y cuya identidad real nadie conocía, se presenta ante su puerta, curioso por la oferta, no sabe cómo reaccionar, pues aquel hombre que se encuentra ante ella y que dice poseer mucha experiencia, no es otro que uno de sus compañeros más populares de la facultad, Aiden Blake.

Sólo se pondrán tres reglas:

1ª Nadie puede enterarse
2ª Su relación será meramente comercial
3ª Únicamente se verán los viernes.

Sin embargo, tal y como dice el refrán, *"hecha la ley, hecha la trampa"*. ¿Serán ellos capaces de cumplir sus propias reglas?

PRÓLOGO

"**S**exo. Follar. Joder."

Existen un montón de palabras más con las que se describe ese acto primario que caracteriza a todo ser vivo y nos mueve por dentro, alcanzando diversas escalas de placer tan primigenio como natural.

Me parecen fascinantes las diferentes maneras en las que el ser humano siente y experimenta este tipo de situaciones que algunos describen como íntimas, por lo que deben ser escondidas a los ojos de la sociedad. Pasamos ante ellas de puntillas, sin hacer ruido, temerosos de que alguien nos señale con el dedo.

Todos saben que la práctica sexual está ahí, como ese primo molesto que nos incomoda en cada Nochebuena, pero al que no podemos evitar seguir hablando porque pertenece a nuestra familia. De esta forma se trata el concepto de sexo, nadie niega su existencia, pero cuando te preguntan sobre ello tampoco entras en detalles.

"Es algo personal" aseguran, y ¿qué en la vida no es personal? El ser humano en sí mismo es un individuo particular que construye su mundo a través de vivencias, por lo que, a mi modo de ver, no debería ser algo de lo que avergonzarse.

Justamente es este tabú asentado entre nosotros lo que provoca que las mujeres, y en algunos casos hombres, vengan a tipos como yo. Hombres que les podemos dar lo que más desean. Un momento intenso sin compromisos. Rápido, lento, fuerte, más suave, tú marcas el ritmo. Yo solamente me encargo de cumplir con tu voluntad, a menos que me pidas que sea yo quien me adueñe de la situación. En ambos casos, te llevaré a tu cielo particular, aunque es importante que tengas clara una cosa, si luego nos encontramos en el pasillo de una discoteca no te recordaré y espero que tú a mí tampoco.

11

A veces el morbo toma nuestros sentidos luchando con nuestra ética y normas asentadas por la sociedad. Por ejemplo, ¿está mal follar en público? Depende de a quién le preguntes.

Los más puritanos dirán que sí y, en el caso de que te pillen, el código civil lo denominará "escándalo público".

Otros, por el contrario, lo tildarán de subidón. El riesgo de ser cazado en pleno acto, como si fuera algo malo, desborda los sentidos, les hace sentirse más poderosos, permitiéndoles alcanzar un orgasmo más profundo.

No obstante, pertenezcas a cualquiera de los dos grupos en algún momento se te habrá pasado por la cabeza plantearte alguna de estas cuestiones. Ahí es justo donde quiero llegar, todos hemos tenido inquietudes sexuales en alguna ocasión.

De hecho, desde siempre, socialmente, se ha visto más natural que los hombres tengamos mayor "necesidad" que las mujeres. Por esa razón tanto a mis compañeros como a mí, nos llegan mujeres que se han encontrado reprimidas por diversas circunstancias. Mujeres que desean ser ellas mismas por unos minutos u horas, dependiendo del precio que estén dispuestas a pagar. En esos instantes será donde alcancen la liberación que necesitan para poder seguir continuando con sus vidas tal y como se espera de ellas. Por este motivo nunca juzgo a mis clientas, un buen profesional debe adaptarse a las necesidades que le demanden, porque probablemente les estés proporcionando la única forma que tengan de sentir.

No se pueden ni imaginar la cantidad de mujeres que vienen porque su marido, novio o lo que sea, no les satisface. Mujeres que fingen orgasmos, que simulan sentir deseo, que se dejan follar escudándose en el amor, que realizan sexo duro cuando ellas son más del blanco, y al revés, que les gusta lo fuerte y no pueden decir nada porque su marido o novio lo considera una locura.

En definitiva, mujeres que se pasan la vida soñando sentir algo más, subir más alto en la montaña rusa. Señores, si eso es el amor, algo abstracto que te ata y te hace cometer esa clase de sandeces solo para que el otro se sienta bien contigo, no quiero experimentarlo. He visto lo que puede hacerles a las personas cuando se enamoran, y también los estragos que pueden devenir de ello.

Siempre he creído que el amor es sólo una ilusión esporádica que desean experimentar las personas porque así se lo hizo ansiar la sociedad. Intenso, pero pasajero.

Desde pequeños se nos dice que tienes que estudiar mucho para poder ser alguien en la vida, y formar una familia estable. ¿Queréis saber quién sabe mucho de familias consolidadas? Laurie Head. Entre cuarenta y cincuenta años. Madre de dos hijos adolescentes y un marido demasiado focalizado en su empresa naviera como para prestarle la atención necesaria a su mujer. A los ojos de la sociedad Laurie es la esposa y madre perfecta, pero yo conozco su otra parte. Esa en el que aborrece que su marido le toque, y prefiere contratar un escort mucho más joven con el que poder sentirse la dueña y señora que el señor Head no le ha permitido experimentar durante todos los años de matrimonio que llevan cargados a las espaldas.

¿Lo veis? A esto me refiero, una noche más ha vuelto a mi cama, o yo he vuelto a la suya, para llenar esa parte que el hombre con el que escogió pasar su vida no consigue satisfacer, y como Laurie existen miles de mujeres, que cuando se les acaba el enamoramiento no son capaces de ser sinceras consigo mismas y marcharse.

Tampoco les juzgo. Supongo que el amor por el dinero también es otra forma de amar.

Al menos estos habían sido mis pensamientos e ideales. Por supuesto, en esos instantes no sabía que todos mis fundamentos serian puestos a prueba apenas una semana más tarde.

Conocía todo lo que había que hacer para ser el mejor amante, pero nadie me avisó de que en el juego de la vida siempre existe una carta más, ni de que, en mi caso, terminaría topándome con la carta más peligrosa e impredecible: la del amor.

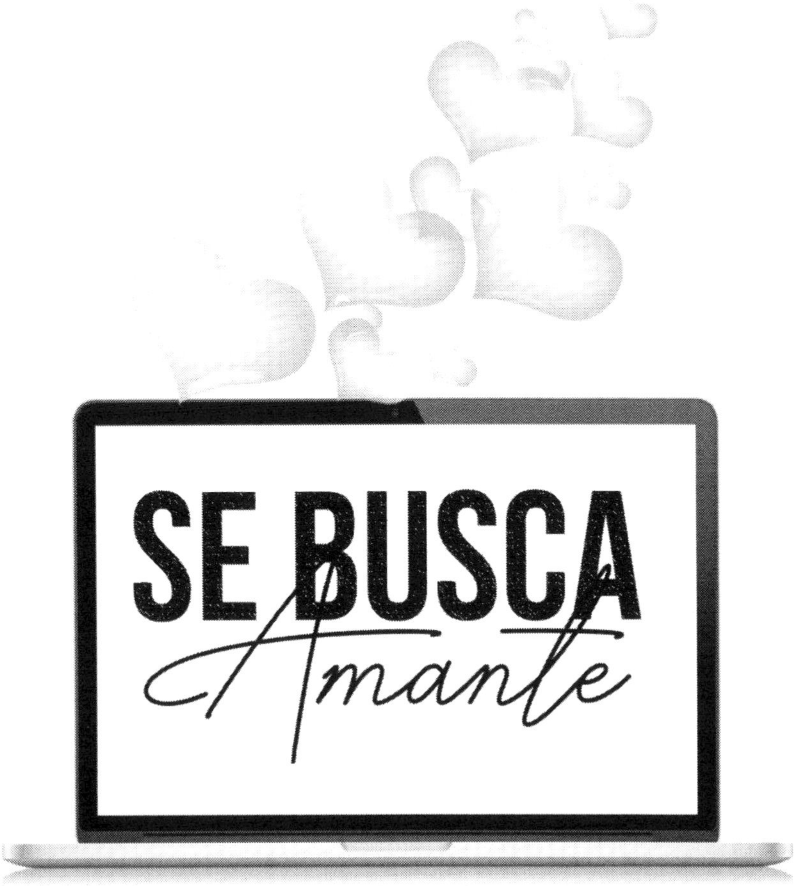
SE BUSCA
Amante

CAPÍTULO I

CRYSTAL

Mi nombre es Crystal Moore, tengo veinte años y actualmente estoy cursando mi tercer año de Derecho. Entre mis aficiones destacan la lectura, comer oreos y, en ocasiones, cuando me lo puedo permitir porque no tenga cientos de libros y apuntes por estudiar, dormir. Por norma general, no soy muy sociable. De hecho, para ser más exacta sufro de fobia social derivada de la situación de Bullying a la que me encontré siendo sometida durante toda mi etapa escolar.

Siempre he sido una persona que ha poseído un carácter más bien tímido, por lo que estaba claro desde un principio que sería un objetivo fácil para cualquier tipo de acosador, y en un pueblo pequeño como es Forest Grove cuya mentalidad de los habitantes es aún más estrecha, los diferentes suponemos una amenaza para los normativos.

¿Conclusión? Bienvenida fobia social. Hola bloquearse en grupos grandes, ¿qué tal soledad impuesta? Y sobre todo, adiós infancia normal.

Al final, entre unas cosas y otras, terminé siendo una muchacha solitaria, libre e independiente. Quizás esa fuera la razón por la que mis padres, cansados de que no consiguiera hacer amigos en aquel pequeño pueblo en el que vivíamos, decidieron enviarme a la gran ciudad.

Pittsburgh supuso el cambio de aires que había estado esperando desde que comenzara el instituto y el acoso se tornase aún peor. Mi sueño había sido escapar de Forest Grove con la finalidad de que algún día pudiera llegar a hacer mucho dinero. ¿Y por qué? La respuesta era bien sencilla y común, lo necesitaba por la seguridad y equilibrio que éste traía a la vida de cualquier persona. En mi familia habíamos pasado por rachas malas y aunque ahora ya habíamos conseguido estabilizarnos, estaba muy familiarizada con la desesperación y la frustración que se sentía no disponer de él cuando más lo requerías. Además, había descubierto que cuando alguien tenía dinero, el resto pasaba por alto las dificultades o defectos que éste pudiera tener.

¿Sería interés? Totalmente. No tenía la menor duda sobre ello, pero me valdría y aferraría a esa oportunidad si con eso pudiera llegar a asegurarme una posición social en la que nadie pudiera volver a tocarme.

Por ese motivo, decidí apuntarme a la carrera de Derecho en la universidad de Pittsburgh, así que en cuanto obtuve una beca completa y mis padres me aseguraron de que nuestra economía familiar estaba lo suficiente subsanada para poder largarme del pueblucho que era Forest Grove, me faltaron tiempo y piernas para ponerme en marcha.

A cambio, la única promesa que me habían obligado a hacerles era la de que me esforzaría por socializar y hacer nuevos amigos. Ja, como si no lo llevara intentando hacer durante años.

Sin embargo, una vez ingresé al campus, no tardé mucho hasta conocer a los que serían mis dos mejores amigos actuales, Jackie y Charlie, con quienes había conseguido dejar a un lado mi timidez, encontrando en ellos un nuevo lugar en el que refugiarme.

Sabía que mi amor por las leyes y mi fobia social eran incompatibles a la hora de ejercer, por lo que, aunque no tuviera la menor intención de ejercer en lo penal y lo mío fuera la parte comercial, me vi obligada a cursar ciertas asignaturas que me forzaron a soltarme un poco más durante la realización de las exposiciones.

Además, con la ayuda inestimable de mis amigos y de las horas practicando frente al espejo, había conseguido desenvolverme en público abordando temas que manejase, tales como las leyes. Sin embargo, el hecho de tratar cuestiones personales con desconocidos, y más en concreto con los del género opuesto, todavía seguía siendo mi asignatura pendiente.

De verdad, si había algo que me diese más pavor en esta vida era hablar a solas con un hombre. Probablemente fuera debido a que la gran mayoría de mis acosadores hubieran sido chicos, pero la cuestión era que me bloqueaba por completo con ellos.

Se preguntarán entonces por qué podía hablar con Charlie, si éste era un chico. Bueno sí, pertenecía al género opuesto, aunque había una pequeña diferencia y es que no era la clase de tipo con el que una se vería relacionada sentimental o sexualmente.

¿Y por qué no? Entre otras cosas porque bateaba hacia su mismo campo. Además, al poseer un carácter tranquilo y pacífico, aceptaba a cualquiera por diferente que éste fuera. Un ejemplo claro de esto era que alguien como yo se había convertido en su mejor amiga.

Jackie y Charlie eran las únicas personas, a excepción de mis padres, con las que podía hablar de manera más abierta. Por eso, siempre que teníamos un tiempo libre entre clase y clase, solíamos quedar en la cafetería de la universidad, en la que Charlie era un empleado regular.

De hecho, eso es justo lo que estoy haciendo ahora mismo mientras recorro los pasillos con la cabeza agachada. Esta es una técnica de la que aún me cuesta deshacerme, ya que durante años me resultó útil para evitar una confrontación directa con mis abusadores.

En cuanto vislumbro las puertas que dan acceso a la cafetería, sonrío y acelero el paso. Una vez en su espacioso interior veo a Charlie a lo lejos, quien me recibe con su mejor sonrisa. Se la devuelvo acercándome a la barra, con la cercanía, logro tener una mejor apreciación de sus características.

Rubio, ojos verdes, hoyuelos y cuerpo atlético, podría conquistar a media población femenina si así lo deseara.

—Crys —me saluda sosteniendo una jarra repleta de café— Me alegro de verte. Jackie está aquí también.

—¿Dónde?

—Creo que se sentó por allí.

—Vale, gracias, pero… ¿Y tú?

—Termino mi turno en unos cinco minutos. Si quieres, voy poniéndoos lo de siempre y en seguida estoy con vosotras.

—Perfecto.

—Recuerda, no cotorreéis sin mí.

Si tan sólo no fuera gay, sería ideal para mí, suspiro decepcionada. Ojalá pudiera relacionarme con esta soltura con otros hombres.

¿Todavía estoy a tiempo de pedir un cambio de sexo? Vale, delirios aparte, eso sería muy raro y triste.

No me cuesta localizar a Jackie al fondo de la cafetería sentada frente a la ventana, su figura adorablemente voluptuosa y el tinte rosáceo que siempre se echa en el pelo, permiten que se la encuentre fácilmente en un lugar abarrotado como puede ser la cafetería central de Pittsburgh, sitio referente de reunión para cualquier universitario al uso.

Sorteo las mesas ocupadas hasta alcanzarla y le toco la espalda a modo de saludo, craso error.

Mierda, debería haberlo sabido. Jackie se sobresalta y se cae de la banqueta en la que estaba subida.

—Auch…

El quejido lastimero es acompañado por el movimiento de su mano frotándose una y otra vez la zona del trasero en la que se ha debido hacer daño.

—¡Jackie! Santo cristo, mujer, ¿quién diablos creías que era?

Le ayudo a incorporarse y una vez de pie, se puede atisbar la diferenciación de estaturas y estilos entre nosotras. Jackie es minúscula, regordeta y siempre viste de forma excéntrica. Además, como buena amante de las pelucas, era bastante habitual que llevase puesta una diferente cada día.

Sin embargo, hoy se ha embutido en un peto de lana de cuadros amarillos y negros, una camiseta negra y unas botas militares, mientras que yo voy con unos vaqueros negros básicos y una sudadera de idéntico color.

—¡Par die Crys! Casi me matas de un susto y aunque cualquier religión hable de ir a un lugar mejor, no estoy preparada para comprobarlo. Soy demasiado joven para morir, y mucho menos sin haber probado un buen polvorín. Imagina, muerta y virgen…

—¿Seguro que estás bien? Quizás sin querer te diste en la cabeza.

—Me ofendes, no entiendes la importancia de palmarla y que en tu autopsia aparezca reflejado que te fuiste de este mundo sin haber experimentado un escarceo amoroso entre las estanterías de la biblioteca.

—¿De qué estás hablando? Dudo que pudieran saber que te revolcaste entre las estanterías. Hasta donde sé nuestros cuerpos no vienen con geolocalizadores sexuales instalados.

No sólo su forma de vestir es excéntrica, es de esas personas que su personalidad va acorde con su físico. Jackie me observa como si el mero hecho de que no supiera acerca de esta cuestión fuera una aberración.

—¡Por supuesto que lo sabrían! Bueno, quizás no el sitio, pero sí que era virgen. Imagínate, joven de diecinueve años muere virgen. ¡Qué bochorno!

—Estoy segura de que a tu padre eso le haría feliz…

—¡Justo por eso! Tenemos que encontrar la forma de perder a nuestra amiga "Virginia" antes de que acabe el curso. No podemos seguir perteneciendo al club de la "selva impenetrable" mucho tiempo más, me apuesto lo que sea a que hasta Charlie tiene más contacto sexual que nosotras.

Ah, ahí vamos otra vez, nuestro eterno debate de siempre. De nuestro grupo de tres, sólo nosotras dos seguimos siendo vírgenes. Hecho insólito y horripilante para Jackie, quien no puede concebir terminar nuestra etapa universitaria sin haber perdido la virginidad.

El año pasado Jackie había bautizado nuestra situación en común como el club de la "selva impenetrable". Todo vino a raíz de que viéramos la peli del libro de la selva. La muy desgraciada había comparado el hospedaje donde residía Mowgli con nuestra propia situación virginal.

Impenetrable. No explorada. No catada. De cualquier forma, el resultado seguía siendo el mismo.

Al no haber hombres a la vista que le hicieran caso, Jackie dilapidaba la enorme fortuna de su familia en vibradores. Prácticamente se había vuelto una coleccionista y obsesa de ese mundillo. A mí también me había convencido de comprar uno, aunque para ser honesta, como no le había logrado encontrar la utilidad que esperaba, este último se había quedado cogiendo polvo en la profundidad de los cajones de mi armario.

Con total seguridad, os preguntaréis qué esperaba encontrar después de gastarme una buena porción de dinero en ese artilugio monstruoso ¿no?

Como mínimo ver las estrellas, más en su defecto sólo me encontré con un rozamiento incómodo al que no acabé de encontrar el gustillo. En ese momento, la palabra "timo", brilló en mi cabeza con mucha claridad. Eso sin mencionar, el pequeño detalle de que casi me autodesvirgo con él.

Penoso.

¿Cómo hubiera podido responder si me preguntaran sobre mi primera vez? Con una máquina.

Mierda, me despisté, ¿de qué estábamos hablando? Ah sí, de Charlie y el sexo…

—En el hipotético caso de que lo tuviera —comienzo retomando la conversación— que no lo sabemos…

—Sí, ¡sí lo sabemos! —me interrumpe con seguridad.

—¿Cómo? ¿Has estado debajo de su cama?

—Una vez me metí… pero luego me costó tanto salir que tuve que llamarle, que vergüenza…

—Bueno, seguro que ya está acostumbrado, de todas formas, hasta ahora todavía no le hemos visto con ningún amigo, por lo que es muy atrevido por tu parte asegurar que tiene más sexo que nosotras.

—Sobre eso, ya te he dicho cientos de veces que dudo mucho de que sea gay…

—Bueno —continúo ignorando su suposición— incluso si eso fuera cierto y tuviera más sexo que nosotras con hombres…

—O mujeres

—O mujeres —repito con paciencia— ¿qué más daría?

—¡Por supuesto que importa! Parece que te da igual que nos estemos quedando por detrás de todo el mundo. La gente está ahí fuera viviendo experiencias enriquecedoras y placenteras mientras que nosotras seguimos a dos velas sin probar maromo.

—No es que me dé igual.

—¿Entonces?

—Ya sabes lo mucho que me cuesta hablar con los chicos…

—¡Pues por eso mismo te lo digo! Para desarrollarnos personalmente necesitamos ponernos manos a la obra, no podemos quedarnos viendo la vida pasar sin actuar en ella.

—Pero es que de lo que estamos hablando aquí es una actuación muy específica que no se realiza de forma individual, tal y como sería viajar en autobús que lo puedes haces sola. No, para acostarnos con alguien necesitamos a una segunda persona.

—¿Y?

—Que no consigo sostenerle la conversación a ningún tío ni cinco segundos sin empezar a tartamudear.

—Ay, Crys, pero para ello debemos empezar a trabajar en ello.

—No sé si me veo capaz.

—Bueno, tienes razón… perdona. No quise presionarte. A veces soy tan impulsiva que llego a actuar como una amiga pésima.

—Mentira.

—Bueno, no te preocupes, esta vez tengo un plan infalible que nos ayudará a las dos.

—Miedo me da por los derroteros por los que va esa cabecita…

La última vez que se le ocurrió un plan que consideraba brillante, Charlie acabó llevándola a casa repleta de pintura. Sus padres, estirados millonarios a quienes les importaba más la imagen que dieran que su propia hija, enloquecieron al verla llegar en aquel estado.

Lo cierto era que cada vez que Jackie trataba de integrarse, siempre terminaba saliéndole mal, exactamente lo que me pasaba a mí. Quizás por eso nos llevábamos tan bien, no hay nada que una más que una desgracia común.

Pensándolo bien, en vez del "club de la selva impenetrable" quizás debiéramos habernos llamado el "club de las desgraciadas".

—¿De qué miedo me hablas? Cuando lo escuches me darás la razón.

—Ay no… seguro que terminamos mal paradas en todo eso.

—¿De qué habláis chicas? Os dije que no cotillearais sin mí.

Ambas nos giramos como dos resortes hacia Charlie, quien se presenta ante nosotras cargando con una bandeja.

—Jackie estaba comentándome que tiene un plan para ser menos "pura".

—¿Ah sí?

Charlie levanta las cejas escéptico tomando asiento mientras deposita la bandeja sobre la mesa. El pobre está tan acostumbrado a escuchar las ideas descabelladas de nuestra amiga, que ya ni si quiera se sorprende.

—Eh, no me pongas tú también esa cara… esta vez funcionará.

—¿Cómo la última vez? Tus padres casi me matan. A punto estuvieron de llamar a la policía cuando te vieron llegar casi inconsciente.

—Si me presentaras a alguno de tus amigos, quizás no tendría que verme en esas situaciones.

—¿Para qué? ¿Para que termines emborrachándote como una cuba como en aquella ocasión?

—Estoy segura de que hubiera funcionado si mi madre no me hubiera cambiado la pintura corporal por la de casa…

—No importa cuánto lo intentes, siempre acabarás haciendo el ridículo.

—Y una leche, esta vez tengo el plan definitivo, sin fisuras, es imposible que pueda fallar.

—Ilumínanos con tu sabiduría— requiere escéptico Charlie.

Jackie le saca la lengua en actitud burlesca, y yo no pueda evitar echarme a reír. Son tal para cual.

—Bien, como sabréis tanto a Crystal como a mí, nos cuesta mucho tomar un contacto más… digamos, "profundo".

—Ajá...

—Así que he pensado, y acepto vuestros agradecimientos de antemano, que podríamos…—realiza una pausa dramática, para acabar añadiendo— ¡contratar a un prostituto!

A pesar de que estemos muy acostumbrados a sus ideas descabelladas, en este momento es probable que nunca se haya asentado un silencio tan contundente como este entre nuestro peculiar grupo.

La cara de Charlie es todo un poema, y la mía no dista mucho de asimilarse a la suya. No obstante, dudo que sean por las mismas razones, pues, aunque soy capaz de reconocer que lo que propone es una auténtica locura, también veo que existe una parte mucho más lógica en perder la virginidad con alguien que comprenda este mundillo a hacerlo con un tío que a lo mejor no sabe lo que se hace, por lo que quizás y sólo quizás, su plan no sea tan alocado.

—¿Qué? ¿Qué pensáis?

—¿Qué pensamos? Ni si quiera puedo creer lo que estás diciendo —consigue articular a duras penas Charlie.

—¿Y eso por qué?

—Y todavía lo preguntas… por el amor de Dios, ¡Parecerías una desesperada!

—¿Hola? No sé en qué momento te saltaste, cariño, que estoy desesperada—alega sin pudor Jackie.

A lo mejor el prostituto podría ser la solución a todos mis males sociales, pues ¿quién sería mejor que un tipo que trabajase teniendo sexo con mujeres para enseñarme sobre las relaciones sociales?

—Podría ser muy peligroso, ni se te ocurra hacer eso o me pondré en contacto con tus padres, y créeme, que, aunque me echen a patadas de tu casa, al menos, te pararán.

Ciertamente, debía de meditarlo muy bien, ya que, de hacerlo, habría que tomar ciertas medidas de seguridad.

—¡No serías capaz de chivarte! ¡Soy tu amiga! —recriminó ofendida Jackie.

—Precisamente por eso lo haría. ¿Es que no puedes follar como una persona normal? Crys, ayúdame con esto, tú pareces ser la más racional de las dos —me pide Charlie tratando de involucrarme en el asunto.

—Eh…

No sé qué añadir porque, francamente, en cuanto Jackie ha mencionado la idea, ha sembrado una duda en mí, dándome cuenta de que quizás no fuera una locura del todo.

¿Cómo le voy a decir a Charlie que estoy parcialmente de acuerdo con ella? Y lo que es más, que ya estoy planteándome las posibilidades de esta situación.

Mientras reflexiono la manera correcta de hacerlo, Jackie interviene salvándome de tener que posicionarme.

—No puedo creerme que fueras capaz de decirle algo a mis padres, ¿es que quieres que me echen de casa? Encima tratas de que Crys te dé la razón.

—Solo te estoy avisando. Lo mismo haría con ella —afirma Charlie señalándome— si se le ocurriera meterse en una locura como esa.

—¿Cómo es posible que estés tan bueno y a la vez seas tan insoportable? —inquiere ya fuera de sí Jackie.

—Gajes del oficio.

Siguen discutiendo, y yo desconecto, cuando empiezan así, es imposible pararles. Jackie tiene un carácter explosivo y a Charlie le encanta hacerla de rabiar.

Sin embargo, Charlie tiene razón en una parte y es que verse envuelta con alguien así podría resultar muy peligroso.

Al fin y al cabo, en el caso de hacerlo, estaría exponiéndome físicamente a un desconocido, por lo que habría que tomar ciertas medidas de seguridad. Además, también está el tema económico, pues estoy segura de que los prostitutos no deben ser precisamente baratos.

Después de que las cosas se calmen entre ellos, me despido todavía dándole vueltas al tema, y sigo mi camino hacia la siguiente clase.

Trato de enumerar mentalmente los pros y los contras que supondrían tomar la decisión, y al final acabo descartando la idea.

Podría salir algo mal y toparme con un loco que terminase haciéndome algo. Este último pensamiento me asusta tanto que rechazo el plan.

No pasa nada si muero virgen. ¿no?

No sería la primera, ni tampoco la última en hacerlo, y si no que se lo digan con las monjas de clausura.

***

Una de las cosas que más valoro en esta vida es el silencio. Este suele ser un buen compañero de soledad, y yo era una persona que lo valoraba muchísimo, pues en él podías encontrar las respuestas que venías buscando desde hacía algún tiempo.

Otra de las ventajas del silencio era que no tenía que soportar a ciertas personas como las cuatro prepotentes de mi clase de Derecho Procedimental que volvían a irrumpir, una vez más, el hilo narrativo sobre la ley de vivienda de aquella tarde.

Seguramente hayáis visto alguna película donde cuatro chicas se pasean por el centro educativo como si éste fuera completamente suyo, pues éstas eran el sustitutivo a esa píldora mal tragada para la protagonista de turno.

Sin embargo, ahí se encontraban, hablando en una tonalidad demasiado fuerte de las compras que habían realizado el fin de semana anterior. Poco me importaban a mí los zapatos de Gucci, o el último bolso de Chanel que habían preferido adquirir en vez del Fendi por el simple hecho de estar rebajado.

No obstante, tras un rato, el tema derivó y su nueva conversación captó mi interés, ya que se trataba exactamente del mismo contenido que mis amigos y yo habíamos estado debatiendo en la cafetería una hora antes.

—Pero vamos a ver, ¿qué culpa tengo yo de que Mia sea una estirada y no haya follado nunca? Si no supo darle a Robert lo que necesitaba, obviamente lo iba a encontrar en otra parte ¿no creéis?

Se defendió una de ellas riéndose cual maléfica. En realidad, hasta la bruja Maléfica empalidecía al lado de aquella rubia de metro setenta.

—Pues sí, no hay nada más triste que tener 20 años y no haber perdido la virginidad. —alegó a la que conocía como Hailey.

Ante esta declaración contundente, las otras tres asienten conformes. Sin embargo, el mal ya está hecho. Esa frase despierta en mí una inquietud, que, si bien había permanecido latente en mi interior, ahora me doy cuenta de que ésta se encontraba dispuesta a saltar en cuanto tuviera la mínima oportunidad.

Con 20 años, todavía sigo siendo más virgen que el aceite. Eso significa que socialmente soy considerada una perdedora, aunque ¿en qué momento he dejado de serlo?

No obstante, y a pesar de todo, la duda me asalta. ¿Me siento cómoda en mi situación actual sin poder interactuar con los hombres de forma normal? Ciertamente no.

¿He intentado hacer algo para remediarlo? Tampoco.

Hasta ahora había estado segura de que finalizaría la universidad sin haber probado algo más fuerte por el que debería de pasar todos los jóvenes, de acuerdo con las palabras de Jackie.

—Sí, tía, no puedo creer que si quiera pueda haber gente así. De verdad, ¿en qué mundo vivimos? ¿Es una Amish o algo así?

Pesadas e imbéciles, me dan ganas de insultarlas. Las tipas no me están dejando escuchar la clase sólo para reírse de las personas que son como yo. Para colmo, no entiendo por qué debo de sentirme mal por eso, no es como si hubiera matado a alguien. Si tan solo pudiese reunir el coraje suficiente las mandaría a la mierda o en su defecto a la cafetería. Sin embargo, me quedo allí, callada, sintiéndome extraña y, de alguna manera, insuficiente.

De repente, me percato de que el ruido general que hasta ahora había estado impidiendo al profesor dar su clase con normalidad, es sustituido por el sonido de un portazo. Como estoy sentada en la última fila, me sobresalto mucho más por la cercanía y me giro buscando al causante de mi mini paro cardiaco.

—Señor Blake, gracias por deleitarnos con su formidable presencia, aunque quizás si su majestad pudiera salir antes de casa, no tendría que retrasar al resto de sus compañeros —espeta el pobre profesor Been.

Ruedo los ojos al constatar la identidad del recién llegado. El idiota de Aiden Blake acaba de irrumpir en mitad de la clase como si estuviese entrando en su propia casa y no en un contexto académico oficial.

Sin duda, odio a ese tipo de chicos que creen que el resto debe seguirles al paso ellos que marcan.

Todo parecía pararse cuando alguien como Blake entraba en juego y como reafirmación de esta observación, las cuatro barbies comienzan a cuchichear furiosamente, fascinadas por la belleza del idiota disruptivo.

—Lo siento, el paje tuvo que coserme los botones de la capa real, le aseguro que no se repetirá — responde con una sonrisa, provocando que el resto de la clase se eche a reír.

Tiene muy poca educación para tratar así a un profesor delante de los demás. Sin lugar a duda, posee las características clave que le hacen ser tan popular, ya que, al fin y al cabo, el descaro y la soberbia son cualidades arraigadas en este tipo de gente.

Muy a mi pesar sería una ciega si no reconociese que Aiden Blake es sexy como un demonio. Tiene un cuerpo atlético curtido por las horas de natación, y además, siempre iba con el pelo castaño revuelto denotando un aura de rebeldía, pero lo que más destacaba de él, eran sus ojos grisáceos que hacían suspirar a cualquier mujer con la que estuviera.

Por supuesto, al igual que el resto de sus amigos, se creía lo suficientemente bueno para no reparar en nadie que no estuviera dentro de su círculo social.

Sin duda, Blake cumplía el patrón de tipo popular y respetado, que ya venía observando repetirse desde que estuviese en sexto grado.

Os concretaré un poco más sobre este patrón. Todos los tíos que deseen ser queridos, admirados y aceptados, tienen que cumplir las siguientes características:

1° Deben estar tan buenos como mis oreos y ser sexys como el infierno.
2° Sería aconsejable que mirasen por encima del hombro al resto de los simples mortales.

3° Se recomienda que vivan follándose a todo lo que tenga falda (y si llevan unos pompones, mejor que mejor).

4° En el caso de que tengan la oportunidad de joder a algún/a nerd, como yo, adelante, así se ganarán puntos en la escala de la estimación social.

En lo que respecta a este último aspecto, es cierto que desde que había entrado a la universidad solían dejarme en paz.

Sin embargo, todavía existen algunas ocasiones en las que durante alguna exposición que me tocase realizar, he podido escuchar las burlas de sus amigotes, a quienes parecía hacerles mucha gracia que me sonrojase de pies a cabeza, lo cual solo me generaba mayor sentimiento de inseguridad y un consecuente tartamudeo, que por mucho que tratase de controlar no se marchaba.

Si bien es cierto que él nunca se encontró entre los tipos que realizaban comentarios despectivos, sí solía sonreír escuchando sus críticas maliciosas, mientras que, cruzado de brazos, me contemplaba divertido.

Por lo tanto, en lo que a mí respectaba, Aiden Blake no era muy diferente a aquellos otros idiotas a quienes tenía por amigos, ya que durante su escrutinio siempre conseguía hacerme sentir como si fuera alguna clase de insecto inferior.

Ni si quiera había intercambiado ni una palabra con él antes, aunque tampoco es que hiciera falta hacerlo para que te tuvieran en su punto de mira. Al fin y al cabo, así actuaba la gente como ellos, quienes siempre sentían la absurda necesidad de continuar reafirmando su superioridad sobre los demás.

No obstante, no les consideraba acosadores como tal, pues tras haber sufrido bullying en mis propias carnes durante años, sabía identificarlos a la perfección. No, aquellos tipos no eran unos acosadores de manual. Las burlas que solían hacer eran golosinas en comparación a las palizas o los insultos que había recibido en la escuela. Sin embargo, eso no justificaba que me expusieran a una situación incómoda, la cual de alguna manera me remitía a un pasado desagradable.

Estaba completamente segura de que jamás podría llegar a entenderles y mucho menos a entablar amistad con gente así. Quizás estuviera coexistiendo en el mismo plano espaciotemporal que alguien como Blake y sus amigos, pero ahí se quedaba toda relación, y para ser sincera no me desagradaba que así fuese.

Al pasar por nuestro el idiota lado le guiña un ojo a una de las pijas. Las cuatro acaban suspirando y haciéndole ojitos de cordero degollado. ¿Recordáis cuando a Bugs Bunny, el conejo de los Looney Tunes, se le salían los ojos al ver a la conejita que le gustaba? Pues yo casi puedo ver dos corazoncitos reflejados en los ojos de aquellas cuatro tipas.

Ugh. Asqueroso. No se podía ser más donjuán.

Aiden Blake, representante clave del equipo de natación de nuestra facultad, es afamado por ser un alma libre con un miedo irracional al compromiso. Era común que cada día se le viera con una chica diferente colgada del brazo. Pese a no faltarle admiradoras, jamás se le había visto envuelto en una relación con nadie.

No obstante, si quería ser justa, todos sus amigos parecían estar cortados por el mismo patrón, a excepción de uno.

Por raro que pareciese, casi todos los deportistas tienen esa misma fama con la que cargar: te follan, y luego, si te he visto no me acuerdo. Eso sí, he observado que antes de darte la patada te transmiten la información con una sonrisa de perdonavidas. Tras esto, *ciao hermana*.

—Madre mía, Chloe, qué afortunada eres por habértelo podido tirar…

Me giro al escuchar el murmullo procedente de una de las castañas. Estas tipas son unas auténticas idiotas. Hasta para mí es evidente que si te envuelves con alguien como Blake como mínimo terminarás pillando una enfermedad de transmisión sexual.

—Ufff… no os hacéis una idea de lo bueno que es.

Sí claro, por muy inexperta que sea en el terreno sexual, antes preferiría perder la virginidad con un maldito mapache que con alguien como Aiden Blake.

—Que no vuelva a suceder—accede resignado el profesor, ajeno a los cuchicheos— ya saben que no es obligatorio asistir a mis clases, pero en el caso de que lo hagan, les pediría que fueran responsables, y por ende, puntuales.

Tras esto, continúa impartiendo su clase totalmente indiferente a que sólo el 3% del alumnado presente le esté prestando atención.

❦

Para cuando regreso a mi apartamento ya es de noche, la soledad y el silencio de mi pequeño hogar me devuelve a la mente la conversación mantenida aquella tarde con Jackie y Charlie.

Lo cierto es que me siento más sola y aburrida de lo que lo suelo hacer. Normalmente me pondría a estudiar para evitar sobre pensar demasiado. Sin embargo, la frustración y la inseguridad sobre mi condición social me dan de lleno de nuevo.

¿Qué pasará si no consigo cambiar del todo? ¿Y si me quedo sola para siempre? Quizás ahora no me importe especialmente, pero ¿y si en el futuro sí? ¿Qué ocurrirá cuando Jackie y Charlie se echen pareja? ¿Me quedaré sola de nuevo?

En ese sentido Jackie tenía razón, no podía esperar que el cambio se realizase por arte de magia, debía esforzarme para que tuviera lugar. Decían que el sexo era agradable y placentero ¿no? Incluso había gente que se volvía dependiente de él.

Quizás podría empezar por ahí para empezar a habituarme a lo que socialmente se esperaba era correcto. Si funcionaba y me gustaba, eso significaría que habría dado un paso más para alcanzar la normalidad que tanto ansiaba.

Además, mi psicólogo solía decir que si un tema seguía tan presente en mi cabeza lo mejor que podía hacer era atenderlo, por lo que como buena amante de las listas que era, saco papel y lápiz del cajón de mi escritorio. Me siento en la silla y comienzo a redactar una lista oficial con las ventajas e inconvenientes que supondría contratar al prostituto.

Una vez terminada, me doy cuenta de que el único pro es el de "experimentar y conocer nuevos paradigmas sexuales". Nada alentador si se tienen en cuenta los contras:

"Dinero", "peligro". En esta última palabra he hecho una subcategoría con palabras como "violación", "moratones", "robo" o "huesos rotos".

Poco convencida, suspiro y trato de buscarle alguna ventaja más. De repente, algo se activa en mí, y tomo consciencia de que siempre hago lo mismo. Esa tarde también lo había hecho, enumero los pros y los contras hasta para ir a comprar el pan.

Jackie siempre me había dicho lo mismo, que sopeso todo demasiado y al final termino echándome para atrás.

Ahora, enfrente de esa lista, me doy cuenta de la veracidad que entrañaba esa afirmación. Nunca tomo riesgos, ya que prefería ir a lo seguro. Súbitamente, y para constatar este hecho, recuerdo una de las conversaciones que habían mantenido dos de mis primas mayores y que, sin querer, había escuchado en un cumpleaños familiar.

—*¿Por qué no invitamos a Crys?*

—*No creo que sea buena idea… La quiero, pero nunca quiere hacer nada, muchas veces parece como si todo le aburriera.*

—*Sí… yo también lo noté.*

—*Además, parece que tuviera más edad de la que realmente tiene y se le hubieran acabado las ganas de vivir. Eso a la hora de proponerle planes o incluso de hablar con ella, termina resultando muy frustrante ¿no crees?*

—*Sí, tienes razón.*

Al escuchar aquellas palabras me había sentido dolida. Una vez más, no había sabido cómo actuar y me retraje, prefiriendo convencerme de que ellas eran unas inmaduras a las que sólo les importaba ir de fiesta en fiesta mientras que yo había madurado mucho antes.

Sin embargo, ahora me estaba dando cuenta de que no se trataba de eso, y que en parte, habían tenido razón.

Si algún día llegase a tener hijos, ¿qué les podría contar? ¿Qué había vivido entre libros? Y cuando fueran a la universidad ¿qué les diría? ¿Qué consejo podría darles habiendo pasado toda mi etapa universidad recluida en casa? No, no era viable.

De repente, ese papel con pros y contras cobra un significado renovado. Ante mí está la posibilidad de empezar a remediar la manera en la que he estado encaminando mi vida, incluso aunque fueran a ser experiencias que no podría contarle a nadie, seguirían siendo mis vivencias.

Ahora lo único que tengo claro es que esta es la oportunidad que necesito. No puedo echarme para atrás sólo porque haya dos contras (y muchos subpuntos) en una lista confeccionada por mí y mis inseguridades, por lo que añadiendo la palabra "Vivir" en la zona de las ventajas me dispongo a elaborar mi plan.

Tiempo después, de que hubiera buscado información en "San Google" y hubiera visto los precios desorbitados que suponía contratar a un prostituto —podría hipotecar mi vida y la de mis descendientes y aun así tendría que seguir pagándole— me percato de que no puedo costeármelo.

Por supuesto tampoco tengo la opción de llamar a casa y decirle algo así a mis padres como: "*Eh, hola, papá, hola, mamá, ¿sabéis ese pequeño problemilla para relacionarme por el cual me mandasteis aquí? No os preocupéis, pienso solucionarlo contratándome un prostituto. ¿Me dais veinte mil dólares? Ya os contaré qué tal con él. Os quiero.*"

Sí. No es viable. Por lo tanto, el prostituto queda descartado. Tiene que ser algo diferente…

¿Qué es lo que quiero exactamente? La respuesta vibra en mi cabeza con claridad: experimentar y aprender a conocerme a mí misma. Además, teniendo en cuenta que los vibradores no han funcionado, tendré que buscarme a alguien que me ayude con eso, y de paso, que me enseñe a comprender un poco más las relaciones sociales, pero ¿qué nombre podría tener una persona que se dedicase a eso tan específico?

¿Un puto? Demasiado vulgar, por no mencionar que he descartado el prostituto.

Quizás, ¿un confidente? Para eso me iría a una iglesia, no, no era ese nombre.

Medito una y otra vez sobre la situación y mis expectativas. Podría ser… quizás sí.

¿Un amante? Creo que eso le pegaría mucho más que cualquier nombre de los anteriores. Bien, como no puedo llamar a una agencia por falta de recursos, ahora solamente me falta encontrar la manera de anunciarlo. ¡Ah sí! Quizás lo mejor sería eso. Un anuncio colgado en algún lugar donde nadie pudiera conocerme.

Genial, ya tengo la idea. Solamente me hace falta redactar el anuncio en cuestión, más adelante ya pensaría dónde ponerlo. Antes de que pueda echarme para atrás con la locura del anuncio, abro un Word y escribo lo primero que se me viene a la cabeza:

SE BUSCA AMANTE

Anuncio serio y verídico.
ABSTENERSE DEGENERADOS. SÓLO PROFESIONALES.
Se busca chico, a ser posible de buen ver, entre 20 y 30 años, con experiencia en el sector. El salario será remunerado acorde a la satisfacción del cliente durante la primera vez. Días laborales por convenir.
Si está interesado, póngase en contacto con el número que hay debajo. Pregunte por Rose.
XXXX…

Una vez terminé de redactar y repasar como cien veces lo que había escrito. Me lancé a la que probablemente sería la aventura más surrealista de toda mi vida.

CAPÍTULO 2

AIDEN

Soy Aiden Blake, tengo veinte años, nací en Manhattan, aunque ahora resido en Pittsburgh y vivo con mi abuela debido a una rencilla familiar del pasado. Soy estudiante del tercer año de Derecho y a pesar de provenir de una familia acomodada, actualmente tengo una beca deportiva en el ámbito de la natación. Respecto a mi posición social en la universidad me encuentro entre los considerados populares, aunque en realidad ¿qué deportista no lo es? Bueno sí, excluyendo a los ajedrecistas de la ecuación, al resto nos adoran, y lo cierto es que es una sensación muy agradable. Obviamente nadie quiere pertenecer al grupo de los parias, y sintiéndolo mucho para que haya populares es necesario que también existan los fracasados. Las leyes no escritas así lo dictan, es igual que toda esa mierda de "no hay ricos sin pobres" o "sin perdedores no existen los ganadores". Así funciona la popularidad.

Bueno, siguiendo con mi improvisada presentación, sería conveniente añadir que he tenido que aprender a maquillar cierta parte de mi vida. Mientras que de día soy un universitario nadador, ciertas noches —no todas, pues el cuerpo también necesita descansar— trabajo como escort o prostituto de lujo, aunque tratamos de no utilizar este último término, ya que supone una aberración moral compararse con los que trabajan en las agencias.

En un mundo donde la flor y nata de la sociedad pasa desperdiciando su tiempo entre cotilleos y rumores, la discreción es la clave.

Los Arcángeles del Infierno somos ese grupo de escorts a los que puedes encontrar entre los susurros y sueños húmedos de cualquier mujer con dinero. Formamos parte de la zona más oscura de la de la sociedad pudiente, y aunque somos conocidos, ninguna de nuestras clientas lo reconocería jamás en voz alta. El mero hecho de hacerlo supondría un suicidio social.

Nuestro grupo está conformado por seis integrantes, y en su día adoptamos los nombres de los arcángeles más famosos.

A mí se me conoce como Raziel. Sin duda, es cuanto menos irónico que llevando el nombre del arcángel que custodia los secretos más vergonzosos de este tipo de mujeres, yo también sea a su vez un secreto para ellas. No obstante, no me desagrada mi apodo, al fin y al cabo, la información es poder, y yo caliento la cama de mujeres muy influyentes. Definitivamente, el sexo promueve la confianza, dando como resultado la confesión de infinidad de datos curiosos.

Sin embargo, nuestro trabajo no gira siempre en torno al sexo, también hay muchas clientas que contactan con nosotros porque buscan un acompañante a una velada, que se haga pasar por un amigo o simplemente necesitan un confidente con el que desahogarse. Siempre es mejor alguien que esté bueno y te alegre la vista, a un psicólogo casposo con gafas sentado en un diván antiguo, ¿verdad?

De cualquier forma, según Jared aún no estoy preparado para hacerme cargo de esos casos, asegura que para eso se requiere más edad y experiencia, por lo que al ser el más joven y el último en entrar al grupo, debo ceñirme a las mujeres casadas.

¿Y cómo acabé siendo escort? La verdad es que no era un trabajo que fuese buscando. Unos meses antes de ser admitido en la universidad, entrenaba, sin saberlo, en el gimnasio al que van los Arcángeles. Con el paso de los meses, me hice tan amigo de Alex, que al final terminó proponiéndome unirme a ellos.

Al venir de una familia acomodada me había acostumbrado a la buena vida, los viajes, fiestas y placeres, pero cuando me fui a vivir con Elo, ésta dejó bien claro que no iba a costear mis excesos. Por lo tanto, la oferta de Alex supuso esa vía de escape para retomar mi antigua vida. Al principio pensé, *buah qué fácil follo y encima sólo pongo la mano para cobrar.*

Desde luego, me llevé un buen golpe de realidad cuando me tuvieron un año completo sin trabajar, sometiéndome a un entrenamiento intensivo sobre los gustos más comunes de las mujeres, moda, lecciones protocolares y un inmenso etcétera. Pronto me encontré a mí mismo practicando todo lo aprendido con desconocidas entre mis horas de clase. Por ejemplo, mientras que antes sólo me interesaban los sujetadores para desabrocharlos, a raíz de pasar a formar parte de los Arcángeles tuve que aprender a diferenciar entre los tallajes y tipos de pechos diferentes.

La verdad es que mis técnicas de seducción mejoraron una barbaridad, pues de acuerdo con Alex, no sólo basta con tener una cara bonita, que, aunque eso sin duda influye y mucho, lo primordial ante todo es la manera en la que te vendes, es decir, cómo les hablas.

Respecto a la organización del negocio, no tenemos ninguna agencia, pues eso supondría dejar datos de cada uno de nosotros y a ninguno nos interesa. La privacidad es primordial, así que nos movemos por el boca a boca. Una mujer se lo dice a otra y se envía un mensaje a un correo electrónico que pocas personas conocen, después, nosotros nos ponemos en contacto con ellas. Como a ninguna de las dos partes nos interesa ser descubiertas, este proceso siempre se realiza con la mayor discreción posible e implica la presencia de sumas sustanciosas de dinero.

Cuando regreso a casa después de haber estado con una clienta, ya han pasado las cinco de la mañana y lo primero que hago al llegar es tomar una ducha. Tal y como comenté durante el inicio de mi presentación comparto piso con mi abuela. Esto podría ser un poco sorprendente teniendo en cuenta que gano mucho dinero ¿no? Pues no tanto, ya que me gusta vivir con ella, es agradable y, además, me permite llevar el estilo de vida desenfrenado al que acostumbro.

Bueno, ahí no acaba la situación. A la pregunta ¿dónde viven los Arcángeles del Infierno? La respuesta es mucho más singular: en el piso contiguo al nuestro, también propiedad de mi abuela.

Mi honorable abuela de setenta y cinco años, Elodia Evans, Elo para los amigos más cercanos —que por cierto son muchos— desconoce que convive con un escort y que le tiene alquilada su propiedad a otros cinco más.

De todas formas, jamás ha preguntado acerca de esa cuestión, alegando que no le importa de dónde provenga el dinero, siempre y cuando los chicos alegren la chocolatada que suele llevar a cabo con sus amigas los domingos por las mañanas.

Ahora que lo pienso, desde entonces en esos días parece que se han duplicado el número de mujeres que transitaban por nuestra casa...

—Gracias a vosotros estoy consiguiendo más amigas. Algo insólito para mí, que siempre me he llevado mejor con los hombres que con las mujeres

Le había comentado divertida a Alex, una tarde que éste se pasó a arreglarnos el calefactor.

Los chicos adoraban a Elo, para ellos era como una madre con una personalidad que descolocaba hasta a la persona más cuerda y con la que había sabido metérselos a cada uno en el bolsillo. De hecho, siempre estaban agasajándola con diversos regalos que ella aceptaba encantada.

—Ya estuve muchos años rechazando obsequios de mis admiradores, por la maldita etiqueta que se nos imponía a las mujeres —me explicó cuando se lo señalé— A mis setenta y cinco años pienso hacer y deshacer lo que me venga en gana.

Probablemente nadie se atrevería a contradecir aquella faceta aguerrida que tenía. Elo era una manipuladora que estaba puesta al día sobre los entresijos y chanchullos del negocio familiar. Quizás fuera por esa razón que toda la familia trataba de evitarla a pesar de haber sido la mujer de mi abuelo, el fundador de la empresa familiar.

Con el fallecimiento el abuelo Evans, la mayoría de la herencia se traspasó a mi madre, quien, al casarse con mi padre, le dejó la gestión de todos los activos económicos, dejando a Elo con una pensión nada despreciable y unas pocas propiedades.

No obstante, la abuela Elo siempre me había caído bien, era sincera y directa como pocas personas lo sabían ser. Probablemente, lo que más me gustaba de ella era que no juzgaba a nadie, tampoco se inmiscuía en las vidas ajenas. Incluso en noches como esta en las que llego tan tarde, jamás pregunta de dónde vengo, qué estuve haciendo o con quien.

Cuando quiero darme cuenta son las seis de la mañana, no puedo creerme que se me hiciera tan tarde. En unas pocas horas tendré clase en la universidad y no he descansado nada en toda la noche.

Noto mi cuerpo clamar por una cama, si quiero estar descansado como mucho llegaré a mitad de la clase de Derecho Procedimental. No es que me agrade llegar tarde o saltarme las clases, es sólo una consecuencia más de mi trabajo nocturno.

Cuatro horas más tarde comienza a sonar el reloj, indicándome que ya es la hora de despertar. Al llegar a la cocina me encuentro a Darren Sanders, alias Uriel, preparando café y unas tostadas. Darren es uno de los favoritos de las mujeres, rubio escultural, ojos azules, es el poseedor de una sonrisa seductora que les vuelve locas. Es el alma caritativa del grupo, se encarga de las madres solteras o de las abandonadas por los maridos, que solamente desean llorar y que las escuchen. También atiende ancianas que lo llaman para que les baile o que les dé tema de conversación. Asimismo, lleva años preparándose el examen para entrar al cuerpo de bomberos, pero siempre acaba surgiendo algo que le impide que pueda pasarlo. No obstante, es bastante perseverante con sus objetivos, por lo que se resiste a abandonarlo.

Sentada en la mesa esperando el desayuno se encuentra Elo con su pelo canoso y vestida con unos pantalones vaqueros y camisetas básicas. No parece una abuela para nada. Aun así, los chicos y yo nos turnamos cada mañana para que esté bien atendida.

—¿Mucha juerga anoche?—inquiere irónico.

—Lo normal, ya sabes.

—¿No crees que llegas un poco tarde a la universidad? —saluda Elo retirando la atención de la lectura de su periódico matutino.

—Nunca es tarde cuando se trata de desayunar con la mujer de mi vida.

—¡No seas zalamero!— se ríe dándome con el periódico en el brazo— Como suspendas acabarás viviendo en la calle. Nadie querrá contratar a un abogado que llega tarde a las vistas.

—Bueno, siempre podría quedarme aquí viviendo como una garrapata a tu costa.

—Que te has creído tú eso, si piensas ser toda tu vida un hombre florero mantenido por su abuela septuagenaria, lo llevas claro. —espeta ganándose la carcajada de Darren.

—Pero si ya eres una sanguijuela, Aiden.

—¿Quién te ha dado a ti vela en este entierro?— le preguntó lanzándole los guantes de fregar.

—Eh, cuidadito con Darren, que ha madrugado para hacernos el desayuno. No hagas caso al desagradecido de mi nieto, y acepta las gracias de mi parte, querido.

—No hay de qué, señora Evans.

—¡Te he dicho miles de veces que me llames Elo!

—Como no dejes a un lado los formalismos, acabará sirviendo tus tripas en el ponche de navidad— le aviso robando cuatro de las tostadas que acaba de hacer.

—¡Eh!

—Es que llego tarde— contesto con una sonrisa dirigiéndome a la puerta.

—¡Atentos todos! ¡ahí va un sinvergüenza ladrón de tostadas! —grita Darren— Recuerda que esta noche hemos quedado en el bar de Sarah.

—Sí, sí. Allí estaré después del entrenamiento.

En cuanto salgo al descansillo, me encuentro con Mattia cerrando la puerta del apartamento que comparte con el resto de los Arcángeles.

Mattia Sorrentino, veintiséis años, hermano gemelo de Matteo Sorrentino. Ambos son los afamados Raphael y Raguel. Si lo que quieres es una tórrida noche gemelar, ellos son tus chicos. Cabello color arena y ojos azules.

¿Qué mujer no se ha planteado alguna vez qué ocurriría si conociera un hombre y éste tuviera un gemelo? ¿y si un día se equivocaba de persona? Esa ilusión es cultivada y hecha realidad por los hermanos Sorrentino. Si lo que deseas es montarte un buen trío y estás dispuesta a pagar el triple, solamente tienes que contactarles.

—¿Vas a clase? —me pregunta interesado Mattia sujetando el casco de la moto.

—Si, llego tarde.

—¿Quieres que te lleve? Me pilla de camino para recoger a Matteo.

—La verdad que me vendría muy bien. ¿Otra vez ha terminado en alguna lavandería?

—Sí… por fin me han contactado. Mira que le tengo dicho a Alex que cuando llegue tarde cierre bien la puerta, pero no, anoche llegó borracho otra vez y Matteo últimamente está sufriendo crisis de sonambulismo…

—¿Y Alex? ¿Lo sabe? —pregunto cuando salimos a la calle.

—Está durmiendo la mona en el sofá. Me han dado ganas de despertarle con el bate de Jared.

—Eh… eso no sería muy agradable.

—Lo mismo me da. Se lo hemos dicho miles de veces y sigue haciéndolo. Creo que voy a tener que comunicárselo por las malas…

Me pongo el casco que tiene guardado en la moto. No quiero saber en qué consistirá ese tipo de comunicado, pues a los gemelos jamás se los ve venir. Se pasan la vida atormentándose y compitiendo entre ellos, pero si tocas o hieres a uno, el otro se te abalanzará como una tigresa con sus cachorros.

El campus se encuentra localizado a media hora de viaje. En Pittsburgh nadie sabe a lo que me dedico y tengo la intención de que siga siendo así, no porque me avergüence de mi trabajo, sino porque necesito un sitio en el que pueda ser yo mismo, un lugar donde pudiera desprenderme de Raziel.

Como ya dije, allí todos me tienen por uno de los chicos populares que sale cada día con una animadora diferente. Se estarán preguntando por qué si me dedico al sector del sexo sigo tirándome a otras mujeres.

La respuesta es más sencilla de lo que parece, porque cuando trabajo mi prioridad es que sean las clientas las que disfruten, pero cuando estoy con alguien que he conocido en un contexto normativo-social, entonces ahí sí me permito salir papel de escort.

Cuando por fin logro llegar a la clase del profesor Been abro la puerta con demasiada fuerza debido a la adrenalina, el golpe resuena por la sala. En ese mismo instante, me doy cuenta de que, como había previsto, ya ha dado comienzo.

—Señor Blake, gracias por deleitarnos con su formidable presencia, aunque quizás si su majestad pudiera salir antes de casa, no tendría que retrasar al resto de sus compañeros.

No soporto a este capullo arrogante. Sé que hice mal llegando tarde, pero tampoco merezco que me trate de esa forma altiva. Ningún profesor que se precie debería hablar así a sus alumnos, tratando de burlarse de ellos delante de toda la clase.

Ni si quiera es buen docente, se limita a leer las diapositivas con una tonalidad errática y tediosa, por eso la mayoría de nosotros se pasa el tiempo hablando durante la hora y media que dura su clase.

No puedo con la gente que hace su trabajo con dejadez, yo en el mío siempre soy un profesional e intento que queden satisfechas por el dinero que pagan. La universidad no debería ser muy diferente a eso, si estás pagando unas tasas que muchas familias no pueden permitirse, lo último que deberían consentir es que hubiera incompetentes dando clase. Sólo por ese motivo decido responderle con la misma moneda.

—Lo siento, el paje tuvo que coserme los botones de la capa real, no se repetirá— afirmo con una sonrisa.

No hay nada que reviente más a los estirados que les rebatan de forma similar. Este tipo de gente siempre cree tener la razón absoluta, por lo que cuando se encuentran con alguien que les responde con su misma moneda, les sorprende tanto que no saben qué responder.

Esto mismo lo veo reflejado en las facciones del señor Been, quien traga saliva, buscando una respuesta factible. Mientras tanto, me dirijo hacia una de las filas intermedias, donde creo haber visto a Izan y a Jake.

Por el camino me percato de que Chloe, una de las chicas con la que tuve algo la semana pasada me dispara dardos con la mirada, está muy cabreada desde que corté de raíz ese lio. No me conviene tener una mujer altanera que malinterprete la situación, y Chloe pertenece a este último grupo. No obstante, si algo me ha enseñado el contacto cercano con las mujeres es que casi todas no logran resistirse a los tipos que muestra una actitud adorable y descarada. Por lo tanto, en un intento de que mengue su frustración, le guiño un ojo al pasar.

—Que no vuelva a suceder, ya saben que no es obligatorio asistir a mis clases, pero en el caso de que lo hagan, les pediría que fueran responsables, y, por ende, puntuales.

Bla, bla, bla… pura palabrería. Hay muchos estudiantes, entre los que me cuento, que por motivos laborales no podemos llegar a tiempo. Además, no entiendo que alguien como él pueda hacerse el digno cuando todos conocen el tipo de persona que es. Un viejo verde que se vende ante un buen escote.

El resto de la mañana pasa en un suspiro, asisto aburrido al resto de clases que me tocan, mientras Izan me coge los apuntes que más tarde me pasará.

Unas horas más tarde, llega el momento que llevaba esperando todo el día, mi entrenamiento de natación con los chicos. Una vez en el agua, siento mis músculos contraerse en una dolorosa y excitante liberación.

Mi pasión por el agua es uno de los recuerdos bonitos que conservo de mi infancia y adolescencia. La práctica natatoria genera una sensación que te permite estar en paz contigo mismo por unos instantes. Cuando tengo algún problema, nadar me permite borrar toda preocupación durante unos minutos.

Cuando toco la pared después de tres horas entrenando, me siento mucho más renovado, aunque he conseguido desconectar por unas horas, parece que no todos están tan contentos como yo.

—Muy mal, Blake. Veinte segundos por debajo de tu marca ¿Qué narices te está pasando? —espeta el entrenador Carson estudiándome apoyado en la plataforma de salida.

Omito mencionar que últimamente el hombro ha comenzado a molestarme de nuevo, por lo que me limito a sonreírle y a contestarle de forma ambigua.

—Perdóneme señor, ya sabe que estos días no he estado muy centrado.

—No hace falta que te repita lo importante que es esto para tu futuro, joder. Eres bueno, Blake, pero si no pones de tu parte de nada te servirá el talento.

Sé que tiene razón, pero no puedo revelarle la verdad, si lo confieso probablemente me mandará reposo tal y como hizo cuando entré al equipo.

La natación es una de las pocas cosas que me hacen sentirme bien, muy bien de hecho. Además, mi trabajo implica estar en buena forma física. Simplemente no puedo renunciar a ella.

—No se preocupe. Me encargaré de eso.

—Así me gusta. Ahora márchate a casa, y descansa. Mañana te quiero aquí otra vez dando todo lo mejor de ti ¿me has oído?

—Sí señor.

Cuando se marcha, Izan se acerca mientras estoy saliendo de la piscina.

—Amigo, no te estará molestando otra vez el hombro ¿no?

—Por supuesto que no.

—No trates de hacerte el duro conmigo, Aiden. Probablemente seas el mejor de todos nosotros y hoy no parecías tú.

—Tampoco soy perfecto, Izan. Habrá veces en las que gane y otras en las que pierda, no es para tanto.

—Pero es que tú eres uno de los pocos que podría conseguir ser captado por algún equipo con posibilidades de futuro y, la verdad, parece que no te importase.

—Sabes que eso es tan improbable como que lluevan tangas de colores.

—No creo que esto debas tomártelo a broma, Aiden. —me advierte serio.

—Yo, por el contrario, considero que tú deberías hacerlo más, colega, la vida no hay que tomársela tan en serio.

—Sólo te lo digo porque me preocupo por ti. De todas formas, si te empezase a doler de nuevo te pediría que me lo contaras, ¿vale?

-Vale, vale...—asiento resignado.

—¡Hey! ¡Chavales! ¿Nos vamos esta noche de fiesta? El otro día conocí una pelirroja que ufff...casi rompemos la cama. —saluda efusivo Ryan.

—Anda fantasma. ¿Qué rubita? ¿La marimacho? —se mofa Izan

—Esa no, ¡idiota!

—¿Qué marimacho? —interviene Jake curioso, otro de mis compañeros de natación.

—¡Cállate Izan! Ni se te ocurra contarlo.

—Éste idiota, que el otro día creyó llevarse a una rubia escultural, pero llevaba tal mierda encima por la bebida, que no se dio cuenta que era la hermana fea de los Harrison. Tuvo que salir en bolas de la casa, porque la tipa se llevó toda su ropa.

Todos nos echamos a reír, ignorando las quejas de Ryan, que nos propinaba golpes para acallar nuestras carcajadas.

—¡No os riais estúpidos!

—Bueno, igualmente iré para que no acabes liándote con otro adefesio. —afirma Izan.

—Yo también —confirma Jake.

—Yo no puedo —niego, recordando la reunión con los chicos y la clienta que tengo más tarde.

—¡Últimamente nunca puedes! ¿Es que te has echado novia?

—¿Éste con novia? Veo más factible que las ratas vuelen —agrega Jake.

—¿Pues la última con la que estuviste no fue con Chloe? —inquiere Izan

—No digáis gilipolleces, jamás saldría con nadie.

—Sí, ¡lo de hombre esposado se lo dejamos a Jake!

—Ryan, no me toques los huevos con ese tema.

Susan y él están pasando por su cuarta ruptura, así que Ryan no ha hecho bien sacando ese tema.

—Haya paz —interviene Izan mientras nos duchamos quitándonos el cloro— Anda, anímate Aiden, ven con nosotros.

—De verdad que no puedo, mejor otro día, chicos.

—De acuerdo, sólo por hoy te libras de nosotros, pero este finde te quiero ver en la fiesta que monta Harry Wilson.

—Ya contaba con ir.

—¡Ese es nuestro chico!

Tras terminar de secarme y vestirme, estudio mi reloj, llego algo tarde al bar en el que siempre nos reunimos.

—Me tengo que ir ya.

—¿Ya?

—Sí, nos vemos mañana, ¡pasadlo bien!

Me despido y salgo corriendo. Jared me matará. Odia que sean impuntuales, y yo me caracterizo por eso, para mí el tiempo vuela.

Efectivamente, cuando llego a *The Red Ring*, uno de los bares cutres que solemos frecuentar para nuestras reuniones, ya han pasado quince minutos. Los sitios que solemos escoger para salir deben ser lugares poco frecuentados por nuestra clientela, tratando de mantener un perfil bajo.

De hecho, una de las reglas clave es que los Arcángeles no pueden llevar una vida con excesos demasiado llamativos. Sin embargo, debido a mi situación personal, Jared y Erin son más flexibles conmigo, ya que siempre puedo justificar los ingresos bajo pretexto de "recursos familiares".

El bar todavía está vacío, claramente aún no ha empezado a venir la gente, por lo que no me cuesta localizar a los seis hombres grandes sentados alrededor de una mesa alargada. Mientras me acerco hacia ellos le devuelvo el saludo a Lisa, la camarera, que me guiña un ojo. Ya tuve un rollo de una noche con ella, y sin duda, no se repetirá. Es demasiado suave para mí.

—¿Lo de siempre, guapo?

—Ya sabes que sí —respondo con una sonrisa ladeada dirigiéndome a la mesa donde están los chicos.

En cuanto les alcanzo, ya puedo darme cuenta del ceño fruncido que tiene Jared, alias Michael, el jefe del grupo. Probablemente si lo conocierais no os opondríais a que él fuera el mandamás de los Arcángeles. Con su pelo negro azabache, esos ojos verdes y una mandíbula muy varonil, se corona como el sueño húmedo de todas las mujeres, y parte de algunos hombres.

De verdad, si fuera homosexual no tendría problemas en tirármelo. Su lista de clientas es la más exclusiva de todas. No acepta a cualquiera y tampoco se priva de cortar negocios con otras si así se le antoja. De hecho, suele hacerlo bastante a menudo cuando alguna quiere pasar de relación comercial o relación formal. Es la joya de los Arcángeles, y el más mayor. A sus treinta años sigue causando sensación el muy cabrón. Actualmente es el que gestiona la afluencia de clientas, ayudado por Erin, nuestra contadora chapada a la antigua.

Todos amamos a Erin, es la salvadora del grupo, sin ella seríamos un desastre económico, pero la pobre deja mucho que desear vistiendo. Por no mencionar que esas gafas no le favorecen nada. Realmente es un atentado con patas contra su imagen personal.

En una ocasión, los gemelos intentaron hacerle un cambio de estilo y salieron literalmente trasquilados. Desde entonces, ninguno hemos vuelto a decir nada al respecto. Esa mujer normalmente tiene un carácter reservado, pero cuando se lo propone puede llegar a ser una sádica de manual. No obstante, no suele venir a este tipo de reuniones privadas en las que solemos tratar cuestiones prácticas.

Al lado de Jared se encuentra sentado Alex, su mano derecha, también conocido como Gabriel, castaño claro, ojos azules y cuerpo atlético. Parece un armario andante, y como para no hacerlo, es el que más se esfuerza por entrenar de todos. Vive por y para el gimnasio. ¿Su amor? El vodka. ¿Su especialidad? Las vírgenes. Comenzó el negocio con Jared y es uno de los pocos que trabaja a tiempo completo.

Le siguen Darren, a quien ya conocisteis antes, y los gemelos Sorrentino, que en este mismo momento me contemplan divertidos por la charla que me va a caer.

—Aiden, por fin te dignas a aparecer —comenta taciturno Jared.

—Anda, por favor no te enfades que vengo de entrenar— le pido componiendo una sonrisa inocente tratando de que ceda.

—Ya sabes lo que pienso acerca de la importancia del compromiso hacia nosotros.

—Te aseguro que estoy muy comprometido con la causa. —aseguro solemnemente poniéndome la mano en el corazón.

—Deja al muchacho, doy fe de que viene de entrenar— interviene Darren apaciguando la situación mientras tomo asiento al lado de Matteo.

—¡Oh vamos! Con lo divertido que se estaba poniendo esto, a Jared estaba a punto de salirle una úlcera —añade alegre Alex bebiendo de su cerveza.

—Tú no te metas —agrego mirándole molesto. No quiero que me joda con Jared. Es insufrible cuando le da por eso del tiempo.

—¿De verdad? Mattia saca foto, yo quiero verla— requiere Matteo interesado cogiendo una de las alitas de pollo que hay sobre la mesa.

—Matteo como te atreves a comerte eso más la hamburguesa que sé que has pedido, te pondré a correr sonámbulo —advierte Alex frunciendo el ceño.

—¡Ash! ¡Así no se puede vivir! ¿Para qué voy a querer estar musculado si no me dejáis tomarme lo que me apetezca tranquilamente? Así no me motiváis nada ¿eh?

—Sabes que tiendes a ser el que más grasa coge de todos nosotros— apunta su hermano.

—¿Qué es lo que quieres? ¿Qué añadamos al catálogo una sección de gordos? Matteo Sorrentino, el rey de la grasa en el abdomen ¡les abrirá las botellas de cava con el ombligo! ¡Disfrutadlo! —bromea Alex ganándose que una alita impacte contra su cara.

—Yo sí que te abriría una botella, pero en la cabeza, cabronazo.

—¿Cómo te atreves a lanzarme eso? ¡Te esperan cuatro series de doscientos abdominales!

—¿Qué haces Matteo? —pregunta Mattia sosteniendo por el brazo a su hermano que se disponía a levantarse— ¿No ves que te está provocando? Espera a que lleguemos a casa y entonces nos vengaremos de él.

—Por intento de agresión añado cien más, y por los cuchicheos que os traéis otros cien, no me fio de ninguno de vosotros dos. —sentencia obteniendo en respuesta dos miradas asesinas idénticas.

Alex puede ser un inconsciente, pero razón no le falta, los gemelos son como dos bombas atómicas cuando están juntos. Por eso, lo que ha hecho es una salvajada, se vengarán y de la peor manera.

Todo esto comenzó a raíz de que comenzásemos a realizarnos un seguimiento mensual del peso. La realidad es que a casi ninguno nos cuesta mantener los estándares esperados, a excepción de Matteo, quien no importa cómo se las ingenie, siempre debe estar ejercitándose.

Esto no significa que esté gordo tal y como insinúa Alex, lo cierto es que se encuentra en buena forma física, pero el encargado de que nos mantengamos en nuestro peso es Alex, un obseso del fitness, por lo que a Matteo no le queda más remedio que sufrir bajo sus manos.

—Ahora sí que vas a estar jodido, amigo mío —interviene Darren— En comparación a la última vez que te tiñeron el pelo de rubio fluorescente, en esta ocasión, lo mínimo que te harán será llenarte la cama de serpientes de cascabel.

—Oye chicos, yo me uno a lo que sea que vayáis a hacerle.

—Ya no confiamos en ti, Aiden. Todavía no hemos olvidado que la última vez huiste como un conejo.

—Cada reunión con vosotros es como estar conviviendo con la familia Addams —masculla Jared tocándose la frente.

—¡Ah sí! ¿Para qué nos has llamado Jared? —pregunto simulando sentirme ofendido por tal acusación.

Me niego a estar bajo el puño de hierro de los entrenamientos de Alex. Por suerte, a Darren y a mí nos permiten tener mayor libertad. Esto es debido a que nosotros nos entrenamos a diario para cumplir con las exigencias que requieren desempeñar nuestras carreras habituales. Sin embargo, es cierto que con los gemelos se muestran inflexibles.

—La verdad es que varias clientas han comenzado a manifestar el deseo de un descuento.

—¿Cómo es eso posible?

—Erin ha descubierto que sigues perdonándole a algunas de tus clientas la mitad de tu tarifa, Darren.

—Eh… yo…

—Creía que ya habíamos hablado de esto, ¿Lo has vuelto a hacer de nuevo? —pregunta en tono agrio, provocando que cada uno de nosotros observemos al aludido.

Por todos es bien sabido que el bueno de Darren reduce la cuota oficial a la mayoría de sus clientas, ¿el motivo? siente pena hacia algunas de sus situaciones.

—Lo devolveré —promete declarándose culpable— Es que ahora no están pasando por una buena situación. No sería caballeroso hacerles eso.

—Siempre te dicen eso y lo peor es que te lo acabas creyendo —acusa Mattia.

—Darren, no somos una ONG. Nuestro trabajo se paga, mira como para solicitarlo no tienen problemas. —añado molesto con el descaro que tienen algunas.

Si a cualquiera de nosotros nos viniera una clienta con el mismo cuento, se tendría que acoger a la cláusula de compromiso que firmaron al contratar nuestros servicios o de lo contrario serían demandadas por incumplimiento.

El escándalo social que derivaría de ahí sería mucho peor a que se negara a pagar, pero Darren empatiza demasiado y eso siempre supone un error garrafal.

—¿Desde cuándo tener un escort es de primera necesidad? Si no tienen para pagarlo que hubieran escogido un mejor marido— se mofa en voz baja Alex.

—Como todos sabemos que lo seguirás haciendo y Erin se ha cansado de tener que perseguirte por el gimnasio para que te des a respetar, he decidido que vamos a hacer una depuración.

—¿Una depuración?—preguntamos todos desconcertados.

—Sí, aquellas clientas a las que se les haya hecho esa reducción económica no podrán volver a demandar tus servicios nunca más, Darren.

—Pero...

—En esto voy a ser inflexible. —niega categórico, pero en el momento en el que Lisa trae la comanda, le agradece, y simulamos cambiar de tema. No obstante, en cuanto se aleja, aclara en voz baja— No solamente se trata de respeto Darren, esto sigue siendo un negocio, y no eres el único que pierdes. Sé que tienes buen corazón, pero si no pagan lo que corresponde, la voz se correrá y las demás podrían demandar el mismo trato de favor.

—Ya...

—Las tarifas se pusieron por una razón. Además, esto también repercute en el trabajo de Erin, que, por cierto, me ha pedido que te haga saber que cuadrar las cuentas contigo supone un dolor en el culo.

—De acuerdo— accede dudoso finalmente.

—Ya les hemos hecho saber a las clientas en cuestión que están completamente vetadas. Por lo que, Darren, no hace falta que te pongas en contacto con ellas. Redistribuiremos las actuales para que cubran por ahora el cupo de las que se han marchado y el dinero que entre quedará mejor repartido entre todos nosotros. Para eso, tendremos que buscar clientas nuevas.

En cuanto menciona lo de la redistribución de los casos, todos comienzan a hablar a la vez. Ésta supone pérdidas ganaciales personales que a ninguno nos dejan indiferentes. Además, algunos tenemos ya asentada una confianza con cada una de nuestras clientas, sabemos qué es lo que les gusta, y cómo trabajar con ellas. No obstante, es evidente que Jared no piensa ceder ante nadie.

—Sé que no es lo ideal, pero creo que dada nuestra situación es lo más conveniente. Entiendo que el sueldo se verá afectado, y que nunca es agradable perder un cliente, pero es por el bien común de todos nosotros. Además, solamente será mientras encontremos nueva clientela.

—Pero Jared, habrá algunas que no estén de acuerdo— añade Mattia.

—Por eso solamente se lo ofreceremos a las que consideréis que se adaptarán mejor a los cambios. Es muy importante que se lo planteemos como una oportunidad novedosa de descubrir nuevos aspectos.

—Si no queda más remedio...

—Pues menuda faena.

—Venga chicos, miradlo por el lado positivo, con esta decisión tendremos algunos días de descanso y todos sabemos que la mayoría de ellas, aparte de ingresarnos el dinero correspondiente, a excepción de las de Darren, claro —aseguró Alex dirigiéndole una mirada sabedora al susodicho— nos suelen dar propinas sustanciosas.

En eso tiene razón, el resto también está de acuerdo. Todos somos un equipo en esto, y Darren no se merece ganar menos sólo por tener buen corazón.

—No obstante, Darren, si todos vamos a hacer este esfuerzo, a partir de ahora debes limitarte a cumplir lo que te pidan sin meterte en un terreno personal. —declara Jared

—Ahora vengo— intervengo, levantándome de la mesa, dispuesto a ir al baño a lavarme las manos.

Me encuentro dirigiéndome al servicio, reflexionado acerca de lo que supondrá todo el cambio y meditando sobre qué perfiles encajarían mejor para cedérselos a Darren, cuando algo capta mi atención.

Ni si quiera debería haberlo hecho, ya que no suelo fijarme en los anuncios que cuelgan en los tablones del bar, pero es que éste en particular ni si quiera se encuentra donde deberían estar los anuncios. Pareciera como si alguien lo hubiera puesto con demasiada rapidez y no se hubiera fijado en que no lo habían ubicado en el tablón correspondiente.

Se trata de un papel rosado pequeño que no se encuentra localizado a simple vista, sino que ha sido colocado en una esquina poco visible. Sin embargo, está claro que no he sido el primero en verlo pues ya han cortado algunos de los teléfonos que cuelgan del anuncio. Lo primero que pienso es que se debe de tratar del ofrecimiento de unas clases particulares, pero pronto me percato de que una de las palabras que se encuentra mecanografiada en mayúscula llama especialmente la atención, lo que ocasiona que me pare a leerlo:

SE BUSCA AMANTE

Anuncio serio y verídico.
ABSTENERSE DEGENERADOS. SÓLO PROFESIONAL
Se busca chico, a ser posible de buen ver, entre 20 y 30 años, con experiencia en el sector. El salario será remunerado acorde a la satisfacción del cliente durante la primera vez. Días laborales por convenir.
Si está interesado, póngase en contacto con el número que hay debajo.
Pregunte por Rose.

XXXX...

En cuanto lo termino de leer, no sé cómo reaccionar. Claramente la tal Rose no debe estar bien de la azotea, si es que existe si quiera, claro. ¿A quién se le ocurre publicar un anuncio de ese estilo y dejarlo colgado en un bar?

Podría verse expuesta a cualquier tipo de abusos, incluso, aunque advierta que no admite degenerados. Sin mencionar que no cualquiera sirve para este trabajo. Si ya de por si en algunas relaciones asentadas, los hombres no piensan más allá de la obtención de su propio placer sin pararse a reflexionar si su compañera o compañero sexual está disfrutando, en un contexto en el que no se conoce a la persona en cuestión, se podría terminar en una catástrofe.

Por ese motivo, existen agencias, o profesionales como nosotros, en las que se acuerdan previamente todos los términos que permitan tener una relación comercial satisfactoria para ambas partes. Ningún profesional en su sano juicio respondería a un anuncio semejante, niego con la cabeza retomando mi camino al baño mientras trato de procesar de que haya una persona a la le haya ocurrido publicar tal barbaridad.

Para cuando regreso a la mesa, Jared ya ha dejado su discurso a un lado y el resto han comenzado a bromear.

—Buah, amigo si no existiera la regla de no llamar la atención, me gustaría comprarme un Lamborghini —comenta Matteo ensoñadoramente.

—Para eso deberías poner mucho más el culo, para variar —responde Alex haciendo referencia a uno de los pedidos usuales de sus clientas.

De repente, me doy cuenta de que no puedo evitar comentarle a los chicos lo que acabo de ver, ya que es cuanto menos surrealista.

—¿No estábamos buscando nuevas clientas?—pregunto divertido captando la atención del resto mientras tomo asiento de nuevo.

—Sí, ¿por qué? —pregunta Jared.

—Porque justo ahora acabo de encontrarme un anuncio muy peculiar al lado de la entrada del baño.

—¿Qué tipo de anuncio? —inquiere Matteo interesado.

—Lo cierto es que tiene hasta gracia, pero hay una chalada pidiendo un amante.

Desde aquí advierto las diferentes caras de estupefacción que se reflejan en cada uno. Incluso Alex, que se toma la vida a broma, tiene los ojos abiertos como platos. Tras un breve silencio general, es el primero que comienza a reírse.

—Por Dios, es una locura, seguro que es tan fea como una ogra.

—O una anciana desesperada —conviene Mattia

—¡Yo quiero ver ese anuncio!—exclama Matteo ilusionado.

—¿Quién en su sano juicio publicaría algo así?—inquiere extrañado Jared.

—Eso mismo he pensado yo, incluso ponía que le pagaría un salario. ¡No me gustaría ver su buzón de voz! —me rio imaginándomelo.

—Seguro que le estarán mandando un montón de fotopollas —asiente Alex divertido.

—Bueno, lo lamento por esa muchacha —comienza Jared.

—O muchacho —matiza Mattia provocando que el resto nos riamos a excepción de Darren y Jared, quien le devuelve una mirada de advertencia.

—Eso da igual. Os estáis comportando como unos críos. Además, ¿qué más da si ha publicado eso?

—Exacto. Darren tiene razón. No es de hombres reírse de una mujer, y mucho menos de profesionales. —secunda categórico Jared recibiendo un silencio culpable por respuesta— Ahora por favor, cambiemos de tema. Matteo, ¿cómo va la dieta?

—Pues muy bien —gruñe entre bocado y bocado de hamburguesa.

—Madre mía, y encima, te la pides con extra de queso. —estudia escandalizado Alex— Te voy a fundir a sentadillas.

—¿Quieres un arito de cebolla, Matteo?— bromeo para joder a Alex.

De repente, me percato de que Darren se levanta sin decir nada y abandona la mesa.

—Ahora vengo. Voy a por otra cerveza, ¿alguno quiere?

—Te acompaño.

—Bueno.

—Escucha Darren. No te sientas mal por lo de las clientas, nosotros sabemos cómo eres y que no lo has hecho a malas —comento cuando nos hemos alejado lo suficiente.

—Ya, pero no puedo evitar sentirme culpable porque ganaréis menos debido a mí.

—Nadie te está culpando, es algo que ha sucedido así y punto. No tienes que darle más vueltas.

—Gracias, Aiden.

—No me las des, compañero.

—Dos cervezas para los chicos más guapos de la noche —alaga Lisa sonriéndonos mientras nos entrega desde la barra lo que hemos pedido.

—Siempre es un placer cuando nos atiende una preciosidad como tú —le agradezco guiñándole un ojo.

La tengo. Algunas mujeres son demasiado obvias. No obstante, y aunque no tendría nada de nuevo con ella, me cae bien, es muy buena chica.

—Aiden, lleva las cervezas, ahora vengo —me pide Darren ajeno a la conversación.

—¿A dónde vas?

—Al baño.

—Espera. No irás a...—comienzo temiéndome lo peor.

No creo que sea capaz de llamar a esa loca. Sin embargo, con Darren todo es posible. Probablemente, le haya despertado curiosidad su situación y si le enternece lo suficiente, terminará cediendo a la presión emocional.

—Oye... mi turno termina a las doce —me informa Lisa sonriendo seductora— ¿Te apetece divertirte un rato?

—Hoy no, preciosa.

Por unos segundos, atisbo un signo de decepción en sus facciones, pero este es ocultado con demasiada rapidez. No puedo darle esperanzas cuando no tengo la menor intención de acostarme con ella. Mejor dejar las cosas claras, y así no hay complicaciones ni malentendidos.

Para mí, el sexo es muy bueno siempre y cuando no exista un compromiso entre las partes. Muchas mujeres se creen estar enamoradas cuando estás un tiempo prolongado con ellas. Por ese motivo casi nunca duro mucho tiempo acostándome con una misma mujer.

Recojo las cervezas y, aunque Darren haya pedido que regresase a la mesa, no lo hago. Me tengo que asegurar de que no cometa un error. Desde la distancia puedo ver que ha procedido a hacer exactamente lo que pensaba.

Acaba de descolgar el anuncio entero, supongo que para evitar que otros enfermos puedan acudir a la muchacha. Me acerco a él decidido.

—Si es que lo sabía.

—Joder Aiden, no vengas por la espalda ¡qué susto me has dado!

—Darren, no puedes hacerlo. No la conocemos y ni si quiera sabemos si es una mujer o un hombre. —afirmo tratando de convencerle de que lo que se dispone a hacer es una locura—. No puedes confiar en alguien a quien no has visto antes. Las cosas no se hacen así.

—¿Qué diferencia hay entre ella y cualquiera de nuestras clientas? Cuando comenzamos nadie las conocía tampoco.

—No es lo mismo. Teníamos un procedimiento. Esto podría haberlo colgado un psicópata.

—No puedo evitar pensar en lo desesperada que debe estar una persona, independientemente de su género, para tener que colgar un anuncio de este estilo. ¿No querrías ayudarla? —murmura pensativo estudiando el papel.

—No se puede ayudar a todo el mundo Darren. Nuestro servicio no es una necesidad básica.

—Lo sé, pero piensa que la persona que haya puesto esto, también tendrá su orgullo. Un orgullo que probablemente haya tenido que dejar atrás para escribir este papel. Creo que solamente por eso, y por todos los pervertidos que la van a responder, deberíamos de hacer algo.

—Sigo pensando que no es nuestro problema.

—Aquí pone que ofrece un salario.

—¿Y qué? Nada te asegura que vaya a pagar.

49

—Igualmente quiero darle una oportunidad. —responde obcecado.

—A Jared no le va a gustar.

—Jared no tiene por qué interferir. Si me convence lo que sea que tenga que contarme, haré de ella mi propio proyecto personal, así que no será necesario que se lo digas.

Me doy cuenta de que no puedo hacer nada más. Se ha empeñado en hacerlo, así que lo único que me queda es apoyarlo.

—Bueno, como veo que no puedo convencerte, solo puedo recomendarte que tengas cuidado, y si necesitas cualquier cosa, dímelo.

—Eres buena persona, Aiden. Gracias por respetar mi decisión.

—No creas que estoy de acuerdo con ella. De hecho, pienso que estás loco.

—Se considera locos a aquellos a los que no se les puede comprender, pero no necesariamente significa que lo sean.

—Espero que estés haciendo lo correcto y yo sea el equivocado, amigo.

—Comenzaré por llamar a este número, a ver quién contesta y lo que me dice. No te preocupes.

—Bueno, ya me irás informando. Ahora, creo que deberíamos volver antes de que Matteo le meta mano a mi hamburguesa. Antes le he pescado haciéndole ojitos.

—Dudo que Alex se lo consienta —responde Darren riéndose mientras nos dirigimos hacia el grupo— Probablemente, le atravesaría el ojo con un tenedor.

Realmente espero que todo salga bien.

CAPÍTULO 3

CRYSTAL

Hasta ahora siempre había creído que era mentira eso de que las chicas más populares recibieran miles de mensajes por minuto, qué equivocada había estado, y es que, aunque solo hayan pasado dos días, el móvil de segunda mano que compré para esta ocasión no ha dejado de sonar.

Al comienzo corría ilusionada a estudiar las primeras respuestas. ¡Menuda ingenua! Sin embargo, después de haber visto una de las fotos en las que un pene aparecía con una corona de papel encajada en el glande y el correspondiente mensaje adjunto *"¿este amante-príncipe es bueno para ti?"* Tomé la decisión de poner el móvil en vibración.

Pese a todo lo que hubiera podido esperar, eso no ha parecido detenerlos, por lo que ahora estoy planteándome seriamente si he hecho bien colgando ese anuncio.

Todo esto está sirviendo para demostrarme que el mundo está lleno de cerdos.

Br, Br, Br, Br, Brrrr, BRR, BRRR, BRRRRR, BRRRRRRRR...

—Bastaaaaaaa...

Tanta insistencia ha hecho que mi paciencia se encuentre a un tres por ciento de agotarse. ¡Ni un maldito vibrador aguanta este ritmo! ¡Qué perseverancia la de esta gentuza! Estudio el móvil por primera vez en el día.

Veinte llamadas perdidas.

Santa madre. Desde luego, no pueden ser de nadie que conozca, resuelvo terminando de preparar mi bol de palomitas para ponerme a estudiar.

¿La obstinación no se considera una Red Flag? No me atrevo a devolverles las llamadas.

Trasteo un poco en el contenido de algunos mensajes y me doy cuenta de que me han dejado varios audios de voz. Esperanzada, pulso el botón de reproducir, dispuesta a darles un voto de confianza.

Hola, pequeño bombón, me presento, soy el señor Cíclope, ¿quieres probar mi torpedo? Te dejaré el culo como el de un mandril…mmm rico y sexy…. Llámame. Ofrece arrastrando las palabras con la voz distorsionada.

—¿Como el de un mandril? —exclamo riéndome— ¿No había peor comparativa? Amigo, ni sueñes con que te devuelva la llamada.

Borro el chat del baboso y comienzo a revisar el resto de los mensajes que me han enviado. Todas son fotos de penes totalmente horribles. Santo marinero, es la primera vez que veo un pene en toda mi vida… y para colmo no es sólo uno, por lo menos hay dieciséis fotos de diferentes colores y tamaños.

—Con esto podría hacerme un book de fotos…

¿De verdad son así? Algunos presentan un aspecto horrible y arrugado. Otros parecen tener mejor imagen. Sin embargo, no deja de resultarme incómodo estar viéndoles las partes bajas a unos desconocidos. No puedo evitar sentirme como si fuera una voyerista.

Hay un tipo que incluso parece referirse a su miembro como "su martillo", prometiendo clavarse bien, por Dios, no quiero profundizar sobre a lo qué se refiere con esa metáfora.

¿Qué se cree que va a poner? ¿Un cuadro? Descartado.

Mi pistola te desea. PIUM. Firma otro.

—¿Pistola? Éste a lo mejor cree que voy a hacerlo sin condón, ese PIUM ¿qué significa? ¿La señal de salida de los espermatozoides? ¿Es que nadie se toma esto profesionalmente? Next.

Después de descartar casi todas las fotos de penes o "rabos", como muchos lo denominan, llego a la conclusión de que existen una gran variedad de palabras para referirse a un mismo órgano sexual.

Me encuentro fantaseando con el hecho de haber terminado de hacer una limpia a fondo, cuando me topo con un mensaje que en principio parece ser medianamente normal.

Hola Rose, me llamo Jake, por casualidad vi tu anuncio colgado y me ha llamado la atención, creo que podría ser tu hombre soñado. Desde luego, mis chicos están calentitos y llenas de leche. Concluye adjuntándome una foto de sus testículos.

Este último mensaje termina frustrándome y acabo lanzando el móvil a la cama. He sido una auténtica estúpida. No debería haber colgado ese ridículo anuncio. ¿Qué pensaba? Tendría que haberme imaginado que nadie iba a tomárselo en serio.

Para colmo de males, ahora voy a tener que dar de baja la línea telefónica y me molesta mucho, porque ya la he pagado.

¿Por qué tengo que complicarme tanto la vida? Y más aún, ¿por qué no me ciño a lo único que me ha traído estabilidad hasta ahora? Eso es. La única solución que me queda es concentrarme en los estudios. Con este objetivo en mente silencio el móvil.

Después de ahogar mis penas en un bol de palomitas, destino las siguientes tres horas a estudiar el temario que entrará en el examen de Derecho Fiscal. Para cuando estoy terminando, recibo una llamada de Jackie.

—Por fin lo coges —escucho que se queja— No me digas que has vuelto a enterrar la nariz en otro libro super grueso y aburrido escrito por viejos con sotana.

—¿Cuántas veces debo decirte que no es una sotana? Lo que usan los jueces no es una sotana, ¡es una toga!

—Lo mismo da. Ambas son iguales, pero tomaré eso por un sí. De verdad, con lo sexy que son los abogados. ¿Por qué nunca quieres presentarme a nadie de tu clase?

—Porque todos son unos idiotas presuntuosos.

—¿Y eso qué más da? No deseo que me hablen de leyes precisamente…

—¡Jackie!

—¿Qué? No actúes como una mojigata, Crystal. Ya somos adultas, es hora de dar el paso. La universidad está para eso. De hecho, te llamaba para proponerte algo.

Pongo los ojos en blanco, si Jackie supiera sobre el anuncio que he colgado no se atrevería a acusarme de mojigata. Quizás sea una lunática sí, pero mojigata desde luego que no.

No obstante, si se lo contase a Jackie sería una insensatez, no sólo por la vergüenza que eso conllevaría, sino porque el plan no ha funcionado y mi intención es dar de baja la línea telefónica en cuanto termine con esta conversación.

Borraré toda prueba del delito que me relacione con esa locura. Me niego a seguir esperando un tren que no pasará.

—¿Qué quieres proponerme?

—¿Ya tienes planes para este finde?

—La verdad es que sí.

Mi querida cita no es otra que con el *Guardián entre el centeno*, libro que deseo releer por tercera vez, pues es de esos ejemplares que en principio no parece ocurrir nada, pero que cuando los vuelves a leer te das cuenta de aspectos que se te habían pasado por alto.

—No será un plan con un libro, ¿cierto? —pregunta, demostrando que me conoce demasiado bien.

—Y con Hugh Grant —añado tratando de salir del paso.

—Crys, por mucho que me pese, encerrarte viendo el diario de Bridget Jones no es tan buen plan como el mío, porque el señor Grant no va a limpiarte los bajos.

—Nunca he dicho que quiera que me los limpien este fin de semana.

—Al paso que vas, ni nunca, mi amor.

—¡Jackie! —me quejo ofendida— Además, no estoy tan segura de que sea tan divertido como lo pintas siempre.

Para muestra un botón, sólo hay que ver los mensajes guarros que llevo recibiendo toda la tarde.

—¿Crees que Afrodita lo consideraría aburrido? ¡Retráctate de tus palabras mujer! Sólo decir eso es un sacrilegio para la Diosa de la lujuria.

—¿Y luego dices que soy yo la que estudio mucho? Deberías dejar el griego antiguo.

—Bueno, en realidad yo te llamaba para que vinieras conmigo este fin de semana a la fiesta que se va a dar en casa de Harry Wilson.

—¿De quién?

—Crys, Harry Wilson, uno de los buenorros de Relaciones Internacionales.

—Ni idea de quien es, la verdad.

—Por eso siempre te digo que tienes que relacionarte más.

—Mi respuesta es no.

—¿Cómo qué no? —exclama indignada— Crystal Moore, este sábado vas a levantar ese culo del sofá, le tirarás un beso al señor Grant y te pondrás sexy para venirte conmigo a la fiesta, a menos que quieras que me plante allí y te saque a rastras de esa caja de zapatos que llamas casa. O ¿es que te has propuesto seguir la vida de los osos en hibernación?

—Ya iremos debatiendo sobre eso, Jackie.

—¡No y no! No hay debate posible en esto, tienes que venir para socializar más.

—No pinto nada en una fiesta en la que no conozco a nadie.

—Bueno, me conoces a mí.

—Y tú tampoco conoces a nadie. —rebato recordándole que ella tampoco se relaciona con los populares, y esa fiesta, por lo que me ha contado, parece que va a estar llena de ellos.

—¡De eso nada! Conozco a Jerry Mills.

—¿Ese no es al que vomitaste encima estando borracha?

—¿Y qué puede unir más que algo tan íntimo? —inquiere interesada.

—Bueno, lo vamos hablando. Ahora tengo que terminar de estudiar.

—Vendrás. Este fin de semana no me valen las negativas.

—Sí, sí….

—Ah recuerda, no estudies mucho, que hubo un chico en no sé qué país de Asia que murió estudiando tanto.

—Eso no es posible —respondo riéndome en un vano intento por despedirme— Mañana nos vemos.

—Hasta mañana, bebé —se despide cariñosamente colgando.

Me dispongo a dejar el móvil sobre la mesa junto al otro, cuando me percato de que están llamando al teléfono de "Rose", el pseudónimo que puse en el anuncio. Estoy tan cansada de recibir la llamada y mensajes de posibles cerdos en acción o de tipos que sólo quieren gastarme bromas, que descuelgo bruscamente con la intención de informarle al tipo que el anuncio ya no está disponible. Sin embargo, no me da tiempo a pronunciar palabra alguna, pues un tono normal se cuela por el auricular. Al menos parece que no es una máquina como el de la voz distorsionada.

—Perdona, ¿eres Rose?

Su voz grave y la educación con la que habla me llaman la atención, más no debo anticiparme, el último mensaje que leí también parecía normal y acabó hablando sobre su semen.

—Sí, lo soy.

—Ah, genial. Te llamo por lo del anuncio.

—Sí, sobre eso… he decidido cancelarlo —le aclaro adelantándome a una nueva contestación cerda.

—¿Por qué?

Su pregunta sincera me sorprende, aunque es sencilla, hubiera esperado cualquier respuesta menos eso. Sólo por eso decido ser honesta, ya que de todas formas este hombre no me conoce de nada.

—Porque nadie se lo toma en serio, y si vas a decirme alguna guarrada, por favor, ahórratela.

Escucho un suspiro tras la línea y frunzo el ceño imaginándome al tipo tocándose la frente como si estuviera cansado. Se sentirá decepcionado ahora que me he adelantado a sus viles intenciones, pero no pienso permitir que nadie más se ría de mí, ya he tenido suficiente por dos días.

—Supuse que pasaría algo así en cuanto vi tu anuncio. Lamento no haberte llamado antes. Estuve meditando mucho si debía hacerlo o no, teniendo en cuenta las circunstancias actuales…

—¿Cómo dices? —exclamo sorprendida con que se haya puesto a hablar de cosas que no logro comprender.

—Bueno, para ser sincero, al ver tu anunció imaginé que muchos tipos te llamarían, podríamos decir que no es un anuncio muy… convencional, así que es de suponer que no mucha gente, digamos, "convencional" respondería a él, ¿no crees?

—¿Y tú te consideras convencional? —pregunto curiosa con toda esa extraña conversación.

—Para nada, pero al menos no me muevo por el mundo en base a los deseos de mi pene, como muy probablemente lo hagan la clase de gente que te haya contactado hasta ahora.

Esa respuesta me gusta. El hombre es interesante, me suscita curiosidad sus contestaciones.

—¿Y por qué te mueves tu…? Perdona, pero no me has dicho tu nombre.

—Ah sí, puedes llamarme Uriel.

—¿Uriel? ¿Como el ángel? ¿Realmente te llamas así?

—El arcángel, de hecho, y no, no es mi nombre de verdad, al igual que intuyo que el tuyo no es Rose, ¿cierto?

Buen punto. Me agrada cada vez más, parece bastante sincero, aunque una nunca puede confiarse. Como no respondo, Uriel sigue hablando.

—Respecto a tu pregunta, me muevo por muchas cosas, pero una de ellas es mi trabajo. Vi en tu anuncio que buscabas un profesional, ¿no?

Trabajo. ¿Este tipo se dedica a ello? ¿Será verdad? Desde luego, no parece hablar como los demás.

—Sí, eso puse.

—Bueno, pues yo soy uno.

—Perdona que te pregunte, pero ¿realmente estás hablando del mismo anuncio que colgué?

—Sí.

—Eh.. y ¿qué eres? ¿un prostituto?

Seguro que sueno como una idiota que no se entera de nada, pero no puedo creerme que realmente tenga ante mí lo que estaba buscando, más aún cuando estaba a minutos de resignarme.

—En realidad preferimos que nos llamen escorts —carraspea claramente incómodo con el término— Pero sí, me dedico a ello.

56

Ante esa respuesta me quedo muda. No sé cómo sentirme al respecto. Acaba de confirmarme que es la clase de persona que estoy buscando, y ni si quiera puedo articular palabra.

—¿Hola..? ¿Sigues ahí?

—Sí, sí perdona. Es que es la primera vez que hablo con un, un... escort. —respondo nerviosa.

Ahora la situación cobra un sentido renovado. Ya no se trata de un tipo pervertido, estoy ante un profesional que se dedica a... ¿desvirgar vírgenes? Un momento, ¿aclaré lo de que era virgen?

—Entiendo que no es lo usual.

—¿Y cómo se suelen hacer estas cosas?

—Bueno, normalmente firmarías con nuestra representante un acuerdo de confidencialidad y acordaríamos los términos.

—¿Tienes representante? —pregunto incrédula.

—Sí, somos profesionales, aunque la cuestión aquí es que no lo has planteado por una vía normativa, así que entiendo que, si no te has puesto en contacto con una agencia, no debes disponer de mucho dinero, ¿no?

Eso hace que me sienta avergonzada. Uriel tiene razón, es evidente que no puedo permitirme la tarifa de un prostituto de lujo.

—La verdad es que estuve estudiando esa opción, pero eran demasiado caros.

—Sí, reconozco que no es un servicio que pueda costearse cualquiera, y, créeme, si mi jefe se enterase de esta llamada, podría meterme en líos. Por ese motivo, en el caso de que esto vaya a seguir adelante, deberá de ser un acuerdo privado, en el que me adaptaré a tu presupuesto siempre y cuando te rijas a la más absoluta confidencialidad.

—Si esto te va a traer problemas, ¿por qué me has llamado? —pregunto curiosa.

—No es algo que vaya haciendo todos los días, pero la realidad es que no quería que se aprovecharan de una mujer.

—Oh...

—Y además, si has tenido la valentía para dejar colgado un anuncio de ese estilo en un sitio tan público, no te mereces que te responda cualquiera. Sé cómo pueden llegar a ser algunos hombres y no querría, que habiéndolo podido evitar, una mujer acabara de la peor manera. Suficientes noticias negativas hay ya a diario en la televisión.

Exacto, que me lo digan a mí, que me he pasado dos días navegando entre una oleada de fotos de penes que adoptaban el alias de diferentes tipos de "herramientas". Soy consciente de que el anuncio en sí ha sido una locura, pero es cuanto menos irónico que, dentro de todo el sinsentido, haya aparecido una persona que parezca tener argumentos tan sólidos.

—Gracias… supongo. —le contesto sin saber qué decir, parece demasiado bueno— Ah, una cosa más. ¿Y qué pasa si no me gustas?

Escucho su risa suave inundando el auricular.

—Te mandaré una foto.

—De tu pene no, por favor —le pido temiéndome lo peor.

—Tranquila, de mi cara y mi cuerpo.

—Bien.

—Listo, enviada.

Sorteo el resto de los mensajes de fotos guarras que he recibido durante la última hora, y me centro en el chat que se asemeja al número con el que estoy hablando. Lo que me encuentro ante mí me deja sin aliento.

—Virgen del poder…. —susurro impactada al ver al rubio de ojos azules y cuerpo musculoso sin camiseta que se presenta en la foto. Si Jackie lo viera se infartaría.

—¿Y bien? —pregunta de lejos— ¿He pasado tu examen?

—No me engañes, esto lo has robado de Pinterest, ¿verdad? —pregunto escéptica escuchando como vuelve a reír.

—No miento. Mira, cógelo.

En un principio no entiendo lo que quiere decir, hasta que, de repente, empieza a vibrar el móvil y, creyendo que es el despertador, desplazo el cursor por inercia.

No obstante, no se trata de la alarma, es… ¿Una llamada? No, error. ¡Una videollamada! Con la impresión se me resbala el móvil de las manos y, en un precario intento por cogerlo, me caigo del sillón en el que estoy sentada. Intento tapar la cámara, pero ya es muy tarde, el tipo me encuentra tumbada con la cara en la moqueta y con el camisón que me regaló mi abuela, todavía puesto.

No me da tiempo a reflexionar sobre el hecho de que ese dios griego de la lujuria no me ha mentido, pues lo único que me queda claro es que un bombón con cara de modelo de Michael Kors se encuentra estudiándome atentamente, mientras que por mi parte estoy dando la imagen de haber salido de un manicomio.

—Creo que es la primera vez que me recibe una clienta de esta manera. —comenta riéndose.

En cuanto soy capaz de reaccionar, agarro la primera prenda que tengo más cerca de mí y me cubro con ella. No es hasta que no me doy cuenta de que se trata, ni más ni menos, que de mi manta de

Winnie de Pooh, que fantaseo con desaparecer. Uriel se vuelve a reír y yo me pongo colorada

—Una prenda fascinante.

—Ay perdona, no imaginaba que fueras a llamarme. Ya… ya veo que no me engañabas. —señalo atusándome el pelo cada vez más nerviosa.

Madre mía, madre mía. ¿Qué diablos estoy haciendo? Si un tipo como él, no me daría ni la hora.

De repente, el nerviosismo que siempre me caracteriza cuando hablo con un hombre vuelve a hacer acto de presencia. ¡Qué mal! Me sentía mucho más cómoda hablando por teléfono.

—¿Entonces te interesa?

Que si me interesa dice, si parece un maldito ángel. Sin duda, sólo podría pescar a alguien así mediante el dinero. No obstante, como no me salen las palabras, me limito a asentir.

—Bien, podríamos establecer una fecha para reunirnos y acordar todo con más detalle.

—De acuerdo…

—¿Qué te parece este viernes?

—Creo…que está bien.

—¿Por la tarde o por la noche?

—Por la tarde.

Si mis vecinos ven entrar a un hombre en mi casa durante la noche, comenzarán a cuchichear. Me gusta mi comunidad, pero no se caracterizan por ser la discreción personificada.

—Perfecto, Rose. ¿A las seis te viene bien?

—En principio sí —afirmo calculando el tiempo que suelo tardar desde la universidad a casa.

—Estupendo, entonces mándame tu dirección a este número y nos vemos el viernes a las seis.

—Eh… s-sí.

—Un placer hacer negocios contigo —declara sonriéndome con unos dientes perfectos y una sonrisa sensual que me deslumbra.

—Igualmente —me despido colgando con rapidez.

De repente me doy cuenta de que, aunque aún falten dos días para la reunión, me siento tan excitada con la situación, que ya no tengo ganas de seguir estudiando.

Los días pasan más rápido de lo que esperaba. No he vuelto a saber nada más de Uriel desde que le envié la dirección de mi vecina —por protección más que nada— y a veces creo que la conversación que mantuvimos el miércoles fue producto de un sueño.

No obstante, el mensaje y su emoticono de confirmación me devuelven a la realidad.

—Crystal, lo has hecho. Probablemente hayas cometido una locura, y espero que no acabemos siendo violadas o estafadas por un tipo que está tan bueno como Liam Hemswort, pero que nadie nos quite lo bailado —me digo en voz baja estudiando de refilón el mensaje, sin lograr concentrarme en la última clase del viernes.

Las seis. El seis es un número curioso ¿no? Tiene redondez. Ay dios, apenas quedan cinco horas, y ni sé ni por dónde debo empezar. Lo único que tengo ganas es de gritar. Resulta curioso, pues me estimula el hecho de que nadie de mi clase de Derecho y Economía sepa que Crystal Moore, la invisible, va a reunirse esta tarde, ni más ni menos, que con un prostituto, bueno un escort.

El otro día lo busqué en internet, y ¡son prostitutos de lujo! Casi me mareo sólo de pensar que estuve hablando con uno y que me vio toda despeinada.

Venga, Crys debes dejar de desvariar y centrarte. CÉNTRATE, solamente vais a acordar los términos.

Espera, y que pasa ¿si cree que lo que quiero es un "aquí te pillo aquí te mato"? Creo que no puse lo de que era virgen. No, no debo darle muchas vueltas al asunto, sólo seremos dos personas normales hablando de cosas "naturales".

Sin embargo, ¿qué debería ponerse una cuando va a reunirse con un prostituto de lujo? Ciertamente no es una cita usual… no es como si fuera a ir a comprar el pan, aunque tampoco es que vaya a reunirme con el presidente.

Reviso mentalmente el exiguo vestuario del que soy propietaria, y percato de que la gran mayoría de prendas consisten en sudaderas muy holgadas y pantalones de deporte. Para mí, no hay nada mejor que la comodidad y no la cambio por nada. Además, el tipo ya me vio en toda mi salsa con esas greñas, el camisón y la manta de Winnie de Pooh, y a pesar de todo no dijo nada. Eso es, no debo preocuparme. Total, la clienta soy yo ¿no?

Cuando me quiero dar cuenta, la clase ha terminado y me incorporo como un resorte pensando en todo lo que tengo por hacer antes de que venga Uriel. No obstante, cuando estoy recogiendo mis libros, empieza a vibrar mi móvil, y descolgándolo saludo al interlocutor.

—¡Charlie!

—Crys, ¿cómo vas?

—Bien, justo acabo de terminar una clase. ¿y tú?

—Muy saturado.

—¿Y eso?

—Los profesores van a tener una celebración, así que todos los de la cafetería estamos hasta arriba de trabajo.

—Vaya, lo siento mucho.

—Oye Crys, me sabe muy mal pedírtelo, pero realmente no tenemos más manos, así que, si no estás muy ocupada, ¿Podrías ayudar a Kim a llevar unas bandejas al aula Magna del edificio principal? —me pregunta con voz apenada.

Charlie es de mis mejores amigos y no sería la primera vez que le ayudase, por lo que aunque tengo prisa, no puedo dejarle colgado si necesita que le echen un cable.

—De acuerdo.

Calculo que este pequeño inconveniente no me retrasara mucho de los asuntos que tengo pendiente, incluso si ese asunto tiene nombre de arcángel.

—Te lo dejaré todo preparado para que cuando llegues únicamente recojas las bandejas y Kim te acompañará. De verdad, ¡Mil gracias Crys! ¿Ya te he dicho que eres la mejor?

—Siempre.

—Eres la mejor. Te veo en unos minutos. —se despide colgando.

Guardo los libros en mi mochila y me dirijo de camino a la cafetería. Cuando llego lo primero en lo que reparo es que, efectivamente, Charlie tenía razón, dos camareros no paran de atender a los estudiantes que están haciendo cola mientras que los demás no dejan de sacar platos.

Un muy acalorado Charlie me saluda con la mano para que me acerque. Kimberly, su compañera por la cual suspira media universidad, se encuentra a su lado luciendo como una auténtica modelo. A veces desearía verme tan bien como lo hace ella.

—Ya estoy aquí.

—Bien, Kim está ultimando las comandas.

—¡Hola Crys! —saluda sonriente la aludida retirándose el flequillo castaño de los ojos— Charlie ya me ha dicho que vienes a ayudarnos.

Esta chica no puede caerle mal a nadie, es demasiado simpática para odiarla. Me resulta aún agradable tras haberla visto manejar con una sonrisa y muchas dosis de buen humor, la soberbia que muchos de los estudiantes se gastan.

61

—Sí, ¿qué es lo que están celebrando tanto para que haya este movimiento?

—Charlie ¿la esclavizas y no la informas bien? —pregunta sorprendida Kim— Los de Químicas han ganado el concurso al mejor trabajo de investigación de toda la nación. Al parecer, están presentando cada mes a una facultad diferente para que participen en varios concursos.

—¿De verdad? Vaya…

—Bueno, debemos ir ya para allá, cuando no comen, esos catedráticos se vuelven como leones.

—Adiós Charlie —me despido cargando sendas bandejas de comida en ambos brazos, cómo pesan las condenadas. Tras un rato en marcha, le planteo la cuestión que me suscita curiosidad— ¿Y qué es lo que ganan?

—La universidad adquiere la reputación de haber vencido a otras universidades de la nación, y los estudiantes una beca para ir a estudiar a alguna parte del mundo.

—¡No me digas! —exclamo fascinada.

Eso sí que sería una pasada, reflexiono intentando ignorar que mis brazos han comenzado a dormirse por la falta de ejercicio.

—¡Sí! Oye… ¿Por qué no te presentas cuando se inscriba tu facultad?

—Creo que no me siento capaz… ¿representar a la universidad en un concurso nacional? Ni de broma, es mucha responsabilidad.

—¡Bah! No exageres, Charlie ya me ha dicho que eres de las mejores de tu clase.

Ni si quiera denota algún tipo de esfuerzo, cuando yo estoy a punto de desfallecer. Esta mujer debe tener la fuerza de Hulk para cargar con toda esa cantidad de comida y seguir sonriendo. Empiezo a cuestionarme si realmente no será un robot confeccionado por los de Ingeniería Robótica para poder representar a la mujer perfecta, cuando reparo en que Kim aún está esperando una respuesta, que claramente está tardando en llegar porque estoy concentrada en que no se me caigan todos esos manjares.

—¿De verdad que puedes con ellas, Crys? —me pregunta con su perfecto ceño fruncido.

—Sí, sí. No te preocupes. Voy bien. Lo que dices sólo se puede conseguir si no se tiene vida social.

Tengo que hacer un gran esfuerzo para colocarme el tirante de la mochila, el cual ha creído que es un momento muy conveniente para comenzar a resbalarse por mi hombro.

Al cabo de un rato, empiezo a ponerme nerviosa al no poder ver mi reloj por culpa de las dos bandejas, por lo que debo recordarme que aún quedan unas horas.

Me encuentro tan concentrada intentando bajar por unas escaleras sin matarme, mientras sigo colocándome la cinta rebelde, que ignoro lo que va a ocurrir a continuación.

—¡Kim! —grita una voz ligeramente conocida.

—¡Pero bueno! ¿Qué ven mis ojos? —saluda alegre parándose, lo que provoca que yo deba pararme también con ella. ¿De verdad debía pararse en unas escaleras? Auch, realmente pesa. —¿El mismísimo Aiden Blake aquí? Pensaba que hoy te tocaba entrenamiento.

¿Aiden? ¡¿El estúpido Blake?! Esa información me sorprende, ¿cómo conoce Kim al idiota de Blake? Me giro y observo la escena que se encuentra ante mí.

—De hecho, acabo de salir de entrenar ahora. —sonríe estúpidamente rascándose la cabeza.

—Ah, ¿y fue bien?

Está claro que a esta gente no le importa un bledo que vaya a dislocarme un brazo con el peso de las bandejas.

Ante ellos han construido una burbuja impenetrable y vuelvo a ser la Crystal Moore invisible de siempre. Este es otro de los motivos por los que no me relaciono con gente popular.

De verdad, mi único deseo ahora mismo, aparte de retorcerles el pescuezo a los dos por pararse a charlar como si estuvieran tomando un té, es dejar estar malditas bandejas en la sala de profesores.

Además, ¿quién come como si estuviera trabajando en un rancho?

—¡Pero Kim! ¿Cómo te hacen cargar con eso? Trae aquí, déjame que te ayude —se ofrece retirándole una de las dos bandejas que lleva.

Lo peor de todo esto es que mientras yo estoy sudando como una mula, ella no tiene ni una sola gota de sudor, y el muy desgraciado ha creído más conveniente aliviarle una carga que parece ni afectarle. ¿Y por qué? Sólo porque está buena.

Tengo ganas de insultarle o de ahogarle, o las dos cosas si puede ser. Realmente que sí. Está claro que quiere meterse en sus bragas y por eso está actuando de esa manera. De lo contrario, no se habría apresurado tanto a cargar con un peso así, y mucho menos para socorrer a una chica poco agraciada.

Esto evidencia la teoría de que no existe nada gratis en la vida, y que todos se mueven en base al interés, ya sea éste tan absurdo como el de meterse en la cama de Kim.

—Gracias por la ayuda Aiden, pero no pasaba nada, es mi trabajo. —asegura ella riéndose encantada.

—No puedo creerme que a una chica como tú le hagan hacer este tipo de trabajos….—comenta disgustado— ¿A dónde debemos llevarlas?

Casi siento ganas de reír ante la absurdez de la situación. Ambos siguen parados y yo casi puedo escuchar a mis tríceps gritar de dolor.

—Al Aula Magna.

—¡Qué bastardos, eso está muy lejos!

Esa frase consigue agotar mí ya de por sí escasa paciencia. Ambos parecen ignorar claramente mi presencia, así que resoplo, cansada con la situación.

—Patética técnica de playboy —murmuro para mí.

No obstante, el tipejo parece ser que tiene la audición como la de un gato, porque se gira hacia mí sorprendido.

—¿Quién es tu amiga, Kim? —pregunta extrañado.

Eso ya sí que es el colmo, lleva asistiendo conmigo a clase durante tres años. El hecho de pensar que el tipo cumple el prototipo de protagonista guaperas de una película adolescente provoca que me eche a reír. Debo parecer una desequilibrada, pero me importa una mierda.

—Crys ¿estás bien? —inquiere Kim preocupada.

—Muy bien.

Tan bien como puede sentirse una persona con instintos psicópatas. Por supuesto, no me atrevo a decirlo en voz alta.

—Aiden, ella es Crystal, una amiga de un compañero de trabajo que ha venido a ayudarnos. —le explica, mientras noto su mirada desinteresada pasar por encima de mí, es que no le aguanto, es tan soberbio e interesado que no puedo con él. Sin embargo, Kim me observa dispuesta a seguir con la presentación —Crystal él es Aiden, un buen amigo.

Sí claro, ese es el cuento que ha debido venderte. No sé ni qué se supone que debo decir, "¿es un placer conocerte?" Sonaría absurdo teniendo en cuenta que ya sé quién es.

Por lo tanto, me limito a asentir y él parece hacer lo propio. Después, se centra en Kim y, para la alegría de mis brazos, retoman el camino hacia el aula Magna, permitiéndome camuflar con la naturaleza colindante.

Los siguientes minutos son destinados a una charla intrascendental sobre el día de Kim y los intentos patéticos de Blake por sacarle más información. Mientras tanto, yo sigo intentando calcular cuánto tiempo me quedará para arreglar la casa.

Una vez hemos entrado al edificio principal y nos situamos frente al lugar donde debemos dejar la comida, siento presentarse ante mí la puerta hacia la libertad.

—Ah, sí, Kim el finde que viene tengo una competición. No es muy importante, pero ¿te gustaría ir a verla? —ofrece Aiden encabezando la marcha— Luego podríamos ir a tomar algo con los chicos, ¿qué te parece?

—¡Oh! Me encantaría, extraño mucho a esos hombretones.

Me abstengo de poner los ojos en blanco, y me limito a cumplir con el favor, que ahora me doy cuenta, debería haber rechazado. Dejo las bandejas sobre la mesa y por fin puedo respirar con normalidad.

Miro mi reloj y empiezo a agobiarme. 14:00 horas. ¿Realmente debían haberse parado a charlar? Tengo todavía mucho por hacer, reflexiono molesta mientras arreglo las bandejas para que los profesores puedan acceder a ellas.

En un esfuerzo monumental, me obligo a mantener la calma hasta que salimos de allí y una vez conseguimos hacerlo, interrumpo al idiota antes de que se ponga a hablar otra vez.

—Disculpa Kim, pero… verás, tengo muchas cosas que hacer y llevo algo de prisa... —comento con timidez.

Odio tener que verme en la obligación de interrumpir su animada conversación, ya que el silencio incómodo que siempre sigue a eso me pone de los nervios.

—¡Oh! Por supuesto, bastante has hecho ya ayudándome. Muchísimas gracias, Crys. —agradece cariñosamente.

—No te preocupes. Adiós —me despido estudiando mi reloj.

Me estresan demasiado las situaciones así, pues a excepción de Jackie y Charlie, me frustra no saber integrarme en una conversación donde haya varias personas, por lo que termino observando el entorno mientras los demás hablan.

De verdad, me molesta mucho ser así e incluso aunque haya avanzado bastante, me sigue frustrando el hecho de que todavía me cuestan las relaciones sociales. Sólo espero que mi interacción con Uriel me ayude a sobrellevar mejor este aspecto.

Soy una auténtica estúpida. He corrido hasta casa para ¿qué? sólo para recogerla en veinte minutos y poder tener otras tres horas libres en las que comerme la cabeza, imaginándome diversos escenarios en los reaccionaría de diversas formas si Uriel decidiese asaltarme salvajemente contra el mostrador de la entrada.

He llegado a pensar incluso que todo esto podría ser una invención por parte de ese chico guapo y que en realidad viene a secuestrarme para unirme a su red de trata de blancas. Debo recordarme por quinta vez que soy más fea que un pie y que, probablemente, acabarían devolviéndome a los dos minutos.

Estudio mi móvil por décima vez consecutiva, y no encuentro ningún mensaje nuevo de Uriel. No lo ha cancelado, por lo que no sé exactamente qué esperar. He preparado hasta un café con dulces, preguntándome si los escorts comerán Oreos o se alimentarán de pura hierba. El tipo parecía musculado, así que no sé si estará de acuerdo con la opción elegida.

No importa realmente, las Oreos me calman y eso es lo que más necesito ahora.

Después de volver a limpiar la casa dos veces más y de estudiar mi reflejo, en el que me veo pasable con unas mallas negras y una camisa blanca sencilla, me escondo en uno de los recovecos del pasillo a esperar para verle llegar.

Si al final no es quien decía ser cuando tuvimos la videollamada, la señora Cox, mi vecina anciana del cuarto que no le hace ascos a ningún hombre, lo espantará.

Transcurren diez minutos hasta que vislumbro aparecer a un hombre joven que bien podría ser él. Éste se dirige al timbre y tras unos instantes, escucho a duras penas la conversación.

—¿Es éste el piso de Rose?

Se produce el silencio y me imagino a la señora Cox espiándole con su dentadura postiza salivando por la cámara del interfono.

—No soy Rose, pero por un bombón como tú estoy dispuesta a ahora mismo al registro a cambiarme el nombre.

Casi siento ganas de reír imaginándome la cara del pobre Uriel. Sin embargo, en el momento en el que me percato de que la señora Cox le abre la puerta y él se da la vuelta para marcharse, me apresuro a salir de mi escondite improvisado.

Tengo que pararle.

—¡Espera! —grito sujetando la puerta, temerosa de que se marche— Espera.

Al principio sólo veo su espalda, qué raro, le había imaginado más alto. De espaldas, advierto que lleva una gorra, unos pantalones vaqueros y una camiseta blanca de esas enormes que suelen vestir los chicos.

66

—Eres Uriel, ¿verdad? —pregunto agitada mientras se va dando la vuelta— Yo soy Ros..e...

No llego a terminar la frase, en cuanto le veo de frente noto que se congela toda la sangre de mi cuerpo, y soy consciente por primera vez de que no debería haber salido de mi casa.

Sí. Ha sido un error garrafal. El tipo que se encuentra delante de mí no es el mismo Uriel con el que hablé por videollamada. Dios mío, es que ni se le parece. No puedo creer que los haya podido confundir.

El móvil me vibra en el pantalón, pero ni siquiera le presto atención. Con su pelo castaño y los ojos grises, parece igual de sorprendido que yo. No puedo dejar de estudiar totalmente en shock al supuesto escort Uriel, que no es otro más que el estúpido e insoportable Aiden Blake.

Espero y deseo que esto sea una pesadilla.

Le observo levantar una ceja socarrona y componiendo una sonrisa burlona, emite una risita baja.

—Con que tú eres Rose, ¿eh?

Tierra, trágame.

CAPÍTULO 4

CRYSTAL

En los libros y las películas siempre ocurren situaciones surrealistas. Circunstancias que te hacen pensar, *"eso jamás me sucederá a mí"* o *"¿quién diablos escribió un guion tan malo?"*. En definitiva, en todos los géneros hay alguna fruta podrida. Sin embargo, una nunca se plantea que, en su vida real y, por lo general, tranquila pueda llegar a toparse con alguna de esas complejas y ridículas tramas sinsentido.

Y eso es lo que representa para mí la aparición de Aiden Blake. El rey de las frutas corrompidas.

—Con que tú eres Rose ¿eh?

Me pregunto si quizás debería fingir una muerte súbita de esas, o simplemente debería sacarle los ojos y dejarle ciego.

—Hm… ¿Rose?—comienzo sin saber qué decir planteándome ambas posibilidades— ¿Qui-quién ha dicho Rose? Yo quería referirme al presidente Roosevelt.

La he cagado. Obviamente he hecho el ridículo, y este hecho sólo es confirmado por la mirada de Aiden o quien narices sea el tipo que se encuentra delante de mí.

—Vaya… Vas a decir ¿qué? ¿el presidente Roosevelt? Si quieres podemos jugar a ese juego en el que yo me hago el inconsciente acerca de que ibas a reunirte con Uriel, y tú finges ser una desconocida que ha llegado gritoneando su nombre, quien bien podría ser el de un perro. ¿Qué dices?

—Tú… t-tú…No eres… él— tartamudeo avergonzada.

Genial, acabo de confirmar delante de él que tenía trato con ese estafador. Incluso, a lo mejor, puede que hasta el tal Uriel sea uno de sus amigos del campus que me reconoció en la videollamada y ha considerado que sería muy gracioso gastarle una broma pesada a la invisible Moore.

—Muy perspicaz. ¿No vas a invitarme a entrar? O ¿debo creer que esa señora tan simpática que ha contestado el telefonillo es tu abuela?

A estas alturas de la película me importa una mierda lo que piense o no. Lo único que deseo tener en mis manos es ese cacharro que aparece en las películas de Men in Black con el que poder borrarle a este estúpido su memoria.

—¿Entrar?

Okay, definitivamente pareceré una estúpida, aunque eso no debe interesarme. Debo ganar tiempo para poder identificar cómo abordar la situación.

—¿Qué más si no? Cada segundo que pasa, es dinero que estoy perdiendo.

—Ahora mismo no sé si reír o llorar —confieso agobiada.

—Espero que no sea llorar porque no he traído pañuelos, y, por supuesto, tampoco pienso ejercer de psicólogo sin hablar antes de negocios.

Me encuentro reuniendo el coraje suficiente para echarle de mi calle a patadas mientras le digo por dónde se puede meter sus malditos pañuelos, cuando veo venir a lo lejos a la señora Preston.

Una de las razones por las que me mudase a este edificio es por ella. Mis padres se sentían más tranquilos si pasaba mi estancia en la universidad viviendo cerca de una de las amigas de la infancia de mamá. De esta forma, ellos se asegurarían de que todo me iba bien.

¿El problema? Que eso significa que la señora Preston les informa de cada uno de mis pasos. No, no estoy dispuesta a que mis padres crean que tengo alguna clase de novio y mucho menos que me relaciono con prostitutos de lujo. Gracias, pero no.

—¿Piensas permanecer callada todo el rato? Porque me largo, no estoy para perder el tiempo.

Oh mierda, si se gira la señora Preston le verá, ya que está cada vez más cerca de nosotros. No, no. Aprovecharé que no ve muy bien de lejos para deshacerme de él.

Adiós a mi plan de patearle el trasero. La adrenalina pulsa en mis venas y hago lo que no me atrevería a hacer en una situación normal. Claro, que esta no es ninguna situación usual, estamos hablando de la fruta podrida.

Le cojo de la camiseta sin su permiso y, lo arrastro hasta el interior del edificio sin pronunciar palabra. Él, por lo contrario, no deja de parlotear.

—Eh, tranquila nena, comprendo que me deseas, ¿quién no? Pero jamás me meto en faena hasta no hablar sobre los honorarios.

¿Desearle? Quizás cuando los cerdos vuelen. Un momento, quizás debería replantearme esa hipótesis teniendo en cuenta que estoy metiendo a uno en mi casa.

No debe quedar mucho tiempo para que la señora Preston llame a la puerta, y el tipejo insoportable no deja de hacerme una disertación sobre su tabla de precios.

—Porque te aseguro que el sado se cobra doble, ya sabes, por eso del plus de peligrosidad— escucho que sigue relatando.

El estrés que me produce pensar que puedo ser atrapada con un hombre en el apartamiento y los comentarios que devendrán de ese mismo hecho, provocan que explote.

—Por una vez en tu maldita vida, ¿podrías cerrar el hocico?

—Oh, ¿así que sabes hablar? —pregunta, anonadado.

—Escúchame. Ahora mismo no me interesa a cuánto se cobra la puesta en práctica de cada posición del Kamasutra.

—¿Ah no?

—¡No! Ahí fuera existe una preocupación mayor, porque a menos que lo que busques sea terminar sentado comiendo pavo en mi mesa familiar de Acción de Gracias, tratarás de permanecer callado como una maldita tumba.

—¿Preocupación? Hoy solamente había que acordar los términos ¿no? Ay… qué interesante, es que, ¿has llamado a algún familiar cercano? No te preocupes, no te juzgo, tengo clientas que les gusta que el marido esté presente durante el acto.

—¿Cómo dices? Yo no he llamado a nadie, ni si quiera debería haber venido, ni tú tampoco para el caso.

—Eh, tú fuiste la que me arrastraste hasta aquí, y francamente no me importa lo que vayamos a hacer, pero cada segundo de mi tiempo vale mucho dinero, que en vistas de la casa que tienes —señala repasando mi hogar— está claro que no te puedes permitir.

—Escúchame, me importa una mierda que ganes tanto dinero como Donald Trump, esa mujer es una amiga de mi madre, por lo que sólo te pido que no digas nada hasta que se vaya. Luego, intentaré procesar todo esto que está ocurriendo.

—¿Y qué piensas hacer? ¿Vas a prohibirle entrar?

—No.

Me paseo por el salón como si fuera un león enjaulado. Esto no puede estar sucediéndome a mí. ¿Por qué de todas las malditas personas debía de ser Aiden Blake?

—¿Por qué simplemente no le dices que soy un amigo?

—No puedo hacerlo, tiene llaves. Además, no puedo mentirle, yo no tengo amigos como tú —le espeto cada vez más nerviosa.

—Quieres decir ¿amigos sexys?

—Amigos con un complejo grave de Dios.

—Nena, no me creo ningún Dios, lo soy, y puedes creerme, una gran cantidad de mujeres lo avalan.

—Oh, cállate y escóndete. Ahí viene —le regaño al escuchar los tacones de la señora Preston resonando por el pasillo.

Si no ha llamado al telefonillo, es porque significa que trae su copia de las llaves. Maldigo el día en el que se las di por si ocurría alguna emergencia, aunque quién iba a pensar que terminaría envuelta con un tipo con aspecto de adonis.

—Creo que no —niega y mi boca cae abierta.

—Ahora mismo te vas a esconder si no quieres que te quite esa gorra y te arrastre de los pelos hasta dejarte calvo.

Estoy decidida a hacer lo que haga falta con tal de simular que desaparece de mi casa, por lo que, sujetándole por la pechera de la camisa, comienzo a tirar de él.

—Jamás me escondo. No me rebajo a eso. ¿Quién te crees que soy? —me gruñe oponiéndose a mí.

—Por lo que puedo ver eres insoportable y además un prostituto con muy mal carácter, así que métete en la jodida ducha.

—Vaya, entonces, la mojigata tiene garras ¿eh? —se burla internándose por fin.

—Y un cuchillo con el que no dudaré en ensartarte, si se te ocurre decir algo o salir ahí afuera— le espeto furiosa.

—Pensaba ser comprensivo, pero no me gustas ni me caes bien y, debido a esa amenaza, sólo te concederé cinco minutos para que te deshagas de ella, o, de lo contrario, no solamente saldré ahí, sino que lo haré en bolas. ¿Te ha quedado claro, dulzura?

¿Me demandaría si lo abofeteo?

Ding, dong.

Adiós a mi tiempo para replicar.

—¿Crystal? ¿Estás en casa, corazón?

—Creo que deberías ir a abrirla ¿no crees? El tiempo corre, bragas de castidad. Tic, toc.

—Traigo lasaña que me ha sobrado —añade la señora Preston.

—Uuhh, lasaña y un hombre desnudo, planazo.

Definitivamente lo odio. Esa sonrisa petulante, como si tuviera la situación controlada, obliga a mi mano a desplazarse hasta la manivela del agua fría, provocando que un Aiden Blake incrédulo, quede empapado.

—En algún lado leí que el agua fría baja la calentura. ¿Crees que servirá para la idiotez?

Sin darle tiempo a responder, cierro con fuerza la cortinilla de la ducha. Los estampados de gatitos me observan juzgándome, supongo que no acostumbran a tener un integrante masculino en su interior.

—Puede entrar, señora Preston, voy en un minuto —canturreo calculando cuánto rato me tomará echarla.

Ese tipo está decidido a arruinarme la tarde.

—Oh, Crys, querida, ¿estás bien? Te noto muy pálida —señala viéndome llegar—¿Estás enferma?

Enferma de tener a ese desgraciado escondido en mi ducha como una cucaracha que se cuela atraída por los dulces. No hay lugar a dudas, tengo que contactar con Uriel inmediatamente.

—No tiene de qué preocuparse, señora Preston.

—Pero ¿cómo qué no? Tu madre me encargó que cuidase de ti.

—He estado toda la noche estudiando.

—Lo más importante es que no te descuides, recuerda que la salud es lo primero. Sin ella no tenemos nada… Mira, te he traído mi famosa lasaña.

—Muchas gracias, señora Preston.

—Isobel, me llamo Isobel. ¿Qué has comido hoy? Tienes la nevera vacía —señala estudiando el interior.

—Eh… verá tengo que ir a hacer compra.

De repente, escuchamos un estruendo proveniente del baño, lo cual capta el interés de Isobel.

¿Qué mierdas estará haciendo?

—¿Tienes compañía?

—Oh, ha..ha debido ser el ga..to. Ya sabe que odian la ducha —planteo inventándome una excusa.

—¿Has adoptado un gato, querida? —exclama encantada acercándose al baño.

—Sí, más o menos —afirmo nerviosa interponiéndome en su camino con rapidez— pero ¿sabe qué? Es un gato callejero, así que es muy arisco y araña con facilidad.

—Entonces seguro que necesitarás ayuda, yo puedo echarte una mano, se me dan muy bien los animales.

—No hace falta, señora Preston.

—Isobel.

—Isobel —rectifico— de verdad, no se moleste, aunque gracias de verdad. Verá, me sabe fatal decírselo, pero justo ahora estaba muy ocupada bañándole, y pronto vendrán unos amigos, tengo que prepararlo todo, aunque usted ya me ha ayudado a avanzar mucho trabajo trayéndome la lasaña…

—Ay querida, entonces tendré que marcharme. Una ya está demasiado mayor para esas fiestas de jóvenes, aun así, me alegro de haber podido ayudarte. Espero que a tus amigos les guste la lasaña.

—Gracias, Isobel.

—Llámame si necesitas cualquier cosa, ¿vale?

—¡Por supuesto!

Estoy segura de que en mi sonrisa se nota toda la tensión contenida, más sin decir nada más y la insto a acercarse a la puerta.

Otro sonido viene del servicio, y me preparo para lo peor. Ese estúpido… ¿estará desnudándose en el baño?

Sólo unos milímetros más y me habré deshecho de ella… Sólo…

—Ah, una cosa más, querida

—¿Sí? —grazno experimentando una sensación de completa agonía.

—Cuida mucho a tu gato, son los mejores haciendo compañía.

Lo más probable que haga sea estrangular al "gato".

—Por supuesto, gracias.

—Hasta el lunes.

—Adiós, señora Preston.

Prácticamente le cierro la puerta en las narices, y me giro rápidamente para observar la puerta por la, con toda seguridad, va a aparecer el causante de todos mis males. Ésta no tarda en abrirse y un Aiden mojado, y con el torso desnudo entra en escena.

Esto es demasiado. El aire se escapa de mis pulmones de golpe en el momento en el que reparo que el tipejo tiene los abdominales definidos y las gotas de agua resbalan por cada uno de ellos.

El muy desgraciado está secándose el pelo con mi toalla rosa favorita. Santa madre de Dios. Ahora logro comprender lo de la faceta de prostituto.

—Quiero que sepas que vas a pagármelas por el tiempo que he desperdiciado aquí, ah, y por haberme mojado. No mires tanto, ¿debería cobrarte por hacerlo?

Me obligo a recomponerme con rapidez, tengo que contestar, no quiero que piense que me atrae de algún modo.

—Perdona que me cueste asimilar que el tipo con el que he estado yendo a clase durante no sé… ¿tres años?, sea un prostituto de lujo. ¿Vas a cobrarme por tomarme los minutos de rigor para sorprenderme? Y, además, ¿dónde diablos está Uriel? A la vista está que tú no eres él. ¿Esto es una clase de broma? ¿Traes contigo alguna cámara oculta? Eh, ¿qué haces hurgando en mis cajones?

—Varias cosas, primero no soy un puto, soy un escort.

—En pocas palabras, un prostituto.

—En segundo lugar, como te dije antes, cada minuto de mi tiempo es oro.

—Ya te dije…

Él me señala con un dedo tras haber seleccionado una de las camisetas de mi padre que utilizo para limpiar.

—Ah, no, no te atrevas a decir nada más, no cuando yo me he tenido que quedar callado escondido en una ducha inmunda, mientras que la abuelita de piolín traía una lasaña ¡Soy un profesional! ¿cómo te has atrevido? Y por último, ¿quieres que salga desnudo? No tengo ningún problema, pero te recuerdo que me has empapado.

—El ruido que provenía del servicio, ¿eras tú tomando una ducha?

No puedo creerlo, ¿quién se baña en casas ajenas sin haber sido invitado a hacerlo? Bueno, está claro que él. ¿Sería herencia de la prostitución?

—¿Compras el jabón del Walmart? No te cuidas nada.

Me repasa de arriba abajo evaluándome. Supongo que no le gusta lo que ve, pues ya somos dos.

—Más te vale devolverme la camiseta, tiene mucho valor sentimental.

—¿De verdad te crees que alguien como yo dormiría con ella puesta? Huele a colonia barata de supermercado.

—Esto es absurdo. Voy a llamar a Uriel inmediatamente. Espera aquí —le ordeno acercándome al baño.

—¿Vas a esconderte en la ducha tú también?

Para su consternación, le cierro la puerta en las narices

—¡Cállate!

— Que sepas que el tiempo corre y el dinero aumenta.

—Idiota —murmuro apoyada en la puerta buscando el número de Uriel.

—Te he oído.

Ruedo los ojos y escucho descolgar el móvil al segundo timbrazo.

—Rose, te he estado llamando.

—¿Me quieres explicar qué significa esto Uriel?

—Lo siento muchísimo de verdad, estas cosas no suelen ocurrirme, pero me ha surgido un tema muy importante y no he podido posponerlo. Acuerda con Raziel los términos y la próxima vez iré yo, te lo prometo.

—¿Raziel?

—El amigo que he mandado para sustituirme. ¿No se ha presentado?

No ha hecho falta la presentación, quiero añadir, pero al final decido callármelo. Al menos esto demuestra que no se trata de ninguna broma para burlarse de la nerd de turno.

—Ah… sí… Raziel. Bueno, no es que hayamos hablado mucho.

—Tranquila, estoy seguro de que te gustará, confía en él, es muy bueno y experimentado.

—No me digas…—comento desesperada pasándome la mano por la cara.

No confiaría en Aiden Blake ni para dejarle mis apuntes.

—Lo siento de verdad.

Su disculpa parece sincera, lo que hace que me ablande. Creo que de verdad no sabe el lío en el que me ha metido, así que no es justo que le culpe por ello.

—No..no te preocupes.

—Solamente piensa que Raziel soy yo, y siéntete cómoda de explicarle todo lo que necesites, después, él me comunicará todo el acuerdo al que lleguéis.

Ni en cien años ese idiota de Blake podría ser como Uriel. ¿Realmente debo hacer tratos con él?

—Bueno…

—Si tienes alguna pregunta más, no dudes en hacérsela.

—De acuerdo.

—Gracias por tu comprensión, Rose.

No lo comprendo, pero es tan dulce que tampoco puedo oponerme. Entonces, ¿únicamente debo hacer negocios con él y se marchará? Bueno, visto así no está tan mal.

Tras colgar con Uriel, me doy cuenta de algo en lo que no había reparado antes: ¿y si se enteran los demás? Ese pensamiento me produce tanta ansiedad, que inspirando una gran bocana de aire, salgo a encararle.

—¿Y bien?

—Entonces, eres un prostituto. —sentencio cerrando la puerta.

—Un escort.

—Raziel.

—Oh vamos, ni se te ocurra juzgarme, tú te has puesto Rose.

—¿Lo sabe alguien de clase?

Su gesto desenfadado se transforma, y constato una ligera preocupación en él, esta pronto es reemplazada por una expresión de auténtica seriedad.

—No.

—Y ¿no te preocupa que se enteren?

—¿Por qué? ¿Piensas decirlo?

—Podría. *"El popular y arrogante Aiden Blake es un escort"*. Los de periodismo estarían orgullosos de mí.

—¿De verdad? Entonces quizás deberías acompañarlo con el siguiente fantástico titular: *"La callada y mosquita muerta Crystal Moore, de Derecho, cuelga un anuncio en el que pide que le rompan el himen"*.

—¡Yo no puse eso!

—Oh vamos, tienes una cara de virgen que no puedes ni con ella.

Ante esa afirmación no lo pueda evitar y me llevo las manos a mi rostro, delatando mi condición sexual por el camino.

—Lo que yo suponía, una virgen total.

—Eh… por lo menos yo no voy tirándome a todo lo que se menea.

—¿Y quién eres tú para juzgarme por ello? ¿Somos acaso amigos? Si quieres exponerme, de acuerdo, hazlo, pero tu reputación también caerá conmigo.

—No tenía intención de hacerlo.

—Bien, entonces ¿podemos acordar los términos? Tengo que irme.

—¿Por qué de todas las personas tenías que ser tú?

—¿Crees que me alegro por esto? A mí también me desagrada estar aquí con una estirada como tú, pero era el único que sabía sobre este acuerdo que te traes con Uriel.

—¿Qué? Y eso ¿por qué? ¿no teníais un representante para estas cosas?

—En este caso no, lo que está haciendo Uriel no lo está gestionando como solemos hacerlo, si el jefe se enterase…. Uf, habría muchos problemas.

—Vale, entonces ¿cómo se suele hacer normalmente?

—Primero debes decirme qué esperas del servicio, aunque por tu expresión de antes, supondré que deseas que te rasguen el himen.

—¿Lo tienes que decir así?

—Bueno, lo cierto es que hay mujeres que no tienen himen —continúa ignorándome— así que diremos que esperas tener tu primer contacto sexual.

—S-sí… mejor.

—No creo que haya problema, normalmente te habrían asignado a Gabriel, pero por lo que me ha contado Uriel, no puedes permitírtelo y, de todas formas, Gabriel jamás aceptaría nada inferior a varios cientos de dólares. Entonces, Uriel ha decidido adaptarte el precio ¿es así?

—Sí.

¡Qué vergüenza más grande! No quiero parecer un caso de caridad, aunque lo sea.

—Una insensatez si me lo preguntas.

—¿Quién te ha preguntado?

—Vale, entonces ¿cuánto estás dispuesta a pagar?

Este tipo ¿quién se cree que es? ¿cómo puede ignorarme incluso manteniendo una conversación conmigo?

—No sé muy bien cómo va esto… Hmmm ¿veinte dólares?

—Por ese precio ni me desato los cordones. —se ríe burlón.

—Entonces ¿cuánto debería de pagar? Además, ¿qué pasa si no cumple bien el servicio?

—Lo hará bien, créeme. Uriel es muy bueno. La tarifa por el día completo son mil quinientos dólares.

—¡¿Disculpa?!

—Ya te dije que somos profesionales.

—Bueno, yo no quiero tener sexo durante las veinticuatro horas del día. No soy un conejo.

—Entonces ¿cuántas horas semanales serían?

—¿Cuánto se tarda en….ya sabes?

—¿Follar? —sugiere divertido con mi incomodidad— Depende de la clienta y de sus necesidades.

—Vale, pongamos una o dos horas. ¿Cuarenta dólares la hora?

—Doscientos.

—¡¿Qué?! ¿Eres un mafioso? Uriel me dijo que se adaptaría a mí.

—Ciento cincuenta es lo justo.

—¡¿Por hora?! Ja, pues ven y arráncame un riñón. Lo máximo que puedo ofrecer son cuarenta dólares la hora, que serían por una hora a la semana… hmm…ciento sesenta dólares al mes.

—¿Un día a la semana?

—Los viernes, a ser posible.

—De acuerdo. Ahora vamos con la ronda de las preguntas ¿tienes papel y boli?

—¿Preguntas? ¿Qué clase de preguntas? —demando saber extrañada mientras le entrego lo que pide.

—Es un cuestionario que le hacemos a todas las clientas, normalmente usaría mi móvil, pero cierta persona me lo ha mojado —informa sarcástico sentándose en la mesa más cercana, más al percatarse de que estoy negando con la cabeza, añade— ¿No quieres responder? Bueno, no pasa nada, me marcho.

—¿Qué? No, espera, vale, vale, responderé. —claudico— Aunque un momento… ¿te las sabes de memoria?

Eso sí que es sospechoso.

—Claro, las hice mil veces. Bueno ¿Empezamos?

—De acuerdo…

Nada de esto me convence, pero ¿qué le voy a hacer? De todas maneras, ya me he puesto en ridículo para cien vidas, ¿qué importa si le añadimos cien más?

—¿Qué clase de higiene tienes? Y ¿qué tipo de higiene esperas que tenga, en este caso, Uriel?

—¿Eh?

¿De verdad me está preguntando eso? ¿Y con esa cara de interés? Ag, se la rompería.

—Es decir, ¿te depilas y te bañas con regularidad?

—¡Por supuesto que me baño! —exclamo ofendida— y sobre la depilación… ¿para qué?

—Bueno, no sé… para no tener un matojo ahí donde pueda columpiarse Tarzán, ¿quizás?

—Oh, eres odioso. No te imaginas lo tedioso que es tener que depilarte cada mes.

—Ajá…si tú lo dices.. —comenta levantando una ceja— Siguiente pregunta. ¿Hasta qué base has llegado con otros chicos?

—¿Qué…? Yo.. yo…

¿Cómo explica una que el único hombre con el que he estado ha sido en mi imaginación, en la cual me besaba con Peeta Melak encima de la copa de un árbol?

—Bien, ninguno. —afirma haciendo un tachón.

—¡Pero si no he respondido!.

—¿Entonces?

Ese interés fingido sólo me genera más ganas de romperle su bonita cara.

—Sí…ninguna base…

—Lo que yo decía… ¿A qué edad perdiste la virginidad? Oh bueno, esa mejor nada, ya que se supone que serás desvirgada durante este servicio —señala burlón.

—¡Oye!

—¿Has leído alguna vez el Kamasutra? O ¿estás interesada en alguna posición que replicar?

—Esa pregunta no puede ser en serio —le recrimino cerrando los ojos.

—Desde luego que sí.

¿Por qué diablos debe de sonreír? Ufff… ¡qué hombre más desesperante!

—No he leído ese libro… por lo que no sé cuál podría gustarme. —respondo en voz baja.

—¿Está dispuesta a tener sexo con Uriel estando la regla? ¿o cancelaría la sesión?

—¿Se hace con la regla?

¿Cómo va a ser eso posible? A mí me duele como si tres mil rayos estuvieran cayendo sobre mis ovarios.

—Por supuesto.

—Eh, si lo hiciese probablemente moriría en el intento.

—No te creas, tiene sus beneficios.

—¿Y cuáles son esos?

—En ocasiones, la menstruación es de las veces en las que más se les sube la libido a las clientas.

Madre mía, debo de haberme puesto tan roja como un tomate. No puedo creerme que haya pasado de no intercambiar ni una sola palabra en los pasillos de la facultad a tenerlo sentado en mi casa contándome sobre las virtudes que tiene el sexo con la regla.

—Pon sin ella.

—¿Querrías hacerlo anal y oral?

—¿Qué? Ni sé que debo responder a eso.

—El anal se disfruta mucho, y bueno ya si te hacen un oral verás las estrellas.

—O-oral, sí, a-anal puede. —tartamudeo dudosa.

—¿Estás dispuesta a experimentar otro tipo de sexo?

—¿Cómo otros tipos?

—Ya sabes, tríos, orgías, BDSM…

—¿Qué diablos? —exclamo horrorizada— ¿qué es el BDSM?

No, sin duda no puede referirse a lo mismo que aparece en algunos de mis libros eróticos…

—Bondage, Disciplina, Dominación, Sumisión, Sadismo y Masoquismo.

Okay… Supongo que si puede plantearlo como quien te dice la hora.

—¿Va a pegarme?

—O a asfixiarte, si tú quieres, claro... —responde impasible.

—¡Por supuesto que no!

—Sexo vainilla —sentencia poniendo los ojos en blanco y continúa con su lista de preguntas— ¿Juguetes, accesorios estilo ataduras, juegos de roles? ¿Eres de disfrazarte o más de que se te disfracen?

—Estás disfrutando de esto ¿Verdad?

—Sólo hago mi trabajo. Entonces, ¿qué tipo de juguetes? Tenemos dildos, vibradores, fustas, arneses, estimuladores de clítoris, pinzas para los pezones, bolas chinas…

Me siento tan sorprendida y conmocionada que no logro seguir el catálogo inmenso que menciona.

—¡Ninguna!

—Vale, vale… no desvirgarla al estilo Jane Austen, más bien sor Teresa. —afirma concentrando mientras apunta.

—No acabas de escribir eso.

—Por supuesto que sí, dulzura. Soy un profesional.

Estoy comenzando a odiar su sonrisa, de verdad.

—Déjame verlo —le exijo furiosa.

—Es confidencial.

—No puede ser, es mi intimidad, dámelo —le espeto arrancando de sus zarpas el papel. Repaso con rapidez la lista de preguntas absurdas y cuando llego a la última, se le recrimino— ¡Lo has subrayado!

—Así se lo pongo más sencillo a Uriel —desestima arrebatándomelo de nuevo —¿Proseguimos?

—Te has propuesto torturarme ¿verdad?

—Qué exagerada, así no aguantarás nada en la cama, vamos, sólo quedan dos preguntas.

—Te odio.

—¿Alguna fantasía sexual que quieras cumplir?

—Matarte con mis propias manos.

—Es una pena que sea Uriel al que le toque hacer el trabajo. Yo no vuelvo a actuar de muerto. —afirma con una expresión de lastima claramente fingida.

—¿Y la última?

—¿Alguna parafilia en particular? —al percatarse de que le observo sin comprender, aclara— Oh vamos, fetichismo, exhibicionismo, voyerismo, froteurismo, masoquismo sexual, sadismo sexual, necrofilia, pedofilia…

Un brillo travieso en sus ojos me indica que el tipo se lo está pasando en grande con toda esta situación. Bueno, lo único que le concedo es su gran papel de actor, finge bastante bien.

—¿Para qué mierdas son estas preguntas? —exclamo frustrada— ¿De verdad debo responder a ellas?

—Desde luego que sí, ya te he dicho que nuestra prioridad es tener a las clientas contentas.

—Pues yo no lo estoy —señalo cruzándome de brazos.

—Claro, mujer, es que todavía estamos con el cuestionario. —responde divertido.

—¡No me refiero a eso!

—Entonces pondré que te gusta el sado, por eso de que me quieres matar y todo eso. Sado, en faceta dominante. ¿Deseas algún apodo especial? Ama...¿Rose?

—¡Ya he tenido suficiente! —declaro alzando la voz.

—¿Quizás debería poner que te insulten? "Perra mala" es bastante famoso.

—Largo, no puedo contigo más. Me has quitado las ganas de tener sexo. ¿Profesional? mi trasero. Tú sólo eres un segador de la libido.

—Nunca me habían llamado eso... me gusta...—reflexiona tocándose la frente.

De repente, se levanta aproximándose hasta donde me encuentro, se agacha frente a mí y acerca su rostro a escasos centímetros del mío. La repentina cercanía me pone de los nervios.

—¿Q...qué?

— Dulzura, realmente no sabes lo que estás diciendo, yo podría ponerte los ojos en blanco.., —promete con la voz ronca— el único problema es que ni vendiendo toda la cacharrería que tienes en este cuchitril, podrías pagar mis servicios.

Esto ya es el colmo. Ahora sí que no le soporto más. El tipejo este ha alterado mis nervios y me ha dejado sin respiración sólo para terminar pegándome ese hachazo verbal.

—¡Lárgate!—le grito, esta vez sin importarme que pueda parecer una desquiciada.

—Bueno, de todas formas, ya tengo lo que quería. —claudica divertido guiñándome un ojo.

—Tú...

Sin agregar nada más, comienza a dirigirse a la puerta, y cuando creo que por fin voy a librarme de él, se gira de nuevo hacia mí.

—Ah, una cosa más.

—¿Y ahora qué?

—Poda ese bosque del Amazonas que debes tener entre las piernas, hazlo, aunque sólo sea por el samaritano de Uriel.

No me deja más opción. La ira se desata dentro de mí, obligándome a levantarme para agarrar el primer objeto que encuentro a mano. Me topo con la lámpara y, sin ningún miramiento, se la lanzo apuntando hacia la cabeza.

—¡Fuera de mi casa!

Lástima que sea tan cucaracha hasta para esquivar los objetos. La lámpara acaba impactando contra el marco de la puerta.

Lo odio.

Me dirijo hacia el baño con el fin de refrescarme la cara. Ahora que lo pienso, esta última lleva una tarde en la que ha ido variando entre diversos tipos de rojo. ¡Qué horror! ¿Cómo es posible que haya terminado relacionándome con él? Yo, que hasta ahora había evitado tener cualquier tipo de contacto con él o sus amigos en la maldita facultad.

En ese momento, me encuentro la camiseta de ese cretino sobre el lavabo. La furia vuelve a estallar en mí por lo que deseando desquitarme con algo suyo, la tiro al suelo y comienzo a saltar sobre ella.

—¡¡Cabrón, hijo de puta, estúpido prostituto de segunda!!

Después de plantearme seriamente si hacerle vudú o no, me doy cuenta de que he enloquecido. Me obligo a calmarme, debo intentar comportarme más racional que él. Con este objetivo en mente, recojo la camisa del suelo y me dispongo a echarla al cesto de la ropa para lavarla después.

Quizás debería de lavarla de forma individual y más teniendo en cuenta que es la prenda del mismísimo Satán.

Una vez más me reafirmo en la creencia de que odio a Aiden Blake.

CAPÍTULO 5

AIDEN

En el mismo instante en el que empiezas a trabajar de escort te das cuenta de que debes abrir la mente y prepararte para vivir situaciones atípicas. Esto supone que dejes los prejuicios a un lado y hagas tu trabajo sin pensar en nada más, bueno en nada tampoco, a veces reflexiono sobre la lista de la compra.

Una de las primeras circunstancias que experimenté cuando Alex me reclutó, fue una mujer cuya fantasía sexual era que un payaso le introdujese globos en forma de falo por la vagina. Por lo tanto, no sólo tuve que disfrazarme del primo de Ronald McDonald, sino que esas dos horas las dediqué a luchar contra la fuerza del rozamiento vaginal. La señora aseguraba sentirse volar cada vez que explotaba uno. Más tarde me confesó que el ruido era el detonante de su corrida.

Me veo en la obligación de destacar que esta situación tampoco es tan bizarra si la comparase con actuar como si fuera un muerto o vestirme de diferentes tipos de animales.

No, ni si quiera esas experiencias podrían acercarse al pódium de la rareza suprema, al menos no habiendo sido testigo del desbordamiento de mi paciencia, una clienta que me engañó.

Las primeras reuniones que habíamos concertado parecieron transcurrir con aparente normal, hasta que con el paso del tiempo se atrevió a confesarme su deseo de ser madre —por favor hagamos un minuto de silencio por todos esos escorts caídos que aparte de dar placer también actuamos de psicólogos y terapistas emocionales, como las peluqueras— esto quizás debería haberme hecho sospechar, más no lo tomé en cuenta ya que muchas mujeres se ponen sensibles tras el sexo.

Sin embargo, los días siguientes se consagró en cuerpo y alma a calcular mi talla a ojo. Al cabo de dos semanas, apareció con un regalo muy peculiar: un traje gigantesco de bebé.

¿Deseáis saber cómo un hombre puede perder la escasa dignidad que le queda? Probad a actuar como un bebé y fingid mamar de los pechos resecos de esa infame mujer.

No contenta con ello, también quiso cambiarme el pañal. Horrible. Ni si quiera había querido sexo, eso solamente había sido una excusa. Desde entonces, había dado carpetazo a esa clase de mujeres y dejaba ese tipo de casos especiales a los gemelos.

No obstante, ni si quiera este tipo de vivencias consiguió sorprenderme tanto como el reconocimiento de que la loca que dejó colgado el anuncio fuese "sabelotodo Moore".

Siempre había pensado que era asexual, y ¿cómo no iba a hacerlo? Sólo había que ver su aspecto, con ese entrecejo asilvestrado, esa coleta mal hecha y ese estilo de ropa desganado. Estaba claro que lo único que le pondría a esta mujer sería un libro sobre leyes.

Y ahora debía de creer ¿qué? ¿Qué era la chalada del anuncio?

Desde luego, todo parecía ser producto de una cámara oculta, tal y como había sugerido ella. Sin embargo, por la expresión de asombro que había compuesto en cuanto nos identificamos estaba claro que me esperaba tan poco como yo a ella.

Ese desgraciado de Uriel me había dado el papel del anuncio con la dirección y, tras eso, me rogó que fuera en su nombre. Se suponía que tendría que explicarle a la tal Rose que le había surgido una urgencia que no podía evadir y que él se encargaría en un futuro de ella.

Por lo tanto, yo sólo vendría a abordar los términos en sustitución de Uriel. Por supuesto, el panorama dio un giro de trescientos sesenta y cinco grados en el momento en el que había descubierto la verdadera identidad de Rose.

Definitivamente mi reunión con ella no había sido como hubiera esperado. Aquella sabelotodo no era la misma que me había encontrado aquella tarde cuando fui a ayudar a Kim.

Al principio no la había reconocido, quizás porque no la relacionaba con alguien como Kimberly, pero en cuanto ésta me la presentó supe a ciencia cierta que me jodería el poco tiempo que tenía para trabajarme a Kim, y lo cierto es que no andaba mal encaminad.

Aquella estirada se pasó todo el rato bufando y componiendo esas caras extrañas. Todos sabíamos que era una rarita. Incluso en clase solía actuar de manera extraña, no socializaba con nadie y sólo hablaba cuando el profesor se dirigía a ella o debía exponer algo. En cuyo caso siempre terminaba tartamudeando o enrojeciéndose hasta las orejas. Además, para completar el pack también hacía los trabajos sola.

Se creía demasiado superior a los demás.

Sin embargo, la personalidad que me había recibido en aquella casa minúscula distaba mucho de la idea de "Sabelotodo Moore" que todos creíamos tener sobre ella. Sólo por eso me había salido del guion y, suscitado por la curiosidad de esa nueva versión, había querido descubrir hasta dónde podía llegar, por lo que cuando me escondió y remojó en aquella ducha sin valor, tomé la decisión de devolvérsela variando un poco las preguntas que solía hacerle Erin a las clientas.

Por supuesto, para nada hubiera esperado que la situación se tornara tan graciosa que me costase tanto evitar reírme ante las caras que hacía. Había tratado de mantener la dignidad con esa cara roja como una sandía mientras respondía a las preguntas que le hacía. Sin duda, era una virgen total.

Al menos ya no tendré que tratar con ella nunca más, me digo ignorando una vez más los mensajes de Izan, mi mejor amigo de la facultad, que me recuerda que me esperará para ir juntos esta noche a lo de la fiesta de Wilson.

—¿Es que has venido a regodearte de mí tortura?

Me giro hacia la voz que realiza esa pregunta, y encuentro a Matteo, uno de los gemelos Sorrentino, esforzándose por observarme desde la posición horizontal en la que se encuentra tumbado.

—Solamente quería ver la consecuencia de haberle hecho dormir con una muñeca Annabelle.

—Lo volvería a hacer. ¡Menudo grito pegó cuando despertó y se la encontró! —se ríe ignorando la mirada de odio que le dirige Alex— Aunque ahora que lo pienso…quizás debería haberla sentado en una mecedora y con un hilo transparente ir moviéndola.

—Doscientas más —gruñe la víctima mientras le ayuda con la barra.

—Eres un odioso, llevo ya tres series.

—Esto no es sólo por tu bromita de mierda, sino por la bolsa de golosinas que escondiste bajo la almohada.

—Oh vamos, eso era para la hipoglucemia.

—¡Tú no tienes hipoglucemia! Tus últimos análisis salieron perfectos.

—¿Y no me pueden dar bajadas de azúcar?

Siempre están discutiendo sobre lo mismo. No sé el motivo por el que Matteo sigue empeñado en contradecirle, si lo más probable es que termine resultando más perjudicado que al comienzo.

—No cuando tu afición principal es comprar cosas dulces.

—Por el amor de Dios, ¡qué estricto! —exclama Matteo fulminándole con la mirada, después, me señala con un movimiento de cabeza— ¿Y a éste qué le pasa? Aiden, ¿desde cuándo estás tanto con el móvil?

—Desde que Izan está dándome el coñazo con que vaya a la fiesta de Harry Wilson.

—¿Fiesta?

De repente, Alex suelta sin querer la barra de las pesas ocasionando que casi guillotine a Matteo.

—¡¡Alexander!! Por poco me decapitas.

—Lo siento, compañero —se excusa, aunque no parece hacerlo de verdad— ¿Qué fiesta? Hace bastante que no voy a una, desde que Jared me carga de trabajo como si fuera una mula y éste idiota que come igual que Adam Richman me obliga a entrenarle como si fuera a irse al ejército, no he podido sacar tiempo para nada.

—¿Qué es bastante para ti? ¿Una semana?

La última vez tuvieron que llamar a Erin para que le recogiera a las cuatro de la madrugada, ya que estaban cerrando y se encontraba montando un escándalo en el local. Alex es un alma libre e imparable cuando se trata de mujeres y fiesta, supongo que, como todos, pero él en particular vive la vida como si esta se fuera a terminar mañana.

—Ojalá pudiera comer como el idolatrado Richman.

—Sin mí, acabarías con el mismo peso que los concursantes de "Mi vida con 300 kilos" —le espeta Alex —pero volvamos al tema de la fiesta.

—¿Te apetece venir?

—Alex ¿No crees que eres ya un vejestorio para relacionarte con los universitarios? —pregunta maliciosamente Matteo.

—¿Vejestorio? Tú no sabes con quién estás hablando. Este cuerpo aún tiene mucha guerra que dar.

—Siento decirlo, pero esa es una frase que diría un vejestorio.

—Sí, sí, venga reíros… ¿Creéis que el tiempo no pasa por vosotros? Sólo tengo veintisiete años, todavía sigo siendo joven. Además, Matteo tú no puedes hablar tampoco, estás en los veinticinco. ¿te consideras un anciano?

—Pues no porque estoy en el ecuador de la veintena y tampoco estoy interesado en una fiesta donde sé que sólo me encontraré con niñas. Ya sabes que prefiero relacionarme con mujeres más experimentadas…

—¿Crees que no sabemos que únicamente te gustan porque consienten todos tus caprichos? ¡Eres un gigoló!

—Oh, ¿cómo te atreves? ¡Retira eso!

—No van sólo niñas —agrego antes de que toda la conversación se vaya de madre— También asisten exalumnas. De hecho, probablemente vayan las amigas de la hermana de Wilson.

Todos sabemos que Harry intenta continuar con la tradición familiar que comenzó su hermana Sarah, excapitana de las animadoras del equipo de baloncesto, ya que, a diferencia de ésta, el menor de los Wilson no termina de encajar.

Dentro del mundo popular debes tener un carácter especial que atraiga a los demás a admirarte y, por ende, a seguirte. Desafortunadamente, Harry Wilson podrá poseer todo el dinero del mundo, pero carece de la gracia innata que tenía su hermana mayor.

—¿Has escuchado eso Sorrentino tragón? —pregunta con sorna Alex ganándose un gruñido del aludido— ¡Ex universitarias! Eso sin duda entra en mi campo de acción. Aiden, ya le puedes ir diciendo a tus amigos que estamos dentro.

—¿Vamos? ¿No tenías una cita esta noche?

—Puedo decirle a Erin que le adelante la hora a la señorita Donovan.

Dicho eso, decidido, extrae un móvil idéntico al nuestro de su pantalón deportivo.

—Erin te matará, amigo. Está cansada de que le cambiemos los horarios.

—Tonterías, soy su preferido, me adora.

—Te sacará los ojos y se los dará de comer a las palomas —sentencio mientras Matteo y yo afinamos el oído para escuchar mejor la conversación.

—Hola bebé.

—¿Qué quieres ahora Alexander?

Escuchamos la voz cansada de Erin traspasar el teléfono, y no es de extrañar, Alex disfruta atormentándola cada vez que puede.

—¿Ni un hola? —finge sentirse dolido.

—No creas que no reconozco ese tonito que siempre usas cada vez vas a pedirme algo.

—¿No puedes pensar que sólo te llamo para saber cómo te encuentras?

—No. Cada vez que me llamas me siento como si una rata de cloaca esperase a que le diera algún tipo de queso que no logro identificar.

Su sinceridad provoca que Matteo y yo nos echemos a reír al ver la expresión desconcertada de Alex.

—Esa comparación no es muy agradable por tu parte.

—No pretendía que lo fuese.

—Tan encantadora como siempre —mascula irónico— que conste que también me preocupo por ti.

—Veinte dólares a que le prende fuego —susurra Matteo.

—Te lo subo a cincuenta y le hace doblar horas.

—Suelta ya lo que sea que quieras pedirme. Tengo mucho trabajo que hacer y he escuchado a Aiden y Matteo apostando de fondo, así que no trates de eludirlo.

—Bueno, es que tengo planes esta noche…

—No pensarás cancelarme la cita con la señorita Donovan ¿no?

—No la voy a cancelar, Erin.

—¿Entonces?

—¿Podrías adelantármela? Ha surgido un asunto importante.

—Ajá, esa opción también se encontraba entre mis posibles. Eres un irresponsable, Alex.

—Ya, ya me sé esa cantinela, aun así, tengo asuntos personales.

—Conociéndote no quiero ni pensar en cuáles podrían ser.

—¿Quieres descubrirlos?

Es de conocimiento público que le gusta jugar al gato y al ratón con ella. Disfruta intentando derribar las barreras que Erin continuamente se esfuerza por alzar alrededor de ella. Puede que trabaje rodeada de escorts, pero en los años que llevo aquí siempre ha dejado las cosas muy claras: no juguéis conmigo.

—Prefiero seguir en el desconocimiento. ¿Necesitas algo más?

—¿Me envías un beso?

—Buenas tardes, Alex —se despide colgando.

—La tengo en el bote.

—Sí, se nota. —se burla Matteo.

—Entonces. ¿A qué hora es la fiesta?

—Empieza a las ocho, pero siempre llegamos más tarde.

—Pues en cuanto termine con la señorita Donovan, me cambio y paso a por ti. Esta noche tendremos marcha, marcha. —canturrea moviendo las caderas emocionado.

—Como bailes así solamente te llevarás a la cama a la abuela del chaval.

— ¡Trescientas más!

—¡Eres insoportable!

La casa de los Wilson no es lo que se suele describir como usual. Sus padres son ni más ni menos que los decoradores de interiores del momento. Por lo tanto, no es de extrañar que la enorme mansión en la que tiene lugar la fiesta esté decorada a la última moda.

Bajo mi punto de vista el señor y la señora Wilson no son tan estúpidos como su hijo menor, ellos saben perfectamente lo que hace falta para no ser devorados dentro de la pirámide social universitaria. Por eso, varias veces al año desaparecen de su hogar para que sus hijos organicen unas increíbles fiestas que les permitirán ascender en la escala social.

Claramente con la hermana funcionó, aunque lo de Harry aún está por ver. El problema principal que tiene el menor de los Wilson es que intenta agradar demasiado y eso nunca es buena señal.

En la jerarquía universitaria, así como en la vida en general, la gente te mide continuamente, así que es imprescindible ir pisando fuerte. No debes dudar ni por un instante de dónde quieres estar o por qué nadie más podría cubrir tu lugar. Esa sensación es la que se tiene que transmitir a los demás, y no todos valen para ello.

Alex y yo hemos llegado más tarde a la fiesta. Hasta eso está medido, pues si te presentas de los primeros indicará que estás desesperado por relacionarte con los demás. No, lo que de verdad importa es hacer una gran entrada. La clava es darles a entender que ellos son los que están esperando a verte, y no al revés. En realidad, si lo pienso detenidamente, los juegos sociales son muy simples. No entiendo por qué les cuesta tanto leer el patrón.

—Wow, ¿cómo decías que se llamaban los propietarios? —silba Alex impresionado, observando las dimensiones del exterior.

—Los Wilson.

—¿Los decoradores?

—Sí. ¿Por qué?

—La mujer ha sido y es cliente de los gemelos —me informa riéndose divertido —Menos mal que Matteo se ha negado a venir.

—No debería sorprenderme. Ese cabrón de Harry siempre está quejándose de lo que le avergüenzan sus padres al comportarse como lapas en público. Sin duda, la hipocresía se encuentra en todas partes.

—¿Y tus amigos?

—No tardarán en llegar.

—Entonces entremos ¿no? Quiero ver qué tipo de chicas han venido.

En cuanto entramos al interior de la casa, nos damos cuenta de que la fiesta se encuentra en su pleno apogeo. Wilson ha invitado a tantas personas de las diferentes facultades que uno apenas puede moverse por el salón.

—¡Aiden! Me alegro de que hayas venido. —saluda Harry acercándose, al reparar en Alex, pregunta— ¿Y tú eres?

—Alex, el primo de Aiden.

Siempre que me han visto junto a algún otro Arcángel, salimos del paso asegurando que somos primos, de cualquier forma, no es como si fueran a pedirnos el carné de identidad para comprobarlo.

—Buena fiesta Harry —le felicito estudiando el entorno.

—Gra-gracias. Sarah me ha ayudado un poco —confiesa avergonzado, de repente, algo capta su atención y, nervioso se separa de nosotros— Un momento ¡Cuidado con el jarrón chino por favor! No, por supuesto que no puedes coger el Ashton Martin de mis padres, ¡estás borracho! ¿Cómo si quiera lo has visto? El garaje está cerrado.

—Un individuo peculiar.

—¿Sólo peculiar? —le pregunto irónico, el tipo es rarito de cojones— Anda, vamos a por una bebida.

Nos abrimos paso entre la multitud que no cesa de bailar al ritmo de *High Hopes*. Desde luego, está claro que se nota la mano de Sarah en esto, han puesto incluso focos multicolores para recrear el entorno característico de una discoteca. Esto puede parecer muy guay en principio, pero a mí sólo me genera ansiedad.

Desde que trabajo como escort prefiero ambientes más espaciosos en los que no haya concentrada tanta gente. Antes adoraba este tipo de contextos, pero supongo que cuando tu trabajo es tan "personal" terminas aborreciendo un poco a otros seres humanos.

Sin embargo, Alex, por ejemplo, es la excepción a esta regla, él vive por y para la fiesta, así que aquí se encuentra en toda su salsa.

A pesar de que todos los años los Wilson contratan un servicio de catering, esta no deja de ser una casa estadounidense, así que lo mejor de la bebida siempre se puede encontrar en la cocina, lugar predilecto para todos aquellos que solemos asistir anualmente a esta fiesta.

Todavía puedo recordar que esta fiesta tradicional universitaria comenzó siendo muy exclusiva, sólo estaba destinada a los populares, hasta este año en el que Harry se ha empezado a encargar de ella, permitiéndole la entrada a cualquiera.

Wilson, restas puntos a una velocidad vertiginosa.

—Buah, no entiendo cómo no me has invitado antes a este tipo de fiestas… ¿has visto que bombones hay? Hay un par que son totalmente mi tipo.

—¿No has tenido suficiente con la señorita Donovan?

—A pesar de que sean mi especialidad, las vírgenes no me llenan. Sin embargo, esas pelirrojas que parecen modelos, sí, sin duda, sabrán satisfacerme. Tengo olfato para esas cosas.

—¿Cómo vas a convencerlas para que se monten un trío contigo? Recuerda que son universitarias.

Rebusco por algo fuerte entre las diferentes bebidas, preguntándome la ausencia de mis amigos. Al final le dije a Izan que nos encontraríamos aquí, pero no le he visto por ninguna parte.

—¿Desde cuándo debo de convencer a nadie? Ellas mismas me lo rogarán solitas. Aparte, ¿estás insinuando realmente que las universitarias son alguna clase de puritanas?

Y como para contradecir la pregunta de Alex, entra en la cocina quien menos esperaba encontrarme allí.

—Algunas sí.

Vaya, vaya, esto va a ser muy divertido…

—Jackie, he visto a un tío meterle mano por debajo de la falda a Jenny Price.

—¿Y qué?

—¡Que es la hija del decano! imagina la cara del padre si se enterase… de verdad te lo digo, no pintamos nada aquí, marchémonos ya.

Por la mirada atormentada que le destina Moore a todos los lados, está claro que todavía no han reparado en nuestra presencia.

—Ojalá ser Jenny Price esta noche

¿Esa es su amiga? No recuerdo haberla visto nunca. De hecho, hasta hace bien poco hubiera creído que el único amigo que podía tener sabelotodo Moore era un libro aburrido.

—¡No digas tonterías, Jackie!

—Si nos largamos jamás nos meterán mano como a ella. ¿Es que no quieres perder la virginidad de una vez?

Bueno, muy mal encaminada no anda la tal Jackie. ¿Sabrá sobre las andanzas de su amiga con el anuncio del amante?

—¡Cállate!

No puedo creerme que incluso a una fiesta venga hecha un desastre. La echo un repaso de arriba abajo, coleta alta, pantalones vaqueros viejos y una sudadera de la universidad. Desde luego, no es el culmen del erotismo.

—Lo que tienes que hacer es tomarte una cerveza y relajarte. El solo hecho de haberte sacado de esa ratonera que llamas hogar, es mi mayor logro, aunque lástima que te empeñaras en vestir eso que llamas comodidad.

—Bueno, yo soy así.

Madre mía, si sólo hiciera un poco más de caso a su amiga, probablemente no sería el desastre visual andante con el que insiste en aparecer en los sitios públicos.

—Ay dios, ¡esta fiesta es fantástica! ¡Tienen comida gratis y barra libre!

—Ya sabes que no tomo alcohol, y tú tampoco deberías o me tocará cargar contigo…

—¿Las conoces? —me pregunta Alex que también se encuentra observando la escena.

—Yo no diría tanto…

Me acerco hasta el lugar en el que están y Alex me sigue, no sin antes robar otro botellín de una de las neveras.

—Jackie vamos…

—Qué sorpresa encontrarte aquí

Saludo con una sonrisa y reparo encantado en el pequeño sobresalto que recorre todo su cuerpo al reconocerme.

—Buenas noches, señoritas.

La amiga se gira hacia nosotros y su boca cae abierta al ver a Alex, mientras tanto, bragas de castidad parece reponerse fácilmente de la sorpresa y se limita a fulminarme con la mirada.

—Buenas noches, guapetones. —saluda Jackie poniendo especial interés en Alex —Creo que no os conocemos, ¿verdad, Crys?

—Oh, yo soy Alex, el primo de Aiden.

—¿Aiden? ¿Aiden Blake?

—El mismo…

Esto es demasiado divertido. ¿Moore le habrá hablado sobre mí? No lo creo, de lo contrario no se encontraría tan callada como ahora. La amiga es demasiado bajita y regordeta con el pelo rosado, pero lo que más llama la atención de ella es que viste muy extravagante.

—Encantada de conoceros…yo soy Jackie y ella es Crystal. Crys, saluda. —le ordena propinándole un golpetazo en el brazo nada disimulado.

—Ho…hola

¿Y esta reacción avergonzada? ¿Dónde ha quedado la bravucona que me empapó en la ducha? ¿Acaso es bipolar?

—Bueno, ¿y qué os contáis?

Jackie coge una bebida del mostrador y se la pasa a la estirada de su amiga, quien la abre ignorándome.

—Nada, solamente estábamos debatiendo sobre la pureza de la vida y como ésta puede ser fácilmente corrompida. —agrego sarcástico

ignorando la mirada sorprendida de Alex y preparo el golpe de gracia—
¿Tú que piensas Moore?

Sin embargo, ella parece captar la doble intención porque escupe
parte del contenido de la lata que estaba bebiendo.

—¡Crys! ¿Estás bien?

Su amiga le asiste preocupada al tiempo que le da golpecitos en la
espalda. Tengo que hacer un esfuerzo por no reír ante ese panorama.
Finalmente, Jackie le pasa una servilleta con la que se seca las partes
húmedas.

—S-sí.

—Toma mujer, la cerveza sienta mejor que la Coca-Cola.

Alex le cede uno de los botellines que ha robado y ella lo toma
contemplándolo indecisa.

—Gracias… pero yo no tomo alcohol.

—Pufff, cómo no —comento escéptico. No se puede ser más
aburrida— ¿Hay algo juvenil que hagas? ¿Un novio? O…¿Un amante,
quizás?

—Pues has tenido suerte, porque Crys está soltera, pero con
muchas ganas de diversión.

—Sí… No me cabe duda de eso.

Okay, está claro que la amiga no sabe nada sobre el anuncio y
tampoco sobre su trato de envolverse con Uriel.

Moore sigue sin decir nada. El único cambio perceptible en su cara
es que se ha puesto ligeramente roja. Apuesto todo mi dinero a que
está calculando cuánto podría costarle un billete a China.

Esto seguro de que debe estar mordiéndose la lengua para no soltar
un comentario mordaz. Me cuesta comprender su pasividad, y siendo
sincero, detesto este tipo de personas que parecen esconder su
personalidad de los demás, es que no pueden ser de fiar.

—Crys…

—Jackie, tu amiga parece muy callada. ¿Es que le damos miedo?
Creía que estábamos siendo muy agradables…

—No…no… —responde asombrada— Verás, es que Crys es algo
tímida, pero luego cuando la conoces más a fondo es muy agradable.

¿Agradable? Pobre Uriel, él sí que tendrá que conocerla más a
"fondo".

—Es una fiesta. Lánzate mujer —le aconseja Alex confiado— El
alcohol te ayudará. Uy, creo haber visto a alguien con la que tengo que
hablar, luego nos vemos.

Menudo cabrón me deja tirado con ellas para seguir a una de las
pelirrojas que tiene en su punto de mira.

—Has..ta luego

La amiga parece decepcionada con su marcha. Poco más puede hacer, sintiéndolo mucho no tiene las cualidades que Alex busca. Aprovecho que Jackie está despistada para acercarme al oído de Moore.

—Alex tiene razón. No puedes pasarte toda la fiesta con esa mirada de haber olido una mierda, no querrás que nadie se te acerque como de costumbre ¿no?

Al percatarme de su evidente crispación, sonrío encantado. Tras esto, me separo dispuesto a seguir mi camino.

—Tú…

— Ha sido un placer. Pasadlo bien —me despido sin darle tiempo a replicar.

Acabo de encender la mecha, me pregunto cuánto tardará en propagarse el incendio, y lo que es aún más inquietante. ¿Lo hará?

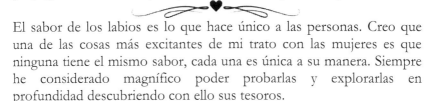

El sabor de los labios es lo que hace único a las personas. Creo que una de las cosas más excitantes de mi trato con las mujeres es que ninguna tiene el mismo sabor, cada una es única a su manera. Siempre he considerado magnífico poder probarlas y explorarlas en profundidad descubriendo con ello sus tesoros.

No obstante, desde que comencé a trabajar de escort, he seguido una regla fundamental que se aplica a todas mis clientas: nada de besos.

Durante el trabajo puedo adoptar multitud de facetas y ser todo lo flexible que se necesite, pero jamás permito que me besen. Eso es algo que sólo reservo para mi vida privada, sólo beso a mujeres que haya escogido por voluntad propia y que no me estén untando dinero.

Ésta es la única forma que tengo de distinguir cuando voy a practicar sexo siendo Aiden, a cuando voy a hacerlo siendo Raziel. Esto no es algo que suela con mis compañeros, pero es cierto que en ocasiones mezclo ambas personalidades. Durante mi trabajo me fuerzo tanto a sentir cosas que en circunstancias normales no sentiría que, cuando realmente debería dejarme llevar me cuesta identificar si lo estoy disfrutando o no.

Esta noche estoy dispuesto a descubrir otros labios dulces y explosivos, cuya propietaria no es otra que una de las últimas incorporaciones de las animadoras, Bethany Reel. Estoy recreándome en la música cuando me percato de que la atractiva Beth se está acercando a través de la improvisada pista.

—Hola guapo —saluda al llegar— ¿Te apetece bailar un poco?

—Claro.

Con una sonrisa, la pego a mi cuerpo. Percibo la flexibilidad de sus caderas traspasando el ligero vestido que lleva. Bethany, se gira y comienza a moverse insinuante, restregando su culo descaradamente contra mi paquete al ritmo envolvente de la música.

Le sujeto de las caderas y cuando levanto la cabeza para identificar a qué huele, me topo en mi campo de visión con la estirada de Moore. Ésta se encuentra observando a los bailarines al tiempo que bebe como un corsario, ajena a la presencia de todo lo demás. Qué nerd más infeliz… Al ritmo que va, se ahorrará tener que pagar a Uriel para dejar de ser virgen. Cualquier desesperado con un poco de alcohol en las venas, cumplirá esa función y ni si quiera se acordará.

De hecho, probablemente haya encontrado a su borracho desvirgador particular, pues un tipo con un paso igual de inestable que un funambulista, se acerca y la saca a bailar. A partir de entonces, parece ser que cierta llama se prende en ella.

Bethany decide dar un paso más allá del baile y me arrastra hasta uno de los sofás desocupados. Tras un rato permitiéndome sucumbir a su sabor afrutado, empiezo a tener el presentimiento de que por fin podré disfrutar, hasta que vuelve a ocurrirme lo que viene sucediéndome últimamente. Ha sido demasiado fácil. De repente, sus labios comienzan a agobiarme y empiezo a pensar en otras cosas. Menos mal que llega un momento dado en el que siento mi pantalón vibrar. Genial, esto me proporciona una excusa perfecta para zafarme de ella. Suficiente por hoy. Me separo bruscamente y puedo identificar su mirada de incomprensión.

—Creo que me están llamando, preciosa. —le comunico sacándome el móvil del pantalón— Debo salir a contestar.

—Bueno, si luego quieres seguir por donde nos hemos quedado, me encontrarás aquí. Podríamos ir a un lugar más privado.

Eso no va a pasar. No esta noche al menos.

—Claro —respondo vagamente.

Sorteo a los individuos del salón y por fin encuentro a Izan y a los demás, quienes no han perdido el tiempo tampoco. Todos se encuentran bailando y tomando alcohol con sus improvisadas parejas. Al verme les hago una señal con el móvil y salgo de la estancia dejando a la música y sus bailarines amateurs atrás.

Una vez en el vestíbulo, reparo en que Alex está subiendo las escaleras con las dos pelirrojas de antes hacia los dormitorios. Me mira y sonríe de reojo prosiguiendo su camino.

97

Cabrón insaciable.

Decido salir de la casa por la entrada principal, ya que la parte trasera estará llena de gente probando la piscina. El viento fresco de la noche golpea en mi cara permitiéndome disfrutar de la soledad. Me acerco a uno de los árboles para atender la llamada que hace rato dejó de vibrar y al ver que se trata de una numeración desconocida, decido no devolver la llamada. Ignoro la música que sale de la casa y observo la luna.

No debería haber venido, sabía que me terminaría ocurriendo esto, es demasiado aburrido.

—Por el amor de Dios Crystal, vas como una cuba. ¿Qué diablos te ha pasado?

La recriminación dicha en voz alta proviene de la entrada de la casa. Me giro y, efectivamente, Jackie está cargando a duras penas con una muy borracha Moore.

—Soooooooolo quiero bailaaaaaaaar…. —responde fuera de sí.

—En circunstancias normales te dejaría tirarte a los calzoncillos de Richard Turner tranquilamente, pero esta noche va peor que tú. Jamás te había visto así.

—Me estaaaba divirtiendo, tú siiiempreeee me llamas aburrida….

—Y me alegro de que hayas decidido probar la bebida. De hecho, yo misma te lo sugerí, pero estás a un paso del coma etílico. ¡Mierda me he dejado las cosas dentro! ¿Puedes mantenerte de pie?

—Luuunaaaaaa…. Estrellas… —nombra señalando al cielo. Jackie la estudia decidiendo si debe dejarla o no.

—El aire te vendrá bien. Vendré enseguida.

Tras esa declaración, termina marchándose con rapidez hacia el interior de la casa.

—Estrellita dónde estás…

Me aparto del árbol y, sin poder resistirme a una buena diversión, me acerco hasta donde se encuentra. No ha dejado de canturrear mientras se esfuerza por tocar el cielo con las manos.

—No me digas que ahora también cantas.

—Ohhhhhhhhhhhhhhhhhhhhh…. Túuuuuu… el proo-hip-tuto de poca monta. ¿No estabas ocupado manoseándote con una rubia?

—Ahora ¿me espías?

—No, sholo tengo ojosss en la cara….No puedo evitaar verte si estás justo enfrente de mi…

—¿Seguro que ves bien? —pregunto burlón — ¿Cuántos dedos hay aquí?

—Claramente doshh…

—Ves menos que un topo. Son cuatro. —me rio ante su mueca de enfado.

—¡Has cambiado los dedos seguro! Déjame ver…

De repente, captura mi mano entre sus dedos denotando tener una genuina curiosidad.

—Uhhhhhh…. Qué mano tan suave… ni un callo tienes… cómo se nota que no traabajas en la obra ehhh….—afirma acariciándose la cara con mi mano— Debeeriiias seeer modelooo de manooos…

—¿Qué se supone que estás haciendo?

No puedo creer que esté tan borracha que ni si quiera sepa lo que dice. Esto parece tan impropio de ella, aunque no es como si la conociera mucho, apenas he hablado un par de veces y todas ellas durante la última semana.

—Prueebo una mano que habrá rozado muchaaas vaginas…

—¿Qué te pasa?

—Imagínate rozar una vagina, como la mía, que está inexplorada, con una mano llena de callos… no… sin duda, debería ser así de suave.

—Shhhhh. Te van a escuchar.

—Oyeeeee…ahoraaa que lo pieeen-hip-so…

—¿Puedes pensar en tu estado? —inquiero burlón observando cómo se tambalea.

—No te rías de mí. Esto es serio. Tú como prostituuuto experimentaaado… Habrás visto muchas tetas ¿no? ¿qué piensas de tener un pecho orientado hacia una dirección diferente? —demanda saber tocándose las suyas propias— Por que las mías son así, parece que una mira hacia Missouri y la otra hacia Virginia. Podrían ser como una brújula… una apunta hacia el este y otra hacia el oeste.

—Estás muy mal.

—Te imaginas un marinero orientándose por unas tetas —comenta riéndose— ¡Las tetas de Crystal Moore guiarán a los marineros hasta buen puerto! Mira, mira, tócalas, a lo mejor encuentras tu camino a casa.

En cuanto termina de pronunciar esa frase, me coge de las dos manos y en esta ocasión se las coloca encima de las tetas. Bueno, debo reconocer que tiene un pecho bastante turgente, aunque no es nada que no haya visto antes.

Sin embargo, como me estimula mucho bromear con ella, me limito a sonreírle divertido.

—Estás plana.

—¿Qué? ¿Acabas de llamarme plana? Porque tengo buenas tetas, eh…. Mira espera, ya te voy a enseñar…

Evalúo el brillo de sus ojos y me doy cuenta, horrorizado, de que está decidida a levantarse la sudadera.

—¿Estás loca?

No es que me importe que se desnude, pero si me descubren con una friqui como ella en bolas, tendré que dar muchas explicaciones.

—Ni que fuera la primera vez que ves unas…

Se ríe esforzándose una vez más por quitársela, revelando con ello unas caderas redondeadas que no imaginaba que pudiera tener. Esa estirada esconde mucho debajo de esas enormes sudaderas.

—Hey, venga bájatela de nuevo. No, no sigas subiéndotela…

— Vaya que fastidio…

—Y ahora ¿qué?

—Me he quedado atrapada…Ayúdame a sacarla.

—Ni hablar, bájatela. No me van a relacionar con una nerd desnuda. Tengo un caché que mantener.

—¿Por qué no? Incluso me he depilado… mira espera, ayúdame y te enseño... ¡No veas como escocía! Estaba más cómoda con el pelito…—me informa tambaleándose todavía con la sudadera subida.

—Cuando te dije que te depilaras, no me refería para que tuviera que verlo yo.

Miro hacia los dos lados para descartar la presencia de una segunda persona y le ayudo a bajarse la sudadera. Tiene la cara completamente roja, signo claro de que está muy borracha.

—No tenía que haberte hecho caso, uff… me pica mucho.

—¿Es que no has usado cera?

—¿Cera para la vagina? ¿Tú quieres que muera? —grazna horrorizada— He usado la cuchilla de afeitar tal cual venía.

—¡Pero que bruta! ¿Sin agua y jabón si quiera?

No puedo creerlo. ¿Es que no tiene idea sobre higiene básica?

—¿Para qué?

—Madre mía, debes de tenerlo como un tomate.

—S-sí…me pica mucho…—se lamenta entristecida.

—No me das ninguna pena, estas cosas deberías de saberlas ya. Mira que eres torpe. ¿No tienes madre o algo?

—¿Mi madre? —pregunta extrañada y tras componer un puchero, una lágrima solitaria baja rodando por su rostro— Mis padres me enviaron a este lugar para deshacerse de mí y que pudiera socializar con tipos como tú… y ni si quiera entiendo por qué eso me hace llorar…

—Porque estás borracha y te pica el conejo.

—Puede ser, sí…pero eso sólo me pone más triste….—confiesa volviendo a sollozar. De repente, se aferra a mí y continúa llorando, llenándome la camisa blanca de mocos— Pica….

—Ya… ya… —tararareo tratando de consolarla incómodo, al tiempo que le doy golpecitos en la espalda— Luego te echas aloe vera.

Pasan unos buenos segundos hasta que el llanto va cesando y noto que se relaja entre mis brazos. Decido apartarme, pero, una vez más, ella parece tener otros planes.

—Me siento muy rara. —comenta acercándose aún más.

—No me extraña, en el cuerpo llevas metida media barra de los Wilson.

—Pero no lo entiendes…—niega observándome atenta— sé que me caes mal y no tiene sentido porque estoy llorando sobre ti sin importarme que el maquillaje que Jackie me ha obligado a ponerme se haya corrido. Y claro sigo sin soportarte, pero a pesar de eso….

—Hey, estás muy cerca.

Trato de alejarme, incómodo con esta escena bochornosa. Sólo faltaba que ahora llegase la amiga o Dios no lo quiera, algún amigo mío, y nos descubriera abrazados en esta situación.

—Tengo veinte dólares.

—¿Y?

Ella me estudia durante un segundo muy callada y, todavía con los ojos brillosos, confiesa:

—Y creo que quiero comerte la boca.

Dicho eso, me aferra de las solapas de la camisa y con un movimiento torpe pero fuerte, me obliga a descender sobre ella. Cuando quiero darme cuenta, sus labios se mueven sobre los míos con movimiento brutos, propios de una púber. No debería sorprenderme, pues es lo que es, aunque es cuanto menos sorprendente que en los tiempos actuales que corren, esta sea su primera vez.

No obstante, lejos de sentirme insultado porque haya tratado de comprarme con veinte míseros dólares, experimento cierta diversión ante la situación. Casi siento ganas de orientarla en el arte del besuqueo. Está claro que lo hace fatal, pero bueno, al menos lo compensa con entusiasmo.

Por Dios, si besa así a un desconocido saldrá huyendo en cuanto se la saque de encima, aunque bueno, a su favor diré que no está metiéndome la lengua hasta el fondo como hacen otras que parecieran que quisiera ahogarme. No, ella sigue concentrada besándome hasta que de forma natural me muerde el labio inferior y suspira inundándome de su olor, esa pequeña acción consigue erizar mi piel ante mi sorpresa. Estimulado por esa respuesta tan impropia de mi cuerpo, decido guiarla en el aprendizaje, por lo que, sujetando su nuca, le insto a abrir la boca y me adentro en su cálida cavidad, tratando de enseñarla y descubrirla a nuevas sensaciones.

La escucho gemir y eso sorprendentemente me pone. No obstante, mi deseo es cortado en el mismo instante en el que se separa bruscamente de mí, y descubro horrorizado que era un gemido causado por una arcada. Incrédulo, la observo vomitar sobre un seto.

Conmocionado por haber cedido ante ella, y asqueado por la situación, doy un paso hacia atrás y contemplo la absurda escena.

—Eres muy escandalosa vomitando.

—¡Crystal, Crystal! —escucho que grita Jackie, quien se encuentra corriendo empapada hacia donde estamos— Perdona la tardanza, unos tíos grandes como gorilas, me cogieron y me tiraron a la piscina… ni si quiera estaban buenos…¿Estás bien? ¿Qué ha pasado?

—Mejor llévate a la loca de tu amiga…

En un intento por evitar que me pida explicaciones, me aparto de ellas y vuelvo de regreso hacia la casa.

Una vez me encuentro en su interior desde una de las ventanas observo que Jackie intenta levantarla del suelo sin éxito mientras que Moore vuelve a vomitar sobre el seto. Quizás debería de llamarles a un taxi o algo.

Por fin parece estabilizarse y apoyándose en su amiga, ambas retoman la marcha. Sin embargo, no puedo evitar reparar divertido en que Moore le va informando por gestos a su amiga sobre su problema de picores.

—Tío, ¿qué haces aquí solo?

—Hola, Alex.

—¿A qué le estás sonriendo con esa cara de idiota?

—Cállate y vámonos.

—¿Ya nos vamos? Pero si es muy pronto…

—Toda la diversión se ha terminado.

CAPÍTULO 6

CRYSTAL

Existe un motivo claro por el que en su día decidí no beber nunca más. Más allá de que el alcohol aniquile neuronas con el paso del tiempo, lo que más odio es el descontrol sobre mi persona. Este efecto unido al mareo posterior característico de la resaca provoca que deteste cualquier tipo de bebida destilada.

Justo es precisamente por el dolor que estoy sintiendo alojado en las sienes y la pesadez en todo el cuerpo esta mañana, que me reafirmo una vez más en la creencia de que el alcohol y yo no funcionamos bien juntos.

—¡Quiero morir! —me quejo tirada en la cama— Jamás debí de ir y mucho menos beber, te odio Jackie…

No me da tiempo a seguir quejándome, pues un cojín impacta contra mi cabeza con fuerza.

—¡Te he escuchado! ¡Por fin despiertas! Y ¿qué es todo eso de que me odias?

Jackie se encuentra en mi habitación ataviada con el pijama rosa que le reservo para las noches en las que se queda a dormir. Además, lleva puesto un delantal violeta que me regaló en un viaje que hizo y en el que se puede leer: *"I love bad boys"*.

—Ahora mismo sí lo hago…

Me sujeto la cabeza con ambas manos. El dolor se ha incrementado al incorporarme, ahora mismo estoy sintiendo más que pensando.

—Muy feo por tu parte decir eso.

—¿Qué haces aquí?

—No esperarías que me fuera a mi casa en tu estado ¿no? —inquiere señalando con la mano mi desastrosa imagen— A duras penas conseguí desvestirte, no dejabas de hablar sobre picores vaginales. ¿Qué te pasó para que descontrolaras de esa forma?

—Me duele la cabeza.

—Nada. No te preocupes. Ahora lo que debes de hacer es comer y beber mucha agua. Te he hecho tortitas y brownies. ¡Tienes que contarme muchas cosas interesantes!

—No quiero pensar... Mucho menos comer... creo que tengo náuseas...

Con cada mínimo movimiento que haga, el mareo parece incrementarse. Esto es horroroso.

—Oh, pero bella durmiente, debes de hacerlo. Para empezar ¿desde cuándo conoces a Aiden Blake? Pensaba que no querías saber nada de la élite universitaria o de cualquier chico en general. Debo decir que está increíble el amigo, si fuera tú ya me habría lanzado sobre sus pantalones. Y segundo, pero no menos importante, ¿sabes si el primo, alias bomboncito, que nos presentó anoche está soltero?

Me permite salir de la habitación, más ansiosa por extraer información nueva, comienza a seguirme por todo el salón.

AIDEN. BLAKE. Esas mismas palabras —confeccionadas por el mismísimo demonio— impactan contra mi adormilado cerebro desencadenando un nuevo mareo.

Un nuevo recuerdo destella en mi cabeza y un torrente de imágenes sin sentido aparecen ante mí, en lo que espero y deseo sea un maldito sueño. Tomo asiento horrorizada. ¿Qué le dije? ¿qué? ¡¿PELITO?! Más aún ¡¿Le puse sus manos sobre mis pechos?!

—¿Crystal? ¿Por qué no me dijiste nada? —vuelve a preguntar Jackie apoyada en la encimera de la cocina abierta.

—¿Qué narices? ¿Cómo que una brújula?

Esto es horrible. No puedo procesar que haya comparado mis pechos con una brújula y encima delante de ese maldito idiota.

—¿Qué ocurre?

—Dame un segundo... —le pido tocándome los pechos de manera inconsciente— Yo... Tengo que...

—¡OH! No me digas qué...

Probablemente esté imaginándose algo totalmente descabellado. Aunque seguramente no tanto como el hecho de colgar ese estúpido anuncio. Por ese motivo he decidido no contarle nada, pese a que soy consciente de que me apoyaría incondicionalmente, también sé que haría una escena. Quiero a Jackie como si fuera mi hermana, pero necesito algo que sea exclusivamente mío. Como permanezco callada, ella sigue sacando conclusiones precipitadas.

—Pedazo bruja… por cómo te tocas las tetas ¡Te lo has tirado! Qué maldita. ¿Todo eso de la virginidad era una patraña? No espera, tengo que ser una buena amiga, no te juzgaré, además, si yo pudiera también le habría asaltado sexualmente, pero cuéntame ¿cómo fue?

—¡En la maldita vida me lo tiraría!

La mera sugerencia me molesta e inquieta a parte iguales, sobre todo ahora que conozco a lo que se dedica.

—Y ¿por qué no? Tiene toda la pinta de ser de esos que te besan y te dejan en el suelo con las bragas bajadas y las piernas temblando…

"Y creo que quiero comerte la boca". Recuerdo que le dije atrayéndole con fuerza hacia mí. Ese recuerdo hace que me levante como un autómata.

—¿Y ahora qué pasa?

—Yo…yo…—tartamudeo conmocionada

Me toco los labios y eso es simple gesto libera el resto de los recuerdos. Él guiándome, un momento, ME GUIÓ CON LA LENGUA, después, yo sintiendo náuseas y mareo, gimiendo y, finalmente, vomitando sobre un seto.

—¿Crys? ¿Estás bien?

Jackie rodea la barra que separa la cocina del salón para venir a sujetarme, mientras tanto lucho por tranquilizarme. IMPOSIBLE. Me siento temblar, los nervios y la vergüenza que experimento son incontrolables.

—Jackie…

—¿Sí, amor?

—¿Cuánto crees que costará un cambio de nombre y de look?

—¿Por qué?

—Ay Dios mío, creo que voy a morir condenada al ostracismo social… No, no voy a poder mirarle a su estúpida cara.

—Luego me dices que la dramática soy yo —comenta divertida instándome a sentarme de nuevo.

—Jackie…

—¿Sí?

—Tan sólo mátame y tira mi cadáver al mar. Soy demasiado cobarde para suicidarme. También puedes probar a desfigurarme la cara, lo mismo da.

—Pero ¿qué estás diciendo?

—Incluso te dejaré que me tiñas con uno de esos colores tuyos de foco de discoteca. Más aún, puedes vestirme de forma estrafalaria, o bueno, eso no… también me miraría así. Sí, creo que la mejor opción es la muerte.

105

—Estoy debatiéndome entre sentirme ofendida y sacarte lo que ocurre a golpes.

—¿Qué me sucede preguntas?

—Desembucha.

—¿Cuánto bebí anoche?

—Pues dejé de contar a partir de la quinta cerveza.

—¿Cómo me dejaste beber tanto? —le reprocho indignada.

—¿Y cómo querías que te parara? Robaste una y te largaste a la pista.

—¡¡Voy a morir!!

Desesperada, me tiro de las greñas que tengo por pelos. Ni si quiera me atrevo a mirarme al espejo, debo de parecer como si me hubiera electrocutado. Un momento, ¿qué pasaría si metiese los dedos en un enchufe? ¿Sobreviviría?

—Ya, deja el drama y cuéntame qué ocurrió.

—Estaba borracha y le dije que quería comerle la boca… y… lo besé a la fuerza —confieso derrotada apoyando mi cabeza sobre la barra.

Durante un segundo el más absoluto y pesado silencio se instala en la estancia.

—Bueno…

—Ni lo digas.

—¿Qué? No me has dado tiempo a decir nada —escucho que se defiende y luego se ríe bajito— Bueno, sigues en el equipo virginal. Al menos, eso es un buen comienzo para pasar de base. Luego te lanzarás a sus pantalones, le tirarás sobre la cama salvajemente y le harás el salto del tigre y grrrrrrrr, el deseo os hará revolveros más que los huevos revueltos, grrr.

—¡No quiero pasar de base con él! ¡Ni pienso hacer ningún salto del tigre o lo que sea que signifique eso!

—Esa es mi leona —anima seguramente pensando que apoyo la situación surrealista que se ha montado en su mente, cuando procesa mis palabras inclina la cabeza sin comprender— Perdona, ¿qué? ¿qué acabas de decir?

—Lo que oyes.

—Has besado a un maldito dios griego, y aseguras que no quieres ¿qué? ¿Acaso le huele el aliento? ¿no metió suficiente lengua? ¿fue un maldito soso? —al verme negar suavemente repetidas veces, exclama— Entonces ¡No me vengas con esas! ¡eres una auténtica ofensa para todas las mujeres que han tenido su primer beso con hombres con cara de mono!

—¡Jackie! Para ¡Le vomité encima!

—¿Qué hiciste qué? —exclama con una expresión conmocionada— Dices ¿encima de encima?

—Casi —me lamento— devolví en un seto cercano a él, pero sí...

—Estás jodida. Y no en un ámbito en el que me gustaría estarlo.

—¿Te crees que no lo sé?

—Al menos es domingo, podemos pensar un plan de aquí a mañana.

—Solamente deseo enterrarme en mi cama.

—WOW...—exclama agachándose para estudiar mi cara con atención.

—¿Qué?

—Eres realmente increíble, es la primera vez que sales y lo haces a lo grande.

—¡Jackie!

—Besas a uno de los mejores del equipo de natación y te da tiempo hasta para vomitarle encima. —señala con un tono de admiración— bueno técnicamente sobre un seto, pero eso son detalles menores...

—No estás ayudando.

—No, no me lo tomes a mal. Me fascina el yin yang de tu suerte, sin duda, parece ser peor que el mío.

—Me reafirmo en lo dicho antes, te odio.

Ella me contempla con una mirada sonriente cargada de cariño y me acaricia la cabeza como si fuera un perro.

—Sabes que eso es imposible, ¿no? De lo contrario ¿quién más iba a venir a atiborrarte de tortitas para superar la vomitona?

—¡¡Jackie!!

—Entiendo, entiendo... No me gruñas. Sólo una cosa más. —me pide dirigiéndose hacia la vitrocerámica.

—¿Qué?

—Si vuelves a comerle la boca, por favor, no te olvides de pedirle el número del primo buenorro —requiere pasándome un plato cargado de tortitas, después añade en tono casual— ¿Sirope?

—Ug....¡Eso no pasará!

Frustrada, el arranco el bote de sirope de chocolate de las manos. No. Ni en mil años sucederá de nuevo.

—Solo decía...

❤

Aunque mi preocupación principal era que el estúpido de Aiden me encarase para demandarme una explicación por el bochorno en el que me puse durante la fiesta del sábado pasado, lo cierto es que nada de eso ha sucedido.

Si esperaba esconderme tras las columnas para evitarle descaradamente y terminar encontrármelo a mi espalda, como las protagonistas de mis novelas románticas, estaba muy equivocada. Han ido transcurriendo los días y, contra todo lo que pensaba en un principio, no he sabido nada de Blake más allá de lo usual.

De vez en cuando nos hemos encontrado en los pasillos o en algunas clases, pero el tipo siempre actúa como si no me conociera, tal y como ha venido sucediendo durante los años anteriores. No obstante, en algunas escasas ocasiones en las que me permitía estudiarle por unos breves instantes, preguntándome qué diablos me sucedió para que mi yo de entonces borracha creyera adecuado besarle, le he descubierto haciendo lo mismo.

Curiosamente, cada vez que nuestros ojos se conectan se establece una competición por quién aparta más rápido la mirada del otro. En el pasado pudiera ser que me molestara esa soberbia, pero ahora prefiero que no lo relacionen conmigo e intuyo que a él debe de sucederle lo mismo.

Ya no se trata únicamente del estúpido estándar universitario. No, el problema ahora ha cobrado nuevas dimensiones. No me gustaría que se malentendiese nuestra relación y acabar tironearme de los pelos contra la horda de obsesionadas que le siguen los pasos.

Al muy desgraciado hasta le han hecho una especie de club de fans al que se unen todas las rechazadas. Ja. Como si el tipo fuera la gran cosa o algo. Claramente deben desconocer acerca de su faceta como prostituto o de lo contrario muchas de las integrantes estarían haciendo cola para pedirle unas horas de diversión.

Dejando de lado al primo del diablo, lo que sí que ha destacado de mi semana han sido los mensajes frecuentes que me he estado enviando con Uriel. Ese hombre es un amor, es comprensivo, y se preocupa por los detalles más insignificantes, como por ejemplo si el idiota de su compañero se portó bien conmigo o no.

Siendo de esta manera, no tuve corazón para confesarle sobre lo estúpido que se había comportado su amigo, por lo que le mentí asegurándole que todo había ido bien. Ni de broma pensaba revelarle que era mi compañero de facultad, pues con toda seguridad trataría de encasquetármelo, y lo que menos deseaba es a tener ese cretino pululando a mi alrededor.

Reviso el último mensaje que me envió la noche anterior mientras espero con Jackie a que Charlie salga de su turno.

Mensaje entrante de Uriel:
Entonces nos vemos este viernes ¿te parece bien?

Al leerlo vuelvo a sonreír. Sus frases siempre priorizan mi opinión acerca del tema, no es como esos chicos malos que te obligan a acatar su voluntad, como la última peli de mafiosos que me hizo ver Jackie en Netflix, en la que el tipo casi desnuca varias veces a la protagonista en la ducha sólo para que le escuchase, de locos ¿no?

—¿Qué es lo que te tiene tan feliz? —pregunta Jackie interesada— ¡Ah! Ya lo sé, por ahí viene el buenorro al que le vomitaste encima.

—Cállate inmediatamente.

Le obligo a bajar el dedo que señala al testigo de mi vergüenza absoluta, tiene razón justo en ese momento se encuentra adentrándose en la cafetería. Al menos ya no voy a tener que tratar con él.

No obstante, no puedo resistirme a echarle un ojo para comprobar que no haya escuchado el apunte de la escandalosa de Jackie. El tipejo viene acompañado de sus amigos. A simple vista nadie diría que fuera un prostituto encubierto, pero ahora que conozco su sucio secreto tampoco me resulta tan descabellado.

Él parece sentir mi atención porque cuando sus amigos no se dan cuenta, me mira brevemente y sigue adelante sin decir ni una palabra. Sin embargo, durante un microsegundo me percato de un brillo de diversión en el fondo de sus ojos, lo que me hace fruncir los labios disgustada.

—Está tribueno, amiga… qué afortunada eres.

—Estúpido microbio…—le insulto sin poder contenerme.

—Quizás deberíamos ir a que te revisen la vista, Crys.

—A mi vista no le pasa nada, tengo mucho más gusto para estar con esa cosa.

—¿Acabas de llamar "cosa" a Aiden Blake?

—Sí, es un cretino.

—Ay, Crys… a los que están tan buenos como él, se les permite ser unos cretinos. Sólo tienes que mirar cualquier película romántica contemporánea.

—Eso no es excusa.

—Cuando me contaste que no te había dicho nada al respecto sobre el sábado y que no había hecho falta llevar a cabo nuestro plan de evadirlo, apenas podía creerlo, pero viendo esto está claro que debe estar acostumbrado a que muchas chicas le vomiten encima.

—Como si eso me importase. Podemos dejar de hablar de él, ¿por favor?

—Es que no hay muchos salseos últimamente sobre los que cotillear, y lo del sábado pasado fue lo más emocionante que he escuchado desde que pillaron a Audrey Halley recargando un vibrador en el baño de chicas.

Si Jackie supiese que mañana voy a perder la virginidad con un prostituto de lujo, cuyo aspecto le provocaría cuatro infartos seguidos, con toda probabilidad esa noticia escalaría en su lista de intereses, y es precisamente por esa razón por la que no se lo cuento. Respecto a lo primero, siempre había pensado que cuando llegase mi momento me sentiría muy nerviosa, pero por extraño que parezca, me encuentro demasiado calmada.

—Ah, por cierto… mañana voy a ir a una discoteca, ¿me acompañas? Seguramente Charlie me dará calabazas una vez más, ¡qué tipo más aburrido! parece mentira que trabaje rodeado de universitarios y tenga esa vena tan soporífera.

Recuerdo que mañana es el día en el que me reuniré con Uriel, por lo que me dispongo a declinar la oferta cuando la voz ofendida de Charlie nos sorprende a las dos.

—¿A quién llamas aburrido, Jackie?

—A ti. —rebate sin pudor la aludida— Le he dicho a Crys de acompañarme a la discoteca que está de moda en el centro, ya que supongo que tú estarás ocupado como siempre.

—Y supones bien —afirma recibiendo un manotazo en el brazo— Auch, no todos tenemos el dinero que tienes tú.

—¿Cuándo habéis tenido que preocuparos por eso cuando habéis salido conmigo?

—Ya te he dicho que no, Jackie. No nos vas a invitar de nuevo.

Jackie tiene una única concepción sobre el dinero: gastarlo sin preocupaciones. Por este motivo, nunca le ha importado invitarnos a todo cuando no hemos podido permitírnoslo. No obstante, aunque ella asegure que no pasa nada, de alguna manera a Charlie y a mí nos incomoda bastante.

—¡Aburrido! ¿Y tú Crys? ¿Te apuntas? Por favooor… sabes que de ir tendré que hacerlo sola, y eso nunca acaba bien.

—Mañana no puedo Jackie.

—¿Por qué no? Aparte de la universidad ¿qué más tienes que hacer? Que yo sepa los viernes sueles tenerlo libres.

—Oye, chicas… ¿nos podemos ir ya? No me gusta estar en mi lugar de trabajo más de las horas en las que debo hacerlo, y además, me apetece tomar ese helado que me habéis prometido.

Charlie no lo sabe, pero me acaba de hacer un gran favor cambiando de tema, pues cuando Jackie se huele algo es como un perro rastreador.

—Crys, no me has respondido.

Y ahí vamos de nuevo, no importa que ya nos hayamos puesto a andar, ella tiene que seguir insistiendo.

—No la agobies, Jackie. Te pones muy intensa.

—¿Quién se ha puesto intensa? La niña oculta algo y la mala ¿soy yo?

—Ya, contéstala Crys o no lo dejará pasar.

—No puedo ir porque seguramente vendrá la señora Head a traerme comida, y me gustaría aprovechar para invitarla a cenar.

Estoy empezando a acostumbrarme a las mentiras y no me gusta. Odio hacerlo, pero Charlie tiene razón, Jackie no parará a menos que le dé una explicación convincente. Para consolarme me digo a mí misma que hay cierta veracidad en esa frase, ya que tengo la intención de invitarla a cenar por todo lo que me está ayudando.

De hecho, me siento bastante mal por cómo la eché el otro día de la casa, aunque era imperioso que no se encontrase con el idiota de Blake desnudo. ¿Qué diablos hubieran pensado mis padres?

—Bueno, vale, si cambias de opinión avísame y pasaré a por ti.

Tras eso, el tema pasa a centrarse en las anécdotas divertidas del trabajo que nos cuenta Charlie de camino al *Chocolatto,* nuestra heladería favorita. En ella hemos pasado tardes charlando sobre todo tipo de temas, ya somos clientes tan habituales, que Giovanni, el dueño de la heladería nos tiene reservado siempre un sitio.

Entre risas nos internamos en el establecimiento y saludamos con cariño a Giovanni. Después no dirigimos hacia nuestros asientos y mientras Charlie va a pedir nuestras comandas, Jackie le estudia desde su sitio.

—¿Se lo has dicho?

—¿El qué?

—Lo de Aiden, ¿se lo has contado a Charlie?

—Ni muerta. Cuantas menos personas lo sepan mejor.

—Pero es nuestro amigo, creo que debería saberlo, Crys. ¡Ha sido tu primer beso!

—Shhhhh, cállate. Solamente quiero olvidarlo.

—Bueno, no diré nada, pero creo que se merece que se lo cuentes. Nos ha ayudado mucho en todo.

—Te prometo que se lo contaré más adelante, cuando pueda reírme de ello.

—De acuerdo.

El resto de la tarde transcurre entre bromas y mientras nos cebamos a tarrinas de diversos sabores, me olvido por unas horas de que mañana será mi gran día.

Un día que espero pueda recordar con una sonrisa.

Ese viernes las horas se me pasan volando mientras asisto a clase hecha un manojo de nervios. Ya no queda nada de la calma que sentía el día anterior y, cuando quiero darme cuenta se acerca la hora en la que he quedado con Uriel.

Decido seguir el consejo del idiota y me depilo axilas, piernas e ingles utilizando el agua y el jabón. Realmente es muy tedioso y no entiendo la necesidad de ello, pero si es lo que se suele hacer tampoco quiero ser la nota discordante.

Por otro lado, he revisado mi armario y doy pena en cuanto a la ropa interior. Una vez Jackie me contó que ella establecía una diferenciación entre las bragas de la regla y la de lencería sexy que usaba a diario por si perdía la virginidad.

Su frase estrella aparece en mi cabeza de manera insidiosa:

"Nunca se sabe cuándo puedes acabar revolcándote con un hombre por la hierba o en un coche y si eso ocurre no querrás llevar ropa interior fea o en tu caso de niña de nueve años, ¿qué diablos son estas bragas con dibujos de bailarinas?"

—Definitivamente no puedo usar nada de lo que hay aquí

Al final termino decantándome por las menos infantiles con motivos de margaritas y el fondo púrpura, a juego escojo un sujetador negro básico.

Después me pongo el conjunto que más me gusta, unos vaqueros desgastados, con unas bailarinas y una camiseta negra ligeramente escotada. Soy consciente de que no soy el culmen de la sensualidad, pero tampoco creo que exista una etiqueta asentada con la que recibir a un prostituto en sus horas de oficio, y en el caso de que la haya, la desconozco.

Finalmente, intento hacer algo con mi pelo que se asemeja a una rata que acaba de salir de la cloaca. Siguiendo las instrucciones de un video de YouTube, trato de secarlo dándole algo de forma con un cepillo que debe tener más años que mi bisabuela. En cuanto el móvil comienza a vibrar, paro el video y atiendo el chat de Jackie.

—Todavía tienes tiempo de arrepentirte y venir a intentar atrapar un hombre sexy conmigo.

No gracias, estoy preparando mi propio momento con otro hombre sexy y experimentado. Me dispongo a responderla usando la excusa de la señora Head, cuando recibo otro mensaje, y prácticamente salto de la emoción, olvidándome de contestar a Jackie.

Mensaje entrante de Uriel:

Rose, no sé cómo decirte esto, va a parecer muy poco profesional de mi parte, pero debo salir de la ciudad durante un tiempo por un asunto personal muy urgente, por lo que no creo que pueda asistir a nuestra cita de hoy. Lamento mucho todo esto y sobre todo decírtelo con tan poco tiempo de antelación, en cuanto vuelva te compensaré con creces. Por favor, no pienses que no me siento implicado, pero es algo que no puedo posponer. En cuanto tenga un tiempo te escribo.

El mensaje arrasa con todas mis expectativas de esa noche. Me siento tan estúpida mirándome al espejo y arreglándome para nada. Aunque parece cargado de culpa, sí lo siento como una acción poco profesional de su parte.

Con su cancelación me ha hecho sentirme más sola que la blusa fea que me regalo mi tía abuela por navidad y que se encuentra abandonada en el armario. Todavía no puedo procesar me haya dejado tirada un prostituto al que le iba a pagar.

¿Es que ni soltando dinero me hacen el trabajo? Un ruido repentino me despierta de mi perturbación particular.

Mensaje entrante de Jackie:

¿¿Me has dejado en visto??

Por extraño que parezca, ese mensaje me hace recordar que Jackie siempre está intentando conseguirse algún ligue, y aunque siempre le sale mal, no se anda fustigando por ello. Debería de seguir su ejemplo, además Uriel ni si quiera era un ligue. Eso es, ¿por qué no voy a tener una noche como todas las demás mujeres? Simplemente saldré y me divertiré con ella, sin remordimientos. Envalentonada, me obligo a superar la autocompasión y tecleo mi respuesta.

Mensaje enviado:

Estoy dentro. Ven a por mí.

Su contestación no se demora en llegar.

Mensaje entrante de Jackie:

Esa es mi chica.

No suelo pisar nunca una discoteca, a mi modo de ver sólo son antros donde la gente va a descontrolarse para evadirse de sus vidas, pero debo reconocer que Jackie tiene razón.

El Heaven es un club nocturno de los más exclusivos, es bastante común que algunas celebridades nacionales acudan a pasar la noche. Prueba de ello es que Jackie ha tenido que desembolsar veinticinco dólares por la entrada de cada una. He intentado regatear, pero el tipo de las entradas se ha mostrado inflexible.

Después del manotazo que me ha propinado una muy avergonzada Jackie, quien me ha recordado que no es un mercadillo —gracias, Jackie, ya lo sé— nos internamos en aquel edificio inmenso.

Tal y como clama el nombre del local, la fachada posee paredes luminosas tan blancas como debería de ser el cielo, más el interior es todo lo opuesto. Aproximadamente treinta mil metros cuadrados de pura oscuridad apenas iluminados por los focos multicolores sugieren que nos acabamos de adentrar en el lugar opuesto al cielo: el infierno.

Enseguida, Jackie comienza a informarme sobre de la disposición de este. Al parecer, se encuentra dividido en dos pisos con pistas de baile y barras, presentando una decoración muy exclusiva.

Sólo espero no romper ningún vaso mientras estemos aquí porque sospecho que me harán pagar por él.

Además, el sitio se encuentra tan abarrotado que tenemos que abrirnos paso a trompicones hasta llegar a la barra. Mientras esperamos a que nos atiendan estudio los alrededores.

—Bueno ¿Qué te parece?

Se le da muy mal ocultar la sorpresa que siente de que haya decidido cambiar de parecer y aceptar la salida a un sitio tan ruidoso como una discoteca. No la juzgo, no es algo muy poco común en mí.

Sin embargo, todavía no me ha preguntado sobre eso y lo cierto es que se lo agradezco. No me siento preparada para seguir mintiéndole o hablar sobre Uriel y el anuncio.

—Um… algo sudoroso y ruidoso.

Centro mi atención en el juego de luces que hacen los focos sobre las personas que están en la pista bailando. Este tipo de ambientes siempre consiguen saturarme.

—Te acostumbrarás —asegura riéndose— Realmente estoy muy contenta de que hayas venido.

Tras esto, me abraza embutida en su vestido rosa fluorescente que le hace juego con el pelo, el conjunto termina con unas medias de rejilla y unas botas negras militares. Una de las razones por las que la aprecio tanto es porque no le importa ser ella misma ni lo que puedan pensar los demás.

—¿Qué desean tomar, señoritas?

—Un Manhattan por favor. ¿Y tú Crys?

—Una Coca-Cola

Mi respuesta es tan automática que Jackie se queda anonadada. Lo siento, pero no deseo repetir mi experiencia nefasta con el alcohol.

—¿Un refresco? Estamos aquí para divertirnos.

—No quiero…

—¿De verdad?

Una vez más, me doy cuenta de que esa es la típica excusa que siempre pongo. Y sí, sé que me he prometido que no iba a beber jamás, pero también es cierto que desde que lo he hecho me he sentido más atrevida y lanzada, a pesar de que haya terminado en un desastre bochornoso. Quizás no debería de ser tan radical y enfocarme sólo en controlar la dosis.

—Tienes razón —claudico y dirigiéndome al camarero, le solicito— Lo mismo que ella.

—¡Marchando!

—Debo decirlo, no puedo evitarlo, pero ¡hoy estás que te sales amore mío!

Escaneo el local de forma superficial y me percato de que hay una sección en la que no había reparado hasta ahora.

—Hmm..¿Jackie?

—¿Sí, corazón?

—¿No me habías dicho que sólo tenía dos plantas?

—Sí.

—Entonces ¿por qué ahí arriba parece haber una tercera planta?

Al ser un lugar amplio y abierto se pueden distinguir perfectamente la primera y la segunda planta, pero si una observa atentamente se da cuenta de que hay una zona mucho más brillante desde la que provienen una serie de destellos.

—Ah…eso, bueno es la zona VIP y los reservados —indica dudosa.

—Creía que cuando salías, solías frecuentar ese tipo de zonas.

—A veces, no siempre.

—Y ahora ¿por qué no? Parece bastante interesante, tiene como puentes que van de un lado a otro. ¿Nunca se ha caído nadie de uno? Porque se dejaría los dientes en el suelo. —reflexiono evaluando el impacto físico y legal que devendría de dicha situación.

—¡Qué cosas tienes! —se ríe Jackie, después recogiendo las bebidas que nos deja el camarero, le guiña un ojo— Gracias guapo.

El tipo se da la vuelta ignorándola y yo ruedo los ojos.

—Idiota.

—Y que lo digas.. El mundo está lleno de idiotas sexys. Bueno, a lo que íbamos, tú sabes cómo de estrictos son mis padres.

—Si.

—Ahí suelen ir desde celebridades hasta gente cercana a sus círculos. Entonces, no me interesa encontrarme con ninguna de las hijas ricachonas de algún socio de la empresa.

—Comprendo. De todas formas, seguro que para pagar un reservado me debería hipotecar la vida, ¿cierto?

Acepto algo recelosa el brebaje que me tiende. No sé ni lo que lleva, pero alentándome a mí misma, le doy un sorbo. Hmm.. algo fuerte, aunque creo que podré tomarlo.

—Vuelvo a repetirte que no debes preocuparte por el dinero, y respecto a tu pregunta, sí. Sólo la botella de champán más barata cuesta unos cinco mil dólares.

—¿Qué narices? Con eso podría quitarme pagar parte de la carrera.

—En mi opinión siempre encuentras más diversión aquí abajo, ya que tienes la posibilidad de conocer a todo tipo de personas.

—Ya veo…

Estudio con atención los destellos de colores, tratando de vislumbrar algo más. A todas luces la tercera planta "grita" privacidad, tanto como para cegarte si te atreves a mirar.

—Oh, esta canción me encanta ¿Vamos a bailar?

Me dejo arrastrar por ella hasta la pista de baile. En otras circunstancias me habría escaqueado de la situación —soy arrítmica bailando— pero en esta ocasión no me cuesta mucho evadirme de toda la gente que me rodea. La melodía punzante de la música y el efecto atrayente de los focos de luz logran que llegue a disfrutar de los saltos del baile, incluso me marco a veces el paso del robot, todos los movimientos a los que recurro van acorde con el Just Dance que me regaló papá por reyes.

Pronto, me encuentro bailando una canción tras otra, sin importarme quien pueda estar viéndome. Solamente somos la música y yo. Pronto, el alcohol que me he tomado comienza a hacer efecto, y me prometo que no tomaré más. Ahora estoy en el punto perfecto.

Está claro que no soy una gran bebedora, pero no importa, me siento lo suficiente valiente y poderosa, sin dejar de ser consciente de mis actos.

Al cabo de un rato, aviso a Jackie de que necesito un descanso y me voy hacia la zona de los asientos para sentarme. Transcurren unos minutos en los que me encuentro disfrutando de todas las sensaciones nuevas de mi cuerpo cuando veo llegar a Jackie con otra ronda de bebidas. Empiezo a negar con la cabeza, aunque ella insiste.

—Crys, te traigo esto por si lo necesitas, sé lo que te cuesta hablar con un hombre y no deseo que acabes como el sábado pasado de verdad, pero es que hay un chico que no te quita el ojo de encima, y si te gusta lo suficiente para ir a por él, creo que te vendrá bien tomar otra copa más.

Jackie señala hacia una de las esquinas en la que se localizan varios sofás desperdigados. Un tipo con pantalones vaqueros, camiseta blanca y una chaqueta de ejecutivo negra, me observa desde su asiento acompañado por un amigo.

Físicamente dista mucho del atractivo de Uriel e incluso de la del estúpido Blake. No obstante, no voy a ponerme tiquismiquis, pues a simple vista no está nada mal. Al menos si lo comparamos con el tipo de tíos que suele fijarse en mí, que es ninguno.

—¿Te gusta?

—Creo que podría hacerlo…

—Entonces deberías…. ¡Oh no! Creo que nos acaban de hacer una seña para que vayamos.

—¿Deberíamos hacerlo?

—¡Pues claro que sí! Es una oportunidad inmejorable.

Todavía con las bebidas en la mano, Jackie me arrastra por el brazo hasta donde se encuentran sentados.

—Hola, nenas

El que se ha fijado en mi es moreno con ojos castaños, mientras que el amigo tiene el pelo negro y ojos claros. Bueno, podría decirse que ambos son sexys a su manera.

—Hola.

Inusualmente me siento muy tranquila gracias al alcohol que llevo ingerido, por lo que me parece totalmente natural hablar con ambos.

—¿Quieres bailar?

Esa sugerencia proviene del de los ojos claros, que se ha levantado y le tiende una mano a Jackie, ésta sonríe encantada.

—Claro que sí —accede y antes de irse con el tipo, me susurra— ¡Buena suerte!

Así sin más es como me quedo a solas con él, se supone que tengo que hacer algo por lo que tomo asiento en el sillón más cercano. La música sigue sonando y me pregunto cómo debo de romper el hielo.

Sin embargo, él levanta de donde está para sentarse a mi lado, rompiendo la distancia prudencial que había establecido entre nosotros.

—Me llamo Dan ¿y tú?

—Crystal.

—Es un placer conocerte Crystal, ¿me permites invitarte a un trago?

—Creo que n…

—Oh, por favor, insisto, no hay nada mejor para conocerse que hacerlo con una copa entre medias.

He visto los suficientes casos de mujeres drogadas y violadas como para conocerme el argumento clásico de la invitación gratis al alcohol.

—Ya estoy bien con esta copa, gracias.

Evalúo su reacción, más no percibo nada sospechoso en ella, sólo se amplía su sonrisa.

—Bueno, como quieras, y cuéntame ¿a qué te dedicas?

—Estudio Derecho, ¿y tú?

—Soy estudiante del cuarto año de Administración y Finanzas.

—Ah, mira que interesante

Si es que soy nula estableciendo conversaciones interesantes. No obstante, él no parece rendirse.

—¿Qué es lo que estás tomando?

—Un Manhattan —nombro recordando la palabra que le dijo Jackie al camarero.

—Ah… me pediré uno. ¿Me esperas aquí?

—Claro.

Dan se levanta acariciándome el hombro y se marcha hacia la barra. Mientras espero a que venga, me evado contemplando a la gente bailar, y me digo una vez más que puedo hacerlo. Es atractivo, está bien, parece incluso experimentado. Dudo que sea un bruto, al final no me hará falta el anuncio y me ahorraré cuarenta dólares semanales. Tendrá que valer, todo irá bien.

No tarda en regresar y en esta ocasión se sienta mucho más cerca de mí que antes. Prueba un sorbo de su bebida y sonríe.

—Ah, tienes razón. Está muy bueno.

—Me alegro.

—¿Vienes mucho por aquí? No me suena tu cara.

—Oh, no.. es la primera vez —le informo dándole un trago a la bebida.

—Claro, ya decía yo. De haberte visto antes, seguramente me habría acordado de una belleza como tú

118

Al no estar acostumbrada a los halagos, me pongo colorada y desvío la mirada hacia el suelo.

—Gracias.

—Oh… ¿te he avergonzado?

—Un poco.

—Ah, no te preocupes. ¡Conmigo no debes sentirte avergonzada!

Me dispongo a responderle que no le conozco de nada, cuando me pasa el brazo por los hombros, acercándome a su cuerpo de improvisto. Me siento tan sorprendida por la repentina toma de contacto, que sólo alcanzo a ponerme en tensión.

—Verás…

—Madre mía, cómo se mueve tu amiga, ¿no?

Eso capta mi atención y busco a Jackie entre la pista de baile. No tardo en localizarla, se encuentra bailando demasiado pegada al hombre ese.

—Sí, se le da muy bien.

—¿Vamos a la pista?

—Sí.

Una vez allí nuestros cuerpos se pegan mucho más y sujetándome las caderas me guía en los movimientos. De repente me gira y me apoya contra su pecho, envalentonada porque me aprieta más las caderas, me restriego contra su cuerpo. Él desciende con los labios hasta mi cuello y allí comienza a besar la zona mientras seguimos bailando hasta terminar la canción.

A continuación, acerca su boca hasta mi oreja y besándomela con suavidad.

—¿Quieres que vayamos arriba para estar más cómodos?

Me doy cuenta de que se refiere a la tercera planta y me pongo en tensión.

—Pero… esa zona ¿no es exclusiva?

No lo tengo muy claro y más desde que Jackie me contase sobre la botella "barata" de los cinco mil dólares.

—Sí, pero tengo un reservado donde podremos estar más tranquilos.

—Vale.

—Te gustará. Ven conmigo

Me da la mano y me guía entre los bailarines que no perdonan ni una canción. Llegamos hasta una puerta abierta por la que entran y salen muchas personas. Esta conduce hacia unas escaleras de mármol blanco que contrastan con las paredes negras.

Me dejo llevar por cada una de las plantas y me doy cuenta, impactada, de que han conseguido llevar a otro nivel el concepto del local "Heaven".

Tal es así, que la primera planta, ha sido denominada "el cielo atmosférico". Un indicador característico de este es que la puerta por la que se accede al interior de la primera planta está rodeada de dibujos de nubes grises que, alumbradas por las luces blancas, adquieren una tonalidad hipnótica y resplandeciente dentro de la oscuridad de las propias paredes, invitándote a entrar a su interior.

A medida que vamos subiendo escalones nos encontramos con la segunda planta, en la entrada se puede leer "el cielo espacial". En esta ocasión la puerta por la que se accede está rodeada de motivos estelares y planetas de diversos colores fluorescentes contrastando con el fondo negro de las paredes. Me paro un segundo, contemplándolo fascinada, y Dan parece darse cuenta.

—¿Te gusta? —al verme asentir, continua— Pues espera a que te lleve al tercer cielo, pequeña.

Al llegar a la puerta de la última planta, me percato de que ésta es muy diferente a todas las demás. En las paredes se encuentran pintadas dos alas de ángel blancas enormes sobre otro fondo negro. Al contrario que las demás, la puerta está cerrada y hay apostado a cada lado dos hombres vestidos de negro tan grandes como armarios. Eso solo sirve para incrementar mi nerviosismo. Es real, está a punto de pasar.

—¿Hay que pagar algo?

—No te preocupes, preciosa.

De repente, muestra una pulsera roja muy diferente a la verde que me dieron en la entrada. Automáticamente, uno de los guardias abre la puerta permitiéndonos el acceso.

Lo primero en lo que reparo al internarme en su interior es de que el suelo está hecho de cristal, lo que provoca que sienta un poco de mareo. Además, hay una serie de pasillos unidos por unas pasarelas —también de cristal— que no pueden ser vistas desde abajo y que te hacen sentirte flotando, invitando a los integrantes del tercer cielo a observar a los demás sin ser vistos por estos últimos, debido a los focos que propician el anonimato.

Esa sección grita exclusividad y privacidad por todas partes, desde las paredes rojo pasión hasta el suelo de cristal. Recorro los pasillos, intentando no mirar hacia abajo, y me concentro en observar las puertas, percatándome por primera vez de que cada una de ellas es un cristal que te permite contemplarte a ti mismo antes de entrar.

Aunque por lo general todas están cerradas, durante un breve instante una atractiva mujer sale de una sala y logro captar a una bailarina aérea en pleno espectáculo rodeada por varios hombres. ¿Cómo diablos son de altos esos techos?

—Debe ser esta.

Nos paramos en la antepenúltima puerta del pasillo en el que nos encontramos. La abre para mí, y me adentro en su interior, contemplándome por el rabillo del ojo en el espejo.

Finalmente, me centro en captar los detalles de la sala, es rectangular, las paredes son negras y deben estar insonorizadas, porque la música no se escucha tan fuerte aquí. Asimismo, hay repartidos sofás y sillones de cuero rojo, así como una amplia mesa en el centro. Además, la iluminación también es más tenue, resaltando las estrellas que brillan en el techo, éstas me llaman la atención. Paulatinamente, empiezo a sentir que me mareo y que el pulso se me ha disparado. Su presencia detrás de mí cuerpo, así como su tranquila respiración sobre mi cuello, provocan que mi propia respiración se acelere, y me doy cuenta tambaleándome de que no me siento nada bien.

—Ven aquí preciosa

Ahora le escucho desde lejos, de repente, me sujeta de las caderas y me acerca a él con fuerza. Empieza a besarme en los labios con brusquedad, introduciendo su lengua en mi boca, y yo intento concentrarme en el techo. Desde luego, la situación no es como me la habría imaginado, aunque yo tampoco he hecho esto antes, así que debe ser normal ¿no?

El tipo desciende por mi cuello y me mete las manos debajo de la camiseta intentando sacarla. Poco a poco, comienzo a sentir otro mareo acompañado esta vez de la una flacidez en los músculos, y mi cerebro, adormilado por el alcohol, recibe la señal de que sus movimientos torpes y violentos no son normales.

Qué raro, no recuerdo haberme sentido así hacía unos minutos. Intento pedirle una tregua, sé que puedo hacerlo bien, pero ahora necesito un momento para ordenar mis pensamientos.

—Un segundo, por favor.

Él hace caso omiso y sigue intentando quitarme la camiseta. Al ver que yo no colaboro la rompe, revelando con ello mi sujetador. Trato de retirarme y me lo impide, volviendo a acercarme con violencia hacia él.

Me agobio y el pavor me invade, porque siento como voy perdiendo poco a poco energía.

¿Qué diablos me ocurre?

121

—Por favor, déjame.. no… suéltame.

Lucho por zafarme de él. Nada. No obtengo nada.

—Eres tan caliente…Lo disfrutarás enormemente.

En esta ocasión desciende sobre mis senos, intentando quitarme el sujetador.

—No, no quiero… —susurro sintiendo como pierdo la voz— Apártate…

—Creo que va a ser que no… — niega desabrochándome el pantalón y tirándome bruscamente sobre un sofá, asegura— Llevas deseando esto tanto como yo.

Esta es mi oportunidad, debo quitármelo de encima con las pocas energías que me quedan, cierro las piernas con fuerza mientras le empujo para que se aparte de mí, más no lo consigo pues mis movimientos son demasiado torpes. Cuando quiero darme cuenta está sobre mí bajándome los pantalones.

—Por favor, no.. no, por favor… Suéltame

Ruego porque mi voz se escuche más alto, pero sólo sale un sonido ronco. Mis piernas han perdido la fuerza y el tipo me obliga a abrirlas, haciéndome sentir como una muñeca rota. Percibo la humedad de mis mejillas empapadas por las lágrimas.

—Te prometo que te encantará.

Está bajándome la cremallera del pantalón, mierda, tengo que hacer algo y mis músculos no me responden. ¿Por qué no puedo moverme? ¿Me habrá drogado? Desde luego, esto se parece mucho a los síntomas que he estudiado infinidad de veces. Sin embargo, no es lo mismo leerlo en un libro que estar ahí experimentándolo por ti misma.

—Por fav…

Suciedad. Es la primera vez que me siento tan sucia y perdida. No piensa parar. Me hará lo que quiera aquí y ni si quiera voy a poder impedírselo. Esa certeza me desgarra por dentro.

—¿Es que estás sordo amigo?— escucho vagamente que pronuncia una voz masculina —La chica te está diciendo que pares.

—¿Quién mierda eres tú?

El tipejo parece retirarse un poco de mí cuerpo, y ese espacio se siente como la gloria. Trato de removerme como puedo con la visión borrosa. No sé quién será, pero no puedo consentir que se marche creyendo que quiero algo de esto.

—Por..favor ayúdame…

—Aquí no está pasando nada. —comenta nervioso el otro— Además, este es mi reservado, he pagado por una privacidad. Largo de aquí.

—Te has debido de confundir de sala, porque esta es la mía. Por otro lado, el único que se va a ir de aquí eres tú y además, pienso llamar ahora mismo a seguridad. —hay una pausa en la que se escucha teclear un móvil, después, pregunta — ¿Jared?

—Eh, oye, mira, no quiero problemas yo solamente hice lo que ella me pedía.

Hijo de puta. Yo no pedí nada de esto, quiero gritarlo en voz alta, pero mis cuerdas vocales apenas me responden. Sin embargo, observo como la que debe ser su silueta sale por la puerta. Por el contrario, la otra sombra parece acercarse hacia mí con paso rápido.

—¡Oh, Dios mío! ¿Moore? ¿Eres tú? ¿Estás bien?

Noto como algo suave me cubre el torso y el tacto de una palma de la mano me acaricia la cara, trasmitiéndome mucha tranquilidad. Con el cuerpo laxo, me endereza y mueve algo que no logro distinguir frente a mis ojos.

—¿Cuántos dedos ves aquí?

Su voz me resulta familiar. ¿Quién será? Ahora mismo no le reconozco, desde luego, sé que no es la voz de Charlie y yo no suelo conocer a muchos hombres. Bueno, no importa, sea quien sea a partir de ahora es mi salvador.

—Gra..cias…—susurro empleando la últimas fuerzas que me quedan para agradecerle.

—¡Crystal!

Mi nombre es la última palabra que escucho antes de sumirme en la completa oscuridad. Por primera vez desde que empezase toda esta mierda, me siento realmente a salvo.

CAPÍTULO 7

CRYSTAL

Luz. Percibo la calidez de una luz traspasar mis párpados. Intento abrir los ojos con un poco de esfuerzo, pero ésta me ciega y vuelvo a cerrarlos rápidamente. Me recuerdo que no tengo que hacer pereza y que debo poner de mi parte para acostumbrarme a ella, por lo que apretando los párpados vuelvo a intentar abrirlos.

El destello de los rayos del sol que se cuelan por la ventana provoca que me sienta desorientada y experimento un dolor terrible de cabeza. También siento un ligero mareo que se me pasa cada vez que cierro los ojos.

No recuerdo mucho de la noche anterior. Sólo que traté de no beber demasiado y que a pesar de todo comencé a sentirme algo mal. No importa de todas formas, es sábado, puedo permitirme estar un rato más en la cama, Además se está tan calentito que solamente debo dormir un rato más, me digo removiéndome un poco intentando encontrar una posición agradable.

Sin embargo, mi pie impacta contra algo duro, y lo primero que pienso es que he debido dejarme otra vez los libros sobre la cama. Abro los ojos —esta vez parecen haberse habituado mejor a la luz— y me encuentro con algo o, mejor dicho, con alguien que no me esperaba.

Un chico de cabello castaño claro y unos impresionantes ojos azules me observa sonriendo desde los pies de la cama. Asombrada por la presencia del desconocido, doy un respingo y me cubro aún más con la sábana.

—¿Ya te has despertado?

—¿Quién eres tú? Y ¿qué haces en mi casa?

—Qué curioso. Eso mismo me estaba preguntando yo.

Se acerca hasta el borde de la cama para estudiarme con abierta curiosidad.

—¡Aléjate! O…o…

Tengo que hacerme con algún arma arrojadiza.

—¿O qué?

Un brillo de diversión contenida destella en la profundidad de sus ojos.

—O te lanzaré este reloj.

Agarro el primer objeto que cojo de la mesilla de noche. Dios mío, esta no es mi mesilla y ¡este no es mi despertador! ¿Me han secuestrado y he terminado formando parte de una trata de blancas? Ni si quiera soy atractiva, aunque no estoy segura de si eso tendrá relevancia para ejercer de prostituta en la calle.

—Eh…tranquilízate. No voy a hacerte nada. —asegura levantando las manos— Sacaría una banderita blanca en señal de rendición, pero si me muevo seguramente me lo lanzarás a la cabeza… y como comprenderás tengo una imagen que mantener —informa sonriendo con unos dientes blancos propios de un modelo de pasta de dientes— Gabriel me asesinaría si aparte del gimnasio y las horas de coaching personal que invierte en mí, también tuviera que pagarme por una cirugía estética. Baja el arma por favor…

No entiendo nada de lo que dice, ¿Gabriel? ¿Quién diablos es ese? ¿El jefe de los traficantes de personas? ¿un mafioso?

—¿Dónde estoy?

—Eh… no estoy seguro de cómo contestar a esa pregunta.

—Inténtalo o te lanzaré el despertador y la lámpara.

Decido añadir un objeto más, así sueno más convincente ¿no?

—No, no… Estás…—explica dubitativo— vaya… ni yo puedo creerme esto. Ya verás cuando se entere Michael… Lo va a matar.

—¿Qué dices? ¿Ese es vuestro jefe? Si me habéis secuestrado por alguna razón, no penséis que nada va a dar ni un dólar por mí. Porque mira, hasta la ropa que traigo es de mercadillo

Señalo mi camiseta básica de la noche anterior y en su lugar encuentro, impactada, que no está, por el contrario, llevo puesta una camiseta extragrande gris y sin pantalones.

—Eh… sobre eso…

Al evaluar las posibles posibilidades macabras, me pongo en tensión y me tapo con mis improvisadas armas arrojadizas.

—¿Qué habéis hecho con mi ropa? ¿Me la habéis sacado pervertidos?

—¡Oye!

Me siento tan violentada por alguna extraña razón, que empiezo a lanzarle lo que tengo en las manos

—¡Sinvergüenzas! Pervertidos, ¿Cómo os atrevéis?

—¡Para! ¿estás loca? —grita esquivando todo lo que le voy tirando— ¡Raziel!

Si muero lo haré luchando. Sigo obcecada recogiendo objetos con la intención de acabar con el enemigo, que ni si quiera veo venir los brazos que me rodean para intentar bloquearme. Me encuentro siendo pegada a un cuerpo extraño y eso solo hace que sienta más frustración.

—¿Qué se supone que estás haciendo?

Esa voz grave debe ser el causante de mi inmovilización. Al reconocerla, me revuelvo furiosa, él me permite darme la vuelta para encararle, pese a ello, reparo en que no me suelta del todo por si acaso se me ocurre lanzarle algo más. No le juzgo, debo confesar que es una idea que se me antoja muy tentadora.

—¡Tú! ¿Qué me has hecho?

Realmente no debería ser tan hipócrita, aunque le aborrezca, no me extraña que las mujeres caigan por sus huesos. Su imagen me deja sin aire, tiene el pelo mojado por la ducha y lleva puesta una ropa deportiva que le confieren un estilo muy sensual.

—¿Yo? Ja...—se ríe condescendiente— Eres increíble... Ya te gustaría que te hubiera hecho algo yo… Ahora por favor, deja de lanzar las cosas de Uriel o nos matará a todos, aunque tiene un carácter por lo general afable, siente gran aprecio hacia sus pertenencias.

—¿Cómo dices? —exclamo confundida— ¿Ésta es la habitación del prostituto?

—Raguel márchate.

—No puedo creerlo…

Puede que haya estado equivocada, reflexiono observándole salir. En cuanto se escucha la puerta del dormitorio cerrándose, Aiden se vuelve hacia mí.

—¿Qué es lo último que recuerdas?

—Yo..yo…Fui con Jackie al Heaven porque Uriel me había cancelado la cita, y estuvimos bailando y bebiendo, pero lo extraño es que me controlé… más aún después de.. .—me excuso y cuando alza una ceja divertido recordando el espectáculo que di la noche del sábado pasado, me enfado— Bueno ya lo sabes.

—Sí. ¿Y qué más?

—Y entonces unos chicos nos llamaron y fuimos. Jackie se marchó con el amigo y yo me quedé con el otro, parecía muy amable, quiso invitarme a un trago, pero recuerdo que le rechacé porque tenía mi propia copa y… a partir de ahí no sé qué ocurrió después…—confieso horrorizada por el vacío de información.

Aiden suspira separándose de mí, supongo que ya se siente más seguro de que no le lanzaré más objetos. Empiezo a entender que probablemente ellos no sean los malos. Ese desgraciado debió echarme algo en la bebida, pero ¿cuándo? No me separé de ella en ningún momento.

—¿Es que no sabes que no debes perder de vista la copa? ¡Por Dios Moore! Te creía más inteligente. Te desmayaste y por poco tengo que llevarte al hospital. Menos mal que respirabas.

—¡No la solté en ningún momento!

—Pues debiste de distraerte en algún momento, porque cuando te encontré estabas drogada.

—¿Qué me ocurrió? ¿Me…? —comienzo, más no puedo terminar la frase de la vergüenza y el asco que siento— ¿Ya no soy…?

—¿Virgen?

—Eso.

—Tranquila que todavía podrás perderla con algún pobre desgraciado.

—Entonces, ¿cómo me explicas que esté únicamente vistiendo esto?

—Ah, ¿eso? Durante el camino hasta aquí vomitaste, cómo no— añade irónico— y al mancharte toda la ropa no me quedó más remedio que cambiarte.

—¿Qué tú hiciste qué?

—Eh, te aseguro que no son las primeras tetas que veo, y por si no lo recuerdas tú misma quisiste enseñármelas.

—¿Me viste los senos?

Horrorizada, me cubro el pecho con ambas manos. Ese gesto hace que se eche a reír y con el movimiento de su pelo mojado caen hipnóticas gotitas.

—Mira que eres mojigata e ingenua, no me extraña que te dejaras engañar.

—¡Eres un idiota! ¡Un estúpido!

Me siento tan violentada con su broma pesada, que, en represalia cojo la almohada y le golpeo con fuerza. Eso sólo provoca que se ría más. OH, es IN-SO-POR-TA-BLE.

—Para. Si sigues haciendo eso, tendré que hacer algo al respecto. —insinúa con gesto pícaro.

Ni con un palo me dejaría tocar por él, por lo que paro en el acto.

—¿Y mis cosas?

—Están ahí.

Señala hacia una silla situada en una esquina de la habitación que no había visto hasta ahora. Me acerco, pero sólo encuentro mi móvil y las bailarinas.

—Pero… ¿y mi ropa?

—Eh… verás —comienza, y durante un segundo se queda con la mirada perdida, para finalmente acabar añadiendo— Vomitaste, así que la tuve que tirar. ¿Qué esperabas Moore? No querrías que el tufo impregnara toda la casa ¿no?

—¿Y ahora qué hago? ¡No puedo irme así!

Señalo incómoda la desnudez de mis piernas y él se recrea en ellas durante unos segundos en los que me siento expuesta. ¡Qué horror! Tengo los muslos demasiado grandes.

—Bueno, ya te conseguiré algo.

Acto seguido, se dirige hacia la salida de la habitación y al abrir la puerta un comité de tres hombres a cada cual más atractivo se encuentra expectantes formando un semicírculo.

—Vaya nos han descubierto —comenta con sorna el rubio que lleva una gorra y viste también de deporte, sonriendo me saluda —Hola nena.

No obstante, no tardo ni un segundo en reconocerle, es el primo que Blake nos presentó a Jackie y a mí en la fiesta.

—Tú…

¿También ejerce la prostitución? ¿Será un negocio familiar? En cuanto le señalo asombrada, la sonrisa se le congela en la cara.

— Yo te conozco.

—¿Qué hacéis aquí viejas cotillas? Largo.

—Raguel nos llamó, dijo que una loca andaba lanzándole las cosas de Uriel a la cabeza. ¿Es ella?

Este nuevo chico que habla es idéntico al que confundí con un mafioso al llegar aquí, y que, casualmente, también se encuentra a su lado asintiendo conforme a la pregunta del que debe de ser su hermano.

—Eh… yo solamente me estaba defendiendo.

—¡Si no te hice nada!

—¡Creía que eras un mafioso!

—¿Me ves cara de mafioso? —grazna horrorizado— Raphael ¿crees que tenemos cara de mafiosos?

—No te creas todo lo que te dice una desconocida.

Entonces, no estoy en una trata de blancas, sino en la guarida de los prostitutos. Maravilloso. Esta gente es experimentada en el trabajo sexual, intimidada, doy un paso hacia atrás.

—Un momento —interviene el primo— sí, ¡yo te conozco!

—¿Quién es?

—Aiden, Como se entere Jared te va a matar.

—¿Y los pseudónimos? —inquiere perplejo otro de los gemelos.

—¿De qué me tengo que enterar?

Una voz profunda y grave interviene en la conversación. Automáticamente, los otros tres se apartan a la vez para dejarle pasar como si fuera un rey.

—Michael...

El susurro de Blake es absorbido en cuanto ese hombre entra a la habitación. Nada más verle, me quedo sin habla, es el más alto de todos y tiene los ojos verdes más hipnóticos que he visto en toda mi vida. Sin embargo, él no parece muy contento de verme.

— Raziel, ¿no te tengo dicho que está prohibido traer chicas a casa?

—Eh.. sí… perdona Micheal, anoche bebí demasiado y…

Es la primera vez que veo a Aiden tan perturbado, por lo que deduzco que ese hombre debe ser importante para ellos.

—Todos aquí bebemos y nunca nos traemos a las clientas a casa. Y ésta además…—señala estudiándome de arriba abajo— No será menor ¿no?

Blake pone los ojos en blanco mientras yo niego. Qué vergüenza más grande, me siento como si fuera una pieza de museo puesta en exhibición.

—Bien, porque nosotros no nos hacemos cargo de que haya decidido mentirnos, señorita.

—Vale.

¿Mentirles? ¿qué diablos? Soy mayor de edad. No obstante, los nervios me traicionan y me callo.

—Ah, le habrás hecho firmar un contrato ¿no? —le pregunta desconfiado a Aiden —¿Ha firmado el contrato por los servicios?

—¿Qué servicios? —grazno desconcertada cubriéndome instintivamente las piernas desnudas, y luego acuso a Blake— Entonces, ¡¿hubo servicios?!

—Creo que no me hace falta explicarle a qué tipo de servicios me refiero, a la vista está que ha debido disfrutar de ellos —comenta señalando mi aspecto— Si todavía no ha pagado, por favor abone la cuantía inmediatamente.

—¿Perdone?

—Todos, largo de aquí.

—Entonces me voy…

Trato de sumarme a la estampida de los demás, pero su voz severa me retiene en el sitio.

—Usted no se va a ningún lado, señorita.

—¿Cómo qué no?

—Tiene que pagar lo que debe, las cosas deben hacerse correctamente.

Le da igual mi estupefacción o mis pegas al respecto, el tal Michael extrae un móvil del bolsillo de su pantalón y comienza a marcar.

—¿Erin? Por favor, cuando puedas pásate por la casa y trae los papeles del contrato. —hace una pausa para escuchar lo que tenga que decirle la interlocutora y se dirige a Aiden— El de esta noche es básico, ¿no?

—Supongo.

¿Cómo que básico? ¿Qué básico ni qué ocho cuartos? La bilis asciende por mi garganta al tomar consciencia de que lo que están buscando es que les pague.

—¡¿Qué?! No pienso firmar nada.

—Por supuesto que sí. Debe hacerlo porque no puede tener ningún trato con nosotros sin haber firmado previamente un contrato de confidencialidad, y mucho menos habiendo estado aquí. No puedo dejarla marchar sin haber obtenido su firma. Todo lo que sucede aquí es estrictamente confidencial.

—Espera, ¿también cobráis por dormir? —inquiero asombrada ganándome una mirada condescendiente de Michael, mientras que Blake rueda los ojos. —Respecto a lo otro, no creerá que me enorgullezco de divulgar que he pasado la noche en la casa de unos prostitutos ¿no? Esto es Norteamérica, señor, parece mentira que no sepa lo conservadores que somos.

—La satisfacción se paga, y déjeme decirle que la gente con la que hacemos negocios representa a las más altas esferas de la sociedad, por lo que, a su pregunta, le aseguro que eso del conservadurismo es todo fachada —informa misterioso— Como entenderá, me debo a los intereses de mis trabajadores, así que necesito que firme ese contrato.

Los precios que leí en internet mientras buscaba información sobre los prostitutos de lujo destellan en mi cabeza, y, angustiada comienzo a tirarme de los pelos.

—No puedo pagaros, ¡terminaría viviendo debajo de un puente!

131

Esta gentuza quiere hacerme firmar un ridículo contrato y encima que les pague por dormir en la cama de un prostituto sin haber tenido sexo, porque no lo he tenido ¿no?

—Aiden, nuestra invitada parece un poco nerviosa, hazle una taza de té en lo que viene Erin, ¿quiere algo más para desayunar mientras espera, señorita?

—¿Me va a obligar a pagarlo también?

—Sólo si lo toma directamente de la boca de alguno de mis arcángeles o quién sabe ¿de alguna otra parte?

Esa frase hace que me atragante con mi propia saliva. No me imagino tomando nada de ninguno de ellos. Mientras espero sentada, reparo en la incomodidad de la situación. Los dos gemelos han tomado asiento a cada lado de mi sitio, flanqueándome por si trato de escapar. Los otros dos hombres se localizan repartidos entre los demás sofás. Pienso en Jackie y en lo que le gustaría estar en mi lugar, sin duda, con su desparpajo ella encajaría mucho mejor que yo. El pesado silencio sólo es interrumpido por el ruido que hace Blake al cocinar.

—Es la primera clienta que conozco que se siente incómoda en nuestra presencia —señala el que debe ser Raphael.

—Pues conmigo antes se sentía muy cómoda lanzándome objetos como una desquiciada.

—Ya te he dicho que eso sólo lo hice porque pensaba que me ibas a atacar.

—No puedo creerte, las clientas me adoran. Soy su dulcecito favorito.

—Entonces te llamas Crystal —afirma Alex divertido.

—S-sí, ¿y tú eres?

—Puedes llamarme Gabriel —se presenta guiñándome un ojo— El guía de las vírgenes.

—¿Vírgenes? ¿Tenéis especialidades? —interrogo sorprendida tomando el té que me trae Blake.

Si logro hacerles entrar en razón, quizás podría firmar un contrato para que este señor se encargase de mi situación.

—Claro, nena. Ellos dos —comenta señalando a los gemelos, el más serio sigue estudiándome interesado mientras el otro se come un donut cubierto de chocolate que le acaba de dar Aiden— ¡Raguel ya te he dicho que no puedes comer dulces! Y tú, no le cebes más.

—¡Es un donut!

—Luego hablaremos seriamente sobre esto. Perdona. Continúo. Ellos son Raphael y Raguel, no hará falta decirte a qué se dedican ¿no?

—Pues la verdad es que sí.

—Amiga, estás más perdida que Wally —interviene uno de los gemelos— ¿es que nunca has tenido una fantasía con dos hombres?

Escupo el té que estoy bebiendo y mi interlocutor se echa a reír asombrado.

—Pues no.

—Ah, eso sí que debe ser una mentira —interviene el hermano.

—Y… —comienzo intentando acordarme del pseudónimo de Blake— ¿Raziel en qué se especializa?

—Tiene de todo, pero sobre todo en mujeres maduras.

—¿En serio?

—¿Por qué te sorprendes? Muchas mujeres adultas los prefieren jóvenes.

—Creo que le estáis dando demasiada información a la señorita…

—Moore.

—Espero que comprenda señorita Moore que nada de lo que le están contando puede salir de aquí. Esto está suponiendo una situación excepcional, ya que está prohibido que se traigan clientas a casa, por ese único motivo es por el que no he intervenido cuando han empezado a darle detalles. Sin embargo, como conoce más información que las clientas con las que llevamos tratando incluso años, entenderá que su contrato de confidencialidad será acorde a la información que maneja actualmente.

—¿Eso se traduce en que me va a hacer pagar más?

—No, le voy a hacer pagar por los servicios prestados esta noche. No obstante, el contrato que usted va a firmar supondrá mayor cuantía económica en el caso de incumplimiento.

—¿Y qué gano contando algo de esto? Además, ¿de qué cuantía estamos hablando?

—Si lo tiene tan claro, entonces no tendrá de qué preocuparse, señorita Moore. Erin le informará de todos los detalles.

En ese momento, Aiden me pasa un plato a rebosar de pancakes cubiertos con sirope de caramelo.

—Toma.

—¿Seguro que no me vais a hacer pagarlos?

La verdad, tienen un aspecto delicioso, pero estoy tan ansiosa por el tema del dinero que no tengo ni pizca de hambre.

—Simplemente cómetelos —ordena trayendo más platos para los demás— Te he dejado unos pantalones encima de aquella silla.

Nerviosa porque todavía estoy semidesnuda delante de ellos, me dirijo hacia el lugar indicado y, levantándome la camiseta reparo en que ambos gemelos se inclinan con expectación para ver si captan algo de piel, supongo que no logran ver nada porque Aiden le mete una colleja a cada uno, y apartan su atención sobándose la nuca. Ruedo los ojos ante este panorama y me inserto los pantalones cortos de deporte. Bueno, me están algo ajustados por los muslos, pero entran bastante bien.

En ese momento se abre la puerta y descubro a una mujer que en aspecto nada tiene que ver con los otros Arcángeles. Lleva unas gafas de pasta negra, el pelo recogido en un moño demasiado tirante y su estilo parece demasiado sobrio con la falda plisada negra larga y una camisa blanca. El atuendo se completa en unas sencillas bailarinas negras. Parece una profesional sacada de la película de Mary Poppins.

—Hola Erin —saludan todos los demás.

Ella les corresponde con un movimiento seco de cabeza.

—Usted debe ser la tónica discordante.

—Ho-hola.

—Hola. Espero que la hayan tratado bien. No acostumbran a tener visitas. Vosotros, ¿le habéis dado de desayunar?

—¡Pues claro!

—Bien, he traído todo, así que aprovechemos esta mesa para sentarnos aquí. —me indica extrayendo un montón de papeles —Bueno, lo primero, el cuestionario.

—Verás, eso ya lo…

No me da tiempo a añadir nada más, pues al leer las preguntas por encima me callo.

1ª pregunta: ¿Cómo nos conoció?
2ª pregunta: Si ha sido informada por una amiga ¿fue en un sitio público?
3ª pregunta: ¿Qué espera obtener de este servicio? Por favor, detállelo con libertad.
4ª pregunta: ¿Está abierta a nuevas experiencias?
5ª pregunta: ¿Tiene alguna dificultad física, o alguna enfermedad que le impida la realización de ciertas posturas?
6ª pregunta: ¿De qué presupuesto dispone?
7ª pregunta: ¿Tiene experiencia con otros escorts?
…

La lista sigue, y ninguna pregunta tiene nada que ver con las que me hizo ese idiota. Lo busco con la mirada y me lo encuentro intentando a duras penas contener la risa.

¡¡Será imbécil!! Ha tenido la poca decencia de engañarme y sólo para reírse a mi costa. Ah, no, esta sí que me la vas a pagar, me juro iracunda rellenando el cuestionario. A continuación, se lo entrego a Erin, que lo guarda en el maletín.

—Bien, este es el contrato de confidencialidad, Michael me contó tu situación, así que he tenido que modificarlo.

—Sí, ya me habían informado de ello.

—Por favor, léalo con atención y firme si está todo correcto.

Estudio y analizo el contrato de confidencialidad. Qué desgraciados, como saben que la prostitución es ilegal tienen montado su negocio bajo el pretexto de asesoría general. De esta forma, si alguna de las clientas se atreviese a denunciarles podrían lavarse las manos, ya que no quedarían pruebas legales que los incriminasen.

No obstante, esa cifra de multa por incumplimiento me parece exagerada, ¿las clientas sueltan millones por hablar de ellos? Pero ¿qué clase de gente contrata a estos tipos?

—No estoy obligada a firmar.

No es que tenga la intención de revelar nada tampoco, es sólo que esto que me plantean es absurdo. Primero porque están aprovechándose de un vacío legal, y segundo porque, ni si quiera soy una clienta. Bueno, eso no es del todo cierto, de alguna forma tuve negocios con Uriel, y pese a que quedasen en nada hubo un trato igual.

—Cierto es que legalmente no está en la obligación de firmarlo, pero si desea seguir manteniendo contacto con cualquier miembro de mi personal, deberá hacerlo. —sentencia Michael desde el sofá.

Reflexiono acerca de mis posibilidades. Por una parte, está el hecho de que el jefe este parece ser de esos que no se quedarían cruzados de brazos si pensase que lo están estafando, a saber, incluso si no tiene algún matón esperando en la puerta de mi casa, Aiden bien podría haberle dicho dónde vivo. Por otra, el recuerdo de Uriel impacta contra mí. Él me llamó entre todos los depravados que contactaron conmigo y fue el único que supo comprender mi situación, más allá de que me dejase tirada en las dos ocasiones que habíamos quedado, en su trato se había comportado como un profesional.

Anoche traté de hacerlo por mi cuenta, y por lo que me ha dicho Blake, poco faltó para que terminase siendo violada. Ya estaba bien de arriesgarse, he pasado por mucho para llegar hasta aquí.

—De acuerdo —accedo plasmando mi firma en el papel.

—Perfecto. Ahora debe abonar el pago por esta noche.

—No pienso pagaros ni un dólar.

—¿Cómo qué no? —clama Michael ofendido— ¿Quién se ha creído que es? Jamás se han negado a pagar. Mi empleado no trabaja por amor al arte.

—Desconozco las razones por las que trabaja su empleado en cuestión, pero le aseguro que está sobrevalorado. El tipo no es para tanto.

El resto de los prostitutos se echan a reír a excepción de Blake que me mira furioso y de Michael que parece estar indignado con la situación.

—O paga o me veré en la obligación de llamar a la policía.

—¿A la policía? —exclamo asombrada.

—Aquí tiene la factura, señorita ¿cómo desea pagarlo a crédito o al contado?

Recojo el papel que me tiende Erin y lo estudio desencantada. Al leer la cifra casi se me salen los ojos de las órbitas. Ni en diez vidas podría pagar esa barbaridad. No obstante, no quiero más problemas. Ya habrá tiempo para que me las vea con ese imbécil.

—A crédito por..por favor.

—¿A cuántas cuotas quiere ponerlo?

—A cinco… —susurro en voz apenas inaudible entregándole la tarjeta de crédito— No voy a poder comer en cinco meses, y ¿para qué? Ni si quiera sé para qué estoy pagando.

—Para el mejor sexo de toda su vida —afirma Erin tranquila, pasando la tarjeta por un datáfono— ¿quiere copia?

—Sí…

Después de entregarme la prueba que constata mi ruina económica, me levanto indignada y me juro a mí misma que me vengaré de ese miserable. No obstante, antes de marcharme decido asestarle mi golpe de gracia final. Me dirijo a la puerta y una vez tengo agarrado el pomo, me giro hacia ellos.

—Ah, una cosa más, ¿mi hermana de quince años también debe pagar por los servicios?

El semblante satisfecho de Michael se transforma en auténtica incredulidad mientras Blake me contempla furioso.

—Raziel, ¿qué significa eso?

Sin duda, es el momento de largarme, más no puedo evitar recrearme un poco más para escuchar con regocijo las precarias excusas del idiota.

—Te juro que no es cierto, Jared. Está mintiendo…

A mí me habrán dejado pobre, pero al menos el tipejo está jodido.

La semana siguiente la paso sobreviviendo a base de los tuppers que trae los viernes la señora Head. No quiero saber nada del imbécil de

Blake, a pesar de que me lo encuentro en algunas clases, no le dirijo ni una sola mirada. Para mí no existe. Es como una mota de polvo en mi vida universitaria y desde que he decidido aplicar este pensamiento mi vida es mucho mejor.

Por su parte, Jackie ha intentado interrogarme acerca del desgraciado de la discoteca. Para mi inmenso alivio, el amigo del tipejo no intentó aprovecharse de ella. Por supuesto, no le he mencionado el incidente que casi termina en catástrofe. No quiero que sufra ni se sienta culpable por haberme dejado sola con él.

Además, tampoco me hace bien recreándome en ello, bastante tengo con estar reviviéndolo cada día una y otra vez. No, lo último que deseo es seguir recordándolo más. Para eso, me enfoco en mantener la mente ocupada entre los estudios, los libros y las películas.

Llega el viernes y decido hacerme una rutina facial. El frescor en la cara calma los pensamientos depresivos que tengo acerca de no tener ni un solo dólar en la cuenta. Toda mi vida ha sido puesta patas arriba, ¿en qué momento decidí colgar ese maldito anuncio? Solamente me ha traído desgracias, suspiro, tumbada en el sofá.

Esos estafadores se han quedado con mi dinero mensual. El solo hecho de pensarlo me frustra y me produce ansiedad. No importa, estoy segura de que Uriel cumplirá con su cometido. Sólo debo esperar a que regrese de a saber dónde y entonces le enseñaré el recibo en el que se demuestra que he pagado por él. Sí, eso haré.

Me como uno de los pepinos que tengo en los ojos intentando saciar el hambre, cuando llaman al timbre. Debe ser la señora Head que viene a traerme comida, me digo estudiando de reojo el reloj. Pongo otro pepino en mis ojos, y abro sin mirar quién ha venido. Después, dejo abierta la entrada del apartamento y me tumbo otra vez en el sofá.

En cuanto la escucho entrar, levanto una rodaja y me giro para saludarla.

—Gracias señora Hea…

En ese momento, mi voz se paraliza y ambos trozos de hortaliza se caen al suelo.

La persona que se encuentra delante de mí, poco se parece a la señora Head. De hecho, para ser más exacta ni si quiera comparten el mismo género.

—Eh… Blake, ¿qué haces aquí?

Él cierra la puerta y se interna en mi apartamento adoptando una mirada seductora.

—¿Qué voy a hacer? Vengo a cumplir con la parte de mi contrato.

137

Tira la chaqueta sobre una silla y yo retrocedo un paso, ansiosa.

—¿Qué contrato? Yo firme por Uriel.

¿Qué diablos? ¡¿Qué hace ahora quitándose la camiseta?!

—Mi nombre aparecía en el contrato que firmaste, contrataste mis servicios, es que ¿no aprendiste a leer la letra pequeña? —inquiere quitándose el calzado.

—Ponía Uriel.

Lo cierto es que estaba tan nerviosa que quizás leí mal y equivoqué los pseudónimos. Aiden saca una copia del contrato del bolsillo de sus pantalones y me la muestra molesto.

—Debes ir al oculista, Moore. ¿Por qué no llevas tus gafas siempre contigo?

¿Se ha fijado en mis gafas? Joder, las gafas. Con razón estaba tan segura de que había leído Uriel. Por si acaso, estudio el papel esforzándome por leer la letra pequeña. Raziel. Raziel. MIERDA. Pone Raziel, no Uriel.

—Ay no, yo acordé que sería Uri...

—No tengo ni idea de lo que acordarías Uriel, lo único que tengo claro es el contenido que hay aquí. Has contratado mis servicios. Déjame cumplir con mi trabajo o me iré y perderás el dinero que pagaste el otro día. Tú decides Moore.

Tiene la jodida mano sobre el botón de su pantalón. El pulso se me desboca, y la boca se me hace agua ante la visión calenturienta que me muestra.

El tipo está como un queso, y yo todavía estoy con la mascarilla puesta. ¡Dios mío! Estoy hecha un desastre. Sin embargo, no puedo apartar la mirada de esa tableta de abdominales.

Maldito seas. Eres más de lo que imaginaba, le concedo estudiando fascinada esa expresión impaciente y caliente. Tengo que recordarme que es un idiota, pero ni eso sirve para que la profundidad de sus ojos haga que me sienta expuesta ante él.

Lo he pagado, he pagado por su tiempo, y voy a estar cinco meses sin poder llenar la nevera. Debo aprovechar esta inversión.

No, miento, eso es sólo una excusa más, la realidad es que quiero aprovecharla. Encuadro los hombros segura con la decisión que acabo de tomar e identifico el reconocimiento en su mirada. Aiden sonríe seductor acercándose, desliza su mano alrededor de mi cintura y acercarme con fuerza me pega a su cuerpo. Percibo su pecho rozando el mío y, sin quererlo, expulso todo el aire contenido.

—¿Y bien? —musita estudiando mis ojos— ¿No quieres tenerme dentro de ti?

Nos estudiamos con intensidad durante unos segundos en los que me debato contra la indecisión. Al final, es su expresión desafiante la que ocasiona que me dé un vuelco el corazón a causa de la anticipación.

—De acuerdo Blake.

Él por su parte, se acerca a mi oído y su cálido aliento sobre mi oreja provoca que mi piel se erice.

—A partir de ahora me llamarás Raziel.

CAPÍTULO 8

CRYSTAL

La mayoría de la información que conozco acerca de la educación sexual ha sido extraída de las clases del colegio y posteriormente reforzada por las del instituto. Sin embargo, todas ellas han sido dadas de forma científica, sin tomar en cuenta las sensaciones más allá de un planteamiento puramente reproductor. Por eso, cuando tomé la decisión de que era la hora de construir mi propio camino, dejé de esperar por algo que no sabía si podría darse, ya que, a la menor interacción con un hombre, y más con uno que pudiera gustarme, me ponía tan nerviosa que me trababa y no sabía qué decir.

Por lo tanto, suscitada por la curiosidad, empecé a buscar mi propia información. Los datos que encontré me parecieron muy instructivos, aunque también asépticos. Lo único que me llamó más la atención, fue el hecho de que el ser humano utilice su propia sexualidad como una forma de comunicarse, de amar, o incluso de experimentar violencia, alegría, placer o desenfado.

Ser conocedora de esa información de antemano me alentó a colgar ese anuncio, de alguna manera rompía con el tópico central de la necesidad existente del amor ligada al descubrimiento de nuevas sensaciones.

Lo que yo jamás habría esperado era que todo lo que había creído saber hasta ahora, se evaporaría frente mis ojos con la nula distancia a la que nos encontramos.

Su aliento rozando mi mejilla, y esa orden de que utilice su pseudónimo, provocan que mis sentidos se pongan alerta con cada uno de sus movimientos.

Raziel. Raziel. Raziel… Puedes llamarme... Raziel.

Trago saliva nerviosa por su cercanía. No sé hacia dónde debo mirar.

Nada de lo que estoy sintiendo ahora se compara con cualquiera de las frases que hubiera podido leer en internet o en alguna novela. Sé que debería decir algo, contestar algo a esa forma dominante de hablar, al fin y al cabo, yo soy la clienta y él el prostituto, pero no puedo.

No lo entiendo, es como si me lengua se hubiese dormido bajo su cercanía. ¿Me habrá embrujado? Cuando creo que va a retirarse y que por fin podré recuperar un poco de autocontrol, desciende y me lame suavemente el cuello, desencadenando un escalofrío a lo largo de todo mi cuerpo.

¿Desde cuándo he tenido la piel tan sensible? Puedo percibir cada una de mis terminaciones nerviosas. Tenso los hombros involuntariamente y cierro las manos formando dos puños.

—Deberías quitarte la mascarilla.

La mascarilla. Ay, Dios, no es como si me importase algo ahora mismo la ridícula mascarilla, con los nervios que tengo alojados en la boca del estómago me había olvidado hasta de ella. Acaricia la piel de mi oreja con la nariz y otro escalofrío se activa en mi columna vertebral. La tensión es tal que sin darme cuenta he estado conteniendo el aire. De repente, se aleja de mí y pierdo su calor.

—¿El dormitorio?

—A-al lado del baño.

Baño. Necesito agua con urgencia. Debo humedecerme la garganta, reparo en que se me ha quedado secado por culpa de las recientes emociones. Santo cristo, ¿esto va a ser así de intenso?

—No tardes.

Su orden me noquea en el sitio. Sin más palabras, comienza a encaminarse hacia la puerta que hay al lado del baño en el que le oculté la última vez que estuvo en casa.

Estudio la musculatura definida de su espalda, los brazos fuertes y los dorsales tonificados finalizan en una cintura estrecha. Con ese pantalón vaquero ajustado y el culo endurecido por el ejercicio, parece un pecado de los dioses.

Súbitamente, una certeza revuelve todo mi mundo interior: si con un roce me ha alterado de esta forma, ¿qué ocurrirá cuando avancemos? El desconocimiento y la vergüenza me invaden. Después de ver que la puerta de la habitación se cierra detrás de él, corro agitada hacia el baño. Tengo que quitarme la mascarilla, lavarme la cara y beber un poco de agua.

Una vez me encuentro frente al espejo, estudio mis facciones. No puedo creerlo estoy a punto de dar el paso, me digo impresionada. Deshago mi coleta mojada por la ducha, y me cepillo otra vez el pelo intentando tranquilizarme para dar una mejor imagen.

Soy Crystal, Crystal Moore, repito como un mantra, nada de lo que he hecho hasta ahora está mal, es natural sentir inquietudes acerca de una misma.

Mierda, como no esperaba su visita estoy vistiendo un chándal viejo y desgastado con el que suelo sentirme muy cómoda para estar en casa. No obstante, no creo que sea lo más adecuado que llevar para enfrentar la primera vez de una chica. Al menos me consuela un poco que el tipo haya venido justo cuando he terminado de ducharme, así el tema de la limpieza está cubierto.

De repente, escucho una música suave provenir de mi habitación y salgo del baño siguiéndola con paso vacilante. Abro la puerta del dormitorio y lo encuentro quitándose los pantalones, revelando un bóxer negro de Calvin Klein. Mis ojos son atraídos hasta la línea fina que separa la carne dura expuesta del abdomen y la tela del bóxer. Le recorro con la mirada, fascinada con la fila de tres pares de abdominales marcados. Sigo descendiendo, interesada en la herramienta que usará para la cuestión que nos atañe, cuando reparo en el dolor que podría sentir.

Vuelvo a tragar saliva aturdida con la visión, el tipo no solamente es grande en altura, también parece serlo en esa zona. Él, por el contrario, parece muy tranquilo y cómodo en ese entorno. Sin duda, ha debido pasar por muchas camas y esta debe ser su rutina habitual. Se da cuenta que me encuentro todavía en la puerta observándole y sonríe seductor. Ni si quiera doy un paso más, sólo me quedo allí contemplándole, sintiéndome bloqueada. Aunque conozco el procedimiento de forma teórica, estar ahí a punto de vivenciarlo supone un mundo totalmente diferente.

—¿Y-y a-ahora qué?

Me toco el brazo, nerviosa. Dios mío ¿por qué algo que parece ser tan fácil en la teoría me parece tan complicado de abordar?

—Antes de nada. Quiero dejar claras mis reglas.

—¿Reglas?

Experimento otro escalofrío. No será de esos que te atan a la cama y quieren que les llames Dom, ¿no? Ay no, creo que las novelas me han afectado demasiado. Aunque ¿quién podría culparme? jamás hubiera esperado tener a un tipo, que podría competir con cualquiera de mis fantasías literarias, apostado semidesnudo a los pies de mi virginal cama.

—La primera es que nunca beso a mis clientas. —me comunica serio— No esperes por lo tanto que vaya a hacerlo, no en los labios de la boca al menos.

Su sonrisa lobuna provoca que vuelva a sonrojarme violentamente al captar el doble sentido. Bueno, sin duda, eso del beso es raro, de verdad ¿se puede hacer sin besar? Supongo que esas cuestiones sólo atañen a las películas y a las personas que no tienen una relación comercial, así que no importa, con total seguridad será algo rutinario para ellos.

—¿Y las demás?

—No puedes obsesionarte conmigo.

Ruedo los ojos escéptica y casi todo el nerviosismo que sentía es sustituido por la indignación. Menudo creído.

—Tranquilo que eso no pasará —desestimo negando con la cabeza— ¿Alguna más?

—Sí. Tampoco puedes enamorarte de mí, ni mucho menos buscarme por los pasillos de la universidad. Lo que ocurra aquí se quedará aquí, ¿queda claro?

—Como el agua.

Oh, este tipo se hace de odiar. La única fantasía que puedo tener ahora es la de meterle la cabeza en un mar repleto de tiburones. Pero ¿quién se cree que es? Antes me cortaría los brazos que perseguirle como una fanática a una celebridad. ¿Se pensará que voy a tirarle mis bragas como a los cantantes de rock? Ok, puede que las lance, aunque sólo será por hoy.

—Pues entonces, perfecto.

—Y…bueno ¿cómo se hacen estas cosas?

—Para empezar, debes relajarte Moore. —aconseja con cada paso que da hacia mí— Esto es algo que quieres hacer, ¿verdad?

Joder, se encuentra a escasos dos centímetros de distancia y está ahí susurrándome como un maldito encantador de serpientes. Nerviosa, inspiro profundamente anticipándome a su siguiente movimiento. Percibo el silencio electrizante que se ha instalado en la habitación como el preludio de un cuchillo que se dispone a cortar la cuerda que sostiene mi estabilidad emocional.

La primera caricia la noto en el brazo derecho, es suave, hipnótica. Sus dedos van serpenteando el camino de mi piel expuesta hasta llegar a mi mano. Una vez allí, entrelaza nuestros dedos. Calor. Siento su calor irradiando en contraste con mi palma humedecida por los nervios, y con firmeza me guía hacia al lado de la cama. De repente, posa sus manos sobre mis caderas y vuelve a acercarme a su cuerpo.

—¿Y bien?

Este hombre es seductor hasta murmurando. Diablos, ¿de qué estábamos hablando? Ah, sí….

—S-sí. Lo quiero.

—Bueno. Entonces, antes de nada, debo preguntártelo, ya que tú eres la que paga. Como eres virgen, ¿prefieres que lleve las riendas al comienzo?

No puedo pensar con claridad a causa de su cercanía. Percibo el filo de la cama rozándome los gemelos y me obligo a enfocarme en esa sensación para ordenar mi mente.

—S-sí.

—Perfecto. Entonces… vamos a descubrirte….

Con esa sencilla afirmación me aprieta aún más de la cintura atrayéndome de nuevo para permitirme que note la firmeza de su cuerpo contra el mío. Raziel me insta a que incline ligeramente el cuello para permitirle el acceso completo y una vez este se encuentra expuesto, se abalanza sobre él con movimientos seguros.

Los escalofríos no tardan en llegar y, sus besos, suaves al principio, terminan convirtiéndose en pequeños mordiscos sobre mi tierna piel. Poco a poco, va estimulando una a una las terminaciones nerviosas de mi cuerpo. Con una inusitada lentitud, traza un camino descendente por mi clavícula utilizando su lengua y los labios. La alternancia entre los besos y los lametazos alcanzan zonas mucho más sensibles, que son estimuladas con sus dientes.

Al principio no sé qué hacer, y aunque él parece saberlo por los dos, no deseo quedarme actuando como una roca siendo impactada por las olas. No, no quiero ser un ser inerte. Las palmas de mis manos pican por tocarlo, más todavía no me atrevo.

Mordisco, lametón, beso, escalofrío. Mis músculos se contraen bajo su contacto y mi piel grita *"acaríciame"* en todos los idiomas. Arrasada por las sensaciones que me invaden, logro cargarme de valentía y empiezo a explorar el tacto de su cuerpo. Está duro y en algunas zonas parece ser más áspero. Debido a los libros de la regencia inglesa, siempre he creído que los hombres tenían mucho pelo, por lo que me sorprendo al percatarme de que él está completamente depilado. Trato de ejercer cierta presión sobre los pectorales, fascinándome con el contraste entre la dureza y la suavidad de su piel.

De repente, pierdo el calor de sus besos sobre mi clavícula, y mi ya alterada piel, clama por que la siga tocando. En un momento abandona las caricias de mi cuello y, sin esperarlo, se pone de rodillas dejándome por un momento confundida.

Comienza a levantarme la camiseta poco a poco destinando la misma tortura húmeda que había comenzado en el cuello, en esta ocasión, hacia la cadera, cuando sus labios tocan el contorno voluptuoso, mi útero se contrae en respuesta.

La combinación de sus besos y su saliva me generan un estremecimiento involuntario. Su lengua pasa perezosamente por todos los rincones de mi torso, descubriendo y conquistando nuevas partes de piel a medida que va subiendo la prenda. La zona humedecida por la saliva queda desatendida en detrimento de nuevas áreas a conocer. Al contraste con la temperatura de la habitación, siento un frío delicioso impactando sobre los caminos que va creando con su lengua aleatoriamente alrededor de mi cuerpo.

A medida que él va escalando aún más por mi vientre el frío y el calor se entremezclan en una lucha enfebrecida por la preeminencia del contrario. En mi obligo realiza una breve parada para introducir suavemente la lengua, moviéndola en pequeños círculos. Un jadeo ansioso se me escapa de la impresión.

Raziel sigue ascendiendo hacia la curvatura de mis pechos, despertando con ello sensaciones que jamás habría creído poder experimentar. Paulatinamente, se va estrechando la cercanía temporal hacia la revelación de mis pechos y, con cada zona que va incendiando a su paso, tomo consciencia, avergonzada, de que no llevo puesto ningún sujetador.

Me pongo colorada y siento aún más calor. Sus dedos están casi ahí, sólo quedan escasos milímetros de tela para que ambos pechos queden expuestos. Sin embargo, por como acaricia la curvatura de uno de mis pechos aún sin mostrarlo, parece haberse dado cuenta. Está prolongando mi ansiedad con la anticipación.

Lo miro completamente abochornada, y su única respuesta es arquear una ceja, restándole importancia. Antes de que pueda excusarme, termina de quitarme la camiseta con tranquilidad. Ay, Dios mío.

Cierro los ojos con fuerza, temerosa de contemplar su rechazo reflejado en su mirada. Sé que debería importarme tres narices, pero no es el típico pecho que sale en los anuncios de sujetadores. Soy consciente de que lo tengo algo caído y que, como bien le dije borracha, cada seno mira hacia un sitio diferente. Desde siempre esto ha supuesto un complejo bastante arraigado para mí, así que no me atrevo a mirarle. ¿Y si me juzga? Entonces, ¿qué? No, si lo hace, no podré seguir adelante con esto. Intranquila, me cubro ambos pechos con los brazos.

—No m-ires…

Durante un segundo que se me antoja como una hora se produce el silencio, y de repente, noto sus manos cubriendo mis antebrazos. Con su cercanía, su olor inunda mis fosas nasales, reconozco el sándalo combinado con una colonia que no logro identificar.

—Crystal.

Por primera vez está usando mi nombre, me estremezco y mi vientre se contrae. Me está sujetando la barbilla con su dedo, obligándome a alzar la barbilla.

—¿Sí?

—Abre los ojos —me pide en un susurro que me suscita tanta curiosidad que termino obedeciéndole— Muy bien. Ahora… mírame. Trata de no sobre pensar demasiado. Estoy igual de expuesto que tú. ¿Ves? Yo confío en ti, ¿crees que podrás hacer tú lo mismo?

—No es lo mismo… Tú pareces un maldito dios griego, mientras que mis se-senos…son…horribles —niego con más fuerza reforzando mi agarre— ¿No podemos hacerlo sin que tenga que mostrártelas?

—Estoy seguro de que no son tan horribles como dices. —murmura invitándome a abrir los brazos— Venga, vamos déjame verlas…

—Pero…

—Mira, ahora te voy a hacer cosas para las que voy a necesitar tu confianza. Soy un profesional, Moore, esto es lo que querías cuando me contrastaste, ¿verdad? Recuérdalo y déjame libertad para que les dé mis propios cuidados.

—Yo…

—No debes tener miedo, no pienso juzgarlas. No deberías rechazar tú cuerpo de esta forma. Debes cuidarlo, valorarlo. Estoy seguro de que será precioso a su manera.

Ese comentario cala en mi interior y me convence lo suficiente para dejar caer los brazos. Tiene razón. Tengo que confiar en él, me digo volviendo a cerrar los ojos. Habrá visto muchos tipos de cuerpos, seguramente no va a sorprenderse.

No obstante, el silencio cae sobre la habitación y empiezo a cuestionarme si habré hecho bien haciéndole caso. Ha dicho que no iba a juzgarlos, pero… ¿por qué no dice nada? Abro los ojos y le encuentro estudiándome sorprendido.

—¿Hay-hay algo mal?

—No —niega lentamente— No hay nada mal, las tienes muy bonitas, Moore. ¿Qué tipo de sujetadores usas que las esconden de esa forma? Sin duda, deberías quemarlos.

—Estás exagerando. Lo dices para hacerme sentir mejor, ¿verdad? Tú eres un experto, habrás visto muchas y mejores.

—No te equivoques conmigo, Moore. Yo no miento en mi trabajo. —asevera categórico acariciándome la piel que rodea cada pecho— Podría simplemente no decir nada como hago muchas veces.

Realiza una pausa para soplar sobre uno de los pezones y sólo con eso percibo que este se endurece. ¿Cómo es posible que con el escaso contacto haya conseguido triplicar las sensaciones que experimento normalmente?

Satisfecho con su trabajo, continúa prodigando sus atenciones al otro seno.

—Tienes razón en eso de que he visto muchos pechos diferentes —asegura lamiendo la cúspide de uno de los pezones— el de cada mujer tiene sus peculiaridades.

Suspiro, extasiada recreándome en las sensaciones. Comienza a succionar uno y luego el otro.

—¿Eh?

—Y el tuyo no tiene nada que envidiarle a los de las demás.

Es cierto, es un profesional, me tranquilizo relajándome, pero esto sólo dura unos instantes, ya que me sorprende sujetándome uno por la base y desciende hasta mis pechos donde comienza a lamer en círculos la zona partiendo de la mama, luego pasa por la aureola y finalmente termina hostigando el pezón. Lo chupa con fuerza y me siento desfallecer ahí mismo.

Se me escapa un pequeño jadeo entre los labios entornados y me avergüenzo por esa respuesta, aunque él ni se inmuta y sigue trabajando el pezón. Las piernas me tiemblan y, me doy cuenta de que debo sentarme, más todavía no me deja, sujetándome con una mano firme por la cadera, y con la otra el seno, lo chupa con la fuerza justa hasta que se endurece al punto de que duele.

Sin embargo, me doy cuenta de que no es un dolor propio de cuando te caes y te haces una herida, este es un dolor producido por la carencia. Es un dolor producto del propio deseo. Mi clítoris pulsa todavía bajo mis bragas en respuesta a esa necesidad. La piel me quema bajo su contacto y siento como voy fundiéndome poco a poco en un mar de sensaciones. Cuando está satisfecho con uno, comienza a hacer lo mismo con el otro y suspiro involuntariamente.

Con cada mordisco, lametazo o beso siento que se va acrecentado el calor incómodo entre mis piernas, de acuerdo con lo que leí en un foro, esto último lo identifico como estar excitada. A medida que me acostumbro a su contacto, voy ansiando algo más.

Me está besando, pero yo también necesito besar y tocar, el único problema es que me da vergüenza probarlo porque no deja de ser alguien con quien me encuentro todos los días en clase. Sigue hostigándome el pezón derecho sin piedad mientras tiemblo entre sus brazos. Tengo que concentrarme. No obstante, antes de poder decirle lo que quiero, él me aparta y me contempla con atención.

—No te acobardes, puedes tocarme también.

Esa invitación es lo único que necesito para dejarme llevar. Comienzo a acariciarle el torso permitiéndole a mis manos vagar deleitándome con la textura de la piel. Durante un rato, acaricio los abdominales y logro comprender el motivo por el que muchas mujeres suspiran por una tableta.

Mi clítoris vuelve a pulsar ansioso al sentir la dureza de éstos, y me doy cuenta de que mientras le exploro, él se contiene, paciente, concediéndome la libertad para conocerle. Después, me sujeta con firmeza por el cuello y echándome la cabeza hacia atrás para obtener mayor acceso, continúa con su trabajo sobre mis pezones.

Finalmente, y con una paciencia que nunca había creído que tuviese un prostituto, me tumba sobre la cama, besando cada trozo expuesto de piel. A continuación, desciende hasta el lazo que sujeta mis pantalones, lo deshace con manos expertas y sigue bajándolo, lamiendo y besando primero mi vientre y luego, sin importarle que mis bragas hayan aparecido en su campo de visión, me lame una de las tiras por encima humedeciéndola hasta tirar de ella con los dientes, revelando parcialmente parte de la carne cubierta.

Vibro ansiosa por la anticipación, pero él se aparta durante un segundo y sonríe sugerente.

—Aún no. Todavía queda mucho…

Dicho esto, me desliza los pantalones poco a poco, mostrando la piel del muslo que va lamiéndome hasta llegar a la rodilla. Después, termina de bajarlo por completo dejándome solo en bragas bajo su atenta mirada.

—¿Por qué usas ropa tan holgada?

—¿Co-cómo dices?

—Nada. Olvídalo.

Sin más, introduce los dedos por debajo de mis bragas, de la repentina sorpresa me incorporo con fuerza.

—Eh…

—Shhh… estoy esperando a que lleguen…

Comienza a acariciar mi clítoris en movimientos circulares, ocasionando que me deje caer descontrolada por las sensaciones. Me pregunto a que está esperando, y la respuesta no se hace esperar.

—Ah…

Poco a poco va aumentando de presión y con ella vienen las corrientes de placer que recorren todo mi cuerpo. Me retuerzo en la cama buscando un punto de sujeción. La desesperación por no hallar ninguno y encontrarme tan al borde del precipicio hace que vibre con más intensidad al tiempo que ligeros gemidos escapan entre mis labios.

—Ahí están…—señala complacido.

Todavía sentado de rodillas entre mis muslos, empieza a combinar el roce de sus dedos con lametazos y besos a lo largo de mis piernas desnudas. El calor de mi cuerpo aumenta. Mis pulsaciones se disparan aceleradas y mi respiración se incrementa. Me contraigo abriéndome involuntariamente aún más para él.

Casi siento el ritmo de mi corazón latir con mi clítoris, el cual ansía más, mientras todo esto está siendo orquestado por la suavidad de sus dedos. Es una tortura deliciosa. Un suplicio infinito. En el momento en el que creo estar a punto de vislumbrar el cielo, caigo firmemente sobre la tierra, necesitada de más. Él retrasa el orgasmo disminuyendo la velocidad de sus caricias. Todavía no me ha quitado las bragas y ya me siento arder, me produce algo de miedo pensar en lo que me hará experimentar cuando éstas se caigan por fin al suelo.

—Tan solo arráncalas, como en las películas.

De repente, cesa sus movimientos para quitarme las bragas; ya es el único trozo de tela que estoy vistiendo, y aunque en una situación normal jamás se me ocurriría pedir algo semejante, ahora solamente me agobia tenerlas. Es la última barrera que me queda, y estoy experimentando tanto calor con ella que deseo que desaparezcan.

Su risa baja inunda la habitación, y no sé si puedo sentirme ofendida en este estado caótico en el que me encuentro, pero al no realizar ningún comentario sarcástico lo paso por alto.

—Aún te estoy preparando, no debes ser impaciente. Recuerda que es tu primera vez.

—Sí, sí… pero se sentía tan bien y vas y me lo quitas.

—Mmm… eso es porque voy a darte algo mejor…

Comienza a lamer la piel que hay entre mis muslos, y ascendiendo por ella, se topa con la tela de las braguitas. A continuación, me insta a separar aún más las piernas mientras aparta el algodón.

Una vez descubierto, sopla sobre mi pubis semiabierto, lo que provoca que me remueva ansiosa. Con lentitud va deslizándolas entre mis piernas, prolongando aún más mi necesidad. Cuando siento que han desaparecido es cuando me entra la inquietud.

Ahora estoy totalmente expuesta bajo su mirada, mientras que él todavía no se ha quitado el bóxer. Me observa intensamente desde su posición y sin decir nada, regresa con la lengua rehaciendo el camino que había trazado al comienzo. Me siento tan ansiosa que espero cualquier cosa, menos lo que viene.

Primero me lame con lentitud un labio y luego el otro, alargando el tiempo de sufrimiento e incrementando el deseo que pulsa en mi centro. Después, abre ambos labios y desliza su lengua por el nudo nervioso que conforma mi clítoris. El ligero contacto provoca que mis piernas se pongan en tensión, abriéndose aún más para él, quien sabe aprovecharlo para introducirme los dedos en el inicio del conducto vaginal.

Me tenso ante la invasión esperando el dolor, y me sorprende ver que no llega. Abandona la tortura de mi clítoris y arrastra la lengua hasta la entrada de este, internándose poco a poco en mi interior. La presión hace que me retuerza aún más y gima más fuerte, estoy siendo asaltada por miles sensaciones nuevas que no vienen reflejadas en ningún libro de anatomía. No voy a gritar, me niego a hacerlo, aunque la tentación es demasiado grande. Lentamente con la lengua regresa para seguir hostigando mi clítoris, que pulsa desesperado por alcanzar una cota más alta de placer. Prueba a introducir otro dedo, y al sacarlos se los mete en la boca mostrándome como los prueba.

Mi sabor, está probando mi sabor, con ese pequeño gesto me hace sentir como si acabara de ser electrocutada.

—Um... deliciosamente húmeda. No te contengas. Solamente siente.

Vuelve a embestir con su lengua mi nudo nervioso y mordisquea suavemente un labio, y luego otro. Tras esto, los vuelve a lamer, y regresa a seguir trabajándome el clítoris alternando entre círculos lentos y rápidos. Unos escalofríos más violentos que los anteriores me recorren por todo el cuerpo quitándome la capacidad de razonar. Mi vientre se contrae de forma natural buscando encontrar algo que he leído en miles de libros.

Toda la energía se concentra como un furioso remolino en mi útero, que desea ser abarcado con tan sólo ser tocado de forma superficial. De improviso, se incrementan las acometidas de su lengua, y escucho las pulsaciones alocadas de mi corazón.

Arder, siento como ardo sin control. Estoy tan cerca de caer… tan cerca de desaparecer. Soy como un motor en eterna combustión, preparada para explotar completamente en cualquier momento. Él sigue hostigando la carne hinchada, prolongando la llegada al orgasmo, llevándome más alto. Agarro aún más fuerte las sábanas, y me dejo llevar.

Un movimiento fuerte de la lengua sobre mi clítoris y la presión de sus dedos en la entrada de mi canal vaginal, me hacen perder la consciencia actual, desencadenando mi primer estallido. Me veo siendo catapultada hasta las estrellas, en la cama solamente soy una cáscara vacía que siente, mi útero explota contrayéndose entre sus dedos. Mientras tanto, mi mente está demasiado ocupada recreándose en las nuevas sensaciones abrumadoras que se expanden por mi cuerpo como una ola enfurecida. Él por su parte incrementa la velocidad de su lengua, así como la presión de los dedos dentro de mi vagina. Me encuentro surcando los últimos resquicios de primer orgasmo más intenso que he experimentado en mi vida, cuando él desliza aún más los dedos en mi interior, llenándome más, ejerciendo más presión. Mis piernas se convulsionan en respuesta al ligero e inesperado pinchazo de dolor que se entremezcla con el placer.

—¿Qu-é?

Abro los ojos desorientada, tratando de reponerme del orgasmo.

—Ya está

Con una sonrisa satisfecha extrae la mano de mi interior. No entiendo qué ocurre, hasta que veo los restos de sangre en sus dedos como prueba innegable de haber vivido mi primera experiencia sexual.

—¿E…eso…es el himen? ¡¿Lo has roto?!

—Sí— desestima limpiándose— Así es más rápido y menos doloroso.

—Pero… así no se hace ¿no?

Reflexiono en aquellas protagonistas de los libros y películas que necesitaban varias estocadas para que se lo rompieran.

—Ah ¿no? ¿Y eso quién lo dice? No confundas himen necesariamente con primera vez, a muchas mujeres se les rompe solamente montando en bici.

Me acaricia una cadera con lentitud.

—Oh… pero yo pensaba…

—Ya ha pasado la peor parte. —asegura propinando un lametazo juguetón a uno de mis muslos. Después, se pone de pie y llevándose una mano al elástico del bóxer, sonríe con un brillo travieso bailando en esos ojos grises — Ahora vendrá lo bueno.

Me siento turbada con la visión que se presenta ante mí. Ha introducido la mano dentro de su bóxer y me percato del bulto hinchado. Retengo el aliento, ansiosa por la anticipación, y es al extraerse el pene del interior de la tela negra que constato que, tal y como sospechaba, es demasiado grande. Con esa imagen suelto de golpe todo el aire que había estado reteniendo impactada con la desnudez de éste. No esperaba que fuera así. El glande es más pronunciado que el tronco, que finaliza en la base ramificándose en unas marcadas venas moradas. No sé si voy a poder hacerlo, me cuestiono dudosa, ¿podré abarcarle?

—¿Estás lista? —susurra tentativo quitándose los calzoncillos.

Tras colocarse el preservativo, se muestra en todo su esplendor ante mí, sin reflejar ningún ápice de vergüenza. Esto me hace sentirme diminuta, insignificante. Él es mucho más de lo que hubiera esperado. Nerviosa, me encojo recogiendo las piernas y me tumbo derecha en la cama. Necesito unos segundos para pensar y asimilar lo que va a ocurrir a continuación.

Él por su parte rodea con lentitud las delimitaciones de la cama y se sube a horcajadas encima de mí, doy un respingo, impactada con la proximidad de su completa desnudez. Sus brazos se apoyan a cada lado de mi cabeza, atrapándome entre ellos. Raziel desciende su cara hasta quedar a escasos milímetros de la mía. Su aliento impacta contra mis mejillas.

—¿Y bien Moore? Aún no he escuchado tu respuesta...

Creo que he perdido la capacidad de hablar, no puedo responderle, estoy demasiado fascinada disfrutando de su cercanía. Sus ojos se recrean estudiando mi cara, y se detienen por unos segundos en mis labios, tengo la necesidad de tocarlos para constatar que no haya nada malo con ellos, pero recordando su advertencia, decido pasarlo por alto y concentrarme en él. Le contemplo con el mismo detenimiento, tratando de ordenar mis pensamientos.

Es jodidamente atractivo, me tiembla el cuerpo solo de pensar en lo que sucederá a continuación. Se pasa la lengua por los labios y eso me excita tremendamente. El silencio puede cortarse con un cuchillo y mi capacidad de razonar ha vuelto a irse de paseo.

De repente, sus dedos se posan sobre mis labios y me los acaricia con suavidad, ese ligero toque provoca que mi piel se erice, y dejándome llevar por un impulso, le lamo el dedo de forma juguetona. Él se sorprende y emite un gruñido bajo.

—Sí, definitivamente tus labios son la característica más llamativa.

Se me seca la garganta con esa frase y su olor me inunda los sentidos bloqueando el discurrir de mis caóticos pensamientos. Solamente sé que quiero besarle, necesito probarle. Me lame la comisura de los labios sin llegar a tocarlos, tentándome con la prohibición que estableció entre nosotros antes de comenzar con todo esto, y sin esperarlo deposita un suave beso en la misma. Me revuelvo excitada. El sonido y la textura de su respiración caliente sobre mis labios hacen que me sienta embriagada. No quiere saltarse la regla, aunque está claro que no le importa jugar conmigo o con mi juicio. Sin duda, su intención es torturarme.

—Aún sigo esperando tu respuesta… ¿vas a obligarme a ir más allá?

—¿Perdón?

No me acuerdo de la pregunta que me ha hecho. Estoy tan alterada que no me extrañaría haber olvidado hasta mi propio nombre.

—¿Estás preparada?

—Cre…creo que sí…

No sé si lo estoy, esto está resultando muy diferente al estilo que había marcado antes. Aquí hay un mayor acercamiento físico.

—Excelente…

Con una mano me coge del pelo y ayudándome a incorporarme ligeramente me obliga a echarlo para atrás, obteniendo mayor acceso a mi cuello. La fuerza con la que me sujeta del cabello y del cuello en contraste con los besos que desperdiga por mi clavícula ocasionan que mi vagina, aún afectada por el asalto previo, se contraiga, preparándose para la siguiente ronda.

Sus caricias tan pacientes como antes comienzan a desesperarme al intuir ya lo que vendrá después. Él lo percibe en mis movimientos y mis quejidos porque sonríe con satisfacción y abandona la sutileza convirtiéndola en fuerza y urgencia. Se inclina hasta quedar sobre mis pezones, y tras humedecerse los labios sensualmente, comienza a succionarlos y a lamerlos con vigor. Estoy disfrutando del momento cuando él se incorpora durante un breve instante para mirarme.

—A ver qué te parece esto…

Con una mano me pellizca el pezón mientras que, con la otra guía el glande del falo hasta pegarlo a mi clítoris y comienza a restregarlo en círculos aumentando poco a poco la presión. Es una sensación tan deliciosa la de sentirlo tan duro presionándose contra mí, que no sé cuánto podre durar así.

—Oh, Dios mío… —gimo desbordada aferrándome con fuerza a su cuello.

Contraigo las caderas para moverme con él, necesitada de más. Raziel juega presionando la entrada, frotándose contra mi canal sin llegar a entrar, me provoca e incita a impulsar mis caderas para abarcarlo por completo. Continúa alternando entre el clítoris y la entrada, y yo cierro los ojos abandonada al placer que me suscita el enloquecedor roce.

Otro orgasmo está a punto de estallar en mí, y percibo las primeras explosiones de placer, resistiéndome a decir su nombre, pero él me retrasa el orgasmo disminuyendo las caricias. Casi estoy a punto de llegar. De repente, sustituye el miembro por sus dedos sobre mi clítoris y con una estocada rápida y un gruñido bajo me introduce su falo clavándose en mi interior. Abro los ojos de la impresión y desvío la mirada avergonzada sin poder sostenerle la suya.

—Mírame, Moore. —gruñe controlándose mientras se adapta a mi interior— La primera experiencia ocurre solamente una vez en la vida, y es importante, así que mírame.

Envalentonada por sus palabras me fijo en sus hipnóticos ojos, que me contemplan sin ningún rastro de pudor. Me siento atraída por la tormenta que reflejan, mi conducto vaginal se relaja alrededor de su miembro volviéndose más resbaladizo, y noto como Raziel empieza a moverse, al principio lo hace con cuidado más no tarda en incrementar el ritmo, mientras tanto, sigue trabajando mi clítoris con sus dedos. Poco a poco va aumentando la velocidad y la fuerza, penetrándome hasta el fondo. Sujetándome de las piernas, se inclina más en mi interior, llenándome más, abarcando y conquistando todo mi interior. Noto que las paredes vaginales se flexionan mucho más rodeándole y estrechándole para comprimirle más.

La fricción de sentirme tan completa por ambas zonas desencadena otro orgasmo más poderoso. Mi cuerpo se descontrola siendo asaltado por múltiples sensaciones. Cada vez que creo que voy a llegar a un orgasmo más alto, alcanzo otro que le supera, y esta vez no lo puedo evitar. Por mucho que me haya contenido hasta ahora, su nombre se desliza sin pretenderlo entre mis labios con cada vigoroso envite.

—Raziel… Sí… sí….

Le acerco aún más a mí, es tal el placer que siento que poco me importa ya que no me lleve bien con él, ahora mismo solamente lo deseo en esta forma, clavándose en mi interior. Con ese último pensamiento me dejo llevar por las sensaciones y la emoción del momento. Alcanzo el clímax una vez y, sorprendentemente, otra más al alternar la posición hacia un lado de la vagina.

Sus acometidas se incrementan y siento sus fornidos glúteos contraerse para incrustarse más al fondo, catapultándome más lejos. Mi canal, estimulado por el roce, explota haciéndome perder la consciencia sobre el tiempo y el espacio. El orgasmo más poderoso que he experimentado hasta ahora me invade y me aferro con fuerza a él antes de ser devorada. Gimo más alto intentando controlar el grito que pugna por salir de mi garganta. Y es con esa restricción autoimpuesta que recibo la satisfacción del deseo sin pensar en nada más. Él incrementa sus estocadas, pero yo ya he sido absorbida por la oscuridad insondable del placer, en el que me recreo ignorando sus gruñidos bajos y la tensión en sus facciones.

Progresivamente, voy recuperándome de los últimos vestigios del orgasmo, todavía estoy tan resbaladiza que no me importa sí ha seguido internándose con mucha más velocidad y fuerza en mi interior. En cuanto me relajo todavía entre sus brazos, él se queda muy quieto, y es el momento en el que me doy cuenta, extrañada, de la tensión de su cuerpo. Con un gruñido apenas audible sale de mí interior y se aleja bruscamente, levantándose de la cama.

Confundida por su repentino alejamiento, aunque encontrándome saciada como jamás lo había estado, me incorporo extrañada, apoyándome sobre los antebrazos para observar sus movimientos mecánicos. Parece un autómata extrayéndose el condón, y observando que lo tira a la papelera que hay al lado de mi mesilla de noche, algo me llama la atención. Todavía sigue excitado. No ha llegado, ¿eso será normal?

—Eh…perdona…

Quiero decírselo, me gustaría ayudarle de algún modo, aunque no sé bien cómo planteárselo.

—Trabajo cumplido.

—Sí, sí… pero... verás… tú… todavía no…

—¿Qué? —pregunta subiéndose el bóxer.

Inspiro con fuerza alentándome, lo que acabo de hacer con él es mucho más íntimo que comentarle que todavía sigue con la bandera en todo su esplendor.

—¿No has terminado?

—No. Mi prioridad durante el trabajo es la satisfacción del cliente.

—Comprendo, pero bajo mi opinión creo que es un poco injusto…de verdad ¿no puedo hacer algo para… a-ayudarte?

Él me ha hecho disfrutar tanto, que me siento mal de que se vaya así sin más.

—No te he pedido tu opinión. Tú eres la clienta, que estés satisfecha es lo único que de verdad importa, de nuestro placer ya nos solemos encargar nosotros después

Su sonrisa cruel da a entender que me considera insignificante para ayudarle. Esa actitud me irrita y de alguna forma me duele, vale que sea nueva en esto, pero ¿no soy una mujer también? ¿No puedo ayudar?

—¿Tienes que ser tan antipático? Yo solamente trataba de ayudarte.

Molesta, me tapo con la sábana, por un momento había creído que probablemente me hubiese equivocado con él y le juzgase mal, pero no ha tardado en demostrar que es un idiota.

—El trabajo ya está hecho como te dije. No me interesa nada más, lo que tengas que opinar al respecto escríbelo en esta encuesta de satisfacción que te voy a dejar

Sin añadir nada más, se abrocha los pantalones y del bolsillo trasero extrae un papel doblado que deja encima de la mesilla. Al lado de este también coloca unas pastillas.

—¿Qué es eso?

—Es probable que la zona te escueza o sientas irritación durante unos días, si eso ocurre. tómate una de estas cada ocho horas.

—¿Cómo puedes actuar tan impasible después de lo que hemos hecho aquí?

No es que me caiga mejor ni nada de eso, tampoco espero algo más, sé que es un prostituto y todo esto debe ser parte de su proceder habitual, pero este tipo acaba de conocer aspectos de mí que ni si quiera he hablado con mis familiares o amigos. Y de todas formas, este tipo no es un desconocido del todo, va a mi maldita clase. Me deja fría la manera que tiene de comportarse después de mi primera vez.

—Y ¿qué esperabas exactamente? —pregunta exasperado.

—No lo sé, pero desde luego esto no… a mí me hubiera gustado algo más de intimidad, cercanía, o por lo menos un poco de complicidad. Incluso alguien con quien pudiera aprender a desenvolverme.

Mientras estoy realizando esa confesión, me doy cuenta por primera vez de mi error. El sexo ha sido estupendo, pero no era como lo había imaginado, yo pensaba que habría algo más, no amor, pero sí algo en los que los dos hubiéramos quedado satisfechos, pero no el tipo tenía que lanzarme un maldito cuestionario de satisfacción.

—Para eso búscate un novio. Sin embargo, te recomiendo que te guardes esa lengua afilada que tienes o, de lo contrario, nadie te soportará de pareja,

¿De verdad tiene que ser tan cruel? Ugh. Lo detesto, acaba de darme justo donde más me duele. Por primera vez me he conseguido abrirme mucho más de lo que suelo hacer con la gente y él lo acaba de despreciar en un segundo. Eso me enfurece.

—¡No necesito ningún novio para lo que busco!, no quiero amor, solamente deseo conocerme a mí misma y disfrutar con alguien que no sólo me satisfaga, sino también que se deje satisfacer —señalo su entrepierna— alguien que no tenga miedo a establecer un mísero lazo de amistad.

—No soy ningún cobarde —clama alterado— soy un escort, mi trabajo se paga, y como habrás comprobado no consiste en hacer amigos. Además, ya he perdido suficiente tiempo contigo por hoy. Cuando lo hayas completado, entrégame el cuestionario. Ahora lo que mejor puedo hacer es largarme.

—Pues ya sabes dónde tienes la puerta.

Le observo marchar todavía enfadada y frustrada. Definitivamente encontraré a alguien que cumpla con mis expectativas.

Después de haber llegado al orgasmo incluso me había planteado la posibilidad de pedirle que fuera mi amante, incluso aunque tuviera que pagarle, pero por la forma en la que se acaba de comportar conmigo, para mí ahora es peor que un insecto insignificante.

No importa lo bueno que sea en el sexo, sin duda, como persona deja mucho que desear.

—Vete a la mierda, Blake.

CAPÍTULO 9

AIDEN

Existen una serie de fases que experimenta el ser humano a la hora de tener relaciones sexuales. La primera es el deseo sexual, que en el caso de los escort no siempre tiene que estar presente. Está de más decir que muchas veces no nos sentimos atraídos hacia la persona que nos ha contratado, y que en circunstancias normales no tendríamos sexo con la cliente. Yo había creído que esa fase iba a fallar en cuanto la encontré vestida solo con un chándal viejo y una mascarilla puesta. Ante mí se hallaba la antítesis del erotismo.

Tal y como había supuesto, no había esperado mi visita y aunque en principio yo tampoco tenía ganas de ir a cumplir el contrato, me recordé que había pagado por un servicio que no se le había prestado, y aunque aún no comprendía el motivo por el que no había revelado ante Jared que nos conocíamos, esa era una razón más por la que debía ir, tenía que cumplir mi parte.

No me preocupaba que quizás no pudiera desearla, porque siempre me quedaba la imaginación, pero todo se había descontrolado en el instante en el que le puse las manos encima. No había resultado ser nada de lo que había creído imaginar, fue una bofetada limpia que me hizo borrar todos mis prejuicios sobre ella.

Había sido virgen, sí, y aunque al comenzar se había mostrado vacilante —¿qué mujer no lo es durante su primera vez?— para nada había sido aburrida o pasiva como muchas experimentadas con las que tuve que trabajar. Mientras la descubría tratando de actuar de acuerdo con el papel que tenía que representar, me encontré a mí mismo deseándola de verdad.

159

No me había desagradado tocarla como lo había hecho, sino que, muy al contrario, había querido conocer un poco más sobre la suavidad que desprendía, lamer las curvas que escondía, y lo que resulto ser más insólito aún: no me hizo falta recurrir a la imaginación como había creído.

A ojos del panorama universitario, Moore había sido catalogada como una persona reservada que no había llamado la atención de ese ambiente joven y vivaz. No obstante, tras haber tumbado todas mis ideas preconcebidas sobre ella, me había percatado de que si quisiera, y tuviera una buena orientación, no sería nada extraño que consiguiera captar el interés de más de uno.

Crystal Moore, todavía no lo sabía, pero era en sí misma una caja de sorpresas, por lo que, aunque no me sintiera orgulloso de haberlo experimentado, debía reconocerlo, la primera fase había estado cubierta.

Segunda fase: excitación sexual.

Este tipo de excitación se trata de una situación emocional y motivacional promovida por una estimulación interna o externa proveniente del deseo sexual. No obstante, aunque la excitación objetiva y física sea el patrón visual más evidente, y el que nos permite trabajar diligentemente, es la excitación subjetiva o percibida la que te pone a cien, la que te hace sentir como si estuvieras en el cielo. Es justo esa excitación la que debemos hacer que el cliente exprima al máximo, que disfrute de sus sensaciones todo lo que pueda alcanzando los picos de placer más altos.

Para nosotros, primero está la satisfacción y culminación del deseo del cliente, por eso, aunque no me especialice en vírgenes traté de que le doliese lo menos posible. Pronto descubrí impactado algo que hacía tiempo que no me ocurría con las clientas: su excitación intensificaba la mía. Los gemidos y respuestas físicas que emitía bajo mi contacto me habían incentivado a seguir recorriéndola sin tener que imaginarla con otra cara u otro cuerpo, En el momento en el que había entrado en ella había estado tan apretada y atrapante que me dejó impactado sin poder comprender el por qué me había sucedido eso justo con alguien así. Para colmo de males, aún seguía sin hacerlo.

Uno de los problemas que vinieron con este trabajo era que ya no disfrutaba el sexo como antes. No me estimulaba nada que no fuera algo que me supusiera un reto o que fuera fuerte y rápido. Más aún, jamás me había gustado el sexo vainilla, hasta entonces no había disfrutado con el "mete-saca" convencional, a mi parecer tan sencillo y básico.

Sin embargo, misteriosamente, con ella y sus paredes estrechas había resultado ser muy bueno. Cuando se corrió para mí, se sentía tan resbaladiza y apretada que a punto estuvieron de ocurrir muchos "casis": casi ponerla encima de mí y que me cabalgara clavándome en su interior, casi correrme dentro, casi disfrutar de su olor y lo más aterrador, casi besarla. Estas fueron posibilidades que durante unos instantes deseé hacer realidad, pero eso hubiera sido pasarse de la raya.

Demasiado para mí y el trabajo que estaba haciendo. Yo no era ningún tipo que se hubiera encontrado en un bar con el que hubiera entablado conversación, no, había sido un profesional que había contratado para que le diera placer, y eso significaba que mi rol era el de ser un cuerpo vacío con una única función: satisfacerla. Por este motivo, no hubiera sido nada profesional por mi parte permitirme seguir por ese camino con todas las sensaciones que se me habían despertado, así que lo que mejor hice fue retirarme. Ella, dentro de su inexperiencia, no lo había comprendido y por eso tuve que actuar contundente.

Como clienta Moore podía correrse y tocar el cielo tantas veces como quisiera, ese era mi objetivo, el problema residía en que los Arcángeles no debíamos alcanzarlo a menos que fuera un requisito explícito del cliente.

Se trata de una norma que puso Jared para evitar formar algún lazo emocional con ellas, pues como dije antes, el sexo confunde y te hace sentir tan bien que cuando tienes que repetir con una clienta, sin pretenderlo puedes llegar a vincularte emocionalmente. Al fin y al cabo, no dejamos de ser seres sociales. Tampoco sería la primera vez en la que un escort deja el trabajo por haberse enamorado de una clienta.

No, eso jamás me pasará a mí. Si lo dejo será por mi propio interés, no porque ninguna tía se introduzca en mi cabeza o en mis pantalones. Dejando eso a un lado, soy consciente de que Moore se ofreció a ayudarme, pero no pude aceptarlo, ya que pese a lo increíble que pudiera parecer mientras estaba en su interior, comencé a confundir mis papeles.

Raziel o Aiden. Aiden o Raziel.

Por unos instantes, dejé mi rol de escort a un lado y me limité egoístamente a disfrutar del momento, hasta casi rozar el orgasmo. Hacía tiempo que no me pasaba mientras trabajaba, pues con el tiempo aprendí a manejar mi propia satisfacción personal, por eso había resultado ser un incordio. Cuando me marché de su apartamento y llegué a casa, tuve que masturbarme con ayuda de varios videos, evitando conscientemente pensar en ella o en ese momento, que aún se encontraban muy recientes.

Sin embargo, debo agradecer que a pesar de que me la he encontrado de vez en cuando por los pasillos y en algunas clases que tenemos en común, Moore se ha adherido a las reglas que acordamos en el comienzo de la sesión a tal punto que ni si quiera me ha dirigido ni una sola mirada. Mejor para mí. No tengo por qué darle ninguna explicación. A partir de ahora ella irá por su lado y yo por el mío.

No obstante, durante esta última clase de Derecho Procedimental, no he podido evitar estudiarla intrigado. ¿Por qué motivo es así? ¿De qué se esconde? ¿A qué viene esa actitud reservada con todo el mundo o esa cabeza gacha si se dirigen a ella? Conmigo no le tiembla la voz ni un ápice cuando se trata de contestarme. Realmente es una chica extraña, me digo contemplándola desde mi asiento, su postura encorvada y mirada evasiva distan mucho de la Moore que conozco.

—Tse… Aiden —me llama entre susurros Izan dándome con el codo— ¿Qué miras?

—Nada importante.

Vuelvo a dirigir mi atención hacia la pantalla. Creo que le estoy dando más vueltas de las que en realidad tiene, seguro que solo es otra chica más con problemas de personalidad.

—Juro que si vuelvo a escuchar una sola palabra más del pesado Been me pegaré un tiro en los cojones.

Esta ha sido la clase más aburrida que haya podido tener a lo largo de la carrera.

—Pues deberías empezar a atenderle más a menudo o Carson te matará. No puedes permitirte suspender ni una, ya sabes lo que dice el entrenador de la imagen que debemos dar en la universidad, y lo que es aún más importante, tu beca peligra.

Ah, ese sermón me lo conozco, es el que suele darnos el entrenador Carson sobre nuestro futuro en la natación. En mi opinión le da demasiada importancia a la imagen de la universidad. Respecto a lo de la beca ¿qué importa realmente? Las calificaciones no dejan de ser un número más.

—Tú no puedes hablar —le recrimino— ¿te acuerdas de Derecho Penal?

—No hace falta meter el dedo en la herida —se queja frustrado— Al menos conseguí remontar. Ah sí, cambiando de tema.

—¿Eh?

Prefiero fingir hacerme el despistado. Sé por dónde va a ir. Con toda probabilidad sacará el mismo tema de siempre.

—Estoy preocupado por ti, Blake. No me importa cogerte los apuntes una o dos veces, al fin y al cabo, soy tu amigo, pero tío desde mediados del primer año parece que soy más tu criado que otra cosa, y no es por nada pero creo que has olvidado que yo también tengo una vida, así que hazme el favor e intenta llegar pronto al menos a alguna clase.

Esa secuenciación de los hechos tiene un motivo justificado, pues fue sobre finales del primer semestre del comienzo de carrera cuando me reclutó Alex. Por supuesto, sé que tiene razón, pero no puedo entrar en detalles sobre mi situación.

Al incorporarme al grupo, Jared me dejó muy claras una de las reglas principales: jamás mezclar la vida de escort con la privada.

Ya he fallado una vez en esto, al haber terminado sin pretenderlo en la cama de Moore, aunque eso es diferente, pues a nosotros no nos une nada. Sin embargo, Izan es mi amigo y lo que es más importante, es buena persona, una característica que valoro en toda amistad. No puedo revelárselo sin más, si Jared se enterase me mataría. Ya es más que suficiente con que lo sepa esa estirada de Moore. Puff, por mucho que me pese, no voy a poder seguir dependiendo de la generosidad de Izan.

—Tienes razón —le agradezco con sinceridad dándole una palmada en la espalda— Gracias por haberme cogido los apuntes hasta ahora. No te preocupes, a partir de ahora intentaré llegar a tiempo.

O en su defecto intentaré buscarme a alguien que me dé los apuntes, quizás algún alma desgraciada que desee formar parte del mundo popular. No me juzguen, con el trabajo apenas y me da tiempo a llegar a clase.

—Me alegra saber eso.

—Bueno, ¿qué? ¿te invito a comer en agradecimiento? ¿Qué te apetecen, costillas?

—¿He escuchado costillas? —interviene sobresaltándonos Ryan— ¡Jake! ¡Lo has oído! ¡Alguno de estos dos tesoritos nos va a invitar a costillas!

La última chica con la que estuvo Izan creyó conveniente referirse a él como "tesorito". Ugh. Muy ñoño para mi gusto, por supuesto, desde que se enterase este ha sido el cachondeo favorito de Ryan.

—Te dije que no me llames así, ¿eh? ¿Ryancito…?

163

Izan le devuelve el golpe en la espalda mientras se lo quita de encima con fuerza. En ese momento, los pasos veloces de Jake resuenan por los pasillos.

—¡Ehh! Ni se os ocurra dejarme atrás ¿eh?

—Yo solamente dije que invitaría a Izan, vosotros dos os habéis acoplado —les recrimino divertido recibiendo un coscorrón de Ryan.

—No seas aburrido, Blake.

—Coméis como hipopótamos.

—¿Hipopótamos dices?

—¿Ah, no te gusta? Okay, probemos con piraña. ¿Qué tal así?

—¡Idiota!

Se dispone a darme un puñetazo en el brazo, pero lo esquivo, y me rio ante con su frustración.

—Um… perdonad… —interviene una voz débil.

—¡Ven aquí Blake! Si no te lo hago pagar, no puedo quedarme tranquilo.

—Disculpad… —carraspea nerviosa por segunda vez la misma voz.

Por supuesto, ninguno le prestamos especial importancia. Esto es bastante usual en los pasillos de la facultad, es una muestra más de la diferenciación entre las clases sociales.

Eludo otro puñetazo muerto de risa y cuando quiero darme cuenta, choco con una figura dura. Debido a la fuerza de mi peso y del propio impacto, noto como ésta se mueve hacia atrás. Lo siguiente que veo es una gran cantidad de papeles volando por los aires. Todos mis amigos se quedan observando el estropicio.

—¡¡No!!

Me doy la vuelta para estudiar qué ha ocurrido y, tirada en el suelo, me encuentra a la disyuntiva de mi doble vida.

Moore.

Esta chica me persigue, ¿o qué? ¿Por qué diablos debo tener contacto con ella incluso aquí? Más aún delante de mis amigos.

—¡Ay la leche! —exclama Izan

—¡Joder!

—No te habíamos visto. —se excusa Ryan, y después acusa despectivo— Deberías haber dicho que estabas ahí.

La observo en silencio recogiendo todavía de rodillas los papeles desperdigados por el suelo sin decir nada. Claramente está agobiada con la situación, por lo que me agacho para ayudarle a reunirlos.

—Aquí tienes.

Le paso los papeles que he recogido y ella los toma con rapidez manteniendo la mirada agachada, evitando establecer cualquier tipo de

164

contacto físico. Ese gesto vuelve a desconcertarme. Estoy seguro de que está cagándose en nuestra estirpe. ¿Por qué diablos no dice nada?

Me siento tentado a sujetarle por la barbilla y obligarla a mirarme, pero al estar delante de mis amigos, me contengo. Ella se echa a temblar, inquieto, la estudio alarmado.

De repente, inspira hondo y levanta la vista casi de forma imperceptible, y centrándose en mí durante un segundo, me doy cuenta anonadado de que lo que se refleja en ella: "imbécil".

Casi siento ganas de reír por su surrealista doble personalidad. No obstante, no me da tiempo, pues ese intercambio dura apenas unos instantes. Moore murmura una disculpa baja y tras comprobar que tiene todos los documentos, se levanta con velocidad y se marcha, dejándome asombrado.

—Eh Blake, ¿qué se supone que has hecho?

Me levanto del suelo, y me fijo en Ryan, con toda probabilidad se estará preguntando por qué me haya agachado a ayudarla. Para ellos debe ser extraño, pues nadie de nuestra posición social ayudaría a una inadaptada como Crystal Moore.

—Sólo he deshecho el desastre que hemos causamos nosotros.

—¿Esa no es la rarita de nuestra clase? —interviene Izan curioso.

—¿La conoces, Aiden? —demanda saber Jake.

—Ni idea, la verdad. Es la primera vez que la veo.

Es definitivo. Creo que me he vuelto un experto mentiroso. Sin embargo, nadie puede descubrir jamás que me he visto relacionado con ella.

De todas formas, aunque sólo hayamos tenido contacto una vez, no volverá a ocurrir, me digo evitando mirar hacia el lugar por el que Moore se acaba de marchar.

Ella es la única persona que conoce acerca de mis dos mundos, quien, de alguna forma, ha estado presente en ambos. Una extraña que sabe más sobre mí que mis propios amigos.

Mi único cabo suelto, ese que nada ni nadie puede descubrir.

—Entonces, ¿costillas, decíais?

La semana transcurre de forma ajetreada, y como durante los finales de mes solemos llegar más pronto a casa del trabajo, he optado por ocupar temporalmente el cuarto de Darren. De esta manera evito despertar a mi abuela que suele tener el sueño muy ligero.

Todavía desconocemos el motivo por el que se ha marchado de la ciudad, solamente lo sabe Jared, y en lo que se trata de revelar asuntos personales es como hablar con una pared; jamás le sacarás nada.

Quizás esa sea la causa por la que, aunque somos como una especie de familia, ninguno sabemos nada sobre el pasado de los demás. En cuanto pasas a formar parte de los Arcángeles es necesario que lo dejes todo atrás, por eso nunca hablamos sobre ello entre nosotros y tampoco es que nos interese hacerlo. Vivimos por y para el presente.

De cualquier forma, si Darren tenía algo personal en el cuarto se lo ha debido llevar con él, porque no ha dejado ninguna foto ni alguna clase de diario secreto en el que apunte sus pensamientos sucios, me percato riéndome todavía tumbado en la cama mientras lanzo aburrido la bola de goma que le he robado a Alex hacia el techo.

—Aquí estás. Por fin te encuentro.

—Ah, hola, Erin, ¿qué ocurre?

Lanzo otra vez la bola y, al verla, ella frunce el ceño.

—Con que la tenías tú… Alex piensa que se la había robado en venganza Matteo. Deberías dármela o montará en cólera contra ti.

Le paso la bola con un tiro alto y la recoge denotando tener buenos reflejos. Me incorporo en la cama para atenderla.

—¿Qué sucede Erin?

—Jared ha querido adelantar la reunión trimestral en vistas de que Darren se va a demorar todavía en venir —comenta misteriosa estudiando la habitación— por lo que asegura que no tenemos que seguir esperando más. Ya están todos en el salón, sólo faltas tú.

—¿Desde cuándo avisáis a última hora?

En este tipo de reuniones siempre se revela el dinero que has generado durante el último trimestre, así como el sueldo que te corresponderá durante ese mes, ambos se encuentran ligados con tu desempeño en el trabajo. Además, si lo has hecho muy bien y las clientas rellenan de forma satisfactoria las encuestas también recibimos algún extra. Por supuesto, yo siempre me encuentro entre los primeros, y en ocasiones si mi nota ha sido la mejor, he llegado a ganar un viaje con todo incluido. Sólo es una forma más de incentivarnos a ser los mejores. Por lo tanto, al tratarse de una reunión importante, deberían haberlo avisado con una semana de antelación. No obstante, puedo entender que Jared estuviera esperando la vuelta de Darren.

En cuanto llego al salón, me encuentro a Jared sentado en el sillón principal, los gemelos comparten el mismo sofá, y Alex se ha situado en el sofá que queda libre. Tomo asiento a su lado e ignoro la mirada acusadora de Jared, quien está esperando a que Erin encienda el proyector.

A continuación, comienza una charla totalmente aburrida en la que se analizan los gráficos de los beneficios obtenidos como equipo durante los últimos tres meses. Jared deja entrever lo que ha afectado el dinero rebajado por Darren, así como las pérdidas que ha supuesto la reducción de la clientela debido a este. Finalmente, vuelve a avisarnos sobre la importancia de cobrar el trabajo realizado — argumento en el que todos estamos de acuerdo— y no puedo evitar acordarme de Moore intentando regatearme el precio de Darren. ¿Cómo es posible que haya terminado dándole yo el servicio?

—Bien, una vez que todos estamos al día sobre el estado actual de este trimestre, vamos a comenzar estudiando la situación individual de cada uno durante este último mes. Empecemos por los gemelos. —señala mientras que Matteo se pone tenso y Mattia trata de calmarle— Habéis tenido excelentes valoraciones en los últimos meses. Como observaréis, habéis mejorado considerablemente respecto al mes anterior. Creo que podría ser debido también a la reubicación de la clientela, así como a la parte destinada a las parafilias, ya que suelen ser, como sabéis, más… generosas si se sienten complacidas. Incluso os han dejado buenos comentarios en las encuestas de satisfacción.

—Eh, tampoco seas así de parco que Mattia y yo nos hemos esforzado mucho. Ni te imaginas la de cosas que nos hacen hacer a veces, como mínimo deberías regalarnos un viaje a Cancún.

—Sí, estoy de acuerdo con Matteo —interviene su hermano.

—Necesito relajarme y alejarme de Alexander… —añade resentido observando a Alex, quien arquea una ceja— Sin duda, tengo que tomarme algún mojito para olvidarme de los cientos de abdominales diarios que me obliga a hacer.

—Eh, Jared, te lo voy advirtiendo desde ahora, si les regalas un viaje renuncio. Me niego a tener que manejar los treinta kilos con los que vendrá ese zampabollos de Matteo.

—Si estos dos se van a Cancún, yo quiero otro a Grecia, ¿eh?

Ya dispuestos a exigir, siempre puedo tratar de sacar algo para mí.

—A ti como mucho te darán una batidora.

—Tú cállate, zampabollos —contrataco tirándole un cojín.

—¿Es que no puede haber una reunión normal? Ya basta de elucubraciones —ordena callar Jared, al producirse el silencio, continúa con su discurso— Bien. Ahora, tenéis que entender que como hemos reubicado a las clientas en algunos casos podría haber bajado la nota. Gemelos, la vuestra es un 9. Ya podéis respirar tranquilos.

—¡Oh yeah! —salta emocionado Matteo en el sofá arrastrando a Mattia con él— ¿Qué te dije? ¡Disfrazarnos de muñecas con tacones funcionó! ¡Subimos la nota! ¡¡Hurra!!

—Te recuerdo que eso lo aconsejé yo.

—Oh, vamos… esos son detalles menores…Pero oye Jared, ¿cómo nos vas a recompensar?

—Ya se os ha depositado la cifra que habéis generado este último mes en vuestras cuentas bancarias.

—Vale sí, pero ¿qué hay de nuestros beneficios?

—No te preocupes por eso, Mattia, para que os relajéis un poco os vais a un balneario este fin de semana.

—¿Cómo? ¡¿Nada de comida o viajes?! —grazna horrorizado Matteo llevándose una mano al corazón.

—Bueno, no está tan mal. Me gustan los masajes. —añade Mattia levantando los hombros.

—¿Cómo puedes decir eso? ¡Yo quería comer!

—Jared, dile que el balneario incluye todos los batidos depurativos que quieran… —informa solícito Alex divirtiéndose con su reacción escandalizada.

—¿De-depurativos? ¡Dime que es mentira Jared!

—En realidad no.

—¡Eres un monstruo! —lloriquea aferrándose a su hermano como si estuviera en alguna clase de telenovela barata— ¡La próxima vez te juro que sacaremos un 1!

—Tú atrévete a sacar un 1, Sorrentino tragón —amenaza iracundo Alex— No estoy dejándome la piel en entrenarte para que ahora me vengas con esas de que vas a bajar tu rendimiento.

—¡Tú ni si quiera haces las cosas que nos tocan a nosotros! No es justo, ¿a qué no, Mattia?

—Yo estoy bien con el balneario.

—Tú también me has traicionado… ¡La sangre de mi sangre! Os odio a todos.

—Madre mía, que alguien lo contrate para Hollywood —me susurra Alex y ambos estallamos en carcajadas.

—Y ¿vosotros de qué os reís?

—Bueno, después de este bochornoso espectáculo… ¿podemos continuar? —interviene Jared —Aiden, vamos contigo.

—Sí

Estoy muy tranquilo con la situación, pues al contrario que los gemelos, yo jamás tuve que preocuparme por mi nota, siempre me encuentro entre los primeros. Esto solo será un trámite más.

—Umm… Aiden. —comienza Jared frunciendo el ceño mientras observa mi expediente.

—¿Pasa algo?

—Como dije antes, hemos reubicado a las clientas, así que bueno no sería de extrañar que bajara la nota.

—¿Qué quieres decir, Jared?

—Júzgalo por ti mismo

Tras proyectar mi gráfico en la pantalla, estudiamos la imagen. En general, los picos están bastante altos exceptuando una bajada considerable casi al final.

—¿Qué significa eso?

—Como ves, hay una disminución en el rendimiento. Por lo tanto, tu nota ha bajado.

—¿Cuánto? —inquiero en tensión.

—Tenías un 9,6 y ahora tienes… un 7.

¿7? ¡¿Siete ha dicho?! He debido de escucharle mal. En la sala se hace el silencio mientras yo intento procesar la información. Jamás he bajado del 9 y ahora acaba de decir ¿qué? ¿qué tengo un 7? Me levanto indignado decidido a pedir explicaciones.

—Jared, ha debido haber un error. Siempre estoy entre los primeros. No entiendo qué es lo que ha pasado.

—Aiden, tranquilízate. Estas cosas nos han pasado alguna vez a todos —interviene Alex intentando calmarme.

—No, me niego a aceptarlo. ¡No hice nada mal! ¡Exijo una respuesta inmediatamente! —demando molesto. Esa nota está cuestionando mi rendimiento impecable. Sin duda, ha debido ser un error administrativo, con eso en mente, me dirijo a Erin— Ha podido haber una equivocación ¿cierto? Cuando echabas las cuentas quizás te equivocaste en un número.

—Repaso los datos varias veces antes de subirlos a Excel y de ahí lo vuelco directamente en los informes. —explica impasible— No hay margen de error.

—Siéntate Aiden.

—¡No es posible! ¡Nadie se ha quejado ni una sola vez de mí!

No obstante, por muy irritado que me sienta, obedezco la orden de Jared.

—Bueno, eso no es del todo cierto.

Dicho eso, despliega en la pantalla una de las encuestas de satisfacción.

Al leer las respuestas me erizo como un gato que acaba de ser atacado.

169

Marque con una X su nivel de satisfacción al frente de cada pregunta	No aplica	Muy insatisfecho	Insatisfecho	Satisfecho	Muy satisfecho
Le gustó la forma en que ha sido atendida y la manera del trato de nuestro trabajador?		X			
¿Quedó usted satisfecha con el trabajo realizado por el escort?		X			
¿El placer recibido estuvo de acuerdo con sus expectativas?				X	
¿Nuestro trabajador se adaptó a sus necesidades?		X			
¿Las fantasías sexuales estuvieron de acuerdo con lo esperado?				X	
Nivel de satisfacción del ambiente pre y post coito		X			

ANEXO 1

Por último responda a las siguientes preguntas con sinceridad:

—*¿Cuál es la impresión general que ha tenido?*

Servicio agradable, trato pésimo.

—*¿Alguna sugerencia o propuesta de mejora?*

Creo que deberían plantearse seriamente contratar a un mono, considero que hasta un simio tendría mejores modales que él.

—*Del 0 al 10 por favor evalúe a nuestro trabajador.*

¿Por qué debería hacerlo? El tipo ni acabó el servicio.

Para mí un 4.

—*¿Volvería a contratar nuestros servicios?*

En la vida.

No puedo creer lo que estoy leyendo. Sencillamente no puedo hacerlo. ¿Quién diablos ha escrito una valoración tan espantosa? No recuerdo ninguna clienta que pudiera haberme valorado como un mísero 4. Claramente es una MENTIRA flagrante. Todas se corrieron, debo avergüenza quién es esa falsa. Empiezo a moverme por toda la habitación como un león enjaulado, sintiéndome injuriado y violentado.

—Eso es mentira Jared. ¿Quién coño es? Dímelo, porque te aseguro que ha mentido. Todas mis clientas se han corrido conmigo al menos dos veces. Ya sabes que siempre lo compruebo.

—Aiden, tranquilízate y por supuesto que no te voy a decir quién es, eso pertenece a la parte confidencial del cliente.

—¡Tengo el derecho a saberlo!

—No sé quién ha sido, la verdad, pero creo que la amo, te ha comparado con un simio. —apunta Matteo carcajeándose.

—Tú cállate Sorrentino. —espeto— ¿Qué? ¡¿Simio me ha llamado?!

SIMIO. ¿Quién podría haber usado una palabra tan horrible y pedante? Una imagen destella en mi cabeza. Ay la leche, ya sé quién es la única persona que me habría puesto este tipo de valoración. Durante un segundo, me quedo frío de la impresión. ¡¡Esa tipa estirada!! ¿Me ha puesto un cuatro porque no era lo que esperaba? ¿Y cuántas veces esperaba correrse? La mato. Definitivamente la mataré.

—Si lo analizamos con detenimiento, en realidad la mujer nos ha sugerido la contratación de un mono, ya que tendría más educación que tú.

Los dos gemelos vuelven a echarse y yo les fulmino con la mirada.

—Aiden, ¿no acabaste el servicio? —demanda saber riéndose Alex.

—¡¡Por supuesto que sí!! ¡Esa es otra mentira más! Jared, ¡haz algo!

—Mira, la realidad es que la clienta no ha quedado satisfecha. Como has visto, no piensa volver a contratarte. Debes encajar el golpe y aceptar que no voy a revelarte el nombre.

—No hace falta, creo que sé de quién podría tratarse.

Buah, es que estoy alucinando, con el resto del mundo no es capaz de decir nada mientras que a mí no le importa enmierdarme en el trabajo.

—Aiden, ni se te ocurra hacer suposiciones precipitadas, porque si te equivocas podrías perder una clienta y empeorar tus calificaciones. Aparte de que la venganza nunca es característica de buen un profesional.

Casi me dan ganas de reír, ¿suposiciones precipitadas? Tengo la certeza de que ha sido ella como una forma de represalia por la discusión de la última vez. Además, se suponía que me iba a devolverme la encuesta y todavía no la he recibido.

171

No obstante, necesito mantenerme frío o Jared podría sospechar de mi próximo movimiento. Moore me las pagará, pero ahora debo mostrar serenidad, así que sonriendo tirante me siento donde estaba antes.

—No te preocupes, Jared. Te prometo que no diré nada —aseguro cruzando los dedos por detrás de la espalda. Veo brillar en sus ojos una sombra de duda, no se fía de mí, así que relajo aún más las facciones y asiento —Soy un profesional.

Aunque sólo lo soy con las clientes que actúan sinceras. Odio las mentiras y más cuando vienen por una venganza.

—Entonces espero que entiendas que tu salario irá en proporción al tipo de servicios obtenidos y que el mes que viene tendrás un quince por ciento menos de bonos por desempeño. ¿Lo comprendes?

Jared estudia con atención mi reacción, evaluando si todavía planeo tomar represalias.

—Di adiós a tu viaje a las islas griegas —interviene riéndose Matteo,

Mira, otro al que siento ganas de asesinar junto con Moore. Estiro la sonrisa todavía más, hirviendo por dentro de rabia.

—Como el agua.

—Muy bien. —felicita convencido— Alex, te toca.

A lo siguiente ni si quiera le presto atención, estoy demasiado ocupado planificando mi venganza contra Moore.

Como no me sé su horario, tengo que aguardar hasta que finaliza la clase de Derecho Jurídico en la que coincidimos. Mi intención es esperarla a la salida y tomarla por sorpresa. Como siempre, es la última en salir de la clase, por lo que tras calcular la zona por la que pasará, me sitúo debajo de las escaleras. Para cuando sale, los pasillos ya se han vaciado por completo. Camina con la mirada retraída y el paso veloz sin reparar en mi presencia por lo que le agarro de muñeca y con firmeza, tiro de ella obligándole a situarse entre mi cuerpo y la pared, impidiéndole con ello escapar.

—Vaya, vaya… pero… ¿a quién tenemos aquí? —murmuro sardónico componiendo una sonrisa feroz — Ya has movido tu ficha, Caperucita, ahora me toca a mí.

CAPÍTULO 10

AIDEN

Su rostro demuda en una auténtica mueca de sorpresa y una oleada de su olor avainillado me deja parcialmente noqueado, es muy ligero y agradable. No me puedo creer que asistiendo con ella a clases después tres años jamás lo hubiera notado con anterioridad, aunque claro no ha sido hasta que no me impuesto su presencia que no he reparado en ella.

Apenas había descubierto su esencia mientras lo hacíamos, quedé gratamente sorprendido con ella. El único problema que presento ahora es que debo concentrarme en darle una lección, por lo que es primordial que evite distracciones como esta. La sigo estudiando, buscando con eso presionarla y que se arrepienta, pero ella se limita a agrandar los ojos atónita y mira con rapidez hacia ambos lados buscando posibles testigos. Parece que ni si quiera le afecta mi presencia, así que refuerzo mi acercamiento interrumpiendo su escaneo perimetral. Apoyo mis manos a ambos lados de su cabeza y por primera vez se fija en mí con expresión acusativa.

—¿Qué diablos se supone que haces Blake? Déjame salir —susurra indignada soltando aire por la nariz como un toro.

En esta ocasión el olor a vainilla se intensifica y me golpea justo en el centro. Esta vez no me contengo y lo inhalo, concediéndome mi propio tiempo para responderla.

—¿Blake?

—Entonces… —comienzo intentando retener mi enfado. Se ha metido con mi jodido trabajo— A ver cómo te lo explico... Había una vez una niña que era muy muy curiosa…

—¿Hablas de ricitos de oro? No querrás ponerte hablar ahora de ese cuento ¿no?

—Cállate Moore y atiende —le ordeno acercándome hasta casi rozar sus labios y continúo con mi historia en un tono más bajo— Un día, la niña descubrió algo que no debía, el tipo que formaba parte de su reciente descubrimiento se sintió benévolo al toparse con su inocencia y decidió compadecerse de ella, así que le perdonó la vida.

—¿Estás insinuando que me has perdonado la vida? ¡Me he gastado mi dinero de cinco meses en ti! Ni una hipoteca me habría salido tan cara. Además, ni si quiera había esperado que fueras tú, ¡yo quería a Uriel!

Con esa aseveración sólo logra incrementar mi enfado, por lo que le tapo la boca con la mano, impidiéndola hablar. Su cálido aliento acaricia mi palma y me produce un cosquilleo agradable, lo ignoro y me centro en reconducir el hilo de la conversación.

—Shhh… me toca a mí hablar, pequeña metomentodo…

Empiezo a acariciarle lentamente el pelo, notando como se estremece bajo mi contacto, tratando de resistirse.

—Bsdasdl..

— La niña curiosa, vio y experimentó aspectos sexuales con este agradable sujeto, tres veces se corrió, ni una ni dos, TRES. Lo disfrutó ¿no crees? —al ver como niega con la cabeza intentando contradecirme, ejerzo un poco más de presión sobre sus sedosos labios— Después de acordar no decir nada, y limitarse a rellenar lo que parecían ser unas sencillas preguntas que luego le daría a él personalmente. —comento recalcando esta última palabra, esta vez la noto tiritar bajo mis caricias y sonrío complacido— No pasaría nada más entre ellos. Ni si quiera se hablarían o se mirarían, pero la niña tuvo que arruinarlo todo ¿no? Envió sus respuestas a quien no debía, en vez de a quien habían acordado. ¿Te suena esta historia de algo Moore?

Permito que el aire se deslice provocador sobre su oreja. A continuación, le destapo la boca para que pueda responderme y vuelvo a percibir su temblor. Ella traga saliva, y se humedece los labios por el nerviosismo. Ese gesto sorprendentemente me pone cachondo, pero me refreno incrementando la tensión. Alza la barbilla insolente y me sostiene la mirada sin denotar ninguna pizca de vergüenza.

—Oh, me suena perfectamente. Aunque también recuerdo cómo claramente te dije que no había sido lo que esperaba. Y… ¿agradable sujeto? —inquiere irónica — Creo que tienes un concepto de ti mismo algo defectuoso. Agradable sujeto mi trasero.

¿Se acaba de reír en mi cara? Ughh… Me enfurece la naturalidad que tiene soltarme esas palabras como si acostumbrara a hacerlo todos los días, cuando con los demás asiente y agacha la cabeza.

—Pues para no resultarte agradable te corriste tres veces, si no llego a parar, casi vas a por la cuarta. Francamente, creo que eso no merece un simple cuatro.

—Shhhhhh. ¿Estás loco? ¿Cómo se te ocurre soltarme todo eso aquí? —gruñe intentando escapar de entre mis brazos— Oye a menos que quieras montar aquí una escena propia de una película adolescente, déjame salir. Voy a llevarte a un lugar donde poder decirte las cosas que quiero.

Bueno, eso sí me convence, bajo los brazos y me arrastra por los pasillos desiertos hasta lo que parece ser un armario de la limpieza vacío, en cuanto entramos se gira hacia mí para encararme.

—Que quede claro una cosa, estoy saltándome la siguiente clase sólo para contestar a absurdas tus preguntas.

—¿Qué? ¿Absurdas?

—Sí, absurdas. Te repito que no lo hice para joder, aunque debo reconocer que tampoco me entristece que te haya molestado. Además, teniendo en cuenta la manera en la que me trataste la última vez, ¿qué nota esperabas que te pusiera?

—¡¡No un cuatro!! Como mínimo un 9, te hice disfrutar.

Esta tía es una hipócrita de manual.

—¡Ja!—exclama sardónica— ¿Disfrutar? El servicio, por el que te recuerdo pagué, también incluía el trato.

—Sabes que no me merezco un 4. Aparte, ¿por qué diablos tuviste que enviárselo a Erin? ¿Sabes cómo me afecta eso? Te has metido en mi trabajo, Moore.

—Perdona que te diga, pero tú me diste una encuesta en la que aparecía un email donde podía enviarla. Como comprenderás, no quería, ni quiero para el caso, verte ni en pintura. Además, ¿cómo podía asegurarme de que mis respuestas iban a llegar a dónde correspondían? Honestamente te diré que no me fío de ti. En mi opinión tienes lo que te mereces. Si no te gusta, deberías haber comportado de forma más agradable

Esa forma altanera de recriminar mi comportamiento solamente provoca que me cabree todavía más.

—Fui muy agradable contigo, lo único que te escuece es que también fuese sincero y directo.

—Perdona que me ría ¿hubieras tratado de esa forma a otra clienta? Porque de ser así, no tendrías ni una. Es más, sólo por la que me estás liando ahora, te tendría que haber puesto un 2. Retiro ese 4. Ahora mismo voy a enviarle un correo a Erin para que cambie la puntuación. —asegura revolviéndose para buscar el teléfono— De hecho, estoy bastante segura de que esa encuesta era confidencial ¿qué tipo de gestión realizan? No pienso volver a trabajar con vosotros en la vida.

Antes de que presione la tecla "llamar", le agarro de la cintura y la pego con fuerza a mi cuerpo. Pese a su expresión atónita, puedo discernir un brillo latente de deseo en la profundidad de sus ojos. Sonrío conocedor de sus propias sensaciones y ella se tensa.

—Esto es muy poco profesional por tu parte, Blake

Con la voz temblorosa trata de separarse. Por supuesto, no se lo permito y refuerzo mi agarre sobre su cintura, afianzándola aún más. Ella emite un jadeo nervioso tratando de revolverse, pero la sujeto con firmeza.

—No esperes que me comporte de forma profesional con una mentirosa —le susurro en voz grave, disfrutando secretamente de la sensación de sus curvas pegadas contra mi paquete— No trates de seguir diciendo mentiras. Disfrutaste, yo estaba ahí, lo vi y más aún importante, lo sentí alrededor de mí.

Con el sólo recuerdo, mi pene pulsa contra mi pantalón. Ella se ruboriza furiosamente y aparta la mirada acobardada, me restriego un poco más contra su cuerpo. Moore emite un gemido en respuesta al movimiento de mi cadera, la siento tan caliente como yo, más debo controlarme. Tengo que ser paciente, terminará claudicando.

—Entonces, poniéndome ese 4, ¿estás queriendo decir que no disfrutaste?

Comienzo a desperdigar besos por su cuello y escote. La descarada gira la cabeza y cierra los ojos luchando vanamente contra las sensaciones que la están asaltando, hasta que poco a poco percibo como va relajándose, emitiendo suaves suspiros entre mis brazos. Le obligo a mirarme de nuevo instándole con el dedo índice a girar la mandíbula, y como un último intento de oposición hacia mis caricias no abre los ojos, por lo que desciendo hasta que nuestras caras quedan al mismo nivel. No voy a besarla. Aunque me produzca curiosidad, definitivamente no lo haré. No. Esto es solamente parte de mi venganza, me prometo acercándome un poco más hasta casi rozar sus labios, se los acaricio con la lengua evitando cualquier otro tipo más de cercanía. La dulce suavidad que percibo me toma por sorpresa, jadea de la impresión y abre los ojos de golpe estremeciéndose.

—Y-yo…

—Como te iba diciendo

Ahora dirijo mis caricias lejos de sus labios, y desabrochando con lentitud el cinturón y el botón de sus pantalones vaqueros, deslizo una mano por el interior de sus bragas mientras con la otra le sujeto el cuello para seguir torturando con mis labios toda la piel expuesta de la clavícula.

—Sigo siendo un profesional, por lo que si niegas haberte corrido tres veces… ¿qué mínimo que te devuelva lo que te debo?

Me deleito sintiendo la caliente humedad que desprende su coño entre mis dedos. Localizo su clítoris con facilidad y comienzo a acariciarlo en suaves círculos.

—No-no lo he negado —tartamudea suspirando— No e-s…

—¿Sí?

—No e-s personal —repite intentando recuperar el aire que le estoy quitando— No era lo que había esperado. Ash…

Gime involuntariamente restregándose contra mi mano y capturo el lóbulo de su oreja entre mis labios.

—¿Ah no? Entonces es que no era suficiente, ¿es eso? —demando saber deslizando el dedo índice y el corazón por su estrecho canal vaginal— Quizás esperabas sentirte llena en un lugar más público…

—Ay Dios…

—Relájate, Moore.

—Blake, no… yo no…

Ignoro su susurro nervioso y continúo moviendo los dedos, incrementado la presión sobre su clítoris para acallarla. Esto parece funcionar, porque se relaja y recostándose contra la pared que tiene detrás, deja recaer su peso sobre mi mano, moviéndose conmigo. Me aprieta tanto los dedos que no puedo evitar preguntarme cómo se sentiría mi polla si fuese comprimida dentro de su canal resbaladizo.

—Shhh —le ordeno sobre su oreja para silenciar sus gemidos — ¿Me vas a obligar a taparte la boca de nuevo? O es que ¿quieres descubrirnos delante de toda la universidad?

Pulso aún más profundo con mis dedos e ignoro mi propia incómoda erección. Ella niega con la cabeza sujetándose a mis hombros.

—Buena chica.

—E-esto no es lo correcto.

Su forma estricta de ser solamente ocasiona que me ponga más cachondo de lo que ya lo estoy. Debo recordarme que esto es una venganza por lo que me ha hecho, eso significa que no puedo disfrutarlo.

—¿Ah no? —inquiero interesado sobre su pelo— Únicamente estoy cumpliendo con mi trabajo Moore, ¿crees que esto merece un cuatro? ¿Esto es lo suficiente agradable para ti?

Ella niega con la cabeza sin poder responder, y ante negativa acelero el movimiento de mis dedos entrando y saliendo de su conducto. Paulatinamente, voy percibiendo que se genera mayor humedad. Cada vez está más resbaladiza, incrementándose el calor en su interior. Eso me indica que está a punto de alcanzar un orgasmo.

Mi polla pulsa en mis pantalones demandando entrar en ella. Sin embargo, redirijo mis pensamientos exclusivamente a la acción que estoy llevando a cabo. Intuyo que se va a correr cuando escucho que sus gemidos y jadeos se tornan más altos. Le cubro la boca para que no se la escuche y mordiendo ligeramente su lóbulo derecho desencadeno el orgasmo.

Ella se mueve alrededor de mis dedos, y apretando aún más las manos sobre mis hombros, me oprime con más firmeza. Lo siento en el mismo instante en el que sucede, estalla con un último gemido mucho más fuerte que ahogo presionando más aún sus labios. Me estoy recreando en escuchar sus gemidos, cuando noto la expulsión de un líquido incoloro que reconozco a la perfección. Incremento la velocidad prolongándole el orgasmo y disfruto de su cara de placer. Esto supone una prueba innegable, una clara confesión de su mentira. Sonrío satisfecho y mientras va relajándose, me acomodo el paquete discretamente, de forma que no pueda notar cuánto que me ha excitado masturbarla. Acaricio por última vez su clítoris como última despedida y tras retirar mi mano de su boca, extraigo los dedos de su pantalón.

Ella me mira desorientada y aparta las manos de mi cuerpo, todavía afectada por el orgasmo que le acabo de proporcionar.

—¿Y bien Moore? ¿Esto era lo que querías? Has tenido hasta un squirting —comento divertido, sin apartar mi atención, lamo uno de los dedos donde aún queda parte de la prueba— Hmm… Nada mal.

—Oh Dios mío —farfulla observándome asombrada— Fue muy bueno, de verdad. Si quieres ser elegido el presidente de la república del sexo, adelante preséntate, tendrás mi voto.

¿Eso es un reconocimiento? Es un poco extraño. Bueno, al menos es lo que buscaba, ¿no? Perfecto. Objetivo cumplido.

—Me alegro de que por fin hayas entrado en razón. Ahora, cambia la nota.

—No he terminado —afirma con gesto serio— No obstante, no te ofendas, pero esto tampoco es lo que busco.

178

¿Qué no es lo que busca? ¿No busca correrse así? ¡¿Pero esta tipa de dónde ha salido?! Me cuestiono atónito.

—No fastidies Moore. Justo ahora acabas de proclamarme presidente de ¿cómo has dicho? Ah sí, la república del sexo. No me jodas con que sigues empeñada en toda esa tontería de la intimidad. Espera, ¿por eso me has puesto esa mala nota?

Esto es indignante. Se supone que debe valorar mi trabajo, no sus expectativas.

—Tú no entiendes lo que quiero.

—Entonces solamente tenías que haberlo dejado claro al comienzo de nuestra sesión, pero no, tú sólo dijiste que querías perder la virginidad y eso es lo que di. Trabajo hecho. Disfrutaste. No hay más.

—¡Para mí sí lo hay! —exclama alterada— Puede que me equivocara contratando un prostituto, que no supiera definir lo que realmente buscaba. Pensaba que con la acción mecánica sería suficiente, pero luego me di cuenta de que no, y te puse esa nota por tu forma de tratarme al final. Yo no sólo deseo correrme y ya está. —comenta ruborizándose por usar esa palabra— Lo que de verdad quiero es aprender a conocerme a mí misma, lo que me gusta y lo que no, pero también experimentar el descubrimiento de la persona que decida hacerlo conmigo. En definitiva, quiero aprender a darte placer.

Con esa declaración tan directa, me quedo en blanco de la impresión. ¿Qué ha dicho? ¿Darme placer? ¿a mí? ¿Está loca? Ha debido ver muchas películas. Soy un escort, se supone que debo ser yo el que lo haga. No sabe lo que está diciendo, jamás podría aceptar ese tipo de acuerdo extraño que acaba de sugerir. Sería una locura y mucho menos con ella. Me revuelvo incómodo con los resquicios de la última erección todavía presentes. Sería demasiado para mí, y estaría fuera de lugar. Ambos mundos no pueden coincidir de nuevo, lo de hoy solamente ha sido el final de nuestro acuerdo comercial. Ella debe desaparecer de mi vida, debemos retomar cuanto antes la época en la que ni si quiera nos dirigíamos la mirada.

—Si consigo aprender a complacer a un prostituto como tú, estoy segura de que en mis relaciones sexuales futuras no iré ciega, sin saber a qué voy a enfrentarme. Podré dar placer y recibirlo sin dudar o avergonzarme. E incluso podría aprender a mejorar mi forma de relacionarme con el resto de los chicos, más aun teniendo en cuenta que, por extraño que parezca, tú eres el único con el que puedo hablar sin trabarme.

—No. Definitivamente no. No funcionaría. —niego dando un paso hacia atrás.

Ella me observa seria por última vez, relaja los hombros y sube uno de ellos para restarle importancia.

—Vale. Como tú quieras. Puede que tengas razón. De todas formas, ya te expuse lo que buscaba, así que la fecha de caducidad de mi oferta termina aquí y ahora. No puedo cambiarte la nota, pues quiero ser fiel a mis sensaciones, así que lo lamento. Demos entonces por concluido aquí nuestro contrato, a partir de ahora intentemos evitar coincidir en estas situaciones extrañas.

—De acuerdo Moore.

Su cruda sinceridad me ha descolocado tanto que me he olvidado hasta de mis propios sentimientos vengativos. Yo venía a vengarme de ella, a quedar por encima de sus argumentos, pero el ambiente se siente muy diferente a lo que había esperado encontrar. Supongo que debería sentirme aliviado por deshacerme finalmente de ella. Sin embargo, me he quedado algo inquieto con toda esta situación.

Mi semana transcurre con aparente normalidad: trabajo, entrenamiento, universidad, trabajo, entrenamiento, universidad. Alguna quedada esporádica con mis amigos y así es como retomo mi vida como antes.

Al menos eso era lo que creía hasta que el viernes por la mañana mi tutor de la universidad decide convocarme en su despacho. Eso jamás supone una buena señal. No he visto a ese hombre desde hace más de un año, y su presencia nunca augura nada positivo. Supongo que era mucho pedir continuar con mi rutina habitual. ¿no?

Cuando abro la puerta de ese despacho cuyas paredes están recubiertas con por lo menos veinte títulos diferentes, lo primero que me llama la atención es que el señor Harris no está sentado solo detrás de ese grande escritorio. En la silla contigua a la que se supone que debo sentarme, se encuentra el entrenador Carson. No, es indudable que no son buenas noticias para mí.

—Señor Blake, adelante, por favor entre

El señor Harris, con una simpática sonrisa, siempre me ha parecido un tipo muy comprometido con la causa docente. Hasta ahora se había mostrado bastante humilde y afable conmigo. Sin embargo, que el entrenador Carson esté aquí delata un cariz turbio subyacente.

—Blake, siéntate.

Obedezco la orden de Carson intentando pensar cómo debo de proceder en esta situación.

—Comprendo que desconoce el motivo por el que le he llamado. Lamento haberle hecho faltar a clases hoy, pero es las tardes las tengo completas y me resulta imposible concertar cualquier reunión.

No puedo evitar reparar en que extrae de un cajón un archivo en el que aparece reflejado mi nombre. ¿Será mi expediente?

—No se preocupe.

Ah, creo que ya empiezo a intuir el motivo de la reunión, aunque no seré yo quien saque el tema a relucir.

—Bien, verá. Le hemos hecho venir porque estoy preocupado por usted, señor Blake. En su expediente aparece que en primero era un alumno brillante, pero por lo que veo a partir de segundo o así, sus calificaciones han ido descendiendo de manera significativa. ¿Se podría saber el motivo?

Ni de broma pienso confesarle que trabajo de escort. No obstante, quizás sí pueda sincerarme, aunque sea de forma parcial.

—Verá señor Harris, como sabe soy un estudiante becado, así que a veces necesito trabajar —miento intentando sonar creíble.

El entrenador Carson no se lo traga, sonrío ante su mirada escéptica. Es normal que tenga sus dudas, teniendo en cuenta que conoce algunas de mis circunstancias personales.

—Entiendo la situación, señor Blake, créame que sí, pero como usted mismo acaba de señalar es un estudiante becado, y eso conlleva obtener unos buenos resultados. Hasta ahora, no he querido intervenir directamente con usted debido a que entiendo la presión a la que se encuentran sometidos nuestros atletas, por eso he creído conveniente que sea el señor Carson quien fuera avisándole con tiempo.

—Sí, algo me dijo.

—Perfeto. Es bueno que conozca de antemano el problema ante el que nos encontramos. Sus notas han caído en picado, y no me lo tome a mal, pero por cómo están sus calificaciones más los reportes de sus profesores, debería usted dedicarse completamente a sus estudios universitario si lo que no desea es perder la beca, porque sólo una nota baja más y estará fuera. Si no consigue mantener la nota que se espera de usted, no podrá seguir perteneciendo al club de natación.

Eso es una auténtica sentencia para mí, me pongo blanco y trago saliva afectado. Sabía que la cosa estaba mal, que debía esforzarme más, pero no esperaba que estuviera tan mal como para esto. No quiero perder esa beca porque es algo que conseguí con mi propio esfuerzo. Tampoco deseo perder mi plaza en el club, me lo paso bien con esos chicos y puedo hacer lo que me gusta, llevando la vida que he escogido yo. Por supuesto, me niego a abandonar mi trabajo.

—¿Has escuchado Blake? A ver si entras de una vez en razón, ya que últimamente estas siendo muy pasota con el aspecto académico, ya te lo he dicho miles de veces, la imagen de nuestra universidad es lo que más importa ahora. ¿O crees que alguien va a querer contratar a un tipo que no le importan sus estudios?

—Bueno, esto es solamente un aviso, señor Blake —interviene el señor Harris intentando relajar el ambiente— Debe mejorar su expediente antes de finalizar este semestre o no podrá continuar en el siguiente.

Ahí está el ultimátum que esperaba. Directo y sin ambigüedades. Los sudores fríos me invaden. Tengo que encontrar una solución para este embrollo.

—A partir de ahora, sólo tienes que ponerte las pilas Blake.

—Si, señor —accedo intentando ganar tiempo— Eso intentaré hacer.

—Me alegra encontrar una respuesta tan positiva por su parte. —felicita el señor Harris— Entonces, nos encontraremos aquí dentro de unos meses y volveremos a revisar su caso. ¡Le deseo mucha suerte! Ya verá como el esfuerzo merece la pena.

—Gracias.

—Bueno, ahora que hemos resuelto todo esto, si no tiene nada más que añadir, puede marcharse, señor Blake. Estoy seguro de que todavía puede llegar a su segunda clase.

—Sí…Hasta luego.

Me levanto de la silla como un autómata y cuando estoy a punto de salir por la puerta, la voz del entrenador Carson me detiene.

—Blake, no olvides que esta noche debes entrenar una hora más.

—Sí, señor.

Salgo del despacho con paso acelerado. Necesito que me dé el aire, tengo que encontrar una alternativa. Si me expulsan, le estaré dando la razón a mi padre. Jamás pienso volver con el rabo entre las piernas a confesarle que he dejado la natación. Antes muerto que regresar con el viejo y sus actitudes intransigentes. Yo mismo hallaré una solución para mantener esa beca, me animo todavía caminando por los pasillos. No pasará nada si pierdo una clase más. Lo primordial ahora es buscar una alternativa.

En cuanto salgo de la facultad, me tumbo tranquilamente en la hierba que hay bajo la sombra de un árbol sopesando mis diversas opciones.

—Por favor, Jason, sólo te lo pediré una última vez. Necesito que nos acompañes esta noche, porque la chica de la que te hablé la semana pasada, ya sabes la que estudia Filosofía, ha puesto la condición de quedar conmigo sólo si viene su amiga y necesito que la distraigas para que yo pueda estar con ella sin que la otra quede como si fuera una sujetavelas.

—A ver, antes de nada, ¿tienes alguna foto de la amiga que quieres encasquetarme? Porque hasta ahora solamente me has presentado a estrechas, qué mínimo que pedir al menos que esté buena.

—Claro, mira, en su foto de perfil aparece con ella.

Estoy dispuesto a irme molesto porque su conversación cercana me impide pensar con claridad, cuando la siguiente frase que pronuncia capta mi atención.

—¡¿Qué?! Ni de broma. No cuentes conmigo, colega. Esa es la rarita de mi clase de Derecho Civil.

¿Derecho Civil? Yo también asisto a esa clase. Si se refiere a una rarita, sólo puede ser Moore. No recuerdo a nadie más en mi clase que cumpla tan bien con ese adjetivo. De hecho, creo que reconozco esa voz. Se trata de Jason Clark, un baboso de primera que no sabe cuándo debe parar.

—Por favor, si vienes te deberé una. No tengo a nadie más a quien pueda pedírselo y ya que la conoces te resultará más fácil hablar con ella.

—Pero ¿qué dices hombre? Crystal Moore no se caracteriza precisamente por entablar mucha conversación. ¿Es que no has oído sobre ella? Es una perdedora total.

Ajá. Con que yo tenía razón. Sin embargo, tanto que se jacta de conocerla, con esa frase el idiota evidencia que no sabe nada sobre ella. Cuando entra en confianza, esa mujer habla por los codos.

—Por favor, Jason…

—Bueno, si insistes…

—¿Entonces lo harás?

—Solamente si me pagas tú la cena. Y que sepas que voy a beber mucho, no soporto a las mujeres que son como ella.

"Tú pareces ser extramente el único con el que puedo hablar sin trabarme". Su voz retumba en mi cabeza.

—Y quién sabe si me siento benévolo, quizás le haga el favor de tirármela. Estoy seguro de que es virgen.

Lo que yo sabía, un asqueroso sin ningún tipo de clase con las mujeres. Para seguir escuchando más tonterías prefiero largarme, me digo levantándome. No obstante, hay algo sigue inquietándome. Una sensación de que quizás debería intervenir o avisarla, el tipo es un ser despreciable. Estoy dándole vueltas al tema, hasta que recuerdo la principal pauta de nuestro acuerdo: evitar relacionarnos entre nosotros sin importar lo que ocurra.

Exacto, no debo inmiscuirme en sus asuntos. Suficientes problemas tengo ya con los míos.

El día pasa con rapidez, y sigo sin conseguir encontrar la solución a mi problema. No puedo pedírselo a Izan debido a nuestra última conversación mantenida, Jake está cursando créditos repetidos, así que no me sirve y Ryan directamente no me vale porque estudia Administración de Empresas. Quizás, podría pedírselo a alguna de las chicas con las que en el pasado me acosté, pero tampoco quiero que se enteren de nada. ¿La conclusión? Estoy jodido.

Una vez termino con mi horario de estudiante universitario, consigo adelantar una cita de una clienta de tal forma que, al acabar con ella, puedo dedicarme a entrenar en la piscina.

En el momento en el que llego, me ducho en el vestuario de hombres para quitarme el olor de esa mujer. Con el tiempo he aprendido, que muchas veces este se trata de algo más psicológico que físico. Cuando me siento ya limpio, me dirijo al interior de la piscina que está a punto de cerrar. Los rezagados que quedan están haciendo los últimos largos, y yo me encamino hacia el carril que está vacío.

Al lado de éste se encuentra la piscina de agua caliente, donde muchas veces se imparten cursos. En esta ocasión, apenas cuenta con dos personas, entre las que reconozco sin poder creérmelo a Moore. Me pregunto qué diablos hace ella ahí, pues hasta donde sé se suponía que esta noche tenía una cita. No obstante, me vuelvo a recordar que no es asunto mío.

Me tiro de cabeza al agua y destino dos horas a mi entrenamiento diario, mientras intento olvidar todos los asuntos que me rondan en la cabeza. El agua siempre ha tenido ese efecto en mí, consigue calmarme y tranquilizarme cuando nada más lo hace.

Gracias a ella he logrado tomar decisiones difíciles durante toda mi vida. Como cuando tuve que marcharme de casa, en comparación a eso, este problema es mucho menor. Poco a poco la piscina va vaciándose y para cuando termino la otra hora que me tocaba, me quito el cloro en las duchas de fuera y me visto rápidamente poniéndome ropa nueva.

Doy por hecho que ya no queda nadie, así que, antes de cerrar, empiezo a guardar las tablas que la gente parece no saber recoger.

Después de unos minutos, me doy cuenta anonadado de que todavía queda una persona.

Me sorprende que no la haya echado el socorrista, divago acercándome a la piscina de agua caliente. Aunque conociendo a Ted, estoy seguro de que se habrá relajado y se ha largado al saber que vendría a entrenar esta noche. Eso es muy propio de él.

Llego hasta donde se encuentra la silueta y me dispongo a llamarle la atención, al percatarme de que reconozco su identidad, me quedo bloqueado.

Crystal Moore se encuentra dormitando pacíficamente sobre el bordillo, pero ¿y esta mujer? En qué sitios más extraños se queda dormida. Me agacho para avisarle de que debe marcharse, pero el olor avainillado me hace cambiar de opinión, así que me quedo mirándola todavía en cuclillas. Sin las gafas que suele traer a clase es más atractiva. Ella frunce el ceño dormida y murmura la palabra: "idiota".

Vaya, la cita ha debido ir realmente mal para que haya terminado aquí de esta forma.

De repente, abre los ojos desorientada, y al reparar que estoy a su lado, se sorprende tanto que se acaba cayendo del bordillo en el que estaba apoyada.

Contemplo con una sonrisa divertida como lucha por salir debajo del agua.

—¡Blake! ¿Qué diablos haces aquí?

Ah, me encanta que esté totalmente alterada, me digo poniéndome de pie.

—¿No crees que este sitio es un poco raro para dormir? Podrías toparte con algún salido. Eres demasiado ingenua y confiada. No aprendes, Moore.

—Por eso mismamente debes largarte —contesta inquieta mirando hacia los lados escaneando la piscina— En cualquier momento podría venir alguien.

—No lo creo, Ted ya se ha marchado y el único que tiene la llave soy yo. Cuando tengo que entrenar hasta altas horas, el entrenador Carson me la presta para que cierre la piscina al salir, así que no te preocupes, Moore, estamos solos. Nadie va a venir.

Estudio entretenido su reacción. Ella se pone colorada y agranda los ojos denotando aún más su nerviosismo.

—Entonces creo que debería marcharme yo…—sugiere con impulsividad, pero al darse cuenta de que me estoy quitando la ropa, abre la boca anonadada— Pe-perdona, pero ¡¿qué diablos haces Blake?!

—¿Ahora me tienes miedo? —pregunto riéndome ante su actitud puritana— ¿No decías que el cobarde era yo?

Quedándome sólo con un bóxer, procedo a meterme con ella en la piscina. Dios, esto es tan divertido.

—No se trata de cobardes. —asegura retrocediendo— Yo…yo no te temo.

La sigo hasta que no puede retirarse más debido a que su espalda impacta contra el bordillo.

—¿Entonces de qué se trata?

Sé que estoy provocándola y que eso la pone muy nerviosa, pero es que me suscita mucha curiosidad y diversión ver hasta qué límites puedo llevarla. La estudio con intensidad. Gotitas de agua caen de su pelo mojado y de la barbilla hasta impactar silenciosamente contra su pecho, que sube y baja con más rapidez de lo usual.

Este recatado bañador apenas puede ocultarle sus tetas. ¿Cómo es posible si quiera que una ratilla de biblioteca como ella pueda atraerme? Hasta donde sabía, Crystal Moore solamente vivía detrás de un libro. La imagen que tenía de ella no tiene nada que ver con esta versión en la que dormita en una piscina vacía.

Mierda, eso es. Moore es estudiosa y responsable, además conoce acerca de mi trabajo. Sin duda, podría ser la solución a todos mis problemas actuales. En realidad, si lo pienso con detenimiento, es un plan perfecto. Solamente debo encontrar la forma de proponérselo con un acuerdo que nos satisfaga a ambos.

—Ha-habíamos acordado que no hablaríamos más. —apunta desviando la mirada de mi cuerpo. Yo me acerco un poco más, debo convencerla a toda costa.

—Los acuerdos pueden cambiarse —sugiero provocador acariciándole el hombro— Es más, todos los días se firman pactos con el demonio. Y yo ahora mismo, te estoy ofreciendo uno con un arcángel.

—No te entiendo. ¿Un pacto?

Moore se estremece bajo mi contacto. Apenas la he tocado los brazos, es mucho más sensible de lo que suelen ser cualquiera de las mujeres con las que me relaciono.

—Sí, yo te enseñaré y daré todo lo que quieres y ansías. —le prometo ascendiendo mientras desperdigo sugerentes caricias— Y tú me darás algo a cambio.

—Si es mi alma olvídalo. La necesito

Ceso durante un momento de acariciarla y me limito a observarla intentando comprenderla.

—Pero ¿qué cosas estás diciendo?

—Por supuesto, tampoco me haré pasar por tu prometida para que tu familia te deje en paz.

—¿De dónde sacas esos disparates?

—De los libros y las películas —declara con sencillez— Entonces ¿de qué se trata?

—Tú sabes a lo que me dedico, así que eres la única que puede entender el motivo por el que no tengo tiempo de ir a las clases y coger apuntes. A veces, incluso ni si quiera puedo hacer los trabajos.

—Ah, no me digas… ¿Y quieres que te los haga yo?

Vaya, esto es mucho más fácil de lo que pensaba. Sin duda, es una mujer inteligente.

—Sí.

—Oye, déjame decirte que tienes la cara más dura que el cemento.

—¿Por qué? ¿Acaso no te parece justo? Trabajo a cambio de placer. Y créeme, yo puedo darte mucho placer —le aseguro colando mis dedos por su escote.

—Espera, para un momento —me pide y ceso un segundo mis caricias— Déjame pensar. ¿Cómo querrías hacerlo? Ni si quiera coincidimos en todas las clases.

—Claro, en las que no coincidamos deberás ir por mí. Puedes asistir como observadora.

—Pero bueno, y ¿qué pasa si esas clases son a la misma hora que las mías?

—En ese caso, dime cuáles son e intentaré solucionarlo.

—Vale, pero que quede claro una cosa, no pienso hacerte todos los trabajos.

—Estupendo… —sonrío sardónico encantado con la situación y canturreo—¿Quién va a ser mi nueva compañera de trabajos y juegos sexuales?

—Espera un momento, aún no he aceptado. Aún tienes que escuchar y aceptar mis términos.

—Dispara.

—Te lo dije el otro día, quiero aprender a dar placer, no solamente a recibirlo.

—Vale.

—No quiero que te contengas, es decir, nada de retirarse.

—Está bien.

—No quiero que me veas como a una clienta.

—¿Y cómo quieres que te vea? ¿Cómo una amante, entonces? —sugiero recordando su anuncio.

—Exacto. Eso significa que también quiero practicar el tema de la seducción.

—¿Qué te seduzcan y aprender a seducir?

—Si.

—De acuerdo. Puedo hacerlo. ¿Algo más?

—También quiero que me enseñes a tocarme y a tocarte. Ah, y debes adaptarte a mis tiempos igual que yo a los tuyos.

—Madre mía Moore, en comparación contigo, yo no me he alargado tanto con mis requisitos.

—¿Sí o no?

—Sí, sí.

—La última condición que te pongo, es que no vuelvas a decirme que me busque un novio. —acusa, al recordarlo no puedo evitar reír y ella frunce el ceño— ¿De qué te ríes?

—Vale, vale. Prometo no recordarte lo del novio. Entonces ¿qué? ¿Pactamos?

Ella me evalúa durante un segundo más, y suspirando, parece relajarse.

—Sí.

—Perfecto —sonrío seductor acercándome aún más a ella— ¿Sabes cómo se firman los pactos Moore?

—N-no —tartamudea nerviosa temblando al besarle el cuello.

—Déjame mostrarte la manera correcta de hacerlo.

Ascendiendo por su barbilla, la atraigo con firmeza a mi cuerpo. Una vez allí, le sujeto de la nuca y desciendo hasta sus labios adueñarme de ellos con voracidad.

CAPÍTULO II

CRYSTAL

Una vez Jackie me contó que uno de sus refranes favoritos cuando soñaba con tener una relación seria era el de *"Abogado, juez y doctor, cuanto más lejos mejor"*.

Por mucho que me pese, no va muy desencaminada. En el momento en el que Jackie me había prometido que, si le acompañaba a su cita con Cody Spencer, de Administración, me presentaría a un chico espectacular, no hubiera imaginado que éste se trataría de Jason Clark. Estúpido empedernido y bebedor profesional.

Mi decepción y ansiedad comienzan a crecer cuando al reunirnos en el Sandy's, un restaurante frecuentado por universitarios, Jason se sienta a mi lado y compruebo espantada que ya viene oliendo a alcohol. Al tomarnos el pedido, no puedo evitar reparar en que mientras todos nos pedimos refrescos, él se pide más alcohol. Si ya de por sí siento angustia a enfrentar situaciones desconocidas que impliquen ser el centro de atención de una multitud, o hablar con un hombre, la ansiedad se duplica cuando me imagino que deberé relacionarme con un hombre borracho.

—¡Las hamburguesas de este sitio son increíbles! —comenta Cody al marcharse la camarera.

—Sí, la verdad que ya tenía ganas de salir esta noche ¿a que sí Crys?

Aunque Jackie esté intentando integrarme en la conversación, la verdad es que no me agrada nada la compañía. Además, me incomoda la presión social no-escrita de tener que caerle bien a esta gente.

—Sí… de-desde luego.

—Crystal, Jason me comentó que vais a la misma clase. ¿No es genial?

La emoción con la que Cody ha hecho esa pregunta me resulta extraña, puede que sea porque no me identifico con ella. Al ser el foco de atención, comienzo a ruborizarme.

—¡Sí! ¡Eso sí que es una casualidad!

—Seguro —murmuro escéptica.

—En realidad, Crystal es una pieza exótica de clase.

El tono en el que lo dice y la mirada de advertencia que le dirige Cody me dan a entender que el tipo está más borracho de lo que esperaba. Escucho el silencio anticipado de una situación incómoda e intentando controlar mi ansiedad, jugueteo con el tenedor.

—¿A qué te refieres, Jason?

Jackie debe estar esperando algún tipo de cumplido, que por desgracia estoy segura de que está muy lejos de llegar.

—A que Crystal debe ser increíble, ¿verdad Jason?

Está claro que Cody teme que su amigo le destroce la cita, porque otra cosa no, pero en todo lo que respecta a mí, Jackie actúa muy protectora, por lo que jamás consentiría que dijeran nada malo sobre mí delante de ella.

—Sí, sí. Increíble... —secunda estudiándome poco convencido.

En ese momento llega la bebida y prácticamente se lanza sobre su cerveza. Sé que debería sentirme insultada, pues claramente su pensamiento inicial no tenía nada que ver con ese adjetivo, pero es que el tipo parece tan lamentable que considero que es mejor dejarlo pasar. No es nada nuevo eso de sentirme juzgada, y de todas formas, creía que acabaría soltando algo peor.

—Me alegro de que lo vieras, no mucha gente deja sus prejuicios a un lado y no se deja guiar por las apariencias.

Jackie, eres una crédula soñadora. Me digo internamente.

La velada transcurre tranquila, Jackie capitonea el tema principal de la conversación, Cody finge que la escucha, Jason no cesa de beber y yo me limito a intentar deglutir mi hamburguesa.

Para el momento en el que pasamos al postre, he comenzado a relajarme de alguna forma en ese entorno rodeada por dos desconocidos, pongo el piloto automático mientras Jackie y Cody empiezan a toquetearse, y empiezo a pensar que todo fluirá con tranquilidad.

No obstante, tras cinco cervezas y media después, Jason desliza torpemente su mano por mi pierna y mi cuerpo reacciona tensándose en respuesta. La ansiedad regresa a mí impulsada por la cercanía que ha decidido imponerme.

—Eh, Moore. Sé lo que dicen de ti.

Mierda, que ya empiece arrastrando las palabras al hablar nunca significa buena señal.

—¿El qué?

Trato de apartar la pierna, temiéndome saber por dónde va a ir la conversación.

—Ya sabes, eso de que eres una mojigata aburrida que no ha probado a un hombre de verdad, pero oye…yo no lo creo. Realmente considero que, si te dejases, podría hacerte disfrutar mucho.

Aunque su intención sea tentarme deslizando su mano por mi cuerpo, lo único que consigue con ello es que le aborrezca más. Me separo de él, esperando que entienda la negativa, pero parece que no capta la señal o no quiere hacerlo, pues se vuelve a acercar a mí.

—¿No querrías que te introdujese en el mundo del sexo?

El hecho de que dé por sentado que sigo siendo virgen, así como su burda forma de tocarme, casi como si me estuviera haciendo un favor, me irrita demasiado. Soy consciente de que no soy atractiva, pero decírmelo con tanto descaro, me molesta profusamente.

Para colmo, durante todo el rato no he podido evitar compararlo con la forma en la que me había tocado y hablado Blake. Más aun, incluso mientras intentaba convencerme de que le cambiase la nota, ese escort, fuera de servicio, se había esforzado mucho más en mitad del pasillo de la universidad que este borracho en el restaurante.

Las diferencias entre lo que sentía y lo que había experimentado en el pasado son tan abismales, que decido que es el momento ideal para buscar una salida. Finjo toser en un intento de que mis supuestos virus lo alejen y preparo mi plan.

—Creo que no me encuentro muy bien, podría ser porque el aire acondicionado de este lugar está muy alto…

—Es invierno.

—Me ha-habré resfriado.

Me esfuerzo para que la excusa pobre que estoy tratando de endosarle suene convincente. Odio este tipo de enfrentamientos. Simplemente me gustaría decirle lo que pienso de él sin bloquearme.

—¿Les pido que pongan la calefacción?

—No, gracias, creo que debería marcharme, no quiero pegárselo a nadie,

—Pero…

—Crys, ¿pasa algo? —inquiere Jackie al darse cuenta de que me levanto apresurada.

—No, no te preocupes, he recordado algo… y tengo que volver. Luego te cuento… Disfrutad de la noche.

No soporto mentirle a Jackie, sé que ella lo comprendería si se lo explicase, pero no quiero arruinarle su cita; probablemente se cabrearía con Cody por haber traído a alguien como Jason. No, definitivamente no puedo decirle la verdad. Suficiente tiene ya con cargar con una amiga que sufre ansiedad social.

Desde siempre ha sido muy comprensiva conmigo, incluso el día que me conoció no me juzgó cuando me encontró llorando en el cubículo del baño.

Todo ocurrió después de marearme durante mi presentación delante de toda la clase. Ella no podía saber quién era la que se encontraba en el interior de ese cubículo, pero a pesar de todo se sentó en el servicio de al lado y me escuchó llorar mientras me cantaba una canción estridente que poco a poco fue tranquilizándome.

En el momento en el que logré reunir el valor suficiente para salir del baño, Jackie me esperaba afuera con una gran sonrisa, sus dos coletas moradas y ese conjunto rojo fluorescente que tanto le gustaba vestir. Recuerdo que al principio me pareció muy estrafalaria, aunque pronto comencé a admirarla porque le daba igual cómo le mirase el resto de la gente, no le importaba salirse de los cánones sociales de belleza.

Se quedó a mi lado el resto de la mañana y a pesar de que yo no quería hablar —avergonzada de que me hubiera escuchado llorar— fue paciente y me prometió que seríamos grandes amigas. Supuse que lo diría por pena, pero me obligó a decirle mi número de teléfono que por ese entonces sólo tenía registrado el contacto de mis padres.

Ese mismo día recibí el primer mensaje de muchos que me hicieron ir adaptándome y valorando su personalidad alegre y extrovertida. Por eso, debido a todo lo que ha hecho y sigue haciendo por mí, no puedo seguir abusando de su generosidad ni seguir preocupándola.

Pago por mi cena y me marcho reprochándome ser así. Me gustaría que me dieran una batuta que me permitiera adaptarme a la sociedad como todos los demás. No obstante, eso no es del todo cierto, hay una persona con la que sí puedo hablar, el único problema es que ha demostrado repetidas veces que me resultaría imposible acceder a ella. No sin antes hipotecarme toda mi vida.

Blake me dejó muy claro sus términos, y de alguna forma lo comprendo, pero eso no evita que sienta como una injusticia el hecho de que sea él el único con quien puedo hablar y ser descarada con libertad. Sigo sin entender el motivo, ¿por qué tiene que ser él? Si ni siquiera soporto su forma despreocupada de vivir.

Vagando por la ciudad me doy cuenta de que no tengo ganas de ir a dormir todavía, y recuerdo que tengo en mi cartera el bono anual de la piscina que te dan al ser estudiante. Sería buena idea borrarme la sensación de haber estado siendo manoseada por ese imbécil, así que tras pasar por casa rápidamente a recoger el bañador me dirijo hacia la piscina.

Una vez en ella paso un par de horas relajada intentando olvidar mis pensamientos negativos. Mis músculos comienzan a calmarse al estar en contacto con el agua caliente y entro en una ligera y agradable duermevela en la que pierdo la noción del entorno que me rodea. Estoy entre el mundo consciente y onírico. En este último vuelvo a revivir el momento en el que Blake me mandó a paseo y no puedo evitar insultarle.

Me saca de quicio hasta en sueños. Paulatinamente, voy despertando del sueño cuando percibo una incómoda sombra en los ojos. La tenue luz a la que me había acostumbrado y que había conseguido que me durmiese, ahora ha desaparecido e, irónicamente, eso altera mis sentidos. De repente, me llega un olor que conozco de antes y me estremezco terminando de abrir los ojos.

Nunca hubiera creído que me encontraría a Blake estudiándome como un psicópata mientras dormía. Casi me muero del susto que me produjo verle ahí, pero la historia se tornó todavía más extraña y excitante cuando al meterse en la piscina conmigo, comenzó a plantearme el acuerdo de trabajo a cambio de placer.

Hasta entonces, había creído que todo se terminaría en el momento en el que decidimos evitar vernos nunca más. De hecho, me había estado intentando convencer de que un tipo experimentado como él jamás aceptaría lo que le había propuesto y mucho menos sin que hubiera dinero por el medio. Al parecer, había estado errada.

No obstante, aunque consideraba justo el convenio que me estaba ofreciendo, sentía cierto resquemor hacia la "moneda" de pago, pues siempre había intentado eludir a aquellos interesados que estuvieran detrás de mis apuntes y trabajos, por lo que tuve que recordarme que estos últimos siempre lo habían querido obtener gratis, y que en esta ocasión tendría la oportunidad de aprender de alguien como él, un popular de manual.

Ante mí se había abierto una nueva oportunidad en la que, curiosamente, Blake aceptaba todos mis términos —esos que había rechazado antes— y yo los suyos. Sé que debería sentirme tranquila, al fin y al cabo, es un acuerdo más como el anterior, pero por increíble que pareciese mientras le estudiaba a tan escasa distancia, con sus ojos como la tormenta contemplándome y sus manos torturando todos mis sentidos, me sentía como si estuviera a punto de caer por un precipicio.

Nadie podía asegurarme de que no estuviese cometiendo un error que luego lamentaría a posteriori, pero en aquel momento me daba igual, si al final terminaba burlándose de mí la escoria terminaría siendo él, no yo. Afrontaría las consecuencias cuando estas viniesen, mientras tanto estaba dispuesta a dar un salto de confianza.

—¿Sabes cómo se firman los pactos Moore?

—N-no.

—Déjame mostrarte la manera correcta de hacerlo.

Ay, Dios. Está murmurando sobre mi cuello, siento que me pega a él y la sensación de la dureza de su cuerpo hace que me estremezca. En su mirada contemplo decisión y en la fina línea de sus labios detecto una seguridad de quien ha hecho esto muchas más veces. Incluso con todas esas señales vibrando para mí, no espero que, aun sujetándome con firmeza de la mandíbula, descienda hasta mis labios. Abro los ojos sorprendida con la situación, e intento procesar todo lo que estoy viviendo.

—Cierra los ojos y siente, Moore.

Le obedezco y vuelve a asaltarme. Sus labios son suaves, con un ligero toque afrutado que desconozco y que envía una corriente eléctrica a mi sistema nervioso, impulsándome a tocarlo.

Ya no voy a tener que pagar por acariciarlo, así que, desechando mis últimas reservas económicas, le rodeo el cuello con los brazos, entregándole mi confianza, y es en ese instante en el que decido comenzar a disfrutar, que todo estalla a mi alrededor. Mi cuerpo es asaltado por un millar de sensaciones agradables que parten de nuestras bocas hasta conquistar cada una de mis terminaciones nerviosa.

Con la punta de la lengua me obliga a abrir los labios para él, e introduciéndola, juguetea con la mía, primero con paciencia, conociéndola y permitiéndome que le descubra, hasta que, paulatinamente, va incrementando la intensidad. Nuestras lenguas chocan y se deslizan por la del otro en una carrera en la que no vemos el final.

La calidad de su boca me embarga alcanzando e iluminando zonas y resquicios de mi cuerpo que desconocía hasta ahora. Gimo intentando buscar un punto de apoyo que evite que me hunda con él en mis propias profundidades, pese a que su forma de asaltarme dominante me excita y me ofende a la par. Decidida a participar, eludo otra de las estocadas de su lengua, y, recordando que yo también quiero actuar, pruebo a lamerle lentamente los labios entreabiertos, dispuesta a conocerle.

Abro los ojos para comprobar si lo he hecho bien, y me doy cuenta con satisfacción que mi acción parece haberle sorprendido, pues lo encuentro observándome impresionado y con las pupilas dilatadas. Sonrío complacida.

—Cierra los ojos, Blake.

—Tú, pequeña mocosa. —gruñe acercándome aún más a él— ¿Vas a darme lecciones?

—Yo solamente repliqué tu consejo.

—Ahora verás.

En esta ocasión, el beso se vuelve mucho más profundo y me percato de que está tratando de vengarse de mí, así que, sin sucumbir en sus técnicas de playboy —bueno, quizás un poco sí— intento seguir el ritmo vertiginoso que nos ha impuesto a los dos.

Pese a no ser una experta, de alguna forma él me indica la manera correcta de hacerlo. Nuestras lenguas se entremezclan sin mucha profundo, sólo lo suficiente para dejar que el otro ansíe más. Descubro asombrada que se trata de una lucha por conseguir que el otro se rinda antes al placer, y seré casi virgen, pero no pienso caer ante él. De hecho, la propia saliva cumple con su función tentadora, fomentando que ansíe llevarlo a mayor profundidad.

No obstante, resisto la provocación y le sigo el ritmo acariciándole el cuerpo con mis manos. Dios, ¿cómo puede ser tan jodidamente perfecto al tacto?

El agua caliente me relaja y el nerviosismo del comienzo se desvanece, intensificando la sensación de las caricias y los besos. De repente, percibo como pone sus manos sobre mi trasero prácticamente desnudo y doy un respingo. Él se ríe en respuesta, y su aliento llega hasta mí.

Joder, hasta eso me atrae. Maldito prostituto.

—Tranquila Moore. Ahora sólo estoy experimentando, de hacerlo ten por seguro que no sería aquí.

—¿Y eso por qué?

Su risa baja y profunda envía un escalofrío delicioso a mi vagina.

—El agua no ayuda a la lubricación y al ser una piscina pública podrías pillar una infección que te llevaría a desayunar con San Pedro mañana al amanecer.

—Oh…

—Veo que lo entiendes.

¿Experimentando? O sea que el muy idiota no piensa hacerme nada aquí. Bien, en eso de la infección tiene un punto. Sin embargo, tras pensarlo durante un minuto, la indignación se apodera de mí.

— Espera un momento, entonces, ¿cuál era tu intención exactamente? ¿Calentar la pizza y no comértela después? —grazno irritada alejándome de él— ¡Para eso no deberías de haberme besado!

—Vaya, así que te va lo público ¿eh?

—¿Cómo dices?

Sonríe divertido y gira la cabeza, por lo que sigo su mirada hasta una esquina en la que, para mi horror, hay una jodida cámara.

—Creía que querrías mantener la discreción.

—¿Qué narices?

No puedo creerlo, tengo que salir del agua ahora mismo. Me ha besado delante de todas esas dichosas cámaras, y yo ni cuenta me había dado hasta ahora. Al verme salir del agua, él comienza a reírse a mi costa.

—¿Quieres que me coma la pizza aquí?

—Ashhh te aborrezco. No sé cómo he podido pactar contigo sobre nada, al fin y al cabo, res un experto cortándome el rollo. Quizás deberíamos retomar nuestra charla otro día mejor.

Me pongo mis chanclas y, tras coger mi toalla de uno de los asientos donde la había dejado, me marcho sin mirar atrás hacia los vestuarios femeninos. No quiero ni mirarlo, se ha estado burlando de mí exponiendo de forma práctica el deseo que siento por él.

Sin duda, se debería modificar el refranero incorporando una nueva profesión en él:

"Abogado, prostituto, juez y doctor, cuanto más jodidamente lejos mejor".

Ni si quiera el agua caliente de la ducha consigue tranquilizarme, siento como si en mi interior hubiera un motor trabajando a una velocidad vertiginosa. Intento distraerme contando de quince en quince.

Cincuenta, sesenta y cinco, ochenta, noventa y cinco…

Poco a poco voy recuperando la calma. Al final, determino que lo que siento es insatisfacción y casi tengo ganas de reír como una desquiciada. Por primera vez en mi vida puedo decir que estoy insatisfecha en el terreno sexual. Yo, que no soy capaz de hablar con un hombre sin ruborizarme o atragantarme. No, eso no es cierto del todo, sí puedo hablar con uno.

Uno que ha acordado ser mi amante y quien aún no ha cumplido con los beneficios que prometió. Me da igual que acabemos de acordar el pacto, el tipo me ha besado y me ha dejado más ardiente que un maldito puesto de palomitas. La ira vuelve a inundarme.

Me lo prometió, ese maldito prostituto se comprometió a ayudarme. En cuanto cierro la manivela de la ducha, sé lo que tengo que hacer. Por supuesto que voy a ir a reclamarle a ese caradura mi sesión de sexo prometida, me juro cubriéndome con una toalla para secarme.

—Estúpido idiota, ¿crees que te vas a escapar de mis garras tan fácilmente? Estás muy equivocado si piensas que te voy a permitir jugar conmigo. No pienso comenzar primero con mi esclavitud académica mientras tú te vas de rositas. No soy tan estúpida. Tendré el sexo que me merezco.

—Vaya, te veo muy decidida, Moore.

El odioso sujeto de mis pensamientos se encuentra sonriendo apoyado contra una taquilla con los brazos cruzados. Todavía no se ha puesto la camiseta, por lo que me recreo en esos increíbles músculos definidos. El bañador, que todavía está mojado, provoca que se le marque una parte de su anatomía que hasta ahora sólo he visto una vez.

Me quedo boquiabierta con su repentina presencia en el vestuario femenino. Superada la impresión inicial, me siento como si estuviera ante uno de esos bomberos que salen semidesnudos en algunos de los calendarios de Jackie.

—Creía que te habrías marchado.

—¿Pensabas perseguirme a través del campus, reclamándome que te proporcionara sexo?

Se separa de la taquilla en la que está apoyado, y se acerca con lentitud hasta mí. A continuación, alza una ceja esperando una respuesta y sus ojos grises resplandecen con una emoción que no logro identificar.

—¿Ibas a permitir que lo tuviera que hacer?

No pienso achantarme, a pesar de que me saque una cabeza, no voy a retroceder.

—¿Debería? No sería algo novedoso que me suplicasen por el sexo, pero que me persiguiesen por toda la universidad, eso sí que supondría un nuevo nivel.

—Eh, ¿quién dice que fuera a suplicarte? —comento alzando la barbilla— Solamente te recordaría amablemente que hasta que no comenzaras haciendo efectiva tu parte del acuerdo, yo me "olvidaría" de a qué clases debo ir. Ahora bien, no me digas, ¿estás aquí para recordarme la importancia de las chanclas para evitar coger hongos en los pies?

—No.

—Entonces, ¿tienes que cerrar? Porque déjame decirte que, aunque no soy una mujer que se arregle mucho, eso no significa que no me tome mi tiempo para vestirme, así que venga, largo.

Mierda, ¿los abdominales se contraen? Estúpida y sensual tableta de chocolate.

—No.

—¿Eres una especie de acosador de esos que les gusta ver cómo se cambian las chicas? ¿debo traerte unos prismáticos?

Él no responde de inmediato, por lo que siguiendo su mirada me doy cuenta de que está contemplándome el escote sobre el que acaban de caer varias gotitas de agua que se escapan de mi pelo mojado. Traga saliva y vuelve a negar.

—No, aunque no me importaría ser tu voyerista particular.

—¿Có-cómo dices?

Me ruborizo ante esa expresión de seriedad tan poco característica de su habitual actitud burlesca.

—Fuera la toalla, Moore.

Dudo por un instante, sé que esto era lo que yo quería y que ya me ha visto antes, pero esto es totalmente distinto a ese entonces. No va a haber tiempo para quitarse prenda a prenda. Sólo hay un impedimento entre mi cuerpo completamente desnudo y la satisfacción: una toalla.

Para mí, el significado que representa la toalla no es baladí, pues quitármela supone entregarle confianza plena para que me vea bajo una luz que mostrará todos mis defectos, esos que intento ocultar con grandes sudaderas.

Sin embargo, él tampoco es un universitario al uso, ha estado con muchas mujeres de diferentes edades. Por ese motivo, mantiene ese autocontrol del que me quejaba antes y que estoy empezando a valorar. Eso último consigue darme el último empujón.

Puedo hacerlo, este es mi momento, lo que realmente he estado esperando desde que se me ocurriese colgar ese maldito anuncio, y no pienso desperdiciarlo.

Quizás me lleve tiempo, aunque ya solamente el hecho de que podamos hablar sin trabarme implica una cierta confianza. Trago saliva y me digo que este tipo ya me ha visto una vez desnuda, por lo que no debo sentirme juzgada, él recibirá también algo a cambio.

Carraspeando, sonrío sintiéndome nerviosa bajo su detenido escrutinio. Al final, dejo que la toalla se deslice por mi cuerpo, quedando expuesta ante él. Blake no se mueve ni muestra ningún cambio evidente ante mi acción, sino que sigue estudiándome a escasa distancia.

Trato de prestar más atención a sus expresiones y reparo en una diversidad de pequeños cambios sutiles tales como la dilatación paulatina de sus increíbles ojos grises o la tensión de su cuerpo mientras me recorre con la mirada. No es hasta que estoy planteándome decir algo, que él se me adelanta.

—Ahora no te estoy viendo como a una clienta, Moore. Estoy reconociéndote como mi amante. ¿Sabes lo que eso implica?

Niego con la cabeza y Blake sonríe satisfecho. El motor en marcha que sentía antes se acaba de transformar en una turbina furiosa que pulsa por zarpar.

—Significa que si lo que quieres es que te folle aquí mismo, lo haré, y será porque yo también lo desee. Tranquila, no pienso eludir mi acuerdo contigo, ya que no soy ningún cobarde. Te reconozco, Moore. Ven aquí.

Puedo imaginar lo que vendrá ahora, tal y como lo hacía cuando me encontraba enfrascada leyendo uno de esos libros donde la protagonista es empotrada contra la pared. La diferencia es que en esta ocasión soy yo la que debe tomar la iniciativa, o al menos así me lo está haciendo saber él, y aunque muchas veces me había imaginado siendo como esa protagonista que era sorprendida, me doy cuenta de que esto que me plantea, es mucho mejor.

Doy el paso que me falta para alcanzarle y, rodeándole el cuello con los brazos, me pongo de puntillas para atraerle hacia mí. Él desciende hasta mi boca y capturamos los labios del otro con frenesí. Deseo conocerle de forma más profunda. Me encanta su sabor y el movimiento que hace con la lengua cuando entra en contacto con la mía acariciándola mientras va enloqueciéndome poco a poco. Percibo sus manos sobre mi trasero expuesto y mis senos chocan con su pecho desnudo. Estoy tan concentrada saboreándole que no veo venir su siguiente movimiento, Blake me insta a que le rodee las caderas con las piernas, permitiendo que mi vulva roce contra su bañador húmedo. La dureza y la frialdad que traspasa la fina tela provocan que me sienta arder anticipando lo que vendrá, mi clítoris y mis pechos se endurecen en respuesta bajo su contacto.

Sin soltarme todavía, me apoya contra las taquillas y la intensidad de los besos se incrementan, trasladando la calidez de nuestras bocas a nuestros sexos. Mientras me acaricia el clítoris ya hinchado, va lamiéndome las tetas aumentando la sensación térmica. Juguetea con un pezón mordiéndolo y tirando suavemente de él hasta que siento que va a estallar, ¿puede un pezón romperse? Porque Dios mío, se siente como si lo fuese a hacer en cualquier momento.

—Estás tan mojada… —comenta con voz ronca al lado de mi oreja e introduciendo dos dedos por mi vagina, me contraigo removiéndome sorprendida entre sus brazos.

—Sabes perfectamente que eso no es lo que quiero —deniego en un vano intento por resistirme.

—¿Y qué es lo que quieres?

—Ya lo sabes.

—Habíamos acordado que no sería un escort aquí, así que ¿qué es lo que quieres? —susurra lamiendo mi cuello.

—Quiero aprender a darte placer. Bájame y guíame.

Ahí está otra vez esa mirada sorprendida. ¿Por qué le cuesta tanto concebir que me interese por su disfrute?

—De acuerdo.

—¡Perfecto!

—Empieza por quitarme los pantalones.

Totalmente dispuesta a cumplir su orden, me separo de él y tanteando la línea entre la carne y la tela, introduzco los dedos con lentitud para quitársela poco a poco. Al principio mis movimientos son torpes hasta que aparece su pene ante mis ojos. Este que va ganando tamaño entre mis dedos, lo que me anima a terminar de bajarle el bañador por completo. Todavía agachada ante él, levanto mi mirada para pedirle su opinión y lo encuentro observándome desde arriba con los iris oscurecidos.

—¿Y ahora?

Indecisa, me levanto sin dejar de estudiar de reojo su miembro, que se muestra sin ningún pudor ante mí. De repente, siento su dedo en mi barbilla, instándome a sostenerle la mirada.

—A los hombres nos gusta la seguridad. —informa serio— ¿Cómo te mostrarías segura para mí?

Seguridad. Pienso en esas chicas que andan por los pasillos como si estos fueran suyos, como si la gente tuviera que agradecerles que hubiesen pasado por ahí. Lo estudio detenidamente y termino decantándome por una de las técnicas que aprendí en la literatura. Le empujo con firmeza para sentarle en el banco que tiene detrás.

—¿Y bien? —pregunto para saber si lo he hecho bien.

—Bueno, ciertamente es un avance. ¿y ahora como piensas seguir?

—En las películas se suelen subir encima.

Acompaño mis palabras escalando torpemente para aprisionarle con las piernas.

—Segura, pero también accesible, no de forma agresiva, Moore.

Ruedo los ojos ante su risa y le fulmino con la mirada.

—Concéntrate, tengo que darte placer.

—Vale, vale... Bueno, lo siguiente serían besos y caricias. Explórame con tus manos a tu antojo.

Haciéndole caso, empiezo a acariciarle como me apetece por el pecho, los hombros, los brazos.

—¿Esto está bien?

—En vez de preguntar, si lo que quieres es saber si le está gustando al hombre con el que estés, te recomiendo que mientras lo acaricias no olvides estudiar la expresión de su cara, así sabrás si le gusta o no.

Le obedezco siguiendo con las caricias mientras contemplo las sensaciones que se reflejan en sus facciones.

—¿Así?

—No tan fuerte, no estás amasando pan. —me regaña divertido— Más suave, así sí —asiente cuando empiezo a rozarle de forma superficial con la yema de los dedos— vas progresando. Además, si estás arriba normalmente a las mujeres suele gustarle restregarse contra el paquete del hombre, y a estos últimos no les desagrada. Adelante, pruébalo.

Asiento e interesada en el funcionamiento sexual, le acaricio con suavidad los pectorales y, levantando la vista, doy rienda suelta a mis pensamientos.

—Oye, creo que no has entendido lo que yo quería.

—¿No querías una clase para aprender a dar placer?

Me acerco aún más pegando nuestros sexos, mi clítoris pulsa al sentir su dureza longitudinal, pero lo ignoro, e imitando sus acciones previas conmigo me acerco a la oreja para susurrarle:

—Sí, pero sin que sirva de precedente, en este caso, y sólo en este caso, no me refería a la población masculina, sino a ti Blake. Quiero aprender a darte placer a ti.

Escucho que se le corta la respiración y traga saliva alejándose de mis labios.

—De acuerdo. Lámeme y muérdeme suavemente.

Empiezo a besarle tal y como recuerdo que él hizo conmigo, por lo que le acariciarle la punta de la lengua de forma superficial. En cuanto intenta introducírmela por completo en la boca, me adelanto y con los labios se la aprisiono, succionándosela con suavidad.

A continuación, le lamo el labio inferior y se lo mordisqueo tirando un poco. Comienzo a prestar atención a sus expresiones y voy ejerciendo mayor o menor presión en relación a ellas, mientras me deleito con las sensaciones.

Aunque al comienzo me sentía torpe, ahora al encontrarme a horcajadas sobre él mientras le mordisqueo, me siento poderosa. Él jadea ligeramente bajo mi peso acompañando mis movimientos con las manos. Nunca me había sentido tan pletórica. Me restriego tal y como me invitó a hacerlo y escucho otro gruñido que me sabe a gloria. Su mirada no me abandona en ningún momento.

—Muévete más rápido. Sí, así…

Incremento el ritmo y mientras pego con más fuerza mis pechos endurecidos a sus pectorales, se me ocurre, sin dejarle de besar, sostener su miembro en una de mis manos, por lo que, alejándome un poco, empiezo a acariciarle el pene desde la base. De repente, él me coge de la mano y me guía hasta el glande. Una vez allí, todavía sin soltarme, me muestra la forma correcta del movimiento.

—Primero lento, Moore y luego vas subiendo la velocidad, así. Muy bien… Oh sí… así está muy bien.

Voy aumentando poco a poco la velocidad y le lamo el cuello para terminar mordisqueándoselo. A continuación, desciendo y le paso la lengua por la tetilla endureciéndosela mientras sigo pulsando con más intensidad. Aiden entrecierra los ojos disfrutando del momento, eso hace que me sienta orgullosa y la humedad entre mis piernas se acrecienta.

—Ahora sería cuando pondrías el condón.

—¿Dónde está?

—En mis pantalones.

Me acerco hasta ellos y me agacho para cogerlos, olvidando por un momento que estoy dándole la espalda mostrándole mi completa desnudez.

—Estás preparada, ¿eh?

—¿Có-cómo dices? —inquiero girándome ruborizada.

—Te veo todo desde aquí y tienes unas vistas espectaculares.

—¿Te gustan?

Mierda, ¿podrían dejar de temblarme las manos?

—Me encantan. —asiente sincero, después, señala el condón— ¿Sabes ponerlo?

—Nunca se me dio bien la clase de biología en la que se practicaba con el plátano. No suelo escaquearme de ninguna clase, pero es que en esa me hacía un lio y me daba mucha vergüenza, así que siempre fingía estar enferma.

—Ven aquí —ordena con una sonrisa. Me acerco curiosa y acalorada, sin poder evitarlo fijo mi atención en el miembro— Yo te enseñaré. Venga, cógela.

Obedezco y rodeo el glande tal y como me había enseñado antes.

—¿Así?

— No, en esta ocasión sujétala desde la base. Sí, así. Con cuidado por favor, es material sensible y cuesta mucho dinero. —ruedo los ojos corrigiendo la postura y relajando mi agarre— ahora abre el envoltorio y, sobre todo, no lo hagas con los dientes. No solo es muy peliculero, sino que podría romperse.

No es como si tuviera la intención de lamer el plástico, a saber cuántos gérmenes habrá en él. Sin embargo, sigo sus indicaciones y extraigo el profiláctico tal y como me ha indicado.

—Esta es la parte difícil ¿Verdad?

—Vuelve a sujetar la base y colócalo en la punta. Bien, ahora vas a deslizar el condón, pero antes sujeta la punta del preservativo entre los dedos. Exacto, formando una pinza. Una vez lo tienes, sin soltarlo, despliega el condón hasta la base. Así, muy bien. —felicita mientras bajo hasta la base— Estupendo. Venga, dime ¿cómo te sientes después de haber puesto tu primer condón?

—Oh cállate —espeto con la cara ardiéndome de la vergüenza. Vuelvo a subirme a horcajadas y jugueteando con la entrada, lo beso una vez más. Juguetona, lamo su lóbulo y le susurro en tono seductor— Aunque no estuvo nada mal Blake. ¿Y esto qué te parece?

Tras esa confesión ceso las provocaciones y dejo recaer mi peso sobre él introduciéndome el pene hasta el fondo. Pese a que entra con facilidad, me tenso ante la dureza que rodea mis paredes vaginales, por lo que me obligo a relajarme acostumbrándome a la sensación.

—Se siente tan apretado…—gruñe sorprendido acercándome a él.

—Tú, por el contrario, te sientes muy bien.

Empiezo a cabalgarle buscando el ritmo adecuado mientras no dejo de besarle. Suspiros escapan de mi boca y lucho contra las ganas de correrme. Hoy no soy yo la protagonista, lo es él y su satisfacción. Voy aumentando la velocidad deleitándome en sus reacciones.

Me doy cuenta de que intenta controlarse, por lo que no me queda más remedio, cuanto más trate de hacerlo más tendré que llevarle al límite. Pruebo a contraer la vagina a su alrededor al tiempo que le muerdo el cuello y eso hace que jadee más fuerte. Ese sonido me excita más y repito el movimiento intentando desquiciarle. Desciendo con la boca y pruebo a succionarle un pezón tal y como él lo hizo conmigo con anterioridad. Éste vuelve a ponerse duro y en un impulso, Blake me agarra del culo.

La intensidad va creciendo y yo sigo luchando contra mis ganas de correrme. Necesito aguantar. Esto es una lucha de voluntades y en esta ocasión no seré yo la que pierda. Pruebo con las orejas, recordando que a mí me gustó mucho que me las lamiese y esta vez suelta un gruñido.

Escucho el sonido de mi canal vaginal en contacto con el látex y me agarro con más fuerza de sus hombros para ayudarme a incrementar la velocidad. Oleadas de placer amenazan con adueñarse de mi sistema nervioso, pero las relego sopesando nuevas formas de que sienta más placer. Aguanta bastante, aunque yo también puedo hacerlo, me digo rozando mi clítoris contra su abdomen.

Pasado un tiempo en el que siento arder mi vagina de la fricción, empiezo a notar como vuelve a intentar controlarse intentando retirarse. Eso me indigna y aprieto aún más los músculos vaginales incrementando el ritmo.

—Ah no, ni lo sueñes Blake. No te vas a separar de mí.

Aprieto las piernas aún más, evitando que se retire. Nos miramos fijamente mientras yo sigo montándole con fiereza, pasan unos minutos hasta que puedo presenciar el momento justo en el que pierde el control, sujetándome todavía del culo me obliga a incrementar todavía más la velocidad y, sin salirse de mi interior, se levanta cargando conmigo.

En un par de zancadas estoy entre la fría taquilla y su cuerpo ardiente. Blake ha tomado el control de las embestidas, entra y sale con fuerza al tiempo que mi clítoris y mi coño pulsan contra sus embistes. Gimo privándome de un orgasmo, pues la visión que tengo ante mí supera cualquier fantasía que hubiera tenido antes. Su frente pegada a la mía respirando con aparente dificultad, mientras que con una mano me agarra del cuello con suavidad, provocan que tenga serios problemas para retrasar la siguiente oleada de placer. Poco importa, justo cuando esta me alcanza como si de un rayo paralizante se tratase, Aiden cierra los ojos con fuerza y entreabre los labios emitiendo un gruñido bajo, muy diferente de los anteriores, adoptando una expresión de placer absoluto, me clava en él más fuerte. Es en ese entonces que, con esa imagen grabada en la retina, permito que me invada uno de los mayores orgasmos que haya experimentado nunca. Ambos explotamos a la vez aferrándonos con fuerza el uno al otro.

Pasados unos segundos, cuando los últimos resquicios del orgasmo ya han desaparecido, me relajo sintiéndome totalmente satisfecha.

He conseguido que se corra. No soy del todo nefasta en esto.

—Bueno, estupenda clase, Blake. Lección aprendida.

Realizo movimientos con la cadera instándole a que me baje de la taquilla, y él sale de mi interior, depositándome en el suelo con suavidad. Todavía no ha dicho nada, únicamente se limita a observarme en silencio, por lo que entiendo que no quiere hablar de ello, así que le guiño un ojo para tranquilizarle.

—No te preocupes, ya has cumplido con tu parte del trato: empezar tú, así que envíame tu horario de clases y el lunes estaré cubriéndote en la primera de ellas. Ah, por cierto, también tenemos que acordar los días que nos vienen bien para tener este tipo de sesiones. Bueno, gracias por lo de hoy. ¡Nos vemos!

Sonrío en un intento por hacer que la situación sea menos incómoda y huyo hacia las duchas, sin mirar atrás. En cuanto me encuentro bajo la seguridad de estas, escucho cómo se cierra la puerta y me agacho bajo el agua sujetándome las piernas. Has ganado, Crystal, has conseguido demostrar seguridad, me tranquilizo con una sonrisa temblorosa.

CAPÍTULO 12

AIDEN

Irónicamente, todavía existe una tendencia general a inculcarle a los hombres desde pequeños que debemos ser fuertes, valientes, los *"hombres de la casa"*. Pero ¿qué implica ser el hombre de la casa?

Supongo que es una figura de la que el resto, en especial las mujeres o niños pequeños, puedan depender. Por supuesto, esto conlleva que el hecho de que un hombre llore extrañe más a que lo haga una mujer.

Asimismo, está demostrado que ellas son más empáticas, más sensibles y con mejor retentiva memorial, pero eso no significa que nosotros no sintamos nada, que no nos emocionemos o que no tengamos una opinión al respecto. Dejar "pasar" las cosas con más facilidad, como dirían algunos, no es sinónimo de que no tengamos una faceta emocional, bueno, aunque puede que algunos especímenes sí carezcan de ella.

No obstante, este hecho se traslada también al terreno sexual, dejando a un lado que ellas posean más terminaciones nerviosas y eso derive en una sensación mayor de placer, existe una aceptación general en el momento de correrse.

¿Esto qué significa? Pues veamos, la mujer puede gritar o jadear más fuerte que el hombre y eso es signo de una buena realización del trabajo masculino, por eso muchos hombres se sienten orgullosos cuando su pareja de sexo alcanza el orgasmo, se hinchan como gallos y, en el caso de los más jóvenes, se pavonean posteriormente con los amigos. He observado este fenómeno cientos de veces entre mis amigos de la universidad, y aunque me avergüence admitirlo, yo también lo hice en su día. Madre mía, era un triste.

Bueno, a donde quería llegar, a los hombres nos cuesta aceptar de forma pública que ellas también son capaces de darnos placer y, en el caso de que se haga, casi siempre se plantea en forma de broma. Otro tabú más.

Cuando entré a este negocio, Alex me advirtió de que habría momentos en los que no me sentiría atraído hacia algunas de las clientas, por lo que eso no podía intervenir en el desempeño del trabajo. Todo bien hasta aquí, el problema reside en que jamás me avisó de que también existirían instantes en los que podría encontrarme con clientas que supieran más sobre sexo de lo que hubiera creído en un principio.

Por supuesto, soy consciente de que no debería sentirme avergonzado de ello, ya que una mujer también es capaz de enseñar incluso en el momento más inesperado, y uno no es menos profesional por estar ante una persona que te proporciona más placer del que pensabas.

El aprendizaje está en cualquier resquicio de la práctica ¿no?

Bueno, la teoría es estupenda, pero la realidad es que siento cierto resquemor y vergüenza, porque si por lo menos Moore hubiera tenido experiencia todavía podría entenderlo. Sin embargo, que fuera casi virgen, provoca que no pueda explicarme cómo alguien profesional como yo, tuvo aquellas sensaciones con ella.

Simplemente, desconozco si fue producto del calor del momento, el cual incluso hasta al escort más experimentado puede nublarle el juicio, o quizás por las cosas que se dijeron, la cuestión es que no me había esperado que ella fuese reaccionar de esa forma, principiante pero dominante, reclamándome llevar la voz cantante en el concierto.

Y sí, ya sé que me pidió que le enseñara, pero nunca hubiera imaginado sentir tanto placer con su prohibición final en el momento en el que estuve a punto separarme a causa de la costumbre. Puede que también se debiese a que desde que me pidiese que no la viera como a una clienta, dejé de hacerlo y había bajado la guardia.

Moore estaba desarrollando una confianza de la que nunca le hubiera creído capaz, y no estaba mal, por supuesto, pero en ella, quien era alguien que conocía las dos caras de mi vida, me sacaba de la pista. Seguía mostrando los primeros resquicios de una personalidad monstruosa respecto al sexo, destilaba curiosidad y no tenía ningún problema en hacértelo saber abiertamente, preguntaba y deseaba embeberse de toda la información que le estuvieras dando.

Podría ser la fantasía de cualquier profesor y lo peor de todo es que era aplicada. Si quería conseguir algo no paraba hasta obtenerlo. Eso es algo que quizás debería haberlo sabido ver desde el comienzo, pues por algo era una de las mejores alumnas de clase. Había luchado contra ella para que alcanzara primero el orgasmo y, pese a todos mis esfuerzos, no me había dejado. Con la poca información que tenía se las había apañado para conseguir que me desbordase y perdiera el norte por unos minutos.

¿Cómo diablos se las había ingeniado tan bien? Esta era la pregunta a la que no lograba darle ninguna respuesta.

Supongo que la había juzgado terriblemente mal, otra vez. No la había visto venir hasta que no me "choqué" literalmente contra ella.

No obstante, eso no dejaba de lado el hecho de que me hubiera tratado de aquella forma al finalizar. Ella había sido la interesada en evitar relacionarnos de forma más personal ¿no?

De hecho, para ser más exacto, me había pedido ser amantes, y yo lo había aceptado, entonces, ¿a qué venía esa forma cortante de actuar? Me enfurecía pensar que hasta mis propias clientas solían tratarme mejor de lo que lo había hecho ella.

Si su intención había sido esa desde un principio, no tenía que haberme dicho nada. Soy un profesional y puedo actuar también con la misma frialdad, lo único que me molesta es que no deje de contradecirse. Si tan clara es para algunos aspectos, debería serlo también para algo así, acordamos unos términos y lo ha incumplido a la primera.

Si no estuviera tan desesperado por aprobar, jamás hubiera aceptado los términos que me impuso. Sin embargo, ya que lo he hecho, ¿tanto le costaría actuar como alguien coherente?

¿No se supone que las nerds deberían serlo?

Eso es, es que no me extraña que me lleve mal con ella, no entiende el mundo de la misma forma en la que lo hago yo. He sido un idiota, al intentar tomar en serio a alguien con una vida tan triste como Crystal Moore. Por Dios, si es toda una pardilla.

Una nerd que tiene, para colmo, la poca vergüenza de haberme ignorado durante toda esta semana. Debería sentirme aliviado por no tener que comunicarme con ella más allá de lo necesario, ¿no? Pues al parecer no, todavía sigo molesto con el trato recibido. De hecho, me indigno cada vez que nos encontramos por los pasillos y la encuentro con la mirada perdida en el suelo o en el infinito. Hace una semana te estaba poniendo contra una taquilla mientras gritabas mi nombre y ¿ahora me ignoras como si fuera un trozo de mierda en tu zapato? Soy Raziel, ¡uno de los Arcángeles del Infierno! Deberías estar calentita cada vez que me vieras, y haces ¿qué? ¿Miras a otro lado? Pero ¿quién te has creído que eres? Me pregunto concentrado en darle vuelta a los cereales. Mientras tanto, escucho de fondo la conversación entre los chicos.

—Alex, ya le puedes ir diciéndole a Jared que Darren tiene que volver —ordena inflexible Mattia.

Esa frase llama mi atención, es raro ver así al mayor de los gemelos, quien suele ser más reservado y acepta cualquier trabajo sin poner ninguna pega.

—¿Qué diablos pasa contigo?

Alex le estudia molesto por tener que parar su partida del "The Last of Us"

—¿Que qué pasa? Matteo y yo siempre nos tenemos que conformar con las raritas que nos endilgáis y no decimos nada al respecto. De hecho nos adaptamos bastante bien, pero sólo han pasado tres semanas y una de las clientas que nos habéis derivado de Darren, nos ha pedido que le limpiemos la cocina, y claro, creíamos que lo decía a modo de rol, así que cuando estábamos con los trajes puestos, nos dijo que iba en serio.

—Bueno, hombre…

—Ni hombre ni mierdas, ¿me ves cara de limpiador? Todavía no logro entender qué diablos hacía Darren con ellas, pero ¡ni pienses que voy a coger ni una sola jodida escobilla!

No puedo evitar echarme a reír ante la situación surrealista que narra Mattia, ganándome una mirada de auténtica frialdad por parte de este.

—¿De qué te ríes Blake?

Eso me congela en el momento, Mattia no es como su hermano, puede que parezca bastante tranquilo en apariencia, pero al contrario que Matteo, quien es más expresivo, en este gemelo su tranquilidad no es una cualidad positiva. Nadie sabe hasta dónde podría llegar si realmente se enfadase.

—De nada.

Lo mejor será que me enfoque en mi desayuno. Ahora que tengo la tranquilidad de que Moore asiste a mis clases, puedo tomarme mi tiempo para disfrutarlo.

—¿Y entonces? ¿Qué piensas hacer?

—Mira, vamos a hablar con esas clientas, que, por cierto, son las únicas que le pagaban. —matiza Alex— No te preocupes, les explicaremos que vosotros trabajáis de otra manera, pero hasta donde sé, Darren no puede volver todavía. Ah, tampoco olvides que también cubrimos el servicio de acompañamiento, así que si lo que desean es compañía no creo que debas de negarte.

Bueno, razón no le falta ahí, la compañía es más sencilla que otro tipo de trabajos. No obstante, la información de Darren me interesa. No le he contado nada sobre el acuerdo que hice con Moore, y no sé muy bien cómo va a tomárselo, aunque no debería importarme, al fin y al cabo, él se largó obligándome a cargar con la nerd de turno.

—Una cosa es la compañía, y otra actuar de limpiador.

—¿Y por qué no? —intervengo tragando divertido— En Japón es bastante común que muchas mujeres se disfracen de sirvientas para atender a los clientes masculinos, ¿por qué esto no puede ser a la inversa?

—Tú no te metas, Raziel, no puedes hacerlo hasta que no te toque realizar el mismo tipo de trabajo que hacemos nosotros.

—No es mi culpa que seáis europeos y tengáis la mente más cochambrosa, ¿no?

Amo meterme con su procedencia, les hace de rabiar demasiado. Por supuesto, no ando muy mal encaminado, los gemelos, con su ascendencia italiana, suelen ser más abiertos de mente que nosotros.

—*Perché devo avere a che fare con questo uomo delle caverne americano?, ¡che stupido!*[1]

—¿Eh? ¿Qué diablos dijiste?

—Si esto va a terminar en alguna especie de absurda pelea, quedamos en el ring. No creáis que voy a consentir que destrocéis el mobiliario, y ¡mucho menos mi PS4! ¡Calma *bambino!* —interviene Alex, parando a Mattia, que se ha acercado hasta donde me encuentro todavía desayunando.

—¿Qué es este escándalo? Me habéis despertado —se queja un Matteo semidesnudo bostezando, al ver mi desayuno, abre los ojos interesado— Oye, ¿eso son cereales? Tengo hambre.

—Cómetelos, anda. De todas formas, ya me iba a clase.

—Qué tarde vas hoy, ¿no?

Matteo es un cotilla de manual, el tipo no parece descansar ni entre semana.

—Sí.

Recojo mi mochila sin desear entrar en detalles, sólo espero que mi respuesta escueta le haga dejar el tema.

—¿Y eso?

Ahora hasta Alex y Mattia me miran expectantes. Ruedo los ojos, y elaboro una excusa plausible.

---

[1] *"¿Por qué debo lidiar con este estadounidense cavernícola? ¡Qué estúpido!"*

—Como ya sabéis, las mujeres me adoran, así que me he conseguido una secretaria que esté bien dispuesta a cogerme los apuntes.

Bueno, eso no es una mentira del todo. Por un lado, sí tengo a alguien que me ayude, aunque, por otro lado, ésta no parecía muy contenta con ello. Sin embargo, no hay motivo para que deban ser conocedores de esa información.

—¿Las mujeres te adoran? —inquiere escéptico Mattia.

—Creía que eso era sólo cuando les limpiabas los bajos —apunta extrañado Matteo llevándose una cucharada a la boca.

—Sí, yo también. —corrobora Alex, y después añade soñador — ¿te acuerdas cuando te apadriné bajo mi ala? Te costó un mundo dominar el arte de la seducción, eras un polluelo con técnicas básicas y pobres de adolescente. Hmm… supongo que soy buen maestro, ¿no?

—¡Eh! ¿Qué clase de concepto tenéis de mí?

—Amigo, hasta hace un par de semanas te compararon con un simio.

Ya tenía que sacar de nuevo Matteo la maldita valoración de Moore. Supongo que esto no lo van a olvidar jamás. Ugh, esa mujer está hasta en la sopa.

—No sé por qué pierdo mi tiempo con vosotros cuando tengo muchas cosas más interesantes por hacer. Me largo.

Salgo por la puerta escuchando cómo estallan en risas. Maldita Moore. Pff…Tengo que pensar en positivo, al menos podré aprobar.

La vida es agradable. Me gustan los días donde las temperaturas caen en picado porque puedo disfrutar del encantador frío. Refugiarse en la cafetería a disfrutar de la vida universitaria es todo un placer, incluso a veces el sexo empalidece a su lado. Hoy se presenta un buen día, por la tarde tengo entrenamiento con los chicos y la mayoría de las clases estarán siendo cubiertas por Moore. Sin duda, mi futuro es muy prometedor.

Me encamino hacia la cafetería dispuesto a tomarme un café, probablemente ahora estarán en medio de Derecho Internacional, por lo que todavía tengo media hora antes de acudir a la clase de las doce.

Saludo a un par de conocidos y constato satisfecho que me siento muy cómodo en ese entorno.

—Eh, Aiden.

Veo a Kim a lo lejos y le devuelvo el saludo con una sonrisa, sigue igual de caliente que siempre. Caliente e inaccesible.

212

Por fin, puedo decir que no hay ninguna irregularidad en mi vida, todo ha retomado el cauce de siempre, así ahora puedo estar feliz y tranquilo. Aunque parezca un cliché, gracias a Moore he conseguido que la vida me sonría. Con todo esto en mente, ¿quién iba a pensar que esta burbuja de felicidad podría estallar en tan solo un segundo? Nadie lo haría.

—Crys, aquí tienes tu muffin, pero ¿no deberías estar en clase? —escucho que pregunta el compañero de Kim a una mesa cercana.

—Ah, no, hoy no entro hasta las doce.

Dirijo mi atención hacia la dirección de donde proviene la conversación. Antes de enloquecer, debo constatar que lo que está sucediendo es lo que me estoy imaginando.

Efectivamente, Crystal Moore se encuentra comiéndose pacíficamente un muffin mientras cotorrea con su amigo. En circunstancias normales esto me importaría bien poco, pero se supone que debería estar asistiendo a mi clase de Derecho Internacional, y sin embargo, está ahí sentada, indiferente a la nube negra que se avecina sobre ella.

Mi humor se ensombrece radicalmente mientras estudio atento sus movimientos.

—Ahh, qué bien, ¿no? Así tendrás más tiempo libre.

—Sí, necesitaba uno de tus muffins antes de comenzar el día.

¿Cómo se atreve a sonreír deleitándose con esa estúpida magdalena?

Ahí está la confirmación que necesitaba. La cuestión ahora es averiguar a cuántas clases se ha estado escaqueando de asistir. Esto no era lo que habíamos acordado. Al menos todavía no he recibido ninguna recriminación por parte de los profesores, pero si esta nerd ha estado jugando conmigo lo lleva claro.

Me desvinculo de la fila de la cafetería, y me acerco con sigilo hasta sentarme en la mesa adyacente a la suya. Furioso, contemplo su espalda relajada.

—¿Nos vemos esta tarde?

—¿A qué hora sales hoy del trabajo?

—A las siete, podríamos ir con Jackie a cenar a ese japonés de la última vez.

—Eh, pues sí.

Su tono de alegría solamente provoca que mi ira ascienda todavía más rápido por mi garganta. Esta mujer se encuentra viviendo su vida social en su máximo esplendor mientras se encarga de tirar por tierra todo nuestro acuerdo.

—Bueno, tengo que volver al trabajo. Luego nos vemos, ten buen día.

—Tú también.

—Si necesitas algo, estoy tras la barra.

—Gracias, Charlie.

Una vez estudio el terreno y constato que nadie está reparando en nosotros, me dispongo a captar su atención.

—Tsé, tsé —susurro frenético estudiándola por el rabillo del ojo.

Ni se inmuta. Nuestros asientos están espalda con espalda, por lo que ha tenido que escucharme.

¿Por qué diablos sigue comiendo tan tranquila?

A la tercera vez que le chisto y no reacciona, empiezo a perder la paciencia.

—Moore, Moore ¡¡Moore!!

En esta ocasión, parece percatarse, y suspiro aliviado. Por fin he conseguido captar su atención, ella se gira para mirarme y en cuanto repara en mi identidad, ladea la cabeza durante un segundo, como si estuviera contemplando alguna clase de espécimen raro bajo su microscopio.

—Ah, con que eras tú.

¿Eso que he escuchado es decepción? ¡¿Está decepcionada de verme?! ¡¿Ella?! Estoy flipando, ni si quiera puedo añadir nada. La tipa tuerce el gesto como si hubiera olido algo en descomposición y regresa a su tarea de devorar al muffin desatendido. ¿Acaba de volver a pasar de mí? Una cosa es que lo haga en los pasillos, pero ¿esto? Esto me cabrea mucho más. De verdad, ¿quién se cree que es esta mujer?

—Oye, no te atrevas a ignorarme, caradura. Tenemos que hablar.

—Madre mía, esa frase la suelen usar como antecedente de ruptura en los libros, sin embargo, nunca hubiera creído que mi "supuesto" amante fuera a decírmela alguna vez. —hace una pausa y comprueba algo— No, no se me han puesto los pelos de punta.

—¿De qué hablas? —inquiero cada vez más enfadado— Sal, aquí hay mucha gente y necesito conversar contigo en privado.

—No me apetece, Blake.

—Me importa una mierda que no te apetezca, has incumplido tu parte del trato —siseo furioso mirando hacia los lados.

La escucho masticar pausadamente y cuando empiezo a creer que no va a responderme jamás, suspira cansada. ¿Cansada? ¿De qué? Si no está haciendo nada.

—Muy bien, ¿quieres hablar? Hablemos —comenta levantándose— Saldré primero yo. Te espero en el club de ajedrez.

—¿Dónde se reúnen los perdedores?

Ningún deportista popular ha ido jamás, si te pillasen allí estarías condenado al ostracismo social.

—Ahora eres el amante de una, ¿recuerdas?

La contemplo asombrado. El cabello recogido en una coleta, sus gafas de pasta, una sudadera negra de la universidad y esos pantalones anchos de deporte oscuros supone una representación clave de cualquier pringado al uso.

Sin añadir nada más, sonríe divertida y se marcha con dignidad, sin importarle lo más mínimo que me acabe de dar una bofetada de realidad. Literalmente acabo de comer suelo con esa verdad tan dolorosa.

Dios mío, es cierto. Estoy tan jodido.

La sala del club de ajedrez de la universidad se ubica ni más ni menos que en la facultad de Filosofía, uno de los edificios más cercanos a la nuestra. Con sólo saber eso, uno se puede hacer una idea de la clase de raritos que acuden a ella. Por ese motivo, obligarme a reunirnos allí es el colmo de la osadía. ¿Y puedo hacer algo al respecto? Nada, pues necesito hablar con Moore y no deben de vernos juntos. Al menos eso estipulaba el acuerdo que ella misma se acaba de saltar. Yo hubiera propuesto otro lugar, pero viéndolo con perspectiva, ninguno de mis amigos o conocidos pasaría por allí ni muerto. Por supuesto tampoco nadie hablaría y mucho menos creería a la clase de friquis que frecuentan el lugar. Al final, Moore iba a tener razón sobre este sitio.

En cuanto logro encontrar la sala, lo primero que me sorprende es que para las dimensiones que tiene, está demasiado vacío. Apenas hay dos chicos jugando al ajedrez en una mesa lejana a la entrada en la que me encuentro, y, de todos modos, están tan concentrados en su partida que no parece que vayan a reparar en mí.

Lo segundo que noto es que en este sitio el tiempo parece haberse detenido y lo único que se escucha es el sonido suave del reloj cada vez que paran el turno. Inspecciono la sala buscando a Moore y me doy cuenta de que lo voy a tener difícil. Aunque la zona de las mesas de ajedrez parezca espaciosa, la otra gran mitad de la sala está llena de filas y filas de estanterías cargadas de libros. Asombrado, me percato de que estos friquis se han montado su propia biblioteca particular. Con razón aquí no entra nadie de la gente que conozco. Las personas populares suelen rechazar los libros a menos que deban enfrentarse a

215

un examen y la lectura por placer es impensable, supone una condena social directa.

—Aquí.

El susurro femenino proviene del interior de uno de los pasillos de la biblioteca. Me interno en busca de la nerd que cree que puede jugar conmigo, y me pregunto una vez más, qué coño hago ahí. Debería estar viviendo mi vida como siempre, y no andando a hurtadillas por unos pasillos que con total seguridad estarán llenos de acné de diversos púberes. Ugh…

Repentinamente y sin esperarlo noto como me cogen de la capucha de la sudadera que llevo puesta y una fuerza desconocida tira de mí, metiéndome en un habitáculo que no había visto al pasar.

—Entra venga.

Por fin me ha soltado. Tsé, ¿quién narices se piensa que es? ¡Ninguna mujer me ha tratado así en la vida!

—Eh, no me trates como si fuera tu mascota. Me hubieras avisado y habría entrado por voluntad. —reniego malhumorado recolocándome la sudadera.

—Es que eras muy lento. —acusa cruzándose de brazos —Bueno ¿qué? ¿No querías hablar?

—¿Dónde estamos?

Esta sala es mucho más pequeña que la anterior, aunque también se encuentra abarrotada de libros.

—En mi lugar secreto. —explica mirando a su alrededor— Aquí se reunían los del antiguo club de lectura, pero como se trasladaron a la facultad de Literatura, esto ha pasado a ser un depósito. No te preocupes, nadie entra aquí ya, así podremos hablar sin ser escuchados. El profesor Klaus me prestó la llave en primero, soy la única que organiza este lugar en mis ratos libres.

—Ah. Te buscas hobbies muy extraños.

Dudo que nadie conozca siquiera sobre la existencia de este sitio, reflexiono observando los alrededores, que, aunque pequeños parecen muy ordenados. ¿Quién destina sus ratos libres a ordenar libros? Encima, seguro que ni la pagan, es más rara que un perro verde.

—Lo que tú digas. Vamos a pasar a lo que nos interesa, quieres hablar de por qué no he ido a tu clase de Derecho Internacional ¿no?

El mero hecho de recordarlo vuelve a enfurecerme. ¿Cómo había podido olvidarlo? Ha estado riéndose en mi cara.

—Exacto, teníamos un trato y tú lo has incumplido. ¿A cuántas clases has ido siquiera? ¿Sabes lo que me juego? ¡Mi beca deportiva!

Sólo han pasado dos semanas desde nuestro acuerdo. ¿Cómo tienes la poca decencia de estar comiéndote un muffin en la cafetería?

—Tú lo has dicho, han pasado dos semanas y nuestro acuerdo estipulaba una vez a la semana, el primero que lo ha incumplido has sido tú. —repone acusándome con el dedo— Yo efectué mi parte del acuerdo, fui la primera semana, y en vistas de que ni hiciste el más mínimo esfuerzo de ponerte en contacto conmigo, valoré que tenía todo el derecho a faltar a las siguientes clases.

—¿Cómo dices? —exclamo estupefacto.

—No pensarías de verdad que cumpliendo sólo con una vez habrías cubierto tu cupo de clases durante todo un mes, ¿no?

—He estado ocupado.

Vale sí, yo también la he estado evitando, pero ¿y qué? No estoy acostumbrado a tener este tipo de acuerdos. Normalmente es un aquí te pillo aquí te mato rápido, golpe de billetera y cada uno por su camino. Además, estaba suficiente cabreado con su actitud de mierda como para no desear hablar con ella.

—Ah, entonces, yo también lo estuve.

—¡Te estabas comiendo un muffin en la cafetería! —le recrimino atónito— Eso no es estar ocupada.

—Nunca subestimes la importancia de un muffin de chocolate por la mañana.

—¿Tienes la intención de seguir con tu parte del acuerdo si quiera?

—Si quieres que este cuerpo —comenta señalándose a sí misma de arriba abajo con la mano mientras mueve graciosamente la coleta— se aparezca por tus clases, deberás cumplir con tu parte del acuerdo al menos una vez por semana. Pese a todo lo que creas, no soy ninguna tonta a quien puedas usar, Blake.

Me recreo en las curvas que sé que esconde debajo de esa ropa deportiva. Dios mío, puede que sea una nerd, pero esa actitud mandona calentaría a cualquiera.

—Tú…

No me deja terminar, esboza una sonrisa y recolocándose las gafas, estudia su reloj.

—Y ahora, si no te importa, tengo una clase a la que asistir.

—No eres la mosquita muerta que siempre pareces ser.

—Solamente soy justa. Cumple con tu parte —comenta pinchándome con el dedo índice en el pecho— y todo volverá a su ser. Ahora, vámonos o llegaremos tarde.

Desconozco qué es lo que me jode más, que se muestre sumisa y tímida con el resto del mundo, y que, a mí, por alguna razón, me trate con esa seguridad altiva, o que me ponga tanto con esas pintas que lleva.

No importa realmente, lo cierto es que lo último que me apetece ahora es volver a clase, por mucho incluso de que pueda jugarme la expulsión del equipo de natación. Trato de no profundizar demasiado en esta última cuestión y me dejo llevar por lo que me apetece hacer. Antes de que se atreva a salir insolente por la puerta, le sujeto del hombro y, con fuerza, le obligo a quedar entre la estantería y mi cuerpo, de esta forma, no podrá marcharse y tampoco tocarme.

—¿Qué haces Blake? Vamos a llegar….

No la dejo terminar, le pongo un dedo encima de los labios, instándola a callarse, y me percato de que sus ojos se abren, conocedora. Sabe lo que viene ahora. Su mirada recorre el lento camino que va dibujando mi dedo hacia su garganta. Una vez allí, le rodeo el cuello con mi mano derecha, ejerciendo cierta presión en los laterales de su garganta. Abre todavía más los ojos y los labios emitiendo un jadeo sorprendido. En su mirada se refleja la duda y la curiosidad anticipada. La llama precoz de un deseo inequívoco se enciende en la profundidad de sus pupilas, y sólo pienso en cómo avivarla de forma que ésta se extienda por todo su cuerpo, consumiéndola. Voy a conseguir que su deseo se vuelva tan grande como mi furia.

Con ese objetivo en mente, capturo sus labios entre los míos y la devoro sumiéndome con la lengua en el interior de su boca. Esta vez no es un movimiento meramente exploratorio, sino que el hecho de recordar la despedida en los vestuarios sumado a su forma de tratarme estas últimas semanas, avivan la indignación y el rencor que he venido sintiendo.

Tras unos breves momentos, ella parece recuperarse de la sorpresa, y levanta los brazos tratando de rodearme. No, eso no es lo que quiero, por lo que, soltándole el cuello, le sujeto ambos brazos, y, con firmeza, le obligo a girarse, quedando de espaldas a mí.

—¿Qué día…?

—¿No querías que cumpliera? —le susurro al oído pegándola aún más contra la estantería.

—No entiendo qué pretendes hacer. Esto sólo lo vi en las películas policiacas cuando detienen a los delincuentes.

Casi tengo ganas de reír, casi, más no puedo permitírmelo, debo concentrarme en mi trabajo.

—¿Estás segura de que no vas a arrepentirte de tu deseo?

—No lo creo la verdad, venga, empieza a cumplir.

Aprovecho que no pude verme para sonreír, y retirándole la goma del pelo, le deshago la graciosa coleta que antes meneaba irritada. Los mechones castaños caen suavemente en ondas no muy pronunciadas sobre su espalda. Ella mueve la cabeza extrañada.

—¿Qué vas a hacer?

Me tomo un segundo de rigor para comprobar la elasticidad de la goma y al final, determino satisfecho que puede servirme para mis propósitos.

—Castigarte.

Todavía sujetándole las manos en la espalda, deslizo la goma entre sus muñecas, inmovilizándoselas. Moore emite en gemido de sorpresa y mueve la cabeza inquieta.

—¡¿Esto no es lo del sado?!

—Ya, ya sé que en la encuesta dijiste que no como toda una mojigata.

Evalúo la presión que debe sentir con la goma a su alrededor, comprobando que no le hará daño. Creo que es suficiente.

—¡¡Oye!!

Antes de que haga algún ruido más, le sujeto de algunos mechones del pelo y le ordeno que incline la cabeza hacia la izquierda, después desciendo para lamer y chupar la tierna carne de su cuello. Calculo hacerlo durante un segundo, si me paso podría dejarle una marca. Ella suspira extasiada.

—Ah sí, recuerda no gritar, los friquis de al lado te pueden escuchar.

Dicho esto, le bajo el pantalón deportivo, que cae entre sus tobillos exhibiendo la deliciosa carne, repleta de curvas, expuesta para mí. Observo que tiene un lunar que parece una estrella en uno de los muslos y me agacho para lamérselo, lo muerdo con ligereza, dejando una marca rojiza e imperceptible en la zona. Moore se revuelve agitada, deseosa por tocarme. No pienso liberarla, ahora se ha convertido en una presa a la que devoraré enterita.

Le bajo las bragas, que también caen olvidadas, apoya la frente en la estantería, dejando recaer su peso sobre ella y se libera con tenacidad de las prendas que le rodean los pies.

—Abre las piernas.

Complacido, observo que las separa obediente. Al hacerlo, deja ligeramente abierto los labios del coño, invitándome a acariciarla ahí, pero no voy a demorarme demasiado tiempo en complacerla según su antojo.

No, mi intención es darle lo que quiere durante los segundos exactos que le permitan ansiar más, una vez la tenga rogando para mí, se los arrebataré. De esta forma, comienzo a acariciarle el clítoris percibiendo las pulsaciones de su corazón detrás de la carne hinchada, en cuanto noto que estas aumentan, retiro los dedos y se los introduzco por su resbaladizo conducto. Si se va habituando se los retiro y retomo el trabajo en el clítoris. Poco a poco en su humedad voy percibiendo como se va creando una dulzura llamada de necesidad que desborda sus sentidos.

—¡Eh!

Sonrío satisfecho. No me extraña que se queje, acabo de cortarle el orgasmo de nuevo.

—¿Tienes algo que decir?

—¿Por qué quitas la mano todo el rato? Así no estás cumpliendo con tu parte.

—No pretendo cumplir, te estoy castigando.

—¿Por qué?

No me apetece responder a una cuestión que yo tampoco termino de comprender, ¿por qué motivo logra enfadarme o molestarme tanto sólo con abrir la boca? Yo soy un tipo pacífico por naturaleza, tengo un encanto natural para tratar con las personas, pero con ella me salgo de mi rutina y eso no me agrada. Justo como ahora, en la vida hubiera pisado este sitio si no fuera porque me ha chantajeado con contarme la verdad.

—Demasiadas preguntas.

Ejerzo más presión contra su deslizante y húmeda vagina. Tras esto, me levanto del suelo en el que me encuentro agachado y la insto a dejar recaer su peso mucho más sobre la estantería, dejando accesible su perfecto culo para mí. Lo acaricio deleitándome en la suavidad y elasticidad de su piel, y abriéndolo, deslizo mis dedos para volver a notar la humedad.

Curiosamente, me está calentando muchísimo el hecho de estar follando en el sitio que ni a punta de pistola pisarían mis conocidos y que unos tipos friquis estén jugando al ajedrez tras la fina pared.

Le abro aún más el culo, jugueteando con las manos con ambas aberturas. Sin duda, un día tengo la intención de probar ese hueco estrecho, pero no aquí, antes deberé enseñarla lo suficiente. A continuación, me bajo los pantalones y el bóxer, me coloco el preservativo que siempre llevo en la cartera. Mientras tanto, siento su deliciosa tensión, me tomo un segundo más, y sujetándole firmemente por las caderas, le abro el culo para hundirme en ella con profundidad. Ese jadeo involuntario me pone mucho más. Pronto se relaja alrededor de mi polla, acostumbrándose a ella, como ya lo hiciera dos semanas antes. Empiezo a moverme fuerte, duro, notando como sus paredes me estrechan tratando de exprimirme, apoyo la mano en su espalda, que al cabo de un rato empieza a temblar, y con la otra le agarro la cadera sosteniéndola para que no pierda el equilibrio.

Esta postura es perfecta para deslizarme más en ella y abarcarla por completo. La fricción de nuestros cuerpos unidos y nuestras respiraciones aceleradas es lo único que se escucha en la sala. De vez en cuando, cuando está a punto de alcanzar el orgasmo ella gime con más fuerza, por lo que disminuyo la velocidad. Todavía no pienso consentir que se corra.

Sin embargo, con cada embestida ella contrae más el coño, tratando de apretarme más, desafiándome, retándome, y lo peor de todo es que lo consigue. Rencoroso, decido pagarle con la misma moneda que me dio en los vestuarios. Se vuelve a quejar en una de las veces que me retraigo, y la recompenso restregando suavemente mis dedos contra su clítoris.

Suspiro, jadeo, bufido, sonidos que se van alternando uno detrás de otro cuando consigue o pierde lo que más desea. Correrse.

—Basta —resuella al disminuir la velocidad. Percibo el temblor de sus piernas que luchan por mantenerse de pie— Por favor… Blake….

Al escuchar su ruego decido claudicar. Ya ha tenido suficiente y yo también. Retomo las embestidas moviéndome más rápido, más duro, más profundo, pierdo el calculado ritmo. Contra la costumbre y mi propio juicio, tal y como le había prometido, me dejo llevar por mi propio placer, marcando mi propio ritmo. En cuanto estoy seguro de que va a llegar al orgasmo, embisto con más fuerza.

—Está bien, tómalo entero, es tuyo…

La noto correrse dos veces, mojándome aún más la polla que palpita deseosa de sentir la cota más alta para liberarse, presiono más en su interior notando apretado. Sin embargo, es la imagen final de ella rendida ante mí, la que consigue que mi visión se vuelva borrosa y que me corra intensamente. En un precario intento por contener nuestros gemidos, le tapo la boca y le muerdo con suavidad el hombro que ha sido descubierto durante el movimiento, y así es como alcanzamos el orgasmo a la vez, explotando ambos en una deliciosa humedad.

221

CAPÍTULO 13

CRYSTAL

*F*antástico, alucinante, sorprendente, delicioso.

Cuatro palabras que definen perfectamente cómo me he estado sintiendo durante estos últimos tres meses en las sesiones sexuales. A raíz de aquella mañana en la que le enfrenté, Blake no ha vuelto a tomarme por tonta y ha pasado a convertirse en el maldito conejo de Alicia en el País de las Maravillas, puntual como un reloj, ha cumplido religiosamente con las sesiones estipuladas. Ahora incluso hay veces en las que nos salimos del horario marcado para ajustarnos a su situación laboral o personal.

Sin duda y contra todo lo que hubiera pensado anteriormente, hemos logrado que nuestro acuerdo se haya consolidado de tal manera que funcione para ambas partes. El condenado no solo consiguió que corrompiera mi lugar precioso, cuatro, cinco, seis y hasta diez veces —y menuda forma de corromperlo— jamás volveré a mirar los libros de Platón que apilo en las estanterías de la misma forma. Si esto es lo que significa tener sexo, no me extraña que exista gente que se vuelva adicta a él. Ninfómanas del mundo, jamás volveré a juzgaros, seguro que vosotras también os topasteis con algún Aiden Blake en vuestras vidas.

A pesar de nuestro acuerdo, durante este par de meses la forma que tenemos de relacionarnos ha cambiado. Supongo que es cierto eso que comentan de que el sexo labra la confianza, porque de alguna forma he conseguido establecer con él un leve vínculo al que todavía no me atrevería a denominar amistad, pero que valoro y respeto.

Durante la clase de Derecho Mercantil, noto como me vibra el móvil en el pantalón, por lo que sin que el señor Peters se dé cuenta, lo extraigo y echó un vistazo rápido a la pantalla.

Mensaje entrante de Calientabragas

¿Qué haces mirando al infinito Moore? Concéntrate, recuerda que estás recogiendo aquellos que serán mis apuntes.

Ruedo los ojos y, tragándome mis palabras sobre el término amistad, dirijo una mirada disimulada a la grada superior, en ella se encuentra el idiota observando impasible su teléfono. Decido responderle con el emoticono de un látigo, y me lo imagino riéndose en silencio. No tarda demasiado en responderme.

Mensaje entrante de Calientabragas

Uy, Moore, qué traviesa, ¿Quieres que te saque el látigo? ¿O prefieres una correa? (emoticono seductor)

Cuando leo ese mensaje casi me ahogo con mi propia saliva, y comienzo a toser ruborizada, el muy estúpido se está riendo de esta situación.

—¿Se encuentra bien señorita Moore?

El profesor Peters ha parado la lección, mostrándose preocupado ante la posibilidad de que se le muera una de sus alumnas durante la clase. Escondo el móvil con rapidez y trato de prestarle atención.

—Sí-í.

—Si necesita ir al baño…

—No se preocupe, ya se me pasa.

—De acuerdo.

Aunque no parece muy convencido, se da la vuelta para retomar la clase. El móvil vuelve a vibrarme y lo estudio sospechosa. En esta ocasión me ha enviado cuatro emoticonos riéndose, y aunque sé con total certeza que no me estará mirando, no puedo evitar girarme, deseosa de estrangularme. Para mi grata sorpresa le pillo infraganti observándome también. A ojos de los demás, puede parecer imperturbable, pero desde aquí percibo ese brillo juerguista que tanto le caracteriza palpitando en el fondo de sus increíbles ojos.

Psicópata. ¿Todos los fuckboys tienen ese dominio sobre sí mismos? Porque en lo que a mí corresponde admiro su templanza, podría ser actor perfectamente. Concentrada como estoy en mi propia vorágine de pensamientos, todos ellos relacionados con la suerte que tiene la gente atractiva, no me doy cuenta de que se ha producido el silencio en la clase. Sólo reparo en él cuando algo cambia en sus

224

facciones. El brillo divertido se incrementa y esta vez sube una de las comisuras de los labios.

Oh, oh… Mala señal.

—¿Señorita Moore? —carraspea el profesor Peters —Señorita Moore.

Trato de girar mi cabeza más rápido que Flash. Toda la maldita clase está mirándome atenta, por lo que me ruborizo notablemente y eso solo provoca que se incrementen los murmullos. Mierda, me han cazado observado hacia las gradas superiores.

—¿Sí?

—¿Sería tan amable de explicarle al señor Park, qué tipo de relaciones jurídicas externas se dan en una sociedad comanditaria?

¿Quién narices es el señor Park? Ah, sí uno de los de intercambio. Bueno, esta situación suele ser algo bastante común en esta clase. De vez en cuando, al señor Peters le encanta que responda a las preguntas o a los fallos de mis compañeros, y aunque lo suelo hacer —pese a la ansiedad que ello me conlleva— en esta ocasión y ante mi creciente horror, lo único que recuerdo con precisa nitidez es la lengua de Blake recorriendo mi espalda.

Mi móvil vuelve a vibrar y me pongo en tensión, estoy intentando recordar lo que leí la tarde anterior sobre los tipos de sociedades. Sé perfectamente que conozco esa información, ¿por qué me estoy bloqueándome ahora? ¿Cuáles eran? Mierda, mierda, la gente está mirándome.

Al ver que no respondo ni si quiera en voz baja como normalmente suelo hacer, los murmullos se incrementan, desesperada, lo único que sale de mi boca es un quejido nada favorecedor.

—Señorita Moore ¿de verdad se encuentra bien? —inquiere Peters, ya preocupado.

Noto la mirada compasiva del estudiante de intercambio, quien debe estar preguntándose si yo también estaré aprendiendo el idioma.

Tengo que decir algo para poder pasar este mal trago, las manos me sudan demasiado y me las seco contra los pantalones. Nada. No sale nada.

—Quizás debería ir a la enfermería, esto no es propio de usted.

—Creo que prefiero quedarme aquí sentada.

—De acuerdo… si se siente mal, no dude en salir.

Es la primera vez que no respondo una de las preguntas, y eso me genera mucha intranquilidad, puede que el profesor me lo haya dejado pasar creyendo que estaré enferma, pero yo sé la verdad. ¿Qué estaba haciendo, pensando en él en un momento como este? Se suponía que el acuerdo no debería influir en nuestras vidas normales, no podía dejarme distraer. El móvil vuelve a vibrar y esta vez, me juro a mí misma que no pienso girarme.

Mensaje entrante de Calientabragas:

¿Qué te ocurre? ¿¿Teniendo pensamientos sucios??

Tengo ganas de matarle, y no ayuda el hecho de que esté metiendo el dedo en la llaga, por lo que escribo furiosa.

Mensaje enviado:

Todo esto es por tu culpa.

Mensaje entrante de Calientabragas:

¿? ¿Mía? Si yo no hice nada, soy un ángel. (emoticono de angelito)

Si no estuviera en la situación crítica en la que me encuentro, sentiría deseos de reírme con la doble intención que carga ese mensaje. Sin embargo, ya hice el ridículo suficiente por todo un año para encima estar aquí riéndome como una desquiciada, por lo que decidiendo dar por concluida la conversación, respondo.

Mensaje enviado:

Más bien un idiota.

Mensaje entrante de Calientabragas:

Ajá, lo que tú digas, pero esa parte de mí te encanta ¿eh, listilla?

Ruedo los ojos al ver su mensaje cargado de egocentrismo, y decido dejarle en visto apagando la pantalla. Voy a concentrarme en mi clase. El móvil vuelve a sonar, dos veces más, por lo que vuelvo a revisarlo.

2 mensajes entrantes de Calientabragas:

Está feo eso de dejar en visto a las personas y ya no te digo a los amantes, Moore.
¿Ah? ¿No respondes?

Suspiro y armándome de paciencia le contesto.

Mensaje enviado:

¿No quieres que te coja los apuntes? Pues déjame concentrarme.

Cuando creo que ya no voy a obtener respuesta y que eso le habrá calmado con sus bromas, vuelve a vibrarme el móvil.

Mensaje entrante de Calientabragas:

¿Esta tarde en tu casa a las 18:00?

Toda la concentración que tenía en la clase se desvanece con ese mensaje, y en esta ocasión no puedo evitar sonreír y responder por última vez: *Sí*.

Jackie tiene una tradición. Cada vez que se acerca el fin de semana empieza una campaña de acoso y derribo para que le acompañe a alguna fiesta universitaria. Por supuesto, hoy es jueves, por lo que tal y como esperaba, durante uno de los descansos en los que coincidimos juntas, me asalta sin contemplaciones.

—Cryyyyyyyyyyyystal —canturrea solícita, pasándome una de sus galletas de chocolate.

—¿Qué vas a pedirme?

—Sé que siempre me rechazas cada vez que te ofrezco ir conmigo a una fiesta, y por ese motivo, no te voy a pedir que vengas a la de este fin de semana.

Eso me sorprende, así que la estudio como si le hubieran salido tres cabezas.

—¿De verdad?

—Sí.

Okay, eso sólo hace que sospeche aún más. Algo se trae entre manos.

—Tienes alguna intención oculta, ¿verdad?

—Por supuesto que sí, siempre tengo intenciones ocultas ¿crees que te ibas a librar tan fácilmente de mí? —comenta deleitada, frotándose las manos— Como soy una gran amiga, a cambio de este fin de semana libre de mis insistencias, vendrás conmigo el viernes que viene a la fiesta de colores fluorescentes que se celebra cada año en casa de Susan Miller.

—Jackie, sabes que te quiero, eres mi mejor amiga y siempre lo serás.

—¿Entonces vendrás?

Me da pena romperle la ilusión, conociéndola, seguramente haya estado leyendo algún artículo para intentar comprenderme mejor.

—No me has dejado terminar, pero de ¿qué conozco yo a esa Susan Miller? Además, ¿qué es eso de los colores? ¿Acaso vamos a ser las piezas de un parchís? No le encuentro sentido a esa temática.

—Es que no se trata de que los conozcas, eso no importa demasiado, porque si vamos tendremos oportunidades de hacerlo. ¡Y además los colores son divertidos! Nos pintaremos la cara, y los pechos —agrega maliciosa— ¡Brillaremos en la oscuridad como estrellas!

—¿Por qué mancharía gratuitamente mi ropa? ¿Sabes la pereza que me da tener que frotar para que salgan las manchas?

—¡Pues las limpias en mi casa!

—La señora Dixon ya tiene trabajo suficiente con tus padres, no veo necesario agregarle más. No está bien, Jackie.

La señora Dixon es la afable mujer mayor que limpia en la casa de los Baker, me agrada mucho porque siempre tiene una gran sonrisa para todo el mundo.

—No me hagas eso Crys, suficiente desaparecida estás últimamente. He tratado de no decírtelo, pero me preocupas, ¡Te estás volviendo más antisocial si cabe! Llevas dos meses que apenas y me respondes a los mensajes. Muchas veces ni contestas mis llamadas, cuando antes siempre lo hacías, y ¡Charlie y yo solamente te vemos durante estos tiempos de descanso! —demanda indignada— Porque te conozco demasiado bien para saber que no sería posible que me mintieras, pero otra pensaría que te has echado un novio y ahora pasas de nosotros…

Dejo de masticar durante un segundo en el que me ordeno a recomponerme con velocidad. Soy consciente de que estos dos últimos meses me he alejado un poco de ellos como un vano intento de que no descubriesen nada.

Me siento muy culpable por tener que mentirla y más ahora que acaba de decirme que confía en mí. Sin embargo, es imperioso que el acuerdo con Blake siga siendo un secreto, ya no solo por la vergüenza que me daría explicar toda la situación que tuve que pasar para llegar hasta aquí, sino porque él siempre está esforzándose para mantener su profesión en secreto. Yo no soy quién para exponerle de esa forma, no, no es solamente mi secreto el que se vería afectado en todo esto, sino el negocio y trabajo de alguien más. Un trabajo por el que, además, firmé un acuerdo de confidencialidad, y que de ser incumplido deberé abonar una serie de ceros con los que me mareo. Sé que, si se lo explicase, Jackie lo comprendería, porque ante todo valora la lealtad.

Si quiero seguir manteniendo esta farsa, también debo ceder en otros aspectos que no me gusten, además, es Jackie, quien siempre ha estado ahí para mí, no se marcharía por algo así.

—Tienes razón Jackie, he estado algo desaparecida últimamente porque me he tenido muchos trabajos y exámenes en la universidad —alego tratando de ceñirme a la verdad todo lo posible— iré.

—Entiendo que tengas trabajos y muchas cosas que hacer, pero ¡te he echado tanto de menos! —celebra rodeándome con uno de sus

228

brazos por el cuello, abrazándome con fuerza— ¡Gracias! ¡Vamos a arreglarnos como las diosas que somos!

Me alivia saber que por lo menos de momento, Jackie me cree.

Las clases transcurren con rapidez. En cuanto regreso a mi casa intento repasar las lecciones de hoy y adelantar trabajos antes de que venga Blake, aún tengo que entregarle uno de los trabajos de investigación que lleva retrasado.

El tipo es todo un desastre en cuanto a la organización se trata. Todavía no sé cómo ha podido estar compaginando su trabajo con las clases, resulta casi un milagro que haya llegado hasta donde está. Sin embargo, creo que debería ser sincera conmigo misma y reconocer que no es el idiota que había creído, ya que durante estos dos últimos meses a su lado me he dado cuenta, asombrada, de que es muy inteligente.

Quizás no lo demuestra de forma seguida, pero en algunos momentos permite que me sienta cómoda conmigo misma, y más allá de las bromas que hace, no prejuzga de verdad. En el fondo he aprendido que sus bromas no deben tomarse en serio, a pesar incluso de que me meta en aprietos como el de este mañana. De hecho, puede que sea un patán con las palabras, pero en la cama consigue que me sienta bien y ese es el único motivo por el que me gustan tanto las sesiones con él. En ellas, estoy aprendiendo a conocerme a mí misma, las cosas que me gustan hacer y aquellas que me gustaría recibir. Blake tiene una gran capacidad adaptativa para estas cosas.

Cuando quiero darme cuenta el reloj marca las seis, e inmediatamente suena el timbre. Con él, una pequeña descarga eléctrica recorre todo mi cuerpo. Después de que termine la sesión de hoy, me he propuesto comenzar con las clases que acordamos. Necesito aprender a desenvolverme mejor, si lo consigo, evitaré que Jackie siga sospechando sobre el novio. Sólo tengo que volverme más segura de mí misma, como si fuera tan fácil. No importa por ahora, mejor paso a paso, voy hasta el telefonillo y respondo.

—¿Sí?

—Tú pizza calentita está aquí, Moore.

—¿Traes pizza?

—De verdad, debes ver más porno —escucho que responde antes de traspasar la puerta del portal.

Dejo abierta la entrada de mi apartamento tal y como he estado haciendo estos últimos meses, y me encamino a terminar de preparar

229

uno de los trabajos que debo darle. Desde mi habitación, escucho que entra y cierra la puerta.

—Me sorprende que viviendo en esta ratonera puedas desaparecer con tanta facilidad.

—¡En mi cuarto!

Sólo me queda encuadernar el trabajo. Percibo sus pisadas acercándose y, al cabo de unos instantes, lo encuentro apoyado contra el marco de la puerta, observándome con interés.

—¿Será por lo pequeña que eres?

—No soy tan baja.

—Quizás no tanto como la media, pero más que yo desde luego que sí, lo cual te convierte en un enano de jardín.

—¿Perdona?

—Aunque debo admitir que eres eficiente, ¿quién se encuaderna sus propios trabajos? Hasta donde sé, eso te lo suelen hacer en las papelerías.

—Así me ahorro dinero.

—Rácana.

—Más bien, pobre. Además, la presentación es diferente.

—Eso seguro, varios profesores ya me lo han comentado, están sorprendidos por la calidad de mis últimos trabajos, creo que deberíamos bajar un poco el nivel para que tampoco sospechen.

—¿Bajar? ¿Pretendes que lo haga algo mal a propósito? No puedo, sentiría que estaríamos atentando contra cualquier inteligencia básica —afirmo sorprendida terminando de encuadernarlo— Toma, ya lo tienes.

Él se aproxima hasta el escritorio, y todavía sin coger su trabajo, se acerca todavía más a mí.

—Entonces —murmura seductor recolocándome uno de los pelos que se me ha escapado de la coleta— ¿prefieres que atentemos contra tus límites?

No agrega nada más, sino que desciende recorriendo suavemente con el dedo el contorno de mi cara hasta llegar a la barbilla. Todavía no logro controlar ese efecto que tiene sobre mí, en el que provoca que se me corte la respiración durante unos escasos segundos.

Le observo detenidamente, intentando comprender cómo diablos puede ser tan atractivo, y una de las pocas respuestas que se me ocurre siempre es la referida a sus ojos. Estos son del color de la tormenta que se cierne expectante antes de una tarde lluviosa. Sí, no puedo encontrar mejor metáfora que esa para describir lo que desata posteriormente en mí.

Él es la tormenta y yo soy la electricidad.

—¿No respondes Moore?

Esa es su pregunta de seguridad, siempre la realiza para estar seguro de que ambos estamos de acuerdo con lo que sea que ocurra a continuación.

—¿Tienes la confianza necesaria, para atentar contra mis límites? —rebato, interesada, aportándole un sentido afirmativo a la frase.

—Sabes que siempre te llevo al límite.

Por supuesto que lo sé. Aiden pega su frente a la mía, y acto seguido se acerca para devorar mis labios entre los suyos. La tormenta impacta contra mí. Las intensas sensaciones de placer me embargan, le rodeo el cuello con mis brazos para acercarle mucho más y profundizar el beso. Tal y como me ha enseñado a hacer estos meses atrás, le acaricio y cuando no se lo espera, le capturo su lengua entre mis labios, succionando un poco, para terminar entrelazándola con la mía.

Le quito la gorra que siempre trae, es el añadido que forma parte de su traje de camuflaje. Una de las cosas que he aprendido durante estos dos meses es que me encanta acariciarle el pelo cuando lo beso, me hace sentir poderosa. ¿Esto es debido la acción o es él? Yo prefiero decantarme por la primera respuesta, pues la segunda demostraría una implicación emocional que no puedo permitirme.

Las ropas de ambos terminan en el suelo y le obligo a tumbarse en la cama de un empujón. En ese momento escucho que se le escapa la risa.

—Has avanzado bastante en el empujón, Moore. Ya lo haces con mucha seguridad, aunque recuerda que es importante también cómo te subes encima.

—¿Qué te parece así?

—No apartes la vista.

Él no retira la suya propia, por lo que me concentro otra vez en sus ojos. Dios mío, me pone tan nerviosa que me observe con esa fijeza. Sin poder resistirlo, cierro los ojos y profundizo el beso, intentando perderme en las sensaciones. Aiden va acariciándome los muslos desnudos, subiendo hasta la espalda, donde me desabrocha el sujetador con una mano y éste cae abandonado sobre la cama.

Después, le beso y lamo detrás de un punto debajo de la oreja, donde el otro día descubrí que tenía un punto erógeno, él reacciona soltando el aliento. Sonrío complacida, sus respuestas no son exageradas como siempre había visto reflejar en las películas. Cada vez que identifico y aprendo sobre una nueva me produce mayor ilusión que si lo fueran. Acaricio su tersa piel, entreteniéndome en la dureza de sus abdominales.

He decidido no sabotearme a mí misma como hacía las primeras veces, no importa si la única forma de conseguir a alguien como él sea pagando o por medio del trueque, esto lo hago por mí misma, por la confianza que sé que puedo ir adquiriendo a su lado. Eso debe valer más que pasarme toda la noche en vela estudiando y haciéndole los trabajos.

En cada caricia, roce o beso no existen prejuicios, ninguno juzga al otro, podemos ser dos cuerpos disfrutando de las sensaciones propias y de las respuestas ajenas. Nos vamos indicando por medio del lenguaje no verbal dónde nos gustaría que nos tocasen, y en caso necesario, la forma de hacerlo.

—Más suave, más delicada —recomienda cuando paso la mano cerca de la línea del bóxer —Es como un juego entre los dos, provocas y te retiras.

—¿Esto te provoca?

Le acaricio el interior del bóxer y retiro la mano, provocándole.

—Sí.

¿Desde cuándo una respuesta afirmativa tiene ese poder de encenderme tanto? Vuelvo a introducir la mano y a tientas, le acaricio de arriba a abajo el miembro. Sigo las indicaciones de sus expresiones y jadeos, más rápido, lento, rápido, lento...

Pruebo a darle una utilidad a los testículos, por lo que con la otra mano los acaricio, y el sonido que produce me alienta a seguir con los movimientos circulatorios.

Me maravilla poder observar cómo el pene se va incrementando bajo mi tacto, y más aún saber que soy la responsable de ello. Me hace sentirme poderosa y alentada por sus sensaciones, le doy un beso en la suavidad de sus labios. Aiden se muestra confundido y sonrío avergonzada.

—Quería hacerlo.

—¿Y no metes lengua? Un negativo, Moore.

—¿Me acabas de poner un negativo? ¡Yo jamás he recibido un negativo!

¡Eso sí que es indignante! Sin embargo, él parece divertirse con mi respuesta.

—Ah, pero acabas de tener uno. ¿Qué es lo que piensas hacer para revertirlo?

—Ummm… ¿te rompo los bóxeres?

—Aprecio mi ropa, siguiente opción.

—¡Vale, sí! ¡Lo tengo!

Estoy emocionada con la idea que se me acaba de ocurrir. Primero localizo un antifaz que tengo en la mesilla de noche para dormir y se lo pongo tapándole con él los ojos, espero que funcione porque solo lo he visto hacer en una película. Después, rebusco en mi cajón el objeto que necesito, mientras tanto él permanece quieto en la cama.

Al final, localizo unas bragas limpias y les doy varias vueltas hasta que parezcan unas esposas. Aún privado de la visión, le introduzco ambas manos dentro de ellas, dejándole amarrado. Santo bendito, esta visión de verle atado me pone el corazón a mil.

—¿Hola?

—Sí, sí, estoy aquí.

Salgo del shock en el que me encuentro y me acerco a quitarle los bóxeres para dejarle completamente desnudo. Al contemplarle así de expuesto, me subo totalmente excitada a horcajadas sobre él.

—¿Qué tal esto? ¿Conseguí revertir mi negativo?

—Sí. Has tenido una buena idea, aunque ahora deberás trabajártelo para mantener el listón alto, porque ya no puedo verte, así que debes estimularme de otras formas. Lo bueno, es que al perder el sentido de la vista…

Amo ese jadeo que emite cuando le lamo por la zona del vientre.

—El resto se incrementan. —completo maravillada por él.

—Exacto.

Sigo experimentando, probando con diferentes caricias, y en el instante en el que voy a ponerle el condón, su voz me detiene.

—No, espera, tengo que comprobar que estés lista.

—Lo estoy.

Estoy impaciente, ¿por qué debe retrasarlo más? Si puedo notar la humedad entre mis piernas.

—Eso lo decidiré yo. Ven aquí. No. No hace falta que te vayas. Solamente quítate las bragas y siéntate sobre mi boca. Voy a explotar el sentido del gusto.

Esta frase provoca una descarga en mi clítoris que pulsa ansioso, le obedezco y vuelvo a subirme sobre su pecho preocupada de pesar demasiado. Sin embargo, él no da muestras de que le moleste.

—Acércate más, sin miedo. Vas a tener que abrirlo por mí, porque me tienes atado y además no veo nada.

Me abro los labios vaginales y me dejo caer ligeramente sobre sus labios. Durante la fracción de segundo que tarda en sacar la lengua y acariciarme con ella el clítoris expuesto, percibo a mis sentidos agudizarse expectantes, como si fuera yo la que hubiera sido privada de la vista y no él.

En el caso de que hubiera algún sentido que fuera censurado, probablemente sería el de la razón, ya que mi corazón se desboca en cuanto comienza a lamerme en círculos sobre la carne tierna. En algún punto entre mis nublados pensamientos, percibo cómo desliza su lengua por mi vagina, tratando de probar la humedad de su interior, y esto me catapulta más rápido al orgasmo. Sólo necesito un vistazo sobre su cara tapada, y los brazos atados por encima de su cabeza para lograr alcanzarlo. Su exposición ante mí unido a la tortura que está provocándome sólo con la boca, desemboca en un orgasmo intenso y potente que oscurece mi visión y borra cualquier reflexión. Mis músculos se contraen y exploto en su boca, avergonzada.

—Ahora sí estás preparada. —sentencia con la voz ronca y una sonrisa orgullosa en la cara.

Con el sólo hecho de haber pronunciado esa frase, mi cuerpo desestima automáticamente que acabe de llegar al orgasmo. Con esas palabras acompañadas de un lametón juguetón, mi clítoris salta anhelante de sus caricias.

¿Un cuerpo puede reconocer la manera de tocar de otra persona? Porque sorprendentemente el mío lo hace.

—¿Y tú?

—Debes ayudarme un poco.

—¿Cómo?

—De una forma similar a lo que yo hice contigo.

—Ah… creo que ya sé.

Desciendo hasta situarme entre sus piernas y una vez allí, sostengo el pene entre mis manos, sin saber muy bien que hacer.

¿Puede que sea…? No lo pienso mucho y me lo introduzco a la boca.

—Eh… mejor eso no. —responde en un gruñido.

—¿Por?

—Porque te he pedido que me ayudes, no que me mates.

—Pero tú lo hiciste conmigo así…

—Es distinto, por lo general, las mujeres soléis recuperaros más rápido que los hombres. Nosotros necesitamos un poco más de tiempo. Solo hazlo como antes.

Trato de retomar el ritmo que había sido hace unos momentos y en cuanto observo que vuelve a excitarse, no puedo evitar hacerlo yo también. Las expresiones que compone me animan a seguir, y cuando ya lo siento completamente henchido, le coloco uno de los preservativos de la caja que ha pasado a formar parte habitual de mi mesilla desde que comenzáramos con todo esto.

Compruebo que esté bien puesto, no vaya a ser que se produzcan sorpresas, y me coloco encima de él. Le beso una vez más y le acojo en mi interior. Me clavo en su cuerpo, deleitándome con cada sensación que me recorre todo el cuerpo, estudiándola y disfrutándola, hasta que finalmente termino explotando en un orgasmo mucho más potente e intenso que el anterior. Una vez saciada, me dejo caer sobre su pecho exhausta y sudada mientras oigo su corazón palpitar agitado contra el mío.

Poco a poco noto como su ritmo se va normalizando, acompasándose con el mío.

—Oye, Moore ¿Vas a quitarme este vendaje que has improvisado? No veo nada y no sé cómo me has amarrado a la cama, pero no puedo extraérmelo.

—Uy perdona, lo había olvidado de lo a gusto que me había quedado

Me levanto de encima de su pecho y me acerco solícita a quitarle la bufanda de los ojos. Tras esto, rompo con unas tijeras el hilo de lana con el que había atado mis bragas a la cama. Cuando me giro a encararle, me percato de su mueca horrorizada.

—¿Qué es esta cosa?

—Mis bragas.

—Sí, pero ¿qué hacen en puestas en mis muñecas?

—¿Debería haber usado otra cosa? —pregunto indecisa— aún no estoy lo suficiente versada en este mundillo.

—No se trata del objeto en sí, sino en lo poco atractivas que resultan. ¡¡Tienen dibujos!! Eso es lo más antierótico posible, ¡y yo creyendo que me habrías puesto una lencería sexy! ¿Cómo puedes seguir llevando esto?

—A mí me parecen cómodas. ¿Debería cambiarlas?

—¿Todavía me lo preguntas? —exclama como si no pudiera creérselo— ¡con esto puesto no se te acercarán ni las hambrientas palomas del parque!

Dicho esto, se acerca hasta mi armario y comienza a rebuscar con brío.

—Oye, ¿qué haces?

—¿Esto es todo lo que tienes?

—Sí.

Sé que no tengo mucho donde elegir, pero que sea un hombre quien me lo diga, me hace ser mucho más consciente de ello. Bueno, quizás esto supondrá algo positivo para mí a la larga.

—No queda otra, tenemos que hacer algo para remediarlo.

—¿El qué?

Blake se lleva las manos a las caderas resuelto a poner en marcha un plan que desconozco. Eso me inquita de alguna manera.

—Teniendo en cuenta lo desastre que eres respecto al vestuario, no me queda otra opción.

—Oye…

—No solamente eres un gnomo de jardín en estatura, sino que hasta ellos visten con más gracia y color que tú.

—¿Y qué es lo que planeas hacer?

—Por supuesto que tengo que ayudarte a resolver esto.

—Pero eres un chico.

—¿Y eso que tiene que ver? ¿Quién te va a asesorar mejor que un hombre si lo que quieres es destacar?

—A ver, no busco precisamente destacar… solamente desearía poder encajar mejor y no trabarme cuando hable con algún miembro del género opuesto. Ya sabes que me resulta muy incómodo.

—Pues conmigo no pareces muy incómoda que se diga, hasta me atrevería a decir que en ocasiones te expresas de más.

—Eso es porque a veces solamente deseo matarte.

—Touché por esa sinceridad. —comenta vistiéndose de nuevo— De cualquier manera, también tenemos que hacer algo con tu forma de expresarte.

—¿Qué le pasa a mi forma de expresarse?

Ah, eso sí que me ofende. Puedo tener muchos defectos, pero mi capacidad de expresión no es uno de ellos.

—Entre otras cosas que cada vez que hablas parece que estás dando una ponencia.

—¿Tienes algún defecto más que sacarme?

—Muchos más, aunque no debes preocuparte por ello, son cosas que vamos a ir puliendo para que adquieras la confianza que querías conseguir.

—Tú también tienes muchos defectos, no eres perfecto, por ejemplo, tienes un carácter muy difícil.

—Cierto, pero la diferencia es que tú me estás pagando para que te ayude a desarrollar la confianza en ti misma, y no vas a ganarla si sigues escondiéndote bajo ese caparazón. Debes aprender a quererte a

236

ti misma, y para ello será mejor que aprendas a sacarte todo el partido que te mereces. ¿No crees?

La contundencia y veracidad de esa respuesta me deja sin saber qué responder. Tiene razón, no voy a lograr el objetivo que busco si continuamente me frustro a mí misma en el camino, puede que lleve razón en eso de que necesito un cambio, y, de todas formas, no pierdo nada por internarlo, ¿no?

—Me tengo que ir, nos vemos el sábado a las 9 de la mañana.

—¿A las 9?

Odio madrugar los fines de semana, ya que los viernes por la noche me gusta quedarme hasta bien entrada la madrugada viendo alguna serie o leyendo un buen libro.

—Te enviaré la dirección por WhatsApp. No me hagas esperar, ya sabes que mi tiempo vale oro.

Sin agregar nada más, sale por la puerta de mi cuarto dejándome con la palabra en la boca.

¿Esta propuesta podría considerarse una sesión para ensayar una posible cita?

Lo verdaderamente sorprendente es que mi respuesta a esa pregunta no implique algo negativo por mi parte.

En realidad, creo que, si saliera con él a una cita improvisada, podría llegar a disfrutar de ella y eso es algo que, siendo sincera, me aterra.

CAPÍTULO 14

CRYSTAL

No debería ser legal que nadie, a menos que tenga que trabajar —y aun así este caso presenta serias dudas— debiera de madrugar a las ocho de la mañana solamente para prepararse.

Todo eso a causa de que un prostituto de dudoso carácter haya decidido que es necesario que tenga mi glow up un sábado a las nueve de la mañana. ¿Quién madruga para su transformación? Eso sólo se suele hacer cuando tienes que cumplir con ciertas obligaciones, no para una situación que debería disfrutarse, ¿no? Ni si quiera las tostadas que me estoy comiendo me ayudan a pasar el mal trago del madrugón. Encima la noche anterior no pegué ojo debido a la ansiedad y a la emoción que me produciría ir con él a un sitio público.

En cuanto termino de desayunar, observo mi reflejo en el espejo antes de lavarme los dientes. Ese idiota ya puede ser el hada madrina de Cenicienta, que ni con auténtica magia conseguirá cambiar estas ojeras causadas por las noches interminables de estudio.

Por supuesto que disto mucho de aproximarme siquiera a parecerme a cualquier beldad con las que le he visto relacionarse en la universidad, pero si Blake asegura que podrá ayudarme, supongo que debería confiar en él. No pasa nada por ir de compras, será divertido, aunque si se asemeja siquiera a ir de compras con Jackie, será tan divertido como sacarme una muela.

Una vez más, desestimo los pensamientos negativos mientras me pongo una sudadera negra y unos pantalones deportivos a juego. Con esto está bien, si va a obligarme a caminar tanto como Jackie, más me vale ir preparada.

La ubicación que me ha mandado para reunirnos no es otra que una parada de autobús. Empiezo a preguntarme si no tendrá la intención de que nos desplacemos en ese transporte en particular y más teniendo en cuenta la animadversión que parece sentir hacia todo aquello que no "destile" elegancia y clase. La verdad, dudo mucho que piense subirse en un lugar cerrado en el que muchas veces huele a sudor.

No, definitivamente, ese esnob no se subiría a un sitio así, concluyo observando como varias personas se suben a uno y los veo marchar, tras negarle al conductor que vaya a entrar yo también.

Estudio mi reloj, preocupada por el cuarto de hora que me ha hecho esperar. Supongo que la puntualidad fuera del horario laboral no es su fuerte. No obstante, en ese mismo instante frena ante la parada un coche negro. Pese a que yo no comprenda de coches, puedo intuir que debe ser uno realmente caro. Lo contemplo elucubrando cuánto dinero se habrá dejado el propietario en él, cuando de repente, veo que se despliega el techo y se convierte mágicamente en un coche descapotable, es en ese instante en el que añado tres ceros más a las cuentas mentales que estuve haciendo.

Sin embargo, la verdadera sorpresa no es el coche en sí, sino la persona que está sentada en el lado del conductor.

—Sube —ordena Blake ajustándose las gafas de sol.

Miro hacia ambos lados por si veo a alguien que pueda conocerme, y al constatar que no hay nadie, abro la puerta tratando de salir de mi asombro. Voy a tratar de no cerrar muy fuerte, no sea que me toque pagar algún desperfecto.

—¿Esto es tuyo? —pregunto estupefacta observando los asientos de cuero— Sabía que los escort ganabais dinero, prueba de ello fue el dineral que ese ángel malvado de Michael me obligó a pagar, lo que no sabía es que os lo gastarais en esto.

—No es mío, es de Raguel. —responde saliendo de la parada.

—¿Raguel?

—El gemelo al que llamaste mafioso.

Supongo que se refiere al chico castaño que estaba en mi habitación cuando desperté durante el encuentro con los Arcángeles. Ay, Dios, creo debo disculparme por agredir al tal Raguel. Al fin y al cabo, no habían resultado ser los traficantes de personas que había pensado.

—Por cierto, ¿por qué has llegado tarde?

—Ah eso, tuve que pelearme con él para que me lo dejara.

—¿Con Raguel?

—Sí, a Raphael le gustan las motos y a Raguel los coches. Cómo se nota que son gemelos, a ninguno de ellos les agrada compartir sus cosas con los demás.

—Y si no quería prestártelo, ¿cómo le convenciste?

—Se lo robé. —desestima con una sonrisa cómplice.

—¿Qué? ¡Vas a ser abogado por el amor de Dios! No te vendría nada bien que denunciase la pérdida del coche, y mucho menos que nos descubriera allá donde fuéramos con él.

—Ah, pero no lo hará, le dejé una nota.

No conozco mucho al tal Raguel, pero por lo poco que vi cuando estuve en la casa de los Arcángeles, parecía una persona bastante dramática. Como si una constatación de ello, el móvil de Blake comienza a sonar.

—¿Descuelgo y lo pongo en manos libres?

—No, será Raguel.

—¿Qué? Y ¿qué hacemos?

Lo que ha hecho es ilegal, el tipo podría denunciarle con toda posibilidad por mucho que él no lo considere probable.

—Déjale, solamente quiere llamar la atención.

—Pero le has robado.

—Sí y no es como si fuera la primera vez que lo hago, así que ahora vamos a centrarnos en lo próximo que necesitamos comprar. Hace mucho que no voy de tiendas.

Lo siguiente que hace es poner la radio al máximo volumen. *"Diamodns"* se cuela por el altavoz y Blake comienza a cantarla al ritmo.

—No sabía que fueras fan de Rihanna, no te pega nada.

—Perdona, pero ¿quién no puede ser fan de esa mujer? Es una diosa musical.

—Yo te imaginaba escuchando algo diferente.

—A ver, sorpréndeme, Moore, ¿qué creías que escuchaba?

—Electrónica.

Siempre lo había creído por su forma casual de vestir. Hoy va ataviado con unos vaqueros, una camiseta blanca y la gorra negra. Sin duda, y aunque siga estando buenísimo, vestido así no parece un prostituto, más bien un chico normal.

—Realmente me gusta de todo un poco.

—A mí también, no entiendo cómo la gente puede tener un estilo favorito habiendo toda la cantidad de opciones que existen, me resulta muy complicado decantarme por uno en específico.

—Totalmente de acuerdo.

Parece complacido con que tengamos la misma opinión, eso me hace sentirme conectada a él.

—Por cierto, ¿a dónde vamos a ir?

—Me sorprende que te hayas montado si quiera en mi coche, y más aun teniendo en cuenta que la última vez que amaneciste en nuestra casa, casi le rompes todo el mobiliario a Uriel. Te cuesta confiar en la gente ¿eh?

—Bueno, en honor a la verdad me llevaste allí inconsciente, no puedes pretender que reaccionase de otra manera al despertarme.

—¡Te salvé la vida!

—Y te agradezco una vez más por ello.

—Bueno, respecto a tu pregunta vamos a ir un centro comercial que hay cinco pueblos más al sur. Allí no habrá nadie que nos reconozca.

Aunque soy plenamente consciente de que nuestro acuerdo implica máxima discreción y que eso conlleva acudir a sitios donde nadie pueda conocernos, no evita que sienta una punzada de decepción. Sin embargo, la aparto rápidamente, ¿cómo iba a desear que alguien me relacionara con él? ¿y más aún que me vieran yendo de compras, suscitando con ello habladurías innecesarias? Debería terminar dando muchas explicaciones, sobre todo a Jackie, quien misteriosamente siempre se entera de las últimas noticias con asombrosa rapidez.

—Desde que me mudé a Pittsburgh jamás he salido de la ciudad.

—Entonces, sin duda, eso es algo que tenemos que empezar a cambiar.

El centro comercial que se encuentra a las afueras de la ciudad de Belle Vernon y que recibe el nombre de esta, tiene unas dimensiones desproporcionadas. Posee alrededor de trecientas tiendas, y cincuenta restaurantes. De acuerdo con lo que viene en el mapa descriptivo que cogí a la entrada, el lugar es espacioso y muy luminoso. La verdad es que había esperado acudir a un centro quizás más discreto, donde no hubiese tanta gente.

—Al contrario de lo que pueda parecer, que haya más gente incrementa las posibilidades de que podamos mimetizarnos entre ellos. Además, te puedo asegurar que nadie que puedas conocer frecuentaría este sitio.

—¿Por qué?

—La gente es perezosa, ¿crees que iban a desplazarse tantos kilómetros sólo para comprar?

Supongo que tiene razón, en primer lugar, ni yo misma me hubiera recorrido toda esta distancia que él ha decidido hacer y mucho menos para comprar, aunque eso sólo me llevaba a hacerme otra pregunta.

—¿Y tú por qué sí lo haces?

—Porque mis clientas son de Pittsburgh y sus alrededores, así que los chicos y yo tuvimos que buscarnos un centro donde nadie nos conociera.

—Espera un momento, ¿los Arcángeles venís aquí a comprar?

Eso sí que me sorprende, no esperaba que fuera a llevarme con él a un sitio que frecuenta con el resto de los escorts.

—No pensarías que nos gusta mostrarnos en sitios públicos ¿no? —demanda saber burlón— Nuestro trabajo requiere discreción.

—Entonces ¿por qué me has traído aquí? ¿No te supondrá un problema?

Trato de seguirle a duras penas, evitando dejarme llevar por la multitud. Estoy comenzando a agobiarme con tanta gente.

—Porque, para mi desgracia, tú ya formas parte de mis dos mundos, y, además, aquí no encontraremos otra cosa que no sea confidencialidad. Los chicos no se enterarán. Veamos ¿por dónde deberíamos empezar?

Me dejo guiar sintiéndome perdida en este sitio. Después de vagar por el centro comercial durante un buen rato en lo que yo creía sin rumbo fijo, Blake se para frente a una tienda que no había visto.

—Sí, sin duda necesitas ropa interior.

—¿Bella Donna? —inquiero extrañada con el nombre —Nunca había escuchado de esta tienda.

—Lo sé, es ropa interior italiana de alta costura.

Él se interna en su interior y yo le sigo a remolque unos pasos más atrás.

—¿Disculpa? —grazno horrorizada— Eso significa que debe costar un ojo de la cara ¿no?

—Toda transformación se paga. —declara tranquilamente estudiando unas braguitas de encaje rojo chillón, me las acerca tratando de estimar cómo me quedarían y eso sólo consigue que me ruborice— Hoy vas a tener que tirar de tarjeta, Moore.

—¿Has visto lo que cuesta esto? —le reclamo enseñándole un sujetador básico que cuesta cuarenta dólares— Jamás me gastaría esto en una prenda de ropa.

—Y sin embargo, lo harás. Aquí hemos venido a gastar.

—Escúchame, esto lo puedo conseguir en cualquier chino de mi barrio.

Él por su parte me mira horrorizado al escuchar esa declaración, la cara que compone es como si hubiera matado a sus futuros descendientes delante de sus narices.

—No me extraña nada que hayas terminado vistiendo así, si ni siquiera conoces los principios más básicos de la moda. Un chino no tiene la misma calidad que ofrece la alta costura.

—¿Pero de qué calidad me hablas? Por este precio, la ropa ya puede venirme bailando salsa que tampoco la compraría.

—Vives demasiado agobiada. Toma pruébate esto.

El conjunto interior que me pasa está hecho de encaje negro y viene con un liguero a juego.

—Pero no puedo pagarlo.

Es como si estuviera hablando con una maldita pared. ¿Tanto le cuesta entender que soy pobre?

—Shhhhh… al probador, si no quieres que te lo ponga a la fuerza.

De repente, me encuentro sosteniendo entre mis brazos un montón de ropa que ni si quiera le vi escoger. Después, me sujeta por los hombros y me conduce con paciencia hasta el probador, ignorando las quejas acerca de mi situación económica.

—¿Esto como diablos se pone? —exclamo una vez en el interior del probador sin saber cómo desenvolverme con tanta cinta que tiene esta cosa— Creo que debería recibir algún cursillo previo. ¿Las mujeres realmente usan estas cosas? Si tendrán que levantarse dos horas antes para ponerse todo este enredo.

—¿Quieres que entre a ayudarte?

Su voz resuena desde detrás de la cortinilla que nos separa. Me ruborizo profusamente al imaginarle entrando en el probador estando semidesnuda.

Vale que ya me haya visto de esta forma antes, pero hacerlo a la luz del día en un sitio público es totalmente diferente a la intimidad de mi dormitorio.

—N-no.

—Pues sigue quejándote y acabaré entrando —amenaza en tono burlesco.

Me enfrento como puedo a la maraña de cintas que supone el conjunto de dos piezas y el liguero azul negro que me ha pasado. En cuanto voy a meter el pie por una de las cintas que sospecho que serán las bragas, no calculo bien y me enredo con otra cinta diferentes, resultando que me caiga sobre la cortinilla tras la que se encuentra.

—¡Joder!

Choco contra su silueta. Aiden me captura entre la cortinilla y sus brazos. El calor de su cuerpo traspasa la maldita tela y me ruborizo de nuevo.

Bueno, al menos no me he saltado los dientes contra el suelo. Ahora sólo queda tratar de mantener la dignidad estando semidesnuda y con el conjunto por la pantorrilla.

—La que estás liando para ponerte unas simples bragas. —gruñe estabilizándome, todavía sin entrar.

—Ya te lo he dicho, esto es muy difícil de poner.

—Basta, voy a entrar.

—¡¿Qué?!

Trato de negarle la entrada, pero al encontrarme inmovilizada por el cacharro de tortura que supone esta prenda, no consigo nada.

—No seas puritana, Moore. Ya te he visto desnuda antes. —alega entrando a la fuerza, cierra la cortinilla y mirándome fijamente, ordena— Date la vuelta.

Obedezco como un autómata, intentando procesar lo que está ocurriendo dentro del vestidor.

—¿Qué vas a hacer?

—Ponértelo, por supuesto. —comenta con ese aire seductor tan característico, como si estuviera acostumbrado a hacer esto todos los días. Se inclina de rodillas en el suelo, justo frente a mis pantorrillas desnudas, y recogiendo con cuidado el amasijo de cintas que ha terminado en el suelo, murmura— No puedes tratar este tipo de prendas como lo haces normalmente. Tienes que ser delicada.

Esa recomendación pronunciada en voz baja y profunda me obliga a tragar saliva, sin poder apartar la mirada de su quehacer a través del espejo. Por medio de los movimientos de sus manos, me ordena que introduzca una pierna, y luego otra. A continuación, va subiéndome la prenda con una lentitud que parece que quisiera torturarme, y de alguna forma, lo está consiguiendo, pues noto como voy tensándome con su cercanía. En cuanto termina de subírmela, se incorpora y sujetando la cinta con la que casi me mato antes, me la ata con dedos expertos en la espalda, muy concentrado.

—Y ahora el sujetador —señala dispuesto a quitarme la sudadera.

—Suficiente.

No creo que pueda seguir aguantando más tiempo su cercanía. Me pone demasiado nerviosa, no logro acostumbrarme a ella. Me giro todavía con las bragas y la sudadera negra puestas y le echo del probador a empujones.

—¡Oye! ¿Así me lo agradeces? —me recrimina indignado desde el otro lado de la cortinilla.

—Te lo agradezco encarecidamente, pero puedo ponerme sola el sujetador.

—Ya veremos —comenta dudoso de mi capacidad. —Seguro que terminas dándote de morros contra el suelo.

Ignoro su comentario malicioso, y me levanto la sudadera, revelando el sujetador blanco deportivo que nada se parece al de encaje negro que me ha convencido de ponerme. Me concentro en ajustarlo correctamente a mi contorno del torso, y cuando estoy satisfecha con el resultado me contemplo en el espejo.

Es ahí, que recaigo en tres factores: el primero, que Blake ha acertado con la talla en ambas partes. El segundo que el sujetador me eleva demasiado los pechos, los cuales suelen estar caídos. Y el último y más horrible de todos, que la cinta que me ha abrochado antes en la espalda y que se encontraba independiente de las bragas delinea mis caderas, produciendo un efecto demasiado exótico para mi gusto.

—¿Ya? —pregunta impaciente.

—Creo que sí.

Él abre la cortinilla y. dudosa, me giro para mostrarle el resultado.

—No estoy convencida de que este sea mi estilo.

—Da una vuelta a ver.

Su voz parece más ronca, ¿serán imaginaciones mías? Desde luego que sí. Sólo está apoyado en la pared del probador tan tranquilo como siempre. Me vuelvo a girar para mostrarle la parte trasera, y le contemplo a través del espejo, esperando ansiosa su veredicto. Aiden agranda un poco los ojos y me alarmo por su reacción, ¿tan horrible estoy?

—Dios mío, ¡¿tan malo es?! —inquiero escandalizada notando cómo se le ponen las orejas rojas. Sin duda, debo parecer un payaso.

—Tienes razón, no creo que sea tu estilo —responde abstraído, aclarándose la garganta.

—Si ya lo sabía yo, es demasiado desvergonzado para mí, ¡se me ve el culo! ¿por qué me has dado este conjunto? ¿No se supone que tú eres el experto?

—Eh, hasta los más expertos pueden equivocarse ¿verdad?

Todavía no ha retirado su mirada. Le estudio extrañada a través del espejo, curiosa por su actitud. ¿Qué narices le pasa?

—¿Estás bien?

—Sí, venga quítatelo, no puedes ir así a ningún lado.

—Es lo que yo te decía, necesito algo más clásico.

—Ya tienes suficiente ropa clásica.

—Todavía no veo qué hay de malo con mi ropa. —replico removiéndome.

—Que es insulsa.

Blake me sujeta por las caderas desnudas, tocando la piel expuesta entre la cinta y las bragas. Su ligero roce me bloquea en el sitio y él aparta la mano. Con toda probabilidad serán imaginaciones mías, pero ¿no acaba de acariciarme la zona?

—¡Oye!

Me ayuda a quitarme la cinta y en cuanto va a comenzar a deshacerse del sujetador, me doy cuenta de que es el momento adecuado para intervenir.

—Puedo quitarme el resto sola.

—Venga, pruébate el siguiente.

Acompaña esa frase con un pequeño azote en mi culo, y antes de salir del probador, añade con una sonrisa pícara.

—¿Seguro que no me necesitas? Puedo echarte una mano con el tanga.

—Fuera.

Él se marcha entre risas burlonas, y me sonrojo aún más. Es un hombre exasperante. Nunca puedes saber por dónde te va a salir… quizás, aunque esté quejándome, podría acabar resultando ser una cualidad más que un defecto, ya que nadie querría terminar con una pareja de aventuras aburrida, que nunca supiera qué decir. Pruebo con la siguiente prenda, la cual parece consistir en una braguita roja y un sujetador a juego.

Son super fáciles de poner, si me quedan bien, me llevaré esto por la comodidad. A continuación, me contemplo en el espejo y debo contenerme para no echarme a gritar. La braga es tan minúscula que por poco más y se me mete entre los labios de la vagina.

—¿Qué pasa ahora? —demanda saber perdiendo la paciencia, abriendo la cortinilla.

—¿Quién se pone algo tan apretado? ¡No hay que tener vagina para usar esto!

—Descartado. Sigue probando.

Lo intento con el conjunto del liguero que me había dado al comienzo y cuando logro entender el funcionamiento de este, comparto mis pensamientos con él.

—Creo que esto es demasiado complicado para usar a diario. Sin embargo, parece que se ajusta un poco mejor a mí.

—¿Con cuál estás?

Abre la cortinilla y me giro para mostrarle todo mejor, las cintas de las piernas me oprimen un poco por los muslos, pero el culote y el sujetador me quedan como un guante, él asiente conforme.

—Creo que este podría valer.

247

—¿Pero no me has escuchado? ¡No puedo usarlo diariamente!

—Esto no tiene por qué ser para uso diario.

—Entonces, ¿para qué?

—¿Cómo crees que voy a poder dejarte salir al mundo siendo tan inocente todavía?

—Ah, espera… dices que es para…

Mierda, ¿cómo no lo he podido ver? No es para uso diario, porque es para utilizarlo con tu compañero sexual. Él asiente divertido con mi reacción.

—Exacto. Inténtalo con el tanga, creo que, por tu forma de cuerpo, es seguramente lo que mejor te quedará.

—¡Pero yo jamás he utilizado un tanga antes!

—Entonces es un excelente momento para empezar a hacerlo. ¡Deja de quejarte!

Obedezco una vez más, y lo primero de lo que me percato cuando recojo el tanga verde oscuro es que resulta ser más ligero que el resto de las prendas. Eso me agrada debido a la complejidad de las anteriores, por lo que, tras deslizarme dentro de él, y ponerme el sujetador que viene a juego con él, me doy cuenta de que ambos me quedan como un guante.

Blake tenía razón, esta es la ropa interior con la que más cómoda me he sentido hasta ahora. No importa que la tira de atrás se haya metido entre mis glúteos, el conjunto en sí se siente muy ligero, como si no llevara nada y esa sensación me encanta.

—Creo que quiero diez de estos.

Blake abre la cortinilla para curiosear dentro y, al verme, también asiente conforme con la elección.

—Sí, te llevarás definitivamente varios de esos, y también varios de los culotes.

—¡¿De dónde voy a sacar el dinero?!— exclamo horrorizada, había olvidado por unos minutos la cuestión económica. Observo el precio del tanga que llevo puesto y el corazón comienza a palpitarme a mil —¡Voy a tener que prostituirme para pagar todo esto en una vida!

—Te morirías de hambre ejerciendo la prostitución. —comenta entre risas el muy idiota.

—¿Me estás llamando fea?

—No tienes experiencia, y encima ya no eres virgen.

—No veo la forma en la que ambas cosas, siendo contradictorias, no puedan sumarme un punto a favor en tu mundillo.

—¿Sabías que la virginidad se vende en algunos países? De hecho, se cobra muy bien.

—¿Cómo dices? —exclamo cayendo en la cuenta de sus palabras. Sabía por los libros que se vendía, pero no hasta qué cifra podían pagar los compradores— ¿Ahora podría ser rica?

—Supongo que sí.

Su risa me pone los pelos de punta. ¡Me ha estafado!

—Te pagué por mi virginidad y ¿ahora me entero de que podía haberla vendido por mucho dinero?

—La que puede, puede, y la que no paga…

Sin duda, le pudiera le lanzaría el espejo entero para romperle esa sonrisa burlona que me dirige.

—La verdad, preferiría que no me hubieras dicho nada.

—Venga, vístete y sal. Te espero fuera. —se despide echando un último vistazo a mi trasero expuesto con el tanga. —Sin duda, te hace un buen culo.

Vuelvo a ruborizarme, empiezo a preocuparme seriamente por las emociones ambivalentes que despierta este hombre en mí este. No obstante, me consuela saber que ningún comprador de virginidad se hubiera venido conmigo de compras como él lo ha hecho, así que debería suponer que he salido ganando igualmente con la opción que escogí ¿no? No importa incluso si no dispongo del dinero que hubiera ganado a cambio de mi virginidad, supongo que me llevo la experiencia y el aprendizaje que Blake me está proporcionando.

Con ese pensamiento en mente, termino de vestirme con la ropa que traía, y al salir me lo encuentro cargando una cesta nueva.

—Toma, mete aquí lo que vayas a llevarte de las cosas que te hayas probado.

—Vale.

Madre mía, qué rápido es, ya ha introducido varios modelos similares al conjunto del tanga y del culote que me había visto probándome.

—Creo que esto es demasiado.

—No empieces. Hemos venido a gastar.

—Ya me explicarás con qué dinero.

—Lo siguiente que compraremos será la ropa. No puedes ir moviéndote por el mundo en sudaderas y ropa deportiva —declara ignorando de nuevo mis quejas— Nadie repara en ti, porque te empeñas en vestir muy apagada.

—¿De verdad crees que el color que utilizo para vestir influye en la forma en la que me ven los demás?

—Por supuesto, también hay que tener en cuenta la actitud que muestras, pero los colores son muy importantes.

—No veo cómo podrían serlo. —confieso siguiéndole por toda la tienda.

—Socialmente estamos acostumbrados a asociar diversos significados a los colores, ya te sabrás la teoría, el color verde a la esperanza o al dinero, el blanco a la paz, pureza etc…

—¿Y eso qué tiene que ver?

—Mucho. Si vas a un bar y te encuentras con una mujer con un vestido rojo, te parecerá por lo general más sensual que una que lleve puesto uno marrón o, en tu caso, negro.

—¿Por qué el color rojo se asocia con la sensualidad?

—Y a la sexualidad, ¿con que color te crees que se iluminan los puticlubs?

—Pues yo creo que el negro también puede ser sensual.

—Sí, no estoy negando que no lo pueda ser, depende del corte y del estilo del vestido, pero generalmente las mujeres lo suelen utilizar para disimular partes que no les gusta de sí mismas.

—Ah, eso sí lo sabía.

De hecho, es ese el motivo principal por el que he estado utilizando el negro, me daba pavor llamar la atención. Sin embargo, ahora que me he decidido a interactuar un poco más con las personas, supongo que será una de las cosas que tendré que comenzar a cambiar, aunque sea un poco.

—¿Entonces qué me sugieres? —pregunto dudosa siguiéndole por la tienda.

—No digo que no puedas utilizar el color negro, al fin y al cabo, es muy elegante, pero pienso que deberíamos meterle algo más de color a tu armario. ¿Qué te parece este?

Me muestra un vestido color champagne escotadísimo, cortísimo y que se abre en la espalda.

—¡Es muy corto! Además, no creo que a mi tipo de pecho eso le vaya a quedar bien.

—De eso nada, pruébatelo, ah y ponte también este negro de lentejuelas.

—Al menos este tiene mangas, aunque sean cortas. —comento estudiándolo con atención, este parece más comedido que el otro— ¿Qué fetiche tienes con la espalda abierta?

—La espalda desnuda es un plus en el erotismo.

—¿En qué sentido?

—¿Quieres que vaya contigo al probador y te lo demuestre? —inquiere seductor, desencadenando en el centro de mi vientre un agradable calor.

Me ruborizo y trato de huir con los nuevos vestidos que me dio. No obstante, antes de llegar al probador escucho su voz alta teñida de diversión.

—También necesitas pantalones, faldas y alguna camiseta.

Le ignoro y me sumo en el interior del probador. Una vez en él, comienzo a probarme el vestido negro de lentejuelas, el cual cae hasta la mitad del muslo, revelando demasiada carne para mi gusto. Siento auténtica aversión hacia mis muslos, por lo que no estoy segura de que me vaya a encontrar muy cómoda vistiéndolo. Sin embargo, entre las dos opciones que me ha dado esta última es con la que intuyo que me sentiré más confortable. Además, debo reconocer que no me queda nada mal la espalda abierta.

—¿Ya lo tienes?

—Sí.

—A ver, enséñamelo. —ordena abriendo la cortinilla, le enseño el resultado dando una vuelta— Te lo llevas, ahora el otro.

—No puedes pedirme realmente que use esto.

—Ah, por supuesto que puedo.

—Pero ¿qué me pongo debajo de los tirantes? ¿Uso este sujetador?

—No, te he cogido otro tipo.

—¿Cuál?

—Este.

Ante mí me muestra un par de circunferencias de color rosa claro, embaladas en una caja de plástico.

—Nunca he sabido como ponérmelos. Son el diablo para mí.

—Se pega a los pechos y te los sujeta, se suelen utilizar con vestidos de tirantes o palabras de honor.

—Estás muy puesto en el tema.

¿Hasta dónde se supone que cubre sus funciones un prostituto?

—Se trata solamente de escuchar a las mujeres. —Después añade burlón— ¿Quieres que te los ponga yo, Moore?

—Creo que me las apañaré yo sola.

—Como quieras. —desestima tranquilamente levantando los hombros— Después, ponte uno de estos pantalones vaqueros, estoy seguro de que levantarán el culo, y así de paso confirmo que he acertado con la talla.

—¿Cómo diablos puedes saber mi talla?

Ni yo misma conocía qué talla de sujetador usaba. De hecho, cada vez que me tocaba ir de compras, solía escogerla a ojo.

—¿No es evidente? Es un cuerpo que estoy acostumbrado a ver y tocar, por supuesto que intuyo cuál podría ser tu talla. —informa en voz que solo puedo escuchar yo, ¿soy tan fácil como para que esa frase me produzca deseos de besarle? ¿Y cómo no hacerlo? el tipo sabe más de mí que yo misma— Venga, pruébate el vestido que te falta sin el sujetador y luego los pantalones. He añadido dos estilos de faldas que creo que te van a quedar bien, dos tops lenceros, una chaqueta y dos pantalones de cuero.

—¿De cuero? —exclamo abriendo los ojos un poco más— Eso sólo se lo he visto usar a las chicas malas en las películas.

—El estilo que te estoy confeccionando está entre roquero y clásico. Para empezar, creo que así estará bien, aunque vamos a tener que ir perfeccionándolo con el tiempo.

—¿Pero eso va a quedarme bien?

La verdad, no sé si voy a tener la confianza para llevar unos pantalones de cuero negros.

—Lo hará, tienes el cuerpo perfecto para lo que te estoy seleccionando. Ahora pruébate el vestido, vuelvo en un minuto.

—¿A dónde vas?

—A por unos zapatos, no puedes ir vistiendo siempre sólo con deportivas. Date prisa, en cuanto vuelva quiero ver cómo te queda el vestido.

—Vaale.

Bueno, no es como si pudiera quejarme por el dinero, ya que Blake se empeña en hacer caso omiso de ello, así que solamente me queda embutirme en este trapo. Cuando termino de ponérmelo, me estudio con ojo crítico en el espejo, sí sin duda es más corto que el anterior y expone más carne también. No obstante, no me queda tan horrible y apretado como hubiera imaginado, al revés, se adecua bastante bien a mis caderas y, aunque sea escotado, no se perciben los pechos caídos. Ese idiota tiene buen gusto.

Le espío a través de la cortinilla para buscarle entre los clientes de la tienda, y al localizarle, me percato de que está coqueteando descaradamente con una de las dependientas mientras le enseña unos tacones.

—No puedo creerlo. ¡Tiene que ser un putón hasta comprando!

—¿Disculpa? —pregunta ofendida una joven que está en el probador de al lado.

—Eh… no me refería a usted…

Ella no me dirige ni una mirada y cierra con demasiada fuerza la cortinilla de su propio vestidor.

—Vaya…sí que se lo ha tomado mal.

Regreso mi atención hacia donde está Blake. Podría llamarle a gritos, aunque eso dispararía mis picos de ansiedad, o quizás debería de probarme los pantalones que me quedan y terminar de cambiarme para salir, porque, desde luego, no es una opción viable salir con este vestido puesto atravesando la tienda. Al final, no elijo ninguna opción, pues justo en ese momento le veo acercarse con una sonrisa ladeada mientras me enseña orgulloso unos zapatos con demasiado tacón.

—¿Ya estás? Muéstrame ese cuerpo. Venga, da un golpe a la cortinilla y hazme una entrada estelar. —anima demasiado alto, ocasionando que varias personas se giren curiosas hacia nosotros.

—¡No seas tan escandaloso!

—Bueno, déjame verte —comenta internándose al vestidor. Una vez se encuentra en el interior, se pone serio de repente y añade— Ponte estos tacones.

—No sé caminar con ellos…

Esa altura me produce mareo sólo de verla.

—No pasa nada, por ahora vamos a probártelos —ordena, agachándose en el suelo para ayudar a ponérmelos.

Me apoyo en él para estabilizarme e introduzco un pie cada vez entre las cintas. No veo viable usar esto toda la noche —ni si quiera cinco minutos— pero a Blake parece darle igual y me abrocha las cintas con habilidad alrededor del tobillo, enviando fuego por todas mis terminaciones nerviosas. No quiero soltarle porque de hacerlo me daré de bruces contra el suelo, ya que no estoy acostumbrada a salirme de mi eje de equilibrio de esta forma.

—Vamos a observar el efecto ahora —comenta todavía desde el suelo, eleva la mirada hacia el espejo y sonríe descaradamente— Te hacen un culo increíble.

Le observo asombrada por su comentario dándome la vuelta lentamente, sin soltarme todavía de su apoyo, temiendo matarme en el caso de hacerlo, y sintiéndome más un cervatillo recién nacido, le transmito mis dudas.

—Te repito que no sé cómo andar con esto, voy a romperme la crisma.

Aiden comienza a levantarse y empiezo a temer que perderé la estabilidad. Sin embargo, en cuanto comienzo a tropezar, me sujeta con firmeza por la cintura, impidiéndome que me caiga. Tras esto, se coloca justo detrás de mí, trasmitiéndome su calor corporal y comienza a exhibirme ante el público imaginario que resulta ser el espejo.

—Estás fantástica ahora mismo —susurra contra mi nuca, erizándome el vello de los brazos— Aunque no se trata solamente de cómo vistas, también influye mucho la actitud que demuestres. Si te ves a ti misma como una diosa, todos pensarán que lo eres. ¿comprendes?

—¿Como una diosa? —tartamudeo nerviosa, su cercanía me pone altera demasiado.

—Sí —asiente depositando un suave beso sobre mi espalda desnuda, me revuelvo por el escalofrío que experimento y él se ríe por lo bajo— ¿Ves la importancia que tiene la espalda descubierta?

Estoy tan abstraída con su contacto que ni si quiera puedo contestar, por lo que Blake sigue hablando.

—Termina de probarte el pantalón y sal.

Me conduce hacia la silla más cercana y en cuanto abandona del probador, logro salir de mi ensimismamiento. Este idiota no deja de jugar conmigo, me recuerdo frustrada quitándome los zapatos. Una vez liberada, me saco el vestido y colocándome la sudadera, me termino de probar los vaqueros, que me quedan como un guante.

De todas las prendas que me he probado hasta ahora, esta es con la que más cómoda me he sentido de lejos. Satisfecha, me vuelvo a poner mi ropa y, mientras lo hago, me percato extrañada de que ésta ha sido la primera vez en la que me lo he pasado bien viniendo de compras. No obstante, el pensamiento no dura mucho, pues una de las etiquetas aparece ante mí y me entran los siete males. ¿Cómo he vuelto a olvidar el tema económico? Esto es demasiado, me apoyo en la silla mareada. Tengo que ser realista, es imposible que en mi situación actual pueda pagar esto. Encima, este hombre sigue añadiendo ropa a la cesta como si estuviéramos en un mercadillo de segunda mano. Salgo del probador y le localizo en la sección de pantalones, al verme aproximarme, me contempla interesado.

—¿Cómo te estaban? ¿Era de tu talla?

—Sí, aunque he visto el precio del vestido y de los pantalones. No dispongo de ese dinero, ¿cómo piensas que lo pague? —inquiero horrorizada al verle introducir dos pantalones vaqueros nuevos, y arrebatarme el que me acabo de probar— ¡Deja de coger cosas como si fueran gratis! ¡¿Eso es una montaña de ropa?!

Todo eso debe costar al menos varios miles de dólares.

—Amiga, no creerás de verdad que antes de traerte no contaba con que eras pobre ¿no?

—¿Entonces por qué me trajiste aquí?¿Piensas pagarlo tú?

Ahora es mi turno de mostrarme escéptica mientras observo como deposita unos botines negros en la bolsa.

—¿Yo? ¿Acaso me ves cara de benefactor de la caridad? —demanda saber burlón.

¡¿Me acaba de llamar caso de caridad?! Será asqueroso, este tipo puede hacerte sentir tanto cosquillas en la espalda como a los cinco minutos llamarte caso de caridad. Si es que sólo consigue enfurecerme.

—¿Cómo osas a llamarme caso de caridad? ¡No te dejaría que me lo pagaras ni en mil años!

—No hará falta tampoco, esto lo va a pagar Michael.

—¿Cómo? —grazno horrorizada ante la horrorosa perspectiva del que el jefe de los Arcángeles me vaya a pagar cualquier prenda. Antes de entrar en crisis, necesito corroborarlo— ¿Te refieres al tipo que casi me denuncia por no querer pagar por una sesión de sexo que no había recibido?

—Ese mismo —afirma disparándole una sonrisa a la dependienta con la que le vi tontear antes y que se encuentra escaneando las prendas, después agrega en voz baja— y en mi defensa diré, que cumplí al pie de la letra con ese trato. Tu dinero fue bien empleado. Por cierto, hola Steff.

—¿Cómo te va Raziel? —saluda coqueteando sin dejar de trabajar.

Qué extraño, ¿conoce el pseudónimo que utiliza Blake en su trabajo?

—Todo bien.

—¿Nueva integrante? —inquiere curiosa, señalándome— Pensaba que no admitíais a mujeres.

El significado implícito de esa pregunta impacta contra mí, dejándome boquiabierta, ¿está insinuando que ejerzo la prostitución?

—Eh… no, no, yo no trabajo con él.

—Cierto, trabaja para mí. —declara ufano.

—¡¿Qué?!

Me giro para contemplarle estupefacta con su declaración. ¡Qué valor tiene este perro!

—¿Con tarjeta o efectivo?

Estudio el total que aparece reflejado en la caja registradora y comienzan a entrarme los sudores. Todo esto es demasiado caro, no podré pagarlo ni en mil años. De repente, me imagino siendo encarcelada ataviada con un mono naranja, mientras que el sexy y odioso jefe de los Arcángeles me señala desde el otro lado de las rejas.

—¡No, no puedo pagarlo!

Me gano una mirada extrañada de la dependienta y Blake se limita a ignorarme otra vez más.

—Steff cárgalo a mi código: ángelraz07189340

La tal Steff obedece como un autómata. Quizás en otro momento me hubiera reído ante la absurdez de esta situación, pero ahora necesito una explicación. Lo último que deseo es que el sádico de Michael empiece a creer que le he robado y me exija devolvérselo, ya me demostró en su día lo inflexible que es respecto al dinero.

—Coge tus bolsas.

—¿Vas a explicarme en qué consiste eso de que lo paga Michael? —inquiero una vez hemos salido del establecimiento.

—Necesitabas la ropa, y no puedes seguir yendo por la vida como si te estuviera vistiendo un ciego. Casualmente los Arcángeles estamos afiliados a esta tienda y tenemos un cupo trimestral que podemos gastar en lo que queramos. Además, yo apenas he usado el mío durante estos últimos dos meses.

—¿Y ese código?

—Es mi código de identificación, de ahí van descontando los artículos que me llevo.

—¿Sin pagar nada? —pregunto maravillada con el sistema.

—Michael les da una cantidad de dinero establecido para los seis del que podemos tirar hasta cumplir con el cupo.

—Pero un momento, acabas de cargar en tu código muchos artículos femeninos. ¿Estás seguro de que no pasará nada? ¿No tendrás que justificarlo?

—Mientras no me pase de mi parte no pondrán pegas.

—¿Cómo estás tan seguro?

—Le he comprado ropa a mi abuela cientos de veces y jamás dijeron nada al respecto —comenta con total tranquilidad. Esa afirmación provoca que se me escape una risa involuntaria, la verdad no me lo imagino comprándole tangas a su abuela. Él por su parte frunce el ceño— ¿Qué te hace tanta gracia?

—Nada, perdona. —me disculpo — Oye, y ¿no te preocupa que Steff le diga algo al resto de los Arcángeles?

—Si no fuera discreta no podría mantener el negocio que tiene con nosotros. No les dirá nada, porque Michael no trabaja con chismosos.

—¿Te das cuenta de que actualmente tú podrías ser considerado como uno al estar contándome esto a mí?

—Tú eres diferente.

—¿Y eso por qué?

—Porque eres la primera mujer, a excepción de Erin, que nos conoce a todos en persona, y, además, has firmado un acuerdo de confidencialidad. Si te vas de la lengua, Michael te la cortará como los mafiosos.

—Ah, qué sujeto tan agradable. —mascullo irónica saliendo del centro comercial— No obstante, no me parece que esto esté bien, se supone que va a ser mi ropa así que no deberías haberlo pagado de tu parte.

—Bueno si tanto te preocupa, siempre puedes devolverme el favor.

—¿Cómo?

—Asistiendo a todas mis clases de primera hora. Necesito que me cojas esos apuntes.

—¿A todas? —grazno horrorizada con la sugerencia.

Eso es pasarse, yo también estoy muy ocupada con las mías.

—Ajá.

Un breve flash del precio de total de la ropa me desanima y agacho la cabeza frustrada. Ni en dos años podría devolvérselo.

—Vale. Iré…

—Excelente —felicita satisfecho con una gran sonrisa, dirigiéndose hacia el coche estacionado— Entonces, ¿estás preparada para el próximo aprendizaje?

—¿Y ese cuál es?

No irá a cobrarme nada más ¿no? Suficiente tendré ya con empezar a madrugar dos horas antes por su culpa…

—Siguiente lección: la seducción.

257

CAPÍTULO 15

AIDEN

La velocidad me permite ganar estabilidad. Necesito concentrarme en la tarea que me espera de por medio, ya sé que le aseguré a Moore que le enseñaría a seducir, pero el problema es que no estoy seguro del todo de que me apetezca hacerlo.

Sin embargo, ya me he comprometido con ella, así que no me queda más remedio que hacerlo. Ese era el trato ¿no? Bueno sí, es sólo que aún no la veo preparada para ello. La estudio por el rabillo del ojo, se encuentra sentada en el asiento del copiloto, observando el paisaje pasar por la ventanilla con rapidez. Como he quitado la capota del coche, el aire le alborota el pelo suelto despeinándoselo aún más como producto de la intensa sesión en el probador.

Hoy he descubierto algo que no me esperaba para nada. Antes de que llegáramos al centro comercial, estaba convencido de que conseguiría mejorar algo si se arreglase un poco, pero en el instante en el que abrí por primera vez la cortinilla del probador, me dejó impactado. Sabía que tenía un cuerpo sexy, pues pese a que se esfuerza por esconderlo tras esas horrendas sudaderas, he aprendido a reconocer la suavidad de cada una de sus curvas.

Había podido intuir lo que sería capaz de hacer cuando adquiera un poco más de experiencia, pero de ninguna jodida manera mientras escogía las prendas para ella, habría podido imaginar el efecto que estas últimas tendrían sobre su cuerpo. No, sin duda no debía permitirle que se las comprase. No estaba lista para utilizar eso con otros tipos. Si la vieran llevando eso, como mínimo la dejarían paralítica.

Supongo, que en el fondo me siento, de cierta forma, responsable de ella. Sé cómo somos algunas veces los hombres. A menudo trabajo con mujeres que han sido víctima de ciertos especímenes, por lo que siento que debo protegerla de esa clase de tipejos. Esos que sé de qué pie cojean. Diablos, si hasta varios de mis mejores amigos de la facultad son así.

No, ella necesita estabilidad, alguien que le regale rosas y esas cosas, una persona diferente a mis amigos o a mí; no un cerdo que la folle y luego la deje tirada como a una mierda. Me niego a entrenarla para que termine con un tipo engendro de esa clase.

Por mucho que esté empeñada en disfrutar de su cuerpo y vivir su sexualidad, soy consciente de que sería incapaz de acostarse con un tío la primera noche y después seguir con su vida como si no hubiera pasado nada. No, la conozco y es de esas que necesitan que les entres por el corazón antes que por la vagina. En ese sentido tengo suerte, ya que el trato que existe entre nosotros mantiene a raya los sentimientos. Aun así, creo que deberé hablarle sobre esto en algún momento, determino volviendo a concentrarme en la carretera.

Mi móvil vuelve a sonar, sacándome de mis propios pensamientos. No me hace falta mirar el número para saber quién es. Matteo se está volviendo cada vez más insistente, suspiro irritado, cuando estábamos en Bella Donna tuve que ponerlo en silencio, y cuando salimos se me olvidó que podría seguir llamándome, así que lo volví a poner en sonido. Cansado, decido responder a la llamada, cuanto antes me lo quite de encima mejor. Moore se sobresalta al escuchar el grito estridente que se cuela nada más descolgar.

—Aideeen, ¡cacho de zorra! ¡Figlio di Puttana![2]

—¡Hola Raguel! —saludo con alegría, ignorando la mirada de pavor de mi acompañante, quien estudia el móvil como si en cualquier momento fuera a salir el mismísimo demonio a través de él.

—¿Hola Raguel? Ma chi ti credi di essere? [3]

Siempre que se enfada, comienza a hablar en italiano como si alguno de nosotros —a excepción de su hermano— pudiéramos entenderle.

—¿Eing?

—¡¿Cómo te has atrevido a robarme a mi bebé?! ¿Te crees que esto va a quedar así? ¡Me las pagarás! Te juro que me las voy a arreglar para que estés una semana sin cagar. ¡Tú arriésgate a venir a desayunar o a comer aquí!

---

[2] *"¡Hijo de puta!"*

[3] *"Pero ¿quién te crees que eres?"*

—¿Entonces a cenar sí puedo? —inquiero provocándole.

—¡Ti ucciderò! [4]

—Puedes maldecir todo lo que quieras que seguiré sin entenderte nada.

Te mataré. Escucho que pronuncia una voz metálica a mi lado. Me giro y veo a Moore conteniendo la risa al tiempo que sostiene su propio móvil.

—Creo que ha dicho que te matará —aclara en un susurro evitando ser escuchada.

—No me digas —mascullo poco impresionado, sin añadir nada más le cuelgo, omitiendo tomar en serio su ristra de palabrotas en italiano— No me puedo creer que hayas sacado el traductor.

—Sentía curiosidad. La verdad es que tiene un repertorio muy interesante.

—Sí, ambos hermanos son tal para cual. De cualquier manera, ya has escuchado la amenaza, no puedo volver a comer con ellos.

—¿Eso era lo que pensabas hacer? ¿Y mi clase de seducción? —pregunta ofendida.

—¿Piensas tenerme explotado? ¿Acaso no me vas a dejar comer?

—Te recuerdo que el que propusiste esto fuiste tú.

—Cierto. Por eso, para salvaguardar mi trasero y mi salud, comeremos juntos.

—Pero no tengo suficiente comida en casa para los dos. Si me lo hubieras dicho con antelación, hubiera comprado más provisiones.

—Tranquila, no pensaba hacerte cocinar. Vamos a ir a un restaurante. De cualquier forma, necesito enseñarte a ligar en una cita, así que este pequeño inconveniente nos va a venir bien.

—¿Una cita?

La observo abrir aún más los ojos y ruborizarse profusamente, asombrada.

—Tranquila, Moore. No te imagines cosas extrañas. Sólo será una patraña, tómatelo como si estuviéramos representando una obra teatral. No será real.

—Eso ya lo imagino —comenta ofendida.

—Bien que te gustaría ¿eh? —le provoco divertido— Desearías tener este cuerpo a tu disposición en tu cita ideal. Te aseguro que puedo ser muy bueno, aunque en la cama lo sería mucho más, pero bueno eso ya lo sabes.

---

[4] *"Te mataré"*

—Ya claro, bájate de la nube en la que vives. Podrás ser el presidente de la república independiente del sexo que eso importa poco, pues en cuanto abres la boca, la cagas.

Menudo carácter, hasta gira la cabeza hacia la ventanilla. Su actitud me viene bien para reprimir la sonrisa que amenaza con salir. Me divierte muchísimo su forma de expresarse, se desvive por retarme y eso es algo que a lo que no suelo estar acostumbrado.

—Puedo abrir la boca de muchas maneras diferentes —le respondo con una clara doble intención en mis palabras— Maneras, que tú ya te conoces a la perfección.

—¿Te han dicho que eres odioso?

Trata de mostrarse enfadada y, sin lograrlo, vuelve a ruborizarse de nuevo.

—Muchas veces. No es nada nuevo. Pero dime, ¿te ha gustado la experiencia de hoy?

—Sí. Normalmente suelo aburrirme cuando vengo a comprar con Jackie, siempre vamos de aquí para allá pululando por un montón de tiendas y eso acaba cansándome. Sin embargo, debo reconocer que ha estado interesante que me explicases para qué sirve cada prenda e incluso cómo debo ponérmela.

—Sí, si no te he llevado a más tiendas no es solo porque seas pobre, sino porque supuse que alguien que no acostumbra a comprar, no valoraría el paseíto de los que sí lo hacemos —comento desviándome del camino hacia Morgantown.

—¿Dónde vamos?

—Si lo que buscas es encontrar comida rica y barata, Oliverio´s siempre es la mejor opción.

Nuestro destino se encuentra justo a un lado en la entrada de la ciudad.

—No te entiendo.

—¿Por qué?

—Debes ser rico con todo lo que ganas de tus clientas, vistes de marca, pero no tienes coche propio, y dices que no puedes perder tu beca.

—Sí, lo soy, sólo que me lo gasto en la ropa o los viajes. Esas cosas me llenan mucho más que conducir, además, siempre es más divertido robárselo a Raguel.

—Eso sigue sin resolverme la duda del motivo por el que no puedes pagarte la matrícula con el dinero que tienes.

—Quiero demostrarme a mí mismo que puedo hacerlo sin recurrir a ese dinero. —confieso algo avergonzado.

—Pero estás recurriendo a mí para obtener tu objetivo.

Vaya, a esta chica no se le escapa ni una.

—Sí. Podemos decir que eres mi salvoconducto para asegurarme la llegada a buen puerto.

—Un salvoconducto explotado.

Sonrío en respuesta, sé que le he vuelto a pedir bastante, pero ella insistió en pagármelo de alguna forma, y esa era la mejor que se me ocurrió.

—Ya sabes que mis servicios son caros. No podrías pagar mi precio ni en mil vidas.

—Aún no entiendo qué clase de clientas tienes que pueden permitirse el lujo de pagarte, yo estoy ganándome dos buenas ojeras a cambio de tenerte una vez a la semana. ¿Es que te acuestas con reinas? O ¿quizás son jeques árabes?

—Primero, debes saber que tengo preferencias, no trabajo con hombres, y segundo, no, suelen ser empresarias de éxito o mujeres casadas con hombres muy muy ricos.

—¿Lo saben los maridos? —demanda saber impactada.

—A veces.

—¡¿Qué?! No puedes decirlo en serio.

—Desde luego que sí.

Ni si quiera puede imaginarse que muchas veces son los maridos quienes me piden mirar. Sin duda, es demasiado inocente todavía, me digo internándome con el coche en el aparcamiento del Oliverio´s.

—Ya hemos llegado.

—Bueno, y ahora ¿qué?

—¿Cómo que, qué? Pues ahora empezaremos nuestra no-cita.

—¿Y eso cómo vamos a hacerlo?

—Aunque sé que soy el hombre que más te gusta en el mundo, tienes que pensar que estás con el chico que más te gusta de este país, así pondremos el listón un poco más bajo.

Me encanta provocarla, eso servirá para aligerar el ambiente. De hecho, parece funcionar porque ella se echa a reír escéptica, negando con la cabeza, y sale del coche.

—Ni de lejos te parecerías.

—¿Por qué no? Sí soy perfecto —rebato haciéndome el ofendido.

—Ya te lo dije, perfecto en meter la pata.

—Aburrida. Vamos a divertimos un poco. Muéstrame tus técnicas de seducción.

—Ya te dije que son inexistentes. —comenta resignada siguiéndome al interior— Para empezar no te hubiera contratado si pudiera ingeniármelas por mí misma.

He escogido Oliverios´s porque es un sitio bastante tranquilo, que se encuentra ubicado cerca de la carretera. Salvo los camioneros, nadie suele acudir aquí, y además sirven los mejores perritos calientes que he probado nunca. Todas estas características crean el clima perfecto para nuestros propósitos.

Una vez dentro, logramos encontrar fácilmente una mesa libre y tomamos asiento.

—Me extraña mucho que no tengas ninguna, todas las mujeres tenéis al menos una. Otra cosa muy distinta es que no sepas usarlas —señalo observándola estudiar la carta— Recuerda que mientras estemos aquí soy el chico que debería gustarte, no puedes pasar de mi cara y ponerte a leer la carta, eso no demuestra ningún tipo de interés por tu parte.

Frunzo el ceño porque desde que hemos entrado, no me ha dirigido ni una mirada. Al contrario, se ha enfocado en la carta.

—Es que tengo hambre —explica con sencillez. El sonido de sus tripas que sigue a esa declaración parece corroborarlo en el momento justo— ¿Lo ves? Ahí lo tienes.

Le miro estupefacto por lo básica que es. Parece que a esta chica sólo le importa comer.

—Claramente aún no has debido meterte en el papel. Trata de recordar que cuando estés con el chico que te gusta debes prestarle más atención que a la comida, y si a él le gustas lo suficiente hará lo propio.

—No lo veo así.

—¿Y cómo lo ves? —pregunto curioso con su negativa.

—Pienso que, si te gusta alguien y hay confianza, podéis estar tranquilos comiendo pacíficamente, así como vamos a hacerlo nosotros, de lo contrario ¿no significaría que le tengo idealizado?

—Estoy intentando adoptar un rol más romántico contigo, ya que entiendo que sucederá más o menos así con el tipo con el que decidas llevar esto a cabo —comento poniéndole voz a mis reflexiones anteriores.

—Nunca he dicho que buscara un romance. Puede que un tórrido romance sí, pero lo que realmente quiero es aprender a socializar con un chico, y a poder ser, seducirle.

—¿Tórrido romance?

—Caliente, ardiente y sofocante sexo —aclara como si tratase con un niño de tres años.

—Sé lo que significa, pero es que no te veo como una chica que sólo quisiera eso, la verdad.

—No pienso ofenderme porque a todas luces acabes de llamarme mojigata.

De repente es interrumpida por la camarera que nos viene a tomar nota. Ella se pide una hamburguesa con queso doble y una Coca-Cola light y yo un perrito caliente con patatas y té frío. Después, cuando se asegura que se ha marchado con nuestras comandas, vuelve a enfocarse en mí.

—Ahora bien, ¿vas a enseñarme a seducir o te vas a dedicar toda la comida a insultarme?

—Sí, te voy a enseñar. Como veo, puede que el interés te resulte aburrido, pero realmente debes demostrarle a la otra persona que te interesa lo que dice, y en eso los ojos cobran una parte muy importante.

—¿A qué te refieres?

—A que no puedes rehuir la mirada como un cervatillo asustado. Tienes unos ojos muy bonitos y expresivos tras esas gafas, úsalos. Haz contacto visual conmigo.

Moore trata de mantener su atención sobre mí. Sí, sin duda tiene unos ojos preciosos. Sin embargo, el ambiente silencioso dura poco, porque a los dos segundos retira la mirada y se echa a reír descontroladamente.

—Lo siento, es que parecía uno de esos concursos a los que solía jugar de pequeña con mi padre, sobre quién se mantenía más serio. Te imaginé poniendo una cara super rara para hacerme perder y no lo pude evitar, era demasiado gracioso.

—Mira que eres rarita.

—Bueno, perdóneme don perfecto.

—Vale, probemos con otra cosa. —comento frustrado con el intento.

—¿Con qué?

—Vamos a seguir con los ojos. A algunos hombres, les gusta una actitud juguetona cuando se relacionan con la chica que les pone, así que deberás guiñar los ojos si lo que quieres es coquetear con él.

—¿Guiñarlos? ¿Así? —pregunta probando con los dos a la vez.

Esta vez es mi turno de reír, se lo toma todo demasiado literal.

—No, así no o los espantarás. Tienes que hacerlo como aquella vez que me vacilaste y te fuiste toda digna hacia la facultad de Filosofía.

—¿Aquel día? —inquiere curiosa tratando de recordar.

—Sí, te salió muy natural.

—Pero aquel día estaba medio bromeando contigo.

—Vale, pues cuando flirtees con alguien, debes pensar que estás bromeando con él, sólo que con una intención sexual detrás.

—No sé si voy a ser capaz de hacer eso.

—Prueba.

—Bueno vale…

Poco convencida, cierra los ojos y toma aire, como si se dispusiera a meditar.

—¿Qué es lo que haces exactamente?

—Concentrarme, cállate. —responde sin abrirlos todavía, después, me estudia fijamente— Vale, ya.

—¿Y bien?

—Creo que quiero llevarte a mi cama y hacerte el amor apasionadamente —comenta con seriedad.

Transcurren dos minutos en los que intento procesar la manera en la que lo ha dicho, y de repente, mostrándose orgullosa, guiña el ojo con demasiada exageración. Mi boca cae abierta impactado.

—¿Qué pasa? —pregunta inquieta, saliéndose de su papel.

—Vas a morir soltera.

—¡¿Qué hice?!

—No puedes decirle eso al tipo así tan directo. Debes ser más sutil.

—¡Pero eso es lo que se dice en las novelas! —se queja dando un golpe sobre la mesa.

—¿En cuáles? ¿En las del siglo V? ¿De dónde se supone que has salido? ¿Del medievo europeo?

—Vale, puede que sí sean de la Regencia inglesa, aunque eso no quita que no suene caliente cuando lo dice un marqués o un duque. Te aseguro que millones de mujeres se ponen nerviosas con solo imaginarlo. De hecho, acaba de salir una serie en Netflix sobre eso.

—¿Perdona?

—Sí, sí, amigo, ya te gustaría envidiarle al duque. ¡Se lo montan hasta en las mismas escaleras de la mansión! Si eso no es moderno, no sé qué más puede serlo….

—¿Un perrito caliente y una hamburguesa? —interrumpe incómoda la chica que nos ha atendido antes y que parece haber escuchado toda la conversación.

—Sí, aquí.

—Espere un momento, ¿usted qué piensa? —inquiere Moore tratando de introducirla en la conversación— ¿No le parece atractivo

Basset? Estoy segura de que lo ha visto. No hay mujer que no suspire por él.

—Dudo que lo conozca, Moore, la muchacha no es como tú —intervengo para salvar a la camarera de su horrible destino.

—Ahh, ¿no es esa serie que parecen los de *"50 sombras de Grey"*, pero llevando trajes caros y viejos?

—¡Sí! ¡Esos! *"Los Bridgerton"*.

—El tipo está buenísimo. Y uff… a una le entran los sudores.

—¿Lo ves? —me pregunta señalándola con soberbia.

—Discúlpanos un momento.

La camarera comprende la señal y se marcha

—¡La has echado! —acusa indignada.

Estoy tan picado con esta conversación, que decido ignorarla.

—Eso no es viable en nuestra época.

—Pues no entiendo por qué no se puede ser clara y decirle al tipo: quiero tener sexo contigo.

—Porque la gente te tomará por algo que no eres. Por desgracia, existen esas reglas de etiqueta básica. Primero era el arte del abanico y ahora lo es el arte del flirteo.

—¿Estás seguro de que no eres tú el que lee sobre novelas de Regencia inglesa? —sugiere suspicaz, entrecerrando los ojos sospechosa.

—Muy seguro y no te despistes del tema.

—Entonces ¿qué es lo que se supone que debo decir?

—Esto no va a funcionar. —determino, dispuesto a cambiar de táctica— Bueno, no pasa nada. Prueba con esto, cuando te hable y quieras dar a entender que te interesa, dirige tu atención hacia sus labios.

—Y si no me gustan ¿qué pasa?

—Por el amor de la tierra, Moore. Te tienes que imaginar que el chico te va a gustar físicamente.

—Vale. Lo haré como dices.

—Venga, probemos. Imagínate que te estoy hablando sobre algo que me interesa. Así, bien, mira mis labios.

—Pero es que se va a enfriar la comida.

—No importa, incluso comiéndote la hamburguesa puedes echarle un vistazo a mis labios, ¿no?

—Y tú perrito caliente ¿qué?

—Poco le va a importar al tipo el perrito en cuestión.

—Pues no debería, porque frío no está bueno.

—¡Concéntrate en lo que te estoy enseñando!

—Vale, vale.

—Mejor comamos. Creo que eres un caso perdido —declaro decidido a dar cuenta de mi perrito caliente.

—No, no. De verdad que quiero aprender, sólo que no entiendo todas estas reglas absurdas. Pensaba que serían mucho más sencillas y que tendrían cierto sentido.

—No eres psicóloga, no deben tener sentido para ti. Esto no es un artículo complicado que debas desengranar parte a parte, es algo que se debe sentir como el latido de tu corazón.

—Y eso ¿cómo lo hago? A menos que no toque mi pecho, no lo sentiré.

—Mira que eres complicada. Se trata de una especie de juego tácito entre la otra persona y tú. No pienses demasiado y permite que salga de forma natural. Por ejemplo, la sonrisa también ayuda mucho, si sonríes transmites a la otra persona que estás cómoda con ella, que te gusta su compañía y lo que dice.

—Pero yo no logro sonreír con los chicos, más bien me pongo nerviosa y tartamudeo.

—Para eso debes tener autoestima cuando vayas a coquetear con otro. Tienes que sentirte segura, como una diosa. De hecho, pese a que hayamos ido de compras para darte un empujón en la autoestima, también debes mostrar cierta actitud. Por eso estamos aquí, ya que te sientes cómoda conmigo, debes aprovechar y actuar como si fuera el chico que te gustase.

—Vale, voy a sonreírte.

—Bien. Intentemos mantener una conversación normal.

—Entonces, ¿cuáles son tus pasatiempos?

—La sonrisa más natural, Moore. Y, ¿pasatiempos? ¿Quién soy? ¿Un anciano que resuelve crucigramas? No seas tan formal.

—¿Qué sueles hacer los fines de semana?

—Algo mejor —afirmo recompensándola con una sonrisa satisfecha— Suelo ir con mis colegas a tirar unas canastas. ¿Y tú?

—Estudio.

—No puedes decirle eso.

—¿Por qué no? Si es la verdad.

—Va a pensar que no tienes vida, y eso no es cierto, haces más cosas los findes, como follar conmigo, y eso no lo hace cualquiera.

—¿No decías que no teníamos que ser directos? Además, eso que dices no es verdad, lo hace cualquiera que pueda pagarte.

—Es un ejemplo, me refiero a que no eres una persona aburrida, no deberías vender esa imagen de ti.

—Entonces ¿qué digo? Estudio y me tiro a un prostituto por las tardes a cambio de hacerle los trabajos.

—No soy un prostituto, soy un escort —puntualizo molesto con el término.

—Escort —reformula impaciente— Y bueno, ¿qué se supone que debo decir?

—Por supuesto, omite mi parte en el asunto y destaca tus aficiones. ¿No decías que te gustaban las series?

—Sí.

—Prueba con eso.

—Vale. Me gusta ver series.

—¿Ah sí? ¿Y cuál es tu favorita? —inquiero interesado retomando mi papel de tipo interesado.

—Anatomía de Grey.

—¿Lo dices en serio?

La verdad, eso me sorprende, no la hacía consumiendo dramas médicos.

—¿Qué pasa? Me gusta ver a gente que tiene una vida más desgraciada que la mía. —declara tranquilamente subiendo los hombros.

—Bueno, sigamos. Recuerda, debes mirarme a los labios —hago una pausa y vuelvo a meterme en mi rol— A mí también me gustan las series.

—¿Ah sí? ¿Cuáles?

—Sense8 —comento recordando una de las últimas que vi, bajo la insistencia de Matteo. Esta vez, sí cumple con su parte, y asiento satisfecho. —¿Ves cómo puedes hacerlo?

—¡Eh! ¿Te gusta? ¡A mí también! —exclama emocionada aplaudiendo ajena a que por primera vez lo hizo bien.

—No te despistes.

—Qué estricto.

—Bueno, ¿qué me falta…? ah sí. Es importante que sepas identificar el momento en el que se ha terminado el coqueteo, pues no debes atosigarle con tu presencia. Un poco está bien, pero demasiado sacia rápido. Si percibes que deja de estar interesado, tendrás que claudicar, y pasar al siguiente.

—Eso está claro… No es como si fuera a forzarle a soportar mi presencia.

—Sí, esto soléis hacerlo bastante bien las mujeres. De hecho, en esta parte es donde suelen fallar más los hombres, ya que, por desgracia, muchos no aceptan un "no" por respuesta. Sólo que como no estás

269

acostumbrada a esto, te lo recuerdo por si acaso. ¿Has escuchado que das una patada a una piedra y te salen tres hombres? Pues esto es lo mismo. No te desesperes, que ya habrá otro al que le puedas interesar.

—No pienso acosarles, a duras penas y podré sonreír sin morirme de la vergüenza.

—De acuerdo, un truco es que te recuerdes continuamente lo que vales, y si no saben verlo, que les den, ellos pierden más que tú. ¿Comprendes?

—Creo que sí.

—Mirada alta, segura y a comerse el mundo.

—Es posible que me coman a mi…

—Si no lo haces bien, seré yo quien te coma, tal y como a ti te gusta —afirmo con intencionalidad, tratando de que se anime.

En esta ocasión, llega una sonrisa de verdad, de esas que le iluminan la mirada. Me alegra haber conseguido poner esa luz ahí. No suele ser una persona que cuando se encuentra a mi lado se sienta triste, sino más bien combativa y estoy empezando a acostumbrarme a esa Moore. No quiero verla decaída por algo así.

—Gracias.

—Bien sigamos, trata de hacer un contacto físico, pero tiene que ser muy sutil.

—¿A qué te refieres?

—Por ejemplo, si pasa por tu lado o se acerca a hablarte, puedes tocarle el brazo o el hombro en una especie de caricia. Nada evidente ni agresivo, lo suficiente para crear cierta cercanía. ¿Entiendes?

—Creo que sí.

—Mira, en esta situación podría servir que pusieras una mano sobre la mía durante un segundo para llamar mi atención y que te pasase la mayonesa.

—¿No debía ser algo sutil? —pregunta riéndose, reparando en un doble sentido que no trataba de conferirle.

—¿Es que has empezado a ver porno Moore? —demando saber divertido, llevándome una patata a la boca.

—No, pero es algo que puede ser confundido con gran facilidad.

—En el fondo tienes una mente cochambrosa, ¿cierto?

—De eso nada. —niega riéndose avergonzada y, poniéndose roja, me da un golpe en el brazo para que me calle— Al menos no tanto como la tuya.

—Ah, ahora lo hiciste bien. Te salió muy natural.

Me siento orgulloso de ella. Sus avances implican un reflejo de mi intervención.

—Creo que voy entendiéndolo poco a poco.

Ese brillo emocional palpita todavía en la profundidad de sus ojos como un indicativo de su felicidad.

—Está bien, no es algo que tengas que controlar del todo en una sesión, y más si nunca lo hiciste con anterioridad. Vayamos poco a poco, de momento con esto es suficiente.

—¿Ya está? Pero si no lo estoy haciendo muy bien…

—Por ahora tampoco debes exigirte demasiado. De todas formas, esto sólo era la primera parte de la sesión.

—Ah, ¿qué hay más?

—Por supuesto. Aún no te he enseñado a seducir, sólo te he dado algunas nociones básicas sobre coqueteo.

—Vale. Entonces, ¿qué es lo siguiente?

—Ahora terminaremos de comer con tranquilidad mientras termino de darte varias recomendaciones más. Después, como todavía no puedo volver a casa, iremos a la tuya y seguiremos allí con las clases, ¿qué te parece?

—Lo veo bien. No es como si tuviera muchas más cosas que hacer… De cualquier forma, Jackie me dejó este fin de semana "libre".

—¿Libre?

—Sí, es que siempre insiste en que cada sábado vaya con ella a alguna fiesta distinta —aclara entre bocado y bocado.

—¿Y por qué no lo haces?

—¡¿Estás loco?! ¿Viste lo que me sucedió la última vez que decidí salir de fiesta? ¡Terminé en tu casa!

—Bueno técnicamente no era mi casa, pero sí, eso es porque no debes ser tan confiada con los tipos. Una regla básica, es no aceptar bebida de ningún desconocido. Deberías saberlo.

—¡No acepté la bebida que me ofreció!

—Entonces, me remito a la segunda regla clave: no dejar la copa desatendida.

—Tampoco la dejé desatendida, no sé cómo se las ingenió para introducirme esa sustancia… Qué horror, esto me ha ocurrido por mi inexperiencia.

—Aun así debes tener alguna madre que te lo diga o mismamente tu amiga.

—No es como si cuando viviera en mi pueblo saliera mucho, me quedaba todo el día en mi casa. Uff… si pienso en ello me llevan los demonios, ese cabrón me tocó…

Todavía recuerdo la desagradable escena de la que fui testigo. Cancelé la cita con la clienta que tenía aquella noche para llevarla a casa de los chicos. Además, tuve que tirar toda la ropa que le había roto ese desgraciado. Esto último era una información que había omitido en su día, y que no tenía intención de revelarle, ya que sólo le generaría más dolor innecesario.

Tengo que hacer algo para cambiar de tema, esto es un terreno minado, si seguimos así se hundirá más.

—Sigamos, el manejo del tiempo.

—¿Tiempo?

—Exacto, es importante que sepas que si no quieres nada con él en ese momento, lo mejor será intercambiar números o redes sociales y meterle cualquier excusa para largarte. A algunos tipos les atraen las chicas que les suponen un reto. Otro no, claro, depende de la persona.

—¿Y a ti? ¿Qué clase de mujer te gusta? —inquiere curiosa, inclinando la cabeza interesada.

No es que tenga la menor intención de hablar de este tema con ella, y más aún cuando no es una vía para lograr nuestro propósito, pero me está contemplando con ese interés que me ciño a lo sencillo.

—Una que pague cuando debe.

—Qué básico.

—Te asombraría saber la cantidad de problemas que hemos tenido con clientas que deciden no pagar —comento dándole el último bocado a mi perrito caliente.

—Pero eso es fácil, ¿no? Vuestro jefe tiene la mano muy suelta para llamar rápidamente a la policía.

—Sí, pero eso no significa que no sea desagradable.

—Pero, entonces ¿qué significa eso? ¿Que nunca te has enamorado? —pregunta observándome perpleja.

—El amor sólo es el reflejo del instinto de procreación de la especie unido al miedo a estar solo. Cualquiera con dos dedos de frente sabría verlo, la gente se sigue empeñando en ver la parte romántica e idílica al asunto, no se dan cuenta de la cantidad de problemas que trae…

Este tema me aburre sobremanera. Siempre trato de no hablar sobre ello, porque me da demasiada pereza iniciar una discusión absurda en la que mi interlocutor y yo no llegamos a ninguna conclusión conjunta.

—Puede que tengas razón —comenta después de haber reflexionado un rato sobre ello— No es como si yo fuera a rebatirte ese argumento, habiéndome enamorado sólo de personajes literarios ficticios.

—Está bien si quieres estabilidad y todo eso. De hecho, a ti te pegaría bastante actuar así.

—No creo que sea del todo malo para un futuro, es sólo que todavía no es mi momento. Primero quiero descubrir más cosas sobre mí misma, así que mientras tanto tendré que conformarme contigo.

—Vaya, muchas gracias. Yo también te aprecio. —comento irónico entre risas lanzándole a la cara una de las patatas que me sobraron. Ella la esquiva con facilidad y arquea una ceja.

—¿Cómo te atreves a lanzarme una patata? —clama asombrada, arrojándome una de las suya en represalia. Al impactar contra mi cara, finjo sorprenderme con su audacia y se echa a reír, señalándome— Menuda cara se te ha quedado.

—Bueno, ¿has terminado ya?

—Sí.

—Entonces vámonos —le insto lanzándole la cuenta— Invitas tú.

—¿Esto no era una cita?

Me dispara una mirada resentida mientras me pongo las gafas de sol y la chaqueta.

—¿Quién dijo que en pleno siglo XXI el hombre tuviera que seguir pagando? Además, ya te indiqué que esto sólo era una representación, venga, te espero fuera.

—¡Cuánto más ricos, más ratas sois! —grazna depositando los billetes sobre la mesa.

Una vez llegamos a casa de Moore, decido ayudarle a cargar con una bolsa, mientras ella, que respira acelerada, traslada todas las demás.

—Supongo que la palabra "caballero" no se encuentra entre tus virtudes, ¿no?

—No te quejes, que al menos estoy llevando una, o ¿es que acaso tú cargas con mis bolsas cuando voy a comprar?

—Pero es que se supone que venías a ayudarme —rebate quejumbrosa, sujetando las bolsas entre los dientes para alcanzar las llaves.

—Y eso es lo que hago. De hecho, por eso estoy aquí.

—Tienes un complejo importante de príncipe.

Finalmente, consigue abrir la puerta y ambos nos internamos por ella, encaminándonos hacia su apartamento. Una vez allí, me siento perdido.

—¿A dónde llevo esta bolsa?

Me gano una mirada reprobatoria por lo que ella considera una "carencia de modales".

—A la habitación.

—Supongo que vivir en un cuchitril como este, tiene sus ventajas, lo único es que aún no consigo encontrar ni una. —le informo sarcástico dirigiéndome hacia la lata que tiene por dormitorio.

—¡Creía que ya habíamos superado la fase en la que te metías con mi casa!

—Eso no se supera nunca.

Dejo la bolsa sobre una silla y me tiro sobre la cama. Con el tiempo me he percatado de que esta comparte el mismo olor avainillado que ella. En realidad, toda su casa huele así, ¿utilizará alguna de esas colonias que venden en el chino, tal y como me dijo? Reflexiono observándola traspasar la puerta cargada de bolsas.

—¿Qué se supone que haces ahí tirado?

—Estoy taaan cansado….

—¿No decías que íbamos a ensayar o algo así? ¿Acaso has venido a mi casa con la intención de vaguear?

Deposita todas las bolsas en el suelo y, masajeándose los brazos doloridos, las estudia con escepticismo.

—Ya sabes el carácter que ha mostrado el italiano por teléfono. De momento no puedo regresar, soy un prófugo de la justicia. Además, ten más empatía, ya sabes que no suelo dormir mucho los viernes, y hoy tuve que madrugar para quedar contigo.

Reparando en la tensión de su cuerpo, hecho que decido pasar por alto, pues vive en tensión por cada aspecto que le rodea.

—Y razón no le falta, yo te hubiera denunciado directamente a la policía. —declara ufana relajándose.

—Entonces estamos de acuerdo en que es muy conveniente que seas pobre, pues a excepción de tu cerebro, poco podré robarte.

—¿A parte de mi aliento vital?

—Qué dramática… Bueno, a lo que íbamos, como no soy un hombre que falte a su palabra, he estado reflexionando en el tiempo que veníamos hacia tu casa.

—¿Sobre qué?

—En que nos estamos complicando demasiado representando situaciones hipotéticas. Es posible que quizás falles tanto debido a eso. Por lo tanto, creo que lo mejor sería que te personalizara aún más el aprendizaje.

—¿Y cómo hacemos eso?

—Plantea tú la situación. ¿Qué es exactamente lo que te gustaría saber? ¿Y dónde te gustaría emplearlo?

—De acuerdo, para empezar, hemos comprado unos tacones y ni si quiera sé usarlos…

—Perfecto. Entonces empecemos por eso —afirmo conforme y dando un golpe sobre el colchón, le ordeno— Siéntate en la cama.

—¿Para qué?

—Te voy a mostrar cómo se hace

Decidido, me levanto al mismo tiempo que ella ocupa mi lugar, cruzándose de piernas.

—¿Cómo? Eso sí que me gustaría verlo.

—¿Por qué te sorprendes? ¿Es que pensabas que tendría el ego tan frágil?

Extraigo de la bola los tacones que le había seleccionado para ella y les retiro la etiqueta.

—No lo sé, es que no me imaginaba que supieras caminar con ellos. Si ni yo misma sé hacerlo.

—Para tu gran información, lo hago con mucho arte.

Le destino una sonrisa altiva mientras me descalzo y me quito el calcetín para introducir el pie por el tacón.

—Ni si quiera son de tu talla —señala con los ojos brillantes, tratando de contener la risa.

—Eso no es lo que me interesa. ¿Qué? ¿Te parece divertido?

—Mucho —confiesa y esta vez estalla en carcajadas— Te vas a acabar matando con ellos.

—Si no tuviera la confianza suficiente en mí mismo, me sentiría ofendido, pero como sé que soy un maestro andando con ellos, no te lo tomaré en cuenta.

Divertido, me introduzco el otro tacón y compruebo el resultado. Me quedan pequeños, tal y como ella indicó segundos antes, aunque por eso no pasa nada, lo importante aquí es que le enseñe a moverse con ellos.

—Vale, perdona.

—Venga empecemos, cuando te pongas los tacones sentirás que el eje de equilibrio te varía, por lo que notarás que quizás te tambaleas. En ese momento, será primordial que cuadres los hombros bien, buscando reestructurar el punto de equilibrio, así mira —le muestro ejemplificando cómo debe hacerlo— ¿Comprendes?

—Creo que sí.

—Una vez te sientas segura, empiezas a dar un paso y luego el otro, tratando de mantener el equilibrio que sentías cuando te paraste por primera vez. Tal que así.

Doy unos pocos pasos con seguridad y me deleito en su cara de incredulidad. Sonrío satisfecho, realmente se pensaba que me iba a matar con ellos. Lo que no sabe es que los Arcángeles nos entrenamos en esto, no solo para las clientas con gustos excéntricos, sino para conocer aún más el mundo femenino.

—¡¿Cómo es posible que no te hayas caído?!

—Tengo práctica con ellos. Sigamos, atenta, una vez que te hagas con ellos, debes saber que los tacones suelen estilizarte las piernas, por lo que debes aprovechar las caderas que tienes y hacer un buen uso de ellas.

—¿Cómo?

—Tienes que bambolearlas con sutileza hacia los lados, así —indico andando un poco más, exagerando los movimientos— Esto hará que atraigas muchas miradas.

—No puedo creer que estés haciendo esto, y mucho menos que se te dé tan bien. —felicita divertida con la situación.

—A mi todo se me da bien.

—Engreído.

Hago otro paseíto con los tacones y, en esta ocasión, me pongo una mano sobre mi inexistente cadera, dejando recaer mi peso sobre una de las piernas.

—¿Engreída me llamas? —clamo adoptando un tono estridente— ¡¿Tú sabes con quién estás hablando?!

Ella dobla en dos y se echa a reír sujetándose el estómago.

—Estás completamente loco.

—¿Tienes algún problema bonita? Pareces bastante grosera. —continúo imitando a una de las amigas de mi abuela, como recompensa me gano más risas de su parte.

—Jamás podría actuar así. Ay, no puedo. ¿Sabes bailar con ellos también?

—Sí, pero eso mejor lo dejamos para otra sesión. Quédate con la idea principal, si te acercas así a un tipo, mostrando seguridad y empleas todos los trucos que hablamos mientras llevas puesta esta ropa, lo tendrás calentito para ti. Vamos, ahora prueba tú.

Dicho esto, me quito los tacones con agilidad, aunque se muestra dudosa, se quita las deportivas y los calcetines.

—Me voy a matar.

—No lo harás —prometo, agachándome a su lado para ayudarle a ponérselos.

—¿Cómo estás tan seguro?

—Sólo debes ajustarlos a tu tobillo, e intentar que no te quede holgado, sino podrías torcerte el pie.

Acompaño el consejo con una ligera caricia sobre su piel suave expuesta.

—Creo que voy a torcérmelo igualmente.

Cierra los ojos para disfrutar de la caricia. Me encanta que sea tan sincera con sus sensaciones. Acto seguido los vuelve a abrir y sujetándose en mi hombro, se levanta como un cervatillo que está aprendiendo a andar.

—No te encorves. Recta la espalda, busca el equilibrio.

—No sé exactamente dónde está ese equilibrio del que hablas, te aseguro que ni una parte de mi cuerpo tiene equilibrio. Por algo utilizo zapatillas deportivas.

Se apoya todavía con más fuerza sobre mi cuerpo, luchando por mantenerse en pie.

—Vale. Cierra los ojos.

—Por favor, no me sueltes o me romperé la crisma contra el suelo.

—Busca sobre todo sentirte cómoda —le guío levantándome para sujetarle por los hombros, en cuanto percibo como se relajan entre mis manos, le obligo a echarlos ligeramente hacia atrás— Ahí muy bien. Ahora vamos a probar a dar un paso ¿vale?

—Creo que tengo miedo…

—Sólo son unos tacones. Venga, prueba a dar un paso.

Moore abre los ojos y se concentra en mí, sonriendo, me doy cuenta de que, aunque le tiembla el tobillo, no se lo tuerce.

—Así es, estupendo. ¿Ves cómo podías hacerlo?

—No voy a durar más de dos minutos con ellos puestos.

—Claro, mujer, tendrás que practicar con ellos. ¿Para cuándo vas a querer llevarlos puestos? ¿Ya tienes pensado ir a algún lado con ellos? Sigue, venga, otro paso más.

Aún no me atrevo a soltarla, al menos no hasta que se distraiga.

—Bueno, ya te conté que Jackie me dejó este fin de semana libre —informa dando un paso tras otro, con evidente esfuerzo.

—Sí, continúa.

En ese momento la suelto el brazo y le sujeto la mano, animándola a avanzar.

—Pues me ha obligado a ir con ella a la fiesta de colores de este sábado —señala y en cuanto se percata de que voy a retirar la mano, emite un chillido— ¡No me sueltes!

—No iba a hacerlo —miento descaradamente, redirigiendo el tema de la conversación— ¿La que da Susan Miller?

—¿Así se llama la chica?

—Sí. No puedes ser tan antisocial, Moore.

Susan Miller es una de las animadoras más conocidas del campus y además es la novia de mi amigo Jake. El mero hecho de que alguien que estudia en la misma universidad que nosotros no la conozca, denota que vive bajo una piedra.

—La cuestión es que ese día me gustaría poder camuflarme con el ambiente, ya sabes, lograr integrarme. Aunque si la condición para ello es la de usar estos tacones, lo llevo crudo, la verdad…

—No cabe duda de que vas a tener que practicar más con ellos, pero como ya te he dicho, debes tomártelo con calma.

Ahora es el momento, la suelto por completo y ella prorrumpe otro grito.

—¡Eh! ¡Traidor! Dijiste que no me soltarías.

—Esto es como aprender a montar en bici, no puedes llevar siempre ruedines —explico estudiándola dar unos pasos cortos.

—Sí, pero mientras que con la bici se suelen usar casco y rodilleras por si te la pegas, aquí voy sin protección.

—No seas dramática. —la regaño, divertido con su preocupación —Es imposible que algo así suce…

No me da tiempo a terminar la palabra porque en ese mismo momento, Moore se tuerce un tobillo y acaba estampada contra el suelo, como si de un pez boqueando en mitad de la playa se tratase.

Esta vez no puedo evitar reír, esta mujer es un imán para las desgracias.

—Auch, qué dolor ¡te lo dije! —me acusa iracunda desde el suelo, y al escuchar mis carcajadas, chilla indignada, señalándome— ¿Te atreves a reírte? ¡Tienes muy poca decencia!

Su acusación provoca más risas que la anterior y me aproximo para agacharme a su lado a ayudarle.

—Es que pareces una sardina ahí tirada en el suelo.

—Di que sí, tú encima recochínéate de mí.

—Vale, vale. ¿Te has hecho daño en el tobillo?

Estudio la zona con atención, la tiene un poco roja y parece estar un poco inflamada.

—No debimos comprarlos.

—Sólo debes practicar un poco más y lo terminarás dominando.

Le desato las cintas de ambos tacones y se los extraigo, liberándole los pies.

—¿Eso? Son un invento del mismísimo demonio. Me gustaría saber quién diablos se le ocurrió la idea de que debíamos ir cinco, diez o veinte centímetros por encima de nuestro tamaño. Lo mismo va para el creador del sujetador. Ambas personas tienen todo mi desprecio. Tampoco estoy segura, si no debería de odiarte a ti también, ya que has sido el causante principal de mi caída. Espera, ¿q-qué se supone que haces? —pregunta tartamudeando al notar que le sitúo el pie desnudo a escasos centímetros de mi boca.

Lamo la suavidad avainillada de la zona inflamada, y se remueve inquieta reaccionando a la zona erógena que acabo de descubrir. Sonrío satisfecho con su respuesta y le concedo otro lametón juguetón sobre el dorso anterior del pie.

—¿Estás segura de que puedes odiarme? —interrogo con una sonrisa sabedora.

Moore se muestra impresionada por el cauce que han tomado los acontecimientos. Sin embargo, con su cabello desordenado cayendo sobre sus hombros y ese brillo fogoso que late en las profundidades de sus increíbles ojos castaños, no es del todo consciente de lo atractiva que puede llegar a ser. Es probable que esa sea su principal herramienta de seducción, resuelvo impactado.

Hace tiempo que dejé de cuestionarme mi deseo sobre ella, ahora sólo lo acepto tal y como es. De hecho, la quiero tomar aquí y ahora, por lo que dejándome guiar por la repentina sonrisa sincera que acaba de componer, gruño por lo bajo.

—Suficiente clase por hoy ya es hora de pasar a la acción.

279

CAPÍTULO 16

AIDEN

Una de las características que más me gusta de las mujeres es esa suavidad que desprende su piel cada vez que las acaricias. Cada una supone un universo diferente, y por eso tienen respuestas tan variadas, pero las de Moore me resultan especialmente adorables.

Siempre suele revolverse con la piel de gallina al tiempo que entrecortadas palabras inconexas se escapan de sus labios. Puede ser muy inteligente en el ámbito intelectual, aunque cuando se encuentra envuelta dentro de su parte sexual, cambia radicalmente y se convierte en una persona que late y vibra contigo. Voy ascendiendo entre sus pantorrillas que acabo de desnudar con facilidad. Pequeñas, ligeras y controladas caricias van despertando las terminaciones nerviosas de la piel de sus pies y piernas. Sus ojos reflejan cada una de sus emociones mientras la observo contraerse bajo mis caricias repartidas en esta ocasión entre sus muslos descubiertos. Me rio al pensar en lo terriblemente mentirosa que sería, todo su cuerpo clama sin ningún tipo de pudor el deseo que siente. Ni si quiera logro concebir cómo se las ha ingeniado para mantener toda esta farsa al margen de sus amigos.

—¿De qué te ríes? —demanda saber frunciendo el ceño.

Al acariciarle una zona especialmente sensible bajo la rodilla, vuelve a retorcerse de placer.

—De nada. —niego complacido.

—Tramposo y mentiroso, lo tienes todo.

—Uy mentiroso… qué palabra más fea… —murmuro escéptico mordisqueándole la piel tierna.

—Ven aquí, basta de jugar conmigo.

Frustrada, se incorpora y me sujeta por las solapas de la chaqueta, me dejo arrastrar hasta situarme encima de ella.

—¿Y ahora qué, valiente? —inquiero curioso por cuál será su siguiente movimiento.

Me resulta de cierta forma excitante que la aprendiz esté tratando de superar al maestro.

—Ahora esto.

Confiada, me atrae hacia su boca. Me rodea por el cuello con sus brazos y percibo cómo me aprieta contra su cuerpo, permitiéndome sentir cada una de sus deliciosas curvas.

Abro la boca, concediéndole tantearme como tantas otras veces hizo. El intenso sabor avainillado impacta contra mis sentidos. Dios, empiezo a acostumbrarme a esto con demasiada facilidad. Moore me acaricia la lengua lenta y juguetonamente, recreándose en lamer mi labio inferior. Mientras tanto me quita la chaqueta e interrumpe durante unos segundos el beso para ayudarme a sacarme la camiseta.

—Podía haberlo hecho solo —murmuro burlón contra sus labios entreabiertos, su cálido aliento se me antoja excitante— Únicamente tenías que pedirlo.

—Agradece que no te la haya arrancado como en las películas.

Su actitud desafiante me hace imaginarme una camiseta hecha jirones en el suelo, divertido, me echo a reír.

—Yo sí que arrancaría esta camiseta deportiva que llevas puesta —agrego quitándosela— Y el sujetador también.

Después de haberla desnudado por completo, comienzo a dedicarle toda mi atención a los pezones. No hay nada como lamerlos y chuparlos para que se pongan duros. Moore se contrae más abriendo las piernas en un intento por rodearme con ellas. La escucho gemir mientras le trabajo el clítoris con mis dedos, está muy húmeda, pero aún no es suficiente. Al menos no para lo que pretendo hacerle.

Sujetándole de la nuca, echa la cabeza hacia atrás dejándome espacio para besarle el cuello. Lleva sus manos hasta mi cabeza, disfrutando de las sensaciones. Una vez allí, empieza a tirarme ligeramente del pelo, tratando de evitar correrse entre mis dedos. Por supuesto, no es algo que vaya a consentirle, determino obcecado en sentir el líquido caliente que ya me conozco con tanta familiaridad.

—Ni lo intentes, ya sabes que no puedes resistirte a mí, pequeña. —susurro seductor contra su oreja, incrementando la velocidad de las caricias.

—Pero…

—Recuerda los movimientos que estás sintiendo.

Las pulsaciones del torrente sanguíneo de su clítoris se han incrementado. Le queda poco para llegar, la tengo a punto de conseguirlo.

Noto como aprieta los músculos de las piernas contorsionándose para alcanzar el orgasmo. Al final, me recompensa con la expulsión del preciado líquido entre mis dedos. En cuanto se relaja debajo de mí, me contempla confundida.

—¿Ya está?

—¿Cuándo ha estado con esto nada más? Esto solo eran los preliminares.

—Entonces ¿por qué no te has quitado los pantalones?

—¿Confías en mí? —pregunto sintiéndome extrañamente inquieto por su respuesta.

No obstante, ella me estudia atenta durante unos segundos en los que se plantea si realmente soy una persona de confianza o no. Sus ojos brillan durante un instante, en el que parece haber resuelto el enigma e inclinando a un lado la cabeza, sonríe.

—Sí.

Trato de restarle importancia al hecho de que su respuesta afirmativa en el fondo me ha producido un placer similar al que habrá sentido ella durante el orgasmo.

—Para lo que quiero hacer, necesito tu consentimiento previo.

—Ahora sí que siento curiosidad. ¿De qué se trata?

—De sexo anal —le planteo resuelto, evaluando su reacción.

No todas las mujeres reaccionan bien ante esta petición. De hecho, muchas de ellas ni si quiera lo han probado y Moore puede resultar muy puritana cuando se lo propone.

Ella abre la boca asombrada, pero se repone rápidamente, tomándose su tiempo para responder.

—Eso fue algo que me planteaste durante tu encuesta falsa.

Ignoro el retintín con el que pronuncia la palabra "falsa" y me enfoco en lo que me interesa.

—Sí y dijiste que podrías llegar a acceder en un determinado momento, por eso te lo pregunto ahora, porque es fundamental que te apetezca probarlo.

—¿Te apetece a ti?

—Yo ya lo hice.

—Me refiero a si te apetece intentarlo conmigo.

Está dudando, supongo que esto es debido a su baja autoestima, así que necesito ser sincero.

—Sí, quiero probarte en ese sentido —admito con intensidad, planteándole uno de los deseos que tengo desde que descubrí el culo perfecto que tiene.

Ella se ruboriza ante mi declaración y cierra los ojos.

—¿Por qué?

—Porque quiero conocerte en todas tus facetas —confieso y cuando la veo abrir los ojos impactada, añado con rapidez— Y porque además quiero darte placer, pero tiene que ser algo con lo que estés de acuerdo, ya que es una práctica que requiere cierta estimulación en la que deberás sentirte relajada y cómoda, de lo contrario, no podrás disfrutarla. Necesito que estés totalmente segura.

—Confío en ti.

Su respuesta contundente viene acompañada de su mirada intensa. Puede parecer una maldita locura, pero esta última brilla más que antes, el tácito consentimiento de esa frase provoca que me dé un vuelco al corazón.

—¿Seguro?

—En esto sí.

—De acuerdo. Muy bien, ¿recuerdas los movimientos que suelo hacer cuando te masturbo?

—Creo que sí.

—Puedes ir regulándolos según tus sensaciones. Tienes que ir descubriendo cómo te gusta hacerlo, si más rápido o más despacio.

—Y tú mientras ¿qué harás?

—Yo primero te llevaré a la cama. No querrás hacerlo aquí en el suelo, ¿no?

Divertido, la cojo en brazos, ella se sobresalta cuando comienza a ganar altura, y sujetándose de mi cuello, balancea las piernas.

—¡Como las princesas!

—Sí, bueno, sólo que en Disney no aparecía lo que voy a hacerte a continuación. —comento depositándola sobre la cama y me río ante su azoramiento.

—¿Y ahora?

—Voy a tumbarme detrás de ti.

Me sitúo a su lado rodeándola con los brazos.

—Ahh, se siente bien, estás calentito —felicita restregándose contra mí.

Comienzo a mordisquearle el hombro al tiempo que le acaricio los pezones. Ella se remueve dejándose recaer sobre mí. Poco a poco con cada caricia, los nervios van abandonando su cuerpo siendo reemplazados por puro deseo mientras le enseño cómo debe tocarse a sí misma, por lo que, situando mi mano sobre la suya, le indico los pequeños movimientos que debe dar.

—Así, muy bien… —susurro orgulloso.

En cuanto me percato que ya controla el ritmo que más le gusta, con exagerada lentitud voy acercándome hacia el trasero que se encuentra expuesto ante mí. Mierda, ésta lleva tentándome desde que adoptamos esta postura. Se lo abro con delicadeza, y ella se pone nerviosa. Para relajarla, deposito un beso en su nuca y con los dedos voy estimulándole la zona, acariciándosela para que se habitúa a ella y comprenda que no pasa nada.

Una vez consigue relajarse, me aproximo hacia la vagina, en la que compruebo que esté lo suficiente húmeda. Satisfecho, introduzco dos de mis dedos para impregnarlos con sus fluidos, y aprovechando estos últimos, utilizo parte de ellos para lubricar la zona que me interesa. Primero introduzco un dedo muy lentamente, y en cuanto ella se pone en tensión de nuevo, me detengo y murmuro contra su oreja:

—Shh… no te preocupes, no pasa nada… si me dices que pare en cualquier momento, lo haré. Trata de relajarte, esperaré lo que haga falta. No hay prisa.

—Me ha sorprendido…

—Es normal, tranquila, intenta adaptarte, tómate el tiempo que necesites. A partir de ahora la que guías eres tú.

Ella espera unos segundos, y se remueve un poco tratando de encontrar una mejor postura, finalmente asiente y me informa:

—Vale, sigue.

En cuanto noto que se relaja a mi alrededor invitándome a entrar, introduzco el segundo dedo, lubricando bien la zona.

—¿Estás bien?

—S-sí. Es raro, pero no es desagradable.

—Estás haciéndolo muy bien

Vuelvo a lubricar el exterior para prepararlo bien. El mero hecho de estar haciendo esto, me excita demasiado. Realmente no creía que ella terminase accediendo, de alguna retorcida manera, me siento especial porque conmigo haya dejado salir una vena rebelde que dista mucho de la rectitud que suele mostrarle a todos los demás.

Transcurrido un rato, se ha relajado lo suficiente como para poder abarcarme. Dios, qué caliente me ha puesto que se abriese a mí de esta forma, aunque por muy cachondo que esté, tengo la intención de parar si en algún momento ella comienza a sentirse incómoda o me pide parar.

Sin dejar de besarle la espalda, me bajo los pantalones y el bóxer, e introduciéndome un preservativo, aprovecho la lubricación que tiene de por sí el condón para lubricar aún más la zona externa. Con lentitud, empiezo a penetrar entre sus glúteos y espero a que se acostumbre a la presencia de mi glande restregándose con suavidad contra su entrada.

—Recuerda que pararé si me lo dices.

—S-sí.

—Voy a hacerlo… relájate… —le pido controlando mi propia tensión para introducirme lo más lento posible en su estrecho canal— Sentirás cierta presión, pero si duele pararé.

—V-vale.

Me dejo guiar por la tensión que percibo en su cuerpo. De vez en cuando debo parar durante unos segundos, hasta que ella se acomoda y por señales me indica que puedo continuar.

Doy gracias a todos los años de experiencia siendo escort, porque si fuera un novato como lo era al comenzar la universidad, en cualquier momento podría haberme descontrolado con ella. No, no puedo permitírmelo, por lo que, haciendo acopio de toda mi fuerza de voluntad, aprieto los dientes y la piel sedosa de su cadera. Me aguanto un poco más hasta que consigue adaptarse a mí por completo. Se siente tan deliciosamente estrecha a mi alrededor que no sé cuánto tiempo podré esperar. No obstante, ahora, su placer es mi prioridad.

—Márcame tú el ritmo con el que te sientas más cómoda.

De forma progresiva y envalentonada por el placer que debe estar sintiendo con la masturbación, va adquiriendo confianza y comienza a incrementar el ritmo, obligándome experimentar aún más el placer que trato de contener a duras penas. Le aprieto la cadera al tiempo que noto cómo me pone la mano en la pierna, instándome a seguir la cadencia con ella. Ese ligero toque es el que me libera y me toca con una profundidad que me deja helado, pues significa que no sólo está pensando en su propio placer, sino que, al contrario como me había ocurrido en otras ocasiones, es un signo de que me reconoce como parte de la ecuación y que, por lo tanto, no quiere perder mi contacto.

Con esa verdad tan reveladora me dejo llevar por las sensaciones que despierta en mi interior, disfrutando de su estrechez y del morbo que eso me provoca. No es hasta que sus gemidos se incrementan y reclina la cabeza sobre mi hombro, preparándose para alcanzar el orgasmo, que no la sigo hasta él, explotando en su interior mientras trato, a duras penas de sujetarnos a ambos.

Transcurridos unos segundos se relaja y la estrecho entre mis brazos con más fuerza, depositándola un beso sobre la coronilla, orgulloso de su valentía.

—Felicidades por tu primer orgasmo anal. ¿Qué te pareció?

—No fue tan horrible como me lo había imaginado —comenta con voz somnolienta.

—Vaya gracias.

—De nada —después, acercándose aún más a mi cuerpo, se restriega contra mí y bostezando, comenta deleitada— Estás tan calentito, me gusta.

Nos tapo con la manta y sin soltarla, permito que me inunde con su olor.

—Anda, duérmete.

—Pero, tengo que estudiar, y tú tienes que volver a tu casa a suplicarle por el perdón a Raguel.

Trata de incorporarse y al ver que se lo impido pasándole un brazo por encima, no opone mucha más resistencia y se reclina otra vez sobre mi cuerpo.

—No tengo ninguna intención de pedirle perdón a Raguel y mucho menos de suplicarle. Además, ya te dije que estoy cansado y tú también, vamos a dormir un poco y luego me voy. O ¿es que va a ser cierto eso de que me quieres tener explotado? Porque va contra el artículo cuatro, derecho al descanso de los trabajadores.

—Es el artículo veinticuatro, bobo, y en tu caso no se aplica, ya que no tenemos ningún contrato legal. Sólo un acuerdo verbalizado que nos conviene a ambos —corrige dándose la vuelta para abrazarme.

—Eres toda una listilla ¿lo sabías?

—Por eso me elegiste a mí para el acuerdo, ¿recuerdas? —rebate apoyando su cabeza sobre mi pecho.

—Pues también es cierto.

Como no queda nada más por añadir, ambos nos quedamos dormidos compartiendo el mutuo calor que irradian nuestros cuerpos.

Tiempo después, me despierto y estudio el reloj. Supongo que ya va siendo hora de volver a casa a cenar, de esta forma lograré darle esquinazo a Matteo, quien trabaja esta noche. Además, teniendo en cuenta la cantidad de llamadas perdidas que me ha hecho, estoy seguro de que estará subiéndose por las paredes esperando a que le devuelva su coche.

Tengo que levantarme, entonces ¿por qué no me apetece abandonar su calor y salir al frio del atardecer?

Rápidamente lo achaco a la pereza que siempre tengo al levantarme de la cama y, con un esfuerzo, la aparto suavemente a un lado, obligándome a no observarla dormir mucho tiempo más del necesario. De esta forma, termino de vestirme y me marcho del apartamento con rapidez.

Supongo que no debería de haberle robado el coche a Matteo. No, sin duda había sido una idea pésima, horrible, espantosa. El gemelo malévolo de Mattia, se las había ingeniado para, en el escaso transcurso de cuatro días, echarme laxante en alguna comida. Para colmo, el muy desgraciado le había confesado a Alex que se había pasado con la cantidad que tendría que haber empleado, por lo que poco importaba que hubiera tenido el suficiente cuidado oliendo cada alimento que me echaba a la boca, el resultado había acabado siendo el mismo: llevaba dos días yéndome por la taza del váter.

Por supuesto, cómo no, esto había afectado al desempeño de mi trabajo como escort. Alex no estaba precisamente contento conmigo ni con Matteo, a quien, para mi satisfacción, tenía fundiendo a sentadillas tras la confesión de la equivocación.

No dejaba de resultarme irónico que después de haber tenido sexo anal con Moore, hubiera acabado de esta forma tan patética. Sin duda, la vida tenía una manera muy retorcida de mostrarte un prisma diferente, determino exasperado en la cafetería comiéndome el plátano machacado con limón que me ha preparado Alex.

Para más inri, al estar de baja en el trabajo esta semana he podido asistir con regularidad a mis clases, así que Moore parece estar bastante contenta. Esto no es algo que me agrade, ya que se está escaqueando de su trabajo.

—¿Cómo es que estás comiendo solamente eso Aiden? —inquiere extrañado Izan, que se encuentra sentado a mi lado.

—No me hagas hablar de ello…

—Qué malas pulgas. —comenta Jake desde su sitio —Venga alégrate, este viernes Susan dará la fiesta de colores como todos los años, y me ha amenazado con arrancarme los cojones si no os presentáis, así que os quiero allí.

—No es que tuviera la intención de faltar, la verdad —responde Ryan.

—Ni yo.

—No, si no lo digo por vosotros, ya sé que vendréis, yo me refería a éste de aquí —informa Jake señalándome— Llevas perdiéndote casi todas las fiestas desde que empezó el cuatrimestre.

—Tranquilo, iré el viernes.

Tienen razón, desde que estoy cumpliendo el acuerdo con Moore, he tenido poco tiempo para compaginar mi trabajo con la vida social, así que es inevitable que lo hayan acabado notando.

—Eso espero.

—Sí, no te puedes perder otra vez a Ryan liándose con la novia de Davis, el de segundo. —comenta irónico Izan.

—Eh, ¿qué pasa? Tiene su morbo.

—¡Te tiraste a su novia en el baño, mientras él estaba en el salón de al lado! —agrega Jake.

—Pues por eso digo que tiene su morbo, ¿no, Aiden? A que tú me apoyas, ¿verdad?

—Yo las prefiero solteras, amigo —respondo evasivo reprimiendo las ganas de ir al baño de nuevo.

—Hablando de solteras, ¿te ha dicho Susan quiénes van a ir?

—Pues seguramente todas.

—¿Alguna que merezca la pena? —interviene interesado Ryan, demostrando que no le importa si tienen novio o no, le tirará a quien pueda.

A esto es a lo que me refería cuando le comentaba a Moore que no la veía envolviéndose con el primero que pasara, pues éste podría ser perfectamente un Ryan.

—Charlotte, Chloe, Hailey, Sophie, Sally, Tifanny, Jane… —comienza a enumerar Jake.

—Espera un momento, ¿Jane? ¿Acaso crees que esa merece la pena? —pregunta divertido Ryan.

Bueno, vale, puede que al final sí tenga alguna preferencia más allá de una falda.

—¿Por qué no? La chica no está tan mal —agrega Izan.

—Perdona, pero estás muy equivocado, es como si me dices que me tire a la rarita esa que es un cerebrito de clase, ¿cómo se llamaba?

—¿Crystal Moore? —interviene Izan.

Desde que acostumbro a tener sexo diariamente con mujeres me aburren bastante estos temas, por lo que casi siempre suelo desconectar un poco. Sin embargo, en cuanto escucho el nombre completo de Moore, levanto la vista de mi tupper repentinamente interesado por el cauce de la conversación. Esto es un terreno pantanoso, si doy un paso en falso pueden comenzar a sospechar que tengo algún tipo de contacto con ella.

—¡Esa! Siempre olvido su nombre. La cuestión es que Jane está casi a la altura de la tal Crystal, no, un momento, hmm… quizás me estoy equivocando un poco, Jane podría ser un 4 y Crystal un 2, ¿no creéis?

Al darme cuenta de que las evalúa con notas, empiezo a ponerme en tensión. No me gusta nada esta mierda.

—Yo a Jane le doy un 7 y a Crystal un 4, al menos la chica es inteligente.

—¿Un 4? Eso es demasiado Izan.

—¡Exacto! ¿cómo que un 4? Jake tiene razón ¡las inteligentes son las más aburridas! ¿Tú que piensas Aiden? —interroga Ryan.

Honestamente, no quiero formar parte de esto, por muy amigos míos que sean, lo que están haciendo me parece muy bajo por su parte. No pienso poner una nota a nadie. No obstante, se supone que debo actuar como un universitario normal como ellos, ¿no?

—Sí, parece bastante sosa y aburrida en sus intervenciones en clase, así que imagínate en la cama, debe ser como estar con una muerta. Con toda seguridad, deberá pagar para que se acuesten con ella —al escuchar que se ríen, continúo— Además, siempre va con esos aires de grandeza —afirmo como un autómata esperando que les satisfaga la respuesta, alejándoles con ella de la verdadera realidad.

—¿Lo veis? No puedes meter a Jane entre las que merecen la pena, Jake —continua Ryan cambiando de tema.

En ese momento vuelvo a desconectar de la conversación, ya que el remordimiento de conciencia me invade súbitamente. Sé de primera mano que Moore no es ninguna sosa ni si mucho menos una aburrida.

De hecho, tal y como me demostró el sábado pasado, dista mucho de parecer un muerto, aunque tampoco es como si hubiera podido intervenir para mencionar eso y contarles la realidad sin delatarme o condenarme al ostracismo social.

No, por mucho que me pese, he hecho lo correcto en la situación en la que me encontraba. No puedo darles ningún margen para que sospechen de mi acuerdo con ella, determino convencido con mi decisión. No obstante, en ese momento me vibra el móvil en el pantalón y lo extraigo para ver quién puede ser. En cuanto leo el nombre que refleja la pantalla y su consiguiente mensaje, se me congela la sangre.

Mensaje entrante de Moore:

Con que una muerta ¿eh? ¡Muerto será como acabes tú como vuelvas a acercarte a mí! Maldito desgraciado. Si tu cerebro da para algo más que para soltar gilipolleces, me leerás con detenimiento lo siguiente: contempla atentamente desde tu puesto de rey de las basuras cómo esta sosa y aburrida nerd te borra esa sonrisa pretenciosa de la cara.

¡Que te jodan Blake! (emoticono mano enseñando el dedo corazón)

Me giro con celeridad, buscándola por toda la cafetería. Apenas la encuentro saliendo precipitadamente por la puerta, no logro vislumbrarle la cara, aunque sí distingo perfectamente su cuerpo entre todos los demás. Siento deseos de ir tras ella, pero no puedo hacerlo sin llamar la atención de mis amigos, por lo que, pese a que todas las terminaciones nerviosas de mi cuerpo me estén obligando a moverme, permanezco en mi sitio, sintiéndome completamente alterado.

Sí, estoy muy jodido. No sé cómo coño lo ha hecho, pero ha escuchado parte, sino toda, de la conversación.

Mierda, mierda.

Tengo que hablar con ella cuanto antes.

❤

Si creía que iba a conseguir acercarme a ella con facilidad, lo llevaba claro. Al parecer Moore se las ha ingeniado para desarrollar una táctica en la que conseguía evitar a las personas, que nada tenía que envidiarle a la forma de ocultarse de los espías del Pentágono.

Poco importaba que hubiera ido a buscarla a su casa durante dos días seguidos. No me había abierto la puerta, la única respuesta que obtuve fue por parte de su vecina anciana cotilla que respondió al telefonillo la primera vez que fui a visitarla, quien después de tratar de sacarme hasta la dirección donde vivo, me informó con mucha amabilidad que la jovencita no se encontraba en su domicilio.

Un hecho extraño teniendo en cuenta que no debía tener un lugar al que ir, pues por lo que sabía de ella sus padres vivían lejos de la ciudad. Tampoco respondía a mis mensajes, que hasta ahora debían de ser como trescientos, ya que siempre que tenía un tiempo libre trataba de escribirle. Nada, ni si quiera se ha dignado a leerlos.

Por supuesto, también intenté acercarme a ella esperándola a la salida de las clases. Una vez más, estaba demostrando que cuando se lo proponía podía marcharse como si de un torpedo se tratase. Nada, incluso traté de interceptarla al comienzo, pero no obtuve resultado, pues extrañamente llegaba casi siempre tarde a ellas, y eso sí que había empezado a confundir a los profesores, quienes ya habían realizado algún comentario al respecto.

Todo me salía mal, quería aproximarme a ella cuando estuviera sola y se las ingeniaba para no estarlo nunca. Todas estas circunstancias, me dejaban como última opción la fiesta de colores de Susan. Sabía que tenía intención de asistir por lo que me dijo durante nuestras clases privadas. Decidido. Movería cielo y tierra para hablar con ella.

Tendría que aprovechar la oscuridad y la borrachera de la gente para que nadie se fijase en nosotros, pero esa noche acabaré con las malas formas que tiene de darme esquinazo.

No puedo creerme lo acostumbrado que he estado a comunicarme con ella, que el hecho de que ahora esté evitando me produce ansiedad y cierta desesperación. A estas alturas, se ha vuelto casi una necesidad imperiosa hablar con ella.

En este tiempo que no me ha dirigido la palabra, me he dado cuenta de que la he cagado terriblemente con ella. Podría haber dicho cualquier cosa, pero ¿quién mierdas iba a pensar que estaría justamente ahí para escucharlo? yo solamente pretendía no levantar sospechas acerca de lo que tenemos. Aun así, no me excuso, soy consciente de que no lo he gestionado nada bien. Todavía no sé qué le voy a decir, pues no soy precisamente bueno disculpándome, lo único que necesito es tener la oportunidad de verla para explicarme y hablar con ella.

Odio tener que ponerme serio y reconocer mis errores, pero es lo que me merezco.

CAPÍTULO 17

AIDEN

La fiesta de colores de Susan Miller es otro de los eventos más conocidos de nuestra facultad. El principal motivo de su fama es la novedad de que las únicas luces que estarán encendidas en la casa serán unos focos de luz negra. Los asistentes sólo podrán verse y reconocerse entre ellos si se pintan en la entrada con todo tipo de colores fluorescentes que les harán brillar en la oscuridad.

Teniendo dos padres que pertenecen al mundo de la música, Susan es toda una experta en llevar a cabo una buena fiesta, aunque claro, también cuenta con una casa enorme para hacerlo.

Lo primero que hacemos al llegar a casa de Susan es pintarnos la cara y la ropa con diferente tipo de colores como el morado, azul o amarillo. Después, sigo a Izan y a Ryan al interior sofocante de la fiesta, la cual se encuentra en pleno apogeo.

Nunca hemos sido de aquellos que llegan los primeros, aunque al tratarse de Susan, la novia de Jack, hemos hecho una pequeña excepción y venido un poco antes de lo usual.

En realidad y siendo sincero, esta ha sido una de las excusas que les he metido para instarles a venir algo más temprano, ya que tengo mi propia misión en mente: encontrar entre todo este revoltijo de gente a Moore.

Por experiencia propia sé que en cuanto Ryan encuentre una tía a la que arrimarse desaparecerá el resto de la noche e Izan, por su parte, es otro cantar.

—Hay mucha más gente que años anteriores —comenta sorprendido Izan.

—Sí, parece que Susan se va superando con el tiempo.

Estudio con atención cada cara y silueta que podría parecerse mínimamente a la escurridiza mujer que estoy buscando.

—Seguramente esté en la cocina.

Por un segundo me pongo en tensión y le miro extrañado, no puede estar refiriéndose a Moore, ¿no?

—¿Quién?

—¿Pues quién va a ser? Jack. Pensaba que le estabas buscando ya que dijo que se iba a adelantar para ayudar a Susan. —comenta divertido con mi confusión— Vamos, venga, seguro que nos están esperando.

Jack. Susan. Mierda, debo enfocarme en aparentar normalidad, mi sentimiento de culpabilidad me está volviendo paranoico. Estos son mis amigos, por supuesto que es imposible que sepan nada del tipo de contacto que tengo con ella, de lo contrario ya me lo hubieran hecho saber, si todavía no se han enterado de que soy un escort después de todos estos años, ¿cómo iban a sospechar mínimamente de lo otro?

No, no tendría sentido, y encima en medio de mi absurda preocupación había herido a Moore. Trato de recordarme una vez más de que ella es sólo una clienta más con quien tengo un acuerdo diferente, pues al fin y al cabo existe un pago de por medio. No obstante, ese argumento ya no cala en mi interior.

No, ella ya no es una clienta más. Sí lo fue al comienzo, pero ahora, tal y como le prometí, ya no la veo como una sino como a una amiga. Exacto, empiezo a creer que la raíz de este extraño sentimiento de culpabilidad es haberla jodido con una amistad. Alguien que me conoce mejor incluso que mis propios amigos de universidad. Sin duda, parece la opción más plausible, me digo siguiéndoles, sorteando los cuerpos que se contorsionan al ritmo de la música.

Nada, no parece haber ni rastro de ella, y el factor de la oscuridad no parece que vaya a jugar a mi favor como habría pensado al comienzo. Empiezo a sentirme frustrado, joder ¿dónde estará?

Entro en la cocina y nos encontramos con un Jack totalmente pintado de gran variedad de colores, está sentado sobre la isla del centro comiendo doritos al tiempo que observa a Susan desde su posición. Como siempre, la novia de Jack no deja a nadie indiferente, con su coleta alta rubia y el cuerpo esbelto embutido en un vestido negro bastante revelador, da órdenes a los diferentes cocineros.

—Hey —saluda Jack chocando el puño con Ryan— Qué bien que hayáis llegado.

—¿Qué ocurre? —inquiere Izan extrañado.

—No entiendo por qué se compromete a dar este tipo de fiesta si luego siempre acaba estresada.

—Porque es lo que la gente espera —responde exasperada Susan, quien, reparando en nuestra presencia, se acerca y nos da un abrazo— Me alegro de que hayáis venido, sobre todo tú, Aiden, últimamente estás perdidísimo.

—Ya estoy aquí —agradezco con una sonrisa, devolviéndole el abrazo.

—Cuando Jack me confirmó que vendrías, mandé que te preparasen tus hamburguesas favoritas, así que más os vale comer bien, porque no me he gastado un dineral en alcohol para esos friquis y que ninguno de mis amigos ni si quiera lo pruebe.

—A mandar —agrega Ryan robándole un dorito a Jack.

—En eso no solemos tener mucho problema —ríe Izan conforme.

—¿Dónde dices que están esas hamburguesas?

—Te he guardado otras dos más. Ya sé que comes por cuatro personas.

Me pasa un plato de papel con una hamburguesa de aspecto delicioso y mi estómago gruñe en respuesta. La recompenso con una sonrisa, llevándome un bocado a la boca.

—Cómo me conoces.

—¿Y cómo está yendo la fiesta? —pregunta Izan interesado.

—Todos se lo están pasando bien, menos ella que está metida aquí en la cocina.

—Eso no es cierto, me lo estoy pasando muy bien ahora que estáis aquí.

—Bueno, creo que acabo de ver algo que me interesa. Nos vemos luego. —se despide repentinamente Ryan dejando a Jack solo en la isla.

Le observamos abandonar la cocina divertidos con su actitud, con total seguridad lo que haya visto tan "interesante" sea una mujer.

—No entiendo cómo pueden caer por él, si se le ve venir de lejos —comenta Susan meneando graciosamente la cabeza sin comprender.

—Eh, ¿y cómo es que tú acabaste con Jack? Más o menos eran muy similares.

—¡Oye! Yo no era como esa bala perdida de Ryan, no me ofendas.

—Sí que lo eras, hasta que la conociste a ella —apunta Izan.

—Y ahora vivís matándoos el uno al otro. No sé qué le veis de interesante a eso del amor —agrego escéptico dándole otro bocado a mi hamburguesa.

—Oh, Aiden, tú siempre tan positivo —interviene Susan— así es más divertido. Si Izan y tú tan sólo buscarais algo más que sexo y le dierais una oportunidad al amor, veríais lo increíble que es.

—Déjale Susan, estos dos son incapaces de pillarse por nadie, no importa cuánto te esfuerces por presentarles a tus amigas.

—¿Y por qué se supone que me metéis a mí en este asunto?

—Sea como sea, voy a terminar escaldado de esta conversación, así que creo que voy a ir a por una bebida —eludo despidiéndome con la mano alzada.

—¡Cobarde! —escucho que me grita Susan entre risas.

—¡Con orgullo!

Salgo al pasillo abarrotado de gente y de lejos reconozco los colores de la cara de Ryan, que con su gran altura destaca entre la multitud. De hecho, se encuentra bailando pegado a una pelirroja. Sonrío divertido con la situación, el cabrón no ha perdido el tiempo.

Vuelvo a escanear el salón y comienzo a preguntarme si no habrá decidido evitarme incluso en esta fiesta. No lo creo del todo posible y más teniendo en cuenta que la amiga le amenazó con venir. No, no parece haber ni rastro de ella. Mierda, si no está aquí ¿qué haré?

De repente, algo impacta contra mi pecho, y noto un líquido derramándose sobre mi camiseta.

—Eh, ¿hacia dónde diablos estabas mirando? —le recrimino malhumorado al causante de este estropicio.

No creo haberle visto nunca, tampoco parece ser de los de primero y, aunque la universidad es grande, nos conocemos casi todos.

—Perdona amigo, es que hay mucha gente y cuesta moverse con las bebidas.

—Aun así, ten más cuidado, ¿o piensas pagarme la camiseta?

—¿Lo dices en serio? —inquiere asombrado.

Cuando voy a responderle, interviene una voz que reconozco a la perfección. Por fin, joder.

—¡Eh! ¡Estoy aquí!

Ambos nos giramos buscando el lugar de procedencia de la voz de la mujer que lleva dos días trayéndome de cabeza. Al final, consigo localizarla entre el gentío y la observo acercarse hacia nosotros con paso decidido. Nada más reconocerla empiezo a notar palpitaciones en la frente. De verdad, agradezco que exista cierta oscuridad, pues de lo contrario probablemente se me vería contemplándola incrédulo como un idiota.

Esa chica que sonríe con la mano alzada y largos tirabuzones cayendo por sus blancos pechos expuestos ante la mirada de todos, no

296

puede ser la misma Crystal Moore que apenas y sabe hacerse una coleta mal hecha.

La criatura totalmente caliente que derrocha sensualidad y se encuentra acercándose hacia nosotros contoneándose no puede ser ella. Definitivamente debe de haber un error. Al menos eso es lo que ansío creer, porque lo cierto es que no existe posible margen de error, ya que reconozco perfectamente esa ropa. Y ¿cómo no lo iba a hacer? Si fui yo personalmente quien se la eligió y compró.

Embutida en la falda de cuero negro corta, muestra sin ningún pudor y ante la vista de todos, las sensuales caderas y piernas desnudas que hasta entonces sólo yo había conocido, lo peor de todo es que si uno se fija con atención, se nota la cinta del tanga negro sobresaliendo, me digo tragando saliva.

Para colmo, se ha pintado el abdomen para captar la atención de todo aquel que quiera mirar. Además, parece haberse arriesgado a usar los tacones negros a pesar de que no sabía caminar con ellos.

Supongo que su ira hacia mi puede obrar milagros. Mierda. He creado un monstruo. Me arrepiento sobre todo de haberle conseguido ese top blanco escotado que revela parte del ombligo y que la hace brillar en la oscuridad. Los pechos cremosos es lo más llamativo, el ajustado escote provoca que se derramen y que el sujetador apenas pueda abarcarlos. Juro por todo lo que tengo, que ahora mismo desearía ser ese sujetador. Desde aquí puedo intuir cada uno de los lunares que se deben estar mostrando con él, y eso sólo hace que sienta ascender la temperatura de la habitación.

Lo reconozco, ha sabido jugar muy bien sus cartas para venir a este sitio. No me extraña que no la haya reconocido hasta ahora, pues en mi mente había estado buscando la imagen que tenía de ella. No había esperado encontrarme ni mucho menos, con este tipo de transformación.

Si esta iba a ser su forma de vengarse de mí, pensaba disfrutarla inmensamente, pero primero teníamos que solucionar nuestro pequeño malentendido.

—Por...

No puedo terminar la frase *"por fin te encuentro"*, ya que ella no repara en mí y pasa de largo hacia el chico en cuestión.

—¡Crys!

—Paul, ¿qué es lo que ocurrió? ¿Por qué tardaste tanto?

—Viniendo hacia aquí, tropecé con uno y le tiré parte de las bebidas encima.

297

—Mira que eres un desastre —comenta riéndose despreocupada— espero que no fuera ningún cretino del equipo de rugby, no suelen tomarse nada bien esas cosas.

Lo primero que me descoloca es que familiaridad con la que le trata, ¿es que se había echado un novio? ¿En dos días? ¿Quizás por eso me había estado ignorando? ¿Habría sido por eso? No, nada de eso tenía sentido, ella no podía tener novio. Yo mismo había comprobado que había sido virgen, y que ni si quiera había sabido besar, por lo que ese chico no podía ser su novio.

Tampoco la había visto con nadie que no fueran sus dos amigos y ese tío no se parecía a nadie que hubiera visto antes, entonces ¿quién cojones era? ¡¿Habría puesto otro anuncio?!

Con sólo el simple hecho de imaginarla colgando otro ridículo anuncio requiriendo un amante, siento ganas de estrangularla. No se habría atrevido a jugar con su seguridad de esa forma y menos para vengarse de mí.

Un momento, ya había demostrado una vez lo impulsiva que podía ser, ¿y si era verdad? ¿Por qué no podía serlo? Le había salido bien conmigo, me recuerdo estudiándoles interactuar entre ellos, tratando de discernir qué tipo de relación mantienen. El tal Paul le pasa una de las bebidas, y eso me cabrea aún más, ¿no habíamos acordado que no debía aceptar una copa de un desconocido? No puede ser que esté dispuesta a arriesgarse a vivir otra mala experiencia.

Al parecer es más ingenua de lo que me había imaginado, pues sonriéndole agradecida se lleva el vaso a los labios, desencadenando en mi un deseo irrefrenable de saltarle encima.

¿Dónde diablos quedó su miedo social? ¿Habría sido todo pura mentira? No, porque la había visto interactuar con otras personas. Bueno, de todas formas, este tipo no parece ser ningún escort, y aunque lo fuese, Moore no podría permitirse los servicios de uno.

¿Quién diablos era?

—Fue él, creo que quiere que le pague la camiseta. —comenta señalándome dudoso.

Ella parece reparar por primera vez en mí y durante un segundo me observa conteniendo el aliento. Bien, parece ser que no esperaba esto y se encuentra tan sorprendida como yo. Supongo que dos días jugando a evitarme, habrán sido más que suficientes para mantener su orgullo.

Sin embargo, desvía su atención hacia el tipo y me ignora una vez más.

—Ah, bueno, al menos no pertenece al equipo de rugby y solamente es otro de los estirados de natación. Tranquilo que no podrá hacerte ningún placaje, ellos suelen caracterizarse más por reunirse como cotillas a criticar a la gente. No te preocupes, por ahora estarás a salvo de sus lenguas viperinas.

Esto es el colmo, ahora se dedica a lanzarme indirectas, hablando como si no me encontrase presente delante del supuesto novio.

Entiendo que esté cabreada, pero esto es pasarse, no sólo va a exponernos a este paso, sino que está exagerando en su reacción.

—No he dicho que fueras a pagarme la camiseta, aunque si no sale esta mancha más te vale que lo hagas —aclaro interviniendo por primera vez.

—Él no va a pagarte nada.

Ella se interpone con su cuerpo entre nosotros y reparo en la rabia que despide en su postura defensiva.

—No pasa nada, Crys, si quiere que lo haga puedo hacerlo, no quiero que haya problemas —agrega Paul colocándole una mano sobre el brazo desnudo.

—No tienes que pagarle nada, eso saldrá que restregándolo con un poco de jabón y agua ¿o es que ahora tenemos manos sensibles? —inquiere escéptica entrecerrando los ojos.

—¿Realmente quieres montar una escena aquí? —pregunto en voz baja— Líbrate de ese. Tenemos cosas de las que hablar.

Durante unos segundos sólo se escucha el sonido estridente de la música. Empiezo a creer que no me ha oído hasta que desvía la mirada y, tocándole el brazo al chico, le arrastra alejándose de mí.

—Vamos, Paul, no merece la pena.

—Pero…

Joder, va a resultarme mucho más difícil de lo que creía conseguir hablar con ella.

Estudio su avance, no llegan muy lejos pues son interceptados por la que identifico como la amiga, quien besa a modo de saludo a Paul. Descartada toda posibilidad de noviazgo entre Moore y él, algo se destensa en mi interior. Supongo que no me había mentido después de todo y sólo era su amigo.

—Mi chica está preciosa —felicita Jackie emocionada acariciándola orgullosa— ¿A que sí Paul?

—Sí.

—¿Dónde se supone que fue Scott?

—No lo sé, creo que fue a contestar a una llamada. —informa Moore, dirigiéndome una fugaz mirada por encima de su amiga.

—¿Quién me llamaba? —interviene en ese momento uno de los tipos de último curso.

Scott Chárter no posee buena fama entre los chicos, es demasiado engreído debido a su precedencia familiar. Hijo de dos jueces, da todo el asco a nivel personal.

¿Por qué narices Moore está permitiendo que alguien como él le rodease la cintura? No podía tener tan mal gusto, ¿no?

Él jamás se encontraría entre mis opciones adecuadas para ella. No, Moore todavía distaba mucho de estar lista para manejar la situación que creía estar buscando. El tipo sólo estaba aprovechándose de su transformación, y prueba de ello era que jamás le había dirigido una mirada con anterioridad.

—¿Me echaste de menos preciosa?

Contemplo que ella se ruboriza y se apoya en él asintiendo. En esta ocasión, ya no noto tensión alguna, sino que siento que la bilis empieza a subirme por la garganta. No puedo creer lo que estoy viendo. ¡¿Alguien así con ella?! La cosa estaba yendo muy mal.

—¿Por qué no la llevas a bailar? —sugiere Jackie tentativa.

Esta mujer no está ayudando nada tampoco.

—Creo que tienes mucha razón, vamos muñeca.

El tipo la guía hacia donde se encuentran el resto de los bailarines mientras que Jackie se queda liándose con el otro sin importarle lo más mínimo el bienestar de su amiga.

Moore necesita buscarse mejores amigos que velen por sus interese. ¿Cómo va a relacionarse con alguien que merece tan poco la pena? Sería una locura. Sólo por hoy, haré la excepción de ser ese amigo, me digo decidido siguiéndoles a la zona de baile.

Tengo que solucionar esto, si se envuelve con él, todo mi trabajo con ella no habrá servido para nada. No pienso consentir que todos nuestros avances se vayan por el desagüe que supone ser ese tipo.

No, ella es mi proyecto, y me niego a permitir que lo eche a perder poniéndole sus manos encima.

En mi camino al centro del salón, me encuentro con una chica con la que me lie en segundo, apenas me basta destinarle una sonrisa para convencerla de que sea mi compañera de baile. Poco a poco logro acercarme a ellos.

Bien, les tengo a un brazo de distancia, sólo tengo que ingeniármelas para separarla de él.

Sin embargo, en ese momento, la observo rodearle el cuello con los brazos y sube una de sus sedosas piernas sobre la cadera del tipejo Tras esto, mueve la cintura con una cadencia sensual como si fuera alguna clase de stripper. Abro los ojos, estupefacto con su descaro, creyendo que será imposible que se supere cuando, de repente, realiza un giro y mueve el culo refregándose contra él. Con esa imagen, me asalta el recuerdo nítido de lo que hizo conmigo el sábado pasado, y sin esperarlo venir, me encuentro siendo invadido por la furia.

¿Qué diablos es lo que aprendió conmigo exactamente? ¡Porque yo no le enseñé a moverse así en un lugar que no fuera dentro de una cama! ¡¿Estaba usando mis conocimientos para seducir a ese desgraciado?! ¿Cómo se atreve?

Debo recordarme una vez más que he venido a arreglar las cosas con ella, no a iniciar una discusión sin sentido. ¿Por qué diablos se ha empeñado en ponérmelo tan difícil, relacionándose con ese ser sabiendo que aún no está preparada?

Mi compañera de baile da una vuelta entre mis brazos devolviéndome de nuevo a la realidad. No puedo perder los papeles por esto, tengo que centrarme en hablar con ella y conseguir que entre en razón, aunque para eso voy a tener que librarme primero de él.

Transcurrido un tiempo en el que me canso de seguirles por la pista, decido darme una tregua. Para ello, dejo de lado a la chica con la que he bailado y me dirijo hacia la barra libre. Tengo que beber algo, no puedo concebir esta situación a menos que sea por medio del alcohol.

La realidad es que no puedo sacarla de este sitio sin llamar la atención de todos, así que debo confeccionar un plan que me permita acercarme a ella.

Después de estar un rato alejado de ellos y con una cerveza encima, empiezo a pensar con claridad. ¿Quién soy yo para ir detrás de ella? No, no merece la pena hacerlo. Sé que la he cagado, aunque tampoco hacía falta que me esquivara de esta forma, sin permitir explicarme.

De hecho, ya ha dejado claro que no quiere saber nada de mí, así que ¿por qué debería romperme la cabeza para acercarme a ella cuando quiere que la dejen tranquila? No encuentro ningún motivo coherente para hacerlo, así que, si quiere liarse con el tipo ese, por mucho que yo no esté de acuerdo, lo hará de todas formas. Al fin y al cabo, a mí me considera peor que una escoria.

—¿Cómo va la noche Aiden? —pregunta Izan apareciendo a mi lado.

—Todo bien —respondo escueto, estudiando la pista de baile.

—Eh, no me gruñas, es que ¿ha pasado algo?

—Nada relevante.

Me llevo el botellín a los labios, esperando calmar mi malestar. No tengo ningunas ganas de socializar, así que sólo espero que se marche con rapidez.

—Bueno, si tú lo dices…

—¿Quieres algo?

—Pero que malas pulgas te gastas esta noche. Cualquiera te aguanta en ese plan. Se suponía que veníamos a divertirnos.

—Creo que ya tuve diversión para rato…

La parejita abandona el salón y yo me tenso siguiéndoles con la mirada. ¿Qué narices estás haciendo, Moore?

—Ya veo… ¿Quieres ir a lanzar unos dardos abajo o echamos un billar?

—Mejor otra noche

Intento pensar en otra cosa que no sea la salida por la que se acaban de marchar y, una vez más, me saboteo a mí mismo. Joder, no pensarán follar aquí, ¿no?

—¿Seguro que estás bien?

—¿Por qué?

—Porque tu jamás has rechazado una buena partida.

—Es impactante ver que la gente no siempre reacciona como nosotros esperamos ¿verdad? —le respondo sintiéndome cada vez más amargado.

—¿Se supone que seguimos hablando de ti?

—Perdona Izan, hoy no ando muy concentrado para juegos.

—¿Prefieres que nos marchemos? No creo que a Susan le vaya a sentar muy bien, pero si no te estás divirtiendo, podríamos probar a ir a otro lugar. No sé por dónde andará Ryan, aunque no creo que me cueste mucho averiguarlo si me pongo a registrar habitaciones.

—No, no te preocupes. No vamos a cortarle el rollo y tampoco vamos a hacerle ese feo a Susan, mejor iré al baño que esta cerveza ya está comenzando a hacer su efecto —le informo señalando el botellín vacío.

—Vale, si luego te apetece echar unos dardos o el billar, me encontrarás abajo.

—Sí, sí…

En cuanto llego al baño, me echo agua en la cara tratando de espabilarme. Después de un rato, me contemplo en el espejo extrañado. ¿Qué diablos me está ocurriendo? ¿Por qué debería de estar molesto con lo que sea que haga? Encuentro lícito que me sienta culpable por las palabras que dije delante de mis amigos, pero ¿por qué permito que me afecte que se lo esté pasando bien con ese chico? ¿por qué iba a sentirme como si tuviera un motor en marcha que me instara a salir continuamente detrás de ella, a pesar de que no me correspondiera?

No, debo centrarme en otras cosas, yo también puedo disfrutar de esta fiesta, trato de alentarme. Sin embargo, esta convicción me dura bien poco, pues siento cómo un terror momentáneo me invade al darme cuenta horrorizado que lo que menos me apetece hacer ahora es encontrar una diversión fácil.

No, no quiero divertirme, solo deseo destrozar algo o quizás zambullirme en una piscina para despejarme.

En ese instante, escucho entrar a dos chicos que mantienen una conversación que me suena familiar. Me paralizo en el sitio, prestando atención a todo lo que se diga en ella.

—No puedo creer cómo cambia la gente con un poco de chapa y pintura, ¿eh?

—Ya ves tío, ¿quién iba a imaginarse que debajo de toda esa ropa deportiva y aburrida iba a tener ese cuerpo?

—Parece ser que Scott es un adelantado a su época, ha sido el único que supo verlo.

—Sí, a este paso seguramente pase de base con esa rarita que al final terminó resultando ser bastante sexy.

Ahí vamos otra vez, no puedo ni refugiarme en el baño con tranquilidad. Moore debe perseguirme hasta los confines máximos de la privacidad. No puedo soportarlo más, aquí todo el mundo asegura saber mucho, sin tener idea de una mierda.

—Supongo que vosotros sabréis mucho sobre eso ¿no? —inquiero interrumpiendo su conversación.

—¿Cómo dices? —exclama sorprendido uno de los chicos.

—De raritos me refiero, ya que eso es lo que sois también.

—¿Disculpa?

Sé que estoy descargando mi ira contra ellos, más no puedo evitarlo. Con toda posibilidad, esté actuando como un hipócrita, pero me han cabreado con eso de "adelantado a su época". El tal Scott jamás hubiera sabido ver el diamante en bruto que tenía delante, ni gritándoselo con una bocina. Sintiéndome así, continúo arremetiendo contra ellos mientras lanzo uno de los papeles a la basura

—Os sentiréis muy orgullosos aquí charlando sin importaros lo que decís sobre la gente que no se encuentra presente.

—¿Quién te crees que eres para juzgarnos?

Esa frase me fulmina en el acto. ¿Qué quién soy para juzgarlos? Nadie, no soy nadie, porque yo hice lo mismo que ellos hace dos días. ¿Así me vi ante los ojos de ella cuando me escuchó decir todas esas gilipolleces delante de mis amigos? Si es que había actuado como un auténtico imbécil. Tenía todo el derecho a estar enfadada conmigo y yo tenía la obligación de disculparme, quisiera escucharme ella o no.

Sin responderles nada más, me acerco a la puerta dispuesto a salir, hasta que las siguientes dos frases me obligan a cesar mi avance de golpe.

—De todas formas no dijimos nada que no fuera cierto.

—Exacto, a estas alturas de la noche seguramente ya estará metido en sus bragas.

Con esa sentencia en mente, termino de salir sin importar darle un golpazo a la puerta.

Mi único objetivo es encontrarla antes de que cometa alguna estupidez.

Salgo al jardín por donde recuerdo haberles visto internarse antes y estudio la multitud, para mi consternación, no logro reconocerla entre todas las personas, así que decido seguir el camino empedrado que lleva hasta el bosquecillo favorito de Susan. Supongo que si querían buscar intimidad habrán ido hasta allí, me digo tratando de pensar como lo hubiera hecho Scott.

De repente, a lo lejos veo aparecer uno de los columpios que tiene desperdigado Susan por todo el bosque, aunque este no parece estar vacío, sino que en él se encuentra sentada una mujer, y acariciándole una pierna desnuda, un hombre está agachado ante ella. Apenas me hace falta echarles un vistazo para saber que son ellos.

Me apoyo en el árbol más cercano con los brazos cruzados sin delatar todavía mi presencia, y observo toda la escena surrealista. ¿Es que se han propuesto grabar una película pastelosa? ¿Tiene complejo de príncipe de Cenicienta? Desde luego, debo reconocer que el tipo sabe montarse un buen espectáculo con el fin de meterse en sus bragas, aunque habría creído que Moore sería más inteligente. ¿Acaso no le había enseñado lo suficiente como para que supiera reconocer a los interesados de su calaña? Me está empezando a costar mantener un perfil bajo ante la absurdez de escena a la que estoy asistiendo.

Bueno, quizás no me haga falta seguir soportándolo mucho más, pues reparo en que el tipo está subiendo la mano de forma que roza el interior de sus muslos. Ella por su parte comienza a contorsionase sujetándose con más fuerza a las correas del columpio, y ante mi horror comienza a gemir. De esta manera, por primera vez en mi vida, lejos del terreno sexual, todo pensamiento racional desaparece de mi cabeza. Mi visión se pone roja y siento auténtica rabia rezumando en cada poro de mí piel. Bien que conmigo se había hecho la inocente y ahí se encontraba disfrutando sin ningún tipo de pudor. No pienso consentirlo, me prometo aproximándome decidido a increparles sobre su conducta. No sé qué voy a decir, aunque me tampoco hace falta pensarlo, porque en ese momento le escucho terminar de forma apresurada la frase que estuviera diciéndole.

—Ya mismo vuelvo.

—V-vale… —acepta con voz temblorosa.

¿Le habrá cortado el orgasmo? No quiero ni pensar sobre eso, la verdad. En cuanto le veo marcharse, me acerco hasta donde se encuentra sentada. Todavía no me ha visto, así que, en voz alta y cargada de escepticismo, declaro:

—Vaya, ya veo que ahora dejas que todo el mundo te coma con una facilidad pasmosa.

Ella se sobresalta asustada y gira la cabeza hasta donde me encuentro. En la situación alterada en la que me encuentro ahora mismo, debo decir que me satisface su reacción.

—Mierda, Blake, no vengas a hurtadillas, casi me matas del susto.

—Bien empleado lo tendrías. ¿Dónde has aprendido eso de escaparte a un bosque oscuro a conseguir que te hagan un oral? —escupo frustrado con su descaro.

—¿Q-qué estás diciendo?

—Ah, no te hagas la ingenua conmigo y mucho menos cuando hasta hace dos segundos estabas revolviéndote aferrada al columpio.

—Creo…

—Calla. ¿Dónde fue el otro? ¿a por los condones y así ya os lo montáis en la copa del árbol?

—¿Disculpa? Bueno, ¿y si fuera así qué pasaría? —pregunta alzando la barbilla orgullosa.

—¿Que qué pasaría preguntas? —gruño fuera de mí— Que voy a sacarte inmediatamente de aquí, eso es lo único que va a pasar esta noche.

—Yo contigo no voy a ir a ninguna parte. —niega categórica cruzándose de brazos en actitud defensiva.

—Oh, desde luego que lo harás.

Si no me queda más remedio que sacarla a rastras, no pienso dudar en hacerlo.

—¿Desde cuando eres mi padre y debo obedecerte? No tienes ni voz ni voto en mi vida, así que lárgate.

—¿Cómo qué no? Te recuerdo que tenemos un acuerdo, así que sí que tengo algo que decir al respecto.

—¿Y qué narices te importa lo que haga o deje de hacer con mi vida? —espeta enfurecida con los ojos brillantes— Tú no eres nadie.

Con esa frase lo único que consigue es encolerizarme más, y dejándome llevar por el impulso que no deja de latir en mi interior, le sujeto con firmeza de la nuca para acercarla hacia mí con rabia. El mero hecho de imaginarla practicando sexo en el columpio con el otro, me producen ganas de recordarle la influencia que tengo sobre ella. Tengo que borrar cualquier huella que haya podido dejar mínimamente ese tipo, por lo que, obligándole a abrir la boca con la lengua, indago en su interior sintiéndome arder, tratando de demostrar algo que no logro llegar a entender.

No importa nada más. Voy a recordarle quién es la persona con la que vibró por primera, y desde luego ésta no se llama Scott. Por encima de mi cadáver. Al principio ella se resiste un poco, pero al cabo de un rato, claudica dejándose arrastrar por las llamas que sentimos. Su lengua rozando la mía me vuelve aún más necesitado por marcarla. Al recordar lo que hasta hace unos segundos estaba haciendo con el otro, me separo con brusquedad de su cuerpo. Renuente a dejarla marchar del todo, pego con fuerza mi frente a la de ella, nuestros alientos se mezclan, despertando sensaciones placenteras.

—Por supuesto que me importa, yo te inicié en esto, eres mi responsabilidad.

Ella se muestra repentinamente sorprendida y vuelve a tensarse entre mis brazos, determinada, me pone una mano en el pecho para alejarme de su cuerpo.

—No me apetece escuchar nada de lo que tengas que decir, para empezar ni si quiera sé qué diablos haces aquí. Te aseguro que ya no debes considerarme ninguna responsabilidad.

—No te creas ni por un solo segundo que pienso permitir que eches a perder todo lo que hemos conseguido hasta ahora y mucho menos con ese tipejo —escupo rabioso.

—¿Conseguido? —pregunta encolerizada y, apoyándose en la cadena del columpio, se levanta y me señala con un dedo— ¿Has olvidado tus palabras? ¿Realmente eres así de pretencioso e hipócrita? Primero me llamas muerta, sosa y aburrida sexual, delante de tus amigos sin despeinarte y ahora estás aquí reclamándome ¿qué? ¿qué me vaya contigo? Scott es mi cita. MI CITA. Mi oportunidad de aprender lejos de un falso como tú, y aun así estás aquí tratando de arruinármela. Al único sitio al que quiero que te vayas ahora mismo ¡es a la mierda!

—Sé que estás enfadada conmigo.

—¿Enfadada solo? —exclama estupefacta con el término que he empleado.

—Soy consciente de que no lo hice bien, que no usé las palabras correctas —comienzo a disculparme, pero ella se ríe incrédula.

—¡Te reíste con ellos a mis expensas, asegurando que habría tenido que pagar para que alguien se acostara conmigo! ¿Cómo te atreviste?

—Tendremos que hablar de esto en privado, por eso te vienes conmigo.

Le cojo de la mano y ella la retira inmediatamente. Dios, ¿por qué tiene que resultar todo tan frustrante?

—No quiero, me voy a quedar aquí esperando a mi acompañante. Tus servicios ya no serán requeridos. Retírate. —sentencia moviendo una mano y se vuelve a sentar resuelta en el columpio.

—¡¿Me estás despachando?!

¿Cómo se atreve a tratarme como si fuera una de mis clientas? ¡No soy ningún perro!

—Eso es exactamente lo que estoy haciendo.

Respiro hondo y ordeno mis pensamientos. Después, reuniendo toda la paciencia de la que creo ser capaz en esta situación, formulo la siguiente declaración:

—Escúchame atentamente Moore, si tanto te gusta elegir, tienes dos opciones. Por un lado, puedes quedarte aquí con un tipo que conoces de hace menos de una noche y que lo más seguro es que sólo quiera meterse bajo tu falda y luego dejarte tirada, en tal caso nuestro acuerdo habrá concluido. O, por el otro lado, puedes elegir venirte conmigo ahora mismo, y no te voy a mentir, yo también estoy deseando meterme bajo tu falda. La diferencia entre nosotros es que a mí me importas lo suficiente como para estar aquí tratando de solucionar las cosas contigo.

Ella agranda los ojos sorprendida y durante un minuto veo reflejada la duda en su expresión. Ajá, con que di en el clavo. Sin esperar a que responda, le vuelvo a coger de la mano, y decidido, la levanto del columpio, arrastrándola conmigo.

—Arreglado, te vienes conmigo.

—Pero qué dices… ¡no te aproveches! —se queja sin oponer mucha resistencia.

—No me estoy aprovechando, toda tu cara gritaba por la segunda opción —me defiendo sujetándole con más firmeza la mano, evitando que trate de escapar.

—E-espera… Para ¡ay!

Eso capta mi atención y me giro alertado.

307

—¿Qué sucede?

—Ay, duele —se queja sentándose en el suelo para sujetarse el tobillo— ¿Es qué no ves que no puedo caminar? ¡Voy cojeando!

—¡No has dicho nada! —le recrimino agachándome solícito a su lado— ¿Qué es lo que ha pasado?

—Me torcí el tobillo andando con los tacones por el bosque.

—¿Por eso estabas sentada en el columpio?

Ay mierda, creo que he cometido una terrible equivocación.

—¿Acaso pensabas que estaba grabando una película porno?

—La verdad… algo parecido —confieso estudiándole el tobillo con atención.

Ofendida, ella me da un manotazo en el hombro.

—Eres un idiota.

Sí, sin duda lo tiene más hinchado que el otro, determino tras echarle un vistazo. Le acaricio la zona ligeramente amoratada y su cuerpo se retuerce de dolor.

—Te dije que te tomaras con calma el tema de los tacones. No estabas preparada.

—Jackie me animó a hacerlo…

—Jackie te anima a hacer muchas cosas —asiento escéptico recordando la escena del bailoteo con el otro.

—Lo que tú digas, creo que lo mejor será que me quede aquí esperando a que regrese Scott con el hielo, si no estoy, se va a preocupar.

—Y un cuerno. Tú te vienes conmigo —ordeno categórico, dándome la vuelta para quedar de espaldas a ella.

Con movimientos, le insto a rodearme con sus suaves brazos el cuello. Tras esto, le sujeto con firmeza alrededor de las piernas desnudas y me levanto cargando con ella, quien se aferra con más fuerza, luchando por equilibrarse y no caerse.

—Estás loco. Scott estará a punto de regresar y nos va a encontrar así. Bájame. —comenta nerviosa, revolviéndose en mi espalda.

El olor avainillado me envuelve y un gracioso tirabuzón recae sobre mi hombro.

—Tranquilízate, no vamos a estar mucho tiempo aquí, así que no nos va a ver. Tú no irás a ninguna otra parte que no sea a nuestro taxi.

—¿Llamaste a un taxi?

—Eso hice mientras tú jugabas a ser Cenicienta —comento bromeando, más ella no me responde y eso sí que me extraña— ¿Sigues ahí Moore?

—Está bien, sólo por hoy me iré contigo. De todas formas, no tenía con quién volver a casa, así que pensaba ir a conocer la de Scott.

—Olvídate por ahora de ir a visitar casas de desconocidos, y mucho menos la de ese tipo en concreto. Recuerda que tenemos un acuerdo de exclusividad.

Me la imagino en su apartamento y en el resultado que devendría de eso. Ni de coña, por encima de mi cadáver se va a acostar con ese desgraciado.

—¿Desde cuándo?

—Desde siempre. No creí que hiciera falta especificarlo en nuestro acuerdo, ya que lo daba como una obviedad. Sin embargo, en vista a tu reciente actitud, déjame aclararle lo siguiente.

—¿De qué estás hablando?

—Mientras te esté enseñando, no puedes reunirte con otros.

—¿Y eso por qué?

—No quiero que ensucien tu aprendizaje.

—Pues tú te acuestas con otras. —rebate aferrándose todavía más fuerte a mi cuello.

Su agradable calor me invade y, disfrutándolo, me tomo un momento antes de responder.

—Yo ya aprendí todo lo que necesitaba, por eso me dedico a esto. Tú todavía no estás preparada.

—Eres un egoísta —murmura sobre mi piel y se sume en el silencio.

Cargo con ella hasta la zona más alejada de la parte trasera de la casa, evitando con ello miradas indiscretas que podrían observarnos desde la entrada. Para cuando llegamos a la esquina de la calle, el taxi nos está esperando. La desciendo de mi espalda agachándome al lado de la puerta y, sujetándola del brazo, le ayudo a internarse en el taxi. Escucho su suspiro aliviado y cierro la puerta. Rodeo el taxi y entro por la otra entrada, sentándome a su lado.

—¿A dónde?

Moore se apresura a indicarle la dirección de su calle, temerosa quizás de que trate de adelantarme y le diga otra dirección. Nada más lejos de la realidad, ni si quiera me importa a dónde quiera ir, lo único que deseo es alejarme de esta casa antes de que cambie de opinión y se le antoje volver a la casa de Susan a esperar al idiota de Scott.

El taxi arranca y ninguno de los dos dice nada. Lo cierto es que no sé muy bien cómo voy a plantearle una disculpa por todas las cosas que dije sobre ella. Sé que no tengo una excusa posible. Madre mía, soy un desgraciado, bien sabía todo aquel que me conociera que no se me daba bien disculparme.

Sin embargo, ella parece que tampoco tiene nada que añadir, por lo que aprovecho el trayecto para elaborar un discurso medianamente coherente. Para cuando llegamos a su calle, todavía no estoy del todo conforme con las palabras que he pensado y empiezo a fantasear con la idea de que quizás se le pasará solo con el tiempo. Pudiera ser que conociendo lo bocazas que soy, decida dejármelo pasar por esta vez, si no me habría dicho algo ¿no? Moore solía ser bastante directa para exponer los problemas.

El taxi aparca enfrente de los apartamentos de su casa, y ella abre la puerta dispuesta a salir, trato de adelantarme, bajándome del taxi con velocidad y la acompaño hasta su casa. Todavía no ha dicho nada, ni si quiera se queja del dolor, solamente se apoya sobre mis hombros y empiezo a sentirme incómodo.

—Al paso que vas, solo te faltará el bastón para terminar pareciéndote al doctor House —bromeo tratando de romper un poco la tensión.

Nada. No funciona nada. Sólo se centra en sacar las llaves para abrir el portón. Le ayudo a entrar y la acompaño durante el tramo final. Tras un rato intentando abrir la puerta de su casa, lo consigue, y decidido a guiarla hasta el sofá, vuelvo a sujetarla de la cintura. No obstante, en esta ocasión ella se desprende de mis hombros y me encara, impidiéndome pasar más allá del umbral.

—Te agradezco que hicieras el favor de traerme.

—¿No vas a dejarme entrar? Tenemos que hablar sobre lo que ha pasado.

—He estado pensando mucho sobre ello en el taxi. Quizás incluso desde un poco antes de entrar a él. —comenta inexpresiva.

Ay, no, qué tensión, joder. Me doy cuenta sorprendido de que me preocupa bastante las siguientes palabras que puedan salir de su boca.

—Oye, espera, antes de que saques conclusiones precipitadas, debes escuchar lo que tengo que decir —intervengo ansioso.

—No es necesario escuchar nada más. En realidad, después de haber pensado seriamente sobre nuestra conversación, he llegado a la conclusión de que me debería dar igual lo que le dijeras a tus amigos. En el momento en el que decidí colgar el anunció debí suponer a lo que podría exponerme, y lo cierto es que, si lo miramos con perspectiva, no me ha ido nada mal. Hasta podríamos decir que he salido ganando.

—Pero…—trato de añadir sintiéndome molesto con esa expresión impasible.

310

—No tienes que decir nada —interrumpe adustamente— Quiero seguir aprendiendo de ti, por ese motivo no voy a cancelar nuestro acuerdo, y cumpliré con lo que dices de la exclusividad. No te preocupes por eso.

—Si eso es así, entonces, ¿por qué no me dejas pasar y explicarme?

Está demasiado tranquila, demasiado serena, suena casi como si fuera a peligrar algo entre nosotros.

—Por el simple motivo de que lo nuestro es un acuerdo meramente comercial, así que no me debes explicaciones sobre lo que hagas en tu vida privada. Ahora, me iré a dormir. Nos vemos la semana que viene. Buenas noches —se despide y es cuando más lejos la siento.

—E-espera un momento —trato de pararla, pero me da con la puerta en las narices. Desesperado, golpeo la madera esperanzado de que salga y me dé alguna explicación —¡Ábreme!

Cuando me cercioro de que ya no va a responder, dejo de golpear la puerta, y me apoyo en ella, sintiéndome repentinamente muy cansado. Nada de lo que ha dicho tiene ningún sentido para mí, y más después de haberme estado evitando dos días. Tenía la intención de disculparme y arreglarlo, pero ella lo hizo ver como si no hubiera nada que arreglar. Entonces ¿por qué me había evitado? Claramente había estado molesta. No sólo me había enviado un mensaje recriminándome mi conducta, sino que hasta hacía escasos minutos me había gritado enfurecida en el bosque.

¿De dónde venía esa imprevista actitud? Me había estado preparando todo el camino para escuchar recriminaciones y soportar su ira, más ella se había limitado a restarle importancia totalmente impávida y no había logrado discutirle nada. Me había dado la razón y en vez de generarme tranquilidad con su discurso, éste solamente me inquietaba más. Aquello estaba mal, nada se había dado de forma natural y ni si quiera sabía qué debía de hacer a continuación.

Jamás me había encontrado con una situación emocional tan complicada como la acontecida esta noche.

—Mierda…

CAPÍTULO 18

CRYSTAL

Las palabras dañan. Una lectora como yo lo sabía muy bien. Hasta ahora sólo había experimentado algunos momentos en los que la ficción te catapulta hacia la ilusión, como cuando un protagonista dañado decide aceptar finalmente sus sentimientos por la chica a quien nadie hacía caso. El revoloteo, la felicidad, todo eso se contagiaba con facilidad en las novelas. Ahora podía darme cuenta de que todo eso era nimio. Lo mismo daba, un sujeto, un predicado y un complemento me habían herido más de lo que me hubiera gustado.

El problema era que, hasta aquel día en la cafetería, no me había percatado de las terribles ilusiones que me había estado montando en mi cabeza. ¿Qué importaba si hasta ahora había estado viviendo experiencias similares a las que podría tener una protagonista random de una de mis novelas? Eso no significaba que fuera a convertirme en una.

No debía engañarme. Aiden no era nada más que un escort, quien se movía por su propio interés y que te decía las palabras que querías escuchar, incluso si tú misma no sabías cuáles eran estas. Desde luego, no hay nada mejor que oír la opinión que tienen de ti cuando no estás presente, esa siempre será la respuesta más sincera que puedas encontrar, y yo lo había experimentado en mi propia carne. Desde entonces, no había querido ni verlo, de esta forma, me había quedado en casa de Jackie durante dos días tratando de evitarlo, hasta que me enfrentó en la fiesta.

A raíz de eso, podría haber hablado con él e incluso me había planteado seriamente encararlo, más aún cuando me había reclamado aspectos de nuestro acuerdo en la fiesta, que, por mucho que estuviera convencido de ello, ni si quiera debería haber planteado. Sin embargo, viniendo en el taxi y tras reflexionar mucho, me di cuenta de que me había enfurecido con él para sustituir la terrible decepción que sentía desde que le escuchase hablar tan despectivo en la cafetería.

Decepción. ¿Por qué debería sentirlo? ¿Por qué tendría que reprocharle nada? No debía olvidar ni por un segundo mi lugar. No era su novia, ni era nada mío, ni si quiera era mi amigo, aunque estos días atrás hubiera tratado de convencerme a mí misma de ello. No, en realidad él estaba en todo su derecho a tener su propia opinión sobre mí. ¿Qué importaba realmente que hubiera conseguido hacerme sentir especial? ¿Acaso ese no era ese su trabajo precisamente? ¿Quién querría acostarse con alguien que no la viera bien? Por supuesto que tuvo que decirme todas esas cosas, la única que se había equivocado había sido yo al decidir creérmelas. No había nada más que hablar entre nosotros. Ahora sabía perfectamente dónde me encontraba y no pensaba volver a distraerme con nada que no se ciñese a esta verdad. Debía reconstruirme y seguir adelante, sin perder de vista mi objetivo.

Blake no era nada mío, así que dejaría de abrirme en el plano emocional y me limitaría a obtener lo que deseaba de él sin esperar nada más. Se acabó eso de bromear como si tuviéramos alguna clase de amistad, era mi escort, mi amante. Nada más, y así debía seguir siendo, al menos hasta que consiguiera avanzar socialmente.

Ya no confiaría en nada de lo que saliera de su boca de ahora en adelante, sólo así conseguiría separar lo personal de lo profesional. Con todo esto en mente, había sido capaz de plantarle cara manteniendo una dignidad de la que no me habría creído capaz con anterioridad.

En este momento, envuelta en la seguridad de mi casa y todavía escuchándole golpear la puerta, tengo que recordarme que debo resistirme a abrirle. Esto es lo mejor, me digo por tercera vez.

—¡Ábreme!

Me apoyo en ella sintiendo cada golpe resonar contra mi espalda. Después de estar un rato más, los golpes cesan y empiezo a preguntarme si se habrá marchado ya.

La ira me invade de repente, ¿acaso no sabe lo difícil que es para una mujer que un tipo caliente como él, le golpee la puerta, desesperado porque se la abran? Amigo, ten algo de piedad por la nerd que consideras que soy. Esto es muy novelesco, ya que la has cagado y te dije que no pasaba nada, al menos márchate con tranquilidad. No te quedes insistiendo, tentándome a que te abra la puerta y acabe saltándote encima.

Busco mi móvil en el mini bolso de Jackie, quien me convenció de llevarlo a la fiesta, y escribo al que había sido mi confidente estos dos días atrás.

¿Han oído hablar de esas ocasiones en las que alguien escribe a un famoso por privado en las redes sociales, sabiendo que jamás le responderán porque es insignificante en sus vidas? Bien, pues yo había sustituido a mi confidente de dramas Harry Styles por Uriel. Total, el tipo no había dado señales de vida desde hacía un mes y en el caso de que lo hiciese en un futuro, daría igual, pues era el único que había estado al corriente de mi contrato con Blake. Demonios, si fue quién me lo recomendó, así que ¿qué importaba? Mi salud emocional iba primero.

Releo el mensaje que le mandé la última vez que le escribí y me llevo una mano a los labios, sintiéndome totalmente avergonzada.

Mensaje enviado:

Hola otra vez, ¿cómo va todo? permíteme usarte de confidente/diario personal una vez más. Como la última vez resultaste ser muy simpático y en vistas de que no has revelado el contenido de mis mensajes anteriores, me gustaría desahogarme contigo. Espero que no te importe, aunque teniendo en cuenta que ni si quiera te llegaron mis últimos WhatsApp daré por hecho que apagaste el móvil, te lo cambiaste o lo tiraste por un puente, y que estos mensajes se perderán también en el camino, así que aquí va mi testamento. Cuando me recomendaste a Raziel de sustituto debí imaginar que resultaría todo un experto en materia sexual, pero creo que también deberías haberme avisado de la sucia boca que tenía y de la mierda que podría salir por ella. El tipo realmente podría montarse todo un estercolero con la de cosas que salen y (entran) por ella. ¿Acaso en la escuela de escorts no os enseñan que no se habla mal de las personas por la espalda? Ughh le aborrezco.

Enviado a las 04:15 √

Pudiera ser que me hubiera puesto medio dramática, pero ya no había marcha atrás. Me había sentido de esta forma después de escucharle todo lo que dijo, y como no podía confiar en nadie a quien contarle todo esto sin revelar el acuerdo, probé con Uriel, a quien también le había enviado días anteriores mi lista de la compra.

Mensaje enviado:

Lo siento mucho Uriel, me puse muy dramática, fue exagerado. Raziel es bueno, pero creo que sólo debería limitarme con él a la cama, así que a partir de ahora he decidido desligarme emocionalmente. A fin de cuentas, ¿no es un escort? Esto es lo mejor, ¿verdad? Me estaba involucrando demasiado y le di más importancia de la que realmente tiene. Puff, mi vida es un asco. El mundo entero lo es, de lo contrario, no tendría que estar hablando contigo sobre esto por aquí. Hasta tuve que mentirle a Scott sobre mis aficiones, me preguntó cuáles eran y ¡le dije patinaje artístico! Yo, que me mato con sólo ver las ruedas de los patines. ¿Te lo puedes creer? ¿Puedo ser más patética? Con lo guapa que conseguí ponerme y me quedé a pan y agua, todavía vestida y alborotada. Para colmo, terminé discutiendo con ese tipo… Bueno, he vuelto a enrollarme demasiado en este mensaje. Espero que todo te vaya bien allá donde estés.

Clic. Enviar.

Sintiéndome más liberada con todo lo que acabo de soltar —con esto no hace falta la terapia— decido marcharme a la cama. Mañana será un día nuevo, y lo mejor de todo, todavía no tendré que enfrentarme a Blake hasta la semana que viene.

Paz mental, ven a mí, aquí te espero.

La luz del amanecer se cuela entre mis ventanas y un ligero dolor se extiende por toda mi sien, el cual, al recordar todos los acontecimientos de la noche anterior, no hace más que incrementarse. Cierro los ojos con fuerza y me revuelvo en la cama molesta.

Sábado. Tengo que ser positiva, es fin de semana y puedo vaguear todo lo que quiera en la cama. El móvil vibra y lo recojo curiosa.

Diez llamadas perdidas de Jackie.

4 mensajes entrante de Jackie:

¿Dónde fue el pequeño bombón de la fiesta? No te encuentro.

00:05 horas.

Me estás comenzando a preocupar. Llámame cuando puedas.

01:10 horas.

Crystal Moore, ya puedes tener una excusa plausible, como la de haber encontrado a un tipo sexy que te limpiase los bajos, porque de lo contrario no encuentro lógica alguna a tu desaparición repentina de la fiesta.

01:50 horas.

Voy a dar por hecho que encontraste a alguien que te llevase a casa y que te has quedado dormida, si mañana no das muestras de vida pienso llamar a la policía.

02:30 horas.

Mierda, debería haberle avisado después de abrir el chat de Uriel, pero es que en ese momento no me apetecía hablar ni dar excusas sobre mi desaparición en la fiesta.

No obstante, es hora de dar la cara, por lo que procedo a llamarla nada más leer los mensajes. Al primer timbrazo su característica voz caótica me responde.

—¡Crys! Por todos los dioses, ¿cómo se te ocurre desaparecer sin escribirme? Ya sé que no sueles salir mucho de fiesta, pero es la regla básica de una buena juerga. Además, ¿con quién te fuiste? Scott casi entra en pánico pensando que pudiera haberte ocurrido algo y encima estando con el pie mal. ¿Cómo te encuentras?

Su agitación y nerviosismo agitada provocan que mi dolor de cabeza se incremente.

—Tienes razón, perdona Jackie, empecé a sentirme mal y decidí marcharme —comento tratando de ceñirme todo lo posible a la realidad, después, observo mi pie y le informo sobre su estado— Creo que tengo mejor la pierna, con toda seguridad sólo necesitará estar en reposo un par de días.

—Me alegro de que ya esté mejor, pero si crees que vas a convencerme sólo con eso, lo llevas claro. No he pasado un infierno preocupándome ayer para que ahora termines siendo tan ambigua. Primero, ¿cómo llegaste a casa sola con el pie así? Scott dijo que lo tenías amoratado.

—Lo cierto es que llamé a un taxi.

—Tenías que haberle esperado o avisarme, no puedes marcharte así de la nada. Además, perdiste una oportunidad increíble para visitar su casa y acostarte con él. En las películas siempre empieza la cosa así, con un accidente, hubiera sido muy emocionante, ¿no?

Ruedo los ojos planteándome seriamente si el acostarme con Scott Chárter podría haber resultado emocionante. El tipo era agradable, eso sin duda, pero ¿y si me he acostumbrado a otro tipo de emociones más fuertes? ¿Lograría tener la misma confianza o peor aún, sentir lo mismo con él? Desestimo ese pensamiento con rapidez, ese es un argumento muy novelesco, un orgasmo es un orgasmo aquí y en cualquier parte.

—Creo que no me siento preparada para perder mi virginidad con un chico al que sólo conozco de una noche.

Okay… soy una auténtica estafadora. Esto es algo que diría la antigua Crystal, por lo que Jackie no podría ni llegar a empezar a sospechar. Si sólo supiera la mitad del camino que he recorrido desde la tarde en la que había dado el paso con Blake, con toda probabilidad me mataría por habérselo ocultado. No hay manera posible de que pueda contárselo, ¿por qué? Primero porque es un secreto que sólo me concierne a mí y por último y mucho más importante, por el acuerdo de confidencialidad que me he comprometido a cumplir y que contiene multitud de ceros.

—Bueno, de todas formas, esta tarde me pasaré a visitarte, ¿necesitas que te lleve algo?

—En principio estoy bien, si necesito algo te lo escribo, ¿vale?

Jackie es mucho más dramática y exagerada que yo. Si cree que puedes necesitar algo, se presenta en tu casa con cuatrocientas cosas del estilo y marcas diferentes.

—Más te vale hacerlo. Trata de descansar y no te mates a estudiar, esta tarde iré a tu casa a hacer una maratón de películas contigo y pediremos pizza.

—Me parece buen plan.

Aunque a Jackie le encante la fiesta y siempre esté tratando de convencerme para que la acompañe, sabe adecuarse a mis gustos con mucha facilidad, y eso es algo que le agradezco profundamente. En cuanto cuelga, suspiro aliviada. No me siento del todo bien mintiéndola, pero no queda de otra.

Abro el chat de Uriel y vuelvo a desahogarme:

¿Día nuevo agradable? Me siento como el culo, he vuelto a mentirle de buena mañana a Jackie. Ojalá pudiera decirle la verdad, pero tu jefe se las ingeniaría para meterme en la cárcel. Sin duda, no sobreviviría ni un solo día en ella, si ya soy carne de bullying, imagínate encerrada…

Enviado 10:30 √

Suspiro, y vuelvo a tumbarme en la cama. Cierro los ojos en un vano intento de que el dolor de cabeza se pase. De repente, el telefonillo de la puerta suena ruidosamente.

—No me jodas, jamás estuve tan solicitada con anterioridad…

Me levanto y voy cojeando, atravesando el salón.

—¿Sí?

¿Quién narices será? Solo quiero seguir durmiendo.

—Abre, Moore.

¿Qué diablos hace Blake aquí? Acordamos vernos la semana que viene. ¿Quizás ha sucedido algo grave? No me queda otra opción que abrirle, pues conociéndole es demasiado orgulloso para presentarse aquí después de todo el numerito que monté ayer… No, definitivamente ha tenido que surgir algo que le obligase a venir hasta aquí.

—¿Ha pasado algo? —inquiero preocupada en cuanto le veo aparecer por la puerta, él cruza el umbral con paso decidido.

Incluso ataviado totalmente en ropa deportiva se me antoja caliente. Maldito desgraciado.

—¿Ya te has calmado?

—¿Qué? —exclamo extrañada— Espera un momento, ¿no ha pasado nada?

—¿Más allá de que ayer te pusiste toda rarita conmigo? La verdad es que no.

—¿Qué diablos haces aquí Blake? Creía que habría sucedido algo importante. De hecho, ¿No habíamos acordado vernos la semana que viene?

Ay no, no me apetece nada de esto. El dolor de cabeza me está impidiendo pensar con claridad.

—Eso lo acordaste tú sola anoche. En lo que a mí respecta, tengo mis propios motivos para haber venido.

—¿Y cuáles son esos exactamente? Creí que todo quedó claro ayer. Además, hasta donde sé los sábados no suelo requerir tus servicios.

Necesito café, resuelvo acercándome a duras penas hasta la cocina, si tengo que enfrentarme a él de buena mañana, con toda seguridad voy a necesitar uno.

Repentinamente, su mano se posa en mi hombro y ceso mi caminata, confusa, me giro hacia él.

—¿Qué narices haces?

—Siéntate en el sofá.

Este tipo se ha empeñado en alborotar mi mañana, sujetándome de los hombros, me guía con suavidad y me insta a sentarme en uno cercano. Si no opongo mucha resistencia es debido a que aún siento el pie entumecido, de lo contrario, ya lo hubiera usado para patearle fuera de mi casa.

—Todavía no entiendo qué haces aquí.

No puedo dejarme afectar por él. No lo consentiré.

—Realmente vine a traerte unos documentos que necesito entregar completos la semana que viene —informa dejando unos papeles sobre la mesita de té.

—Podías habérmelos enviado.

—Ya, pero si te los hubiera enviado no hubiera podido recompensarte como te mereces y por adelantado ¿no crees?

Me sonríe de lado seductor, después se agacha enfrente de mis piernas y las cierro de forma instintiva. Para este tío es como si no ocurriese nada ¿o qué? Un día de estos me dará una taquicardia.

—Tranquila Moore, todavía no tenía la intención de empezar, primero tenemos que arreglar el tema de tu pie…

Le veo recoger la pequeña bolsa que dejó sobre los documentos que ahora se encuentran en la mesa. De ella, extrae una pomada y unas vendas, me sostiene el pie con delicadez y tras retirar el calcetín con motivos de Pucca que suelo ponerme para dormir, comienza a extenderme la crema, masajeando suavemente la zona.

Me estremezco bajo su toque, tengo que despacharlo en cuanto termine su tarea, ni si quiera debería estar consintiendo que se encargue de mí de esta forma. No, me prometí limitarme al terreno sexual, pero aquí ando, permitiéndole darme un masaje.

—¿Por qué haces esto? —pregunto regodeándome en la calidad que desprende su mano.

—Porque tengo que cuidar de quien me va a permitir aprobar —explica sin desviar su atención de mi pie, la frase se me antoja como si me acabaran de lanzar una jarra de agua fría— y porque me pediste que te tratara como a mi amante. Creo que esto ya está. ¿Qué? ¿pasamos a la acción?

—Gracias por haberme vendado la pierna y haber traído los papeles, trataré de empezar a rellenarlos esta tarde, pero no tengo la intención de acostarme contigo ahora.

Su boca se abre mostrándose sinceramente anonadado. ¿Tan raro es que le digan que no?

—Espera un momento, ¿me estás rechazando?

—Sí.

—¡¿Cómo?! ¿Por qué diablos lo harías? —inquiere molesto.

—No es nada personal, habíamos acordado reunirnos la semana que viene, sólo entonces podrás pagármelo, mientras tanto, preferiría que te marches por ahora.

Necesito este fin de semana para mí, para enfocarme en otros temas y poder enfrentarle con más convicción en el futuro.

—No te preocupes, no pienses ni por un segundo que voy a quedarme aquí rogando por un polvo, no lo he hecho jamás, ni tengo intención de empezar a hacerlo por ti. —espeta ofendido, tras guardar la pomada en la bolsa, se pone de pie y me estudia despectivo desde su gran altura —Espero los documentos para mañana.

—¡¿Para mañana?! ¿No eran para la semana que viene?

Eso me agobia. En general, me gusta cumplir con el tiempo y sin haber visto el tipo de documento que es, no tengo ni idea de cuánto podría tardar en terminarlo, podrían ser incluso horas.

—Los quiero para mañana.

—Te estás desquitando conmigo, ¿verdad?

Sería el colmo que me hiciera trabajar el doble sólo para satisfacer sus ansias de venganza provenientes de un ego herido.

—¿Y por qué lo haría? ¿Acaso te crees que eres tan importante en mi vida? —señala burlón dirigiéndose a la salida— Nos vemos la semana que viene.

Tras esto, sale por la puerta dando un portazo al cerrarla.

—Eres un idiota, Blake —le grito sintiéndome todavía más frustrada.

Sólo el silencio del solitario apartamento me devuelve una respuesta, y me doy cuenta aterrorizada de que lo que antes me hacía sentir cómoda y segura, ahora me resulta angustioso y difícil de gestionar. Lo peor de todo es que no tengo a nadie con quien poder hablarlo, o quizás sí.

Retomando mi teléfono, envío un último mensaje, que en ese momento me sabe como si fuera un grito de ayuda.

Me siento tan malditamente sola…

Enviado 11:15 √

Suspiro y me levanto con dificultad para estudiar los documentos mientras preparo el café, pues no es como si pudiera seguir durmiendo ya. Al cabo de un rato, determino disgustada que, tal y como pensaba, va a tomarme varias horas.

—Que lo quiere para mañana dice…Dudo que sepa las horas que requiere esto. Ese desgraciado me ha asignado un trabajo de investigación. ¡Apuesto mi cuello a que ni se lo ha mirado! —farfullo pasando las hojas.

Irritada con él, aunque sintiéndome más decidida a plantearle cara, doy un sorbo al café y extraigo de nuevo el móvil. No me queda más remedio que escribirle.

Acabo de ver los documentos, vas a tener que esperar sentadito si crees que puedo tenerlos para mañana. Esto me va a tomar varias horas que no tengo la menor intención de invertir hoy. Lo tendrás para la semana que viene, así que ni sueñes con explotarme este fin de semana.

Enviado 11:30 √√

Solo el hecho de imaginarme la cara que pondrá cuando lo lea, me produce una retorcida satisfacción. Con una sonrisa apago la pantalla, y vuelvo a introducir el móvil en el bolsillo de mi pantalón. Sin embargo, este último vibra entre mis dedos antes de soltarlo y, al suponer que es Blake maldiciéndome, no puedo resistirme a echarle un vistazo para comprobar cómo ese maldito explotador sobrelleva otra negativa más. Despliego los mensajes y, efectivamente, entre ellos se encuentra la respuesta esperada del idiota, aunque también hay algo más que no vi venir y que me pone el corazón a mil. El nombre de otro chat se encuentra reflejado justo encima del mensaje de "buenos días" que mi madre ha creído oportuno enviarme.

El estómago me da una vuelta y, de repente, el café me sienta mal, ignorando el mensaje amenazante de Blake, me concentro en el chat que acaba de poner mi mundo patas arriba.

Uriel.

Dios mío. El tipo me acaba de responder a la especie de diario que hice de su WhatsApp. No me atrevo a abrirlo todavía, a saber, qué diablos pensará este hombre sobre mí después de todas las cosas vergonzosas que le solté. Al final, debo tomar varias inspiraciones antes de poder desplegarlo.

Mierda Crystal, tendríamos que habernos conformado con Harry Styles, ese sí que nunca nos hubiera respondido.

—Ay joder…

Mensaje entrante de Uriel:

Perdona por no haberte podido responder a tiempo, en donde estoy es difícil encontrar cobertura, y este móvil es sólo de trabajo. Guau, ya puedo comprobar que has tenido un mes algo intenso… Lamento si Raziel se ha comportado como un auténtico capullo contigo. Lo cierto es que me resulta extraño, ya que no es algo que suela hacer con las clientas, y por supuesto, para nada nos enseñan a ser basura con las mujeres en ¿cómo la llamaste…? Ah sí, "la escuela de escorts" (emoticono riendo). Perdona, no creas que me río de tus sentimientos, es que me ha gustado ese término, pareciera que estuviéramos hablando de Hogwarts, aunque se podría decir que nosotros también hacemos un poco de magia ¿no crees? (emoticono sonriente). Bueno, lo mismo da, realmente te pido perdón en su nombre. Esto no hubiera sucedido si hubiera cumplido con mi parte, pero me surgió un asunto familiar a última hora. De todas las maneras, me agrada que me eligieras a mí para descargar toda la frustración que hayas podido sentir, así que espero que no te moleste que te pregunte acerca de tu último mensaje. Por supuesto, entenderé si no te apetece responderme, al fin y al cabo, me estabas tratando como a un diario (jeje).

El tipo es tremendamente dulce. No había esperado ninguna respuesta por su parte, y más después de que Aiden me hubiera dicho que no sabían cuándo podría regresar, pero en el caso de que me hubiera puesto a imaginar una respuesta, no se parecería en nada a esta.

De hecho, cuando he visto su chat lo primero que he pensado es que se reiría de mí. Sin embargo, durante unos instantes, había olvidado mi conversación con él meses antes. El hombre había estado dispuesto a hacerme precio, por lo que en cuanto a mí respectaba, era el más gentil de todos los Arcángeles. Con todo y con eso, ahí se encontraba, sin juzgarme después de todos los mensajes depresivos que le había mandado.

Por el amor de todo, incluso le había enviado la lista de la compra…

Trago la vergüenza que experimento y, sintiéndome menos juzgada, comienzo a responderle.

Siento mucho haberte usado de diario, ni te imaginas el bochorno que siento ahora…

Enviado 11:40 √√

La respuesta no tarda en llegar.

Mensaje entrante de Uriel:

No te preocupes por eso, pero cuéntame ¿por qué te sientes tan sola?

¿Por qué me siento sola? Me pregunto extrañada observando el mensaje, sé que debería parecerme incómodo hablar de esto con él, pero curiosamente, al tratarse de un chat escrito, me siento más confiada. Espero que luego no tenga que arrepentirme de esto.

Mensaje enviado:

Porque no tenía a nadie con quien hablar sobre cómo me sentía. No puedo contarle nada a mis amigos, ya que firmé ese acuerdo de confidencialidad y, como comprenderás, no puedo decírselo a mis padres…

Mensaje entrante de Uriel:

Espera un momento, ¿firmaste un acuerdo de confidencialidad? ¿Eso significa que Michael se enteró de nuestro trato? (emoticono asustado)

Claro, ahora recuerdo que cuando él se había marchado nuestro acuerdo era muy diferente a todo lo que se había dado después. Esto suponía que Aiden no le había puesto al corriente de nada, como me habría imaginado que lo hiciera. Supongo que también le daría vergüenza hablar sobre mí con Uriel. Lo mismo daba, no es como si esperase mucho de él tampoco.

Le envío un resumen breve de todo lo que ha ocurrido, omitiendo, por supuesto, detalles vergonzosos.

Mensaje entrante de Uriel:

Entonces, por lo que me cuentas entiendo que Michael no sabe nada acerca de vuestro nuevo acuerdo, ¿no? De lo contrario, Raziel estaría en grandes problemas.

Mensaje enviado:

Exacto.

Mensaje entrante de Uriel:

Uh-uh… eso que me cuentas me parece aún más extraño. Raziel no suele actuar así. De hecho, a menos que haya dinero de por medio, no le veo aceptando un acuerdo similar.

¿Acaso no le conoce? Me pregunto extrañada, al fin y al cabo, le estoy pagando sus servicios con algo mucho más valioso que cualquier clase de dinero: mi tiempo y esfuerzo. Por supuesto, se lo hago saber y no tarda en responder.

Mensaje entrante de Uriel:

Sí, si tienes razón, el problema es que, a excepción de mí, los compañeros como Raziel no se jugarían su culo con Michael por las notas, aún así, me alegra saber que a ese chico le importe algo más que el dinero…

No seré yo quien defienda su actitud de patán, es solo que me gustaría que valorases la posibilidad de que no hubiera sabido en ese momento compaginar su vida profesional con la privada. Por lo que me has contado, lo habéis estado manteniendo en secreto y nuestro trabajo conlleva esa misma base, la discreción.

Estoy seguro de que se vio abordado por ambas partes y reaccionó impulsivamente.

Por ese motivo no solemos elegir de clientas a mujeres que conozcamos en nuestra vida privada. Si hubiera sabido que os conocíais de la universidad, jamás se lo hubiera sugerido, pero vamos que sepas que entre nosotros no es lo común criticar a las mujeres.

Estoy cansada de hablar de Blake, pues sus afirmaciones solo me obligan a ver otros aspectos de él más allá de su parte "escort", los cuales no me interesan descubrir para nada.

Mensaje enviado:

Sé que es tu amigo y que te sientes en la obligación de defenderle, pero para mí sólo es un idiota presuntuoso, así que ¿podríamos cambiar de tema?

Mensaje entrante de Uriel:

Vale, tienes razón, no se ha comportado muy bien contigo, así que entiendo que puedas tener esa impresión de él. Lo único que sí que me gustaría es que supieras que no tienes que sentirte sola, porque puedes escribirme todo lo que quieras. Estoy abierto a escuchar o leer toda frustración o alegría que sientas, ¿acaso no soy tu diario? (emoticono de guiño)

Me pongo colorada al leer el último mensaje. Mierda, ¿en qué momento se me ocurrió llamarle diario personal?

Lo siento, antes de ti solía utilizar a Harry Styles, si esta vez no lo hice, fue porque me daba vergüenza contarle a mi amor platónico que tuve que contratar a un escort para comenzar a tener experiencias sexuales Por supuesto, dudo que me leyese, pero imagínate que lo hubiera hecho, qué vergüenza… así que ¿qué mejor manera que desahogarme sobre mi situación actual que hablar con otro escort? Al menos ese fue mi pensamiento.

Enviado 12:20 √√

Mensaje entrante de Uriel:
¿¿Le contabas tus problemas a Harry Styles?? (emoticono de risa)

Bien bueno, ahora que le había confesado algo como eso, no podía echarme para atrás.

Mensaje enviado:
Es el mejor confidente, jamás me ha respondido así que no creo ni que abriese mi chat, pero en el caso de que lo hiciera, dudo que pudiera haber reaccionado de la misma forma en la que lo hice contigo. Es probable que me hubiese infartado.

Mensaje entrante de Uriel:
Vaya, mujer, me siento muy halagado. Fíjate que yo te hacía más de los Jonas Brothers…

Su respuesta me hace reír, y tecleo una respuesta sintiéndome cada vez más divertida con la conversación.

Mensaje enviado:
Ok, antes era muy fan de ellos. De hecho, de vez en cuando escucho alguna canción antigua, e incluso disfruté de su reencuentro, pero aun así ¡se casaron! De ninguna manera podía contarle a alguno de ellos mi triste vida.
¿A ti te gustan?

Mensaje entrante de Uriel:
No están mal, pero prefiero grupos como OneRepublic, ¡MAGIC! Maroon 5…

Mensaje enviado:
¿Y qué me dices de los Chainsmokers?

Mensaje entrante de Uriel:
I need you, I need you, I need you right now… So don't let me don't let me don't let me down… I think I'm losing my mind now [5](8)

Sonrío ruborizada al reparar en la frase tan específica que ha escogido.

Mensaje enviado:
Ok, lo pillo. Cambiando de tema, hoy voy a hacer maratón de películas, así que dime ¿Qué estilo te gustan?

Mensaje entrante de Uriel:
Románticas.
Suelto una carcajada ante esa mentira flagrante, hasta yo que no sé socializar, la he pillado.

---

[5] *"Te necesito, te necesito, te necesito ahora. Sí, te necesito ahora mismo. Así que no me dejes, no me dejes, no me decepciones. Creo que estoy perdiendo la cabeza ahora."* Frase extraída de la canción *"Don't let me down"*

Mensaje enviado:

¿¿Desde cuando eres tan mentiroso??

Mensaje entrante de Uriel:

Oye y ¿por qué no?

Mensaje enviado:

Permíteme dudarlo (emoticono escéptico)

Mensaje entrante de Uriel:

Vale valeee, supongo que me has pillado (emoticono avergonzado), perdóname, es solo que decir "películas en las que hay payasos asesinos que secuestran a niños y tratan de comérselos" no parecía muy adecuado…

Mensaje enviado:

¡Oh! Pero si IT es un clásico.

Mensaje entrante de Uriel:

Déjame decirte que hay gente que considera que algo malo ha tenido que pasar en tu vida si te gustan esa clase de películas. ¿Algo ha pasado en la tuya, Rose?

Mierda, había olvidado el pseudónimo con el que escribí el anuncio… Se siente muy raro que se refiera a mí con él, así que supongo que tendré que revelarle mi nombre real.

Mensaje enviado:

No me llamo Rose.

Mensaje entrante de Uriel:

¿Y cómo te llamas?

Mensaje enviado:

Adivina.

Agh, eso sonó demasiado coqueto, me reprendo dispuesta a borrarlo rápidamente, más no me da tiempo, de acuerdo con el doble tic azul, él ya lo ha visto.

Mensaje entrante de Uriel:

Y si lo acierto, ¿qué me darías? (carita sonriente)

Mensaje enviado:

¿Qué es lo que querrías?

Retengo el aliento, expectante y emocionada con el hecho de que pueda estar coqueteando con otro chico. Quizás los esfuerzos de Blake están dando sus frutos.

Mensaje entrante de Uriel:

Umm ¿Qué prefieres que te pida, algo más amistoso o sensual?

—Santo Benedito… mejor algo sexual. —emito con un gritito emocionado.

Mensaje enviado:
¿Se pueden elegir ambas cosas?

Qué vergüenza más grande siento al estar respondiendo esto, aunque a la vez también me supone mucha diversión.

Mensaje entrante de Uriel:
Por supuesto. De hecho, ya lo tengo pensado.

Mensaje enviado:
¿Qué vas a pedir?

Mensaje entrante de Uriel:
Qué curiosa… Bueno, a tu pregunta, me gustaría una foto sexy y si te sientes más cómoda que no se te vea la cara, ¿qué? ¿aceptas?

Al leerlo emito un gritito alterado. Me siento arder. No estoy segura de que quiera que lo adivine. Tampoco entiendo, por qué querría una foto mía, no es como si no me hubiera visto por la videollamada que hicimos, con eso debería de haber constatado lo corriente que soy. Además, no es como si me hubieran pedido una foto así con anterioridad, a excepción claro de los enfermos que respondieron a mi anuncio.

Mensaje enviado:
Bueno vale, pero dudo que lo adivines.

Mensaje entrante de Uriel:
Dame una pista.

Definitivamente no puedo ponerme a hablarle de rocas, ¿o sí? ¿Quedaría muy friqui hacerlo? Creo que sí. Tiene que ser algo más simple, así que a ver qué mierda le digo ahora.

Mensaje enviado:
Empieza por C, es tan claro como la luz y tan transparente como el agua.

Bien, ya podemos decir sin miedo a equivocarnos, que no soy la reina de las adivinanzas.

Mensaje entrante de Uriel:
¿Clara?

Mensaje enviado:
Caliente

Mensaje entrante de Uriel:
Ehhh… Este tipo de juego no se me dan bien.

327

Mensaje enviado:
¿Tienes miedito o qué? (emoticono sonriente)
Mensaje entrante de Uriel:
¿¿Miedo yo?? Si lo acierto, tú sí que deberías de tener miedo…
Mensaje enviado:
Ah, pero has fallado, ya has perdido tu oportunidad.
Mensaje entrante de Uriel:
Eh, no, era al mejor de tres.

Me rio con su respuesta, esta podría ser considerada entre infantil y seductora.
Mensaje enviado:
Ya, perdiste…
Mensaje entrante de Uriel:
Si digamos que acepto la derrota voluntariamente, ¿aun así recibiré mi foto?
Mensaje enviado:
Hmm… no sé, no sé… depende de cómo te comportes…

No puedo creer que le haya enviado eso movida por un impulso. Quiero esconderme bajo una roca.
Mensaje entrante de Uriel:
Nunca hubiera imaginado que fueras alguien tan cruel…
Mensaje enviado:
Tengo mis momentos.
Mensaje entrante de Uriel:
Bueno, venga, dime tu nombre.
Mensaje enviado:
Crystal. Crystal Moore.

No sé el motivo, pero ahora que le dije mi nombre me siento más expuesta que con toda la conversación que hayamos podido tener antes.
Mensaje entrante de Uriel:
Me gusta, suena bonito.   13:00
El mío es Darren. Darren Sanders   13:02
Mensaje enviado:
Encantada de conocerte Darren (emoticono sonriente)
Mensaje entrante de Calientabragas:
Moore ni se te ocurra dejarme en visto. ¿Qué clase de actitud es esta? Te digo que los quiero para mañana.

Ruedo los ojos e ignoro una vez más su mensaje. Es sorprendente la claridad con la que se pueden encontrar reflejadas las diferencias entre dos personalidades tan distintas, que a su vez se dedican al mismo trabajo.

Mensaje entrante de Uriel:
Entonces, ¿qué ocurrirá con mi foto?
Mensaje enviado:
Vale. Dame unos minutos.

Me muevo cojeando como puedo para seleccionar uno de los conjuntos sexys que se encuentra recién secado en el baño. Me embuto en él y comienzo a estudiar mi reflejo en el espejo. Ni idea de cómo voy a posar. Creo que debería buscar un tutorial o algo. Empiezo a googlear y localizo una página que parece de confianza en la que aparecen desgranados los pasos a dar.

Según lo que pone aquí lo primero debería ser soltarse el pelo, ¿no?

—Parezco una rata. Mejor que sólo salgan las puntas. —comento estudiándome en el móvil usando un plano en picado.

Segundo paso: morderse el labio o poner morritos.

—¿Poner morritos? ¿Eso no sería un gesto muy adolescente? Quizás probaré mejor mordiéndome el labio.

Intento humedecerme los labios y morderlos un poco. El resultado sigue sin gustarme.

—¡De ninguna manera! ¡Parezco un conejo! Esto no va a funcionar…—comento frustrada— Ah, mejor buscaré un tutorial en YouTube, que ahí te enseñan hasta a perrear.

Me dirijo al primer enlace que me sale y clico sobre él: "*Apréndele a sacar partido a tu perra interior*"

—No estoy segura de que esto vaya a servir, pero bueno, vamos a intentarlo…

1º Subirse en una cama o sentarse en una silla.

Creo que mejor la cama. La silla me parece algo excesiva.

2º Coger una rosa y sujetarla entre las manos, mientras, te sientas a horcajadas en la cama. Mantén una posición sugerente.

Esto debe ser fácil, salvo por la parte de la rosa que no la tengo. Recojo la maceta de tomillo que tengo puesta en la ventana y subiéndome encima de mi cama de rodillas, evito dañarme la pierna con el peso. Para ello, dejo recaer mi peso sobre la otra pierna.

3º Sitúe la cámara en una distancia lo bastante cercana para que aparezca su cuerpo semidesnudo.

Vale, tengo que tratar también de que no aparezca mi cara. Dejo la maceta a un lado, y sitúo el móvil en una mesilla, selecciono treinta segundos del temporizador y regreso a la cama con toda la celeridad que la pierna me deja. Vuelvo a adoptar la postura que había ensayado antes, aunque me pongo tan nerviosa que cuando consigo subirme a la cama, me tropiezo con una sábana que había desparramado para que pareciera que le invitaba a entrar en ella, y me caigo de boca con la maceta incluida.

Clic. Escucho saltar al flash.

Genial. La cámara ha registrado mi desastre. Todavía tirada despatarrada en el suelo, maldigo dolorida en voz alta.

—Joder. Ay, ay, creo que me hice daño en el coxis, auch… la pierna también. De verdad, todo mi respeto a esas que viven del Only, ¿quién iba a pensar que sería una profesión de riesgo? y encima con tanta complejidad, creo que mejor voy a probar con la silla.

Me siento en la silla de mi escritorio y me pongo de frente a la cámara. Horrorizada, compruebo que por el espejo se ve algo de pelo en las ingles.

—Ni de coña… se me olvidó rasurarme. Mejor de espaldas.

Pruebo la postura que he visto hacer a las strippers en las películas y, valiéndome de dos espejos, controlo el efecto que está quedando. Me siento como la de *Flashdance,* sólo me falta tirarme el agua por encima. En cuanto me siento satisfecha con el resultado, le doy al temporizador y adopto la misma postura.

Clic.

Estudio el resultado, y asiento satisfecha. No se me ve el pie vendado, sólo se aprecia mi trasero sentado en la silla con las piernas abiertas y el pelo cayendo en las ondas que resisten de la noche anterior. Perfecto. Ni se muestra mi cara.

—Listo, ahora sólo me queda enviarla. Ay no, qué miedo…

Selecciono la foto de la galería, evitando abrir si quiera la foto de la caída desastrosa con la consecuente maceta, y selecciono el primero de los chats que aparece en la pantalla.

Qué curioso Uriel es una de las tres personas que más suelo hablar junto con Jackie y Blake. Dos prostitutos y mi mejor amiga, así de triste es mi vida social.

De la vergüenza que siento por lo que estoy haciendo, ni si quiera reviso que se haya enviado adecuadamente. Por eso, cuando el móvil vuelve a vibrar, lo enciendo con el corazón latiéndome a mil. Jamás había hecho algo parecido antes, para mí hace unos meses esto hubiera sido impensable. Creo que me siento más lanzada y confiada al ser a través de una pantalla. Si tuviera que encararle en persona, estoy segura de que todo esto resultaría diferente.

Mensaje entrante de Uriel:

Oye, ¿y mi foto?

¿Cómo? ¿Acaso no le ha llegado? Quizás ha debido haber algún fallo con el Wifi, porque ni si quiera aparece la foto en el chat.

"Mensaje entrante de Calientabragas"

—¿Y ahora qué diablos quiere éste? Ya tengo suficiente con lo mío como para encima estar aguantando tu berrinche.

Mensaje entrante de Calientabragas:

¿Esto es alguna clase de soborno? ¿Piensas que así te vas a librar de entregarme el trabajo mañana? Bueno vale, puede ser que lo hagas si envías otra similar… (emoticono seductor)

¡¿Qué?! ¿Y éste por qué tiene mi foto? Se supone que yo había seleccionado a Darren.

Mensaje enviado:

¡Me he equivocado! Esa foto no era para ti, voy a borrarla inmediatamente.

Mensaje entrante de Calientabragas:

Una lástima que ya le hiciera captura de pantalla.

Mensaje enviado:

Bórrala.

Mensaje entrante de Calientabragas:

¿Y qué me darás a cambio?

¡Este tipo es exasperante!

Mensaje enviado:

Mi eterno agradecimiento.

Mensaje entrante de Calientabragas:

Eso no es suficiente, Moore, soy un chico con otro tipo de intereses y debo reconocer que esta foto me gusta bastante…

Mensaje enviado:

¿Qué quieres exactamente?

Mensaje entrante de Calientabragas:

Información.

Mensaje enviado:

Bueno, al menos no es dinero.

Mensaje entrante de Calientabragas:

¿Para qué iba a pedirte eso sabiendo lo pobre que eres?

Mensaje enviado:

Tú siempre tan agradable. (emoticono mirada despectiva) ¿Qué tipo de información?

Mensaje entrante de Calientabragas:

¿Para quién era la foto?

Mensaje enviado:

Eso a ti no te importa. Siguiente pregunta.

Mensaje entrante de Calientabragas:

¿Cómo qué no? ¿Recuerdas nuestro acuerdo de exclusividad? ¿No quieres que borre la foto?

Antes muerta que confesarle que era para Uriel. Conociéndole, me jodería todos los avances que lograse con él.

Mensaje enviado:

Se la iba a enviar a Jackie para ver qué le parecía el conjunto, ¿contento?

Mensaje entrante de Calientabragas:

Eres una terrible mentirosa hasta por escrito.

Mensaje enviado:

Créete lo que quieras, yo ya he cumplido con mi parte, ahora acata la tuya.

Mensaje entrante de Calientabragas:

Como quieras, mujer despechada. Fuiste tú la que empezaste seduciéndome y yo siempre estoy preparado para la acción, así que si lo que quieres es que vaya no hace falta que montes todo este circo de la foto y, dímelo simplemente, si yo sé que te quedaste con las ganas…

¿Cómo puede ser tan creído? Por muy bueno que esté, pienso resistirme.

Mensaje enviado:

Hasta la semana que viene, nada.

Mensaje entrante de Calientabragas:

Supongo que debo reconocerte que eres buena dejando a la gente a pan y agua… de paso ¿quieres ponerme un cinturón de castidad?

Mensaje enviado:

Ni que se le pudiera poner un cinturón de castidad a alguien que se vende.

Mensaje entrante de Calientabragas:

Oye, eso es un golpe bajo hasta para ti. A este pasó envejecerás sola en una casa llena de gatos.

Mensaje enviado:

No me importa, estoy segura de que serán más agradables que tú.

Mensaje entrante de Calientabragas:

Puede ser, pero seguro que no te hacen con la lengua lo mismo que te hago yo. (emoticono de fueguito)

De acuerdo, el muy desgraciado sabe hacerte reír y ponerte caliente al mismo tiempo.

Mensaje entrante de Calientabragas:
Y claro, tampoco tienen esto...

Mi boca cae abierta impactada. Ante mí, hay una foto en la que aparece semidesnudo exhibiendo la tableta de chocolate frente a un espejo. En este último, se puede apreciar que ha escrito la frase *"quién no arriesga, no gana"* con pintalabios rojos y un corazón al lado. Me quedo muda de la impresión. Por mucho que ya me conozca ese cuerpo, no deja de asombrarme cada vez que lo veo.

Mensaje entrante de Calientabragas:
Ahora veremos quién se queda con las ganas... ¿estás segura de que no quieres que vaya?

Sí.

Mensaje enviado:
No. Sigue así y te bloqueo.

Mensaje entrante de Calientabragas:
Vaaale, valee ya paro... pequeña Kristal.

Mensaje enviado:
Es con C e Y, idiota. Crystal. Sabes perfectamente cómo se escribe.

Mensaje entrante de Calientabragas:
Y si no lo sabía, ahora me ha quedado tan claro como el agua, listilla.

Mensaje enviado:
Ugh, se nota que tienes mucho tiempo libre. Déjame, voy a ponerme con tu trabajo.

Mensaje entrante de Calientabragas:
Mañana me pasaré a por él, tenlo para entonces o de lo contrario tu foto aparecerá en cada rincón de la universidad (emoticono sonriente).

Será asqueroso, ¿cómo podría llegar a caer tan bajo? ¿Se atrevería a hacerlo de verdad?

Mensaje enviado:
¡¡No serás capaz!! ¡Dijiste que la habías borrado!

Mensaje entrante de Calientabragas:
Mentí, pero si tanto te preocupa, puedes quedarte con la mía. De hecho, te dejo que la pongas en tu mesilla de noche, así podrás darme las buenas noches cuando me

333

extrañes e incluso dedicarme algunas de tus pajas… Hasta mañana Moore (emoticono de un beso).

—Uffff, eres inaguantable Aiden Blake, por muy caliente que seas, ¡no te soporto! ¿Mesilla de noche? ¡Mis narices! Y por supuesto que no me haré un-a pa-paja. No, ¡no te daré ese gusto!

Una vez más vuelve a vibrarme el móvil y encendiendo la pantalla.

Mensaje entrante de Calientabragas:

Ah, no olvides que la próxima vez yo seré esa silla… No te imaginas las ganas que te tengo, Moore.

Tras leer su mensaje, me pongo totalmente roja, menos mal que no está aquí para verme. Creo que iré a darme una ducha bien fría o terminaré gritando.

Ay no, por su culpa me saldré de mi presupuesto semanal de champú, menuda rata detestable. Aunque si cree que voy a quedarme de brazos cruzados, lo lleva claro.

Te vas a cagar Aiden Blake, te voy a meter un error ortográfico tan grande como la K que me has enviado antes.

La venganza es un plato que se sirve frio, y en tu caso, helado.

CAPÍTULO 19

CRYSTAL

El domingo se instaura entre nosotros en medio de un amanecer nublado. Mi ánimo actual se parece demasiado al temporal que se avecina. Anoche no conseguí dormir al estar terminando el trabajo del idiota. Supongo que debe tener mucho tiempo libre si decide venir un domingo, existiendo la posibilidad de dárselo el lunes.

Me desperezo en la cama luchando contra la pereza para salir. Estoy comprobado que ya no me duele el tobillo cuando el móvil empieza a sonar sobre la mesilla de noche. Ruedo los ojos, seguro que es ese estúpido de Blake reclamando el trabajo.

Por supuesto, en cuanto constato que el nombre que aparece reflejado en la pantalla es otro distinto, me levanto ansiosa.

Mensaje entrante de Uriel:

Buenos días dulzura, siento escribirte un domingo, pero me quedé algo preocupado ayer cuando me dejaste en visto, es que ¿te molestó que te pidiera la foto? Si es así, lo siento.

Mensaje enviado:

¡Ay perdona! Se me pasó completamente, ahora mismo te la envío.

Mensaje entrante de Uriel:

No, si te incomoda demasiado no hace falta. Sólo quería constatar que las cosas entre nosotros estaban bien. No me gustaría que hubiera algún tipo de malentendido. Pareces buena gente.

Mensaje enviado:

¡No! No hay ningún malentendido, sólo es que se me olvidó, aquí va.

Le envío la misma fotografía que ayer por equivocación le pase a Blake. ¿Cómo es posible que mi foto sexy terminase con ese idiota? No puedo creer la mala suerte que me gasto.

Mensaje entrante de Uriel:
Madre mía, menudo monumento de mujer (emoticono del fuego)

Me pongo colorada con el último mensaje, ay, Dios, este chico sí sabe decirte cosas que te hacen sentir especial.
Mensaje enviado:
¿Te gusta?
Mensaje entrante de Uriel:
¿Qué si me gusta? Me encanta. Eres una Diosa, Crystal.

Emito un chillido emocionado al leer sus palabras y me pregunto cómo debo responderle.

Le envío un emoticono avergonzado y me responde con un diablillo. Todavía no sé muy bien cómo seguir la conversación, así que decido preguntarle cuándo volverá.
Mensaje entrante de Uriel:
Primero espero solucionar las cosas que me atan aquí y así luego podré volver.
Mensaje enviado:
Puedo preguntar ¿de qué se trata? ¡¿es algo grave?!
Mensaje entrante de Uriel:
Grave no… aunque sí importante. Ya sabes que las cuestiones familiares siempre suelen traer dolores de cabeza.

En verdad no lo sé porque me siento bastante afortunada con los padres que han tocado. Ambos siempre se han preocupado por mí, y por lo que veo en Jackie, Charlie y ahora en Uriel, eso parece escasear en algunas partes del mundo. Si bien no había tenido amigos durante mi toda etapa escolar, siempre había contado con el respaldo de mi familia. Desde que tengo memoria habíamos sido sólo nosotros tres contra el mundo.
Mensaje enviado:
¿Dolores de cabeza? Es que ¿eres hijo único?
Mensaje entrante de Uriel:
¿Por qué lo preguntas?
Mensaje enviado:
Los hijos únicos tenemos que enfrentar los problemas solos.
Mensaje entrante de Uriel:
Bueno, no es mi caso, aunque a veces desearía que así fuera. Tengo tres hermanos y podríamos decir que soy la oveja negra de la familia.
Mensaje enviado:
¿En qué posición te sitúas tú?

Mensaje entrante de Uriel:

Soy el pequeño, y contra todo lo que pueda parecer mi padre está más centrado en los dos primeros…

Mensaje enviado:

¿Por eso tuviste que volver?

Mensaje entrante de Uriel:

Sí, llevan bastante tiempo disputándose una herencia familiar y a mí no me parece bien la manera en la que están gestionando la situación.

Mensaje enviado:

Ay no, ¿¿Se ha muerto alguien??

Mensaje entrante de Uriel:

Mi madre.

Impactada, contengo el aliento. ¿Se tuvo que marchar porque había fallecido su madre? Creo que he ahondado demasiado en un tema delicado. ¿Cómo se encaran estas situaciones?

Mensaje enviado:

Lo siento mucho.

Mensaje entrante de Uriel:

Está bien, fue hace tiempo.

Mensaje enviado:

¿Qué edad tenías?

Mensaje entrante de Uriel:

9

—Ay no… —murmuro apenada.

Mensaje enviado:

Eras muy pequeño.

Mensaje entrante de Uriel:

Sí, a partir de entonces Daniel perdió la cabeza, y se volvió más frío de lo habitual…

Mensaje enviado:

¿Daniel?

Mensaje entrante de Uriel:

Mi padre.

¿Llama a su padre por su nombre? Pues sí que debía de ser oscuro el asunto.

Mensaje entrante de Uriel:

Bueno, ¿prefieres hablar de otra cosa? Al final, terminé enrareciendo la conversación con mis problemas familiares, ni si quiera sé por qué lo hice, no suelo hablar de esto con nadie.

Me lo imagino solo en otra ciudad, lidiando con los fragmentos de una herencia que reabrirá viejas heridas y me siento mal por él. A pesar de eso, he captado la intención. No quiere seguir hablando de ello, así que debo respetarlo.

Mensaje enviado:

No, no te preocupes. Agradezco que me lo contaras, la verdad. Siento mucho que tengas que estar pasando por todo eso tú solo.

Mensaje entrante de Uriel:

Bueno, no estoy del todo solo ¿no? desde ayer te tengo a ti como compañía, aunque sea en la distancia.

Sonrío agradecida. Él también me ha hecho mucha compañía, incluso supo hacerme de reír.

Mensaje enviado:

La verdad es que me gusta mucho hablar contigo.

Mensaje entrante de Uriel:

¿Me contarías algo sobre ti?

Me muerdo el labio, indecisa, ¿cómo debería decirle que no tengo mucho sobre lo que hablar? Y menos después de haberme revelado esa tragedia familiar. Mis problemas empalidecerían en comparación con los suyos.

Mensaje enviado:

Bueno… realmente no hay mucho sobre lo que contar…

Mensaje entrante de Uriel:

Estoy bastante seguro de que tienes cosas muy interesantes que contarme sobre tu vida, si quieres hacerlo, claro. No te dejes llevar por mi historia y cuéntame la tuya propia.

Casi me deja sin aire al haber entendido tan bien el motivo principal por el que no quería profundizar en ello.

Mensaje enviado:

Tuve una infancia relativamente feliz.

Mensaje entrante de Uriel:

¿Relativamente?

Mensaje enviado:

Bueno, la verdad es que tengo fobia social.

Mensaje entrante de Uriel:
¿Fobia social?
Mensaje enviado:
Sí, verás, me cuesta hablar con los demás como lo haría una persona normal. Me trabo y me pongo muy nerviosa cuando tengo que tratar con alguien de forma personal.
Mensaje entrante de Uriel:
¿Desde cuándo te pasa eso?
Mensaje enviado:
Sólo recuerdo que empecé teniéndole miedo a estar en clases grandes y luego ese miedo se trasladó a cualquier persona de mi edad.
Mensaje entrante de Uriel:
Pues conmigo pareces relacionarte bastante bien.
Mensaje enviado:
Ah, eso es porque me siento cómoda escribiendo por aquí. Si te viera en persona no podría ni mirarte a la cara y comenzaría a balbucear palabras inconexas.
Mensaje entrante de Uriel:
Para mi estás bien.
Mensaje enviado:
No, ni si quiera te lo imaginas, es horrible, me bloqueo y comienzo a sudar por todas partes.
Mensaje entrante de Uriel:
¿Y sabes por qué te ocurre eso?

Cierro los ojos, este es el momento en el que suelo cambiar de tema. No he hablado de esto ni con mis padres, sólo lo hice en su día con mi psicólogo. Sin embargo, él se lo merece, ha sido capaz de hablarme de su madre y eso es mucho más grave que lo que me ocurriese en el pasado. Trago saliva, recordando alguno de los momentos más dolorosos de mi vida, y tecleo con sinceridad.

Mensaje enviado:
De pequeña sufrí bullying, primero en el colegio, y después en el instituto. Desde entonces siempre me ha costado relacionarme con gente de mi edad.

Uriel tarda en responder y empiezo a temerme lo peor. En el momento en el que confiesas haber sido víctima del bullying algunas personas suelen marcarte como una presa fácil, como alguien a quien puedes vapulear. Por eso nunca suelo hablar sobre esto, odio que me señalen.

El nudo de mi estómago sólo consigue deshacerse con la vibración de mi móvil.

Mensaje entrante de Uriel:
Lo siento mucho. Tuvo que ser muy duro estar tantos años pasando por eso.

Me sorprende la reacción tan dulce que tiene y me trago una emoción que no logro identificar.
Mensaje enviado:
Gracias.
Mensaje entrante de Uriel:
¿Todavía te sigue pasando?
Mensaje enviado:
Oh, ya no. Ahora he conseguido hacer un par de amigos.
Mensaje entrante de Uriel:
¿Y con ellos te cuesta hablar?

Lo reflexiono durante un minuto, ¿si el contrato de confidencialidad no existiese podría decirles la verdad a mis amigos? Siempre estoy justificándome en él, pero ¿qué ocurriría si no hubiera contrato? ¿se lo diría? Creo que no. A pesar de que ellos siempre están apoyándome, me daría demasiada vergüenza.
Dios mío, soy una amiga horrible.
Mensaje enviado:
A veces.
Mensaje entrante de Uriel:
¿Hay alguien con quien puedas ser tú misma?

¿Ser yo misma? Eso debería ser alguien con quien pudiera hablar descaradamente y sin cortarme. Una imagen aparece en mi cabeza y la descarto de forma automática.
Aiden Blake no puede ser esa persona. No. Me niego a aceptarlo. Sin embargo, aunque no le contaría nada de este tema que estoy tratando con Darren, de alguna manera, sí debo de reconocer que he reaccionado sin restricciones con él. No puedo negar lo evidente, es cierto que a Aiden he logrado mostrarle una Crystal que me cuesta enseñarles a mis amigos o a mis padres.
Por supuesto, todo eso ya ha quedado en el pasado, ahora estoy intentando seguir adelante. No confío en él, ni en nada de lo que pueda decir de aquí a un futuro, así que Bake queda descartado de esa categoría.
Mensaje enviado:
Puede que lo hubiera, pero ya es agua pasada.
Mensaje entrante de Uriel:

¿Y eso? ¿Qué hizo?

Mensaje enviado:

Rompió mi confianza.

Mensaje entrante de Uriel:

Pero si tan especial era para ti que incluso podías ser tú misma, ¿de verdad merece la pena perder a esa persona? Yo siempre he creído en las segundas oportunidades.

¿De verdad merecía la pena salvaguardar mi orgullo? Al principio creía que sí, pero ahora con su forma de plantearlo no estoy tan segura.

Mensaje entrante de Mamá:

Patito, ¿ya has desayunado? Papá y yo ahora vamos a ir a dar una vuelta, te echamos terriblemente de menos. Espero que todo vaya bien por allí.

Sonrío ante el mote cariñoso que me llamaban de pequeña y le respondo.

Mensaje enviado:

Aún no mamá, pero todo está bien. Pasadlo bien haciendo planes de ancianos.

Mensaje entrante de Mamá:

¡Oye! Ya llegarás a mi edad y sólo deseo que cuando lo hagas, puedas tener la oportunidad de contar con alguien tan maravilloso como tu padre para "hacer cosas de ancianos".

Me río y vuelvo a reflexionar sobre la cuestión que me ha planteado Darren. Indecisa y turbada con mis pensamientos, me envuelvo en la bata de estar por casa, y me dirijo a la cocina a preparar unos huevos revueltos con tortitas. Cocinar siempre me ha permitido desconectar del bullicio de mi mente.

Mientras estoy peleándome con la masa de los pancakes, suena el timbre. ¿Quién podría ser tan temprano en la mañana?

—Voy, voy…

Quizás es el conserje que viene a quejarse de que he vuelto a dejarme las llaves fuera, aunque hasta donde sé la última vez las traje conmigo.

En cuanto abro la puerta, me topo a un Aiden Blake sonriente.

—¿Y mi trabajo? Te dije que vendría hoy a por él.

—Buenos días a ti también. —mascullo irritada— ¿Se puede saber cómo has franqueado el portal de la entrada?

—Tú vecina que podría tener cien años, un gusto extravagante por los cotilleos y un oído malísimo ha debido cogerme cariño porque ahora me abre cuando quiero verte.

—Espera, ¿te has compinchado con mi vecina? ¿Qué le has dado a cambio?

—No mucho, solo un vistazo de tres segundos a mi trasero. Ya sabes que mi tiempo vale oro.

—¡¿Qué?! ¿Has flirteado con una anciana? —inquiero boquiabierta.

Creo recordar que la salud de la señora Cox es delicada y este tipo sería capaz de provocarle un ataque al corazón.

—Tampoco es eso, aunque no es como si no supieras que levanto algunas pasiones, ¿no? Al fin y al cabo, ayer me recriminaste, tan sutil como siempre, que me vendo con facilidad.

—Bueno, mentira no es.

—Sí, pero está feo decirlo como si estuviera cometiendo un crimen. Sólo es mi trabajo del que, por cierto, tú disfrutas inmensamente.

—Entonces dices que venías a ¿qué?

Necesito que se marche para poder seguir dándole vueltas a la conversación con Uriel. ¿Merece la pena? Me pregunto estudiándole. Con su actitud empiezo a pensar que no.

—A por mi trabajo, tengo que entregarlo mañana. Un momento, ¿estabas cocinando? Mira que eres desastre.

El idiota se ríe depositando la palma de su mano contra mi mejilla. Me turba demasiado su ligero toque y la intensidad de su mirada grisácea, así que me aparto, tratando de resistirme.

—Eh, tranquila Moore. Tenías una mancha de harina en la cara —afirma ladeando la cabeza con curiosidad— Si quiera, ¿tienes horno en este cuchitril?

—Lo tengo.

—Pues anda que me invitas a desayunar, qué desagradecida, después de todas las comidas que yo te doy a ti…

Idiota. Noto la garganta reseca. ¿Cómo es posible que tenga esta influencia sobre mí?

—Voy a por tu trabajo. Espérame aquí.

Ruego porque me obedezca y se marche nada más entregárselo. Mientras tanto, aprovecho para recoger mi móvil, que había dejado sobre la mesilla de noche para cocinar, éste suena varias veces con los mensajes de Uriel.

—Madre mía, Moore estás más solicitada que yo —escucho que grita desde la entrada— ¿Con quién te hablas tanto? Si tú no tienes tantos amigos

—¡Eso a ti no te importa!

En cuanto vuelvo con su trabajo, me lo encuentro apoyado en la puerta cruzado de brazos.

—¿Qué? Dijiste que no me moviera de aquí, pero no mencionaste nada sobre que no pudiera cerrar la puerta. —informa con una sonrisa satisfecha.

—Aquí lo tienes.

Por Dios, por favor, que se largue ya. Él comienza a revisarlo por encima.

—Espero que todo esté correcto, y que te hayas portado bien para ayudarme a sacar la mejor nota.

—Por mi parte espero que hayas borrado mi foto accidental y no la hayas difundido por ahí. Recuerda que, si me entero, podría denunciarte.

—Realmente tienes un concepto nefasto sobre mi ¿verdad? —pregunta mostrándose serio.

—Antes no lo tenía, al menos no hasta que te escuché hablar sobre mí a mis espaldas.

—Sobre eso ya te dije…

Aiden se aparta de la puerta y comienza a aproximarse hacia mí, tratando de darme alguna excusa que se acabe de inventar. Sin embargo, doy un paso hacia atrás y me alejo de él.

—No sigas —le interrumpo— Ya te dije que quiero dejar todo esto atrás. De todas formas, está bien que lo hicieras, así sé cuál es mi lugar. No espero tener nada de ti a excepción de buen sexo.

—Te equivocas, Moore. La realidad es que sí tienes un lugar y no es el que te piensas. Sé que la cagué contigo, pero te aprecio, joder, te considero como a una amiga.

—Si eso fuera cierto, ¿por qué te reirías de tus amigas con el resto de tus amigotes? —espeto irritada— ¿Esa es la "amistad" que puedes ofrecer? Porque perdóname, pero no tenemos el mismo tipo de concepto sobre ella.

—Ya te he dicho que la cagué. Lo siento mucho, Moore. No lo hice bien, por favor, no me gusta que estemos así.

Esas palabras casi me ablandan. ¿Realmente merece la pena? Resuena la pregunta de Darren en mi cabeza. Al no responderle, él continúa.

—¿Podemos volver al buen rollo que teníamos antes? ¿Por favor?

¿Valía la pena mostrarme continuamente arisca con él? ¿Había conseguido algo con eso? En realidad, sí, estaba ahí ante mí, disculpándose por lo que había hecho.

No obstante, eso no significaba que pudiera volver a confiar en él y que a partir de ahora fuéramos a ser grandes amigos.

Lo que único podía hacer era empezar a relajarme un poco más, por supuesto, sin olvidar que sólo era mi escort.

—Está bien.

Él compone una sonrisa satisfecha y da varias palmadas emocionado.

—¡Maravilloso! Entonces ¿estoy invitado a lo que sea que estés cocinando?

—No, acordamos vernos la semana que viene —le recuerdo ciñéndome a mi plan original— Si permito que te quedes la cosa acabará mal.

—Deliciosamente mal ¿quieres decir?

Maldita sea, con esa sonrisa invitaría a cualquiera a pecar con él toda la mañana, tarde y noche.

—Eso. Además, tengo unos asuntos importantes que atender esta mañana.

—Está bien. Me iré con viento fresco. Ah, una cosa más, ¿Estás segura de que esto está bien? —inquiere sospechoso— No me harás tener que castigarte, ¿no?

Ignoro la contracción de mis partes inferiores ante la palabra castigo. Asimismo, me esfuerzo por reprimir una sonrisa al recordar el regalito que le he dejado en venganza, y compongo una expresión lo suficiente creíble.

—Todo estará bien.

—Eso espero. Por cierto, antes de irme, ven aquí.

Antes de que pueda oponerme me encuentro siendo arrastrada hacia él, quien me sujeta por la nuca y me deposita un beso profundo, instándome a abrir la boca para recibirle. Le disfruto durante un segundo percibiendo incendiarse cada parte de mi cuerpo. En cuanto veo que no puedo soportarlo más, me aparto, preocupada de que pueda despertar en mí algún tipo de emoción contradictoria. Su sonrisa se ensancha más

—Bueno, ahora sí, me marcho. Hasta mañana, Moore.

—Hasta mañana.

Blake sale de mi apartamento con la misma dignidad que un rey. ¿Cómo podía ese idiota mantener la compostura ya fuera bromeando o besando? Bueno, eso está a punto de cambiar. Me rio imaginando la reacción del profesor que leerá su trabajo y, satisfecha, me froto las manos,

Voy a relajarme sí, pero eso no significa que no vaya a cobrarme la venganza, más aún cuando esta se encuentra al alcance de mi mano.

Han pasado dos días desde que Blake entregase el trabajo, así que, todavía sentada en las últimas gradas del aula magna, me encuentro esperando expectante los resultados. No es una cuestión baladí que sea de las primeras que han llegado temprano a la clase de Derecho Procedimental. Después de haber dedicado parte de mi sueño a terminarle el trabajo a Blake, era más que capaz de reconocer a qué asignatura pertenecería este. Se trataba de un trabajo de investigación que el señor Been le solía poner a los que iban más retrasados.

Conociendo a este profesor, era probable que no terminase de confiar en los últimos trabajos que había estado entregando Blake, y por eso había decidido ponerle a prueba mandándole toda aquella carga extra lectiva. Aun sabiendo que yo había sido la encargada de cada uno de esos trabajos, no me extrañaba que el señor Been siguiera desconfiando de su capacidad.

Y yo estaba más que preparada para asistir a aquel festín que se desataría en breves minutos. Aunque todos los profesores detestaban cualquier tipo de error ortográfico en los trabajos, éste en concreto sentía verdadera animadversión por ellos. Sí, resultaría muy divertido.

En seguida le veo descender por el pasillo central de las gradas medio soñoliento y con las manos metidas los bolsillos.

Qué asqueroso, ¿cómo es posible que siempre me despierte unas ganas terribles de asaltarle sexualmente? Debería estar prohibido que este señor saliera a la calle.

En cuanto todos los asistentes regulares estamos sentados en nuestros sitios, el señor Been comienza a hablar.

—Bien. Buenos días señores y señoras. Veamos, voy a empezar a entregar los trabajos de recuperación. Debo reconocer, para mi sorpresa, que no tenía muchas expectativas en algunos de vosotros, pero lo cierto es que en general están muy bien. ¿Debo empezar a preocuparme de que mi clase os esté resultando demasiado sencilla?

—Nooo —responde riendo una chica sentada unas gradas más abajo. También se escuchan algunos suspiros aliviados.

—Está bien. Empezaré a nombraros, así que venid a recogerlos. ¿Señorita Lewis?

—Aquí —indica la aludida descendiendo por las escaleras.

—Muy bien.

Poco a poco va mencionando a una sucesión de personas. Ninguna me interesa, solo estoy esperando por un nombre muy específico.

—¿El señor Blake? ¿Aiden Blake?

—Sí.

—Me ha gustado especialmente que incluyera una breve reflexión sobre el recurso de apelación y que proveyera sus propios ejemplos con actos apelables. También valoro que agregase una forma de contradecirlos.

—Gracias —responde con una sonrisa socarrona.

—Me ha sorprendido señor Blake, en general está muy bien organizado. No obstante, permítame hacerle un pequeño inciso.

—¿Cuál señor?

—Es usted ya mayorcito para escribir "haiga" en lugar de "haya". Sabe perfectamente que no consiento ningún error ortográfico. Por ese motivo, en vez de ponerle la nota máxima, le he descontado dos puntos y medio. Espero que esta sea la primera y última vez que me encuentro otra falta de ortografía tan garrafal en cualquier de sus trabajos.

—¡¿Qué?!

Las risas estallan en toda la clase y Blake se pone colorado; ante esa reprimenda poco más puede decir.

—Ya puede sentarse, señor Blake.

Éste obedece y el señor Been sigue repartiendo el resto de los trabajos. Aiden me busca con la mirada, sus ojos grisáceos destilan auténtico veneno. Estaría loca si pensara rehuirle, así que le destino mi sonrisa más brillante. Cómo no, mi móvil no tarda en vibrar.

Mensaje entrante de Calientabragas:

Moore, estás más que muerta. No digas que no te lo avisé. Prepárate para el castigo.

Sonrío aún más y no dudo en responderle.

Mensaje enviado:

No fui yo a la que se le escurrió el dedo y escribió "haiga" en vez de haya… (emoticono sonriente)

Prácticamente le escucho bufar desde aquí mientras observa su móvil, y por supuesto, no podía ser la única que reparase en eso.

—Señor Blake ¿tiene algo que compartir con la clase?

—Nada —responde el odioso con una sonrisa tensa.

—Está bien. Sigamos…

Mensaje entrante de Calientabragas:

Hoy ya no me da tiempo, pero mañana te espero en tu casa a las 23:00 horas.

Mensaje enviado:

No tengo por qué abrirte.

346

Mensaje entrante de Calientabragas:
Oh pequeña víbora, te aseguro que me abrirás. Me lo debes.
Mensaje enviado:
Espera sentado. (emoticono de una silla)

Al día siguiente paso toda la mañana sintiéndome extremadamente cansada, y por la tarde, recojo y a limpio la casa como puedo. En cuanto termino, me tomo una cena ligera y me pongo un camisón con una bata.

Debería tomarme un descanso, me recuerdo tumbándome en la cama, no me gustaría volver a quedarme dormida sobre el escritorio. Quizás debería buscarme un trabajo de verdad, así pasaría menos horas estudiando y tendría algún ingreso extra, aunque eso no solucionaría la cuestión de mi cansancio. De repente, recibo la videollamada de Jackie, quien, al verme la cara, grita de la impresión.

—Crys, madre mía, pareces un mapache.

—Tú también estás muy guapa, Jackie.

—¿Otra vez lo hiciste? ¿A qué hora te acostaste anoche? Te crees alguna clase de vampiro y eso no puede ser.

—Tuve que trasnochar.

—Sí, sí, siempre estás con lo mismo. Aunque te cueste creerlo, no te he llamado para regañarte.

—¿Ah no?

Sé que sueno sarcástica, pero cuando estoy cansada, aparte de tener unas ojeras eternas, también me pongo de mal humor.

—Desde luego que no, ni que disfrutara haciéndolo, mujer. Te llamo porque hoy no te vi en la cafetería, y quería saber cómo estabas, no me digas que te has vuelto a esclavizar de ese depósito de libros. Debería ser ilegal tener a los estudiantes pluriempleados y sin cobrar.

—Lo cierto es que sí, últimamente hemos recibido un cargamento sobrante de libros de los de Filología y estoy viendo cómo ordenarlos.

—Renuncia.

—Sabes que no puedo.

—Pues renuncio yo por ti, dime dónde hay que ir. Esas ojeras deberían ser un visado más que válido para mandar a la mierda a ese explotador de Klaus.

—Antes de que vayas a atentar contra un profesor, enfoquémonos en la cuestión importante aquí, ¿te apetece ir este sábado por la tarde a comer una hamburguesa? Llevemos a Charlie también.

—Voy a obviar por esta vez que hayas eludido el tema, sólo porque sabes que no puedo resistirme a ese tipo de oferta… Ahhhh hamburguesa con su quesito derretido por encima… —fantasea emocionada, y me echo a reír— Claro, estoy dentro. Hace mucho que no nos reunimos los tres solos.

—Sí.

—Tendrás que ponernos al día de todo.

Trato de evitar que mi cara refleje la incomodidad que siento ante eso. Tendré que inventarme alguna excusa plausible que explique mi desaparición de estos meses. Bueno, no es de extrañar que durante esta época del año estuviera sobrecargada a trabajos, así que no será tan complicado.

De repente, suena el timbre de la casa, interrumpiendo mi mentira. Genial. Salvada por la campana.

—¿Quién podría ser un jueves? —pregunta sorprendida Jackie— No te estarás liando con un repartidor de pizzas ¿no? Porque ese sería el único al que tú llamarías a estas horas.

—Ya he cenado. Luego te escribo, voy a ver quién es.

—Entonces ¿no es el repartidor de pizza? Oye, no me cuelgues y preséntame al tipo.

—¿Quién te dice que sea un hombre?

—Lo siento, mi mente calenturienta ha sido en lo primero que pensó.

—Podría ser la señora Preston con la comida.

—Estoy segura de que puedes aspirar a algo más que a la señora Preston.

—Luego hablamos —le respondo riéndome ante el sonido insistente del timbre.

—¡Escríbeme!

—Sí, sí…

Cuelgo y me encamino al telefonillo.

—¿Si?

—Abre. No me hagas recurrir de nuevo a tu vecina. —escucho que se cuela la voz grave de Blake por el auricular.

Preocupada de que pueda llamar a la casa de la señora Cox y malhumorada por su amenaza, decido abrirle el portón de la entrada y le dejo entornada la puerta de mi apartamento. En cuanto entra por ella me percato que, al contrario de la ropa deportiva de esta mañana, ahora se encuentra ataviado con unos vaqueros y una camiseta sencilla negra.

—Uh, menuda cara tienes. Las ojeras se te han incrementado. ¿Has dormido algo si quiera?

—¿Qué haces aquí?

Hoy no me veo siendo capaz de lidiar con su presentación repentina. Me encuentro mal.

—Vine a vengarme de la jugarreta de ayer, pero en vistas a tu aspecto, voy a tener que dejarlo pasar y cuidarte. Tranquila, conozco una manera de quitarte ese dolor de cabeza que debes de tener.

Trata de acercarse a mí para besarme, pero turbada por su cercano contacto y las repentinas palabras de "cuidado", me tenso y lo aparto poniéndole las manos sobre el pecho. Debo establecer los límites, aunque un orgasmo siempre sea bien recibido.

—Todavía no, Raziel.

CAPÍTULO 20

CRYSTAL

Su expresión casi me hace reír. Casi. Sorprendido de que haya utilizado su pseudónimo profesional, me estudia pensativo. —¿Y bien? ¿Qué quieres hacer? —inquiere sin mencionar el suceso.

Me separo de él, tengo que encontrar una manera de acostarme con él, sin cambiar los roles escort-clienta. De repente, me acuerdo de la película que vi hace unos meses con Jackie, que trataba de algo similar a esto, y mientras la idea va tomando forma en mi mente, intento ganar confianza en mí misma acercando una silla hasta situarla enfrente del sofá. A continuación, tomo asiento en este.

Por su parte, Blake, que había ido a la cocina a por una botella de agua, alza una ceja expectante al reparar en mis idas y venidas por toda la sala.

—Quiero que te quites la ropa. Lentamente. Y que después bailes para mí.

Al escucharme escupe parte del agua que había estado bebiendo y me contempla impresionado.

—¿Quieres un striptease Moore? —pregunta cerrando la botella.

—Eso mismo.

Dicho esto, reproduzco en el móvil la canción de *"Pony"* que aparecía en la película Magic Mike.

—Está bien —accede con una sonrisa, deshaciéndose de la botella.

Aiden se acerca seductor mientras se acerca a mí y, agachándose a mis pies, mueve el torso y la cadera formando ondulaciones al ritmo de la música. Poco a poco va quitándose la camiseta, revelando unos abdominales y pectorales marcados. Tengo que hacer un esfuerzo porque mi boca se mantenga en el lugar en el que está y no caiga abierta. Dios santo, no logro acostumbrarme a ese cuerpo.

351

A continuación, se levanta y se sienta a horcajadas sobre mí sin dejar de practicar los movimientos sensuales con la cadera. Restriega el paquete contra mi vientre de tal manera que el camisón se me sube un poco, es ahí cuando su dureza entra en contacto con mis bragas. Ahora me sujeta la cabeza entre sus manos y se acerca con demasiada intimidad, instándome a girarla para quedar cerca de su boca, aunque evitando besarme. Su mirada grisácea como la tormenta se mantiene en la mía, invitándome a electrocutarme con él. Trago, tratando de resistirme a su influjo, sin añadir nada, Aiden se baja del sofá y se sitúa entre mis piernas desnudas, obligándome a abrirlas aún más para él.

Me siento como si estuviera afectada por el alcohol y eso que ni si quiera he bebido. ¿Habrá algo que no les enseñen en la escuela de escorts? Me pregunto fascinada, al tiempo que entierra la cara entre mis piernas y sigue moviendo el resto del cuerpo al ritmo de la música.

A continuación, se da la vuelta, y quedando de espaldas al suelo, pero con la cabeza situada entre mis pies, comienza a mover la cadera de arriba abajo, como si estuviese emulando que le cabalgo. De forma progresiva, va quitándose el cinturón y los pantalones, revelando ante mi mirada unas piernas trabajadas por el contacto estrecho con el agua.

—Santo cristo…

Blake se pone de rodillas todavía entre mis piernas abiertas y dejándose llevar por la canción, comienza a lamerme la cara interna del muslo desnudo.

—¿Y ahora qué, Moore?

—Joder. Suficiente baile por hoy.

Abro más las piernas deleitándome en el calor que se extiende por todo mi vientre, él me obliga a rodearle la cintura con las piernas y me levanta en brazos. El camisón se me sube un poco más, permitiéndome volver a experimentar la dureza de su paquete contra mis bragas. Sin embargo, en esta ocasión, al no existir el movimiento de baile entre medias, le siento en toda su plenitud. Aprieto aún más las piernas, sucumbiendo ante el deseo de restregarme contra él.

No me lleva muy lejos, sino que me deposita sobre la silla que había dejado antes enfrente del sofá, y sin separarse de mí, se sienta en ella, obligándome a quedar a horcajadas sobre su cuerpo.

—Así era como salías en la foto ¿no? —susurra con voz ronca.

No respondo y me dejo quitar la bata que me había puesto con el camisón, ésta cae al suelo ignorada, mientras él retoma su camino de besos por mis brazos desnudos y cuello, despertando emociones primitivas en mí.

—¿Moore?

—S-sí.

En cuanto subo el cuello, él me lame la garganta, humedeciendo cada zona por la que pasa. Tras esto, trata de besarme y le evito una vez más. No quiero besarle, ahora sólo quiero concentrarme en las sensaciones.

—No voy a follarte si no me dejas acceder a tus labios —gruñe molesto con el desplante.

—Puedes hacerlo sin ellos, Raziel ¿no te acuerdas de nuestra primera vez?

—Aquella y esta vez son muy diferentes.

Aunque tengo ganas de preguntarle el motivo, me contengo. No voy a dejarme engañar ni a discutir, solo voy a sentir, así que le beso en la boca, duro y fuerte. Sin sentimentalismos, nuestras lenguas se entrelazan compartiendo una cálida humedad, él gime aprobatoriamente, y me separo para seguir disfrutando de sus caricias. Blake me propina un ligero lametón sobre la oreja y susurra:

—Buena chica.

Me contraigo ante sus palabras, apretándome aún más contra él. Extrae mis dos pechos del camisón besándolos y succionándolos repetidas veces. La tempera de la habitación asciende y me reclino hacia atrás con los ojos cerrados, disfrutando de cada una de sus húmedas atenciones.

Aún sin dejarme de besar, me agarra del culo con fuerza y me levanta para comprobar si estoy preparada. Introduce un par de dedos por debajo de mis bragas y asiente satisfecho. De repente, escucho cómo se rasga la tela con facilidad y emito un quejido.

—La próxima vez utiliza las que compramos. —se excusa, bajándose el bóxer para desvelar su miembro hinchado y listo para entrar en mi interior.

Tras extraer el condón que debió de sacar durante el baile, se lo introduce sin dejar de besarme. No puedo evitar reparar en la pericia que tiene a la hora de ponérselo, ni si quiera tiene que concentrarse mucho en hacerlo, y eso me vuelve a demostrar lo acostumbrado que está a esto. Le beso ignorando la punzada desagradable que siento y me abro aún más para él.

Me levanta y se introduce en mi interior con fuerza, sorprendida, emito un pequeño gritito de la impresión Blake frunce el ceño preocupado.

—¿Estás bien?

—Sí, sólo es que no lo esperaba.

—Perdona, es que te sientes tan malditamente bien… —murmura con voz ronca contra mi pelo— Tienes que cabalgarme, nena.

Sintiéndome empoderada por estar encima de él, comienzo a moverme sobre su cuerpo, marcando mi propio ritmo, y mientras lo hago, noto a sus manos contraerse con más fuerza abarcando la piel de mi trasero, en un claro indicativo de aprobación. Le rodeo el cuello con mis brazos y me pego aún más a él, ansiando estar lo más unida posible con su cuerpo. Al cabo de un rato, el calor y los espasmos de placer desencadenados por el roce de nuestros sexos se van incrementando y trato de imitar el movimiento ondulante que le vi hacer durante su baile, como recompensa recibo un pequeño mordisco en el hombro.

Aumento la velocidad, luchando por alcanzar mi propio orgasmo y, tirando ligeramente de su pelo, le escucho gemir una vez más bajo mi movimiento. Aiden me rodea con sus brazos con fuerza, clavándome con más brío en él, intensificando el placer de cabalgarle. Estoy rozando el borde del orgasmo por lo que me apoyo aún más en sus hombros para conseguirlo. En cuanto él abre mis glúteos se acrecienta la sensación de roce con mi canal y temo desbordarme.

—Eres lo más jodidamente caliente que he conocido, bebé.

Esas palabras son el aliento que necesito para impulsarme hacia el orgasmo, aprieto las piernas contra él y me dejo llevar experimentando cada una de las sensaciones que explotan contra mí. Es como si fuego puro estuviera consumiéndome y no tuviese la mera intención de apagarse. Blake se levanta sin salir de mi interior y tumbándome sobre la mesa de al lado, incrementa sus embestidas, prolongando el placer del anterior orgasmo. Me envía un par de veces más a un nuevo orgasmo más intenso que el anterior hasta que le percibo tensarse por completo, es en ese instante en el que le estrecho contra mi cuerpo recibiendo su orgasmo. Gime un poco más alto con la cabeza enterrada en mi clavícula, y lo disfruto como si fuera una especie de logro.

Pasado un rato, desenvuelvo mi agarre, dispuesta a poner distancia. No me da tiempo, pues él se sale de mi interior, se pone de pie subiéndose el bóxer y me coge en brazos, llevándome hacia el cuarto.

—Ahora que has conseguido destensarte, es tiempo de que te cuide. No puedes seguir teniendo esas ojeras, vamos a dormir.

Asombrada, permito que me deposite sobre la cama apenas vestida con el camisón y se tumba a mi lado, rodeándome con sus cálidos brazos.

Un momento, ¿pretende quedarse a dormir? Lo normal sería que cogiera sus cosas y se marchara como hace siempre. No, no puede hacerlo, me digo intentando resistirme a la comodidad que me genera su cercanía.

—Creo que deberías irte. —le pido alejándome de sus brazos.

—¿Esperas que me vaya ahora? —inquiere sorprendido, luego estudia el reloj de mi mesilla de noche y se queja— Moore, Son las 2 de la mañana y no tengo coche, ¿cómo quieres que me marche? Mejor, vamos a dormir ahora que el cuarto está calentito. No me hagas salir al frío de la noche, no quiero ponerme malo, recuerda que mi cuerpo vale mucho dinero.

—Pues llama a un Uber.

Me levanto luchando contra mis instintos de permanecer a su lado y le contemplo, inflexible, con los brazos cruzados

—Uff... eres un hueso duro de roer ¿eh? Está bien, tú te lo pierdes. Me largaré, aunque quiero que sepas que si me enfermo pienso cobrarte extra.

Pero bueno, este tipo es una sanguijuela.

—Lo que tú digas.

—¿Ni si quiera vas a acompañarme a la puerta? —pregunta al ver que no me muevo del sitio.

Lo cierto es que no me siento mentalmente preparada para dejarle marchar si debo de hacerlo.

—Ya sabes dónde está.

—Caray, qué ruda. Bueno, me voy, en tu conciencia quedará haber sido tan poco hospitalaria.

—Hasta mañana, Raziel.

Me dirige una última mirada inquisitiva y sin añadir nada más, sale por la puerta del dormitorio. No es hasta que escucho cerrarse la puerta principal del apartamento minutos después, que me derrumbo sobre la cama de nuevo tapándome con la manta. Esto de mantenerse digna y distante, no sé si es para mí, ¿por qué me cuesta cada vez más?

Reviso el mensaje de buenas noches de Uriel y con esa imagen caigo completamente dormida.

Realmente no logro comprender la finalidad de un deporte. ¿Beisbol? Darle a una pelota con un palo y correr por un campo como un desgraciado. ¿Baloncesto? Lo mismo, pero con la mano. Casi todos los deportes tratan de lo mismo, solo que con reglas diferentes.

Cualquier movimiento a gran velocidad y yo nunca fuimos grandes amigos, como bien puede constatar esa grasilla delatora que me sobra. No pasa nada, una aprende a apreciarla con el tiempo. Por este mismo motivo, no entiendo cómo ver a unos tipos corretear por un campo, logra congregar a tal multitud de personas. A pesar de esto, creo que en este caso podría llegar a concebir que los espectadores sintieran algún tipo de placer al seguir el discurrir de una pelota, más o menos como hacen los gatos cuando les muestras una lucecita y se obsesionan con ella, pero ¡¿natación?!

¿Quién puede sentir emoción al ver a ocho tipos nadar hacia el extremo de un bordillo, tocarlo y volver? Mi única deducción es que toda esta gente haya venido a ver la competición de natación —madrugando un fin de semana— a causa de una relación de familiaridad o amistad con los nadadores. Por supuesto, en lo que a mí respecta, no me encuentro en ninguno de esas dos posibilidades, así que os estaréis preguntando ¿por qué diablos estás ahí madrugando como una condenada a muerte?

Aquí está la respuesta: ese desgraciado me la ha jugado, pero bien.

Cuando me había dicho el jueves pasado que tendría planeada otro tipo de venganza para cobrarse lo de mi pequeña falta ortográfica en su trabajo, jamás hubiera pensado que recurriría a esta vía.

¿Quién hubiera imaginado que el tipejo sería tan audaz?

Se había encargado de convencer al entrenador Carson, con quien nunca había entablado conversación, de que adoraba la natación, y que, por lo tanto, estaría encantadísima de subir nota si colaboraba asistiendo al equipo durante esta competición.

¡¿Disculpa?! De lo único que tenía ganas era de ahogarle en esa piscina que se me antojaba bastante profunda. Sin embargo, el muy detestable no se había equivocado en algo, me había pescado como a un pez deseoso de morder el anzuelo de las calificaciones. Aunque me mantuviera en el listón más alto, sabía que si veían cierta predisposición por mi parte a colaborar con los chicos de oro del equipo de natación, ciertos de mis profesores que eran asiduos a este tipo de competiciones y deporte en general, se sentirían inclinados a permitirme alcanzar las décimas que me faltaban en ciertas asignaturas, así que ahí me encontraba, haciendo malabares con la torre inmensa de toallas, en un vano intento de no evidenciar mi torpeza. Ver para creer.

En cuanto puedo, las apoyo sobre uno de los bancos y observo los alrededores. Las gradas están llenas de gente. Empieza a agobiarme que estén mirando en dirección hacia los encargados de disponer todo antes de que la competición comience. Por favor, que solo sea mi imaginación jugándome una mala pasada, quizás ni si quiera hubieran reparado en mí y estuvieran observando a la nada. No importaba en realidad porque odiaba sentirme así de expuesta. Tampoco ayudaba el hecho de que me hubieran obligado a embutirme en este estúpido bañador super ajustado con el logotipo de Pittsburgh University en el pecho, como si fuera una fanática de este equipo.

Vergonzoso. Ni si quiera conocía a nadie aquí.

—Moore ¿verdad? —pregunta uno de los que deben ser los encargados del mantenimiento.

—Eh, s-sí.

—Parece que necesitas que te echen una mano. —comenta observándome con una sonrisa. Tiemblo bajo su mirada y asiento de acuerdo con él— Ya decía yo, se supone que Marc, el auxiliar, siempre se ocupa de esto, pero como te habrán contado ya, no pudo acudir, y te han asignado su puesto a ti.

—Eso ha-había escuchado.

—Perfecto, como te noto algo perdida, te explico tus funciones. Verás, aunque en las competiciones de natación no suele haber asistentes, Pittsburgh se caracteriza por un equipo que está por encima de la media, así que deben ser tratados de otra forma diferente, ¿comprendes?

—La verdad es que no. Ni que fueran dioses —alego sin poder contenerme.

Mi ira hacia Blake se incrementa. A pesar de ello, el atractivo chico que ha decidido apiadarse de mí, se echa a reír.

—Bueno, a nivel deportivo más o menos lo son. En cuanto a tus funciones, tienes que ir al vestuario a dejarles las toallas limpias, por cierto, por si no lo sabes, se encuentra ahí, en aquella puerta —informa señalando una puerta lejana en la que no había reparado— Ah, importante, si te piden cualquier cosa, agua o lo que sea, también deberás llevárselo. La idea es que seas sus manos, ojos y oídos.

—Lo que viene siendo una esclava, vaya —murmuro rodando los ojos.

—Es fácil, ya lo verás.

—D-de acuerdo.

—Muy bien, yo me tengo que ir ya, pero si necesitas cualquier cosa estaré por aquí. —se despide dirigiéndose a su nueva tarea.

—¿Para qué querrían beber agua cuando van a nadar en un piscina?

Trato de buscarle la lógica a su frase al tiempo que recojo la montaña de toallas dobladas y me encamino hacia los vestuarios.

Antes de empujar la puerta trago saliva, preocupada de lo que sea que pueda encontrarme ahí dentro.

Se supone que solamente debería de haber chicos en bañador ¿no? Estudio el reloj para comprobar que la competición está a punto de iniciar, y suspiro aliviada, es imposible que ninguno esté desnudo, con eso en mente, me interno en el vestuario.

Lo primero que siento es la humedad del ambiente, debo tener cuidado o esta torre de toallas limpias se me caerá y me echarán una buena bronca; ese entrenador no parece ser de los que se la pasan bromeando, estoy segura de que puede dar miedo si se lo propusiera.

—¡Por fin, Marc! —exclama la voz un tipo que no conozco de nada y que parece estar acercándose a mí—¿Dónde diablos te metías? No eres de los que llegan tarde. El vestuario es un caos.

—Eh…yo…

—Un momento, tú no eres Marc.

Unas grandes manos me quitan parte de las toallas y se revela ante mí un tipo caliente como el infierno, ante mi horror, puedo captar que está como su madre le trajo al mundo. Mi boca se abre sorprendida y por algún tipo de milagro me controlo para no emitir ningún sonido. Diablos, está muy bien dotado. Mierda, debo enfocarme en su cara y no contemplar el resto de los atributos, la cara, Moore, la cara. Por su parte, su expresión demuda componiendo una sonrisa lobuna

—Ahh… pero ¿qué tenemos aquí? Si es un corderito.

¿Este tipo no se tapa? Qué vergüenza más grande estoy sintiendo ahora mismo. Me pongo colorada y trato de darle una explicación a un elemento que parece sentirse muy cómodo practicando el exhibicionismo.

—Y-yo…

—¡Ryan tío, tápate! La estás incomodando —interviene otro tipo, gracias a Dios vestido, a quien reconozco de una de mis clases de Derecho Procedimental.

Izan Baker, uno de los mejores amigos de Blake.

Mierda, ¿esta no es la gente que estaba criticándome en la cafetería con ese estúpido? ¿Por qué tengo que lidiar con ellos? ¿Cómo es posible que unos idiotas estén tan buenos? Debería estar prohibido que los trogloditas se reprodujeran, no es justo que encima se les recompense con el toque de la belleza.

—Creía que era Marc. —se excusa el aludido tapándose por primera vez, y yo le dirijo una mirada agradecida a Izan.

—¿Dónde tienes la cabeza? Carson ya nos informó que Marc no podría venir.

—Seguro que ha vuelto a romperse el pene follando de nuevo con esa animadora —declara Ryan sin pudor. Al escucharle, siento cómo me atraganto con mi propia saliva y empiezo a toser, él por su parte me da palmadas fuertes en la espalda como si tuviéramos alguna clase de confianza— Respira mujer, no sientas que te quitamos el aire

Al captar el egocentrismo que destila, abro los ojos desencajada con su descaro.

—No le hagas ni caso, es un idiota —interviene Izan— Puedes dejar las toallas en ese banco.

Aliviada con la salida que me ofrece, me encamino hacia el banco en cuestión, sintiéndome observada por todos los pares de ojos que voy encontrándome por el camino.

Una vez en el banco, deposito las toallas que me quedaban y las acomodo concentrada. ¿Por qué narices me hicieron ponerme este bañador tan apretado? Tengo que salir de aquí cuanto antes. Aún me queda preguntarles si quieren algo más, como si fuera alguna clase de sirvienta.

Me giro a encararles y reparo en que al menos todos ellos parecen estar con el bañador puesto. Al verles con el torso descubierto experimento cierta incomodidad.

Un momento, ¿y Blake? Se supone que son ocho competidores, pero aquí sólo hay siete. Bueno, mejor para mí, así no tendré que lidiar con él, suficiente tengo con adaptarme al aprieto en el que me ha metido.

—¿Ne-necesitáis algo más? —inquiero dudosa en tono bajito, sintiéndome expuesta.

—Un ron-cola —escucho que pronuncia una voz que reconozco, el resto de los competidores se echa a reír.

La única que parece no encontrarle la gracia soy yo. Me tenso percibiendo detrás de mí al causante principal de todos mis males, y de repente mi visión se torna negra. Me acaba de poner una toalla en la cabeza, furiosa, trato de quitármela, pero su mano se posa en mi cabeza impidiéndomelo. Eso provoca más risas en los demás. Realmente tengo ganas de gritarle de todo, pero al sentirle aproximarme a mi oído me paralizo en el sitio. Ese desgraciado sabe que su cercanía atenta contra mi estabilidad emocional

—¿A dónde se supone que estás mirando, Moore?

—Quítame tus manos de encima, Blake —respondo en un murmullo apenas audible para él.

—Sabes que no puedo mantenerlas muy lejos de ti, bebé.

—Me estás ridiculizando.

—¿Qué le vamos a pedir, chicos? —pregunta en voz alta sin retirar su mano de mi cabeza, mientras los demás se entretienen en seguirle la broma, a mí me susurra en voz baja —Despúes me tendrás que explicar detenidamente cómo has terminado aquí apenas vestida con ese trapo.

Al escuchar su comentario escocido, me siento encantada y sonrío.

—No creas que pienso permanecer ni un minuto más de lo necesario en esta competición. En cuanto pueda me escaparé.

—¿Crees que puedes huir de mí? —murmura ronco, pasando por mi lado demasiado cerca.

Ignoro el escalofrío que se desencadena en mi cuerpo con sus palabras y me limito a quitarme la toalla de la cabeza.

Demasiado vergüenza por hoy.

El resto de los minutos los invierto en trabajar como una maldita sierva. Agua, refrescos, más toallas. ¿O sea que esta gente no se limita a usar la misma toalla para el cuerpo que para la cabeza? Debe ser que esa costumbre solo es frecuentada por las pobretonas como yo. Si no supiera lo idiotas que son, podría comprender por qué suspiran por ellos.

Segundos después, cuando todo ya está preparado y les estoy observando dirigirse hacia la salida, decido reconocerle el esfuerzo al tal Marc, el encargado de todo esto.

—No sé si te habrás roto el pene con esa animadora o los brazos con estos desgraciados narcisistas, pero mira, allá donde estés, admiro tu trabajo —mascullo como si fuera una oración.

—¿Qué cuchicheas, Moore? —escucho preguntar interesado a Blake en mis espaldas, reposando su barbilla sobre mi hombro.

—¡Deja de venir siempre por detrás! —reprocho en voz baja mirando desesperada hacia los lados, estamos solos— ¿No tienes una competición a la que asistir? El resto ya ha salido.

—Sí, sólo quería recibir un beso de la buena suerte.

—¡¿Qué?!

Le encaro anonadada. Está loco ¿por qué quiere ese tipo de cercanía tan repentina? Eso es justo lo que estoy tratando de evitar.

—Déjate de tonterías. Vete o llamarás la atención.

—Ahh qué arisca, ¿no quieres traerme buena suerte? Seguro que la voy a necesitar, me duele un poco el hombro —comenta componiendo una expresión de perrito abandonado.

Ja, como si fuera a creerme algo más de lo que salga por esa boca mentirosa.

—Está bien. Toma tu beso. —accedo con una sonrisa, dispuesta a no dejarme engañar.

Nada más empezar a agacharse con los labios preparados, me escurro con rapidez de entre sus brazos y le deposito un beso suave en la mejilla. Blake se muestra sorprendido y recomponiéndose de la impresión inicial, se lleva una mano a la barbilla mostrándose pensativo.

—Menuda estafadora.

Sin agregar nada más, sale del vestuario. Puede que no lo comprenda, y me moriría antes de confesarlo, pero si no empiezo a ponerle límites a nuestra relación comercial, todo se acabará volviendo más confuso. No, en vez de desperdiciar mi tiempo con Blake, tengo que concentrar mis esfuerzos en alguien que merece mucho más la pena y con quien sigo hablándome casi a diario por WhatsApp, Darren Sanders.

Con todo esto en mente, le sigo a las afueras del vestuario. Una vez en la piscina, me encuentro ante una vorágine de animadores efusivos que aplauden y vitorean cada vez que el presentador —no me juzguen, no tengo ni la más remota idea sobre natación— anuncia por megafonía los nombres de cada uno de los participantes. Los vítores se intensifican cuando se menciona el nombre de Blake, diablos, la mitad de ellos tienen una tonalidad femenina.

A continuación, los nadadores se van situando sobre su respectiva plataforma de salida. Sus anchas y definidas espaldas destacan por encima de esos gorros tan poco favorecedores que llevan puestos.

Vale, creo que ya entiendo porque toda esta gente viene a verlos. No son listos ni nada, está claro que asisten para contemplar la buena carne en exposición.

El árbitro da la señal y cada competidor se lanza al agua, se sonido vuelve a sonar y salen impulsándose sobre la pared.

—Ya sabes Jay que este año uno de los estilos de esta competición es el de la mariposa, ¿crees que este año Blake podrá aguantar los doscientos metros? —pregunta el presentador a otro hombre, al escucharle busco con la mirada el carril de Blake, quien parece ir el primero.

—No lo sé Garret, mariposa es de los estilos más complicados y es bien sabido que el señor Blake, la estrella prometedora de Pittsburgh, tuvo problemas el año pasado con el hombro derecho, aunque según diversas fuentes parece que lo está sobrellevando bastante bien. Sin embargo, este año tenemos a un competidor igual de prometedor que Blake, pues Harrison de Prince, no se lo pondrá fácil.

361

Ese idiota no me había mentido, me lo había dicho en un tono satírico como siempre hacía y eso me había inducido a malinterpretarle. Dios, ¿por qué siempre actuaba tan despreocupado?

Le dolía el hombro, ¿cómo había terminado así? No lo sabía, y tampoco estaba segura de querer averiguarlo, envolverme en sus problemas no entraba en mis planes. A pesar de todo, Blake me había hecho partícipe en el momento en el que me confesó que estaba herido en el vestuario.

¿Le seguiría doliendo? Me pregunto angustiada sin poder apartar la vista de su carril. Parece que va bastante bien. No sé cuánto dura una competición de estas y tampoco me importa, lo único que quiero es que termine ya y Aiden pueda salir de ahí. Con cada minuto que pase ahí, las posibilidades de hacerse daño se incrementan.

—Moore.

La voz que escucho a mi lado proviene del chico que me había explicado todo el funcionamiento al comienzo.

—¿Si?

Me fuerzo a retirar mi atención de Blake y me concentro en lo sea que tenga que decirme este muchacho.

—¿Podrías hacerme un favor?

Madre mía, todos los favores que quieras, me siento inclinada a responder. Sin embargo, una vez más mi timidez vuelve a hacer acto de presencia.

—S-sí.

—Mira, necesito sacar estas corcheras, ya están muy viejas. Normalmente me ayudaría Marc, pero como no está, había pensado que quizás tú podrías echarme un cable.

—¿E-eso se llaman corcheras?

Yo le hubiera llamado cuerdas, sí que soy básica, aunque al contrario de lo que hubiera pensado, no se enfada por mi desconocimiento y se echa a reír.

—No tienes mucha idea de natación ¿cierto?

—Lo básico para relajarme en la piscina pequeña.

—Está bien, te explico lo más sencillo. Esto son corcheras flotantes, aparte de separar a los nadadores y definir el carril, como puedes observar en la piscina, también absorben el oleaje que levantan al nadar. Suelen ser nueve, de hecho, en las competiciones como esta sólo se utilizan siete, ya que se usan sólo ocho carriles de los diez. Como podrás ver, son demasiado largas para que lo transporte yo solo.

—¿Qué tengo que hacer?

—Cada uno cogeremos del extremo de una y las sacaremos una a una de la piscina. Serán nueve viajes en total.

—¿Nueve? Pero están compitiendo ¿por dónde vamos a salir?

—¿Ves aquellos dos carriles vacíos? Tendremos que ir por el extremo alejado de la piscina, así no interrumpiremos la visión de los espectadores.

—E-está bien.

Primero estiramos la cuerda como podemos, y después, sujetamos cada uno del extremo opuesto. No sé muy bien cómo vamos a llevar todos estos metros alrededor de la piscina.

—Recuerda mantenerla estirada y tensa todo el rato —aconseja con buen humor.

—S-sí.

Para mi sorpresa, logramos sacar cinco corcheras sin sufrir incidentes, y aunque los brazos empiezan a pesarme del lastre que he tenido que recoger para evitar accidentes, me siento bastante animada.

Al final va a resultar mucho más sencillo de lo que hubiera imaginado, además con la ayuda de Andrew, todo parece ir como la seda. Todo, menos la incómoda sensación de preocupación por Blake que zumba en mi interior como una mosca.

—Estira un poco más, Crystal.

—Parece que Blake está reduciendo velocidad y lo adelanta Harrison, ¿su antigua lesión podría estar pasándole factura? ¿Qué piensas Jay?

Sólo necesito escuchar esa frase para girar mi cabeza como un resorte y estudiar cómo, efectivamente, Aiden ha bajado el ritmo. A pesar de ello, sigue nadando, resultando ser el segundo más rápido.

—Mierda Blake. —mascullo en voz baja sin poder retirar mi atención de su silueta.

Me encuentro tan abstraída tratando de captar cada uno de sus movimientos en busca de cualquier señal que indique alguna dolencia, que no reparo en que el camino que estoy siguiendo está demasiado cerca del bordillo.

—Crystal, cuidado, la corchera. ¡Cuidado! —advierte preocupado Andrew, pero es demasiado tarde.

No me he dado cuenta de que, en medio de mi preocupación por Blake, he soltado parte del lastre que estaba cargando, destensando la corchera por lo que parte de ella ha caído al suelo. La piso y me enredo el pie con ella, todavía apresada, me resbalo y caigo dentro del agua. Bueno, al menos está vacío y no le impediré el paso a ningún competidor.

El último pensamiento fugaz que destino mientras pierdo el equilibrio, es el de que probablemente muera ahogada por haberme preocupado demasiado por un prostituto con ninguna responsabilidad emocional. Ah, quizás me estoy equivocando, porque en ese momento experimento un dolor intenso en la cabeza.

Genial, ahora quizás me haya partido el cuello. Escucho un pitido repentino y todo se vuelve negro.

Menuda forma de morir.

CAPÍTULO 21

AIDEN

El hombro me volvía a doler. Me había lesionado dos años atrás, en el verano en el que fuera aceptado en la universidad. El traumatólogo me había recomendado que me lo tomase con calma, ya que era una lesión bastante frecuente entre los nadadores, y así había sido recibir el diagnóstico: lesión por microtraumatismo repetitivo.

El problema era que ansiaba la beca deportiva que me acababan de ofrecer y aquella información resultó ser un golpe terrible para mis aspiraciones, pues en un intento por escapar de mis propias preocupaciones había sobre esforzado la máquina y lo había jodido todo. De hecho, el entrenador Carson no se había tomado nada bien que le llegara un atleta "defectuoso", porque se suponía que todos debíamos cuidar nuestros cuerpos hasta que fuéramos mucho más mayores. Sin embargo, y pese al carácter que tenía, había permitido que me uniese al equipo, aunque no sin antes torturarme impidiéndome entrar al agua más allá de lo necesario. De esta forma, con la ayuda del fisioterapeuta del equipo, fui mejorando hasta que logré volver a nadar.

Pese a que resultó ser una época demasiado frustrante, pude encontrar una manera de distraerme durante mi tiempo libre con el entrenamiento paralelo al que me sometieron los Arcángeles. Cuando el dolor comenzó a remitir, me incorporé de forma activa al equipo sin que nadie volviera a sacarme del agua. Desde entonces, solía dolerme un poco tras estar varias horas nadando, y en el momento en el que eso ocurría paraba, descansando hasta recuperarme o entrenando otro grupo muscular en el gimnasio.

No obstante, llevaba un par de días en los que el dolor había estado persistiendo y aunque no había querido ser alarmista, el hecho de que me encontrase a escasos minutos de comenzar la competición de crol y me siguiera doliendo, no auguraba nada bueno. Sólo esperaba que estuviera mejor dentro de dos semanas, ya que me tocaría competir por mariposa.

Si me retiraba ahora, Carson comenzaría a sospechar y probablemente me prohibiría volver a entrar en el agua. Bien podría perder esta competición y dejárselo caer durante otro entrenamiento, aunque perder frente a Harrison, la estrella de Prince, a quien Carson había querido traer para medirnos con él, no me hacía ninguna gracia, me recuerdo estudiándole minutos antes de que den la señal de subir a la plataforma de salida.

De fondo capto el movimiento de Moore, que parece estar hablando con Andrew. Pese a mi decisión de traerla este sábado había sido consciente de que ella no pertenecía a este ambiente. Su presencia en la competición había sido una venganza por la jugarreta que me hiciera con el trabajo de Derecho Procedimental o al menos esa había sido sólo una parte de la verdad. ¿Me había querido vengar de ella? Desde luego que sí, al fin y al cabo, me había puesto en ridículo delante de todos, pero existía algo más que no le había contado.

Todo se produjo debido a un impulso, hablar con Carson y convencerle de que la integrase en la competición nada más informarnos de la ausencia de Marc, fue algo que se me ocurrió en el momento. En cuanto Carson confirmó que la señorita Moore había aceptado, supe que no había nadie mejor que ella para ese puesto.

La realidad es que necesitaba a una amiga que me animase durante la competición, pues incluso con lo descarada que era, me tranquilizaba su presencia. El hombro me había vuelto a doler dos días atrás y deseaba tenerla localizada en un lugar al que poder recurrir a ella en caso de ser necesario.

Sin embargo, no había imaginado que terminaría metiéndose en ese bañador diminuto que mostraba a todo el que quisiera mirar el increíble culo que tenía. Ya había pillado a más de uno fijándose en ella en el vestuario, aunque Moore ni si quiera se había percatado. En ese momento sólo había tenido ganas de enrollarla en una toalla extragrande y lanzarla lejos de los vestuarios.

Me coloco las gafas sobre el gorro y escucho el primer pitido, mejor me dejaré de tonterías, es hora de ponerme en marcha. Subiéndome sobre la plataforma, ignoro el ligero dolor del hombro y noto la excitación previa a cualquier competición. Calmo mis pulsaciones y relego el nerviosismo a lo más profundo de mi mente. Aunque nos van presentando, no les presto atención y dejo la mente en blanco, esperando por el pitido de salida. Éste no se hace de esperar y nos tiramos de cabeza a la piscina. Unos segundos después, el segundo sonido abre la competición de forma oficial.

El contacto con el agua y el movimiento me revitalizan, cuando estoy dentro ignoro todo a mi alrededor. Con el paso de los dos primeros largos, voy adquiriendo más confianza. Vuelvo al evaluar el nivel de dolor y lo etiqueto como soportable, mañana seguramente tendré que tomarme un descanso. De momento todo va bien, pasada la segunda vuelta, y con las esperanzas renovadas de poder terminar los cuatrocientos metros, decido incrementar un poco más la fuerza adquiriendo más velocidad. La tercera la aguanto bien, venga puedo hacerlo. Sin embargo, cuando me encuentro en mitad del penúltimo largo, experimento un latigazo repentino recorriéndome todo el hombro, esto ocasiona que pierda velocidad y Harrison me adelanta por el carril de al lado. Mierda. ¿Justo ahora? Bueno, tampoco ha tomado mucha distancia, todavía puedo alcanzarle y adelantarle. Solo debo evitar pensar en el hombro un poco más. No importa si este me arde cada vez más.

Voy a aumentar la velocidad, así que saco la cabeza para coger oxígeno una vez más y en esta ocasión escucho un grito masculino seguido de un estruendo en el agua. ¿Se les habrá caído algo? No sería la primera vez que los de mantenimiento muestran cierta torpeza en su trabajo. Hago un par de brazadas más y cuando vuelvo a sacar la cabeza para recoger aire, reparo en el pitido de un silbato, ahora los vítores han sido sustituidos por gritos de alarma. Me paro en seco, y todavía flotando, empiezo a prestar atención a los alrededores de la piscina. Hay una multitud congregada en torno al último carril desocupado.

—¡Que alguien la saque! —grita una mujer desde las gradas.

¿Alguien se ha caído a la piscina? Me coloco las gafas de nuevo y me interno bajo el agua, aunque estoy a tres carriles de distancia, no me cuesta localizar un cuerpo que reconozco a la perfección, la propietaria es la misma mujer a la que hace tan solo dos días atrás había estado abrazando en su cama.

Al encontrarla sumergiéndose con el cuerpo laxo en la profundidad de la piscina, experimento un terror helado. La competición ya no tiene sentido, así que olvidándome de mi intención inicial de adelantar a Harrison, buceo ansioso por los carriles ignorando el dolor del hombro, que me arde como nunca por la velocidad que estoy tratando de alcanzar.

Estoy a punto de cruzar el carril que nos queda de distancia, sólo unos metros más y la podré sacar. El tiempo de acción en los ahogamientos es primordial. Esa repentina aseveración me suena tan extraña. ¿Ahogamiento? Joder, ¿y si se muere aquí? ¿Y si no llego lo suficiente rápido? Me pregunto desesperado. De repente, veo que Andrew se lanza a la piscina a por ella, y tras rodearla con sus brazos, en menos de tres segundos la saca del agua. Un poco más aliviado, alcanzo el bordillo y saco la cabeza, disgustado.

El panorama que me encuentro en el exterior impacta contra mi retina, sobrepasando cualquiera de mis expectativas. La sangre se me congela y me quedo en blanco sin poder concebir tal escena. Moore se encuentra tirada en el suelo, mientras Andrew parece estar a su lado comprobándole la respiración. No les veo bien, joder, ¿por qué tiene que haber tanta gene alrededor? ¡No es ningún espectáculo! Salgo del agua cogiendo impulso en el bordillo, e ignorando una vez más el dolor, me acerco corriendo. Necesito verificar la situación.

—No reacciona —escucho que informa Andrew a los demás, realizándole el masaje cardiorrespiratorio.

Esa frase me impide escuchar cualquier otro sonido, aparto de un empujón a uno de los hombres que se encuentra rodeándoles y me agacho al lado de Crystal. Horrorizado contengo el aliento, está sangrando, joder. El agua que cae de su cuerpo extiende la sangre con más rapidez por el suelo. Ha debido darse con el bordillo en la cabeza. Busco el pulso bajo su cuello y empalidezco, podría haberse matado. Con manos temblorosas, la toco y la sensación me paraliza. Está demasiado fría.

—¿La has empujado Andrew? —inquiero con una amenaza velada en la voz.

—¡¿Qué diablos estás diciendo?!

—Entonces, ¿qué cojones ha pasado? —ladro angustiado.

—Se enredó y cayó en el agua.

—¿Y por qué no está reaccionando?

—No respira.

Esa última frase termina de activarme por completo, el calor me invade y echándole un último vistazo a su preciosa piel ahora pálida, me doy cuenta de que necesito intervenir.

—Apártate. Largo.

Le propino un empellón y aunque Andrew me maldice sorprendido, se retira. Debo mirarla por mí mismo. Sentándome con rapidez a horcajadas sobre sus muslos, compruebo con rapidez que, efectivamente, ni respira ni reacciona, y con el corazón en un puño, retomo la reanimación cardiorrespiratoria.

—¿Qué diablos crees que haces Blake? —inquiere irritado Andrew, pero ya ni le escucho. He dejado de prestarle atención a cualquier sonido que nos rodee.

—Joder, Moore, no me hagas esto —murmuro desesperado.

Treinta compresiones, tres insuflaciones, comprobar la respiración, me recuerdo como un mantra. Con cada compresión sobre su corazón, noto que en cualquier momento se romperá el mío. Cada vez que le hago la respiración boca a boca, ruego por poder tener suficiente oxígeno para ella. No importa si me arde el pecho por el esfuerzo o el hombro grita de dolor, no bajo el ritmo. Tras insuflarle la primera bocanada de aire, reparo con terror en la frialdad de sus labios, ya no siento el olor avainillado de su respiración, ese que me inundaba cada vez que nos besábamos o el que emitía cuando que se reía entre mis brazos.

Ya no está. Se ha ido, y con él está desapareciendo también cualquiera resquicio de mi parte racional.

—Vamos Crystal, vamos por favor…

Le aplico por segunda vez las tres insuflaciones. Sigue sin respirar. Ojalá te pueda alcanzar, necesito que reacciones. Tras dos ciclos de compresiones, empiezo a darme cuenta de que realmente la puedo perder y que, de hacerlo, será mi culpa por ser tan egoísta de traerla a la competición.

Tiene la tez demasiado blanca, joder. Me trago la bilis que asciende por mi garganta. No podría vivir con eso, aunque sea insultándome y maldiciéndome, la necesito viva.

—Dios, por favor… Quédate conmigo, pequeña.

Después de la tercera insuflación del tercer ciclo, sigue sin respirar. Mierda, mierda… su vida se está escapando entre mis manos y me siento un maldito inútil.

—¡¿Qué hace tanta gente aquí?! Apartaos o no podré hacer mi trabajo —escucho que clama una voz desconocida.

—Blake, tienes que dejarlo ya, acaba de llegar el médico, seguirá él.

Andrew intenta apartarme de ella y me resisto. En el estado en el que me encuentro no consigo razonar, por lo que sigo realizando compresiones con desesperación.

No, no puedo soltarla ahora, si lo hago se marchará para siempre.

—Vamos, nena, despierta.

—Termine ese ciclo y retírese, debo seguir yo. —ordena un hombre con bata blanca que se ha agachado enfrente de mí.

Le hago la última insuflación y vuelvo a retomar el masaje cardiorrespiratorio.

—Que alguien le saque de aquí.

Sin dejarme mayor elección, cuatro brazos me rodean y me arrastran, alejándome de ella. El miedo por haberme alejado de su lado dispara los niveles de terror en mí y me remuevo impaciente bajo su agarre.

—Aiden, cálmate.

—Suéltame inmediatamente.

Izan quien siempre ha estado acostumbrado a mi actitud burlesca y desenfadada, debe de ver algo en mi mirada que al final me suelta.

—Ni que fuera tu chica, Blake —escucho que murmura Ryan, una vez que me veo liberado.

—No lo es.

No. Crystal Moore no es mi chica, ella significa mucho más que ese término tan banal y ahora por mi culpa, la voy a perder aquí. Jamás sería capaz de perdonármelo.

Me siento en la oscuridad más profunda, necesito que vuelva a respirar. Les ignoro y vuelvo a acercarme a donde se encuentra el médico realizando el masaje cardiorrespiratorio. Éste me advierte con la mirada que no vuelva a intervenir, así que me agacho angustiado sosteniéndole la mano en un vano intento de calentársela.

—Vamos, Crys, debes despertar. Ni si quiera te he enseñado todo lo que quería… vamos nena… —ruego con la voz quebrada, derrumbándome, le retiro el cabello mojado del rostro, sintiendo mis ojos arder.

Pasan cinco segundos que me saben a cinco horas y tembloroso, me llevo su mano fría a la mejilla. Es en ese momento que la veo contraer el pecho y comienza a toser, expulsando mientras el agua. El alivio me invade, extendiéndose por cada fibra de mi cuerpo y una sensación contradictoria se instala en mi pecho.

—Ayúdeme a colocarla en posición lateral, tiene que expulsar todo el agua —ordena el médico quitándose de encima. No tiene que decirme nada más, obedezco con celeridad instándola a girarse hacia donde me encuentro sentado— Traed la camilla.

—¿A dónde la van a llevar? —pregunto ansioso.

—Al hospital. Podría tener un traumatismo craneoencefálico, tenemos que descartar posibles lesiones.

—Pero está despierta.

—¿Es usted un familiar?

«No»

—Sí. —miento por inercia.

—Venga con nosotros y le iremos informando.

—Vale, pero ¿está muy grave? —pregunto abrumado poniéndole la mano en el brazo.

—No, lo peor ya ha pasado.

—Menos mal —suspiro aliviado, observándola todavía en posición lateral.

Dos paramédicos levantan su cuerpo, depositándola sobre una camilla. Les sigo hasta la salida de la piscina, pero Izan me para en la entrada, y Ryan se une a él, impidiéndome el paso.

—¿A dónde se supone que vas Aiden? Carson quiere hablar contigo.

—Hablaré después con él. —informo dispuesto a abrirme camino hacia el exterior.

—Yo no haría eso hermano, está muy enfadado. Has quedado el último.

—¿Lo dices en serio Izan?

Moore casi se muere y al entrenador ¿sólo le preocupa mi posición en la competición? ¡Al cuerno con eso!

—Podrían echarte del equipo si le desobedeces.

—Escuchad, haría lo mismo si os sucediera a vosotros, Moore también es mi amiga, así que Carson reaccione como quieras.

—Sigo pensando que no deberías irte, estarías quedando en evidencia y no creo que esa sea la mejor imagen para ti ahora.

Tengo que contenerme de verdad para no propinarle un puñetazo a Ryan por insinuarme algo así en un momento como este.

—Me tengo que ir. Hablaremos luego.

Juro que, si se oponen a que salga de esta piscina, pienso liarme a golpes sin importarme que sean mis amigos. Gracias a Dios, no lo hacen y continúo mi camino. Echo a correr por la acera de la entrada hasta alcanzar a la ambulancia que aún se encuentra abierta. Entro en ella y tomo asiento a su lado. La ambulancia se pone en marcha y lo primero en lo que reparo es que Moore tiene los ojos cerrados y que le han puesto el oxígeno, dirijo una mirada inquisitiva al paramédico, preocupado de que haya vuelto a perder la consciencia.

—No se preocupe, solo está dormida. El oxígeno es porque estuvo un tiempo sin aire, con él le facilitamos la respiración.

Le cojo de la mano inerte. Sí, por fin, ya ha recuperado el color y parte del calor que había perdido. La imagen de su pecho subiendo y bajando, respirando, viviendo, me supone mayor placer y tranquilidad que cualquiera maldito orgasmo que haya podido experimentar. Parece que se va a poner mejor. Le acaricio la mano, tratando de calmar la alerta constante derivada de las emociones intensas.

—¿A quién se le ocurre tropezarse y caer al agua? Mira que eres torpe… —mascullo sabiendo que no puede oírme. Al sentir la mirada curiosa del paramédico, cierro los ojos y le beso con suavidad el dorso de la mano— Gracias por regresar a mi lado, Crystal…

Moore sigue sin despertar, aunque no me extraña, esas ojeras con las que va por la vida no son muy normales. Le han asignado una habitación privada que no cubre el seguro escolar, en cuanto se despierte y se entere se arrancará la vía con los dientes.

Al registrarme como un familiar —tuve que especificar que era un primo lejano, como si nos pareciéramos en algo— me han permitido quedarme con ella hasta que le realicen las pruebas pertinentes. Parece ser que tardarán un poco más en pasarla, ya que están más saturados que de costumbre. Vaya mierda, odio los hospitales.

En ellos sólo se puede encontrar enfermedad, muerte, un ambiente deprimente y un olor esterilizado que aborrezco con todas mis fuerzas. Eso lo había aprendido muy bien desde pequeño.

Sin embargo, metiéndome en mi papel de "primo lejano" correcto, me siento en una butaca al lado de su cama, y trato de centrarme en la revista del corazón que habrá dejado aquí el paciente anterior. De repente, Moore emite un ronquido ligero y desvío mi atención hacia donde se encuentra, asombrado, me echo a reír.

—Definitivamente, no querrás saber lo que acabas de hacer.

Al recordar la gelidez de su piel y la posibilidad alternativa en la que podría no encontrarse aquí, se me borra la sonrisa de la cara. Hace demasiado calor, mejor voy al baño a echarme un poco de agua.

Cuando regreso, casi me da un infarto al encontrármela sentada en la cama, totalmente atenta a la habitación que le rodea, supongo que estará preguntándose dónde diablos está.

—Por fin despiertas.

Dirige su mirada hacia mí, y arquea las cejas, sorprendida.

—¿Quién eres tú?

Me quedo pálido al acordarme de las palabras del médico —"*podría tener un traumatismo craneoencefálico*"— Eso no había sonado nada bien, entonces ¿habría perdido la memoria? ¿Ya no me recordaría nunca más? La sola idea de que eso haya ocurrido no me hace la menor gracia.

—¿Quizás eres mi novio? —inquiere ladeando la cabeza— Si lo eres quizás me haya ganado la lotería o fuera Calcuta en otra vida, porque mi amor, estás bien bueno.

—¡¿Eh?! Ah.. Yo…creo que voy a llamar a un médico…

Acojonado con la pregunta me dispongo a tocar el timbre para que vengan a revisarla de inmediato, su risa resuena por toda la habitación y la estudio anonadado. Ella sonríe aún más y, traviesa, me saca la lengua.

—Te la debía.

—¡¿Cómo te atreves?! ¿Sabes el susto que me has dado?

—¿De verdad crees que me olvidaría de alguien que me trata como a una esclava?

—Luego tendrás que explicarme cómo diablos terminaste cayéndote al agua.

—Sólo recuerdo que me tropecé y perdí el equilibrio…

—¿Y por qué narices estabas al lado del bordillo?

—E-eso no lo recuerdo —niega carraspeando, pero al darse cuenta del camisón con el que está vestida, se contempla estupefacta— Un momento, ¿quién me ha cambiado?

—Yo.

—Ah…así que en el fondo eres todo un pervertido ¿eh? aprovechándose de una persona en coma —rebate mordaz.

—Primer punto, sabes que sí lo soy —al verla agrandar aún más los ojos, me rio y prosigo— Segundo punto, no pensarías seguir vistiendo ese trapo, ¿no? Ni si quiera sé de dónde lo sacaste. Y tercero, no estabas en coma.

—¿Ah no? Pero si en Anatomía de Grey cuando se ahogan terminan en coma…Me siento estafada.

—Oye ¿seguro que lo que te han puesto es sólo oxígeno? —pregunto dudoso, estudiando la bombona de oxígeno a la que está conectada. No parece que haya nada más.

—Espera, contéstame una pregunta.

—Miedo me da.

—¿Me hicieron la RCP?

—Sí.

—¿Quién? ¿Estaba bueno? —inquiere emocionada frotándose las manos.

—¿Has estado a punto de morir y eso es en lo único en lo que puedes pensar? ¿No deberías hacer otro tipo de preguntas? —rebato divertido, cruzándome de brazos.

—Oye, perdóname, pero lo de hacer el boca a boca es muy típico de los vigilantes de la playa. No logré ver al salvavidas ni recuerdo nada de lo que sucedió, así que quizás deberías ser más caritativo y concederme esa información jugosa.

—Empiezo a dudar de que no te hicieses nada serio en la cabeza.

—Estoy tratando de nutrirme de información secundaria, porque si comenzamos a hablar del ridículo que hice en la piscina no podré soportarlo —aclara con sinceridad.

—Yo no lo definiría como ridículo.

—¿Cómo está tu hombro? —pregunta de forma repentina— Lo siento por no haberte creído, pensaba que estarías bromeando como siempre haces.

Su sinceridad cala en mi interior y una calidez se extiende por mi pecho, ¿ha estado a punto de morir y está preocupándose por mí?

—Algo mejor —miento por impulso. Lo cierto es que no tuve tiempo de tratarlo desde que salí de la piscina, así que ahora que se me ha pasado la adrenalina me ha vuelto a molestar.

—¿No deberían ponerte hielo o algo?

Su preocupación y la manera en la que respondo a ella me incomoda y turba por lo que sonrío despreocupado y me apoyo en la cama, acercándome hasta tocar nuestras frentes.

—¿Estás dispuesta a ponérmelo tú con la boca?

—Y-yo…

—Te la debía —sentencio con una sonrisa, besándole la punta de la nariz.

—Ejem, ejem… —carraspea una nueva voz que ha entrado en la sala. Ambos nos giramos sorprendidos hacia la entrada en la que encontramos a la enfermera— Siento interrumpir una escena tan romántica con tu novio, pero, divina, tenemos que llevarte a hacer un TC.

Me pongo colorado, esta gente no se ha tragado que soy su primo ¿o qué? Estoy a punto de desmentirlo cuando Moore se me adelanta.

—Ja, ojalá tuviera un novio con este físico. No, señora, éste sólo es un prostituto que pagué y que sigo pagando, porque esto es como comprarse una casa, la hipoteca con este señor jamás acaba…

—¿Disculpa? —exclamo mirándola estupefacto con ese alarde de sinceridad, pero ella se limita a reírse atontada— Por favor, no le haga ni caso, soy su primo… no entiendo qué diablos le pasa.

En tan solo un segundo ha revelado mi profesión. Ay, Dios, ¿qué la ocurre?

—Como soy pobre —continúa como si no hubiera intervenido— me tiene esclavizada sacándole parte de su carrera mediante los trabajos, ah, y hablando de pobreza, todo esto parece bastante lujoso, lo pagará la universidad ¿no? Porque éste de aquí —informa señalándome— podrá trincar dinero a manos llenas de sus clientas ricas, pero yo no tengo un dólar.

Ha incumplido el contrato de todas las maneras posibles, ¿qué más le falta por revelar?

—Cállate ya —le ordeno acalorado— No le haga caso, no sabe lo que dice.

—Debe ser la medicación, a veces les pone así. —interviene divertida la enfermera ayudándola a subirse en la silla de ruedas.

—Pensaba que sólo le habían puesto oxígeno.

—Tiene un buen golpe en la cabeza, le hemos dado analgésicos. No se preocupe, enseguida se la traeremos de vuelta.

—Bueno…

—¿A dónde me lleva? ¿Me van a realizar alguna prueba? No, no tengo con qué para pagarlo…

Está obsesionada con el tema económico, esta es capaz de negarse sólo para evitarse soltar dinero.

—Basta Moore, compórtate bien, tienes que hacerte esa prueba. Tranquilízate, esto lo paga el seguro escolar.

La enfermera me dirige una mirada significativa y parece que quiere agregar algo, pero la prudencia que conlleva su profesión la obliga a callarse.

—¿Estás seguro Blake? ¿has visto esta habitación? ¡Es más grande que mi casa entera! ¡Tiene hasta dispensador de agua!

—Eso no es muy difícil teniendo en cuenta que vives en una ratonera.

—Después de ver esto, ni si quiera pienso ofenderme por eso.

—Mejor llévesela ya, por favor… —le ruego a la enfermera, quien se limita a sonreírme.

—Hasta luego, tipo sexy —se despide Moore, no sin antes propinarme un azote en el trasero que resuena en la habitación— Aquí tienes tu castigo, niño malo.

Me sobresalto estupefacto con su descarada actitud y vuelve a echarse a reír. En esta ocasión, la enfermera comienza a empujar la silla de ruedas.

Menos mal que no hay nadie aquí que pueda reconocerla, sino se morirá de la vergüenza.

—Aquí estamos de vuelta.

Retiro mi atención de la nueva noticia sobre las Kardashian y me enfoco en la enferma que ha perdido parte de su razón.

—¿Qué tal el TC? —pregunto ansioso ayudándole a incorporarse de la silla de ruedas, y sentándola de nuevo en la cama.

—De eso debe informarle mejor el médico. Ya debe tener los resultados, así que no creo que tarde en venir, ¿se encarga de ella?

—Sí.

—Perfecto porque me tengo que ir, si necesita algo más toque el timbre.

—De acuerdo. Gracias.

—Me han metido en una especie de anillo gigante, y sonaba super raro —comenta Moore emocionada— Oye, Blake, ¿qué es lo que crees que costará más, tus servicios o esa máquina?

—Deja de airear por ahí a lo que me dedico —le ordeno cruzándome de brazos. De repente, recuerdo el mal episodio y me obligo a relajarme, adoptando un tono burlón —Seguramente mis servicios.

—Menudo mentiroso, no te creo nada.

—¿La señorita Crystal Moore? —pregunta el doctor desde la puerta.

—Esa soy yo.

—La tomografía ha salido bien, no parece haber traumatismo.

—¡Estupendo! —clama afectada todavía por la medicación— ¿Entonces ya me puedo ir a casa? No estoy segura de cuántos días va a cubrir esto la universidad y más con lo tacaños que son.

—No tan rápido, tiene que estar al menos 48 horas en observación, por si hay algún cambio.

—¿Cómo? —grazna horrorizada— pero doctor, vivo sola.

—Usted decide si prefiere que esa observación se lleve a cabo en este hospital o en su casa, el hecho es que debe estar acompañada en todo momento.

—No, no, en el hospital no, que seguro termino pagándolo —niega categórica— Aquí te cobran hasta por el agua que bebes, oye Blake, no te habrás comprado nada ¿no? A ver cómo vamos a pagar la cuenta…

—Déjate de tonterías —le regaño y luego agrego— ¿Cuáles pueden ser los síntomas, doctor?

—Podría experimentar mareos, vómitos, sueño, incluso llegar a desmayarse, por eso es fundamental que esté vigilada. Además, alguien debería estar pendiente de la herida en la cabeza y realizarle las curas pertinentes.

—¿Has escuchado eso? Ni se te ocurra pensar que vas a pasar la noche sola en casa.

—¿Es su pareja?

—N-no, soy su primo —niego con rapidez.

¿Por qué diablos todos me confunden con su novio?

—Estupendo, un familiar, entonces tiene que revisarle la herida cada cierto tiempo. Intente estar atento a los síntomas que le he comentado. Si experimenta alguno de ellos de forma recurrente, tráigala a urgencias.

—Está bien.

—También le he recetado unos analgésicos que deberá tomarse cada ocho horas.

—Genial, ¡más dinero que gastar! —gime afectada en la cama ganándose una mirada curiosa del doctor.

—No la haga ni caso. Se comprará esos medicamentos. —asiento con un tono de advertencia.

—¿Con qué dinero?

—Cállate ya, deja de ser tan rebelde. —le ordeno avergonzado.

—Bueno, como al final han decidido llevar el seguimiento en casa, le daré el alta. Pueden marcharse cuando quieran. Aquí tienen las recetas, y el informe.

Recojo los papeles que me tiende con presteza, deseoso de salir de aquí.

—Muchas gracias, doctor.

Por su parte, el médico asiente y se marcha de la habitación.

—¿Se puede saber con qué ropa me voy a marchar? Sólo tenía el bañador.

—Mientras dormías como un perezoso, fui a comprarnos ropa a los dos, por supuesto la tuya con más estilo que ese bañador —comento abriendo el armario en el que guardé las bolsas.

Le he escogido un atuendo sencillo que consiste en unas medias negras a juego con un peto, unos botines del mismo color y en el caso de que pudiera tener frío al salir, he añadido una camiseta de cuello alto vino burdeos.

—¡Ohh! ¿Desde cuándo eres tan atento? ¿Estás seguro de que el que se golpeó en la cabeza no fuiste tú?

—Deja de quejarte tanto y vamos a vestirte.

377

—Puedo hacerlo sola, Blake. —niega sentándose de espaldas a mí, el camisón revela su espalda desnuda.

—Ahora mismo estás en un periodo de observación de 48 horas. En este tiempo podrías llegar a caerte y ya escuchaste al doctor, pienso tenerte bien atendida —murmuro seductor contra su nuca desnuda.

Ella se estremece de espaldas a mí sin impedir que le retire con cuidado la bata. Le ayudo a ponerse prenda a prenda con lentitud. Mientras le subo las medias, en sus ojos capto el ardiente deseo consumiéndola. Incluso estando en una maldita habitación del hospital y pese a su estado convaleciente, la sigo encontrando jodidamente caliente.

Le termino de poner ambos botines y la veo tragar saliva.

—Gracias, Blake. Por esto.

—No hay de qué, nena. ¿Te sientes bien para poder andar?

—Creo que sí —responde dubitativa, tratando de ponerse de pie.

Le sujeto del brazo por si se tambalea y se cae, pero al ver que se mantiene firme, la suelto, alejándome del calor que emanaba de su cuerpo.

CAPÍTULO 22

AIDEN

Tras recoger las escasas pertenencias —me niego a llamarle a ese diminuto bañador pertenencia— nos acercamos a un mostrador de la planta a rellenar todo el papeleo del alta. Aprovecho en una de las veces que Moore decide ir a un baño cercano para pedirles que carguen los gastos del ingreso a mi tarjeta. Soy consciente de que la mentira que le he soltado está mal, es solo que este hospital jamás lo pagaría la universidad. Además, ha sido mi culpa que haya terminado en estas circunstancias, así que ¿qué menos que me haga responsable de los costes? Por supuesto, esto no es una información de la que deba disponer ella. Después de firmar todos los documentos del alta, me acerco hasta el baño, y la llamo preocupado de que le haya pasado algo.

—¿Todo bien por ahí dentro Moore?

La puerta se abre y ella atraviesa el umbral ruborizada.

—Sí, sí, perdona por la tardanza.

—No te preocupes. ¿Nos vamos?

—Sí.

Nos acercamos hasta el ascensor, y una vez dentro, seleccionamos la planta baja. En cuanto está a punto de cerrarse las puertas, escuchamos un grito infantil.

—¡Esperad!

Moore pulsa el botón para impedir que se cierren del todo y en cuanto las puertas vuelven a abrirse aparece ante nosotros un niño que reconozco a la perfección.

Elijah Myers, con su pijama de osos amarillos y su eterno gorrito blanco, entra arrastrando la bolsa de drenaje con la que siempre carga.

—¡Aiden!

Entra al interior del ascensor quedando en medio de nosotros dos.

—¿Qué pasa Elijah? —saludo agachándome a su altura para chocarle el puño— ¿Te has vuelto a escapar?

—De eso nada, ¡estoy haciendo mi ronda!

Saca de la batita el Walki Talkie negro que suelen prestarle los guardias.

—¿Y has visto a algún sospechoso?

—Hoy no, pero el otro día pillé a la señora Campbell, robándose una palmera de chocolate de uno de los puestos de enfermería. —informa metido en su papel, después repara en Moore que nos mira como si nos hubieran salido cuatro cabezas— Disculpa amable señorita, ¿podría darle al tres? No llego a él.

—Sí, sí.

—¿Y cómo pretendías subirte tú solo?

—Estaba esperando a que alguien entrara. —responde con una amplia sonrisa.

—Entonces es una suerte para ti que al final fuéramos nosotros, ¿no?

—Sí, aunque no me dijiste que vendrías. Hoy no tengo la Play.

—Es que vine con una amiga, aunque prometo verte el próximo domingo. Echas de menos que te gane ¿eh? —inquiero divertido contemplando su reacción.

—¿Ganarme? ¡Hiciste trampas! ¡Eso no es ganar! Estaba cerca de matar a tu equipo cuando me lanzaste todos esos moobs encima —exclama ofendido refiriéndose a la vez que conduje a todos los monstruos a su campo para que perdiese.

—¿Le hiciste trampas a un niño?

—Sí

—No.

Respondemos al unísono ambos. De repente, las puertas del ascensor se abren, indicándonos que ya hemos llegado a la tercera planta. Moore lee el cartel y empalidece: Oncología Pediátrica.

—Bueno, debo irme, mamá me estará buscando. ¿Quedamos el lunes a las siete para echar una partida al *Smite*? Ya tendré la Play o eso dice papá.

—Está bien —accedo chocando el puño con él en señal de despedida.

—Adiós, amiga de Aiden.

—Adiós.

—¡Prepárate para que te patee el trasero!

—Eso ya lo veremos, enano.

Elijah se marcha y en cuanto las puertas vuelven a cerrarse, Moore me contempla atónita, intentando procesar la situación.

—¿Quién diablos eres tú y qué hiciste con Aiden Blake?

—Si le cuentas algo de esto a alguien, lo negaré rotundamente.

—¿De qué conoces a ese niño?

—Mi abuela es voluntaria en este hospital y he venido a acompañarla más de una vez —explico incómodo con el rumbo de las preguntas.

—Supongo que es cierto eso que dicen.

—¿El qué?

—Que nunca se termina de conocer a las personas por completo.

Después de comprar los medicamentos en la farmacia de al lado del hospital, llamamos a un taxi para que nos lleve a la piscina a recoger las cosas que nos dejamos cada uno en las taquillas.

Afortunadamente, en el camino no me cruzo con Carson, habrá llevado a los chicos a comer. La verdad es que no me siento preparado para enfrentarle todavía, sé que me espera una buena bronca por haber pasado de una orden directa, aunque ahora mismo me importa bastante poco. Una vez tenemos nuestras pertenencias, volvemos a su casa en el mismo taxi que nos trajo. El trayecto no dura demasiado, y tras pagar al taxista nos bajamos del vehículo.

—Has pagado tú.

—Muy aguda —comento irónico.

—Me aterra cada vez que sacas la tarjeta.

—¿Y eso por qué?

—Contigo no hay nada gratis y yo soy irremediablemente pobre, así que jamás sé qué es lo que vas a pedirme… me siento como si estuviera metiéndome en una caja llena de serpientes de cascabel —confiesa abriendo el portal del edificio.

—Me ves como a un monstruo, y hasta dónde sé solo lo soy en la cama.

—¡Oh! ¡Qué pretencioso!

—¿Te atreves a negarlo? —le reto divertido traspasando el umbral de su apartamento.

—Vale, no voy a negar que no seas bueno en la cama, sólo Dios sabe lo excelente que eres en ella, pero…

—No debería haber ningún, "pero" más. O lo soy o no, y hasta ahora nadie se ha quejado, todo lo contrario.

Dejo las cosas sobre la mesa del salón y la observo extraer el móvil de su mochila.

—Ahhh, no se te puede decir nada. Mierda, diez llamadas perdidas de Jackie.

—¿Qué?

—Calla —me ordena alargando la mano, después se la lleva a la cabeza y al notar la venda, la aparta dolorida— Auch… si me ha llamado tantas veces es porque se ha enterado por Charlie del incidente. Tengo que llamarla, debe estar preocupadísima. Tú no puedes decir nada o nos pillará.

—Está bien, tranquila, no te pongas nerviosa o podrías marearte, siéntate —le indico acercándome para ayudarla— llámala, yo iré a prepararte la ropa y el baño para que te duches.

Me cuelo en su dormitorio, empeñado en buscarle algo de ropa cómoda mientras habla con su amiga, más no puedo evitar escuchar la conversación. En esta casa las paredes son tan finas como el papel.

—Estoy bien, Jackie. No tienes que preocuparte… —pausa— ¿Qué estás recorriendo los hospitales más cercanos? —pausa, sigo cotilleando el armario que parece haber adquirido algo más de clase después de mi pequeño toque en él. Me apunto el tema de los pijamas, ni que fuera una anciana vistiendo camisones— Pero ya estoy en casa, no era nada —pausa, bueno, parece que he encontrado algo medio decente— ¿Cómo que estáis viniendo? ¡¿Aquí?! No, ¡no tenéis que hacer ese esfuerzo!

Esa frase capta mi completa atención y ceso por un segundo de seleccionar ropa, concentrado en la conversación que se produce en el salón.

—El médico me ha dicho que estoy bien, me han dado el alta y me siento completamente bien —alega, más debe ser que la respuesta de Jackie es inflexible, porque termina cediendo— Vale, podéis venir a verme y luego me iré a descansar. Ahora nos vemos. Sí, yo también te quiero.

Retomo la tarea de buscarle unas bragas cómodas y sexys, cuando la puerta del dormitorio se abre de golpe.

—Jackie y Charlie están viniendo aquí…

—Eso pude escuchar —afirmo tranquilo— La mayoría de tus pijamas son horribles.

—¡¿Me has escuchado?! No pueden pillarte aquí conmigo.

—Pues no sé qué vas a hacer para evitarlo.

—Tienes que marcharte.

—Estás bajo mi cuidado —repongo sin inmutarme, después le muestro las bragas— Estas podrían quedarte bien.

—¡Estás loco! Tienes que esconderte hasta que consiga que se larguen.

—Ahora sí que estás sonando como algunas de mis clientas cuando las pillan sus maridos… —agrego divertido con su inquietud.

—¿Por qué estás tan impasible? ¿Es que quieres que nos pillen?

—No, es que no entiendo por qué deberíamos ponernos ansiosos antes de tiempo. Si espero en esta habitación pasaré desapercibido, así que no creas ni por un momento que pienso largarme.

Súbitamente suena el timbre de la casa y Moore brinca en el sitio acongojada.

—Vaya, sí que se han tenido que poner a doscientos sesenta por la carretera.

Ella señala el armario que todavía está abierto y ordena severa:

—Al armario, ahora, y ni se te ocurra salir.

—¡¿Qué?! ¿No te puedo esperar sentado en la cama?

—No, si le da por entrar estamos jodidos. La mejor opción es el armario.

El timbre vuelve a sonar, demostrando la impaciencia de sus amigos, y al ver su nerviosismo, decido ceder resignado.

—Está bien, pero más te vale despacharles rapidito, no tengo intención de estar escondido mucho tiempo, no lo hago con mis clientas mucho menos contigo.

—Qué benévolo —agrega con acritud, cerrando la puerta del armario.

Al menos podré respirar, ya que posee rendijas de madera a través de las cuales se filtra la luz que baña el dormitorio. No tarda mucho tiempo hasta que escucho la voz estridente de la amiga.

—¿Qué te pasó exactamente? Oh, por Dios, ¿tienes un vendaje en la cabeza? ¡¿Tan grave es?! ¿Por qué diablos no me llamaste? —escucho que grita nerviosa— Charlie no me comentaste que estuviera tan grave.

—Tampoco lo sabía, yo estaba en la cafetería cuando Kim vino corriendo a contarme lo sucedido, solo se había enterado de que te habías caído a la piscina y que vinieron a recogerte en una ambulancia.

—Sí, se montó más drama de lo que realmente fue —se excusa Moore— Lo cierto es que me dejé el móvil en las taquillas y no pude avisaros, lo siento chicos.

—¿Estuviste tú sola en el hospital? —demanda saber indignada Jackie— ¡Mi niña!

—Me acompañó un compañero de clase…

—¿Ah sí? ¿quién? Tenemos que darle las gracias.

—Nadie importante realmente. Apenas he hablado un par de veces con él.

Casi siento ganas de reír, bueno hablar, hablar… no hemos hablado precisamente.

—Pero ¿te dejó allí sola?

Mi humor se torna oscuro, ¿esta gente realmente piensa que soy un monstruo?

—Se marchó cuando me dijeron que no era para tanto, tampoco iba a retenerle allí, ¿no creéis?

—¿Cómo qué no? Por supuesto que sí, y si le hubieras traído a casa para que te cuidase hubiera estado mil veces mejor, ¿no empezaba así la película esa de *"Noviembre dulce"*? ¿Tú qué dices Charlie?

—Yo que quiero saber qué es lo que te ha dicho exactamente el médico.

—Eso, eso, nos vamos a quedar esta noche, ¿necesitas algún tipo de cuidado especial? Pídenos lo que quieras. ¿Has comido? Soy nefasta cocinando, solo se me da bien pedir a domicilio.

—Para Jackie, la estás agobiando y no la dejas responder.

—Chicos, agradezco que vinierais de verdad, pero no es necesario, lo cierto es que ya me siento mucho mejor. Ahora solo me apetece dormir.

—¿Y la venda? —insiste preocupada Jackie.

—Es una pequeña herida de nada, no os preocupéis, lo han puesto así para que evite sangrar.

—Pero tendremos que quedarnos a cuidarte. No me voy tranquila dejándote así…

—El doctor me ha dicho que descanse este fin de semana y eso es lo que voy a hacer, así que no debes agobiarte. De verdad que estoy bien.

—¿Seguro? —pregunta todavía dudosa— No, no puedo irme.

Realmente estoy cansándome de esto. No parece que tengan ni la menor intención de largarse y empiezo a sentir las piernas entumecidas. Trato de estirarme un poco para evitar que se me agarroten las articulaciones y, sin pretenderlo, muevo una de las perchas que cae dentro del armario provocando un ruido sordo.

—¿Qué ha sido eso? —indaga alerta la voz de Jackie aproximándose al dormitorio— ¿Ves cómo debería quedarme? Si se te mete en casa un ladrón, a ver cómo te desenvuelves tú sola con él.

—¿Quién querría robarme? No es como si tuviera nada valioso —se justifica agitada Moore, acercándose también, pero Jackie es inflexible y termina abriendo la puerta del dormitorio.

Contengo la respiración, y me quedo paralizado en el sitio. A duras penas, la estudio escanear la habitación a través de las rendijas. La expresión de pánico de Moore por detrás no tiene ningún desperdicio.

—¿Ves lo que te dije? ¿Qué ladrón va a querer entrar aquí? Será el gato de la vecina, que suele colarse.

¿Por qué siempre trata de compararme con un gato? ¿No tiene otro símil?

—Está bien, aunque sigo pensando que no deberías pasar la noche sola. —prosigue empeñada Jackie, retirando su atención del dormitorio. Después, cierra la puerta, y respiro aliviado.

—Escuchad, no tenéis de qué preocuparos, si necesito cualquier cosa ya sabéis que siempre puedo recurrir a la señora Preston.

—Es que también puedes y debes recurrir a nosotros —alega molesta la amiga estrafalaria.

Debo reconocer que sus amistades parecen ser muy leales y cercanas para lo que le cuesta socializar.

—Jackie, para. Estoy seguro de que, si Crys necesitara nuestra ayuda y se encontrase realmente mal, nos lo diría. No podemos estar aquí imponiendo nuestra presencia a la fuerza.

—Pero…

—De verdad que te agradezco mucho tu preocupación, Jackie, es solo que ahora me gustaría poder descansar, y sabes que no lo haré si estáis por aquí preocupándoos por mí.

—Me voy a preocupar por ti, esté donde esté.

—Tú me entiendes.

—Está bien, tú ganas —accede finalmente, y respiro aliviado, sin embargo, en cuanto vuelve a hablar, y me pongo tenso— ah, antes de irnos, necesito que me prometas algo.

—¿El qué?

—Que nos llamarás si pasa cualquier cosa, por mínima que sea. No me importa la hora a la que sea, pienso estar pendiente. Además, ve informándome de cómo te vas sintiendo entre los ratitos en los que estés despierta.

—Te lo prometo.

—¿Seguro que no necesitas nada? ¿Ni medicamentos? —demanda saber solícita— Toma te presto una de mis tarjetas por si tienes que comprar algo, comida o lo que sea.

385

—Lo tengo todo, Jackie, tranquila. Guarda la tarjeta, que siempre la sacas con mucha facilidad —la regaña con humor.

—Quédatela y me la devuelves el lunes, si estás bien para entonces…

—Vale.

—Llámanos con lo que sea. Te queremos.

—Y yo a vosotros. Auch, me estás estrangulando Jacks… —se queja Moore agudizándosele la voz.

—Perdona, sabes que a veces no controlo mi fuerza. —se disculpa dando a entender que se ha retirado de ella. Supongo que la estaría abrazando.

—Luego hablamos, chicos.

—Llámame.

—Recupérate, Crys. —escucho que se despide Charlie.

Luego agrega algo en voz baja que no logro llegar a discernir y que poco me importa. Ya puedo tener mi ansiada libertad del armario. Qué horror, un poco más ahí y se me hubiera dormido el culo.

Pasan dos minutos hasta que la puerta principal se cierra y transcurren otros dos hasta que Moore entra en el dormitorio con la fuerza de un vendaval. Por mi parte, estiro el hombro dolorido como puedo.

—Sí que tienes amigos insistentes…

—Lo sabe. —informa asustada.

—¿Qué?

—Charlie.

—¿Y qué iba a saber?

—Sabe que lo que había en el dormitorio no era ningún gato. Literalmente, me ha preguntado *"¿un gato que abre ventanas cerradas?"*, y ¡ha sonreído! ¡sonreído! —exclama afectada dejándose caer en la cama.

—Bueno, dudo que por un sonido de una percha cayendo y una ventana cerrada, lograse deducir que Aiden Blake, de Derecho, estaba escondido en tu armario, y si lo ha hecho, espero que la CIA se esté planteando reclutarle, porque estaría desperdiciando su talento en la cafetería de Pittsburgh. —razono burlón, pero ella no parece convencida.

—Tienes que marcharte, no puedes quedarte esta noche aquí.

—Ya has escuchado al médico, habrás logrado engañar a tus amigos, pero recuerda que yo estuve mientras nos daban tu diagnóstico y no voy a irme a ninguna parte.

—Sí, tienes que hacerlo —desestima obstinada— De todas formas, nuestro acuerdo inicial no incluía nada de esto y me niego a que me cobres extra por cuidarme, más aún cuando puedo hacerlo sola.

—Por hoy estoy haciendo una excepción, no voy a pedirte que me devuelvas nada que tenga relación con el accidente. De hecho, si te sientes más tranquila podemos agregar una cláusula nueva.

Me pongo de pie determinado a hacerle entender la gravedad del asunto, aunque está tan obcecada, que empieza a empujarme fuera del dormitorio.

—No, nada de cláusulas nuevas, de verdad, me siento muy bien, no hace falta que te quedes con...

No llega a terminar la frase, porque cuando va a volver a empujar, pierde las fuerzas y deja caer su cuerpo sobre mí. El miedo me sobrecoge ante la posibilidad de que se trate de un desmayo.

—¡Crystal! —exclamo asustado, rodeándola con los brazos para que no se caiga al suelo, al no reaccionar, el terror me invade— ¡¿Crystal?!

—Perdona, sólo me he mareado un poco. Ha debido ser por las emociones de hoy.

Trata de incorporarse entreabriendo los ojos, pero me niego a seguir con este juego, la alzo en brazos, determinado a cargarla hasta el dormitorio.

—Ni se te ocurra volverme a decir que me vaya.

—Está bien, supongo que no me sentía tan bien como pensaba... —confiesa en un murmullo inaudible, rodeándome el cuello con sus brazos en señal de aceptación.

—Me alegra saber que nos encontramos en la misma línea. Ahora vas a ponerte algo cómodo, comerás y descansarás todo lo que quieras.

En esto voy a ser intransigente. Su salud es lo primero y no pienso permitir que juegue con ella solo por nuestras rencillas del pasado. Tras estrecharla contra mí un último instante, la deposito sobre la cama.

—A sus órdenes, jefe.

La tarde pasa con rapidez y cae la noche, supongo que es habitual que eso ocurra cuando estás cuidando a alguien. Acabo de darle de cenar y se ha tomado los analgésicos que le correspondían, vuelve a tumbarse en la cama y cae dormida de nuevo.

Lleva toda la tarde durmiendo, y no sé si es algo que debiera de preocuparme, ya que uno de los síntomas era el sueño. No obstante, la visión de sus ojeras oscuras me tranquiliza un poco. Tiene cansancio acumulado, sólo es eso.

Le estudio la herida de la cabeza, tumbado a su lado, y compruebo que no sangra, tal y como me había recomendado el médico. Mañana tendré que llevarla a que se la curen, me recuerdo suspirando. Me siento realmente cansado. No sabía que cuidar a alguien podría cansar de esta forma y tampoco es que pueda alejarme de ella, prueba de ello es que cada vez que he ido al baño he regresado con paso rápido, temeroso de que le hubiera sucedido algo en mi ausencia.

Moore se remueve molesta en mi pecho experimentando alguna clase de pesadilla.

—Idiota… —pronuncia entre sueños, y ruedo los ojos, seguro de saber a quién se refiere.

Hasta en sueños, no me soporta.

De repente, mi móvil suena con *Sugar* de Maroon 5. Mierda, se me había olvidado ponerlo en silencio. Lo cojo con rapidez de la mesilla de noche, y con cuidado de no despertarla, salgo de la cama tratando de no molestarla. Sin embargo, ella se gira hacia el otro lado. Sonrío, duerme como un lirón.

Pongo el móvil en vibración y rechazo la llamada. Es Erin, no importa, luego la llamaré. Estudio el reloj que tiene sobre su escritorio, y por primera vez tomo consciencia de lo organizada que es. Moore lo ha dispuesto todo mediante archivadores nombrados con las diferentes asignaturas, siguiendo el mismo sistema que las bibliotecas.

En ese momento, reparo en que se ha dejado el ordenador abierto y unos apuntes a medio concluir. Parece ser, que mi plan de venganza había interrumpido la realización de uno de sus trabajos, con esto en mente, vuelvo a sentir una punzada de culpabilidad. De no ser por mí, hubiera estado aquí a salvo, terminando con sus responsabilidades académicas y no casi muriéndose en la piscina. Sin darme cuenta, le doy con el brazo a uno de los libros que tiene sobre la mesa, y este cae al suelo, produciendo un estrépito. Joder.

Me giro con rapidez para comprobar que no la haya despertado. Bien, sólo se remueve en la cama, aun soñando. Suspiro y voy a colocarlo en su sitio de nuevo, cuando de repente de él se cae un papelito doblado con cuidado.

Curioso con la pequeña notita, la desdoblo y al leer el título contengo la respiración:

PROS Y CONTRAS PARA SEGUIR CON EL ACUERDO DE RAZIEL

Pros:

—*Proporciona buen sexo (o eso creo porque no he probado con nadie más).*
—*Aprendo mucho con él.*
—*Cuando no siento deseos de retorcerle el pescuezo, me divierto.*
—*He logrado ganar algo de confianza desde que estoy en esto.*
—*Puedo ser yo misma a su lado.*

Contras:

—*Se acuesta con otras y me pide a mí exclusividad (¡¡tremendo estúpido!!).*
—*Su carácter, a veces tengo ganas de matarle.*
—*Habla mal de mi a mis espaldas.*
—*No sé nada de su vida.*
—*Me estoy empezando a preocupar por él.*
—*Temo acabar perdiendo algo más que mi virginidad, por ejemplo, mi tiempo...*

Releo la lista un par de veces más, y experimento una punzada de temor. Ha hecho una lista, eso significa que está dudosa sobre nuestro contrato. Para colmo, los contras son más numerosos que los pros, aunque sólo por un punto más.

La había notado diferente, es cierto, aunque no hubiera esperado decepcionarla tanto hasta el punto de llegar a hacer esta lista.

Me concentro en el único punto que podría cambiar para que la balanza se invirtiera hacia los pros. Por supuesto, lo de hablar mal de ella había quedado en el pasado, solo me faltaba cambiar el primero y no es como si tampoco fuera la primera vez que le daba vueltas a esta cuestión.

Entendía su frustración, no era justo que yo le exigiera exclusividad cuando no estaba actuando de la misma forma con ella. Sin embargo, no podía renunciar mi trabajo así como así, menos aun sabiendo lo que se cobraba. No obstante, lo cierto es que últimamente no me siento muy cómodo con su realización. Podría decirse que desde la fiesta de Susan, ya no me satisfacía quedar con mis clientas habituales.

Me giro reflexivo hacia donde se encuentra durmiendo, y la observo dar otra vuelta más inquieta.

Joder, Moore.

Doblo la lista y la devuelvo al interior del libro, dejándolo sobre la mesa tal y como me lo había encontrado. Otra vez me vibra el móvil y esta vez respondo, sabiendo que vuelve a ser Erin.

—Aiden, ¿qué diablos estás haciendo? Me ha llamado furiosa la señora Head, tenías que estar en su casa a las nueve, y son las once, ¿dónde narices estás? Sé que Alex es así de irresponsable y voluble, pero tú jamás has dejado tirada a una clienta. ¿Debo comenzar a preocuparme?

—Lo siento, Erin —me disculpo en un susurro abandonando el dormitorio— Algo ha ocurrido, me ha sido imposible ir.

—¿Es por tu abuela? ¡¿Se encuentra bien?! —pregunta preocupada, los chicos y ella sienten especial cariño por Elo.

—No, no, se encuentra bien, pero ocurrió algo muy importante, y me va a ser imposible acudir, ¿no podría ir cualquier otro?

—Sabes que con la baja de Darren andamos escasos de personal y los gemelos se van a negar a doblar. ¿Tan importante es?

Dirijo mi atención al dormitorio donde se encuentra la mujer a quien no he parado de decepcionar, y articulo:

—Sí, muy importante.

—Está bien, no pasa nada. Confío en ti, me disculparé en tu nombre ante la señora Head, y trataré de enviar a un sustituto.

—Gracias Erin.

—Hablamos.

—Hasta luego.

Mientras me estoy dirigiendo de vuelta a su habitación, recaigo en una de las frases que ha dicho Erin y me paro en el sitio impactado con la cabeza yéndome a mil.

"Sabes que con la baja de Darren…"

DARREN. Los casos de Darren. ¡¿Cómo no se me había ocurrido antes?!

Darren, que se había marchado, se encargaba de los casos de acompañamiento y asistencia. Y ¿a quiénes habían pasado esas clientas?

Los gemelos. De hecho, hasta hacía bien poco Mattia se había quejado con Alex sobre la extravagante experiencia, yo mismo lo había presenciado, eso significaba que, si me las ingeniaba y realizaba los pasos correctos con Erin, podría realizar un intercambio con ellos. Los gemelos querían sexo, no acompañar a viejitas que les llorasen en el hombro por el marido perdido, y mis clientas buscaban sexo. Si cambiábamos nuestra clientela podría ceñirme al acuerdo de exclusividad con Moore.

El plan va cobrando forma en mi cabeza, aunque me va a costar muchas charlas con los chicos, resuelvo que es una situación más que plausible. Sintiéndome más satisfecho, me interno en la habitación y voy directo a la cama. Una vez allí, me tumbo a su lado, y al sentir el movimiento, Crystal vuelve a girarse hacia mi lado, emitiendo un agradable calor.

—¿No te vas? —murmura entre sueños.

—No.

Le rodeo el cuerpo entre mis brazos, atrayéndola para pegarla con el mío, y le coloco la cabeza cuidadosamente sobre mi pecho. Inundándome los sentidos con su olor avainillado, me duermo notando los latidos acompasados de su corazón en mi mano.

CAPÍTULO 23

CRYSTAL

La oscuridad me rodea y busco una luz que poder seguir, menos mal que sé que no estoy muerta y que esto sólo es el mero producto de un sueño, porque si esto fuese el más allá, daría un poco de mal rollo. Espero paciente a experimentar el siguiente sueño y cuando quiero darme cuenta, aparece ante mí una de las personas que me despiertan auténticos dolores de cabeza.

El idiota de Blake me sonríe con ternura, como si adorase lo que ve. Por supuesto, eso no podría darse ni en mil años, así que me giro buscando la procedencia de su felicidad y al no hallar nada, casi siento ganas de reír, ¿quién? ¿yo? eso jamás ocurriría en este mundo.

—Eres perfecta, Crys.

Vale, sí, si cabía alguna duda al respecto, ésta ha sido despejada en este preciso momento. Sólo se trata de un sueño alucinógeno debido a los analgésicos que me tomé, me recuerdo tratando de evitar conferirle importancia al pequeño revoloteo que experimento al "escuchar" —si es que se puede usar ese verbo— las palabras que acaba de pronunciar esta versión onírica de Aiden.

Está esperando una contestación, ¿qué le contesta una a un sueño y más a uno surrealista?

—Esto…¿tú también?

Bueno ya es oficial, estoy hablando con mi propia cabeza, aunque supongo que en estos casos se debe actuar como si fuera real. Al fin y al cabo, me merezco disfrutarlo un poco y no es como si pudiera hacerle ascos a esa brillante sonrisa que se amplía ante mí.

—Gracias por quedarte a mi lado.

—¿Por qué? Si ni si quiera me soportas.

—En el fondo sabes que incluso aunque quisieras, jamás podrías caerme mal.

—¿Disculpa? ¿Por qué tan sólo no podrías ser así en la vida real también? —pregunto quejumbrosa sin esperar una respuesta.

—¿Y quién te dice que no lo sea?

—Okay, ahora incluso puedes seguirme una conversación con cierto sentido, esto empieza a ponerse un poco raro. Si sigo aquí creo que podría enamorarme de un tipo ficticio, que parece tener la cara y el cuerpo de mi prostituto.

La versión extraña de él se echa a reír y me siento aún más estúpida. Hasta en el sueño se ríe en mi cara.

—No soy un prostituto sino un escort. —explica como si fuera corta de miras, definitivamente he debido obsesionarme con él, porque eso es algo que siempre dice. Le estudio ojiplatica, al tiempo que añade— Además, creo que ya va siendo hora de despertar.

—¿Y cómo se supone que haga eso? Espera un momento, ¿los sueños tenéis consciencia de ser "sueños"? —planteo con manifiesta curiosidad.

Él se limita a desaparecer, dejándome sola y lo que es peor aún, con la pregunta sin responder.

Calidez. Suavidad. Noto una fuente de calor permanente que me rodea. No logro localizarla ni identificarla porque parece provenir de todas las partes de mi cuerpo. De repente esta me abandona como un mal ex, sin explicaciones, aunque no es como si yo supiera mucho sobre ese tema más allá de los libros.

Sin abrir todavía los párpados —se está demasiado bien como para joderlo con la luz del amanecer— me remuevo buscando poder sentir aún más ese calor, ansiosa de recuperarlo.

—Sh… —murmura una voz junto a mi oído. El calor vuelve a propagarse por mi izquierda sin llegar a tocarme como antes y emito una queja inaudible— Tranquila, Moore, estoy aquí. Sólo te he despertado para que te tomases la medicación de las siete, después podrás seguir durmiendo todo lo que quieras.

—¿Aiden?

Todavía afectada por el sueño, me encuentro tratando de recordar por qué diablos sigue aquí, es cierto que me dijo que pensaba quedarse, pero creía que se iría una vez estuviese dormida, al parecer había estado muy equivocada al respecto. Entonces ¿había dormido conmigo? ¡¿en cucharita?! Esa revelación me obliga a abrir los párpados de golpe.

—Sí. —asiente volviéndose a sentar en la cama, me ayuda a incorporarme y situándose a mi espalda para rodearme con sus brazos, me da la pastilla con un vaso de agua— ¿Te duele la cabeza?

—Un poco —confieso sintiendo un ligero pinchazo en la sien.

—Hoy no vas a levantarte de la cama, es domingo y en tu caso, día de reposo absoluto.

—Pero tengo responsabilidades que atender... —me quejo tratando de incorporarme al recordar todo el trabajo inconcluso, no llego a ninguna parte porque él me atrapa entre sus brazos otra vez, pegándome a su pecho desnudo— ¿Eh?

—¿A dónde crees que vas Moore?

—Yo-yo…

¿Qué diablos pasa con esta actitud protectora? ¿No irá a cobrarme por ella? Porque no tengo ni un dólar para pagarle, uf, debo buscarme un trabajo.

—Sólo por hoy, puedes pedirme que haga lo que quiera para ti.

—¿Lo que quiera?

Okay, esto debe ser un sueño, ¿cómo puede estar rodeándome un tipo que bien podría ser el Dios del erotismo? A mí, a la nerd aburrida y sosa que tuvo que pagar por sus servicios. Definitivamente, me golpeé tan fuerte en esa piscina que he terminado siendo trasladada a una realidad paralela.

—Incluido los trabajos sexuales —murmura contra mi oreja seductor, con sus palabras, noto extenderse un agradable calor por mi pecho y mi entrepierna— Aunque creo que deberíamos tener cuidado con esta almendra que tienes por cabeza.

—Esa es una oferta muy tentadora, sin duda, pero ¿también podemos incluir en ella que termines tus propios trabajos?

—No te pases, Moore.

—Menudo fraude entonces. —espeto decepcionada, de repente, me recuerdo lo pobre que soy y me pongo en tensión entre sus brazos— Oye.

—¿Si?

—¿Estás seguro de que no vas a cobrarme por algo de esto?

—Ya te dije anoche que estoy dispuesto a agregar una cláusula nueva a nuestro acuerdo.

—Sí, lo quiero por escrito.

Con este tipo lo mejor será que las cosas estén bien atadas antes de aventurarse a nada nuevo. Él se echa a reír y me ayuda a tumbarme.

—No confías nada en mí ¿eh?

—En temas de economía, no.

—Touché.

—¿Y en qué consistirá esa cláusula? —inquiero interesada mientras me tapa con la manta.

—Ante cualquier accidente que le ocurra a la beneficiaria de mis servicios, no se le cobrará ninguno de los gastos que se deriven de ello, incluido mi propio trabajo.

—Eso significa que no me mandarás más trabajo, ¿no?

—Entre otras cosas.

—¿Cómo cuáles?

—Que me dejarás atenderte sin quejarte.

—Espera, ¿y qué ocurre si sucede al revés y eres tú el que se viera envuelto en un accidente?

—Eso ya quedaría a tu libre elección —enuncia con cierta vacilación tumbándose a mi lado.

Me giro en la cama para observarle con detenimiento. Sus ojos grises me contemplan con atención, son hipnóticos y desencadenan en mí una corriente eléctrica incontrolable. No se ha marchado y podría haberlo hecho. Sigue aquí, cuidándome desde ayer, incluso aunque no está obligado a hacerlo, ha decidido permanecer a mi lado y atenderme. Sólo por eso debo corresponderle de la misma forma.

—Está bien. Puedes contar conmigo si te ocurriese algo.

Él sonríe iluminándosele toda la cara y me atrae hacia sus brazos de nuevo, inundándome con su adictivo olor y calor. Mierda. Esto está tan mal y la vez se siente tan malditamente bien.

—Eres toda una negociadora, Moore —murmura sobre mi pelo, captando cierto regocijo bajo tono el bromista— Anda, vuélvete a dormir. Aún es demasiado pronto.

—Casi siempre me levanto a esta hora.

—¿Un domingo? ¿Para qué?

—Trabajos.

—Debes estar de coña —se mofa sin soltarme— ¿Quién diablos madruga un domingo?

—Pues los mortales que trabajan y yo.

—¿Tú trabajas? —inquiere con sorna.

—Desde que estoy metida en este asunto contigo, trabajo como una condenada.

—Qué dramática.

—¿Dramática dices? ¿Acaso no has visto mis ojeras? ¿Por quién te crees que las tengo? —le acuso separándome un poco y le señalo los dos semicírculos que se encuentran bajo mis ojos.

—Cierto. Pareces un panda, pero no te voy a consentir que trates de endilgarme el muerto a mí, cuando te conocí ya venías con ellas de serie.

—¿Y eso qué tiene que ver? Se han acrecentado por tu culpa. Mira, obsérvalas con atención y dime que tú no tienes nada que ver en el asunto.

—Bueno, ya que me lo ruegas con fervor, déjame verlas… —accede pesaroso, liberándome de su agarre para sujetarme la cara entre sus manos.

Me observa con detenimiento y el silencio empieza a resultarme incómodo.

Ay, no. Me siento demasiado expuesta ante él.

—¿Y bien? —pregunto deseosa de que se rompa el silencio.

—Mmmmm…

—¿Algún veredicto? Culpable, ¿verdad?

—Que sepas que últimamente las ojeras son tendencia —resuelve con seriedad con la diversión brillando en la profundidad de sus ojos.

Me separo ofendida y le doy un manotazo.

—Eres un idiota, Blake.

—Era una broma, señora aburrida —aclara echándose a reír.

Voy a responderle, pero un pinchazo algo más fuerte que el anterior pulsa en mi frente y me llevo la mano a la cabeza por inercia. Aiden se tensa tratando de alcanzarme.

—¿Crystal?

—Estoy bien —le tranquilizo poniéndole una mano sobre su brazo desnudo— Sólo es un dolor de cabeza.

—Del uno al diez, ¿cómo de fuerte ha sido?

—Cinco.

—Bueno, si sube debes decírmelo —ordena acercándose hasta mi zona de la cama— Tienes los pies helados. Ven aquí.

—No creo que sea nada.

Me dejo arrastrar otra vez al calor de sus brazos y suspiro deleitándome en su cercanía.

—Eso lo comprobaré yo mismo, tenemos que descartar la fiebre —declara poniéndome una mano sobre la frente.

—No me noto ningún síntoma de fiebre.

—Sí, no parece que estés muy caliente. ¿Por qué no tratas de dormir un poco más? Te vendrá bien.

—¿Y tú?

¿Y si se marcha ahora? Ay no, aunque lo entendería, no me gustaría que se fuera y me dejase aquí sola.

—No pretenderás echarme de tu cama ordenándome que me busque un Uber como la última vez ¿no? Porque yo jamás madrugo, anda vamos a dormir.

—¿Hasta cuándo piensas quedarte?

—Según la cláusula que hemos acordado hace escasos minutos, hasta que te recuperes por completo. Ahora duérmete, si no te despiertas para desayunar, dentro de ocho horas te llamaré para que comas y así poder darte la siguiente pastilla.

—No creo que duerma tanto.

—Ja, eso no te lo crees ni tú, eres como un oso en plena hibernación.

—Oye, oso lo serás tú.

Voy a propinarle otro manotazo, pero él atrapa mi mano con rapidez y me obliga a abrazarle, rodeándole la cintura al tiempo que dejo recaer mi cara contra su pecho desnudo. Agh, se siente tan bien.

—No seas rebelde. Venga a dormir.

—Vale, vale.

—Muy bien —felicita comenzando el ritual de acariciarme el pelo lenta y suavemente.

Supongo que el tipo debe ser alguna clase de mago experto con las mujeres, porque en cuanto logro acostumbrarme a esa cadencia de caricias y al calor que desprende su cuerpo, me sumo de nuevo en la más absoluta pacífica oscuridad.

—Moore, despierta.

—¿Mmm? —pregunto desorientada.

—Vamos, nena, despierta. Debes comer y tomarte la medicación.

Algo me está tocando el hombro con suavidad, terminando de despertarme de mi sueño.

—¿Qué?

Creo que esta es la segunda vez en este día que abro los ojos, ¿no? Eso sí que es raro en mí, pues vivo sin poder dormir de forma seguida. Lo primero que veo es la silueta de Blake recortando el sol que se cuela por la ventana.

—La comida —repite con paciencia señalándome una bandeja que está sujetando con la otra mano como si fuera alguna clase de camarero.

—¿Qué es?

Curiosa, me incorporo para apoyarme en el cabecero de la cama. Él deposita la bandeja entre mis piernas.

—Ensalada y risotto con setas.

—¿Lo has hecho tú?

Tiene muy buen aspecto, la verdad. Nunca le hubiera visto como un tipo que se metiese en la cocina. Aunque bueno, ¿no había sido él quien me preparase el desayuno en casa de los Arcángeles?

—He hecho lo que he podido en esa cocina en miniatura que tienes. Apenas y tienes lo básico para cocinar. Desde luego, no podía creerme que no tuvieras microondas, he tenido que calentarme el desayuno en una cazuela. Creía que en siglo XXI así sólo podían vivir los Amish. ¿Qué tienes en contra de los microondas?

—El dinero es lo que tengo en contra. Ya sabes que soy pobre.

—Vale sí, pero ¿tanto?

—Definitivamente voy a buscarme un trabajo, de lo contrario tendré que seguir aguantando que te metas con mi casa.

—Viviendo así es que lo dejas muy fácil para hacerlo.

—Oye, no todos tenemos clientas ricas que nos permiten vivir a cuerpo de rey a cambio de limpiarles los bajos —comento escéptica— Un momento.

—¿Qué pasa?

—Ya lo tengo.

—¿El qué?

—Oye, por casualidad no estaréis buscando algún Arcángel mujer, ¿no?

—¡¿Qué?! —exclama como si me hubieran salido tres cabezas— Ni lo sueñes Moore. Tú no estás hecha para este mundillo, apenas y sabes desenvolverte con un hombre sin trabarte y ¿pretendes que te enseñemos a adecuarte a todas las necesidades de los clientes sin excepción? No, no lo harás. Además, nosotros sólo nos especializamos en mujeres.

—Creo que no me has comprendido, en ningún momento he pensado acostarme con un viejo ricachón —aclaro horrorizada.

—¿Entonces?

—Hablaba de ser la recepcionista que cogiera las llamadas o quizás algún otro puesto menor.

—¿Y estarías dispuesta a trabajar para Michael o el resto de los Arcángeles? —pregunta escéptico cruzándose de brazos.

—¿El que me amenazó con denunciarme?

—Ese mismo.

—No, no, mejor que con ese sólo lidie Erin, que parece más versada en el asunto.

—¿Entonces?

—¿No hay algún puesto menor? Incluso de limpiadora

—Vale, trataré de preguntar por ahí —accede al final, y al ver que hago la señal de la victoria, añade —pero ahora concéntrate mejor en recuperarte.

—Gracias.

—Come o se enfriará.

—Sí, sí.

Recojo un poco de arroz con la cuchara y tras llevármelo a la boca, el sabor estalla en mis papilas gustativas, activándolas. Le miro sorprendida y él me la devuelve con orgullo.

—¿Qué tal?

—¡Está riquísimo!

—No soy solo una cara bonita, ¿sabes?

—¿También limpias?

—No esperarás que te haya limpiado la casa como si fuera Mary Poppins, ¿no?

—Eso hubiera estado divertido de ver. ¿Tienes por ahí el paraguas? ¿Te sale la palabreja de la canción?

—¿Cuál? ¿Supercalifragilisticuespialidoso?

—¡Esa! ¿Me la cantas?

—No lo dices en serio.

—Bueno, si no quieres, puedes elegir por otra opción

—A ver, dispara.

—Siempre puedes redimirte viendo una película conmigo.

—¿Una película? ¿De qué tipo? —pregunta sospechoso entrecerrando los ojos.

—Oh vamos, es algo sencillo, suelo hacerlo con Jackie cuando quedamos y ahora que estás tú, podrías sustituirla.

—Suelta el título de una vez, Moore.

—Orgullo y prejuicio.

Ahh, amo esa película.

—Ni hablar —niega sorprendido.

—¿Cómo qué no? Acabas de decir que harías lo que te pidiese.

—Esto se está volviendo en mi contra, no esperaba que me fueras a pedir ver una película romanticona.

—Vaaamos, Blake… por favor, elige de una vez, "Orgullo y prejuicio" o cantarme y bailarme el supercalifragilisticuespialidoso.

—¡¿Bailar también?! —clama horrorizado

—Exacto.

—Okay, vamos con la película.

—¡Hurra!

—Pero la veremos después de que termines de comer y tomarte la pastilla.

—Ya he acabado.

—Aún te queda la ensalada.

—No creas que voy a olvidarme que la vamos a ver…

—No me atrevería ni a esperarlo. De todas formas, ¿no decías que eras pobre? ¿cómo es que tienes dinero para pagar Netflix o HBO?

Sin responderle, me termino la ensalada con rapidez y le indico que me dé la pastilla. La trago con ayuda de un poco de agua, y me levanto extasiada, ignorando el dolor de cabeza que me sobreviene. Una jaqueca no va a impedir reunirme con mi amado Darcy.

—¿Quién necesita Netflix o HBO? Son una estafa.

—¿Por qué?

—Te obligan a pagar una mensualidad bárbara.

—¿Y dónde planeas verla si no? ¿En una página pirata? Espera, ¿te traigo el pc? Túmbate de nuevo —me insta, pero le sorteo denegando su ayuda.

—¡No! El señor Darcy sólo puede verse en una pantalla cuanto más grande mejor.

—No te entiendo nada.

—Vamos al salón.

Le arrastro del brazo sacándole del dormitorio. Una vez en el salón, me dirijo hacia uno de los cajones que hay debajo de la televisión y extraigo una cinta que presenta dado de sí.

—Aquí tengo la joya de la corona.

—Un momento, eso no será lo que creo ¿no? —pregunta horrorizado.

—¡Exactamente es eso!

—¿Te quedaste anclada en los DVD? Pensaba que esos discos estarían ya en un museo y no en una casa.

—¿Y la dramática soy yo?

—¿Si quiera funciona? ¡Es como mínimo del pleistoceno!

—Deja de quejarte —le ordeno introduciendo la cinta en el reproductor.

—Como el cacharro ese explote a ver qué explicación le damos a los vecinos… Encima, dudo mucho que tengas seguro.

—Siéntate en el sofá y deja de lloriquear.

—No lloriqueo, sólo trato de encontrarle una explicación plausible a tu consumición de un sistema que lleva años obsoleto —argumenta obedeciendo.

—Mis padres siempre han ido un paso por detrás de los avances tecnológicos, además, esta en concreto es una afición heredada.

Dicho esto, enciendo la tele y navego por los controles desfasados.

—Esto no solo es un paso por detrás, esto podría considerarse la carrera entera por detrás.

—Ya sé que es antiguo, pero realmente me sigue gustando mucho.

—¿Por qué? No será por la calidad…

—Idiota, mira que eres básico. No es por eso, es que me devuelve a la infancia.

—Ah, y ¿cuántos discos tienes?

—Dos cajones completos —confieso tomando asiento a su lado— Anda que si supieras que en mi casa aún seguimos teniendo un reproductor VHS te daría un infarto…

—¿Qué? ¿VHS? ¿Acaso siguen vendiendo eso?

—De segunda mano, mi padre le tiene hecho un altar.

—No puedo creerlo, de todas formas, hacía años que no veía una película en este tipo de formato —declara todavía sorprendido cuando sale el menú principal— ¡Mira esos gráficos!

—Bueno, hay gente que colecciona vinilos y se consideran importantes, casi cultos. Yo, por el contrario, tengo mis DVD.

—Déjame ver, no tienes microondas y cocinas todo en cazuelas, tampoco tienes Netflix o HBO, ¿si quiera tienes algo de este siglo? —interroga interesado.

—No es que no tenga Netflix. De hecho, se lo gorroneo a Jackie.

—¿Entonces? ¿Qué hacemos viendo esto por aquí?

—Idiota, estoy compartiendo una de mis aficiones contigo. Me gusta ver este tipo de películas en el formato en el que salieron.

—Vale, vale.

—Luego veremos *Mujercitas*. Ya verás cómo te gusta.

—¡Ni lo sueñes! Acordamos que vería esta. La siguiente la elegiré yo.

—Oh, y ¿luego la aburrida soy yo?

—No fui yo el que decidió poner una película sentimentaloide.

—Shhhh, cállate que ya empieza —le ordeno al escuchar la música introductoria.

Cuando llegamos a la primera escena en la que Darcy y Elisabeth se encuentra, emito un pequeño grito de la emoción y le doy un codazo para que preste atención.

—¡Aquí viene! Mi amado Darcy, tan varonil, tan perfecto e inalcanzable…

—¿Por qué diablos todo el mundo se calla cuando aparece? —inquiere estupefacto y no puedo evitar reírme.

—En esta época existía un escalafón social, primero los aristócratas y luego las personas con grandes riquezas.

—Vamos, un ricachón podrido de dinero.

—Un terrateniente con propiedades muy importantes.

—Pues eso, viene siendo lo mismo que yo estaba diciendo.

—Los matices son importantes, no es lo mismo un terrateniente que un título nobiliario. Vamos, sigue viendo la película.

—No tendrás palomitas por ahí ¿no? Este mal trago que me estás haciendo pasar debe bajarse con una buena dosis de palomitas. Ay mierda, lo había olvidado, sin micro tendré que cocinarlas en la sartén —añade amargado.

—Ja, pues espérate cuando empecemos con Mujercitas.

—Lo llevas claro. Con esto, ya he cumplido con mi cupo anual en cuanto a bodrios se refiere —comenta sardónico y le ignoro.

Transcurre un rato y aparece el momento en el que Lizzie le pilla hablando mal de ella a sus espaldas, no puedo resistirme y le miro significativamente:

—Criticarás mucho a Darcy, pero a mi modo de ver, los dos estáis cortados por el mismo patrón.

—¿Qué? ¿Disculpa? ¿Realmente te atreves a compararme con ese esnob pomposo y clasista?

—Pues sí, los dos habláis mal por detrás de las mujeres.

—Yo ya me he disculpado y te he recompensado con creces. Además, si quieres jugar esa carta, te diré que es ridículo que andes suspirando por un tipo como ese.

—¿Y eso por qué? ¡Si es genial!

—Porque si existiera de verdad, no tendrías ninguna oportunidad con él, en cuanto te viese lo más probable es que te ordenase limpiarle la suela de las botas con la lengua.

—Eres todo un experto quitándole la gracia al asunto.

—Mientras que yo —enfatiza la última palabra con retintín llevándose una mano al pecho y me vuelve a ignorar— soy lo suficiente magnánimo como para limpiarte los bajos con mi propia lengua.

Al escucharle pronunciar esa última frase, me pongo colorada de pies a cabeza, y él se echa a reír.

—¿Te has ruborizado?

—No te rías idiota, como para no hacerlo con las frasecitas que me sueltas.

—Sin duda mejores que las del sosaina ese que tanto te gusta.

—Ugh, no te aguanto.

—Ja, eso sí que es mentira, me adoras.

—¡Cállate!

Blake vuelve a sumirse en el silencio, y cuando llega la escena en la que Lizzie le pregunta a Darcy si se considera orgulloso, suspiro soñadora.

—¿Qué pasa ahora?

—¿No ves con qué pasión se estudian? Ese duelo de miradas, esa sonrisa que abrirá paso a un nuevo amor…

—¿De qué pasión me estás hablando? El tipo es más insípido que una raspa de pescado.

—¿Te importaría dejar de referirte a mi amado de esa forma?

—¿Amado? —inquiere escéptico.

—Sí, fue de mis primeros amores literarios. No puedes meterte con él, este señor es la religión de muchas mujeres entre las que me incluyo.

—Ya será para menos.

—¡Que te crees tú eso! Es el sueño húmedo femenino por excelencia.

—Pero si ni si quiera sabe hablar.

—¿Qué no sabe? Tú sí que no sabes lo que estás diciendo, ¡habla en verso!

—Pues lo que yo decía, se tira media hora para confeccionar una frase que al final resulta ridícula. ¡Qué pereza! Imagínate estar en su cabeza.

—¿Qué estás criticando ahora? Este personaje es considerado un hito de la literatura clásica y sus admiradoras somos legión. Te ruego que retires tus palabras.

—O si no ¿qué? ¿Me retarás a un duelo al amanecer?

—Me sorprende lo bien que te conoces las reglas —señalo complacida— sí, si fuera un caballero en aquella época, podría hacerlo.

—Menos mal que esas costumbres arcaicas quedaron atrás, de lo contrario más de uno de los maridos de mis clientas habría tratado de volarme los sesos.

—Atiende y deja de interrumpir cada dos por tres.

—Joe, es que aquí no ocurre nada interesante, no puedes culparme. ¿Dónde están los disparos? Ni si quiera hay una triste explosión.

—Tranquilo, pronto vendrá una explosión de amor.

—Mira que eres una cursi soñadora. Dime que al menos alguien se pone los cuernos, por favor, algo que indique cierta vidilla y emoción.

—Shhhh

Logro mantenerle callado el resto de película, hasta que aparece la primera confesión de Darcy. La escena más romántica que he visto en mi vida.

—Ais… es el hombre perfecto.

—No podrás acusarme de que no trato de entender tus gustos estrafalarios, pero esto sí que no tiene ningún sentido. ¿Qué se intenta transmitir con esto? El tipejo va a ganarse una pulmonía ahí bajo la lluvia, y encima ¿tengo que soportar que me digas que es romántico mientras no dejas de suspirar como una adolescente con el mariscal del campo?

—La lluvia en los libros de amor es un clásico.

—¿Por qué?

—Porque simboliza la desesperación de las personas enamoradas ante la imposibilidad de estar juntos.

—Bah, un melodrama ridículo. Si eso es el amor, que no cuenten conmigo. —desestima asqueado negando con la cabeza.

—Eres un necio, cómo se nota que no has descubierto todavía lo que es el amor.

—Ah, ¿qué tú sí? ¿qué es lo que me he perdido?

—No, pero puedo imaginar que debe ser un sentimiento que te arde desde la profundidad de las entrañas.

Siempre que leía diferente tipo de novelas, no podía imaginarme el amor de otra forma que no fuera algo que te impulsara a moverte hacia adelante, con fiereza y frenesí. Un sentimiento que te enloquecía de los pies a la cabeza hasta perder parte de la razón.

—No seas ignorante, Moore. Podría llegar a entender que otros se creyeran ese cuento, pero nadie mejor que nosotros debería poder distinguir las señales que diferencian el amor de la lujuria. ¿Quieres que te lo demuestre? —ofrece seductor contra mi oído.

—Entonces, ¿qué señales para ti formarían parte del amor? —pregunto tratando de resistirme a su hipnótica influencia.

—Ya te dije que es algo voluble, pasajero y engorroso.

—Ya, ya sé que me dijiste que jamás te habías enamorado con anterioridad, pero ¿jamás nunca sentiste algo mínimamente por alguien?

Me niego a creer que con el tipo de relaciones cercanas que tiene, no sintiera nada con nadie. Le observo reflexionar la respuesta un momento antes de responder.

—Bueno, supongo que hubo alguien así en el pasado, pero fue hace tanto tiempo que ni lo tengo en cuenta.

—¿Por qué?

405

—Porque son de esos caprichos adolescentes que todos preferimos no mencionar.

—¿Y qué ocurrió? ¿Te pegó tan duro que te volviste un cínico del amor?

—No te burles, Moore, es un aprendizaje. No creas que fue sólo por esa experiencia, más tarde, lo seguí encontrando reflejado en las familias de mis clientas e incluso en mi propia familia. Supongo que esos fueron los detonantes de mis creencias actuales.

—¿A qué tipo de aprendizaje te refieres?

Ah, el tema de la familia, hasta ahora jamás me ha hablado de ella, ¿habrá pasado algo? Sin embargo, no me veo capaz de preguntárselo en voz alta, intuyo que de hacerlo me mandaría a la mierda.

—Si decides involucrar sentimientos más allá de tu cuerpo, todo se irá a la mierda.

—¿Por qué?

—Porque tienes expectativas y la otra persona las tiene sobre ti también.

—¿Y qué pasa con eso?

—Que cuando no se cumplen siempre aparece la decepción a joderlo todo.

—¿El amor puede decepcionarte?

—Las ilusiones o expectativas que te creas sobre cómo es la otra persona, pueden hacerlo. Si piensas bien sobre eso, todo eso del amor es una especie de constructo social, alimentado por este tipo de películas que te gustan ver.

—No logro seguirte.

—Por ejemplo, ves esta película, y ya estás suspirando por el señor Darcy, el cual es un personaje creado por una mujer, por cierto.

—¿Y qué?

—Que es ficticio.

—Sí. Sigue.

—Entonces, te gusta su forma de ser y esperas encontrar algún día eso mismo para ti, llegas incluso a ansiar tener a una persona como él a tu lado y eso sólo conduce a una salida.

—¿A cuál?

—En tus relaciones vas a buscar a alguien que cumpla tus expectativas en base a un personaje literario, y es en ese momento que estás jodida, porque nadie va a cumplir esa ilusión que te has formado en tu cabeza. Es justo en ese momento en el que vienen las decepciones.

—Esa es una visión super negativa. Aunque suspire por él, yo no busco a alguien igual que Darcy.

—No, pero sí te dejas influir por lo que viste de él. Los hombres cometemos errores, Moore, no podemos estar recitando versos para complacer a la romántica de turno. Mira, ahí fuera, hay tipos que ni siquiera se toman la decencia de atender las necesidades sexuales de sus parejas, ¿crees que esa gente podría encargarse de la parte emocional?

—Y entonces ¿qué hago? ¿Debo creerme que ese es el futuro triste que me espera?

—Sólo soy realista. Prefiero apostar por amistades bonitas y duraderas, como la que hemos creado entre nosotros —declara con una sonrisa brillante señalándome con la mano.

Supongo que debería tomármelo como una especie de cumplido. El mismísimo Aiden Blake, quien antes no me hubiera dado ni la hora, está aquí proclamando nuestra amistad, debería sentirme halagada ¿no? Pues la verdad es que no. Contrario a todo lo que pudiera parecer, no logro utilizar ese adjetivo con firmeza. Cada vez que intento hacerlo, una sensación agridulce me oprime el pecho. No quiero parecer una desagradecida, me siento contenta de que me considere lo suficiente valiosa para ser su amiga, es solo que algo no acaba de encajar ni termina de estar bien.

—Eso creo —asiento dudosa— Entonces, jamás tienes la intención de enamorarte ¿no?

—Tengo suficiente con aguantarme a mí mismo, como para tener que lidiar con otra persona. ¿Por qué iba a complicarme? De todas formas, ¿a qué viene tanta pregunta? ¿Es que te crees enamorada irremediablemente de mí? —inquiere burlón.

—Y-yo…

Tengo que controlar mi voz, es solo Blake, el de siempre, aun así, me lo pienso con detenimiento. ¿Amor? No conozco otro que no sea el de mis padres, y según él el de los libros y películas no es real, así que supongo que en el fondo no lo sé, y por ende, no debo de conocerlo, ¿no?

—No creo sentir amor.

—Eso está bien, porque no puedes enamorarte de mí.

—Eres bien pagado de ti mismo.

—Lo digo en serio, Moore. Jamás te enamores de mí, no importa si en algún momento te sientes confundida, creo que ya te hablé de esto en su día, pero el sexo puede generar esa sensación y eso no significa que lo estés.

—¿De verdad me consideras tan idiota, que no puedo saber cuál es mi lugar?

—No es eso.

—¿Entonces?

Él desvía la mirada, reflexionando su siguiente frase y experimento una tensión que a cada segundo que pasa, va en aumento.

—Es sólo que creo que tú y yo no haríamos una buena combinación más allá de la cama, y lo cierto es que no me gustaría tener que irme de tu vida.

—Tranquilo, no debes preocuparte sobre eso.

—Me alegra saberlo. Dame un segundo, páusalo, voy a por agua —informa levantándose el sofá, dejándome sumida en mis cavilaciones.

Esa frase supone una pared, un muro infranqueable. Está aquí conmigo de forma física, pero en esencia no termina de quedarse. Escuece un poco, aunque no duele.

¿Estas habrían sido mis expectativas? ¿Desde cuándo? ¿Desde la piscina? No, quizás antes, por eso había tratado de poner distancia. En el fondo siempre había sabido lo que me jugaba viéndome envuelta con él y de todos modos había apostado por eso. El único problema es que estaba comenzando a salirme más caro de lo que había creído.

Ya no importaba, el resultado seguía siendo aquella frase que me habían dicho con miradas despectivas e incluso frases directas durante toda mi vida: no eres suficiente.

Empezaba a estar bastante segura de que jamás lo sería. Quizás tuviera razón y debiera de conformarme con una bonita amistad. No importaba lo que hubiera ocurrido en la piscina, ni que me hubiera estado cuidando toda la noche, sólo lo había hecho en base a nuestra amistad, y lo cierto era que, tras esta experiencia, yo tampoco quería perderle, pues me había percatado de que era mucho más que un cuerpo sexual, valía la pena seguir teniéndole de amigo, pero sin ir más allá.

Mi vida no podía centrarse en él o en mis pensamientos confusos. De verdad, tenía que buscarme un trabajo que aparte de proporcionarme unos ingresos mensuales, me abriese nuevos horizontes.

—Ya estoy aquí. Perdona la tardanza, venga dale al play.

Me obligo a sonreír y niego con la cabeza.

—Ahora que me has demostrado que todo el mundo emocional es un asco, ya me has quitado las ganas de seguir viéndola.

—¿Seguro? —inquiere dudoso con mi cambio repentino, y sonrío aún más, asintiendo.

—Sí.

—Entonces, me toca, déjame elegir la siguiente, ¿dónde está ese Netflix de Jackie? —indaga bromeando tranquilizado con mi respuesta.

—En el PC, ¿sabes ponerlo?

—Me ofendes, Moore.

Mientras él trastea en mi ordenador, acercándolo para ponerlo sobre la mesa, va abriendo la página de Netflix.

—¿Qué vas a hacerme ver ahora?

—Todo un clásico del cine, ¡tachán! "It" —anuncia mostrándome la pantalla con orgullo.

—¿La nueva? Esa no es el clásico, el clásico sería la antigua.

—Ya, ya lo sé, pero esta tiene mejores efectos y maquillaje. Ah, importante, tenemos que cerrar las cortinas, así le damos mayor efecto al asunto.

—Tú lo que quieres es meterme mano en pleno susto, ¿verdad?

—Exacto —responde burlón— Venga, prepárate. Hoy haremos maratón de películas de terror.

—Así no conseguiré dormir esta noche.

—Luego te lo compensaré —promete seductor, despertándome un vívido recuerdo en el que se encuentra situado entre mis piernas.

—Ah bueno, así sí.

El placer nunca es mal recibido en mi vida, me digo acomodándome en el sofá. Blake le da al *Play*, y aparece el logo de la productora acompañado de una música en tensión.

Después, me insta a acercarme a él y me veo rodeada por sus brazos, así que le miro inquisitiva con su cercanía.

—Voy a sujetarte, antes de que se te ocurra huir —explica inundándome con su calidad al recostar mi cabeza contra su pecho.

Sólo amigos. Sólo amigos, me recuerdo cerrando los ojos con fuerza.

CAPÍTULO 24

CRYSTAL

El día transcurrió entre películas, cuidados, abrazos y pastillas. De hecho, cené y no sé muy bien en qué momento me volví a quedar dormida, supongo que estaba verdaderamente agotada.

Me despierto de madrugada notándome inquieta y acalorada, Aiden todavía me tiene rodeada entre sus brazos. Su agradable calidez se adhiere a mi espalda, aunque no es lo único que advierto, su pene semi duro se encuentra pegado contra mi trasero. Esa sensación extiende el calor por todo mi vientre como si fuera un río de lava cayendo con lentitud, enloqueciéndome. Me aprieta contra él, oprimiéndome más y mis pezones se endurecen.

Al principio, creo que esta noche está buscando guerra, así que me giro dispuesta a resolver el asunto sobre mi propio placer y para mi sorpresa. Se encuentra medio dormido con la luz de la luna bañando su cuerpo semidesnudo, confiriéndole una imagen totalmente apetecible para mi deseo libidinoso.

¿Estará soñando con algo? Me pregunto curiosa y enternecida de que se haya medio excitado entre sueños.

Decidida, le insto con suavidad a tumbarse boca arriba. Resuelta a poner en práctica todo lo que me ha enseñado hasta ahora, me quito las bragas y me sitúo a horcajadas encima de sus piernas. A continuación, me extraigo el camisón que estaba usando, quedando completamente desnuda.

No siento ningún tipo de frío, ya que el calor que irradia su cuerpo y mi propio deseo me impiden reparar en la baja temperatura de la noche. Comienzo a repartir besos delicados por todo su torso desnudo.

Me he habituado tanto a él que se me hace muy natural que ocurra de esta forma. Ni si quiera experimento ninguna clase de pudor al estar desnuda encima de él, es como si mis inseguridades hubieran volado y sólo me sintiera poderosa.

Aiden se remueve medio dormido aún, sin haber reparado todavía en el camino que llevan mis acciones.

—¿Qué pasa?

—Shh… voy a ofrecernos la liberación a ambos —le susurro mordisqueándole el lóbulo de la oreja. Con ese pequeño toque, su miembro se pone más duro entre mis muslos, y sonrío satisfecha.

—No, todavía no estás recuperada —deniega con voz ronca resistiéndose mientras me sujeta los brazos para que cese el avance— Cuidado, te puedes marear.

Sin embargo, le ignoro y me limito a besarle las manos con las que me aferra. Su presión disminuye levemente bajo mi toque, permitiéndome manejarme a mi antojo. Recorro con besos el camino de las venas que sobresalen de sus brazos desnudos, hasta que no puede resistirlo más y termina liberándome por completo.

Emite un suspiro, que se transforma en un jadeo cuando me restriego desnuda contra su pene encerrado en el bóxer, deleitándome en la dureza manifiesta de su miembro inflamado a través de la fina tela. Eso sólo incrementa mi propio deseo, animándome a moverme con mayor seguridad.

Él tiembla bajo mi roce, mostrándose necesitado. Vuelvo a sonreír encantada y le deposito un suave beso sobre los labios, supongo que habría estado conteniéndose toda la noche. Le sigo besando a placer y Aiden entreabre sus ojos en dos rejillas grises y jadea sobre mis labios, inundándonos a ambos con su aliento.

—Hueles tan malditamente bien —señala acariciándome con la nariz la clavícula.

—¿Ah sí?

—Ajá —asiente conforme— como a vainilla, me encanta.

—Tú también me gustas, mucho.

Le mordisqueo el labio inferior e introduciéndole la lengua, le obligo a seguirme el ritmo de mis besos, al principio lento pero que va intensificándose, dejándonos a los dos sofocados en un ardor que nos consume. Me retiro dispuesta a torturarle otras zonas, más no llego a ningún lado, pues me lo impide colocándome la mano en la nuca y me obliga a mirarle.

—Eres increíble, nena, no solamente hueles bien, eres lo mejor que he probado nunca.

Esa frase descarga una corriente de pasión por todo mi cuerpo, hasta el mismo centro de mi feminidad. Le quiero clavado en mi interior, necesito sentirle por todas las partes de mi cuerpo, pero me contengo deseando atormentarle un poco más. Llevo mis manos a su bóxer, y con suma delicadeza se lo retiro para extraer su polla completamente erecta e hinchada. Me maravillo ante el tacto sedoso que tiene y lo presiono contra mi humedecido clítoris. Las caricias que había estado desperdigando por mis caderas, van adquiriendo una torpeza muy poco característica en él.

Incremento el ritmo de fricción, disparando nuestros ritmos cardiacos, Aiden aprieta sus manos con fuerza rodeándome las caderas, y se mueve inquieto tratando de clavarse por completo en mi interior. Resistiéndome a concederle lo que busca, me restriego un poco más con la entrada.

—Crystal, por favor… —ruega atormentado.

—Ya voy, aguanta un poco más.

—Joder, pequeña, vas a volverme loco.

—¿Cómo de loco? —murmuro subiendo el trasero para jugar con la entrada a mi canal, sin terminar de introducírmelo.

—Completamente —confiesa ronco. Me separo una vez más y se queja— Basta, Crystal, no puedo más. Lo necesito ya.

—¿El qué necesitas?

Ah, esta es mi dulce venganza personal, son las mismas palabras que me dijo durante nuestras primeras sesiones.

—Lo sabes muy bien… Dios, te sientes tan suave… tan húmeda… —tartamudea con la voz entrecortada.

Respira profundamente, tratando de recomponerse, pero se lo impido introduciéndomelo un poco. Suelta todo el aire y reacciona poniendo su cuerpo en tensión, esperando, así que vuelvo a sacarla.

—Dímelo, Aiden.

—Necesito sentirte mía, ya. Oh mierda, lo siento mucho —se disculpa con desesperación, levantándome como si fuera una pluma, busca ansioso mi entrada y se clava fuerte en mi interior, gimo fuerte ante el brusco roce— Joder, joder, ¿cómo es posible que te sientas tan bien?

Ni si quiera menciono el tema del condón, le deseaba demasiado como para ponerme a rebuscar en plena noche por la protección. Mueve las caderas, y yo le sigo el ritmo cabalgándole con fuerza, para ello me impulso con las manos situadas en la piel tersa de sus pectorales, resistiendo las ganas de correrme. Al cabo de un rato cabalgándole, pierdo resistencia y él que parece notarlo, pues alza un brazo y llevándolo a mi cabeza todavía vendada, me obliga a tumbarme en el mismo sitio que estaba él con cuidado de no hacerme daño.

Me ayuda a depositar mi cabeza sobre la almohada con una ternura que me deja sin aliento y sin salirse todavía de mi interior, me sonríe con lo que parece cariño brillando en la profundidad de sus ojos grises.

En ese mismo instante me asalta un convencimiento en lo más hondo de mi corazón, nos compenetramos con tanta precisión que es como si se adelantase a cada una de mis necesidades de una forma casi instintiva, como las piezas de un reloj que funciona con exactitud y precisión.

—Mira que eres obstinada —murmura moviéndose con más rapidez en mi interior.

—Mmmm… me encanta.

Disfruto del remolino de placer que se concentra en mi vientre dispuesto a explotar en cualquier momento, atento a cualquiera de sus caricias.

—Tú sí que me encantas —susurra de manera casi inaudible.

Incluso si solamente ha sido mi imaginación, esta frase es más que suficiente para desbocar mi corazón, precipitándome con rapidez a las cotas más altas de un orgasmo que despierta auténtico fuego por mis venas, consumiendo a su paso cualquier resquicio de cordura.

Temblando, aprieto las piernas alrededor de su cintura con más fuerza, obligándole a enterrarse en la humedad de mi interior todavía más. Sólo con eso se incrementan mis propias sensaciones

—Ay mierda, no, si haces eso voy a venirme ya…

—Eso es lo que quiero.

—Pero tengo que aguantar un poco más…

—No, Aiden, ahora no estás en tu trabajo, córrete cuando necesites hacerlo.

—Es demasiado pronto —declara tensando los hombros mientras sigue pulsando en mi interior, catapultándome a nuevas sensaciones.

Jadeo en un esfuerzo por intentar controlar mi respiración, pero él vuelve a enviarme aún más lejos en la escala del placer.

—No importa.

—Lo-lo siento nena, no creo poder resistirlo más.

Incrementa la fuerza de rozamiento en mi canal, catapultándome a un nuevo orgasmo potente. Se me nubla la vista a pesar de que trato de evitarlo, pero es demasiado para mí. Me contraigo a su alrededor arañándole la espalda, mientras me aferro a cada una de las sensaciones.

—Está bien. Todo irá bien —afirmo cuando me destenso y logro recuperar la voz.

Le acuno la cara entre mis manos y le sigo con las caderas el ritmo de sus acometidas. No quiero perderme ninguna de sus reacciones.

Aiden cierra los ojos con fuerza, aumentando la velocidad de sus estocadas en mi interior, y tras unos segundos, capto cómo se le eriza toda la piel de los brazos, por lo que poniéndole mis manos sobre su trasero le invito a clavarse con mucha más profundidad. Con eso, su expresión cambia mostrando auténtico abandono y satisfacción. Lo siguiente que advierto es un líquido agradable y caliente derramándose en la hondura de mi cavidad. Le acojo disfrutando de cada una de las sensaciones nuevas que acaba de revelarme esta noche.

En cuanto termina, se deja caer, evitando tocarme la cabeza, sobre mi pecho totalmente desprovisto de fuerzas.

Este es mi momento favorito después del sexo, me encanta la sensación de su peso sobre mi cuerpo.

Sólo amistad, me recuerdo otra vez, rodeándole el torso con los brazos.

Sólo amigos.

Sólo…

Dos horas después, me despierto con la alarma del móvil sonando con la canción *Don't let me down*. La configuré después de hablar con Darren sobre ella, de esta manera, podía recordarme que siempre habría más opciones esperando por mí.

Abro los ojos, todavía no ha salido el sol, pero el frío de la habitación me indica la proximidad del crudo invierno cerniéndose sobre mi cama vacía. Esta realidad me despierta cierta melancolía. destruyendo las últimas expectativas que hubiera estado albergando.

Se ha marchado, aunque ya no había razones para que se quedara a mi lado ¿verdad? Me había dejado las cosas claras la noche anterior. Sólo nos unía una amistad. Una bonita y sólida amistad, al menos así había sido como la describió.

Suspiro y rememoro las sensaciones que me despertó durante el sexo, ¿cómo era posible que alguien con quién conseguía hallarme a mí misma fuera a la vez tan incorrecto e inconveniente? ¿Mi suerte podía ser tan mala? Envidiaba el estoicismo que tenía para separar el sexo de las emociones. Supongo que se debía a su trabajo.

Era imperioso que comenzara a dejar de destinarle tantos pensamientos. Tenía mi propia vida por delante que encarrilar, empezando por acudir a la farmacia de la esquina y finalizando con pedir cita en ginecología.

No podía ignorar que no había usado el condón la noche anterior, así que debía responsabilizarme de ello cuanto antes. Lo que menos necesitaba ahora mismo era un bebé rollizo de ojos grisáceos que me recordara continuamente al idiota de Blake. Si se me morían hasta las plantas, ¿qué no me sucedería con un bebé? Como mínimo tendrían que venir a por él los de servicios sociales. Por no mencionar el hecho de que el supuesto padre de la imaginaria criatura me consideraba una mera amistad. Además, quería terminar la carrera y disfrutar de mi juventud antes de decidir plantearme formar una familia. No, definitivamente no podía arriesgarme.

Me visto con rapidez, y tras realizar una búsqueda fugaz en internet, consulto todos los detalles sobre la píldora del día después. Salgo de mi casa con todos los datos destellando en mi cabeza, lo bueno es que desde 2013 no es necesario la receta para obtenerla y se puede conseguir en cualquier farmacia o supermercado que contenga una sección farmacéutica. Me declino por la primera opción, que es la que más cercana me queda de casa y, con algo de vergüenza, me interno en el establecimiento, encaminándome directa a la farmacéutica.

No sé cómo diablos voy a plantear esto. No puedo evitar experimentar cierta vergüenza en el momento en el que me sitúo frente a ella. Por Dios, todavía no he pasado por el proceso de la compra de condones y ya voy directa a por la píldora. Ugh.

—Buenos días —saluda la farmacéutica con expresión molesta y adormilada. Supongo que estará terminando su turno nocturno— ¿Qué necesita?

—Y-yo…—tartamudeo asaltada por los nervios y la vergüenza.

—¿Señorita?

Respiro hondo y me obligo a concentrarme en la pronunciación correcta y audible de la siguiente frase.

—Y-yo…. Q-quiero…

—¿Preservativos? —inquiere hastiada la mujer como si estuviera hablando con una niña de siete años.

—No —niego, pero me sale un gritito más alto de lo normal, alertando a las pocas personas que se encuentran a estas horas intempestivas en la farmacia, quienes me observan extrañados.

—Entonces, dígame.

—L-a píldora —susurro bajito para que no me oiga nadie.

Por supuesto que surte el efecto esperado, ya que la mujer frunce el ceño.

—¿Disculpe? ¿Puede repetirlo? No la he escuchado bien. —me pide algo molesta, demostrando que no va a mantener la paciencia durante mucho más tiempo.

Cierro los ojos, avergonzada. Cojo una bocanada del aire, y entonando alto y claro, elevo la voz.

—¡QUIERO LA PILDORA!

Ups, demasiado alto. Las dos personas que quedan en la farmacia se giran sorprendidos para contemplarme. Por su parte, la farmacéutica se mantiene inexpresiva, como si fuera un hecho regular que una loca viniera a gritarle solicitándole la píldora del día después.

—Deme un minuto, voy a por ella —responde estoica, desapareciendo en el interior del almacén.

Me pongo colorada bajo el escrutinio del resto de los clientes. Éstos pronto retoman sus propios asuntos, y suspiro, aliviada. La farmacéutica no tarda mucho en regresar con una caja pequeña verdosa donde puede leerse el nombre de *Plan B One-Step*, no puedo evitar reparar en la ironía morbosa del propio nombre mientras la farmacéutica pasa el código de barras y se limita a anunciar el precio como si fuera alguna clase de máquina.

—Cincuenta dólares, por favor.

¡¿Cincuenta?! ¿Cómo que cincuenta? Pues sí que va a salirme caro el polvo.

Horrorizada, rebusco nerviosa en mi billetera vacía ante su mirada impasible.

Mierda, con este tipo una nunca deja de soltar dinero o de caer cansada del esfuerzo. Observo la tarjeta que me dio Jackie, y aunque se me antoja muy tentativa, ésta podría ver el estado de cuentas de la tarjeta por lo que tendría darle muchas explicaciones a las que aún no quiero enfrentarme. En el peor de los casos, los padres de Jackie verían los recibos del banco y ahí sí que me podría morir de la vergüenza.

No, la tarjeta queda descartada.

Atormentada, estudio el efectivo del que dispongo. Apenas y tengo diez dólares en mi cartera, con eso no alcanza, advierto con el corazón desbocado.

Sólo me queda una alternativa, vergonzosa, pero plausible.

—D-eme un segundo, por favor…

La tipa ni se altera con gran parsimonia deja mi *previene bebés* a un lado de la caja y se limita a asentir.

—Siguiente.

Hora de huir. Me acerco a la zona más alejada de la tienda para llamar al idiota y reparo con ironía que no es otra que la sección de los condones. Me maldigo una vez más por ser tan impulsiva.

Aiden tarda dos timbrazos en responder.

—¿Moore?

—¿Dónde estás?

—En frente de tu casa.

—¿Qué haces ahí?

—Vine porque tenemos que hablar de lo de anoche.

—Está bien, da igual, necesito que vengas al lugar en el que me encuentro —susurro tratando de no alertar a los demás.

—¿A dónde?

—A por tu hijo no nacido, ¡no te jode! —exclamo perdiendo la paciencia.

—¡¿Cómo?!

—Farmacia Rite Aid, al lado de mi casa. Es sencillo, entras a la tienda, voy a dejar un paquete a tu nombre, lo pagas y sales. Te espero, no traigas a nadie —ordeno con severidad y en cuanto termino, le cuelgo impidiéndole responder.

Tras convencer a la farmacéutica de que tiene que vendérsela a un hombre con ojos grises y alto, salgo de la farmacia con celeridad a esperar su llegada. Trascurren apenas dos minutos, hasta que le veo aparcar el coche de la última vez, el que le robó al escort gemelo, frente a la farmacia. Desconcertado, se baja de él y me acerco con presteza.

—Venga, date prisa —le insto empujándole a entrar en el establecimiento.

—No entiendo nada Moore.

—Luego te lo explico, limítate a hacer lo que te dije.

Termina de entrar poco convencido y yo decido aguardarle fuera. Poco tiempo después, aparece cargando con la diminuta bolsita y en su rostro se refleja auténtica seriedad.

—¿Qué diablos, Moore? ¿No ibas a decirme nada?

Sin responderle, le arranco la bolsita de las manos, dispuesta a preparar mi huida. Suficiente vergüenza por hoy.

—No, de todas formas, muchas gracias. Nos vemos más tarde en clase.

En el momento en el que me giro para regresar a casa, él me sujeta con firmeza de la capucha de la sudadera, impidiéndome escapar. Me giro exasperada, y me encuentro con la dureza de su mirada.

—Eh, eh… ¿a dónde te crees que vas?

—A salvarnos a los dos de cambiar pañales de aquí a nueve meses. Suéltame ahora o tendremos que lidiar con la adolescencia de otra persona, sin haber superado la nuestra.

—Vamos a hablar con tranquilidad dentro coche —ordena instándome a acompañarle.

—No entiendo qué te pasa, pero no tengo tiempo para esto…

—Por favor, necesitamos hablar de esto. Sube.

—Está bien… dime al menos que tienes agua ahí dentro. —solicito ansiosa estudiando el interior del coche por la ventanilla.

—Tranquilízate. —pronuncia con inusitada rectitud en él, abriéndome la puerta del coche— Vamos…

—Sí, sí.

Agacho la cabeza deseosa de terminar con esta conversación incómoda. ¿Cómo narices voy a explicar esto? ¿Te deseaba demasiado que me aproveché de ti? ¡¿Podría ese hecho contar como violación?! Si me recriminaba algo similar a: *"querías endosarme un hijo, ¿eh? Desgraciada. Trincar al escort adinerado para salir de la pobreza, ese era tu sucio truco ¿cierto?"* como solía ocurrir en las novelas que leía, no estaba segura de lograr no echarme a llorar de la impotencia. Espero impaciente a que entre por el lado del conductor, y al hacerlo su aroma a sándalo inunda todo el coche, despertándome recuerdos de la noche anterior.

Mierda, había acordado no sobre pensar demasiado las cosas.

Miro en derredor con nerviosismo, imaginando todos los escenarios posibles, la bilis me asciende por la garganta. Aiden se aclara la garganta y yo me aferro con fuerza al manillar, decidida a huir por patas como la situación se ponga violenta.

—Bueno…

—Lo siento mucho, ¡no quise violarte ni nada por el estilo! —le interrumpo atropelladamente cerrando los ojos para no toparme con su expresión de desprecio— Te juro que mi intención no era la de embarazarme para cazar al escort millonario y así poder salir de la pobreza…

—¿Cómo dices? —exclama confundido, y me atrevo a abrir un ojo ligeramente, Aiden se encuentra observándome con expresión incrédula— Eso no es lo que iba a decir…

—¿Ah no? —indago extrañada— Entonces, ¿esto no es una encerrona para denunciarme o algo por el estilo?

—No digas tonterías —mascula ofendido— ¿por qué mierdas iba a denunciarte?

—N-no lo sé… Te marchaste temprano y creí que me odiarías por lo de anoche.

—Me marché a casa a cambiarme —explica con paciencia— y sobre esto, he querido que entraras al coche porque quería disculparme contigo.

—¿Eing? No hay nada de lo que disculparse, solamente quiero volver a mi casa y tomarme esto para poder seguir con mi vida.

—Por supuesto que sí hay aspectos de los que hablar, Crystal, ¿de verdad no ibas a decirme nada?

—¿Y qué hay que decir en estos casos?

—Para empezar tenías que haber acudido a mí, yo también tengo responsabilidad en esto. Joder, Moore. Lo siento mucho… no sé qué me ocurrió anoche, siempre tomo precauciones, pero estaba medio dormido y no me di cuenta, aunque eso no es excusa por supuesto, me tomé una atribución que no me correspondía —afirma arrepentido.

Ahí se encuentra disculpándose por algo que ha sido mi culpa. Me siento como una estúpida por haber pensado de esa forma despreciable sobre él. Su actitud me enternece, aunque me obligo a mantenerme lo más estoica que una puede estar en este tipo de casos.

—No te preocupes.

—Estoy limpio, no temas contraer ninguna ETS —afirma convencido y yo me quedo lívida, ni si quiera había pensado por un minuto que podría traspasarme alguna enfermedad— Siempre tomo precauciones para evitar esto, de verdad que no comprendo qué me pudo pasar para descontrolarme así … Aun así, si te sientes intranquila con el tema de las ETS, puedo acompañarte a ginecología, y así lo descartas por ti misma.

—Ay Dios, para por favor —le ruego avergonzada de toda esta conversación— Confío en ti.

Él se queda callado prestándome toda su atención, tengo que infundirme ánimos para confesar la cruda realidad. Puedo ser una gusana que asalta sexualmente a un tipo adormilado, pero me niego a pecar de mentirosa también. Sólo me faltaba eso para joder aún más mi karma.

—Y-yo n-no te culpo de nada. De hecho, si alguien tiene la culpa soy yo…

—No trates de excusarme, yo soy el profesional, debería haber estado atento.

—No te excuso, para ser sincera, yo lo quise así… —murmuro sintiéndome despreciable y sucia.

—¿Qué quisiste?

—Y-yo… —tartamudeo costándome pronunciar la verdad— quería sentirte sin ninguna barrera entre nosotros y fue… muy excitante. Muy bueno.

Aiden traga saliva y un silencio pesado cae sobre el coche, activando mi deseo de que se abra la tierra y me engulla para escupirme en China. No me da tiempo a recrearme mucho en ello, porque Blake rompe el silencio.

—Está bien, no tienes de qué avergonzarte. Estas cosas ocurren —me tranquiliza comprensivo, y cuando comienzo a respirar aliviada, añade— Pero ya sabes que no puede volver a suceder.

—S-sí —accedo conforme— aunque fue…

Perfecto. Me humedezco los labios nerviosa y niego con la cabeza.

—¿Sí? ¿Qué decías?

¿Eso que escucho es su respiración acelerada mientras arranca el coche? No puede ser, serán imaginaciones mías.

—¿Qué? ¿a dónde vamos ahora? Voy a llegar tarde a la universidad.

—Primero vamos a pasar por tu casa, tienes que tomarte la pastilla.

Aiden pisa el acelerador de tal manera que llegamos a mi edificio en menos de un minuto.

—Ah, sí, sí —asiento descendiendo del coche.

Sólo quiero huir hacia la seguridad de mi casa, pero él se baja conmigo.

—Espera, te acompaño. Tengo que recoger una cosa que me he dejado.

—Vale,

¿Por qué tengo que sentirme tan nerviosa por estar juntos a solas en mi casa? Es una absurdez si tenemos en cuenta cómo se han ido dando la situación entre nosotros.

En cuanto nos internamos en el apartamento le dejo trasteando en el salón y me encamino directa a la cocina. Leo las instrucciones y con dedos temblorosos extraigo el contenido de la caja. A continuación, me introduzco la pastilla en la boca y me llevo la botella de agua a los labios.

No le escucho entrar a la cocina hasta que noto que me retira el pelo del cuello y me rodea la cintura con sus brazos, pegándome a su cuerpo. Ay, Dios, está duro contra mi trasero. De repente me deposita un beso sobre la nuca y me estremezco tragando la pastilla con dificultad.

—¿Q-qué haces? —tartamudeo a duras penas.

—¿Creías que era impasible a la carita fascinante que me pusiste en el coche? No soy de hielo, Moore.

421

Se me seca la boca de golpe, menos mal que me he tragado ya la pastilla.

—N-no te entiendo —farfullo tratando de concentrarme en recuperar estabilidad emocional.

Sin responderme, me obliga a girarme hacia él, posa sus manos sobre mis caderas y me levanta con facilidad para sentarme sobre la encimera. Se acerca aún más e instándome a abrazarle con las piernas y los brazos, me besa, duro y profundo. Nuestras lenguas se reconocen con pasión, hasta que él rompe el beso lamiéndome el labio inferior.

—Estoy dispuesto a cobrarme lo que necesito, lo que sabes que ambos necesitamos.

Ya he pedido cita con la ginecóloga para comenzar a tomar todas las medidas pertinentes que me permitan cuidarme de este tipo de sustos de ahora en adelante, no importa incluso si Blake me ha dejado claro que lo de la otra noche no volverá a repetirse, lo cierto es que, aunque vaya a utilizar un profiláctico, me siento más tranquila en el caso de que en un futuro empiece a tener relaciones con otro hombre.

No quiero repetir el miedo que había sentido esta mañana ante la posibilidad de un embarazo indeseado y mucho menos la dependencia hacia un tipo de tener que soltar cincuenta dólares por la pastillita. Definitivamente, tengo que ponerme a buscar un trabajo en cuanto vuelva a casa. De hecho, si lo hiciese, todo serían beneficios, porque si me cansaba realizando un trabajo físico durante mis horas libres, no habría espacio para pensar en tonterías. Eso era, necesitaba dedicarme a alguna labor física, que me impidiera darle demasiadas vueltas a la cabeza.

Para esto último, ayudaría también que cuando pasara por los pasillos no se me quedaran mirando como si me hubiera convertido en alguna clase de monstruo del lago Ness. Escucho los cuchicheos nerviosos que me acompañan en dirección a la cafetería, y mi tensión va en aumento. Sentirme tan expuesta ante estas miradas aviva mi fobia social, por lo que en cuanto empiezo a notar cómo me falta el aire, me apoyo en una de las taquillas, tratando de recuperarlo.

A este paso, todo el mundo debía de haberse enterado del incidente en la piscina del sábado anterior. No sé exactamente qué sucedió después de quedar inconsciente al caer al agua, pero por lo visto, lo que fuera no había dejado indiferente a nadie. Descarto la cafetería, y, subiéndome la capucha de la sudadera, cambio mi rumbo hacia al baño más cercano. Necesito refrescarme o encerrarme en un cubículo a esperar que pase parte de esta tormenta, todavía no me encuentro capacitada para lidiar con ella.

Al percatarme de que dentro del aseo ya hay una chica, contengo el aire esperando otra mirada de curiosidad más. Gracias a Dios, esta no termina de llegar y prosigue su camino como si nada. Expiro con fuerza, derrumbándome frente a los lavabos. Después de echarme agua en el cuello, cara y muñecas, me encierro en uno de los cubículos en busca de mi paz interior. Esta no dura mucho tiempo más, pues de repente veo pasar por debajo de la puerta unas Converses rosas con dibujos de anime, que identifico al momento. A esto le sigue un golpe sordo a la puerta y una orden enfadada de Jackie.

—¡Crystal Moore! Sal inmediatamente de ahí. Tienes muchas explicaciones que darme.

Suspiro sintiéndome terriblemente cansada, aunque no quiera, voy a tener que enfrentarme a esto.

Obedezco con cierto pesar y en cuanto me encuentro con la mirada rencorosa y dolida de Jackie, sé de manera instintiva que las cosas están muy muy mal entre nosotras.

—Hola Jacks… —murmuro con tono culpable.

—¿Hola Jacks? Tengo tantas cosas que reprocharte que no sé ni por cuál de ellas empezar —masculla irritada negando con la cabeza, su pelo rosado le confiere un aire divertido— Ya puedes ir explicándome, y trata de que suene creíble, por qué diablos has estado ignorando mis mensajes este fin de semana. Te dije que te mantuvieras en contacto. ¡He estado muerta de preocupación! Lo único que me detuvo de asediar tu casa fueron las palabras de Charlie, de que había estado en contacto contigo, y hasta eso han resultado ser más mentiras. ¿Qué diablos has hecho tan grave para que Charlie mienta por ti y que yo no pueda enterarme? Ah, y no te olvides tampoco de la parte en la que omitiste, voluntariamente, por supuesto, porque no vi que nadie te estuviera poniendo una pistola en la espalda, el papel que adoptó un tipo sexy y popular como Aiden Blake en todo tu rescate. Más aún, lo más descabellado de toda esta situación es que hayas permitido que me enterase por otros. ¿Por qué lo hiciste?

—Un segundo, hablas muy rápido, y ahora mismo me encuentro muy saturada. Por favor, vayamos por partes… —le ruego sintiendo un ligero dolor de cabeza— ¿Qué sucedió?

—¡¿Qué sucedió?! Está bien, vayamos por partes como dices, sigamos la secuencia de los hechos, primero de todo, ¿es que no has escuchado el rumor que circula por todo el campus?

—N-no con exactitud, me sentí demasiado agobiada con esas miradas que me lanzaban y vine a refugiarme aquí… —explico con sinceridad.

—¡Han suspendido a Aiden Blake del equipo de natación!

—¿Cómo? ¡¿Por qué?!

Todo parecía estar bien con él esta mañana. Si hubiera ocurrido algo de esa envergadura, ¿no me lo habría dicho?

—Según lo que van diciendo por ahí, ha sido por insubordinación.

—¿Insubordinación?

No me lo creo, conozco el carácter de Aiden, y aunque a veces sea un payaso, jamás se sublevaría con algo que le importa demasiado como para haber accedido a nuestro acuerdo solo para conservar la beca de natación.

—Y además, todo el campus piensa que sois novios, aspecto que de ser cierto, me hubiera gustado enterarme de tu propia boca y no por la de esos chismosos.

—Nov… ¡¿qué?! De eso nada —respondo acalorada, recordando las dolorosas palabras de esta misma mañana: *"Es sólo que creo que tú y yo no haríamos una combinación más allá de la cama"* — Eso es completamente imposible.

—¿Ah no? ¿Entonces por qué están diciendo que te salvó de la piscina, quedando el último en la competición?

—¿Qué? —exclamo estupefacta— No, no, un segundo, dudo que ocurriese así. A ver, me caí a la piscina por error, y aunque no logro recordar nada de lo demás, estoy segura de que eso no se dio así.

—Por ahí se va rumoreando que, desesperado, apartó a los que te salvaron mostrándose, ¿es cierto que te hizo el boca a boca? si hasta van diciendo que te acariciaba y se aferraba a ti suplicando que reaccionarias. Vamos, ¡cómo en una película! Luego, cuando vinieron a por ti, casi se lía a golpes con los amigos. Parece ser que de ahí viene el tema del incumplimiento… Ah, que no se me olvide, dicen que hasta se metió en la ambulancia contigo. ¡Por Cleopatra, Crys! ¿Me dejaste aparte de todo esto?

¿El boca a boca? ¿Delante de toda la universidad? ¿A golpes con sus amigos? El corazón se me acelera. Recuerdo su preocupación al despertarme, incluso me estuvo cuidando durante todo el fin de semana, sin separarse de mí en ningún momento.

No, no puede ser verdad, si lo fuera significaría que incumplió nuestro secreto, pero además que también sentiría algo por mí más allá de la amistad que me había estado tratando de vender. Viniendo de alguien tan sincero y directo como él, no podía aceptarlo. Me habría dicho algo. Todo esto eran elucubraciones mías.

—Me niego a creerlo, Aiden jamás hubiera hecho algo similar...

—¡Eureka! ¡Salió la madre de todas las perlas! Has dicho Aiden, desde cuando os tuteáis ¿eh? —grita triunfadora señalándome con el dedo índice.

Mierda.

—Eh… y-yo…

—Ya puedes ir soltándolo todo. No vas a salir de aquí hasta que no me entere de hasta de la última coma sobre la extraña relación que hay entre vosotros dos.

—Está bien, está bien. —accedo decidida a concederle la verdad, en ese instante recuerdo el acuerdo de confidencialidad, y me doy cuenta de que no puedo ser todo lo sincera que me gustaría— Para empezar yo no sabía nada sobre eso de la piscina, porque cuando me desperté y tome consciencia de lo que había sucedido estaba ya en el hospital.

—¿Él estaba allí contigo? ¿También fue a tu casa? ¡Oh, Dios! Por eso querías que nos marcháramos tan rápido de tu casa ¿cierto?

Parece que ya empieza a unir los puntos.

—Sí, era él —confieso dudosa— pero no significa lo que tú te piensas, sólo somos amigos.

—Entonces ¿por qué no podías habérnoslo dicho? No me creo nada de lo que estás diciendo, Crystal, ¿amigos dices? Punto uno ¿desde cuándo? Y punto dos, me resulta imposible entender esta situación que expones, porque cuando Charlie y yo fuimos a buscarte al hospital, el que está asociado con la universidad, nos dijeron que no estabas registrada, ¡por eso estuvimos buscándote por todos los hospitales de la zona! Si es cierto que Aiden estaba contigo, significa que él mismo te tuvo que derivar a un hospital diferente, ¿quizás con mejores instalaciones? Eso no sería muy propio de un amigo…

Recuerdo los dispensadores de agua, la televisión plana, la habitación privada. No podía ser, él me había asegurado que lo cubriría el seguro escolar, entonces ¿qué significaba esto? Si mis amigos habían estado en el hospital con el que tenía negocios la universidad, entonces ¿qué es lo que debería de creer?

Nada de eso casaba con la imagen que me había estado mostrando Aiden hasta ahora. Ni si quiera podía empezar a concebir dicha situación en mi cabeza.

—No lo entiendes Jackie, Aiden y yo solamente son amigos, si no os he dicho nada hasta ahora fue porque habíamos acordado entre los dos mantener nuestros negocios aparte de todo el mundo, por eso nada de lo que dices tiene sentido para mí.

—¿Negocios? ¿Y qué clase de negocios son esos?

Bien, está claro que no puedo confesar a lo que se dedica en sus ratos libres, aunque puedo ceñirme a la verdad de manera parcial.

—Bueno…

—Suéltalo Crys, ahora no puedes echarte atrás.

—Sí, sí. A ver, todo esto comenzó porque a punto de retirarle la beca deportiva debido a sus nefastas calificaciones.

—¿Y en qué te atañe a ti que no hiciera ni el huevo?

—Por mis apuntes… —confieso con un hilito de voz avergonzada.

—¡¿Qué?! —exclama asombrada— Espera un momento ¿Y qué ganabas tú con eso?

—Bueno.. y-yo…

¿Cómo se le dice a tu mejor amiga que te has esclavizado académicamente a cambio de sexo?

—Crystal… —señala con advertencia, dando golpecitos con el pie al suelo, impaciente.

—Ganaba experiencia.

—¿En qué? —inquiere desconcertada, pero al ver que me pongo roja y agacho la mirada, su boca cae abierta, impactada— ¡No!

—Sí…

—Déjame preguntártelo con exactitud para saber que estamos en el mismo barco respecto a pensamientos

Puede que esté tratando de mantener la calma, pero es Jackie, sé que en cualquier momento estallará.

—V-vale…

—Por experiencia te refieres a que adquirías experiencia en, ¿citas?

—No exactamente…—susurro acelerada mirando hacia la puerta.

Dios mío, espero que no venga nadie.

—¿En besos? —pincha una vez más bajando la voz.

—Eh… entre otras cosas…

—¡¿Otras cosas?! —grita pasmada— ¡¿Sexuales?!

—Baja la voz, por favor… —le pido tapándole la boca con las manos— S-sí.

Jackie ni si quiera reacciona, se queda estudiándome atenta con mi mano cubriéndole todavía la boca. Qué raro, hubiera jurado que se pondría a exclamar toda emocionada, pero lejos de hacerlo, simplemente cierra los labios entre mis manos. Tras constatar que no volverá a gritar de nuevo me separo de ella, percatándome de su expresión seria.

Bueno, no puedo reprocharle que se haya enfadado conmigo. Lo único que me tranquiliza saber es que por fin le he revelado parte de la verdad, al menos aquella que sí puedo proporcionarle sin exponerme a una demanda.

Si al final tengo que terminar rogando por su perdón, no me importará hacerlo, Jackie se lo merece. Tenía que explicarle la situación.

—Por eso no podía decíroslo... ¿Cómo iba a contarte que me estaba vendiendo a cambio de tener... eh... sexo con él? ¿Sabes lo vergonzoso que esta conversación me está resultando? —continúo abochornada— Tuve que acceder a ese acuerdo porque quería conocer esas cosas que tú decías que sería increíble experimentar. No deseaba seguir siendo esa chica aburrida que se estaba perdiendo tantas experiencias...

—Tú no eres aburrida.

—Oh vamos, Jacks, mírame con atención, ¿quién podría acostarse conmigo Jackie? —le pido señalándome— ¿cómo alguien podría estar interesado en la chica que se traba hablando?

—Eso no es cierto, Crys. Cualquier tipo sería afortunado por tenerte.

—Eso lo dices porque me quieres. Lo cierto es que cuando vi la oportunidad que me ofrecía, la acepté. De hecho, fue él quien me pidió que lo mantuviéramos en secreto, entiendo que motivado por la vergüenza que sentiría al simple hecho de que lo relacionaran conmigo. —agrego con cierto dolor— Por ese motivo no puedo creer que hiciera algo así. Jamás se expondría a confesar que tiene algo conmigo de esa índole, y mucho menos a reaccionar como me estás diciendo. No comprendo muy bien el tema del hospital puede ser, porque eh, somos amigos, y según tengo entendido gana suficiente con —cavilo dudosa, pero cuando me doy cuenta de que voy a decir escort, corrijo la palabra— la beca, y somos amigos y eso.... Pero lo de esa reacción es que no puedo creerlo...

No es como si Jackie, con todo el dinero que posee, vaya a estar puesta en el tema de becas para saber cuánto se gana con ellas. Sólo conoce la mía, que no es mucho. Sin embargo, es de dominio público la manera en la que la universidad trata a sus deportistas de élite.

A medida que le he ido contando la historia, Jackie se ha destensado y ahora simplemente me observa con ternura y comprensión.

—Oh, amiga... yo jamás te hubiera juzgado si me lo hubieras contado. Eres maravillosa así, y no necesitas que ningún tipo te valide.

También entiendo que quisieras vivir esas experiencias… —afirma con fervor— Pero Crys, no te enfades conmigo, por favor, es sólo que creo que tú no deberías pagar para obtener eso, pareciera que te está utilizando, ¿Un polvo vale más que tu cansancio, esfuerzo y ojeras?

La palabra "utilizar" me sienta como una patada en el estómago, aunque quizás tampoco ande muy mal encaminada. No obstante, yo me lo he buscado, esto era lo que quería y no debo perder de vista la perspectiva.

—Sólo es un intercambio comercial que ha derivado en una amistad y respecto a lo otro… tú no lo entiendes Jacks, no lo puedes hacer si nunca lo has experimentado —alego sin acritud.

—Oh… sobre eso… —farfulla esquiva— Yo quería contártelo, pero casi nunca estabas ahí y cuando lo hacías, parecía que me rehuías…

—¿Qué ocurrió, Jackie?

Eso basta para preocuparme, jamás suele ponerse nerviosa o huidiza. Me estudia entristecida y me acerco a ella para abrazarla con fuerza.

—La perdí, Crys…

—Entonces ¿por qué no estás feliz? ¿No era eso lo que querías?

—¿Tan maravilloso es? Porque yo… yo no sentí nada… só-solo dolor… —confiesa en un susurro lastimero.

—¿Cuándo fue? ¿Se lo has dicho a Paul?

Supongo que fue con él con quien la perdió, ¿no? Hasta ahora no había vuelto a hablarme de ningún otro, aunque como me había dicho ella, últimamente no es que hubiéramos conversado mucho.

—Hace no mucho y no, ¿cómo voy a decirle eso? ¿Sabes lo frágil que es el ego de los hombres? No, no podía hacer eso… —afirma separándose de mí.

—Y entonces ¿qué harás?

—Oh, Crys, nos hemos perdido tantas cosas la una de la otra… —suspira apenada— Lo dejamos hace unos días, me di cuenta de que no podía seguir engañándome, y tampoco quería hacerle daño.

—Lo siento mucho, Jacks.

—Por lo menos dime que a ti te ha merecido la pena todo esto, así podría pensar que sólo he tenido mala suerte y que existe la posibilidad de sentir el placer del que todo el mundo habla, porque te lo juro, me siento tan rara como un perro verde.

Jackie, quien es maravillosa en todos los sentidos, no ha logrado experimentar la sensación tan maravillosa que he podido conocer al lado de Aiden. Me siento muy triste por ella, se merece lo mejor.

Reparo en lo afortunada que he sido, con mi problemática social, si me hubiera sucedido lo mismo que a Jackie, probablemente, no podría haberme mantenido con el mismo optimismo que ella. Por eso, debo apoyarla, para que no se rinda o se sienta culpable por algo así.

—Ay Jackie… yo no entiendo mucho tampoco. Lo único sé con seguridad es que tú no eres rara, eres una mujer increíble, y estoy segura de que algún día vendrá alguien que te hará descubrir todas esas sensaciones.

—Crys…

—Tal y como te dije, yo no estoy destinada a envolverme de forma sentimental con Blake, aunque no te voy a negar que funcionamos muy bien en la cama, y que si yo, con todos mis problemas sociales, lo he conseguido encontrar con este acuerdo absurdo, tú también lo harás en el momento en el que estés destinada a hacerlo. Estoy segura de eso. Hasta entonces, no tienes por qué obligarte a buscarlo, ni a sentirte mal por lo que hiciste, vive tu vida, y en el momento que menos te lo esperes, seguro que llegará. Eso es lo que estoy intentando hacer yo, disfrutar de las experiencias ahora, y ya veré lo que pasará después.

—Madre mía, ese tipo ha tenido que obrar auténtica magia en ti para que estés aquí pronunciando todas estas palabras tan maduras —señala sorprendida, y al reparar en que ruedo los ojos, se echa a reír— Okay, sólo amistad, vale. Aun así, trata de prometerme algo.

—¿El qué?

—Que en cuanto creas que puedes enamorarte de él, lo dejarás.

¿Enamorarme? La palabra revolotea insidiosa en mi corazón y la aparto molesta con mi propia reacción.

—Sí…

—Entonces, ¿decías que estuvo cuidándote el finde? Con razón ni respondías a mis mensajes, a saber qué tipo de cuidados estuvo dándote… —afirma divertida propinándome un manotazo en el hombro.

—¡Jackie!

—Oh vamos, ya que tú eres la única que disfrutas de eso, deberías realizarme una disección de todos los detalles… Venga dime, ¿es bueno?

Me pongo colorada y toso incómoda con la verbalización de las sensaciones que me provoca. ¿Cómo no va a ser bueno, siendo un escort? Siento ganas de preguntar, aunque las contengo.

—Mucho.

—¡Oh! ¡Qué traviesa! No te fuiste a buscar uno malo. Tampoco me extraña ¿has visto lo bueno que está?

—¡Jackie! Nos podrían escuchar.

—No deberías estar encerrada aquí cual monja de clausura, si fuera tú ahora mismo saldría ahí fuera y gritaría a los cuatro vientos que me acuesto con ese bombón.

—¡¿Qué dices?!

—Es broma, mujer, no voy a decir nada de esto, ya sabes que soy una tumba —afirma emulando la acción de cerrar una cremallera en los labios.

—Ya lo sé.

—De todas maneras, me alegra saber que hemos aclarado todo esto. Te echaba terriblemente de menos.

Me rodea el cuello con un brazo tal y como siempre ha hecho cada vez que quería felicitarme por algo.

—Y yo…

—Además, no deberías preocuparte por nada de lo que puedan decir. No hiciste nada malo para estar escondiéndote aquí como si fueras una criminal en busca y captura.

—S-sí, pero es que me siento tan expuesta…

—Lo sé, pero ¿sabes qué? lo cierto es que yo no estuve en esa competición, así que los rumores podrían ser infundados. Pasa de ellos y alza la cabeza, aunque te cueste horrores. No durará muchos más días —desestima con una sonrisa, acompañándome a la puerta.

—¿Tú crees?

—Sí. Estas cosas suelen durar la importancia que tú le des, si te ven actuar como siempre, pararán de comentarlo.

—Eso espero…

—Claro que sí, amiga. Ahora vamos a clase, te acompañaré como la buen guardaespaldas que soy.

—Gracias.

—¿Necesitas que también te recoja cual carroza de Cenicienta? —sugiere bromeando y yo me echo a reír.

—No, no te preocupes.

—¡Ah! Seguro que quieres aprovechar las horas de entre medias para un buen revolcón, ¿eh, pillina?

—¡Estás loca! —respondo con una carcajada dejándome guiar por ella.

Ya me siento mucho mejor ahora que he solucionado los malentendidos con ella. Sin embargo, una de las frases que intercambiamos no deja de centellar en mi cabeza.

"Si ves que vas a enamorarte de él, déjalo"

Ay no, me aterraba que eso ya se hubiera podido dar. No podía pensar si quiera en ello.

Lo mejor sería que me comenzarse a enfocar en otros aspectos más provechosos para mi futuro.

A partir de ahora, me grabaría a fuego la siguiente oración:

Aiden Blake estás descartadísimo de mi plano sentimental.

CAPÍTULO 25

AIDEN

E l agua me había salvado en el pasado. En ella había encontrado un refugio en el que resguardarme de toda la mierda con la que hubiera estado lidiando tiempo atrás. En su interior jamás me lograría alcanzar nada ni nadie. Era libre, libre de dolor, libre de los recuerdos, del pasado o del futuro. Desde que me lesionara había sabido que seguramente mis días en este mundo estarían contados, aunque eso no me había importado y con mi cabezonería había logrado seguir hacia adelante hasta llegar aquí.

Y ahí me encontraba esa mañana, metido en el despacho del señor Harris, mi tutor de la universidad. Con esta ya iban dos veces en un año, ¿podría considerarse un récord? Supongo que dentro de la sección de estudiantes becados sin duda. Todavía sentado frente su enorme escritorio, me obligo a relajarme. Las malas noticias deben ser tomadas como al arrancarte una tirita, cuanto más rápido pasen mejor.

Mientras el señor Harris revuelve entre sus papeles, no puedo evitar reparar en lo surrealista de esta situación. Tan solo media hora antes habría estado con Moore probando la comodidad de la encimera en su diminuta cocina y ahora con un mensaje había sido arrebatado vilmente del calor que emanaba la tierna piel de sus muslos, sustituyéndolos por un señor calvo y gordo que se preparaba para asestar el golpe definitivo al estudiante becado.

No me cabía la menor duda de que mi primer plan era mucho más agradable que esta conversación en un despacho tan silencioso y aséptico como este.

—Veamos, señor Blake… —comienza dubitativo después de echarle el último vistazo a los documentos que maneja— Lo cierto es que esperaba verle dentro de un mes más, y más aun teniendo en cuenta que los reportes de sus profesores, sus últimas notas y su rendimiento académico ha mejorado notablemente. ¿Podría explicarme entonces por qué motivo está usted oscilando en la dualidad?

—Supongo que por dualidad se refiere a la parte deportiva ¿no? —pregunto comprendiendo por donde vienen los tiros.

Hasta donde tenía entendido, como bien había marcado él, mis notas habían mejorado, por lo que si estaba en ese despacho no debía ser por un motivo académico. Con toda seguridad, se trataba de lo acontecido en la competición.

—Correcto. La última vez que nos reunimos en este despacho, creo recordar que el señor Carson y yo le dejamos claro que los estudiantes beneficiados de una beca deportiva debían mantener un estándar alto no sólo respecto al ámbito deportivo sino también el académico.

—Sí.

—Entonces ¿por qué cuando compensa el platillo de las carencias, desequilibra la balanza respecto al otro?

—Si es por lo sucedido durante la competición, entiendo la gravedad del asunto, pero no pude hacer otra cosa…

—Está bien —afirma luchando por conservar la paciencia— No soy alguien asiduo a los deportes y tampoco entiendo cómo funciona la natación, eso es algo que tendré que hablar más adelante con el señor Carson, pero antes de acudir a él, me gustaría escuchar primero su versión y cuál cree usted que es el motivo por el que su entrenador ha solicitado por vía administrativa una suspensión de su participación en el equipo.

—¿Carson ha pedido mi suspensión?

Sabía que esto podría ocurrir, que me exponía a una suspensión, aunque eso no implicaba que doliera menos. Este señor nunca transmitía buenas noticias, prueba de ello había sido cuando meses atrás me había apretado las tuercas para que me pusiera las pilas en mis estudios. No obstante, este tipo de noticia era completamente diferente. Para nada hubiera esperado que fuera él y no el entrenador Carson, quien me la transmitiese. Si ese hombre había acudido directamente a la vía administrativa, sin si quiera avisármelo antes, significaba que mi plaza en el equipo estaba muy jodida.

—Veo que usted no era consciente de esto… —comenta confundido el señor Harris, y vuelve a revisar otra vez uno de los documentos— Aquí sólo aparece reflejado que el motivo se debe a una mala imagen. Bueno, espero que pueda esclarecer esta situación en privado con su entrenador, ya que el señor Carson ha decidido declinar la invitación a esta reunión.

434

Oh, oh… ¿Carson decidiendo no aparecer? Mala señal, ese hombre no solía rehuir una buena reprimenda. Sin embargo, tampoco debía extrañarme, llevábamos meses entrenando para esa competición y yo la había cagado a lo grande. Todavía no había hablado con mis compañeros, aunque conociéndolos, estarían muy enfadados.

—Entonces, ¿qué? ¿Estoy expulsado?

—No se precipite, señor Blake. En vista a que su rendimiento académico ha mejorado considerablemente, demostrando así que posee un perfil cuya trayectoria está abierta al cambio y a la evolución, mi departamento ha decidido intervenir en esta decisión, y solo ha sido suspendido cinco semanas del equipo de natación. No obstante, esta será la segunda y última oportunidad que se le dé, por lo que le sugiero que cuando terminemos esta conversación, trate de tender puentes en lo que respecta al entrenador Carson, ya que si vuelve a cometer la misma infracción de… imagen o alguna otra similar, la última decisión quedará en sus manos, y con total seguridad será expulsado, perdiendo con ello su beca. La universidad no puede permitirse tener entre sus integrantes a un estudiante becado que da problemas de continuado. Espero que comprenda este punto y no vuelva a repetirse.

—Lo comprendo señor Harris.

—Me alegra escuchar eso, respecto a lo académico, en pocas semanas comenzará a tener los exámenes finales, le invito a que se concentre en eso e intente mantener un perfil bajo. Recuerde que esto es una balanza, hasta que vuelva a equilibrarse su papel en el equipo, vaya haciendo méritos en lo académico para que pueda ir subiendo el platillo de lo deportivo, ¿entiende a lo que me refiero?

—Sí, señor.

—Excelente. Le deseo mucha suerte en los exámenes finales. Ya puede marcharse.

No hace falta que me lo diga dos veces, le doy las gracias con rapidez, y me levanto como un resorte deseoso de salir de ahí. Al menos no he sido expulsado definitivamente del equipo. Sin embargo, sé lo que van a suponer esas cinco semanas de suspensión y Carson también. Mi rendimiento bajará si no logro entrenar como los demás, dándole una excusa perfecta para expulsarme. Sí, tengo que intentar hablar con él.

—Ah, una cosa más… —me llama el señor Harris cuando estoy a escasos centímetros de tocar la puerta, me giro con una expresión suavizada, pues al fin y al cabo, es el tipo que me ha salvado el trasero— Evite meterse en problemas, señor Blake.

—Sí, gracias, señor Harris.

Al primer sitio al que me dirijo no a es a mi clase de Derecho Constitucional, sino a la piscina. Estoy seguro de que a esta hora solamente estará el señor Carson, lo cual me viene bien para mis propios intereses. No necesito la presencia de ninguno de mis compañeros que pueda interrumpir mi charla con él.

Lo primero que percibo al llegar es el olor familiar del cloro, he pasado tantas horas en este lugar que puedo considerarlo casi como si fuera mi segunda casa. Saludo con una sonrisa a las taquilleras y administrativas que se encuentran en la entrada, y me encamino resuelto hacia el interior de los vestuarios. En cuanto salgo por la puerta que conecta con la piscina, le busco con la mirada, y no tardo en localizarle. Se encuentra organizando las tablas de natación, las cuales se encuentran colocadas a la perfección. Es de conocimiento común en el equipo que siempre hace eso es porque está cabreado por algo, y en este caso concreto, conmigo. Inspiro aire con fuerza y ajustándome la correa de mi bandolera, me acerco hasta él.

—¡Buenos días entrenador! —saludo con alegría tratando de simular que no ha pasado nada.

—Blake —contesta, tenso sin dejar de lado su quehacer.

—¿Necesita que le ayude a ordenar eso?

—¿Qué es lo que quieres? —espeta enfadado girándose por primera vez hacia mi— ¿Acaso el señor Harris no ha hablado contigo? Ni si quiera deberías estar aquí.

—Sí, vengo de hablar con él, me ha recomendado que viniera a tener una conversación con usted.

—Ese idiota de Harris… siempre con sus mierdas pedagógicas —maldice en voz baja— En realidad no tengo nada que hablar contigo, Blake. Todo lo que tuve que exponer ya lo hice en el papel que le envié al tribunal.

—El señor Harris me ha dicho que el motivo es por la imagen y para que usted haya acudido directo a la vía administrativa, ha debido ser por lo de la competición, ¿cierto?

—Me congratula saber que sigues siendo un chico inteligente, pese a que tus acciones disten mucho de reflejarlo, Blake.

Mm… aunque no me apetece nada lidiar con esta conversación ahora mismo, sé que se cazan más moscas con miel que con vinagre, así que componiendo una sonrisa inocente, niego con la cabeza.

—Oh vamos entrenador, sé que la he cagado, pero ¿no lo hace todo el mundo? ¿Realmente hace falta actuar así? Por favor, ¿no podríamos resolverlo de otra manera?

—Eh, esa cara te podrá funcionar con las chicas y ahora estamos hablando entre hombres, debes asumir tu responsabilidad. Es más, ya puedes agradecer que no te haya expulsado de una, porque ganas no me faltaban para hacerlo —regaña con un tono molesto— Y sobre todo, deja de hacerte el inocente, lo que has hecho supone un golpe directo al equipo.

Su seriedad me afecta más de lo que estoy dispuesto a reconocer. Sin embargo, tras meditarlo durante unos instantes, decido claudicar, y poniéndome serio, asiento.

—Puedo intuir por qué está molesto, señor, pero me gustaría escuchar el motivo de su boca, ya que me niego a creer que una persona que ha sido como mi segundo padre durante toda mi etapa universitaria, que creyó en mi cuando nadie más lo había hecho, no haya tratado de hablarlo antes conmigo, tal y como siempre nos ha enseñado a hacer. Usted fue el primero que nos dijo que entre los compañeros se debían de hablar las cosas antes de recurrir al uso de medidas extremas.

—¿De qué diablos estás hablando? Recuerda que sigo siendo tu entrenador, muchacho, no me vengas con esa palabrería de chico culto. Me debes un respeto, respeto que por cierto te has estado saltando como te ha dado la gana. ¿Crees acaso que he tomado esa decisión a la ligera? ¿Con la estrella del equipo? —brama furioso ante mi cuestionamiento— Necesitabas recibir un escarmiento, siempre te has ido librando de todas las cagadas que cometías, porque sabías engatusar a quien hiciera falta para ello, pero yo no te voy a consentir ninguno de tus juegos. Debes conocer cuál es tu lugar, no estás en un equipo local de tu pueblo, estás entrenándote a nivel profesional. La universidad invierte demasiado en chicos como tú para que lo tires todo por la borda. Por no mencionar el tiempo personal que he dedicado para que llegases hasta donde estás. ¿Y cómo nos lo pagas? El día de la competición, no solamente permitiste que Harrison te adelantara, sino que además cuando estabas a punto de ganarle, decidiste abandonar voluntariamente la competición. ¿Eres consciente de que has dejado en ridículo a la universidad al demostrar tener esa actitud? Por no mencionar el hecho de que has echado por la borda todo el trabajo que hemos realizado este semestre.

—La vida de mi amiga estaba en peligro, señor.

—Sí, y no dudo que se tratase de una situación desafortunada. No obstante, para cuando decidiste acudir ya había otras personas tratando de ponerle remedio. Fue una decisión tuya personal que le ha costado a nuestra universidad el primer título. ¿Cómo explicas que la estrella del equipo avergüence de esta manera a Pittsburgh ante una situación controlada? ¿Acaso crees que el título de salvador te va a redimir ante los jueces frente a la competición nacional?

Se refiere una de las competiciones más importantes que se celebra a final de curso, en la cual compiten cada uno de los representantes de las universidades de diferentes estados. No había tenido constancia de que Carson hubiera estado planteándose presentarme a mí como representante de Pittsburgh, los chicos llevaban meses discutiendo sobre quién podría ser el elegido. Por supuesto, con mi lesión previa del hombro jamás hubiera esperado constar si quiera entre los posibles candidatos, aunque no es como si eso siguiera importando, ya que al parecer había arruinado toda posibilidad de participar en ella.

—Con el debido respeto señor, mi amiga estaba inconsciente, la tuvimos que reanimar, incluso ¡la pusieron oxígeno en la ambulancia! —informo recordando el terror que había sentido al notar que su vida se escapaba de mis manos— No intentaba ser un héroe ni ganarme la simpatía del jurado, solamente quería que se recuperase cuanto antes. Creo que una vida debería estar por encima de cualquier competición, si le diéramos la espalda a una situación de emergencia, ¿no sería atentar contra todos los valores deportivos?

—No metas los valores deportivos en esto, Blake. Sabes que esa chica ya estaba atendida e incluso si pudiera comprender tus acciones frente a una mujer que no es ni tu novia, eso sigue sin explicar tu desobediencia y tus muestras continuadas de rebeldía. —informa con repentino estoicismo, la seriedad de su expresión no demuda ni un ápice— Llevas una temporada en la que no rindes igual, llegas tarde a los entrenamientos, he tenido que enterarme por Izan que te había vuelto a doler el hombro, y sabes perfectamente que te dije en su día que debías tenerme sobre aviso si volvía a darte problemas.

¿Izan? Ese chico era más observador de lo que hubiera esperado. Aun así le mataría, no era su decisión comunicárselo a Carson sin consultármelo primero.

—Lo del hombro señor…

—No me interrumpas todavía, Blake. No he terminado, para colmo, te has atrevido a contradecir una orden directa.

—Yo no recibí ninguna orden directa.

438

—¿Cómo qué no? Le dije a los chicos que no te dejaran salir del recinto, imagínate cómo me quedé cuando me enteré de que te habías marchado en esa ambulancia. Teníamos que hablar contigo, acababa de interceder por ti ante los jueces, no para que ganaras, por supuesto, ya que la cagaste voluntariamente, y Harrison se llevó el primer puesto, pero ya que lo hiciste, podrías haber evitado manchar aún más tu imagen y la de la universidad. ¿No puedes ver que tu nombre va asociado con el de Pittsburgh? Y sin embargo, actuaste por tu cuenta, sin pensar en ningún momento en el bienestar del equipo. En todo nuestro trabajo. Por supuesto, y a pesar de lo que habías hecho, tuviste la poca decencia de no presentarte a entrenar ayer por la mañana, sino que acudes a mi cuando Harris ya te ha dado el ultimátum. Sabiendo todo eso, ¿todavía te atreves a preguntarme el motivo por el que no te quiero en mi equipo? Has perdido de vista tu posición y tu deber para con nosotros. Si estuviera en mi mano, ahora mismo estarías fuera.

—Le agradezco que tratara de intervenir en mi nombre ante los jueces, y lamento que mi decisión haya influido negativamente a la imagen del equipo y a la mía propia. Estoy dispuesto a aceptar cualquier castigo o suspensión debido a mis acciones pasadas, y aunque ahora no lo crea, pienso trabajar duro para ganarme de nuevo su respeto y demostrarle que merezco estar en este equipo. Pero señor Carson, me gustaría que tratase de comprender que Crystal Moore no tenía a nadie allí que la acompañase y aunque no sea mi novia, me sentía responsable por ella, pues vino a la competición por mi cabezonería.

Al escuchar mis argumentos, suaviza un poco su pétrea expresión. Deseo que al menos haya entendido un poco más la situación.

—Nunca he dudado que tuvieras buen corazón, Blake, pero debes entender que existen reglas que no deben ser transgredidas, porque si te consiento y paso por alto esto, ¿crees que sería justo para los demás? ¿Qué va a impedir que el resto de tus compañeros no se les ocurra hacer lo mismo en un futuro? Aunque el motivo que pusiera en aquel documento fuera el de mala imagen, lo cierto es que tu muestra de insubordinación sólo ha sido la gota que colmó el vaso. ¿Crees que soy idiota, Blake? ¿Qué no me doy cuenta de que últimamente parece que no estás aquí? Ni tu cabeza, ni tu corazón, y en este mundo debes entregar ambas cosas. ¿A mí de que me sirve un cascarón vacío? No puedo seguir tolerando todas tus rebeldías, tienes que darte cuenta de que todo tiene un límite y tomar una decisión, o lo das todo por el equipo, o quizás tu camino sea otro.

—No, por favor, quiero seguir dentro —ruego desesperado— Le prometo que acataré la suspensión de buen talante, sólo me gustaría que no se cerrase en banda a mi reincorporación cuando se termine el tiempo de suspensión. Sé que es consciente de que estas cinco semanas pueden pasarme factura en mi rendimiento respecto a los demás. Por eso, me gustaría pedirle que me diera otra oportunidad cuando sea mi turno de incorporarme de nuevo al equipo.

—Las oportunidades no se dan, Blake, hay que ganárselas, en tu mano queda demostrar que sigues siendo válido para estar entre nosotros.

—¿Eso significa que no se va a negar a que me incorpore después de este tiempo? —pregunto esperanzado, deseando que lo verbalice.

—No puedo prometerte eso. Se te hará la misma prueba que te hicimos cuando te incorporaste al equipo y ya sabes cómo va, todo va a depender de tu actitud y de tus habilidades. Ah, pero a cambio de la realización de esa prueba, debes cumplir un requisito.

—¿Cuál?

Estoy dispuesto a aceptar cualquier cable que quiera echarme.

—Durante el tiempo que dure tu suspensión, no podrás meterte en el agua de esta piscina.

—¡¿Cómo?! ¿Entonces cómo voy a poder mantener mi rendimiento? Ya de por sí va a ser complicado al no estar entrenando con mis compañeros, sabe que perderé mucha resistencia, eso que me propone es una auténtica empresa suicida.

—Eres deportista profesional, Blake, te he entrenado muchas veces sin necesidad de pisar una piscina, sabes lo que tienes que hacer. Además, uno de los requisitos que más valoramos en Pittsburgh es la capacidad de adaptación de nuestros deportistas. Si consigues superar esta prueba, nos demostrarás al equipo, a ti mismo y a mí que realmente eres la estrella. La suspensión te vendrá bien no sólo para aclararte sino también para enfocarte y adaptarte.

—Está bien, gracias por esta oportunidad entrenador. No le decepcionaré.

—Ya nos veremos. Ahora, ¡fuera de mi piscina, Blake!

—Sí, sí…

❦

El camino que tomar ya había sido trazado. Carson me había dado dos opciones, o rendirme o luchar por mantener mi posición en el equipo. Razón no le había faltado en su enfado, había estado llegando tarde a los entrenamientos, y en muchas de esas ocasiones no era a causa de mi trabajo, sino por haber estado con ella.

Crystal Moore. Ni si quiera podría comenzar a describirla, la chica que había tenido el suficiente coraje como para atreverse a publicar aquel descabellado anuncio. Todavía recordaba la conversación que había mantenido con Darren sobre el papelito en cuestión. Él se había dado cuenta de su desesperación antes que yo. Ahora me daba cuenta de lo absurdo que era que se hubiera sentido así. Hasta ahora no se había dado cuenta de que si tan solo consiguiera abrirse más a las personas, los demás serían los que se sentirían desesperados por conocerla más.

Incluso yo, quien la noche anterior me había creído muy listo yéndome a dormir, había terminado sucumbiendo irresponsablemente al placer que me había ofrecido. Para más inri, apenas unas horas después había vuelto a reincidir en ella tomando las preocupaciones necesarias.

No debería sorprenderme, pues desde el comienzo con Crystal todo había terminado siendo impredecible: el anuncio, nuestro acuerdo e incluso nuestra actual amistad.

Por lo tanto, ¿me arrepentía de haber tomado la decisión de subirme a aquella ambulancia, oponiéndome con ello a Carson? La verdad es que no. No se lo había podido decir antes, pero si la situación se volviera a dar, hubiera vuelto a actuar de la misma manera, lo cual me lleva a reflexionar sobre la siguiente cuestión, yo mismo me había metido en este lío al decidir envolverme con ella. Sabía lo que arriesgaba con eso y aun así había decidido atreverme a involucrarme.

Debía reconocer —aunque sólo fuera para mí mismo— que me importaba lo suficiente como para mandar a la mierda una competición por la que llevaba meses trabajando. No sabía en qué momento habría ocurrido, pero Moore se había terminado convirtiendo en un pilar fundamental en mi vida. Me preocupaba por su seguridad y bienestar, ¿por qué?

Quizás la respuesta fuera mucho más sencillo de lo que estuviera pensando. No podía seguir haciéndome el ciego, Moore era… era…

Era mi primera amiga de verdad.

Sí, sí, sabía que tenía más amistades femeninas, aunque esas solían pertenecer al grupo o en el pasado habrían sido follamigas. No, esto era completamente distinto.

Mientras que con las demás sólo intercambiaba unas meras palabras siempre delante de más gente, jamás les había hablado de mi trabajo.

Únicamente me conocían a medias, sabían sobre mi parte bromista y despreocupada, esa que cualquiera podría ver.

Crystal Moore me había visto en casi todas mis facetas. Cabreado, aburrido, bromista, alegre, feliz, etc…

Además, me aceptaba sin juzgarme por mi trabajo, pese a las bromas que me hiciera sobre venderme, lo cierto es que ella jamás me había echado en cara nada de eso. Tampoco me había considerado inferior por acostarme con mujeres a cambio de dinero. No, ambos habíamos aprendido a aceptarnos el uno al otro tal y como éramos.

Y eso era una carta de presentación que bien podría situarla entre mis amigos más cercanos. Casi familiar. Casi.

El problema de esto había sido que en el pasado yo no habría creído que entre un hombre y una mujer pudiera establecerse solo una amistad.

De acuerdo con mi idea inicial, en algún momento uno de los dos terminaría enamorándose del otro, sólo el tiempo decidiría quién sería. Por eso siempre había mantenido distancias con Susan, la novia de Jake, a quien también había considerado mi amiga. Mi concepto de amistad femenina era el siguiente: Susan era amiga mía, siempre y cuando no hubiera una verdadera cercanía.

Y sin embargo, Moore acababa de conseguir que cambiara mi perspectiva sobre la amistad entre dos personas de distinto género.

No debía olvidar que eso no significaba que tuviera que seguir metiendo la pata por ella. No. A partir de ahora sabría cuál era el lugar de cada uno, al menos más me valdría saberlo si quería recuperar mi posición en el equipo, me recuerdo aproximándome al aulario de mi siguiente clase, Derecho Civil.

El revuelo de una multitud congregada alrededor de la entrada capta mi atención, sacándome de mi ensimismamiento. Curioso, me aproximo hacia la entrada para ver qué es lo que puede estar ocurriendo en el interior de la clase.

—Así que ella era el motivo por el que nuestro equipo casi se va a la mierda, ¿no?

—Y-yo…. N-o-no sabía que o-ocurriría e-eso… —tartamudea nerviosa, luchando por intervenir, una voz que reconozco a la perfección. Al escucharla detengo mi avance impactado con la situación.

—¿Es qué no tiene nada más que añadir?

—No puedo creerme que Blake la cagara de esa forma por alguien así.

Qué mierda, me conozco demasiado bien esa estrategia. Se las he visto usar miles de veces, hablar en voz alta de una persona que sabes que está presente para hundirla.

—¿Qué estáis diciendo? Podéis decir lo que queráis de mí, no es como si me im-portase, pero Aiden n-no ha hecho nada malo. ¿V-vosotros no eráis sus amigos? ¿Qué clase de amistades hablarían a así de alguien que ni está pre presente?

El silencio cae en la sala y yo aprovecho para avanzar aún más entre la multitud. Se me está haciendo eterno llegar hasta ella.

—Y ahora después de decir eso ¿por qué se hace la que le cuesta respirar? Como si alguien pudiera sentir pena por ella…

Le está dando un ataque de ansiedad porque esos mierdas la están haciendo sentir expuesta. Esto jamás lo habíamos practicado, aunque ¿quién iba a pensar que la situación acabaría así? Crystal no necesita nada de esa basura y a pesar de todo eso, ahí se encuentra saltando en mi defensa. La necesidad de llegar hasta ella se incrementa, y sintiendo el fuego recorrer mis venas, me abro camino a empujones.

—No está fingiendo pedazo de idiotas —interviene Jackie, quien también se encuentra a su lado— Lleváis tres años con ella y ¿todavía no os habéis enterado de que tiene fobia social? Por supuesto que todo esto le produce ansiedad. Pero vosotros ¿de qué época prehistórica os habéis escapado? ¡Así cazaban antes a los mamuts, arrinconándoles entre todos!

—¿Fobia social? Yo diría que más bien, tiene interés por la escalada soci…

Veo que Ryan se levanta para acercarse hasta ella, más al idiota al que hasta hace escasos minutos había considerado mi amigo, no le da tiempo a terminar la frase, pues en ese mismo momento consigo alcanzarles y agarrándole de la pechera, le propino un fuerte empujón para sacárselo de encima a Moore.

Sabía que mis amigos eran así, intimidando a todo el mundo cuando no estaban satisfechos. Esta era una de las razones por las que jamás había querido que se enterasen de nuestro acuerdo.

—Ni se te ocurra acercarte a ella, Ryan —le advierto con severidad, situándome entre los dos.

—¿Pero a ti qué diablos te pasa, Aiden? ¿Desde cuándo te metes en los asuntos de otros?

—Os estáis burlando de ella, así que también es mi asunto. Dejadla fuera de esto, Moore no tiene nada que ver. Entiendo que estéis cabreados conmigo y tenéis razones para ello, pero esto es algo que

443

deberíamos estar resolviendo por nuestra cuenta. No aquí delante de todos y mucho menos metiendo a una segunda persona.

En ese instante, escucho el gritito emocionado de Jackie, a quien el rabillo del ojo veo meter un codazo a Moore en las costillas. Ésta se gira hacia ella, anonadada.

—Para, Jackie… —le susurra abochornada.

—¡Y un cuerno! Estoy disfrutando como una enana. No sabía que existieran tantos salseos en la facultad de Derecho, debería empezar a venir más a menudo…

—Cuando se lo hacíamos a los pringados de primero, jamás dijiste nada al respecto. ¿Por qué entonces tendrías que decir algo por una donnadie que ni si quiera es tu novia? —agrega Ryan.

—Bueno eso ya se verá… dale una patada en los huevos, Blake, ¡que no se reproduzca! —murmura Jackie, pero la ignoro.

—Realmente no os debo ninguna explicación, lo que seamos o no, no es asunto vuestro. Además, os he pedido que habláramos fuera, no aquí. Salid conmigo, por favor.

—Ah, espera un segundo…este era el secreto que no querías contarnos ¿no? —interviene cauto Jake.

—¿Secreto?

—Santa mierda, Jake, tienes razón, bien guardado te lo tenías ¿no, Aiden?

Creo que esto se está yendo de madre, si no me largo ahora la cosa se pondrá fea. No sé si podré dejarles pasar las siguientes palabras que salgan de sus bocas sin rompérselas. Enviándoles una última mirada de advertencia, procuro que mi aviso les quede claro.

—Respeto que hayáis rechazado salir conmigo a hablar de forma civilizada, pero te recomiendo que cuides tus siguientes palabras Ryan, porque créeme que ahora no estoy de humor para dejártelo pasar como casi siempre hago —tras esto, me giro hacia Moore y cogiéndola de la mano, le ordeno— Vámonos inmediatamente de aquí.

—¿Ya te marchas Blake? ¿No preferirías quedarte a contarnos lo bien que lo hace? La chica no solo ha conseguido subirte la media, sino que encima repites con ella. Vaya, creo que ahora yo también siento curiosidad por probarla…

Los murmullos se incrementan. Esas eran las palabras que faltaban para desbordarme. Soltando su mano, giro con velocidad dispuesto a meterle el puñetazo que se merece. Ryan siempre ha sido un idiota, pero esto significa sobrepasar otro tipo de límites. Se cree que puede actuar como un auténtico ser despreciable y misógino sin tener consecuencias. No obstante, no llego a alcanzarle, porque Izan se interpone entre nosotros, impidiéndonos con su gran cuerpo que lleguemos a las manos.

—¿Acaso sois gilipollas? ¿Pretendéis que os expulsen?

—Suéltame, Izan, te juro que le voy a partir la cara.

—¡A ti ya te han suspendido del equipo, Blake! ¿Quieres enmierdarte más de lo que ya lo estás? Suficiente nos has avergonzado ya, deja de comportarte tan irracional

Trato de sortearle para abalanzarme sobre Ryan y me empuja. En ese momento Crystal me sujeta el brazo, parándome en el sitio con la cabeza agachada. Miro hacia los lados y reparo en que muchas chicas están mirando mal a Crystal y a Jackie.

—Para, Aiden. No merece la pena.

Al identificar el miedo en su voz, me giro hacia ella preocupado.

—Y tú Ryan, ¿qué coño crees que estás diciendo? Tienes ya pelos en los huevos para actuar como un acosador de mierda —escucho que continúa regañándole Izan— Te atreves a quejarte de la imagen del equipo y la que estás dando tú ¿qué? ¿quieres que Carson te suspenda como a él? ¿Es eso?

—¡Deja de defenderle como haces siempre! Sabes que nos ha jodido a todos con su puto egoísmo. ¡Es un traidor!

—No le estoy defendiendo, idiota. Te has planteado ¿qué es lo que ganamos montando este pollo? Yo también estoy muy decepcionado con él, pero actuar así no nos va a llevar a nada. Bueno sí, quizás a una posible expulsión. Y entonces ¿de qué habrá servido todo nuestro esfuerzo?

—¡Él lo ha tirado todo por la borda! ¿Olvidas que nuestros patrocinadores estarán disgustados con su actitud? No solo van a quitarnos puntos, ni si quiera es por ese maldito primer puesto, no. Te has metido con algo que nos toca a todos directamente ¡el dinero para el equipo! ¿Has pensado en eso¡ imbécil? —ladra dirigiéndose hacia mí— Blake, ¿si quiera eres consciente, del lío en el que nos has metido a todos?

Por supuesto que conozco el alcance de la situación. Están decepcionados y dolidos conmigo, porque competimos con otras especialidades, cuanto mejor sea el rendimiento de nuestro equipo más dinero nos darán. No hubiera importado tanto si hubiéramos estado compitiendo entre nosotros, pero al haber invitado a equipos externos a nuestra universidad, tal circunstancia cobra otro sentido totalmente diferente.

—Entiendo…

Trato de darles una explicación, más soy interrumpido una voz que viene de mi espalda.

—Lo siento. Siento haberme tropezado con aquellas cuerdas y haberos jodido la competición. Lo siento mucho. Siento que el hecho de ser amiga de Aiden os haya visto envueltos en este problema. Realmente no recuerdo mucho porque estuve inconsciente, pero no creo que estéis actuando bien al hablarle así, y menos cuando está tratando de explicarse. Él solo lo hizo para salvarme, no es su culpa. Si alguien debe tener culpa en algo, entonces echádmela a mí.

—No digas nada más, Crystal. No debes disculparte por nada y menos ante ellos.

Me acerco a ella para protegerla con mi cuerpo de la gentuza esta que está juzgándola.

—Tú no te metas, todo esto es tu culpa.

—Cállate la boca, Ryan, ni se te ocurra hablarle en ese tono, o te la cerraré de un golpe. —le ordeno haciendo un ademán por alcanzarle.

—Para, Blake.

Moore está sujetándome de nuevo, impidiéndome con su toque avanzar hacia él. Me insta a darme la vuelta para mirarla, está contemplándome con esos increíbles ojos castaños.

—No puedo permitírselo.

—De verdad que no merece la pena, no pelees por mí.

—Sí que la merece, no voy a consentirles que digan mierda sobre ti. Tú no has hecho nada. Fue mi decisión. Mía, y de nadie más. —afirmo en un murmullo vehemente acercándome a su cuerpo, pego mi frente a la suya. Antes de que le pueda acariciar el pelo, ella se aparta mirando nerviosa hacia los lados— Será mejor que nos vayamos.

No voy a esperar a que se lo piense más tiempo, por lo que le sujeto de la mano y me dispongo a marcharme evitando aportar más explicaciones. Será mejor que todos nos tranquilicemos antes de retomar esta conversación. Sin embargo, no consigo avanzar mucho más, porque la voz de Izan me paraliza.

—Nunca te hubiera tenido por un mentiroso, Aiden. Aquel día nos dijiste a la cara que ella no era nada para ti —noto que la palma de la mano de Moore se tensa alrededor de la mía, y se la aprieto un poco— Y aquí estás, prefiriendo defenderla a estar disculpándote con nosotros. En el pasado jamás hubieras actuado así de egoísta.

Los susurros en la sala se multiplican y me doy la vuelta decido poner fin a esta absurda conversación.

—Os di la oportunidad de salir a hablar y os negasteis. Preferisteis armar este espectáculo delante de todos, involucrando a una persona inocente. Sabiendo esto, no me apetece seguir hablando con vosotros y mucho menos delante de toda esta gente. Vamos Moore —la insto con un movimiento de mano.

Me abro camino entre la congregación de personas que han ido sumándose a medida que nuestra discusión ha ido incrementándose. Casi estoy fuera de toda esta mierda. No obstante, no me da tiempo a salir, cuando escucho la última intervención que necesito escuchar de Ryan para terminar de echarle la cruz para siempre.

—Déjale Izan, aunque parezca tan fea y sosa seguramente se lo monte como nadie. Hmmm… creo que probaré en un futuro qué tan buenos polvos echa.

Todos los sonidos se apagan para mí y mi visión se vuelve negra, sin añadir nada más, me precipito con velocidad hacia donde se encuentra ese cretino. Lo estampo contra la pared de un empujón y le coloco el antebrazo en el cuello, impidiéndole moverse. No puedo reconocerme, aunque el fuego ha vuelto a recorrer mis venas, el tono que me sale es auténtico hielo.

—Cállate la boca, Ryan. Te juro que estás llevando mi paciencia a un límite que estoy más que dispuesto a cruzar y no creas que me va a importar una mierda todos los años de amistad que llevemos a cuestas. Ahora, en este momento, estoy haciéndote el último favor poniéndole fin a nuestra amistad. Se acabó Morris.

—¡Aiden suéltale! —ordena Izan

—¿Qué diablos estás haciendo? ¡No puede respirar! —señala Jake, tratando de separarme de él.

Refuerzo mi agarre sobre él y me acerco hasta su oído evitando con ello que nadie más pueda escucharme. A continuación, pongo especial énfasis en susurrarles las siguientes palabras adoptando un tono glaciar.

—Si te vuelves a meter con ella, le pones un dedo encima o le diriges si quiera una sola de tus asquerosas miradas más, te juro por mi madre que nadie de aquí podrá salvarte el culo.

CAPÍTULO 26

AIDEN

Siento tal furia que no escucho ningún murmullo. Todavía sujetando a esta escoria, le observo agrandar los ojos, incrédulo, y se estremece afectado, luchando por tratar de respirar. Tras leer en su mirada que ha comprendido el mensaje, me separo de él con una sonrisa y levanto las manos en señal de rendición. Ryan cae al suelo, tratando de recuperar el aire y Jake se agacha a su lado para asistirle.

—Está bien chicos, tampoco hay que ponerse así… claramente el tipo sigue vivo, ¿cierto?

Izan da un paso hacia atrás, impactado con mi actitud, tensando aún más mi sonrisa, doy la vuelta para retomar mi camino hacia la salida.

—¡Estás completamente loco, Aiden!

Levanto mi mano en señal de aceptación sin dirigirles ni una mirada, como tantas veces hice en el pasado.

—Sí, sí… Me largo.

Arrastro a Moore hacia la salida y trato de tranquilizarme a cada paso nuevo que doy.

El infierno se congelaría antes de que la dejase tirada ahí con esas hienas.

—Menudo espectáculo hemos dado ahí dentro… —señala una vez nos hemos alejado de la clase lo suficiente como para que nadie pueda escucharnos.

—El espectáculo lo han montado ellos al actuar como unos gilipollas y Ryan lo lleva claro si piensa que esto se va a quedar así.

Uf, creo que debería de haberle metido ese puñetazo. Sin embargo, el señor Harris me lo había dejado muy claro, no podía meterme en problemas. Lo que menos necesitaba era agredir a ese capullo para que encima el expulsado terminase siendo yo.

Me niego a perder mi beca deportiva por un idiota como ese.

—Tú tampoco te has quedado atrás, ¿cómo has podido ir hasta él a increparle? Sé que ha actuado como una escoria, pero tenías que haberte controlado.

—¿Cómo pretendías que me controlase después de haber dicho todas esas cosas sobre ti delante de mí? —explico furioso girándome hacia ella.

—¿Y eso qué más daba? No es como si no estuviera acostumbrada a que me hablasen así. No es la primera vez que lo hacen y tampoco será la última.

—¿Es que no estás viendo el problema? ¡No deberías estar acostumbrada a eso! Nadie debería normalizar lo que han hecho ahí.

—Eso a nadie le importa, Aiden. No vas a cambiarles su manera de verme por mucho que les digas y mucho menos agrediéndoles. Además, esto no estaba en nuestro contrato, no quiero que me defiendas más. Puedo encargarme yo sola de ello, como siempre hice.

—Esto es muy distinto, Crystal. Antes solamente te ignoraban, pero ahora, tras esto, van a hacerte la vida imposible. ¿Crees que no los conozco? ¿Por qué te crees que he tenido que actuar así con Ryan? Lo he amenazado porque si no hacía algo, te tomarían a broma como hacen siempre y no podrías gestionarlo tú sola.

—Ese no es tu problema, Blake. Ni si quiera tenemos nada serio y como te dije, nada de esto lo recoge el contrato.

¿Podría dejar el maldito acuerdo a un lado? ¡Esto es mucho más serio!

—¡Maldita sea Moore! El contrato me importa una mierda ahora. Sé que no estamos en una relación, pero sigues siendo mi amiga, así que no voy a consentir que lidies con un problema que ni si quiera es tuyo.

—Ellos también son tus amigos, Aiden. No quiero ser el motivo que se entrometa en vuestra amistad. Debes tratar de verlo con perspectiva, es obvio que se han comportado como unos asnos, pero eso solo significa que les importas lo suficiente para preferir acusarme a mí, alguien ajena a ellos, en vez de a ti. Deberías volver ahí dentro y explicarles que tú y yo no somos nada más que amigos.

—Si hiciera eso, te dejaría completamente vendida. Ahora mismo eres como una diana andante de críticas y burlas. No importa incluso si me arreglo con ellos hoy, ya te han marcado, Dios —musito culpable pasándome la mano por el pelo con nerviosismo— ya te he marcado…

La había cagado revelando nuestra relación cercana. No había sabido ver a tiempo las consecuencias que derivarían de mis acciones impulsivas. Ahora no podía desvincularme de ella. No importaba, todo el mundo sospechaba que me acostaba con ella. Lo único que esperaba es que nadie se enterase de lo del contrato o estaría condenada al ostracismo social. En estos casos las mujeres siempre terminaban peor paradas que los hombres.

—No importa, Blake.

—Deja de decir eso —le ordeno disgustado— Sí lo hace. Ellos creen que eres mi novia, y ya has escuchado al estúpido de Ryan, saben que follamos. No es algo que crea que podamos hacerles cambiar de parecer, pues entonces que sigan haciéndolo. Poco me importa que crean lo que les venga en gana. Las personas sólo ven lo que quieren con independencia de lo que se les diga, así que dejémosle que piensen así. De esta forma, no serán tan duros contigo si piensan que no estás sola.

—Espera, espera… Un momento, en vez de arreglar las cosas con tus amigos, ¿quieres hacerles creer que estamos juntos? ¿Eso en que va a ayudar para arreglar las cosas?

—Eso déjamelo a mí, sé muy bien cómo lidiar con ellos. Sin embargo, a ti no te queda más remedio que aceptar esto.

—Y eso ¿por qué? No me gusta mentir sobre algo así.

—Es que no estaremos saliendo, solo vamos a dejar que nos vean juntos mucho más tiempo del que hacíamos antes. Y, de todas formas, recuerda que ahora que me he quedado tan solo y que me han suspendido del equipo, deberás ayudarme a prepararme los exámenes, ya que eso sí lo contempla el contrato —señalo guiñándole un ojo.

—No inventes. Sólo habíamos acordado el tema de los trabajos.

La veo rodar los ojos y me río, sintiéndome de repente mucho más tranquilo con la situación.

—Oh vamos, Moore. Acabo de pelearme por ti delante de toda una clase.

—Eso no ha sido una pelea como tal.

—Bueno, mujer, es que tengo una beca que me gustaría seguir manteniendo —le informo con una sonrisa— Aun así piensa que, si hubiéramos estado en una de esas épocas antiguas que tanto te gustan leer, habría tenido que retar a Ryan a un duelo al amanecer.

—¡Eres un idiota! —exclama riéndose al recordar nuestra conversación del día de antes sobre Darcy— No te imagino con frac y un sombrero de copa alta.

—¿De verdad se ponían esas cosas?

—Sí. Bueno, creo que ya se habrán marchado, ¿deberíamos regresar?

—Creo que sólo por hoy podríamos saltárnosla.

—Pero… tenemos clase.

—¡Crys! Por fin os encuentro, os fuisteis tan rápido que os perdí de vista…

Su amiga nos interrumpe, parece ser que nos ha seguido hasta aquí. Nada más verla, una idea se enciende de repente en mi cabeza.

—¿Tienes clase ahora, Jackie?

—¿Qué? ¡Ni se te ocurra, Blake! —niega Moore dándome un manotazo en el brazo, a lo que yo simplemente sonrío.

—Has visto la que se ha liado ahí.

—Desde luego, y bien gorda —afirma emocionada— Esos cretinos se quedaron con los ojos así, como sapos.

—Verás, voy a llevar a Moore a su casa.

—¿Ah, sí?

—Oye, que estoy delante, no habléis como si no estuviese aquí.

Ignoro a Crystal y me enfoco en la amiga.

—Sí, creo que ya han sido suficientes emociones por un día, y como yo no puedo quedarme hoy, prefiero llevarla conmigo o ellos aprovecharán mi ausencia y le dirán algo.

—¿Qué? ¡Yo no me voy a ninguna parte! No puedes protegerme para siempre…

—Eso ya lo veremos.

—Sí, sí, hacedlo. Yo me quedaré aquí a recogerte los apuntes, Crys. No te preocupes de verdad, de todas formas, realmente quiero ver como se desenvuelve la situación sin vosotros allí —se ríe satisfecha, instando a Crystal a venirse conmigo.

Estupendo, esta chica definitivamente me cae bien.

El trayecto hasta la casa de Moore se realiza en completo silencio. A pesar de que he intentado bromear un par de veces con ella, se mantiene callada hasta que comienza a abrir la puerta.

—Esto no está bien, Blake. Lo he estado pensando, y parece como si estuviéramos huyendo de ellos.

—No estamos huyendo de nadie, pero sólo por hoy, deberías quedarte en casa hasta que pase la tempestad. Además, estoy bastante seguro de que, tras estos tres días de convalecencia, se te habrán acumulado los trabajos. ¿no?

—Tú siempre aprovechando la situación para explotarme eh… —rueda los ojos y le coloco mis manos sobre los hombros.

—Vamos, vamos… pórtate bien y hoy termina los trabajos con la calma en casa. Mañana quedaremos a primera hora para ir a clase.

—¿Juntos?

—Sí.

—No termino de estar segura sobre esto, creo que haciendo eso sólo vamos a dar pie a más murmuraciones.

—Después de lo que ha ocurrido hoy, van a murmurar sobre nosotros igual, así que por lo menos démosles algo para que critiquen con fundamento ¿no? Si no te presentas en el lugar en el que quedemos, vendré a recogerte pasado mañana.

—¡¿Qué?!

—Lo que oyes, por el momento tú eres mi única amiga —aseguro convencido, y al percatarme de su indecisión, sonrío apaciguador— míralo de esta forma. Crystal Moore, yo te declaro: mi mejor amiga. Por supuesto no debes sentirte presionada.

—¡No me siento presionada!

—No me cabe duda de que sabrás estar a la altura, al fin y al cabo eres el cerebrito de nuestra promoción.

—Ahora mismo no puedo discernir si tratas de alagarme u ofenderme… —declara suspicaz llevándose las manos a las caderas, a lo que le propino un pequeño coscorrón en la cabeza— ¡Ay! ¿Ahora también me agredes?

—Oh, eso sólo me atrevería a hacerlo en la cama.

Ella se pone roja y carraspea nerviosa evitando sostenerme la mirada.

—¿Y ahora adónde irás?

—A casa, tengo cosas que hacer.

—En realidad no te ibas a quedar a todas las clases ¿verdad?

—Me has pillado.

—Eres un irresponsable… —niega intentando no mostrarse divertida, pero luego se pone repentinamente seria y desvía su atención— Aiden… yo… lo siento por cómo ha terminado todo esto…

—Está bien, está bien… No tienes que preocuparte por eso, ahora entra en casa. —aseguro instándole a entrar en la casa.

Dudosa, ella se resiste echándome un vistazo.

—Bueno… Si necesitas algo, escríbeme.

—Ah, ¿vendrás a salvarme estilo principesa azul? —inquiero ladeando la cabeza con una sonrisa.

—¡Principesa no es un término que exista! Oh, bueno olvídalo, de todas formas, no es algo que me competa hacer.

—De acuerdo, te juro solemnemente, como tu mejor amigo que soy, que si alguna vez un dragón feroz trata de atacarme… ¡te enviaré un WhatsApp!

Esta vez se echa a reír y termina de entrar en su apartamento.

—Hasta mañana, Blake.

—Hasta mañana, principesa —le respondo en voz baja una vez cierra la puerta.

En cuanto llego al apartamento que comparto con mi abuela, escucho los gritos de los gemelos desde la entrada. Los italianos son demasiado ruidosos cuando se sienten emocionados por algo.

Paso cerca de la cocina y la cabeza de mi abuela aparece por la puerta estudiándome con atención.

—¿Qué haces aquí tan pronto, cariño?

—Hoy salía antes —miento tratando de no darle demasiada importancia— ¿Qué estáis haciendo vosotros?

—Oh, ayer compré una tarta, y mis dos adorados gemelos se han pasado a visitarme para hacerme compañía.

—Con que ya habéis vuelto a saquearle el frigorífico a mi abuela, ¿eh?

—Oh, cállate Aiden —interviene Mattia— Tu nonna cocina que da gusto, así que siempre es un placer venir a compartir un ratito libre con ella.

—¡No hagáis caso a mi nieto! No sabe lo que dice, el placer me lo llevo yo al contar con la presencia inestimable de dos mozos de tan buen ver —alaga coqueteando, aunque los gemelos ni se inmutan.

—¡Está deliciosa, señora Evans! —exclama Matteo llevándose un trozo grande a la boca.

Me toma dos instantes sacar con rapidez el móvil que tengo guardado en mis pantalones vaqueros de esa mañana y encender la cámara enfocando a Matteo, acto seguido le saco una foto sin que se note el momento previo al mordisco.

—Estupendo, venga Matteo di: ¡sentadilla! —canturreo divertido.

El glotón abre los ojos mirando horrorizado hacia la cámara con toda la boca llena de pastel. En un segundo le saco cinco fotos seguidas inmortalizando con ello todo el proceso del pecado cometido, luego estudiando cada una de las fotos, sonrío emocionado.

—¡Desgraciado!

—¡Oh! Alex amará esta foto…

—Tú, tú…—farfulla todavía sin poder creérselo— ¡No te atreverás!

—Por supuesto que no…

—Sabía que la última vez que decidiste robarme el coche, habrías aprendido que no debes jugar conmigo.

—Hombre, ¿cómo puedes pensar así de mí? claro que no se la mandaré… por un módico precio.

—¿Cómo osas a chantajearme? —exclama asombrado.

—Es que es posible que más adelante necesite un favor de ti, y como sé lo reticentes que sois a hacer las cosas gratis…

—¡Esto no son formas de obtener algo de mí!

—Entonces ¿me concederías un favor si no te hubiera tomado la foto?

—¡Por supuesto que no! Eres insoportable —insulta sin pudor, más al percatarse de que mi abuela sigue en la cocina, trata de retractarse— Lo siento mucho, señora Evans…

—No te preocupes, niño, mi nieto a veces también puede resultarme insoportable.

—¡Abuela!

—No te ofendas, hijo, que no he dicho ninguna mentira.

—Me cae bien tu abuela —afirma Mattia estudiándola con interés.

—Me largo a mi cuarto. No permitas que estas dos sanguijuelas abusen de ti, abuela. Y respeto, a la sanguijuela tragona…—añado y Matteo me fulmina con la mirada tratando de mantener la dignidad perdida— No olvides que todavía me debes un favor

Tras esto, le muestro el móvil donde guardo codiciosamente la prueba que le hundirá ante Alex.

—¡Te mataré Blake!

Matteo se abalanza sobre mi para arrebatarme el móvil, por lo que riéndome, corro a esconderme a la seguridad de mi cuarto.

Después de un buen rato tratando de acceder por la fuerza, el gemelo tragón se rinde y cesa los empellones contra mi puerta.

Segundos después, me vibra el móvil avisándome de que me han enviado un mensaje de WhatsApp. Despliego la pantalla y sonrío satisfecho, sin duda no hay nada mejor como un buen seguro en la puerta para hacer claudicar al italiano.

Mensaje entrante de Matteo:

Estas son las opciones que NO puedes pedirme y que, en caso de que lo hagas, no aceptaré:

1º Cubrirte uno, dos u ochocientos turnos del trabajo.

2° Endosarme a una rarita como clienta nueva. <u>¡PROHIBIDÍSIMO!</u> Suficientes tenemos ya.

3° <u>MI COCHE</u>

4° Nada que atente contra mi salud física, mental o social, ya que de acuerdo con la OMS, estas tres formas son partes constituyentes de la SALUD.

Me río ante su última referencia a la OMS al tiempo que les escucho salir de mi casa, con toda probabilidad cargados de tuppers.

Mensaje enviado:

Está bien.

Mensaje entrante de Matteo:

Recuerda borrar mi foto cuando cumpla con lo que sea que al final me pidas y que no esté entre las opciones de esa lista.

Eso será pan comido.

El resto de la semana transcurre bajo murmuraciones y conjeturas, tal y como me había esperado. La noticia de la pelea que tuvimos delante de todos no tardó en extenderse, y mi nombre se vio ligado al de Moore como si no la hubieran estado ignorando durante los dos años anteriores.

Pronto aprendí a ver la hipocresía de la gente en todo su esplendor, ya que de la noche a la mañana pasé de juntarme con los más populares de mi facultad, a ser considerado un apestado traidor que comenzó a sentarse en la mesa de los que ellos consideraban perdedores tales como Crystal, Jackie y su amigo Charlie.

La primera vez que había tomado asiento con ellos, sentí como si se produjese el silencio y todas las miradas de los que se encontraban en la cafetería se enfocaran sólo en mí. Sin embargo, Jackie pronto suavizó el tenso silencio pronunciándose en voz alta.

—¡Vaya! ¡Qué curioso! ¡Me siento como si estuviera concursando en Gran Hermano! Tantas personas observándonos comer y charlar… Charlie, ¿no querrías aprovechar este minuto de estrellato para criticar a alguien?

—Cállate Jackie… —le reprendió en un murmullo su amigo.

No obstante, aunque algunos la observaron irritados, su estrategia funcionó porque los ruidos de las conversaciones previas regresaron y el resto de las personas desviaron su atención hacia sus propias mesas. También escuché algún otro *"Maleducada"* o *"rarita"*, pero ninguno de los integrantes de mi nueva mesa dieron señales de que les hubieran escuchado o afectado.

Había estado tan acostumbrado a estar en la otra parte, en aquella en la que se juzgaba y criticaba a las personas, que ahora podía darme cuenta de que vivir en mis propias carnes lo que muchas veces había consentido con mi silencio, no era nada agradable.

Por ese motivo, pronto comencé a tomar consciencia de que aquellos chicos no estaban nada mal, sino todo lo contrario, resultaban ser bastante divertidos. Jackie me habló de uno de sus hobbies, algo que ella llamaba "anime", e incluso me enseñó una escena en su móvil en la que pude ver a dos dibujitos peleándose contra lo que parecía ser un gigante. No comprendía muy bien cómo podía sentir algo por un dibujo, pero ella aseguró que estaba enamorada del "Capitán Levi". Ni idea de quien era ese señor, ni por qué le gustaba, aunque no era de extrañar que, si a su mejor amiga le ponía un tipo como Darcy, con total seguridad esta mujer acabaría teniendo gustos extraños también. En ambos casos, ninguno de sus prototipos masculinos formaba parte de la vida real.

No obstante, aprecié su frescura y entendí por qué eran tan buenos amigos de Crystal, quien, aunque no hablaba mucho estando con ellos —al menos no como lo hacía conmigo— no se mostraba en continua tensión como solía hacer en clase. Más aún, a veces incluso reía cuando su amiga realizaba alguna broma.

De hecho, al día siguiente cuando volví a sentarme con ellos en la cafetería, Charlie me aseguró que siempre que estuviera él me haría el 25% de descuento, sólo por seguir siendo tan valiente. Supongo que se refería a mi decisión de volver a comer con ellos.

Sabía que la opinión pública se pondría contra mí, pues mis acciones habían afectado directamente a la universidad, y la mayoría de los estudiantes de Pittsburgh tenían un fuerte sentido de pertenencia y lealtad hacia una institución que les obligaba a pagar altas tasas universitarias hasta por ir a cagar.

Respecto a esto, había empezado a poner en práctica mi plan de redención dentro del equipo. Los cinco primeros días, me habían echado de la piscina y no me había importado, al sexto fui una hora antes de que comenzaran los entrenamientos para asistirles en todo lo que necesitaran y aunque no me hablase con ninguno de ellos más allá de para pasarle alguna botella de agua, traerles toallas, y darles algún material en concreto, comencé a notar que empezaron a tolerar tácitamente mi presencia en la piscina. Por supuesto, Carson ni si quiera me permitía tocar el agua con la punta de mis chanclas.

457

Su aceptación se había notado en la disminución de las murmuraciones sobre nosotros, las cuales no habían cesado mucho menos desde que comenzaron a vernos juntos. Ni una sola vez nos habían visto besarnos, abrazarnos o incluso follar, pero ellos siguieron sacando conclusiones precipitadas.

Por su parte, Crystal había comenzado a ayudarme a prepararme los exámenes con ella y me acompañaba a entrenar casi siempre —por no decir siempre— bajo previa coacción. Como aquella tarde en la que la había "convencido" de acompañarme a correr para mantener mi resistencia.

Había sustituido la piscina por las pesas y ejercicios de fuerza, aunque tres veces a la semana me gustaba salir a entrenar para mantener el fondo. Aquella tarde-noche de sábado, la había sacado a rastras de la caja de zapatos que llamaba hogar y la llevé hasta la pista de atletismo.

Pronto descubrí que, aunque se veía muy caliente embutida en esas mallas que le redondeaban las caderas y le realzaban el culo, no tenía resistencia alguna y a los cinco minutos de estar trotando, se tiró derrotada sobre el césped del campo de futbol.

—¡No puedo más!

—¿Cómo qué no? Si no llevamos ni diez minutos de reloj. ¿No habías decidido ayudarme?

—¡Jamás me comprometí a ayudarte con el ejercicio físico! Prácticamente fui raptada de mi casa.

—¡Qué exagerada!

—Sigue tú que yo te cronometro, ¿cuántos minutos?

—Cuarenta y cinco.

—¡¿Cuarenta y cinco?! ¡Tú pretendías asesinarme!

—Está bien blandengue, quédate ahí y anímame como una fan que le tirase sus bragas al vocalista de un grupo de rock.

—No te voy a tirar mis bragas, pervertido.

—Ah… eso no me lo decías cuando me ataste a tu cama la última vez…

—¡Tira! —exclama mirando hacia los lados por si alguien nos ha podido escuchar, lo cual es improbable, quedan muy pocas personas en la pista— Comienzo a cronometrar ¡ya!

Empiezo a correr y al principio me cuesta acostumbrarme un poco, ya que este es otro medio muy diferente al agua. Quizás debería asistir al fisioterapeuta para que me descargue los isquiotibiales, pues no suelo correr de manera habitual.

Sin embargo, pronto le empiezo a coger el gusto. Si bien no se puede comparar con la ligereza del agua, esto no está mal tampoco. De vez en cuando, escucho que Moore me grita algo metiéndose en el papel de fan que le había mencionado antes. De esta forma es que no me doy cuenta de que los cuarenta y cinco minutos transcurren con inusitada rapidez hasta que no escuchó el grito de Crystal.

—¡Ya!

Me tiro al suelo derrotado. Voy a tener que mejorar mi resistencia, sudar en el medio terrestre nunca me ha gustado, pese a que a veces frecuente el gimnasio con el resto de los Arcángeles.

Me fijo que la luna ha salido en el cielo antes de que oscureciese por completo, hasta que la cabeza de Moore aparece en mi campo de visión con una gran sonrisa.

—¡Lo has conseguido Blake! No sabía si serías capaz, por como renquea…

Todavía tumbado boca arriba, no le permito terminar la frase, pues me incorporo con rapidez para sujetarla por la cintura y levantándola como una pluma, le coloco mis piernas dobladas en su abdomen, cargando con todo el peso de su cuerpo. De esta manera, la obligo a tumbarse bocabajo en el aire con el único punto sujeción que mis rodillas.

—¡Ahhhhh! ¿Qué es lo que se supone que haces Blake? ¡Bájame! Voy a caerme, esta posición es muy inestable…

—Sólo te he hecho subirte ahí para hacerte ver lo mandona que te pones últimamente. —declaro, riéndome de sus expresiones horrorizadas.

—¡Auch! ¡Me caigo! ¡¡Me caigo, Blake!!

—No seas llorona, te estoy sujetando bien.

Para tranquilizarla, le sujeto por los brazos desnudos. Sin embargo, ella no me hace caso y se remueve nerviosa, por lo que termina cayendo sobre mí, sin poder evitarlo. Me río aún más fuerte y Crystal me acusa airada con el dedo.

—¡Te lo dije!

—Bueno, supongo que nadie puede oponerse a la fuerza de la gravedad. Ah, ¿a dónde te crees que vas?

La impido levantarse rodeándola con fuerza con mis brazos y respiro su olor. Hmm… Vainilla.

—¿Qué haces Blake? Suéltame, ¡alguien podría vernos!

—La gravedad te llama a mis brazos, nena… —añado presionando con más fuerza para que claudique en sus esfuerzos.

459

Crystal entierra la cabeza en mi camiseta, avergonzada, y vuelvo a reír cuando noto parte de su conocido rubor tiñéndole la cara.

—No te rías idiota, estás sudando y apestas —murmura frunciendo el ceño— Ugh… ¡suéltame!

No importa cuánto se queje o lo intente, con más fuerza la retengo, mientras tanto me carcajeo ante sus frustrados intentos de liberación.

—¡Oh vamos Moore! Es esencia de escort, te deberías considerar una afortunada. Había mujeres que me pagaban por olerme los zapatos después de entrenar.

—¡UGHHHHHHHHHHHHH! ¡Eso es asqueroso! Aparta… —tras un rato manoteando al aire para tratar de desasirse de mi abrazo, añade en un murmuro lastimero— ¡Me estás asfixiando, Blake!

—¡Vale, vale! Menuda llorica estás hecha —claudico con una sonrisa soltándola.

No obstante, en cuanto va a incorporarse dispuesta a aprovechar su libertad, la vuelvo a retener, incorporándome con rapidez para tumbarla y apresarla bajo el peso de mi cuerpo.

—¡¿Qué?! —inquiere con expresión horrorizada mirando hacia los lados, preocupada de que podamos tener observadores indeseados.

No sé por qué se agobia tanto, hace tiempo que la gente se marchó ya a su casa, así que estamos solos.

Sentado a horcajadas sobre su cuerpo, le tomo la barbilla con una mano, y me apoyo en su pecho con el otro brazo, estudiándola interesado. Su respiración se incrementa cuando la obligo a mirarme y el pulso de su cuello se acelera.

—¿Qué es lo que se supone que observas tanto? Todo lo que debes hacer es mirar aquí arriba —le ordeno señalándome y luego añado con un tono seductor— O si lo prefieres… aquí abajo… —le indico restregándome contra sus caderas. En respuesta emite un gemido y en cuanto ceso el movimiento, me contempla con abierta curiosidad— ¿Qué?

—Nada, es solo que últimamente te estás comportando raro, Blake.

—¿Por qué?

—Pareces decente y todo.

Meditabundo, estudio sus facciones en silencio y la frase *"tú consigues que sea decente"* destella en mi cabeza como una estrella fugaz, pero la descarto con aprensión. Sonriendo, adopto un tono bromista y acercándome a su oreja para lamerle el lóbulo, le susurro:

—Oh bueno, supongo que tendremos que reparar esa impresión tuya, porque a mí me va mucho más lo indecente… —aclaro metiéndole las manos por debajo de la escotada camiseta e intento alcanzar el gancho de su sujetador para desabrochárselo.

—¡Estás loco! Alguien podría vernos…

—Es probable, pero hmmm —murmuro estudiando mi reloj— en tres, dos, uno….

Cuento hacia atrás y de repente todas las luces se apagan sobre nosotros, dejándonos completamente a oscuras, a excepción de la luna que ilumina tenuemente. Me vuelvo a restregar contra ella y la escucho gemir bajo mi contacto.

—¡Tachán!

—Oh…

—¿Qué decías Moore?

—¿Quieres aquí? —propone tentativa removiéndose bajo de mis piernas y eleva las caderas para llegar a mi encuentro.

—Oh sí, aquí y ahora… —asiento besándola profundo— Te voy a demostrar que nadie que me llame decente, puede salir indemne…

461

CAPÍTULO 27

AIDEN

La oscuridad nos rodea y todavía con las manos situadas a los dos lados de su cabeza, percibo como el resto de mis sentidos se intensifican. La acera de la pista de atletismo me raspa las manos, aunque ésta es sustituida con rapidez por la respiración de Crys, quien se encuentra todavía debajo de mi cuerpo y se remueve inquieta bajo el toque de mis caricias y besos.

Sus ojos brillan en la oscuridad, indicándome el camino que debo seguir sobre su cuerpo. El calor que irradia su suave piel y la luna que ilumina parte de sus facciones, me hace sentirme como si estuviera bajo alguna clase de absurdo hechizo y eso que ni si quiera es luna llena.

Sin embargo, en ese momento cualquier pensamiento racional se esfuma por completo, siendo reemplazado por un sentimiento de posesión y ritmo marcado. Mis manos siguen el recorrido de sus brazos desnudos, despertando de su letargo los repliegues de su piel, informándome con ello que sus terminaciones nerviosas reaccionan ante mi toque. Sonrío complacido sintiéndome poderoso sobre ella y mientras la exploro deseoso de arrancarle toda la ropa, me percato de que incluso para venir a entrenar se ha puesto un conjunto bastante básico y sencillo, tal y como es ella. Aunque en el pasado la hubiera criticado abiertamente por su forma de vestir, ahora me parece hasta tierna.

No le importa nadar contracorriente, incluso sabiendo que vendría a entrenar con un tipo sexy ni si quiera se arregló. Cualquiera de las chicas con la que me había relacionado en el pasado ya se hubieran maquillado y puesto un top ajustadísimo que no me dejase nada a la imaginación, pero ella no.

Crys es de esas mujeres que se te meten bajo el corazón antes que en la polla, aunque no es como si se hubiera colado en el mío, yo ya estaba más que inmunizado a eso, pero gracias a mi experiencia en este sector, sabía lo que podrían pensar el resto de los hombres de ella. Podía ver su tremendo potencial.

No, no se la entregaría a nadie que no la valorase en todas sus facetas y que solo la viera como un mero juguete sexual. Abriéndome paso por su cuello, le deposito un suave y seductor beso en el punto de la clavícula en el que sé que tiene una zona erógena. Ella se remueve excitada levantando por inercia las caderas del suelo, buscando sentirse completa.

—Tan sexy, tan malditamente preciosa… Eres una droga andante.

—¿Qué? —inquiere entrecerrando los ojos desorientada bajo el influjo de mis caricias.

Sonrío y niego con la cabeza, mordisqueándole el lóbulo inferior de la oreja. Ella emite un jadeo sorprendido y me abraza aún más fuerte, obligándome a pegar nuestros cuerpos mucho más cerca de lo que ya lo estaban. Después, como una muestra de rebeldía me rodea las caderas con sus piernas, apretándome contra su centro. La presión demandante que ejerce sobre mí pronto es recompensada cuando mi polla salta deseosa por enterrarse en su interior.

—Aiden, por favor… —implora con un hilo de voz frotándose contra mí.

Dios, cómo me pone que pronuncie mi nombre, joder.

Poco importa si existe una tela entre nosotros, el calor que destella a través de ella unido a esa petición cautivadora es la única invitación que necesito para desbordar mi hasta entonces escasa capacidad razonadora.

Una necesidad urgente y primitiva me invade repentinamente, explotando en lo más profundo de mi ser, dejándome sin aliento ni comprensión.

La necesito. Necesito ahondar en su interior, y no quiero hacerlo suave ni mucho menos despacio. No, por el contrario, es imperioso que me impregne de ella aquí y ahora.

Rudo, salvaje y caluroso sexo.

Sin querer me araña un poco la piel tratando de levantarme la camiseta con desesperación y gruño cautivado por el deseo que me despierta hasta un jodido rasguño de su parte. Ni si quiera noto el frío de la noche, mi completa atención está depositada en ella, en su calor y en sus respuestas bajo mi contacto.

Trato de alejarme para bajarle los pantalones o de lo contrario terminaré arrancándoselos, pero ella me lo impide ansiosa, apretándome aún más, queriendo sentir la dureza de mi polla, y ésta pulsa ávida por complacerla.

—Espera, nena… —susurro atormentado pegando mi frente a la suya.

Lucho por controlar mis instintos lo suficiente para desvestirla, aunque parece que ella se ha propuesto ponérmelo muy difícil.

—No quiero esperar más —niega obstinada demostrando sentirse tan martirizada como me encuentro yo— Contigo siempre tengo que e-esperar, yo sólo deseo que me arranques la ropa como en los libros.

—Joder, ten cuidado con lo que me dices, porque, aunque tenga experiencia, tú eres capaz de conseguir que me derrumbe aquí y ahora… No sabes lo que me está costando esforzarme por anteponer primero tu placer al mío.

—No quiero que te esfuerces. Lo quiero duro y rápido.

La verbalización de mis propios deseos escapando de sus labios, despierta una corriente anhelante y escalofriante que desciende por mi columna vertebral. Sujetándola de la nuca le echo el cuello para atrás, exponiendo ante mí su escote que bajo la luna parece pura nata. Lo lamo y se le pone la piel de gallina, al reparar en ello eso, le arranco la camiseta sin apenas suponerme un esfuerzo, revelando con esa acción dos pechos perfectos, los cuales luchan contra la gravedad por seguir constreñidos en ese ajustado sujetador deportivo. Sin detenerme, obedezco una vez más ante su petición de destrozarle el sujetador, y su pequeño gritito sobresaltado desencadena una sensación demasiado satisfactoria. En cuanto se presenta ante mí la imagen deliciosa y erótica de sus pechos, noto la emoción ascendiendo por mi garganta. A continuación, procedo a encargarme de lamer con avidez la zona rojiza inflamada que se ha dibujado a causa de la presión bajo la que se encontraban sometidos.

Ella se retuerce, y asciendo hasta mordisquearle un pezón. La cima se endurece entre mis dientes y mi pene reacciona instintivamente poniéndose tan duro como una piedra. Sin dejar de hostigar la tierna piel con mi boca, le ayudo a bajarse los pantalones y las bragas, maravillándome con el tacto sedoso de sus piernas.

Crystal se estremece a causa del frío, y con rapidez me deshago de mis propios pantalones, cubriéndola de nuevo con mi cuerpo. Reparto besos siguiendo el camino desde sus pezones hasta la base de su cuello y vuelvo a empezar, preparándola para mi entrada con los dedos. Supongo que algunas costumbres tardan en morir.

465

Pronto me doy cuenta satisfecho de que no va a necesitar preparación, pues una placentera humedad está cubriendo ya su entrada. Escucho la aceleración de mi propio pulso en mis oídos ante la emocionante anticipación. Me adueño de su boca, sin dejar de torturarle los sentidos. Tras introducirme con pericia un preservativo, no me lo pienso más veces, por lo que sujetándole de las caderas, la obligo a elevarlas todavía más para sostenerme de ellas. Aprieto mi agarre sobre su piel, y me entierro en su resbaladizo interior duro, intenso y profundo.

Definitivamente, he debido de haber enloquecido porque todo pensamiento o reflexión coherente ha quedado atrás, solamente me dejo embargar y arrastrar por su calidez y suavidad. Su deslizante canal me invita a abarcarla en toda su extensión. Su cuerpo se contrae en respuesta satisfactoria y acercándome a su boca ella jadea mi nombre contra mi oreja, demostrándome una vez que tiene una capacidad de aprendizaje asombrosa. No suele utilizar mi nombre a menudo, quizás sea por eso por lo que cada vez que lo hace, suena tan malditamente bien.

—Oh, joder, Crys…

Me entierro en ella una y otra vez, incrementando el ritmo de mis acometidas cada vez más. La noto contraerse, apretándome con las piernas a mi alrededor, exprimiéndome aún más, llevándome al límite de mi frenesí, y por unos instantes olvido el hecho de que en cualquier otro momento estaría frotándole el clítoris. Por esta vez, decido ser un poco más egoísta y entierro mi cara entre sus pechos, disfrutando de su exquisitez, sujeto uno entre mis labios y ella suspira tirándome del pelo. Sale a mi encuentro con sus propias caderas, bombeando con más intensidad empleando un hipnótico movimiento pélvico que sabe a la perfección que me está volviendo loco, y cuando aprieta las palmas de sus manos contra mi espalda desnuda y sudorosa, tomo consciencia de que está a punto de correrse.

No obstante, en esta ocasión no quiero que se vaya sola, sino que quiero sentirlo con ella, rodeándonos a ambos, por lo que aumentando el ritmo de mis estocadas, capturo su mandíbula como vehículo para contener el gemido que pugna por salir desde lo más profundo de mi garganta, y dejándome llevar por sus jadeos incontrolados, los cuales a duras penas logran pronunciar mi nombre de forma inconexa y alguna que otra palabra más que me cuesta identificar debido al calor del momento, provocan que, clavándole mis dedos con fuerza sobre sus caderas desnudas, me corra con ella buscando sincronizar el momento exacto en el que se pierde en su propias sensaciones.

El intenso placer que se desencadena por todo mi cuerpo me nubla el juicio y es así como me encuentro siendo un auténtico cúmulo de poderosas emociones y sensaciones, las cuales, cuando finalmente pasan, me dejan noqueado de la impresión.

Me retiro de su interior y caigo sobre el suelo, tratando de procesar lo que acabo de experimentar. No termino de acostumbrarme a ella y empiezo a sospechar que jamás lo haré.

De repente, Moore se incorpora sin previo aviso, y se vuelve a tumbar sobre mi cuerpo. Me esfuerzo por observar su expresión a contraluz de la luna, eso es una… ¿sonrisa? Se deja caer sobre mí depositando un suave beso en mi frente que me desconcierta aún más por la ternura que transmite y que cala en lo más hondo de mi ser, iluminando zonas que creía apagadas para siempre.

—Gracias, Blake.

—¿Por qué?

Me siento incómodo con el ambiente de intimidad que se ha generado entre nosotros.

—Sólo gracias.

Enmudezco ante su enigmática respuesta, y sujetándole con firmeza de la nuca la obligo a besarme, tratando de borrar el nudo agobiante que se me ha formado en la boca del estómago. En cuanto me siento seguro para separarme de ella, le mordisqueo el labio inferior y capturo su gemido satisfecho.

—Creo que ya va siendo hora de que volvamos a casa, ¿no crees?

—¿Otra ronda? —pregunta juguetona moviendo los mechones de pelo que se escapan de lo que habría sido una coleta semi deshecha.

Esta vez me echo a reír encantado con el monstruo que estoy creando.

—Eres insaciable.

—Lo aprendí de ti.

Ignoro el extraño orgullo que me invade por el pecho al escuchar esa frase, y levantándome del suelo, termino de vestirme. Crystal se vuelve a poner los pantalones al tiempo que mira hacia los lados con cierta aprensión. Está demasiado oscuro para que alguien haya podido vernos, reflexiono aproximándome hacia la esquina donde dejé mi sudadera antes de comenzar el entrenamiento. Una vez allí, la recojo del suelo y se la acerco.

—¿Qué? —pregunta estudiando desconcertada la sudadera.

—Póntela.

467

—Gracias, pero no te preocupes, no hace falta de verdad, siempre puedo atarme de nuevo la ropa. No sería la primera vez que me remiendo una prenda…

—Ni lo sueñes, no vas a ir por la calle vestida como si te hubiera asaltado una jauría de lobos.

Le he hecho un auténtico destrozo imposible de reparar por mucho que insista en utilizar esa tela minúscula para cubrirse los pechos. Lo que es más, aunque no se haya percatado, tiene los pezones endurecidos tras el sexo. Me niego a consentirle que vaya mostrándoselos a todo aquel cerdo que quiera mirarlos.

De momento, ella es mi proyecto secreto, y debe seguir siéndolo.

—¿Por qué? Estoy bien.

—Hace frío, y acabas de volver a la calma después de follar conmigo, podrías coger un resfriado, y entonces, quién me haría mis trabajos, ¿eh? —añado empleando el humor para maquillar una preocupación que no me apetece empezar a analizar.

—Ja, definitivamente eres el máximo representante de ese famoso refrán…

Bueno, por lo menos ha tomado la sudadera.

—¿De cuál? —indago curioso.

—Mi abuela siempre decía: por el interés te quiero Andrés.

—Por supuesto, todos nos movemos por diversos tipos de intereses —añado propinándole un suave beso en la nuca, ella se estremece y cuando me doy cuenta de que sigue debatiendo si embutirse o no en su interior, le ordeno— No seas rebelde y póntela.

—Y luego la mandona soy yo, ¿eh?

Al final se la termina de poner y la estudio con detenimiento. Le está extremadamente grande, le llega hasta los muslos y debe arremangársela para abarcar las mangas por completo. Ay, mierda, es muy tierna.

Ocultando la satisfacción que experimento al verla con ella puesta, me echo a reír y le propino un ligero coscorrón en la cabeza.

—Pareces un Minion.

—¡¿Cómo dices?!

No se lo piensa dos veces y me patea la espinilla, no con demasiada fuerza, pero sí lo suficiente para hacerme cojear. Tengo que dar pequeños saltitos para recuperarme del dolor.

Okay, retiro lo de tierna, es una matona.

—¡Oye! Recuerda que mi cuerpo vale mucho dinero… —gimo de dolor sujetándome la piel donde me ha golpeado en un vano intento de calmarla.

Por su parte, ella me contempla con un sádico placer destilando en la profundidad de sus ojos.

—Te lo tienes bien merecido, ¿Minion me llamaste?

—Vale, vale… ¿prefieres gnomo de jardín?

—Quieres morir ¿eh? —amenaza con un brillo peligroso en su mirada. Como venganza, me agacho para levantarla en brazos, y me incorporo con ella todavía manoteándome en el pecho— Ay, idiota, ¡qué susto me has dado! ¡No me levantes de improvisto, que no soy una mochila!

—Ya es tarde, pequeña mochila, volvamos a casa, anda… —murmuro tratando a duras penas de contener la risa.

—Mejor bájame que peso mucho…

Trata de liberarse de mi agarre, por lo que finjo que trastabillo y ella se agarra a mi cuello como si su vida dependiese de ello.

—¡Que nos estrellamos!

—¡Ay mi espalda! —gimo emulando un tirón repentino.

—¡Ves! ¡Mira que te lo he advertido y jamás me haces caso!

Divertido con su actitud, le sonrío y saco la lengua, recuperando mi postura habitual.

—Es una broma, si eres como una pluma, enana.

—¡Deja de llamarme enana!

—Está bien, minúscula.

—¡Y sigues! Oh y ahora ¿qué? ¿te ríes? ¿Tienes la poca vergüenza de reírte?

Eso solo provoca que me ría aún más fuerte y ella me propina un golpetazo en mi hombro, aunque lo hace tan suave que acaba pareciéndome más dulce que amenazante.

—Lo siento, es que no impones nada…

Si alguien me hubiera dicho meses atrás que me encontraría ese domingo en casa de Crystal Moore, rodeado de una pila de documentos y libros, cuyo grosor superaría el de cualquier dildo XXL, hubiera pensado que estarían jodiéndome. Pero no, ahí estaba, siendo obligado a estudiar unos tochos demasiado aburridos para mi gusto.

Ni si quiera comprendía el motivo por el que se le ocurría comenzar a estudiar dos semanas antes de que tuviéramos los exámenes finales. Yo, quien siempre había sido una persona que estudiaba la noche de antes o incluso ese mismo día, me resultaba un disparate lo que me estaba obligando a hacer. No importaba si había intentado disuadirla mediante el sexo, Moore se había mostrado inflexible, así que allí me tenía, atado como un perro a una correa, sólo que esta última no formaban parte del tipo de correas que a mí me gustaban. Sin embargo, no era como si pudiera colarle una excusa, ya que desde que había realizado el intercambio con los gemelos no tenía mucho más que hacer, a excepción de entrenar.

Todavía recordaba el grito de ilusión que había emitido Matteo y la sonrisa del reservado Mattia cuando les mencioné mi plan de intercambiarles mis clientas por las de Darren. Los dos estaban hartos de tener que vestirse como unos "pinguini"— según habían mencionado — para las clientas pobretonas de Darren. Supongo que las llamarían pobretonas, porque de los seis Arcángeles que éramos, ellos solían ser los que más cobraban, por debajo de Jared y Alex.

Lo único que esperaba era no tener que estar reclamándoles mi dinero por el trabajo realizado. Me había enterado de que Erin había adoptado técnicas mucho más salvajes para conseguir que pagasen las ex clientas morosas de Darren. Aquella mujer había conseguido que una de ellas viniera a limpiarnos el gimnasio todos los días a cambio de no denunciarla. No sabía qué era lo que había sido de las demás, pero no les auguraba un destino mejor más que la cárcel. Desde luego, no desearía estar en el punto de mira de esa mujer. Jared había estado acertado al contratarla, pues nadie más hubiera defendido nuestros intereses a excepción de ella. No obstante, tras haberse enterado del cambio de clientas que había acordado con los gemelos, tanto Alex como ella me habían estudiado suspicaces hasta que les aclaré que me sentía demasiado presionado con los estudios y que necesitaba un descanso. A excepción de Alex, quien no se había creído mi versión y todavía seguía intentando sacarme la verdad detrás del intercambio, Erin se había limitado a llevarse el dedo índice al puente de las gafas, y recolocándoselas con adustez, sentenció:

—Bueno, aunque en principio podría suponer un gran inconveniente para la organización de vuestras agendas, si lo habéis arreglado entre vosotros lo único que haré será intercambiaros los horarios. De cualquier manera, esto me supondrá menos dolores de cabeza y sólo Dios sabe cuánto necesito unas buenas vacaciones de los lloriqueos de esos gemelos…

—¡Erin! ¿Cómo puedes decir eso de nosotros? —había gritado dolido Matteo, quien era considerado el rey del drama, más Erin se limitó a ignorarle como si fuera inferior a una pulga.

—No sé por qué os quejáis tanto de ellas, si Darren cubría la mejor parte. Sólo tenía que acompañar a esas viejas y extender la mano a recoger el cheque —agregó anonadado Alex— aunque ahora que lo pienso, ¿cómo iba a extender la mano si les perdonaba el dinero a todas? Maldito Darren, siempre creando deudas en el negocio… Está bien, Aiden, mejor quédatelas tú y apriétales las tuercas.

—¿El trabajo más fácil? Dímelo de nuevo cuando tengas que limpiarle el aseo a alguna o ir de compras con otra ¡No soy el asistente personal de nadie! Nosotros preferimos el trabajo piel con piel —añadió Mattia.

No obstante, después de una semana realizando el trabajo, si lo pensaba bien, a excepción de que las clientas de Darren tendieran a ser deudoras, no lo había pasado nada mal. Sólo eran mujeres que se sentían bastante solas, que necesitaban compañía y alguien que las escuchara. Aunque podía comprender el motivo por el que Darren, con su corazón noble, le había perdonado las deudas a más de una, no dejaba de pensar que lo que necesitaban era un psicólogo y no un escort, pero bueno ¿quién era yo para juzgarlas? A mi mientras me pagasen por hacer de pañuelo o de amigo, me daba igual, de todas formas, cada uno realizaba la terapia que más le gustaba.

Por curioso que pudiera parecer, tampoco echaba de menos mi antigua labor, aunque no debería de sorprenderme, pues este aspecto no era debido a Crystal ¿no?

Si bien ella había sido el detonante de mi decisión, me negaba a creer que mi apatía hacia la puesta en práctica de la parte sexual del trabajo estuviese motivada por aquella mujer.

Al fin y al cabo, no era la primera vez que me había encontrado reflexionando sobre lo cansado que era tomarse la viagra para poder cumplir con el alto el rendimiento que exigía el trabajo. Incluso en las ocasiones en las que Erin me había pedido sustituir a alguno de los chicos, había resultado tan incómodo tragarlas, que no me hacía mucha ilusión.

Soy consciente de que no debería estar quejándome y más teniendo en cuenta que había muchos otros escorts que se drogaban. No, nosotros éramos afortunados. Jared y Alex habían dejado claro desde en un principio que en su negocio no se permitiría que consumiéramos mierda por nadie. De hecho, el tipo que ocupaba antes que yo la posición de Raziel, había sido expulsado por ese motivo.

—¡Eh! ¡Tú! ¡Blake! —me llama Crystal chasqueando un dedo frente a mí, sobresaltándome con la interrupción de mis pensamientos.

—¿Eh? ¿qué?

—Dudo mucho que estés pensando en los derechos de propiedad intelectual, ¿qué te tiene tan abstraído?

Todavía apoyado sobre la mesa del comedor en donde nos encontramos sentados, hastiado, me tiro del pelo.

—¿Quién mierdas estudia dos semanas antes?

—La gente becada —responde contemplándome divertida a través de sus gafas— No entiendo qué has hecho para ir aprobando estos años atrás.

—Izan me resumía los apartados y yo los leía un par de veces la noche previa —confieso decaído.

Por supuesto, ya no puedo contar con ellos y todo debido a esa actitud asquerosa que habían demostrado la última vez. Me sentía bastante decepcionado con ellos.

—¿Tienes memoria fotográfica? —inquiere interesada— De lo contrario no veo como alguien podría estudiarse toda esta información el día de antes.

—No, pero tengo buena retentiva, el problema es que me cuesta concentrarme.

—Eso es porque hasta ahora nunca has tenido que esforzarte por miedo a perder la beca. Por eso siempre has ido confiado respecto a tus estudios.

Lo cierto es que tiene un punto, toda esta situación era nueva para mí, ya que solía tener a gente que me respaldaba en las clases, si no era Izan, habían sido otras mujeres. Esa había sido una de las ventajas de ser popular.

—No puedo más, de verdad ¿no podríamos hacer un descanso?

—Si apenas llevamos cincuenta minutos.

—¿Disculpa? ¿Cómo puedes decir las palabras cincuenta minutos como si hablaras del clima?

—No sé de qué te extrañas, hacer algunos de tus trabajos me han costado hasta cinco horas seguidas de mi tiempo.

—¿Y cómo pudiste? ¿Sin descanso si quiera?

—Sin descanso, de lo contrario, no hubiera podido terminar mis propios trabajos.

—Con razón vas con esas ojeras por la vida… —murmuro comprendiéndolo por fin, pero ella se limita a mirarme mal.

—Gracias, pero nadie te preguntó.

—Anda, vamos a parar, por favor, son las doce de la mañana, ¿quién estudia un domingo a las doce?

—Nosotros.

—No hables en plural, si por mi fuera estaría haciéndote perversidades en la cama —alego señalando a la puerta del dormitorio, la cual se encuentra abierta permitiéndonos una buena visión del mobiliario de la habitación— Mírala, si es que nos está llamando para que practiquemos diversas posturas en ella.

—¿P-posturas? —tartamudea poniéndose colorada.

—Oh sí. ¿No te apetecería probar el Kamasutra? Reconozco que para algunas posturas muy concretas necesitarías ser contorsionistas, lo bueno es que pueden resultar deliciosas.

—En los exámenes no te van a preguntar por el contenido del Kamasutra.

—Qué aburrida —murmuro frustrado cruzándome de brazos— acaso ¿no te duele la cabeza? Llevamos mucho tiempo. Por favor, hagamos otra cosa.

—Eres un quejica.

—Vale, lo que tú digas, pero para que sea más equitativo, vamos a jugar a un juego.

—¿A cuál?

—Tiraré una moneda. Si sale cara, yo haré una pregunta y si sale cruz tú la realizarás. Quien la acierte, hará lo que diga el otro. Sólo tendremos dos oportunidades de lanzar la moneda ¿de acuerdo?

—Bueno, vale.

—¿Qué te pides?

—Cruz.

—Genial, entonces yo voy con cara. Venga, empecemos —señalo extrayendo una moneda de mi pantalón. Lanzo la primera vez y sale cara, se lo muestro sonriente y ella me mira sospechosa. Espero que no se atreva a acusarme de tramposo, porque desde luego no se equivocaría, esto fue un truco que me enseñó Matteo— Cara. Me toca.

—A ver, ilumíname.

—¿Cuál dirías que es tu zona erógena por excelencia? —pregunto divertido apoyando un codo en la mesa.

—¿L-los pezones?

—¡Respuesta incorrecta! —canturreo encantado con su error.

—¿Cómo qué no? ¡Es lo que más me gusta!

—Ah, perdona, ¿qué dices que es lo más te gusta?

—¡Lo sabes perfectamente! Y además es mi cuerpo, digo yo que sabré más de él que tú.

—Ya, pero hasta que no desarrolles la capacidad de lamerte a ti misma, sé cómo reaccionas a mis caricias y te aseguro que los pechos no están entre tus zonas erógenas más excitantes.

—¿Y eso cómo lo sabes?

—Porque cuando te los chupo el resto de tu piel no se pone de gallina.

473

—Entonces ¿cuál es?

—Un punto muy concreto debajo del cuello —afirmo apuntando con el dedo índice hacia la zona específica— ¿Quieres que lo comprobemos?

—Bueno, habrás ganado esta ocasión, pero aún me queda otra oportunidad. Venga, sigue.

Obedezco y vuelvo a lanzar la moneda al aire, saliendo de nuevo cara. Se lo muestro y ella se muestra desconfiada.

—Estoy segura de que has hecho trampas de alguna forma. No tengo pruebas, pero tampoco dudas.

—Está muy mal acusar de algo a alguien con falta de pruebas, Moore.

—Lo que tú digas, venga, dispara la siguiente pregunta.

—¿A qué hueles?

Probablemente su olor sea una de mis cosas favoritas en el mundo.

—¿Perdona? Bueno, eso siempre dependerá de la oferta que haya ese mes en las colonias o desodorantes del supermercado —afirma meditabunda, y tras olerse el hombro, señala satisfecha— Este mes ha tocado la de agua de coco.

Niego con la cabeza pesaroso y divertido con la peculiar situación. Puede que me horrorice su pobreza, pero es que me encanta su simpleza y frescura.

—No, Moore me refiero a lo qué hueles tú, no los productos que usas. ¿A qué huele la esencia de tu piel? todos tenemos un aroma único, y yo he saboreado y olido el tuyo muchas veces.

Sonrío con alegría al ver que se queda boca abierta y traga saliva tratando de controlar los nervios.

—¡E-eso no es justo! ¿Cómo voy a saberlo? ¡Estoy tan acostumbrada a mi olor que es imposible identificarlo!

—Bueno, mujer, quizás te lo hayan dicho alguna vez…

—La gente no va por ahí oliendo a las personas.

—Aun así, eso no invalida mi pregunta, era mi turno y no voy a cambiarla. Siempre puedes decir una respuesta aleatoria, de todas formas, que gane o no, no te repercutirá en nada malo.

—En perder horas de estudio que también te afectarán a ti.

—¿Qué es la vida si no actuamos en ella y simplemente nos dejamos arrastrar por la cadena de las responsabilidades? —al darme cuenta de que no responde y que se ha quedado reflexionando sobre mi pregunta, ordeno bajando la voz— Atrévete, Crys. Responde a mi pregunta.

—Está bien, ¿huelo dulce?

—La pregunta te la hecho yo a ti, pequeña, no al revés.

—Bueno, me gusta mucho beber café, así que supongo que oleré a eso…

—¿Esa es tu última respuesta?

—Sí, supongo que sí.

—¡Incorrecta!

Genial, he conseguido salirme con la mía.

—Y entonces ¿a qué huelo?

—A vainilla. Una dulce y exquisita vainilla… hmmm te comería —agrego deleitándome en la suave pronunciación de la palabra. Crystal se pone colorada y se muerde el labio inferior avergonzada con mi sinceridad, por lo que aprovecho para añadir victorioso— ¡Entonces he ganado! Déjame decirte lo que vamos a hacer.

—Eres una mala influencia para mí —claudica poniendo los ojos en blanco, después de estudiar detenidamente sus apuntes, los ordena frente a ella y tras posar su atención en mí, añade— Está bien, ¿qué es lo que te apetece hacer?

—¡Así te quería ver!

—Mira que cambio de opinión rápido ¿eh? Todavía estoy dudando de que no me hayas hecho un chanchullo con eso de la monedita.

—Es difícil de engañar a la probabilidad, nena, pero vale, mira, Raguel todavía me debe un favor.

—¿Qué clase de favor? No pensarás robarle el coche de nuevo ¿no? —pregunta sospechosa recogiendo de la mesa la taza con agua de la mesa, pero antes de llevarse el vaso a los labios, agrega solemne— Me niego a ser partícipe de otro acto delictivo.

—Me pones tan cachondo cuando te metes en el papel de abogada estricta.

Automáticamente, ella escupe toda el agua que estaba bebiendo, derramándola por los documentos.

—¡Mis apuntes!

—Estupendo, ahora sí que será inviable quedarnos aquí envejeciendo hasta criar malvas.

—Es probable que con tu actitud tú las críes antes que yo… —murmura amenazante, valorando qué papeles se podrán salvar y cuáles están completamente perdidos.

—Dramas aparte… —continúo alegre trazando el plan en mi cabeza con rapidez— Hace tiempo que estoy deseando conocer un sitio.

—¿En qué antro me quieres meter ahora? En los libros siempre empiezan diciendo eso y tres doritos después, las protagonistas terminan desnudas y atadas a una rueda gigante que da vueltas.

475

—Eh, creo que te estás equivocando, lo que has leído debe de ser una cruz, lo de la rueda es de los espectáculos de magia.

—Ah, sí, eso. Entonces dime, ¿a dónde quieres que vayamos?

—No, es una sorpresa.

—¿Y cómo voy a saber qué ponerme?

—Es fácil, te pondrás algunas de las prendas que compramos juntos.

—¿Me vas a llevar a un sitio caro? ¿Cómo la de Pretty Woman?

—¿La de Pretty Woman no era una prostituta? Siendo así y aplicado a mi caso, ¿no deberías de pagar tú?

—Si esperas que pague yo, lo llevas clarinete.

—Venga, deja de quejarte y ve a por la ropa, ¡vamos a ponerle algo de diversión a nuestras vidas!

Me levanto contento y la arrastro conmigo hasta la habitación. Una vez allí, la ayudo a cambiarse y tras empaquetar todo lo que creo que necesitaremos, nos marchamos de la casa.

CAPÍTULO 28

CRYSTAL

La vida puede dar giros inesperados, cambiar planes establecidos o transformar la prioridad de tus objetivos. ¿Por qué otra razón si no iba a encontrarme con la mochila de las clases cargada de objetos que había seleccionado al azar en lugar de los documentos que a todas las luces debería estar estudiando? Y lo que es más sorprendente aún, ¿qué narices hacía Raguel o Raphael —aún me costaba identificarlos— enfrente de mi casa apartando una enorme motocicleta?

—Debe de ser una broma —comento sorprendida al observarle bajarse de ella vistiendo como una especie de malote, una chaqueta de cuero.

¿Es que esta gente tiene que vestir siempre como modelos?

—Eso mismo dije yo cuando este ser —señala despectivo a Aiden— me escribió un mensaje para pedirme que le usurpara la moto a mi hermano. ¿Cómo se te ocurre Raziel? Me matará. Además, ¿qué haces con ella?

—Hola a ti también —saludo con ironía.

—No deberías de quejarte tanto. Te recuerdo que en tus condiciones no especificaste nada de pedirle prestada la moto a Raphael.

Vaya, así que se trataba de Raguel. Cualquiera les identifica, son idénticos.

—¡Esto que he hecho no es pedirle prestada la moto! Es robársela, tal y como tú hiciste con mi coche.

—Deberías haber probado a pedírsela —sugiere divertido.

—Ja, sabes que ni muerto te la dejaría voluntariamente.

—Claro, por eso se lo he pedido a su gemelo.

Estoy segura de que Raguel está fantaseando con borrar esa sonrisa de la cara de Aiden.

—Te odio mucho, Raziel. Te juro que esta me la vas a pagar cara.

—Sí, sí… ahora ¿me das las llaves o no?

—No hasta que me expliques qué tipo de relación tienes con ella —niega quitándole las llaves de su alcance.

—Eso no es de tu incumbencia.

—Oh, perdona que te diga, pero desde que me has obligado a robarle la moto a mi hermano, sí que lo es.

—Sabes que eso no entraba en nuestro acuerdo.

Uy qué cargado está el ambiente, podría cortarse con un cuchillo. ¿Esta gente podría llegar a pelearse?

—Oye, si habéis firmado algún tipo de acuerdo de carácter mafioso, yo no quiero tener nada que ver…

—No te preocupes, Moore. Raguel me debía un favor y sólo está tratando de joderme a última hora —explica molesto, después se dirigiéndose al otro Arcángel, le promete con una sonrisa— pero ¿sabes qué? Aún tengo esa pequeña prueba de tu atentado, la cual no dudaré en mandarle a Gabriel como te pongas tonto.

Raguel traga saliva y ruedo los ojos. ¿Aiden está intimidándole?

—Bueno, tampoco sé de qué te sorprendes, ya sabes lo que me gusta un buen salseo. Es una pena que no quieras decirme qué os traéis vosotros dos, porque hasta donde sabíamos era tu clienta, y tú no me pedirías que le robara la moto a mi hermano sólo por una clienta. Eso me lleva a preguntarme, ¿quién es en realidad? O quizás, mejor debería ir a la fuente —alega mirándome seductor con esos sorprendentes ojos azulados— ¿qué eres tú para él?

Bueno, supongo que es hora de ceñirse al papel del que hablé con Blake.

—Soy su amiga.

—Ja, ¡a otro con ese cuento! Raziel no tiene amigas —niega divertido.

—Tendrás que conformarte con esa respuesta, porque es la pura verdad —interviene Aiden, que sujetando su móvil agrega molesto— ¿Vas a darnos las llaves ya o no? Porque estoy a un clic de mandarle esa foto y como extra, he añadido otra comprometida.

—Caray chico, qué poco sentido del humor. Está bien, me lo tragaré de momento.

¿Todos estos tipos tienen sonrisas seductoras o qué? Madre mía, si es cierto que trabaja con el gemelo yo no sé qué tipo de cosas le harán

478

a las clientas, a mí se me pararía la respiración sólo con ver a uno, no me imagino qué diablos haría con los dos.

—De todas formas, aunque me hayas chantajeado sabes que sé guardar un secreto como este. No soy tan rastrero. No iría a joderte en esta situación, ya sabes que Michael se tiraría a tu cuello si supiera que te hiciste amigo de una clienta.

—Ah, pero si pareces buena gente y todo —agrego ante el silencio de Aiden.

—¿Has visto? Y eso que trataste de lanzarme una lámpara. Creo que eso se podría considerar intento de agresión.

Ay, Dios, sólo faltaría que me denunciase y terminase envuelta en juicios que no harían ningún bien económico a mi ya de por sí magullado bolsillo.

—Eh… sobre eso… lo siento, Raguel, creía que eras el mafioso de una trata de blancas.

—Aún no puedo creer que me confundieras con un mafioso. Soy italiano, pero ¡no tengo nada que ver con la mafia! Además, ¿esa gente no tiene cicatrices y esas cosas? Mira mi carita, si es que soy todo un bombón.

Al verle acariciarse con cariño sus facciones, me echo a reír. Menudo ego tiene.

—Ok, te concederé la parte de que estás bueno —asiento divertida, asentando con él a un acuerdo tácito de complicidad.

—Oye, ¿tú no tienes ningún sitio al que ir?

Ugh, Blake parece molesto, ¿qué diablos le ocurre? Menudas malas pulgas.

—Ah pues sí, ahora que lo dices sí, tenía que hacer unos recados.

—Perfecto.

—Oh, amigo, déjame decirte que no eres muy sutil echando a tus compañeros.

—Es que llegamos tarde, ¿vas a darme las llaves o no?

—Antes de hacerlo, quiero que me prometas que la moto será devuelta sin un maldito rasguño o Raphael nos matará a los dos. No me cuesta nada imaginarle cometiendo fratricidio… —murmura temeroso— Y hoy no tengo ninguna gana de representar la lucha de Caín contra Abel.

—Sí, sí, te lo prometo. Ahora dámelas.

—Está bien, toma. Hay un casco extra detrás para ella.

—Vale, gracias.

—Divertíos haciendo cosas de… ¿amigos? —inquiere a nadie en particular y se echa a reír como si le hiciera mucha gracia.

479

—Creo que me he condenado haciendo ese acuerdo con él... —murmura desencantado Blake observándole marcharse andando hacia sabe Dios donde.

De repente, recaigo en que el acuerdo sexual que tengo con Blake es totalmente ilegal a ojos del resto de escorts, eso hace que recuerde la mirada severa de su jefe y me estremezco imaginando las terribles consecuencias que me esperarían si el tipo enterase.

—¿Crees que dirá algo?

—¿Raguel? No, aunque sea muy escandaloso y dramático, es buena gente. Además, entre nosotros no nos traicionamos, sólo nos amenazamos o nos robamos.

—Ah, todo muy confiable, sí —asiento con escepticismo.

—El único problema es que le acabo de dar un arsenal completo para sus bromas.

—¿Por qué?

—Porque le chantajeé —informa despreocupado como quien te da la hora— Venga, voy a por tu casco.

—Está bien.

Tras unos segundos, Aiden extrae un casco negro de un compartimento que no había visto por encontrarse al otro lado. A continuación, me ayuda a ponérmelo con cuidado y la calidez de su cercanía me invade los sentidos.

—Así, perfecto. Te queda como un guante, cómo se nota que tienes la cabeza grande de tanto estudiar —se ríe dándome un golpecito en el casco— Menos mal que te saco de casa, de lo contrario te explotaría como un globo.

—Sabes que eso es anatómicamente imposible ¿no?

—Ahh, ya te salió la vena de listilla.

—¿Vas a decirme de una vez por todas a dónde vamos?

Está demasiado misterioso con el paradero del lugar al que vamos. ¿Estará planeando algo?

—Sabes que no. Es sorpresa.

—Bueno, como quieras.

—¿Has montado antes en una moto?

—Sólo una vez. Pero estas cosas me dan algo de miedo, ¿no suelen volcar?

—Sólo si no sabes llevarla y vas como un loco por la carretera como si estuvieras compitiendo en el motocross.

—¿Y tú no vas así? Creía que todos los malotes rebasabais el límite de velocidad y hacíais caballitos por la carretera.

—¡Qué exagerada! —comenta soltando una carcajada— De todas formas, aunque no tenga vehículo conduzco bien.

—¿Y eso por qué?

—Cuando entramos a los Arcángeles nos permiten sacarnos varios carnés.

—¿En serio? Entonces ¿tienes el de moto?

—Pues claro.

—Has dicho varios, ¿también tienes el de camión?

—¿Para qué iba a querer saber conducir un camión? —inquiere divertido.

—¿Y para qué ibas a querer conducir una moto?

—Porque eso le resulta muy atractivo a algunas mujeres.

—Vamos, que sois prácticamente una escuela, el Hogwarts del sexo.

—Algo así, sí —afirma riéndose.

—Qué… peculiar.

—Bueno, ¿qué? ¿Nos vamos ya?

—¿Y cómo me subo ahí? En la única que me monté era más baja. ¡Está muy alto para mí!

—Tranquila, yo te ayudaré —se acerca solícito arrastrándome hasta donde se encuentra la moto.

El calor que desprende su mano contra la piel de mi brazo desnudo envía un cosquilleo agradable por mi columna.

Vaya mierda, no creo que nunca consiga habituarme a su contacto.

—¿Qué debo de hacer?

—Pon el pie en ese peldaño.

Qué horror, no veo nada con el casco puesto, para colmo la teoría dicta que tenemos que equilibrarnos a gran velocidad sobre el asfalto de una carretera. ¿Cómo voy a hacerlo si no veo nada?

—Creo que volcaré la moto.

—No lo harás, tranquila. —niega situándose detrás de mí.

Él se sitúa detrás de mí y algo más tranquila, coloco el pie y esta se tambalea un poco bajo mi peso. El terror ante una posible caída me invade de golpe.

—¡No parece muy estable! —chillo horrorizada moviéndome angustiada.

—No seas bebé.

Unas manos me rodean por las caderas, y me levantan como si fuera una pluma, depositándome encima de la moto a horcajadas. Tras esto, me acaricia el muslo con lentitud.

—¡Ay, Dios!

—¿Ves como sí lo es?

—Lo has hecho para meterme mano, ¿verdad?

—Ya sabes que sí —confiesa con una sonrisa encantadora.

—Creo que prefiero el coche. Aún estamos a tiempo de llamar a Raguel para que nos traiga su coche.

—Lo siento, pequeña. El acuerdo que tengo con él implicaba nada de coche. Ahora para que nos podamos marchar, debes soltarme la camiseta.

—No quiero. Si te suelto me caeré.

—No lo harás. Te lo prometo.

Aiden me acaricia el trasero para tranquilizarme y conseguir que le suelte. Qué desgraciado, cómo sabe lo que me gusta. No voy a caer en esa estrategia barata.

—¿Y cómo me resarcirás si no cumples tu promesa? ¿Prefieres que terminemos en el hospital cuando podríamos estar estudiando?

—Te aseguro que mis cuidados serán de calidad… Hm… Te comeré entera —murmura seductor apretando mi culo, logrando que le suelte de la impresión y él se echa a reír— Buena chica.

Es todo un playboy, sin coche o moto, pero un playboy, al fin y al cabo. No obstante, cumple su promesa y subiéndose con agilidad delante de mí, sorteamos la caída.

Ah, el siguiente paso sí me lo conozco, lo he visto en demasiadas películas, no debe darme ninguna indicación más, pues temerosa de volcar, me aferro con fuerza y rapidez a su cintura.

—¿Vas bien?

—Creo que sí, ¿cuándo arranca esto?

—Ya mismo, prepárate.

—¡Vamos a morir!

—Espero que a donde vamos lo hagamos, pero de placer…

Sin darme tiempo a replicar arranca la moto y salimos de la calle.

Después de treinta minutos viajando por carretera terminas habituándote a la velocidad de la moto y comienzas a disfrutar de las sensaciones tan diferentes a las del coche. Debo de reconocer que no está tan mal, y aunque todavía me da un poco de miedo que terminemos cayendo, la sensación del viento rodeándome el cuerpo y el calor que emana de su cintura, consigue tranquilizarme. El ruido del aire combinado con el de la moto me calman, y poco a poco entro en un diálogo reflexivo interior.

Estoy haciendo cosas que antes jamás hubiera ni imaginado. Si mi madre supiera que estoy viajando en una moto grande acompañada de un tipo con aspecto de modelo de Calvin Klein, se moriría, pues eso habría sido algo que hubiera hecho una de las chicas sexys de nuestro pueblo, no su hija, quien vivía encerrada entre libros como un ratón de biblioteca.

¿Me siento culpable dejando a un lado mis responsabilidades para embarcarme con Blake en un improvisado viaje en moto? No, lo cierto es que me siento más viva que nunca. ¿Cómo es posible que haya estado perdiéndome todas estas sensaciones? La vida se había estado escapando entre mis manos y yo ni si quiera me había estado dando cuenta.

Todo esto se lo debía a él. Con su interrupción en mi vida, me había abierto la puerta a un mundo en el que no me había atrevido a participar, alejándome de las tinieblas y el polvo de mis desgastados libros. Ahora me sentía renovada, vibraba con el entorno, notando que podría echar a volar en cualquier momento.

La presión de la liberación me oprime el pecho, pugnando por salir.

—Tengo muchas ganas de gritar de la emoción.

—Ni se te ocurra ponerte a vociferar como una loca. Esto no es una película cutre que tanto te gusta ver —me advierte Aiden, me siento tan bien, que me rio ante su respuesta y suelto mi agarre un poco— Menos mal, se te daría bien la pesca en alta mar, no veas como te aferras a tu presa. ¡Me tenías agarrado como una trucha!

—¡Estás chalado!

Él consigue hacerme reír. Me hace sentirme segura incluso en una moto en marcha y casi siempre trata de suavizar los problemas a través del humor. La mayoría de las veces puede actuar como todo un idiota, y querría partirle la crisma, pero es buena persona, me digo sorprendida.

Percibo la agradable sensación de las ruedas contra el asfalto y cierro los ojos deleitándome en las percepciones. Transcurre un rato largo, y vuelvo a abrirlos percatándome de que hemos entrado en una carretera rodeada de bosques.

—No me habrás hecho arreglarme para traerme a un bosque y matarme con elegancia ¿no?

—Mira que eres dramática. —se ríe, más su risa cesa de golpe y le escucho decir— Oh, oh…

—¿Qué pasa?

—Está cortada —sentencia aparcando la moto en el arcén.

—¿Cómo?

Ante nosotros aparecen dos desvíos, uno se encuentra señalado con un cartel en el que se refleja el nombre de Abbottstown y otro sigue hacia el interior de un de los bosques. En este último hay un cartel en el que se puede leer "Hostal Copacabana". Me fijo en el otro camino, la carretera que parece conducir a Abbottstown se encuentra cortada por obras.

—Mi intención era ir a un restaurante en Abbottstown que es bastante conocido.

—¿No hay ninguna forma de entrar? Al fin y al cabo, ya hemos venido hasta aquí…

—Bueno, sí, pero creo que hay que dar una vuelta muy grande. Deberíamos volver hacia atrás y tomar otro camino.

—Entonces ¿qué hacemos?

—Es que estoy recordando que Uriel había estado en unas termas cercanas por aquí. Debería haber una especie de hostal muy pintoresco en el que venía con sus padres de niño, me dijo que tenían hasta un lago… —murmura pensativo— podríamos cambiar nuestros planes.

—¿Nuestros? Yo me acabo de enterar que íbamos a un restaurante.

—Lo único es que no vamos muy preparados para la ocasión.

—Está pegando mucho sol, y empieza a hacer mucho calor, yo veo viable la opción de las termas. No me importa incluso si no voy arreglada para eso. Seguro que tienen un bañador para alquilar.

—Es cierto, olvidaba que no tengo que preocuparme de eso contigo, ya que no tienes remilgos para vestir hasta unas bragas de niña —me concede como si fuera una especie de cumplido, pero en el fondo de su mirada capto el brillo divertido, y le doy un golpe en el brazo.

—¡Son muy cómodas!

—Espera, voy a poner el GPS para ver dónde está.

—Hm, ¿quizás sea por ahí? Pone Hostal Copacabana.

—Voy a comprobarlo por si acaso.

Después de trastear en el contenido de su móvil, asiente conforme.

—Sí, tienes razón, es por ahí.

Tras un rato conduciendo la moto por el camino serpenteante del interior boscoso, lo primero que vemos es el lago y me quedo sorprendida de lo bonito que parece ser, lo dejamos a un lado y continuamos hasta llegar a unas casitas de madera en las que se lee un letrero grande en el que pone el nombre del hostal.

En la entrada hay varios coches aparcados, y me siento aliviada. Eso es bueno, al menos no seremos los únicos. Aparcamos la moto al lado del cartel y nos bajamos.

—Oye, ¿es caro? Porque no traigo mucho dinero…

—No lo sé. Vamos a preguntar.

Entramos al interior de lo que parece ser la caseta principal —pues es la que mayores dimensiones posee— y me quedo encantada con la decoración, es tan rústica que me permite deducir que los servicios serán muy baratos.

Nos acercamos al mostrador en el que se encuentra una mujer entrada en la senectud, quien nos recibe con una sonrisa muy agradable.

—Bienvenidos, ¿son los que faltaban?

—¿Eh?

—Sí, los del grupo de exploración.

Nuestras caras demuestran que seguimos sin entender a lo que se refiere. Blake es el primero en recuperarse y decide tomar la voz cantante.

—No, venimos a probar las termas.

Supongo que espera a un grupo de exploración de esos del bosque. Ah, esa clase de actividades al aire libre deben ser bastante interesantes. Se debe aprender un montón en contacto con la naturaleza, aunque yo no creo que durase mucho, no tengo ni idea sobre supervivencia.

—¡Ah! Perdonen la equivocación, es que faltaba justo una pareja de ese grupo y pensé que serían ustedes. De todas formas, si desean unirse a ellos más adelante no creo que pongan reparos, son personas muy abiertas. Bueno, a lo que íbamos, ¿tienen reserva?

—¿Reserva? —inquiero angustiada, los planes no dejan de torcerse.

—No, ¿hacía falta reserva?

—Normalmente recomendamos hacerla, porque justo hoy nos ha venido un grupo muy grande, y están las instalaciones completas. Lo lamento…

—Es que estamos aquí porque tuvimos un incidente con la moto y la carretera a Abbottstown estaba cortada... —explica Aiden poniendo carita de perrito abandonado, y yo ruedo los ojos. Tremendo mentiroso.

—Sí, soy consciente de ello. Espero que el incidente no haya sido muy grave y estén ustedes bien, pero no puedo hacer mucho…

—¿Está segura? Estamos dispuestos a pagarle muy bien.

Me sobresalto al reparar en su descaro y le estudio incrédula. ¡Está coqueando con la anciana!

—¡Blake! Yo no quiero pagar muy bien. Además, debemos regresar hoy, recuerda que tenemos clase —le regaño por lo bajo, y después dirigiéndome a la señora, añado— Muchas gracias por la información, entendemos la situación, no se preocupe, ya mismo nos iremos.

—¡Pero venimos de muy lejos! ¿Cómo vamos a volver sin gasolina? —se queja Blake y yo le meto un codazo.

—Corta el rollo y deja de mentir.

—Bueno, esperen un momento, quizás podríamos hacer algo…. Déjenme preguntarle a mi marido, ya vengo.

—¡Mira! ¿Ves cómo todo tiene solución? —agrega satisfecho.

Poco rato después, la mujer sale de nuevo acompañada de un hombre de pelo canoso.

—Ya me ha dicho Mariam que han tenido un problema con su vehículo.

—¡Sí! Nos hemos quedado sin gasolina.

¿Este tipo no tiene ni una pizca de vergüenza por estar mintiendo de esta forma?

—Bueno, la gasolinera más cercana está a varios kilómetros de distancia, y nosotros seguimos un horario muy estricto en el hostal, por lo que no puedo acompañarle a repostar… No obstante, nos queda una habitación libre, era de nuestra hija, pero ya se ha independizado así que está sin usar.

—Ah, nos viene estupenda.

—¡Blake!

—Esta tarde dudo que puedan utilizar las termas, ya que están reservadas en exclusividad, pero esta noche a partir de las diez podrán disponer libremente de ellas.

—Muchas gracias, pero… —comienzo la frase dispuesta a rechazar su oferta y a revelar con ello la verdad, aunque Blake me interrumpe esgrimiéndoles esa sonrisa encantadora.

—¡Por supuesto que nos la quedamos! No se preocupen, daremos un paseo e iremos al lago.

Mi boca cae impactada. Yo no había planeado pasar la noche en ningún lado, ¿este había sido su plan desde el comienzo? El desgraciado había querido venir a pasar la noche desde que se le hubiera ocurrido la idea del hostal.

—Eso es bueno, este sitio es muy tranquilo, ya verán, les gustará el lugar. —afirma la mujer.

—Blake, ¿qué crees que haces? No hablamos nada de pasar la noche fuera —le espeto irritada en voz baja— Te recuerdo que mañana tenemos clase, y dentro de dos semanas empiezan los exámenes. He aceptado venir sólo porque creía que nos devolveríamos a casa el mismo día.

—¡Vive la vida mujer! Necesitas este descanso más que nadie.

—Pero no así, has mentido a esta pobre gente… —alego en un susurro mirándolos de reojo por si acaso me escuchan.

—¿Y cuánto será por una noche y el acceso a todas las instalaciones?

Ah, qué bien, ahora me ignora.

—Por dos personas, la tarifa básica con acceso a las termas serían cuatrocientos cincuenta dólares —entonan con voz cantarina.

En cuanto les escucho, me giro hacia ellos horrorizada e impactada a partes iguales. ¡¿CUATROCIENTOS CINCUENTA DÓLARES?! Eso es un…

—Ro…robo —musito escandalizada.

—¿En efectivo o tarjeta?

—Tarjeta, por favor.

La anciana le cobra sin apenas pestañear y yo creo que me dará un soponcio en cualquier momento. ¿Quién iba a decir que este lugar tan hosco sería tan caro?

—¿Qué diablos? Yo no puedo pagar eso Blake…

—¿Desea copia?

—Sí, por favor. —asiente con tranquilidad, y luego se dirige a mi— No te preocupes, estoy pagando por mi propia libertad.

—Pero no puede ser… Es demasiado.

—No te estoy invitando, sabes que al final terminaré cobrándomelo de alguna forma.

—Sí, y siempre soy yo la que termino saliendo perjudicada.

—Tranquilízate, no voy a pedirte nada que no puedas ofrecerme.

—Aquí tienen las llaves y la factura. Su habitación está subiendo esas escaleras a la derecha. Le deseamos que tengan una estancia agradable.

—Estoy seguro de ello —afirma con una sonrisa, y me arrastra con él hacia las escaleras que se encuentran en un lateral. —Me pregunto cómo será nuestra habitación…

—Por el precio que tiene este sitio ya puede traer de todo. Qué horror y yo pensando que sería barato.

—Al venir aquí ya era consciente de que no lo sería.

—¿Y eso por qué?

—Porque si Uriel ha estado aquí, no puede tratarse de un sitio de mala calidad.

Ni si quiera le respondo a eso. Estos tipos son lo suficiente ricos para permitirse alojarse en el Hilton. No obstante, no puedo comprender por qué alguien decidiría pagar una cantidad ingente de dinero solo por quedarse aquí.

En cuanto abrimos la habitación y nos adentramos en ella, me quedo asombrada. No está muy amueblada y todo el techo es transparente, permitiendo una vista completa del cielo. No lo había podido ver desde fuera porque la habitación se encuentra en el piso más alto de la parte trasera del edificio principal.

En el fondo de la habitación se localiza una cama matrimonio de roble de la que cuelgan cortinas translúcidas blancas que sólo había visto puestas en la cama de las princesas. El resto de mobiliario se compone por un precioso tocador también de roble, dos mesitas de noche al lado de la cama hechas del mismo material sobre las que hay dos lamparitas, un baúl, un armario enorme, una alfombra que tiene aspecto de ser de piel de verdad y una chimenea.

—E… Es impresionante —declaro maravillada. —Si esta es la habitación de la hija, a saber cómo deben ser las demás casetas.

—Ven aquí, Moore —me llama Blake, quien se ha metido por una puerta que se encuentra al lado del armario— Tienes que ver esto ¡te va a encantar!

Me dirijo hacia donde se encuentra, y en el instante en el que traspaso la puerta abierta, me quedó aún más impactada. Tienen una amplia terraza en la que hay un jacuzzi y una barbacoa con barra libre.

—¿Jacuzzi?

—Por la noche lo probaremos —promete palmeándome el trasero.

—No puedo creer que me hayas convencido de pasar la noche aquí.

—¿Y por qué no? ¿Qué más tenías que hacer?

—Estudiar, y tú también.

—Déjate de tanto estudio y prepárate. —ordena entrando de nuevo a la habitación.

—¿Para qué? —le pregunto siguiéndole.

—¿No tenías calor? ¡Vamos a darnos un baño al lago!

—¿No estará sucio?

—Uriel me contó que se bañó en él la última vez que estuvo. De todas formas, no te preocupes, luego probaremos las termas.

—¿Vamos a pasar todo el día en remojo como los peces?

—Deja de intentar planificar todo al detalle, hemos venido a desconectar. Venga, baja a pedirles un bañador y te cambias.

—No.

—¿Por qué?

—¿Tú has visto lo que nos han cobrado por esta habitación? Ni harta de vino les pido a esos un bañador

—¿Y qué harás?

—Me bañaré con la ropa interior, por supuesto.

—Ahhhhhh, ¿ves? esto sí que me interesa —murmura complacido acercándose para depositarme un suave beso en la nuca, tras eso me susurra— ¿Nos vamos?

—Espera un momento, debo de ir al baño.

Tardo un rato en arreglarme como puedo. Nunca he sido de las de tardar, es sólo que en esta ocasión me gustaría verme un poco más decente para él.

Me sorprende que se haya vuelto tan fácil y recurrente tener ese tipo de pensamientos sobre su persona. Cuando salgo, me lo encuentro sosteniendo una bolsita que no le había visto traer consigo en el viaje.

—¿Qué es eso?

—Tienen tienda, así que he comprado nuestras provisiones. —comenta extrayendo unas gafas de sol rojas con dos corazoncitos, un protector solar y un bikini minúsculo— Ya sé que tu optas por no cuidarte la piel, pero ahora el sol está pegando fuerte y afloran los cánceres de piel como champiñones. Además, no querrás que te salgan arrugas…

—¿Y el bikini de dónde lo has sacado? ¿De la sección infantil? ¡Eso apenas es una tela! ¿Cuánto te ha costado eso? ¡Deja de derrochar dinero que sabes que no te podré devolver!

—Venga, deja de quejarte y póntelo. ¿Crees que lo hago por ti? Lo he comprado para mi propia satisfacción, yo seré quien lo disfrute —murmura metiéndome al baño— En cuanto salgas nos vamos.

Me lo pongo resignada, y situándome frente al espejo, estudio el trasero. Abro la boca horrorizada.

—¡Blake! ¡Se me ve hasta el alma!

—¡Esa es la idea! —responde riendo.

Siento ganas de retorcerle el pescuezo.

Blake tenía razón, el sol pega con más fuerza, me percato notándome la piel arder. Tras haber caminado por un buen rato sin encontrarnos con un solo alma en los alrededores, comenzamos a divisar el precioso lago a la lejanía.

—¿Qué haremos cuando mañana se enteren de que lo de la gasolina ha sido todo una patraña?

—Dudo que se lo tomen a mal, al fin y al cabo han hecho buena caja con nosotros, así que la respuesta a tu pregunta es: nada.

—¿Cómo puedes tener esa confianza en ti mismo? Les has mentido sin despeinarte mientras que yo me estaba muriendo de la vergüenza.

—Porque si te lo crees, puedes conseguir lo que quieras. El mundo funciona así, si les dices las palabras mágicas para ablandarlos lo suficiente te darán lo que sea.

—¿Eso también te lo enseñaron en la escuela de escorts?

—No, eso es algo de mi cosecha.

—Pues déjame decirte que tienes una cosecha podrida.

—¿Y eso por qué? —pregunta riéndose.

—Porque lo que haces es manipular a la gente.

—¿Y qué?

—Que está mal.

—No lo está cuando ambas partes hemos salido beneficiados. Ah, mira, acabamos de llegar.

—Es enorme.

—Con el calor que hace, seguro que está increíble el agua —afirma quitándose la ropa y dejándola sobre una de las rocas de la orilla, se queda en bóxer— Me han dicho que tienen una tirolina para que nos lancemos a su interior. Ahh mira, creo que es esa. ¡Vamos date prisa! Quiero probarla.

Dudo por un segundo antes de quitarme la ropa. Ay, qué vergüenza, apenas es un trapo minúsculo.

—Pareces un niño —me rio ante su caminata ilusionada.

Me quito las prendas elegantes que me hizo ponerme, mientras le observo ir hacia la tirolina que se encuentra encima de una roca. Una vez allí me llama con la mano, impaciente

—¡Vamos, Moore!

—Ya voy, ya voy…

—Vengaa, ¡vas a paso de tortuga!

—¡No tengo la misma resistencia que tú!

Recorro el último tramo de roca que me queda mientras Blake me contempla de arriba abajo complacido con lo que ve.

—¡QUÉ BUENA ESTÁS, JODER! —vocifera con orgullo a viva voz.

—Shh ¿Estás loco? ¡Qué vergüenza! —exclamo poniéndome colorada tras haber comprobado que nadie pudiese escucharle.

—¿Qué? No dije nada que no fuera mentira. Ese bikini te queda espléndido.

—¡Si se me ve todo!

—Por eso te queda espléndido.

—¿No deberías haberte tirado ya? —pregunto llegando a su lado.

—Te estaba esperando, voy a probar algo.

—¿El qué?

—Quiero que me rodees la cintura con las piernas.

—¿Para qué?

—Nos vamos a tirar juntos —informa con un brillo juguetón en la mirada.

—¿Y podrás aguantar el peso de los dos?

—¡Me ofendes Moore! ¿Acaso crees que soy un debilucho?

Diciendo esto, me levanta por la cintura hasta que nuestras cabezas quedan al mismo nivel, y al ver esa mirada grisácea contemplándome con cariño, me siento tentada a besarle. Me contengo, rodeándole el cuello con los brazos y la cintura con las piernas, pegándome a él. Apreciando su paquete duro contra mis bragas, me remuevo complacida mientras Aiden me acaricia el trasero desnudo con lentitud.

—¿Estás cómoda? —murmura con voz ronca al lado de mi oreja.

—Ajá.

—Hmm.., te sientes caliente, nena…

—Tú también.

—¿Preparada?

—Sí.

Entierro mi cara en su cuello, dejándome invadir y tranquilizar por su olor. A continuación, retira las manos de mi culo y coge con firmeza la tirolina. En apenas cinco pasos, nos encontramos volando sobre encima del lago. Temerosa, me aferro con fuerza a su alrededor. Tras unos segundos, me lame el lóbulo y me estremezco.

—A la de tres nos sueltos. Cuenta conmigo. Una.

—Dos.

—¡Tres!

Aiden suelta la tirolina que nos sostiene a ambos, me rodea con sus brazos y con un grito nos precipitamos juntos hacia abajo en caída picada.

CAPÍTULO 29

CRYSTAL

En cuanto entramos al agua el impacto nos separa. El frío me rodea, y sin todavía abrir los ojos nado para salir. Una vez en la superficie, le veo nadando hacia mí.

—¡Buen salto Moore!

—¡Está helada!

Me muevo para entrar en calor nadando por el lago.

—¡Pero qué dices! No seas quejica, está buenísima. Mira, te lo voy a demostrar

De repente, me encuentro siendo levantada por las axilas. Blake me acerca a su cuerpo y, todavía tiritando, le rodeo la cintura de nuevo con las piernas buscando un apoyo sólido. Después, me sujeta del cuello con firmeza atrayéndome hacia su boca y comienza a saquear mi boca y mis sentidos explorándome juguetón con su lengua. Le correspondo de igual manera, recreándome en su delicioso sabor. Nuestras lenguas luchan una contra la otra profundizando más en el otro, batallando conjuntamente para descubrir quién se rendirá primero. Pronto, el fuego del deseo me permite entrar en calor y Aiden se separa de mis labios apoyando su frente húmeda sobre la mía, respirando entrecortadamente.

— ¿Ves lo que te dije? Deliciosa….

—Santo cielo… serías capaz de poner cachonda a la mismísima Reina de Inglaterra —murmuro anonadada, y él se echa a reír también impresionado con mi osadía.

—Bueno, no es el tipo de clienta que más me gustaría atender, la verdad.

—¿Y por qué no? Serías más rico de lo que eres ahora.

—Sí, pero menuda presión.

493

—¿Qué escuchan mis oídos? ¿Aiden Blake dudando de sus habilidades amatorias?

—No dudo de ellas, solo digo que sería normal que me sintiera presionado.

—¿De aprovecharte de una pobre anciana?

—¿Por qué no mejor dejamos de lado a las ancianas y lo sustituimos por una propuesta mucho más beneficiosa?

—¿Ah sí? ¿Y esa en qué consistiría exactamente? —pregunto tragando saliva hechizada bajo su influjo.

—En aprovecharme de ti en el lago.

—Me parece una buena sugerencia —confieso y en cuanto comienza a meterme mano, me separo de él nadando hacia atrás— pero con una condición.

—¿Cuál?

Conociéndole, encontrarse ante un reto es uno de los factores que más le estimula.

—Hmmm veamos…

Durante unos segundos finjo que me lo pienso tratando de ganar distancia entre nuestros cuerpos. Sería una locura competir con él en desigualdad de condiciones.

—¿Qué estás tramando Moore? ¿Por qué te vas tan lejos?

Para entonces, ya me he alejado lo suficiente como para poder cumplir con satisfacción mi plan.

—La condición que te pongo Aiden Blake es la de… ¡que me atrapes! —le desafío con la adrenalina pulsando en mi cabeza mientras nado el último tramo que me queda hasta la roca más cercana.

Él sonríe como un cazador estimulado con la propuesta y salgo a la orilla con el corazón desbocado a mil. Con su resistencia, no tarda en darme alcance y tras atraparme entre sus brazos, me obliga a tumbarme sobre el suelo, dejando caer su peso sobre mi cuerpo para retenerme.

—Creo que has visto demasiadas películas…

—No me culpes, siempre quise probar si esto funcionaba en la realidad, no estaba segura de que el tipo correría de verdad por la protagonista o era pura invención….

—Yo sólo corro para meterte mano —ronronea sobre mi oído.

—Ahh… no voy a negarme a eso —suspiro permitiéndole que me acaricie el cuerpo mojado.

Notando su delicioso peso sobre mí, le sujeto de la nuca y le atraigo en un arrebato hasta mi boca. Le devoro con fuerza y necesidad, ansiosa por repetir aquella vez en el estadio, la cual se había convertido en una de mis fantasías eróticas más recurrentes.

Podría estar helada, pero ahí bajo su presencia y sus caricias, el calor se va despertando al tiempo que arrasa centímetro a centímetro cada una de mis terminaciones nerviosas. Aiden me besa el cuello y propina un pequeño mordisco que envía una descarga de excitación a mi torrente sanguíneo. Le rodeo con las piernas dispuesta a sentirle mucho más cerca y recibo con deleite, la dureza de su paquete contra la tela minúscula de mi bikini. Él juguetea perezoso con las cintas y desata una liberándome del primer candado.

—¿Creías que lo había comprado sin un motivo? —musita seductor, produciéndome una descarga placentera que atraviesa todo mi cuerpo.

Levanto mis caderas, abriéndome para él, quien se limita a desatarme la otra cinta, y, con dedos expertos termina de bajarme la braga del bikini.

Mordiéndome con suavidad el labio inferior, me acaricia el clítoris, preparándome como lo suele hacer.

—No...lo quiero como la última vez —solicito sin mostrar ni una pizca de vergüenza.

—Ahh... me gusta esta faceta —declara con una sonrisa de satisfacción, introduciéndome dos dedos en la vagina— Estás mojada, pequeña, ¿acaso estás recordando nuestro momento en el estadio?

—S-sí.

Tengo que conseguir más aire, me estoy ahogando en un mar de emociones y sensaciones.

—¿Qué es lo que más te gustó? —demanda saber con la voz ronca.

—La rudeza.

Aiden se muestra impactado, más no dura demasiado, pues en su mirada se sustituye la impresión por una intensidad y decisión que me dejan sin habla. Este hombre es terriblemente erótico.

Sin añadir nada más, me besa profundo, arrastrándome con él a las profundidades más carnales y viscerales de la necesidad primitiva e imperante. Percibo mi torrente sanguíneo pulsando con velocidad en mis venas y el corazón se me acelera ansiando el siguiente movimiento.

Deseando tomarle en mi interior, me remuevo demandante mientras le insto a quitarse el bañador. Él se deja hacer y revela su miembro ya henchido y preparado para entrar en mi interior. Sujetándoselo con firmeza, me restriego contra él, quien jadea por el placer del peligroso contacto.

—Espera, Crys, no hagas eso todavía... tengo que ir a por el condón.

—No hace falta —niego categórica. La duda se refleja en sus facciones, por lo que me apresuro a aclararle— Desde nuestro último susto, estoy tomando las protecciones necesarias.

—¿Por mí? —demanda saber aturdido.

Su expresión aturdida me demuestra no está acostumbrado a que nadie tome precauciones por él.

—S-sí…

Me estudia con intensidad durante unos breves segundos, y se deja caer sobre mí con velocidad. Me besa hondo, buscando mi lengua para acariciarla con la suya. Le abrazo con fuerza y me restriego descarada contra él, que gime atormentado con mi juego. En apenas un instante se clava en mi interior con rudeza. La fricción repentina me vuelve loca y me muevo buscando incrementar las acometidas. Con un gemido me complace llevándome al frenesí a un ritmo vertiginoso. Me aprieta las caderas con tanta fuerza que me las araña, pero ni si quiera reparo en ello. Otra oleada de placer choca contra mi centro y él pulsa en mi interior adoptando una cadencia seca y tosca que despierta las sensaciones de un orgasmo incipiente aunque poderoso.

—Joder, joder… —murmura frenético al borde de perder el control.

Esa con esas palabras que estallo en un placer inimaginable que dinamita cualquier pensamiento coherente. Segundos después, él me sigue explotando en mi interior con todo su cuerpo contrayéndose en tensión. La calidez de su corrida me embarga, recreándome en ella. Su expresión de abandono es lo más jodidamente sexy que podría haber contemplado alguna vez.

Maldito Aiden, acabarás siendo mi desgracia.

Mucho más tarde, al caer la noche, Blake y yo decidimos ir a darnos un baño a las termas para relajarnos. Para ello, nos acercamos al mostrador tras el que se encuentra la anciana de antes, parece concentrada en el ordenador. Nada más vernos llegar, se levanta solícita para atendernos.

—¿Qué desean?

—Nos gustaría saber dónde están las termas.

—Ah, sí, miren, salen por ahí, y siguen el pasillo, hacia la izquierda.

—Vale, gracias.

—Antes de que se vayan ¿no desearían comprar uno de nuestros kits termales?

—¿Qué es eso? —pregunto con manifiesta curiosidad.

La viejita sonríe y saca una bolsa negra de tela de la que comienza a extraer una caja de condones, dos lubricantes de sabores y… ¿eso es un dildo?

—¿Están interesados? Serían doscientos cincuenta dólares, aunque con el dildo sería más caro, por supuesto.

—¿Se señora? —balbuceo anonadada.

—¿Te interesa, Moore? —pregunta con sorna Blake y le asesino con la mirada en respuesta, luego se dirige con una sonrisa a la señora y deniega divertido— Ya la ha visto, no le interesa.

—Oh, no se preocupen, queridos. ¡Disfruten de su baño! —nos desea como si nada, guardando de nuevo las cosas.

¿Se las ofrecerá a todo el mundo? ¿Qué clase de anciana es esta? Si parecía normal. Nos alejamos confundidos del mostrador, y cuando creo que no podrá escucharme, llamo la atención de Aiden.

—¿Qué pasa?

—¿De verdad hubieras aceptado comprar ese kit de dudosa procedencia?

—Jamás utilizo un material que no sea el mío, sólo quería ver tu reacción. Esa anciana tiene la mente más abierta que tú.

—Menudo idiota —le insulto dándole un golpe y él se ríe en respuesta.

En cuanto localizamos la entrada, abrimos la puerta buscando nuestros correspondientes vestuarios, más no parecen estar por ningún sitio.

—¿Son mixtos? —pregunto extrañada.

—Parece ser que sí.

—Espera, ¿y qué pasa si nos encontramos con alguien?

Sería muy fuerte que alguien me viese desnuda mientras me cambio.

—Creo que los del grupo ese ya se fueron hace rato.

—Pues no lo sé, porque estas taquillas parecen cerradas con candado.

—Quizás guarden cosas ahí… —sugiere Aiden.

Nos cambiamos rápido poniéndonos otro de los bañadores que ha comprado y nos acercamos hacia lo que parece ser la entrada.

Si alguien me hubiera advertido de lo que nos encontraríamos tras la puerta, jamás la habría abierto. En toda mi vida habría esperado sentirme como un corderito en dirección al matadero, pero así es como me sentí, segundos después, cuando al abrir la puerta que daba acceso a las termas, nos encontramos ante….

—De… de…. ¿Desnudos? —balbuceo impactada, y Aiden se echa a reír impresionado.

—Pedazo orgía se están montando, amiga.

Ambos contemplamos el montón de cuerpos desnudos que entran unos en otros, así como las diversas felaciones y la puesta en práctica de varias posturas imposibles.

—Pe pero… ¿se montan orgías aquí?

—Al parecer sí. Uy mira, si tienen hasta cruces de San Andrés atadas a los árboles. ¡Qué innovador!

—¿Qué es eso? —demando saber alterada con toda la situación al ver

La madre que me trajo, por lo menos hay cincuenta cuerpos follándose entre ellos por cada uno de los lados en los que queramos mirar.

—Es la cruz de la que hablábamos antes de salir de casa, está hecha generalmente de madera y la idea es que se suban las sumisas para practicarles sadomasoquismo. Mira, ahí están.

—¡¿Qué?!

Me giro siguiendo sus indicaciones y me topo con las cruces que dice. De las cuatro que hay, dos están ocupadas y en una de ellas están azotando a una mujer, mientras que en la otra le han puesto algo en los pezones y tiene una especie de bola atada en la boca

—Pe pero ¿qué tipo de hostal es este? Si no sé quién se está acostando con quién.

—Así que el club de exploración es precisamente eso… un club de exploración sexual. —afirma divertido con la situación.

—¡No te rías! Esto no tiene ninguna gracia, como nos despistemos, acabaremos siendo violados.

—Es que tendrías que verte la cara, es muy gracioso. ¿Todavía quieres bañarte?

—Sí claro, ¿no estás viendo lo que están haciendo en esa piscina natural? Lo mínimo que pillaríamos sería una venérea.

Aiden sólo se ríe más y sigue estudiando divertido el panorama.

—Vamos, Moore, deja de mirarlos de esa forma o llamarás la atención.

—¡Son ellos los que la llaman! Deberían avisarlo en el cartel de la entrada.

—Bueno, no es de extrañar que el hostal estuviera tan apartado de la entrada. Esta gente cuida mucho su privacidad.

—Sí, quizás deberían especificarlo un poco más. Algo así como, *"¡vengan a probar el sado!"* O quizás *"¡únete a las buenas orgías!"*. Más o menos de ese estilo, pero al menos un aviso que nos permitiera al resto de los mortales, huir de este sitio. No entiendo por qué has pagado esa cantidad de dinero para ver este espectáculo.

—Todos los negocios relacionados con la sexualidad suelen ser bastante tabú todavía, no es algo que suela anunciarse en todos lados. Con razón era tan caro, a la vista está que no ofrecen los mismos servicios que un hostal al uso.

—Ya me he percatado de eso. Ahora bien, ¿debo de creerme que no sabías a dónde estábamos viniendo?

—Si lo hubiera sabido, créeme, te hubiera traído antes —afirma con humor, ganándose un golpe en el brazo.

—¡Idiota!

—Está bien, está bien, no sabía que se trataba de un hostal con prácticas amatorias, solo recordé que Uriel me había hablado muy bien de él.

—¿Prácticas amatorias? ¡Míralos! Eso es todo un eufemismo.

—Pues cuando quieras nos largamos.

—Ya mismo, por favor.

No nos da tiempo a dar un solo paso hacia la salida, pues un hombre y una mujer, que no nos han quitado el ojo de encima desde que entramos y que podrían tener unos cuarentas, se nos acercan tal y como vinieron al mundo.

—¿Os habéis perdido? —pregunta seductor el hombre aproximándoseme demasiado.

—Blake... creo que empiezo a sentirme como la protagonista del italiano mafioso, y no me gusta... —murmuro en tensión por su cercanía.

—No sé de qué me estás hablando —responde en un susurro y luego se dirige con seguridad hacia ellos— Creíamos que estarían vacías, los dueños nos dijeron que se quedarían libres a partir de las diez.

—Ah sí, es que nuestra fiesta se alargó un poquito más de lo previsto, pero no importa demasiado, ¿verdad? Nosotros aceptamos de buen grado a cualquier nuevo integrante —ronronea la mujer toqueteándole coqueta el hombro desnudo. La ira me invade y siento un deseo irrefrenable de apartar su mano de él, aunque lo contengo— ¿A qué sí, querido?

—Desde luego, los jóvenes siempre sois bien recibidos... —asiente el que debe de ser el marido.

Este último me agarra por el brazo desnudo, al notarlo, desvío mi atención de la mujer y me doy cuenta totalmente en shock de que me está cogiendo un mechón de pelo y lo huele con satisfacción. Me bloqueo de la impresión, no puedo moverme y se está acercando cada vez más a mi cara.

¿Cómo diablos se procede en estas situaciones? La sociedad no te enseña el protocolo a seguir en una orgia. No obstante, no le da tiempo a realizar ni un movimiento más, porque un brazo detiene su avance, obligándole a la fuerza a retirar la mano con la que hasta entonces me sujetaba. Me giro sorprendida ante la brusca liberación y me encuentro a Blake taladrándole con una mirada intensa.

—No la toques.

—Eh, ¿qué sucede amigo?

—Apártate, la estás incomodando.

—Pero ¿qué dices? Si pensaba tratarla bien.

El tipo se retira levantando las manos en señal de paz y yo suspiro aliviada.

—Me da igual lo que pretendas, no quiero que la toques más, viene conmigo ¿acaso no lo ves? —pregunta destilando en la profundidad de sus ojos grises una advertencia que no logro identificar.

Jamás le había visto actuar así antes. ¿Serán celos? No creo, quizás sea ese ridículo sentido de la responsabilidad que cree sentir hacia mi persona. Su proyecto personal y todo eso.

—Tranquilo hermano, no hace falta ponerse así.

—Es obvio, cariño —interviene melosa la mujer acercándose a su marido— son monógamos. Anda, dejémosles en paz y regresemos con los demás, él no te consentirá que la toques un pelo.

Sin añadir ni una palabra más, se marchan hacia donde están el resto de los integrantes desnudos, dejándonos sumidos en un silencio incómodo, el cual termina rompiéndose por la risa nerviosa de Aiden.

—Monógamos dice, ¡ja! Menuda estupidez, no les hagas ni caso, tiene gracia la cosa y sólo porque no quisimos acostarnos con dos vejestorios, monógamos…

No entiendo el motivo de que se ponga tan nervioso, si hasta donde sé, él sigue teniendo a sus clientas, ¿no? En todo caso la única que sería monógama aquí soy yo.

Una punzada molesta me asalta al recordar a sus clientas y la descarto con rapidez. No es de mi incumbencia.

—Bueno, si dejamos a un lado la edad, debo reconocer que él se veía bien.

—Eso es porque no miraste hacia abajo. Con lo que tenía no te alcanzaba ni para empezar. ¿Por qué ibas a necesitar a ese tipo? Si conmigo te sobra, nena. No necesitamos a unos viejunos.

—Pues ella tenía buen cuerpo y las tetas las tenía en su sitio, no como las mías que apuntan hacia sitios distintos y están caídas —informo decaída.

—No son más sexys que las tuyas, créeme. Ni si quiera deberías estar comparándolas.

Ante esa frase no sé qué decir o pensar. Con él siempre me siento como si estuviéramos en un barco que no dejase de moverse por las olas hacia un lado y luego, cuando menos te lo esperabas, hacia otro. Me confunde demasiado.

—Bueno, ¿nos podemos ir ya, por favor? No quiero ser asaltada por otras dos personas.

—Sí anda. Vamos.

Tras salir de ese antro de la perdición, ya hasta el vestuario me huele diferente, mucho más intenso. Ugh. Recogemos nuestras cosas y nos ponemos de nuevo la ropa estando todavía secos.

Al regresar al hall del hostal, nos encontramos con los ancianos tras el mostrador. El marido está viendo concentrado la televisión y la mujer tejiendo algo que no logro vislumbrar bien. En cuanto nos ven llegar, la anciana levanta la vista y nos sonríe cálida.

—¿Se están divertido?

—Y parecían tan normales —le murmuro a Blake en voz baja— No puedo creerme que alguien que viste como si fuera la abuela Coco y un leñador, regenten un sitio como este.

—Sí, está siendo un viaje muy instructivo —responde Aiden en voz alta, luchando por evitar reírse delante de ella.

—Instructivo… —le imito escéptica rodando los ojos.

—¿Desean cenar, queridos? He hecho unas galletitas de jengibre deliciosas —asegura la anciana como si en sus queridas termas no estuvieran montándose una orgía y practicando sado.

—Yo ya he cenado, ugh…

—¿Está usted bien, señorita?

—No le haga ni caso, ¿tienen servicio de habitaciones?

—Sí, señor.

—Ah, genial, entonces seguramente ordenaremos algo.

—¡Estupendo! Tienen el menú en la puerta de la habitación.

—¡Gracias! —se despide él con una sonrisa arrastrándome escaleras arriba.

Estoy tan sorprendida y horrorizada con el transcurro de los acontecimientos de la noche, que me dejo llevar como un títere hacia nuestro dormitorio.

Después de cenar, nos llevamos las galletas de jengibre junto al champán que nos sobró al jacuzzi. Este último es el sustitutivo a nuestra frustrada excursión a las termas lujuriosas.

—No puedo creerme que esa anciana te pueda ofrecer un dildo y al momento siguiente hornearte galletas de jengibre como si nada —reflexiono confundida apoyando la cabeza en el respaldo del jacuzzi.

—Sí, sirve tanto para un roto como para un descosido —se carcajea Blake llevándose una galletita a la boca— A su favor debo decir que es una excelente cocinera.

—¿Viste que el marido estaba viendo "La casa de la pradera" cuando volvíamos de las termas? No puedo creerlo, parecen tan encantadores...

—Son encantadores —matiza con fervor— Piénsalo, en realidad se lo tienen bien montado, sin duda, es un negocio que les debe de traer mucha rentabilidad. El día que me retire, quizás me plantee montar uno también.

—¡No lo dices en serio!

—Totalmente.

—Estás loco, ¿también vas a ofrecer kits termales? —pregunto con sorna.

—¿Por qué no? Y además ofreceré masajes —añade sugerente cogiéndome de improviso un pie y comienza a masajeármelo— ¿Le gusta así, señorita? ¿Lo quiere con final feliz? —imita la voz aguda de la anciana, continuando con el masaje.

—Ay no, me das miedo. La imitas demasiado bien.

—¿De qué te quejas? ¡Si te encanta!

—Es que no puedo disfrutarlo como debería porque no sé qué piensas cobrarme por este placer —comento sospechosa, aunque no puedo seguir con el interrogatorio porque en ese momento toca un punto en tensión y me remuevo encantada— ah... ahí. Me siento como una millonaria. Qué bueno, se siente genial.

—Mira que eres mal pensada, no voy a cobrarte nada o bueno, sí, ya que me lo pides así, puedes sentarte aquí y darme un beso.

—Ahh, bueno si sólo es eso, está bien —accedo encantada subiéndome a horcajadas sobre él y rodeándole el cuello con los brazos, le beso con profundidad, enternecida por su forma de tratarme. Le pruebo con lentitud y cuidado, más al cabo de un rato me separo un poco y todavía sobre sus labios, le comento fascinada— Sabes a jengibre.

—Hmm… Quizás la anciana haya echado algo más a esas galletas, ¡porque tengo unas ganas imperiosas de tomarte!

Emito un gritito de la impresión al notar que me levanta de improvisto y me lleva con él hasta el cuarto.

—¿Qué te pasa? No estás okey.

—¿Qué no estoy okey? ¡Ahora verás! Voy a cobrarme mi venganza por tus atrevidas palabras, sensual damisela— amenaza tratando de imitar las palabras de un caballero del siglo XVIII. Acto seguido se tira de espalda sobre la cama sin soltarme, al escucharme gritar sorprendida, él me asegura — Ahora deberás gritar de otro modo.

En la electricidad de su mirada me topo con una promesa indescifrable que envía una descarga eléctrica directa a mi núcleo. En vez de acariciarme, él comienza a hacerme cosquillas por todo el cuerpo.

—¡Para! ¡Para! —suplico entre carcajadas sin poder resistirlo más.

—¿Te atreves a ordenarme?

Aprovecho esta ocasión para devolverle las cosquillas que con total seguridad tiene debajo de las costillas.

—Pues sí.

Después de un buen rato luchando por ver quién se rinde primero, él se sitúa entre mis piernas y me las abre, poniendo fin a mi risa.

—Con que te crees una experta haciendo cosquillas ¿eh?

—Sí.

—Bien, supongo que ahora podría hacerte otro tipo de cosquillas.

Aiden se baja de la cama y poniéndose de rodillas en el suelo, me arrastra por los tobillos hasta que mis muslos quedan a la misma altura que su cabeza.

—¿Qué haces Blake?

—Podríamos llamarlas... cosquillas uterinas.

—Espera, no tienes por qué hacerlo.

—Eso ya lo sé, solo lo hago porque quiero dormirme con tu sabor en mi boca…

Y sin darme tiempo a replicar, me retira el bikini con pericia y comienza a lamerme el clítoris primero con lentitud y, tras un rato propinándole pequeños lametones, incrementa la presión realizando movimientos circulares al tiempo que introduce sus dedos en mi húmedo canal. Me contorsiono sintiéndome llena y atormentada, pero él no cesa su cometido tortuoso en ningún momento, presionándome para que alcance y descubra nuevas cotas de placer. Tenerle de rodillas para mí, sin necesidad de habérselo pedido, sino por propia voluntariedad, me hace sentir poderosamente femenina.

503

Le agarro un mechón de pelo tironeando ligeramente de él en un intento por contenerme y prolongar el placer, más no sirve de nada porque me succiona el clítoris propulsándome el orgasmo con facilidad. Se me eriza todo el vello del cuerpo, cuyas terminaciones se encuentran abiertas a nuevas y placenteras sensaciones. Ese es el momento justo en el que me pierdo en la profundidad eléctrica que arrasa con cualquier vestigio que pudiera quedar de mi raciocinio.

Termino de correrme y reparo en que Aiden me está observando sabedor con sus impresionantes ojos. No importa incluso si está riéndose de mí y del poder que ejerce sobre mi cuerpo, a su lado, me siento absurdamente afortunada.

—No hay nada mejor que un buen oral para despejar la mente, ¿eh?

Me echo a reír ante su frase descarada. No tiene ningún remedio el muy sinvergüenza, eso es tan Aiden.

Ya de madrugada, una vez nos hemos metido en la cama, me doy la vuelta y contemplo el resplandor de las estrellas colarse a través de la cristalera.

—Oye Blake…

—¿Hmm?

—¿Crees que los del club de exploración tratarán de entrar aquí?

—Tranquila, he echado la llave por si acaso.

—Tú tampoco te fías, ¿eh?

—No es eso, soy consciente de que esta gente suele actuar por medio de consentimiento, pero aun así no los conocemos, así que he decidido tomar precauciones.

—Me dejas mucho más tranquila, porque imagínate que se cuela un pervertido de esos y te viola.

—Deja de imaginarte tantas cosas y duérmete… a menos claro, que tengas ganas de fiesta.

—¿De nuevo? —pregunto sorprendida— Eres insaciable.

—Es que eres adictiva —murmura contra mi oído acercándose para abrazarme por detrás.

Me pongo roja ante su piropo y centro mi atención en las estrellas, sumiéndome en el silencio. Al cabo de un rato, él vuelve a hablar.

—¿Te has dormido?

—No.

—¿Y en qué piensas que no cierras los ojos?

—Pues estoy pensando en que, a pesar de que hayamos estado a punto de ser violados por una banda de pervertidos, no deseo marcharme de aquí.

Él se queda en silencio y yo cierro mis ojos dispuesta a dormirme. Espero que no se haya sentido incómodo, pero era algo que necesitaba transmitir, porque lo cierto es que incluso en este contexto tan extraño, me siento muy cómoda a su lado.

Cuando estoy a punto de sumirme en los mundos de Morfeo, Aiden me arrastra mucho más cerca de su cuerpo y a duras penas le escucho pronunciar por lo bajo:

—Yo tampoco quiero que nos vayamos, pequeña.

Supongo que esta es la felicidad en su máxima expresión.

Al día siguiente, minutos antes de marcharnos —aún no me creo que faltase a clase por estar en un hostal en el que se practica sado— vemos que los del grupo de exploración son recogidos por un autobús gigante. Al menos veinte parejas se van en el autobús, mientras que las otras cinco recogen los coches que vimos estacionados al llegar aquí.

—Ni que fueran escolares —musito con ironía apoyada en la pared del hall en el que espero a que baje Blake.

—Vienen en autobús, porque como habrá visto esta zona es de difícil aparcamiento

Me sobresalto ante esa explicación y me giro asombrada, ¿en qué momento ha aparecido la anciana a mi lado? Se ha materializado de la nada como si fuera una bruja. La verdad es que a estas alturas de la película me saca una varita mágica y ya ni me extraño, o bueno, en su caso con toda probabilidad me sacaría otro tipo de "varita".

—Co comprendo.

—¿La he asustado querida?

—No la esperaba.

No sé muy bien cómo debería de proceder con esta mujer extraña.

—Lo lamento.

—No se preocupe.

—Verá, aquí tenemos una tradición.

—¿Cuál?

Mis apuestas sobre su tradición van desde el ofrecimiento de los servicios de una dominatrix hasta una sesión de Tuppersex.

—Nos gusta darles a nuestros clientes, como regalo de despedida, dos souvenirs personalizados, tejidos por mí. —informa con dulzura abriendo la bolsa de lana con la que siempre la he visto hacer punto.

505

Me relajo sintiéndome un poco más tranquila, quizás sean unos calcetines o una bufanda. Qué bonito gesto, me digo esperándola con paciencia a que me entregue el souvenir. Cuando encuentra lo que buscaba, me lo pasa con una sonrisa afable.

—Tome querida.

Dos trozos de lana gruesa negra en forma de circunferencia, unidos por una tira de landa de otro color, le confieren al souvenir un aspecto muy distinto al que podría tener una bufanda o unos calcetines. Además, en uno de los círculos aparece la inicial *H.C* grabada en blanco.

Parece un sujetador, pero es como si fuera algo distinto.

—Disculpe, pero… ¿qué es esto?

—Unas pezoneras, querida, así no pasará frío en invierno.

Mi boca cae abierta de la impresión. ¿Unas pezoneras? Pero bueno, ¿esta mujer no es normal? Me pongo roja de la vergüenza, y mi cara debe de ser todo un poema, porque ella se limita a ensanchar la sonrisa.

—Pe peso ¿pezoneras?

—Sí, eso. ¡Ah! antes de que se me olvide, tome, le voy a dar el de su novio por si acaso luego no le veo.

—No es mi novio.

—Oh, pues la mira como si lo fuese —comenta despreocupada rebuscando todavía en su bolso.

Eso sí que me deja sin saber qué decir. ¿Cómo me mira Aiden? Nunca me he fijado, aunque casi siempre que estoy con él parece divertirse mucho a mi costa. No obstante, no parece haber nada romántico o por el estilo que esté insinuando esta mujer.

Quiero preguntarle qué es lo que ha visto con exactitud, porque si estoy pasando algo por alto en toda esta situación, necesito saberlo.

—Dis…

—¡Moore!

Me giro hacia Blake, quien me llama a gritos desde las escaleras y en ese momento se está acercando hasta donde nos situamos la anciana y yo. Mientras lo hace, trato de fijarme en si hallo alguna señal de las mencionadas por la mujer, pero no encuentro nada fuera de lo común y una extraña decepción se asienta en mi estómago.

—Ah, mira que bien, justo a tiempo. Acabo de encontrar el souvenir para su acompañante.

—¿Cómo dice?

—Te va a regalar un souvenir —le explico sin entrar en detalles.

Me muero de curiosidad por lo que sea que pueda sacar de esa bolsa.

—Ah, ¡muchas gracias! —agradece Blake inocente, sin saber lo que le espera realmente.

Casi siento ganas de reír al ver a la anciana extraer una funda color pistacho con una sospechosa forma alargada.

—Tome muchacho, la he hecho extragrande para que se le ajuste bien.

—¿Qué es?

Su expresión intrigada mientras le da de sí a la prenda tratando de encontrarle una explicación lógica, no tiene ningún desperdicio.

—Una funda para el pene. Empecé haciéndolas para guardar los dildos, pero esta idea gustó mucho más.

La boca y los párpados de Aiden se entreabren tratando de procesar la situación. Le acaba de sacar del estadio con solo esas palabras.

—Oh, muchas gracias. Seguro que le encuentro una utilidad provechosa en el invierno.

Esta vez no puedo evitar echarme a reír descontrolada. Todavía con la pezonera en una mano, me doblo en dos sujetándome las costillas. Toda la situación es surrealista en sí misma.

Este es, definitivamente, uno de los mejores viajes que he hecho jamás.

Gracias Aiden.

CAPÍTULO 30

CRYSTAL

El improvisado viaje quedó como una huella borrosa en mi memoria y, aunque me había servido para despejarme de la presión que suponía la cercanía temporal de los exámenes finales, a nuestro regreso, la estresante realidad impactaba de nuevo contra mí.

Sigo siendo una estudiante de tercero de Derecho con trabajos, documentos, así como una pila de libros por estudiar. Nada de eso ha desaparecido para mí ni mucho menos para él, a pesar incluso de que Blake lo hubiera intentado paliar por medio de la diversión.

No obstante, hay algo que sí debo reconocerle a Aiden, y es que tras un descanso merecido, las obligaciones se retoman de otra manera. Una forma en la que sientes ganas de gritar y coger tus llaves para regresar a aquel hostal de la perdición.

¿Depresión postvacacional?

Bienvenida a mi vida.

El trajín de las responsabilidades postpuestas se impuso entre nosotros, por lo que durante la siguiente semana apenas nos pudimos ver. Esto en parte me sirvió para reconducir mi propia vida.

Involucrarme con Blake había supuesto un ataque directo hacia el exiguo grosor de mi cartera. Tenía que ponerle remedio de alguna forma, pues no podía seguir dependiendo de su caridad desinteresada y aunque él prefiriera morirse a reconocerlo, yo le estaba suponiendo un gasto sin una justificación lógica. Como no deseaba seguir en ese plan, y menos cuando había algunas opciones para subsistir por mi propia cuenta, empecé a poner cartas sobre el asunto.

Hasta entonces me había planteado la posibilidad de trabajar, pese a que mis padres se hubieran cerrado en banda a tal opción, asegurando que ellos se encargarían de cubrir mis sencillos gastos siempre y cuando siguiera manteniendo las notas como hasta ahora.

La cuestión era que mis "sencillos gastos" ya distaban mucho de ser frugales. No debía olvidar que me había gastado una gran parte en costearme un prostituto. Lo que es peor, si mis padres se enterasen de esto estaría más que muerta.

No, ni de broma podría contarles eso. La mejor opción sería buscarme un trabajo por mi cuenta y riesgo.

Me importa bien poco que sean contratos basura, pues menos es nada.

Después de un par de días en los que transcurro por diferentes entrevistas en las que me terminan descartando por no tener la suficiente experiencia, mi esperanza va decayendo, hasta que una tarde recibo una llamada inesperada.

—¿Crystal Moore? —pregunta una voz masculina al otro lado del teléfono.

—Sí, soy yo.

—Buenas tardes, me llamo Clayton Barrer y pertenezco al departamento de Recursos Humanos del Baden Catering, somos una extensión que parte del Casino Baden, quizás no haya oído hablar de nosotros, pero sí del Casino.

—Claro.

Ni de coña conocía tal casino, al tener una economía tan escasa jamás se me había pasado por la cabeza si quiera frecuentado uno, pues eran todos unos saqueadores. No obstante, recordaba ese nombre como una de las ofertas de trabajo en las que había echado mi currículum por internet.

Una búsqueda rápida en Google me permite estar más preparada para enfrentar esta conversación.

Baden Catering, empresa de Catering especializada en dar servicio a todo tipo de eventos, tiene su principal base en las Vegas.

—Le comento un poco sobre nosotros. Somos una empresa que, aunque surgiera de la calidad de las cocinas del Casino Baden, actualmente damos cobertura a eventos de cualquier índole. Me consta que está interesada en trabajar para nosotros, tal y como refleja su carta motivacional.

Sonrío satisfecha. Había enviado esa carta igual para todos los puestos de trabajo, limitándome a cambiar el nombre de la empresa. Y ¿por qué? A esta gente les encantaba que se les dorase la píldora.

—¡Sí!

—Bueno, puedo ver que no tiene mucha experiencia… —comenta indeciso y me lo imagino estudiando mi currículum.

—Sí, pero puedo suplirla poniéndole empeño y ganas. Estoy muy acostumbrada a trabajar bajo presión.

—Ya veo, ¿es usted estudiante de Derecho?

—Sí.

—Entonces sabrá tratar con la gente.

Esa afirmación tumba todas mis expectativas. ¿Tratar con la gente? No siempre se me había dado bien desde el plano emocional, por lo que nada más entrar en la carrera había sabido que esa sería una de mis mayores dificultades a resolver.

No obstante, ya no seguía siendo la misma Crystal Moore quien se cohibía ante los desconocidos. Por el amor de Dios, si hasta la semana pasada le había agradecido el estrafalario regalo a una anciana que regentaba un hostal con dotes amatorias. No, de alguna forma había cambiado, y todo, gracias a Aiden.

De todas maneras, este señor no tiene por qué saber toda la verdad, un oficio siempre se termina aprendiendo ¿cierto?

—Sí, acostumbro a tratar con personas peculiares —miento descaradamente.

Supongo que ese idiota de Aiden se sentiría orgulloso de mí.

—Eso es bueno. Verá, estamos buscando un perfil que aunque no tenga mucha experiencia, se adapte bien a las necesidades de los clientes, sirviéndoles las bebidas y comida que requieran.

—Eso puedo hacerlo.

—Además, en su carta motivacional hace referencia a su capacidad para adaptarse a los cambios que puedan surgir.

—Sí.

—Esto le vendrá bien en el caso de ser seleccionada, ya que la profesional que desempeñe este cargo probablemente deberá cubrir diferentes tipos de funciones y moverse en ambientes distintos, ¿cree que está preparada para afrontar eso?

—Sí, estoy preparada.

—Muy bien, y ya para finalizar, sería conveniente que diera una imagen acorde a la empresa.

Oh, oh, oh… Imagen. Quizás lo haya dicho por la fotografía que adjunté en el currículum. Esto se ponía peliagudo. Antes de comenzar a imaginarme siendo obligada a vestirme como una conejita Playboy, lo mejor será preguntárselo.

—¿Y cuál sería esa?

—Nuestros usuarios pertenecen a un contexto socioeconómico elevado, así que debería tratar de mantener una presencia elegante. De todas formas, en caso de ser seleccionada, le enviaremos un correo de confirmación y cualquier duda que pueda surgirle estaremos a su disposición por vía electrónica. Además, debe de saber que cuando se presente el primer día en uno de los eventos, se le asignará una compañera que le explicará todo con más detalle.

—Perfecto.

—Una cosa más.

—¿Sí?

—Debe saber que todos nuestros trabajadores suelen pasar por un periodo de prueba, y en su caso al no tener experiencia deberá pasar por un periodo formativo, por lo que si recibe nuestro email de confirmación, el contrato que se le presentará será acorde con su situación personal.

—Por supuesto, lo comprendo. ¡Estoy deseando que me concedan la oportunidad de aprender con ustedes!

—Me alegra escuchar eso, entonces estudiaremos su perfil en profundidad y pronto tendrá noticias nuestras.

—Muchas gracias, quedo a su disposición en caso de ser necesaria la entrega de cualquier otra información.

—Perfecto, pase buena tarde señorita Moore.

—Igualmente.

Tengo muy buenas vibras acerca de esto, creo que podría funcionar. De todas formas, si no lo hace tampoco pasa nada, pues no me caracterizo por ser una persona que se rinda con facilidad.

Dos días más tarde, recibo el email de admisión y la dirección del lugar al que deberé acudir. De acuerdo con las especificaciones que aparecían en el mensaje, la idea es que el periodo de formación que me corresponde lo realice en el Casino Baden que tienen en Pittsburgh y si consigo pasar el tiempo de prueba con satisfacción, me trasladarían a cubrir otro tipo de eventos.

Lo primero que hago nada más enterarme de que he sido seleccionada es regresar a casa y dedicar la que sería normalmente mi hora de la comida a revolver en mi armario buscando prendas que se acerque si quiera a la definición de "elegancia".

Tras un rato, en el fondo del armario encuentro el conjunto que me compró Aiden cuando estuve hospitalizada. Sonrío embutiéndome dentro del peto, las medias y los botines negros así como la camiseta burdeos, y me observo en el espejo confiada.

Esto podría definirse como medio elegante ¿no?

No importa demasiado de todas formas, me hace sentirme confiada y acompañada, que es lo que más me importa ahora.

"Mientras dormías como un perezoso, fui a comprarnos ropa a los dos, por supuesto la tuya con más estilo que ese bañador"

Eso es lo que había dicho al entregarme el atuendo. Sonrío enternecida, dando una vuelta para ver cómo me queda la parte de atrás. Su voz vuelve a sonar en mi cabeza, rememorando nuestro viaje de la semana pasada.

"¡QUÉ BUENA ESTÁS, JODER!"

En esta ocasión me echo a reír encantada, sintiéndome renovada y poderosa.

Puedo hacer esto. Sé que puedo hacerlo bien.

¿En qué momento empecé a sentirme segura con él? Me pregunto todavía mirando mi reflejo.

La respuesta no tarda en materializarse frente a mí como un susurro insidioso que quisiera colarse en el interior de mi corazón:

Desde siempre.

El Casino Baden se encuentra ubicado en el corazón de la ciudad. Posee dimensiones tan grandes que no me resulta complicado dar con él. De los nervios que sentía, tuve que salir antes de clase y para cuando llego a él son las tres y media de la tarde, de acuerdo con las indicaciones que recibí tendría que estar allí antes de las cuatro.

Yo jamás había pisado antes un casino, sólo había visto aquellos que aparecían en películas como "El gran golpe". Por ese motivo, aunque me imaginaba que eran grandes, no había esperado encontrarme para nada con aquel aspecto imponente que destilaba riqueza y que me provocaba sentimientos encontrados. Todavía no estaban las luces encendidas y ya me sentía que no encajaba allí.

Enviándome a mí misma una palmada mental de ánimo, me interno por una puerta lateral por la que vi entrar a varias personas que a todas luces parecían formar parte del personal.

El interior intimida cien veces más que el exterior. Todas las paredes están recubiertas de oro y mármol, el suelo es tan blanco y brillante que puedes reflejarte en él. Una de las cosas que más me llama la atención es que apenas hay ventanas, todo está bañado por la luz dorada artificial. Leí en alguna parte que es una estrategia que se aplica en los supermercados para que el cliente no tuviese controlado las horas que pasaba dentro. Supongo que también se aplica a los casinos.

—¿Identificación, por favor?

Me giro y me encuentro con un hombre grande y robusto como un armario. Posee facciones duras y una cicatriz cruza por su ojo. ¿Habrá sido un navajazo? Me pregunto apartando a un lado mis cavilaciones sobre el Casino.

—Eh.. he recibido hoy el email de confirmación de que empezaría a trabajar esta tarde aquí…

Tras mi explicación atropellada, le muestro el email al que ni si quiera le da un vistazo.

—Identificación, por favor.

—Yo.. yo… no he recibido ninguna identificación como esas.

Eso que escucho ¿son los latidos de mi corazón? No me extraña, si este hombre lo desease podría matarme y esconder mi cadáver.

—Si no ha traído consigo su identificación, no puede estar aquí.

—Disculpe, pero no puedo irme todavía. Estoy aquí por el periodo de formación. Me llamo Crystal Moore.

No me gustaría marcharme de aquí habiéndome dejado amedrentar por un tipo con aspecto de gorila. No, la antigua Crystal habría agachado la cabeza y asentido con nerviosismo, aceptando lo que fuera que este señor tuviera que decirle, pero no me había estado quedando horas y horas sin dormir, haciéndole los trabajos a Blake, para que eso no fuera a dar sus frutos ahora.

—Sin la tarjeta…

—¿Qué está pasando Ben? —interviene una voz masculina a mis espaldas.

—No trae su identificación.

Me giro hacia el hombre que ha preguntado lo que sucedía para aportarle mi propia explicación. No obstante, lejos de lo que creía en un principio, el chico que se encuentra ante mí parece tener la misma edad que yo, y dista mucho de asemejarse a su compañero el gorila. No, todo lo contrario, con su pelo castaño claro y unos ojos color miel, muestra una apariencia mucho más dulce y accesible que el otro. Aun así, no debería dejarme engañar por el físico, he aprendido que un aspecto agradable no necesariamente tiene que conllevar una personalidad encantadora.

—Le estaba tratando de explicar a…. Ben —pronuncio el nombre mirándole de reojo por si se molesta, pero este último se limita a estudiarme como si fuera un insecto en su zapato— que no tengo identificación porque estoy en periodo de formación. De lo único de lo que dispongo es este email como justificante de entrada, ¡ah! —exclamo recordando, de repente, el nombre de contacto que aparecía en el segundo email que me enviaron— y bueno en el otro correo que me enviaron... déjeme mirarlo... ah sí, aquí, me dijeron que preguntase por Meg.

—Ah, tú debes de ser de las nuevas.

—Su supongo, sí.

—Vamos Ben, no la molestes, sabes que los nuevos casi nunca traen la identificación. —le comenta al gorila poniéndose de mi lado.

—Es el protocolo, Logan.

—Tiene el email, lo acabo de ver.

—No voy a cargármela por un email. Quiero la identificación.

—Está bien, hombre. Relájate un poco. Mira, hagamos algo, yo me responsabilizaré de ella.

—¿Tú te responsabilizarás de ella?

—Sí, sí te dicen algo los jefes, que lo dudo, solo tienes que llamarme.

—Te tomo la palabra —claudica poco conforme, apartándose de nosotros.

—Creo que mañana deberías traer tu identificación, Ben puede ser un poco maniático respecto a las nuevas tecnologías. Nosotros siempre la traemos por ese motivo —informa con una sonrisa agradable— Por cierto, ¿cómo te llamas?

—Crystal. Crystal Moore.

—Encantado de conocerte Crystal Moore, yo soy Logan, uno de los bármanes. —se presenta acompañándome por diferentes tipos de salas.

—Igualmente.

—Por lo que me cuentas te ha tocado en la sección de Meg.

—Sí, puedo preguntar ¿cómo es?

—Dura, pero justa. —informa con sencillez, trago saliva acobardada y él sonríe tranquilizador— No te preocupes, si eres espabilada aprenderás mucho de ella. Sólo te pedirá ser rápida y que tengas buena retentiva, porque aquí el tiempo vuela.

—No para los clientes... —murmuro en voz baja, recordando el tabú que gira alrededor de los problemas con juego.

Logan me mira sorprendido y luego se echa a reír.

—Te recomiendo que no digas eso delante de Meg.

—Lo siento, no quería que sonase como una crítica.

—No, no te preocupes. Si tienes toda la razón, todos tenemos ese pensamiento al comienzo, y déjame decirte que incluso aunque lleves años trabajando aquí, tu opinión al respecto no va a cambiar, al

515

contrario, solo irá a peor. Muchas personas dejan el trabajo debido a eso.

—¿Por lo que ven?

—Tú misma lo verás, muchos se tiran aquí desde que abrimos hasta que cerramos sin darse cuenta y casi nunca tienen buen perder. Sé lo fácil que es prejuzgar, pero mi consejo es que en este trabajo trates de no hacerlo a la ligera. Ninguno conocemos las vidas de los demás, ¿comprendes?

—Sí.

—Eso es bueno, mira ese es mi puesto de trabajo —informa señalando hacia una barra gigantesca que se sitúa cerca de las mesas de juego.

—¿Estás tú solo en él?

—Sólo las noches que menos afluencia tenemos.

—¿Y hoy es una de esas noches?

Él vuelve a reírse ante mi tono temeroso y me mira de lado divertido.

—Probablemente.

—Ah, qué bien.

—No debes preocuparte, pronto te harás con el trabajo. Mira, si quieres, cuando termine tu turno, déjate caer por la barra y te muestro unos trucos divertidos.

—¿Tiras las cocteleras al aire y esas cosas?

—Sí, si por "esas cosas" te refieres sacarle los ojos a la gente en plena acrobacia aérea, sí, tenemos a varios ingresados —confiesa en voz baja, y al ver mi expresión confundida se echa a reír —Es broma, no te lo tomes tan literal.

—Bueno, los accidentes laborales pueden darse.

—Sí, pero si le hubiera sacado un ojo a alguien con los cócteles, estaría de patitas en la calle en menos tiempo del que pestañeo.

—Ya veo…

Madre mía, sólo espero no cagarla tirándole una bebida encima a un cliente o rompiendo toda la vajilla del Casino, la cual con total seguridad será carísima. Ya lo estoy imaginando, en vez de cobrar tendré que terminar pagándoles yo a ellos.

—¡Ah mira! Ahí está Meg —señala a una mujer de unos cuarenta años que se encuentra entrando por una puerta— Vamos, te acompaño.

—Por cierto, quería darte las gracias por haberme ayudado ahí antes.

—No tienes que dármelas. Todos hemos sido nuevos alguna vez.

Parece muy agradable, me digo encantada siguiéndole hacia el lugar por el que vimos entrar a la que será mi supervisora. Sin embargo, pese a que conocer a Logan me había tranquilizado un poco, con cada paso que voy dando hacia donde se encuentra Meg, los nervios se adueñan otra vez de mí y el latido de mi corazón se incrementa.

Las primeras impresiones lo son todo y yo no tengo fama de dar buena impresión a la gente.

Tras pasar las puertas que dan a un pasillo largo y amplio, lo recorremos hasta llegar a lo que parecen ser los cambiadores de los empleados. Logan me acompaña hasta la puerta que da acceso al de mujeres y se para con una sonrisa agradable.

—Yo no puedo entrar ahí, pero no te costará encontrarla, es la única que llevará puesto un vestido rojo. Cualquier cosa, pregúntale al resto de las chicas, son muy agradables.

—Gra gracias

—Recuerda venir a tomarte algo a la barra cuando termines y así intercambiamos impresiones. Bueno, me tengo que ir ya, ¡mucha suerte en tu primer día!

Todo lo que rodea a este chico parece ser cálido y agradable. Le observo meterse por la puerta de enfrente que da al vestuario de los chicos y me giro hacia mi propia puerta. Trago saliva nerviosa y contando hasta cinco, abro la puerta decidida a conocer a mi supervisora.

En el interior me encuentro a un montón de chicas atractivas que se están cambiando sin ni si quiera inmutarse porque alguien más haya entrado, supongo que aquí no tienen tiempo para conocerse entre ellas. Escaneo la sala en busca de la mujer del vestido rojo, aunque hay tanta gente que no la encuentro, por lo que me acerco a una muchacha que está a mi lado poniéndose el vestido.

—Disculpa, estoy buscando a Meg.

—Ahí.

Sigo la indicación de su dedo y veo a una mujer que está pintándose frente a un espejo.

—Gracias.

—No hay de qué.

Sin darle otro vistazo, me acerco hasta donde se sitúa y me paro detrás de su silla.

—Hola, soy Crystal Moore.

—Ah sí, te esperábamos hoy —comenta estudiándome a través del espejo— Tienes que cambiarte.

—¿Qué me pongo?

517

—De ese armario que hay ahí, escoge un vestido negro según la talla que uses. Te haces un moño alto y luego te maquillas un poco. Sencillo, nada demasiado llamativo.

—Vale.

—Como aquí no tenemos mucho tiempo para enseñar, hoy por ser tu primer día, estarás observando y luego por la noche te asignaremos una mesa, así veremos cómo te desenvuelves con ella.

—Está bien…

La tarde transcurre algo agitada, las camareras se mueven de un lado para otro atendiendo hasta cinco mesas a la vez. Se sirven merienda y cena, y el licor corre con una facilidad pasmosa. Para cuando cae la noche ya me he aprendido la rutina general, por lo que Meg me deja a cargo de una mesa donde hay tres ancianas jugando en la sala del bingo.

—Hola, me llamo Crystal, y seré su camarera a lo largo de la noche —me presento con una sonrisa tal y como me han enseñado.

—Ahhh, juventud divino tesoro… —comenta añorante una de las ancianas que va ataviada muy elegante con un vestido largo verde.

—Calla, Clary, nosotras nos conservamos muy bien para nuestra edad, ¿a que sí querida? —pregunta otra con un labial rosado y unos aretes antiguos.

—Po por supuesto, señora…

—No la pongas en un aprieto Nancy, que no te va a señalar tus arrugas.

La tercera anciana que interviene también está engalanada. Aunque a diferencia de las otras dos esta última posee unos increíbles ojos grises muy parecidos a los que he visto en otro lado.

No, es imposible, con toda seguridad serán sólo las cataratas de la edad.

—¿Qué estás diciendo Elo? ¿ya estás borracha? Yo no tengo arrugas.

—Eh… ¿desean algo?

—A la Nancy le pones una Coca-Cola porque ya está viendo mal…. —comenta la anciana llamada Elo que resulta ser la más descarada, después se queda callada escuchando el nuevo número.

—¡Oye!

—Un momento, ¿ha dicho treinta?

—¿Ya empiezas a estar sorda Elo? —pregunta Nancy.

—¡LINEA! EHHH SEÑOR, ¡LINEAAAAAAAAAA! —grita emocionada Elo saltando en su silla.

—¡Se han cantado línea! ¡La señora de la mesa siete!

—¿Señora? ¡Y un cuerno! Menudo maleducado…

—Iré a por su Coca-Cola —musito obediente.

Cuando regreso con la orden, las encuentro hablando de sus amoríos de juventud. Durante un rato me mantengo incómoda a un lado, tratando de no escucharlas, pero una de ellas, interesada, fija su atención en mí.

—¿Y tú tienes novio, querida?

Por un segundo la imagen de Aiden sonriendo viene a mi cabeza. Me recreo en ella por un instante y termino descartándola descarto con rapidez. Nosotros jamás seremos nada.

—Eh… No.

—¿Seguro? Parece que has dudado —inquiere Clary— No nos juzgues demasiado. Los amoríos de los jóvenes son mucho más interesantes que los que podamos tener unas carrozas como nosotras…

—Hablaréis por vosotras, yo sigo conservándome joven —arguye Nancy orgullosa con su vestido de leopardo.

—Di que sí mujer, haces muy bien, tú eres demasiado bonita para estar atada a un tipo, y además, los hombres sólo traen dolores de cabeza. Yo lo veo a diario en mi nieto, como va dejando todos esos corazones rotos allá por donde va. No seas tan pusilánime como esas niñitas que lloriquean por un hombre. Debes mostrarte segura y quererte ante todo a ti misma.

Carraspeo incómoda con la situación y asiento siguiéndoles el juego.

—¿Necesitan algo más?

—De momento solo que nos des conversación.

—Debes comprenderlo, nosotras ya nos tenemos muy vistas las unas a las otras.

—Creo que te han asignado a nuestra mesa debido a que somos muy habladoras, ¿verdad que sí chicas? —pregunta riéndose Clary y las otras dos la secundan.

—¡Cincuenta y dos! ¡Cinco, dos! ¡Cincuenta y dos!

—¡Ay leñe! ¡¡Que ese es el mío!! ¡¡¡¡LÍNEAAAAA!!!! —vuelve a gritar Elo.

—¡Será cabrona! —exclama Nancy.

—Menuda suerte —corrobora Clary.

—Felicidades —intervengo con una sonrisa.

—Gracias querida, empiezo a creer que me estás trayendo suerte. Me quedan tres números. Si me canto el bingo, te invitaré a algo.

—Se lo agradezco, pero no hace falta, de verdad. Sólo estoy aquí para atenderlas.

—Bueno, entonces te invitaré a algo cuando no estés trabajando.

—¿Sólo vas a invitarla a algo? No seas rata, Elo. Mejor preséntale a uno de los chicos guapos que tienes por vecinos.

—¿Le acabo de decir que no se ate a ningún hombre y estáis vosotras aquí tratando de hacer de casamenteras?

—¡Es para que se dé una alegría al cuerpo! —agrega Nancy y ante eso empiezo a toser avergonzada.

—Pues por cómo tose, quizás ya se esté dando más de una... —murmura Clary divertida y Elo me pasa un vaso de agua, que rechazo con educación por estar trabajando.

—No les hagas caso. Sólo son dos viejas urracas con muy mala idea. Ya les gustaría a ellas echarle el guante a alguno de mis chicos. Son amigos de mi nieto pequeño, aunque vamos que los quiero como si fueran los míos propios.

—Sí, actúan más como nietos que tus nietos mayores.

—Por mucha pena que me dé admitirlo, el pequeño es el que menos disgustos me da, es el único que se parece a su madre. Te lo presentaría querida, pero es un negado en el amor por culpa del idiota de su padre —agrega enfadada— El día que se termine enamorando, estoy segura de que meterá la pata a lo grande. Te lo digo yo, que soy su abuela.

¿Quién diablos querría estar con alguien con tantas problemáticas familiares?

—No se preocupe, seño.. —comienzo, más al darme cuenta de que odian que la llamen así, rectifico con rapidez— gracias de todas formas.

—Veintisiete, ¡dos siete!

—¡Lo tengo! ¡Sí! ¡BINGOOOOOOOOOOOOOOOOOO! —grita Elo emocionada.

—La señora de la mesa siete, ha gritado bingo. Comprobación.

—¡Deje de llamarme señora, pajarraco canoso!

***

El periodo final de exámenes viene cargado de estrés, nervios y horas de desvelos. La presión de finalizar ya este semestre se instala entre todos nosotros, impidiendo verme con Aiden durante las siguientes dos semanas, quien también se encontraba bastante ocupado entrenando y estudiando, bajo el pretexto de que le supondría una distracción deliciosa que no se podía permitir ya que dentro de pocas semanas llegaría la prueba que le haría el entrenador Carson.

No obstante, siguiendo nuestro acuerdo, nos mensajeamos con frecuencia, ya que le estuve pasando mis apuntes para los exámenes, en los que le señalé las partes que con toda probabilidad terminarían cayendo en los finales.

Para ser sincera, no tardé mucho tiempo en darme cuenta de que le echaba terriblemente de menos y eso me asustaba un poco, pues teniendo en cuenta nuestras conversaciones previas, no significaba nada positivo para mí. En un intento por no destinarle demasiado tiempo a estas peligrosas reflexiones, me dediqué en exclusividad a centrarme en el trabajo y en mis estudios.

Sin embargo, la misma noche de aquel viernes en el que acabamos los exámenes, aproveché que conseguí salir antes del trabajo para atender los mensajes de Jackie, quien me había escrito esa tarde para ponernos al día. Con ella tampoco había podido hablar demasiado, debido a que ambas habíamos estado muy saturadas.

Mensaje entrante de Jackie:

¿Qué tal te salieron los exámenes? ¡Te echo mucho de menos! (emoticono con una lágrima)

Mensaje enviado:

Y yo. Los exámenes creo que me salieron bien. ¿Los tuyos qué tal?

Mensaje entrante de Jackie:

Me conformo con aprobar (emoticono sonriente)

¿Sólo bien? Siempre dices eso y al final sacas la mejor nota.

Mensaje enviado:

Sí, pero con el trabajo he estado un poco más ocupada, así que no sé si quizás me bajará la media…Sólo espero que no lo haga de una manera excesiva.

Mensaje entrante de Jackie:

Sobre eso, ¿cómo va el trabajo? ¿Ya firmaste el contrato?

Mensaje enviado:

Sí (emoticono sonriente).

Lo cierto es que temía no acostumbrarme a él, pero creo que estoy habituándome bastante bien.

Mensaje entrante de Jackie:

¿Tienes compañeros guapos? (emoticono del guiño)

Sonrío divertida, solamente piensa en eso. Recuerdo a Logan y a Dan, los bármanes con los que he entablado una bonita amistad. Bueno, ellos podrían considerarse atractivos, desde luego, reciben mejores propinas que las mías.

Mensaje enviado:

Puede ser.

Mensaje entrante de Jackie:
¿Cómo que puede ser? O es o no lo es.
Mensaje enviado:
Vale, sí. Tengo compañeros guapos, aunque no estoy interesada.
Mensaje entrante de Jackie:
No lo pregunté por si estás interesada en ellos, ya sé que tú tienes al bombón de Aiden, lo decía para mí.
Mensaje enviado:
Aiden y yo no somos nada.
Mensaje entrante de Jackie:
Todavía.

Un aleteo esperanzador revolotea en mi corazón. Quizás, si sólo quizás…

"Es sólo que creo que tú y yo no haríamos una buena combinación más allá de la cama, y lo cierto es que no me gustaría tener que irme de tu vida"

El recuerdo de esas palabras clava un cuchillo que rasga todo rastro de esperanza que hubiera podido albergar durante unos instantes. Lo mejor sería que lo aceptara de una vez por todas, Aiden Blake jamás sería mío.

Debería dejar de pensar en tonterías, creo que el tiempo que hemos estado lejos uno del otro me ha afectado demasiado. Tengo que centrarme en otra cosa, me digo vagando por los chats de WhatsApp, intentando buscar una distracción. Quizás debería escribir a Charlie, hace mucho que tampoco hablo con él.

Justo encima del chat de Charlie, se encuentra el de Darren. También hace tiempo que no hablo con él, ¿le habrá pasado algo? La última conversación que mantuvimos fueron sobre nuestros pasteles favoritos a raíz de que me enviara la foto del que se había tomado aquella mañana para desayunar. Decido enviarle un mensaje, en caso de que le haya ocurrido algo. Al fin y al cabo, no estaba pasando por un buen momento.

Mensaje enviado:
¿Todo va bien? Andas desaparecido. √

Supongo que estará ocupado. Sólo espero que no haya sucedido nada malo.

De repente, todas mis cavilaciones se ven interrumpidas cuando recibo una videollamada entrante de *Calientabragas.*

Sonrío divertida y descuelgo. La sonrisa traviesa de Aiden aparece en la pantalla de mi teléfono y noto otra vez más el aleteo insidioso alborotando mi pecho.

—¿Cómo es posible que estés más buena de lo que estabas esta mañana?

—Hola tú —respondo tratando de no mostrarme avergonzada con sus salidas extravagantes.

—Si quieres podemos ponernos a hablar del tiempo y eso, pero tengo una pregunta que hacerte primero.

—Ya me estaba preguntando yo dónde habría quedado tu vena idiota. Venga, dime, ¿cuál?

—¿Vas a tenerme mucho más tiempo esperando en la puerta?

—¿Cómo dices?

—¿Qué voy a decir? Que me abras la puerta.

Acto seguido suena el telefonillo de mi casa. Nada más escucharlo corro hacia la puerta.

—¿Tú estás aquí? —pregunto asombrada e ilusionada a partes iguales.

—Anda, ábreme, no me hagas tener que recurrir a tu vecina otra vez.

Después de abrirle la puerta principal del edificio, hago lo propio con la de mi apartamento, y apenas pasan unos segundos hasta que le veo aparecer por el pasillo, vestido con la ropa de deporte básica y el pelo húmedo. Supongo que viene de entrenar.

—Bueno, ¿qué? No nos hemos visto en varias semanas a excepción de los exámenes, ¿y no piensas darme ni un abrazo? —inquiere con una sonrisa ladeada abriendo los brazos para mí.

—¿Ahora es cuando corro a tus brazos y nos fundimos en un abrazo romántico? —comento irónica, tragándome un gritito de emoción mientras me apoyo sobre el marco de la puerta.

—Huy, romántico, qué palabra más idílica… No, ahora es cuando echas a correr a mis brazos, y me dejas meterte mano.

—Oh, bueno, esa opción también me agrada.

Levanto uno de los hombros restándole importancia y separándome de la puerta, corro a sus brazos. Él me insta a apoyarme sobre sus hombros y de un salto, doblo las piernas alrededor de su cintura, aferrándome a su cuello.

Dios, había extrañado tanto este olor.

— Te he echado jodidamente de menos… —murmura con voz ronca sobre mi garganta, llevándome de vuelta al apartamento.

Una vez en su interior, cierra la puerta con el pie, sin soltarme todavía.

—Y yo.

—No poderte tocar durante estas semanas ha sido una tortura. A ver, déjame comprobar que no haya cambiado nada en tu cuerpo.

Empieza a toquetearme por todas partes y yo me echo a reír ante su cacheo improvisado.

—¡Sólo han sido dos semanas!

—Tres —farfulla besándome el cuello.

—Espera, espera, Blake… Ay…—me quejo removiéndome entre sus brazos.

—Ah, ¿tienes cosquillas nuevas de las que yo no estaba enterado? ¿Las has desarrollado en estas semanas? —inquiere continuando su labor, luego se pone serio y alega— Espera, mucho más importante que eso, tengo que cerciorarme de que tus zonas erógenas siguen intactas.

—¿Cómo va a cambiar eso? Ahh….—me revuelvo de placer cuando me lame debajo de la garganta.

—Nunca se sabe —musita y me mira reprobador, negando con la cabeza— Y tú diciéndome que tu zona erógena por excelencia eran los pezones. No tienes ni idea.

—¿Ya quieres empezar discutir?

—No, lo único que necesito es ponerme al día con tu cuerpo.

CAPÍTULO 31

CRYSTAL

Aiden comienza a llevarme hacia mi cuarto y trato de detenerle, deseosa de revelarle que he empezado a trabajar. —Espera, tengo que contarte algo.

No quería decírselo hasta que no estuviera más asentada en la empresa y viera que todo iba bien. Sin embargo, él me deposita sobre la cama, y cuando quiero darme cuenta, sus manos ya están volando por todo mi cuerpo, arrancándome la ropa.

—Ahora no. No sabes lo que he extrañado tocarte… —musita liberándome del sujetador. Mis pechos quedan a la vista bajo la luz y siento algo de vergüenza— Hola pequeñas os he echado de menos…

Si sigue acariciándolas de ese modo, será imposible sincerarse, me recuerdo retorciéndome bajo su contacto completamente alterada.

Está demostrado que no puedo resistirme demasiado a sus atenciones, porque en el momento en el que comienza a rozar mi cuerpo por medio de besos y lametones, cualquier frase coherente desaparece de mi cabeza, deshilachándose de tal manera que sólo puedo pronunciar palabras inconexas.

Ansioso, empieza a besarme los pechos, succionando primero uno y, al conseguir que me contraiga para él, continúa con el otro, prolongando el hostigamiento a mis sentidos. Me agarro a varios de sus mechones de pelo y alzo mis caderas frotándome con su cuerpo, anhelando que dirija sus atenciones hacia otras zonas inferiores.

—Malditamente perfecta —gime contra mi pezón, que se endurece bajo el contacto con su cálido aliento.

—Aiden…

—¿Si, preciosa? ¿Qué necesitas? —musita arrastrando las palabras contra el valle de mis senos.

Ni si quiera puedo pronunciar una palabra, me quedo ahí siendo taladrada emocionalmente con la intensidad eléctrica de su mirada. Siempre que estoy con él me siento como si estuviera bajo una tormenta que estuviera a punto de descargar y yo no llevase ningún tipo de paraguas con el que cubrirme. Aiden consigue exponerme en todos los sentidos de la palabra.

—Bésame.

Le insto a acercarse a mí, deseosa de sentir sus labios contra los míos. Su delicioso sabor entremezclándose con mi saliva.

Él obedece y dejando recaer todo su peso sobre el mío, me coloca ambos brazos a los lados de mi cabeza, reduciendo la distancia de nuestras bocas, que convergen en un beso profundo, duro, ansioso y anhelante.

Su lengua saquea mi interior, y una sensación de calurosa familiaridad se instala en mi interior, produciéndome un regocijo de reconocimiento, que me permite ser consciente de que, con toda probabilidad, siempre reconoceré sus besos, su olor y su sabor entre los de una multitud. Sin necesidad si quiera de verle, sabría que se trataría de Aiden Blake.

Le ayudo a bajarse los pantalones deportivos y el bóxer. Necesito tenerle más cerca, sentir su dureza contra mi sedosidad. El fuego me recorre las entrañas, envolviéndome en un incendio eterno. Noto mi corazón desbocarse cuando frota el glande contra mi clítoris, enviando pequeñas descargas de placer por mi columna vertebral, que van invadiendo cada recodo escondido de mi piel.

La electricidad que me transmite con su cuerpo es capaz de encender un incendio que amenaza con arrasar primero mis sentidos y después mi corazón.

La combinación de sus caricias, su toque, incluso su piel, se muestran ante mí con características significativas que no presentaría nadie más. Incluso la reacción de mi propio cuerpo a su contacto le identificaría como único dueño y propietario de mi corazón.

Es en ese momento justo, en el que junta nuestros cuerpos desnudos en una acometida profunda, permitiéndonos a ambos sentirnos el uno al otro, donde tomo consciencia con total seguridad de que estoy muy jodida.

Lo quiero con todo mi corazón y deseo, no, ansío que algún día él pueda quererme también.

Me he enamorado irremediablemente de un idiota que vuelve mi mundo patas arriba y lo trastoca como a él le viene en gana.

El temor y la culpa no tardan en sobrevenirme. Aiden ya me avisó que no cometiera la estupidez de enamorarme de él, que jamás podría corresponderme.

Sin embargo, el miedo no tarda en ser sustituido por asombro cuando me fijo en la intensidad de su mirada y siento cómo esta última toca hasta mi alma.

¿Esto era a lo que se refería la anciana en las termas? No es sólo deseo, su pupila me devuelve mi propio reflejo y en su iris grisáceo late un brillo más profundo, diferente a todo lo que haya podido ver en el pasado.

La expresión de sus facciones grita por sí misma, contemplándome con veneración como si estuviera ante un manjar exquisito. Me acaricia con adoración, mientras sigue clavándose con fuerza en mi interior y me pregunto si yo también le miraré de la misma forma en que él lo está haciendo ahora conmigo.

Una verdad cae sobre mi como una losa, revelándome lo que había estado negándome a ver hasta ahora, lo que ambos habíamos tratado de evitar. Sé con toda certeza que él sí me quiere, sólo que tiene tanto miedo que es incapaz de aceptarlo todavía, aunque eso no implica que yo deba negarme a expresar mis sentimientos.

Va siendo hora de que le diga la verdad, esa que acabo de descubrir sobre mí misma, pero hoy no. Hoy sólo deseo disfrutar de la sorpresa que me ha dado al presentarse de improviso en mi casa.

Pese a que todavía no puedo verbalizar mis sentimientos, deseo hacerle sentir al menos con mis caricias lo mucho que me importa, llevarlo a la locura con cada beso, entregándome a él en cuerpo y alma.

Sí, definitivamente lo marcaré como mío y le echaré a perder para cualquier otra mujer que no sea yo.

Cierro mis piernas a su alrededor, apretándole deseosa de incrementar las deliciosas sensaciones y perderme en ellas. El nuevo sentimiento descubierto me oprime el pecho, acrecentando mucho más mis percepciones.

—Crys… —jadea sobre mi oído aumentando la intensidad de sus acometidas, con solo usar mi diminutivo mi piel se eriza bajo su aliento— Oh, mierda… Joder, te deseo tanto, nena…

—Yo…yo….—resuello tratando de corresponderle con las mismas palabras.

No me da tiempo a agregar nada más, porque la explosión de placer proveniente del orgasmo me avasalla, acabando con cualquier tipo de pretensión racional. Cada uno de los sentidos de mi cuerpo se agudizan y la oleada de un orgasmo que me recorre de pies a cabeza me derriba con ellos. Me aferro a él, y lo beso con intensidad, recibiendo el impacto mientras me pierdo bajo su toque.

—Aiden…yo…

Yo te amo.

La confesión desaparece en mi mente, catapultada por un nuevo orgasmo en el que le acompaño hasta sentir el delicioso y conocido calor de su simiente en mi interior. Todavía derramándose en mi canal, se queda paralizado temblando, con su cabeza enterrada en mi cuello y la piel erizada por los últimos resquicios del placer.

Después, cuando termina me observa con fijeza durante unos segundos, y trago saliva con nerviosismo, esperanzada de que quizás él también haya experimentado la misma conexión que yo, y cuando creo que va a agregar algo, niega con la cabeza y desvía la mirada, dinamitando cualquier tipo de ilusión.

—Benditas pastillas —comenta recuperando el aire, y yo suelto una carcajada frustrada. Demasiado bonito para ser cierto— Oye, no te rías. Te sientes demasiado bien.

—Tú también.

—No pensarás echarme hoy, ¿no? Porque no pienso largarme.

—¿Ahora eres un okupa?

—¿Y cuándo no lo he sido? —pregunta escéptico abrazándome.

—Pues también es cierto.

—Ah, una cosa, dudo que te enterases porque te fuiste rápido del examen, pero mañana por la noche nuestra clase va a reunirse para tomar unas copas y así celebramos que hemos terminado los exámenes. Será en el Wells club, está en el centro de la ciudad, vendrás, ¿no?

—No sé muy bien qué pinto yo allí.

No he intercambiado más de dos palabras con ninguno de mis compañeros durante los cursos anteriores, y cuando lo hice este año la situación no terminó muy bien para ninguno de los dos. Además, la zona de la que me está hablando es demasiado cara para mí y el nombre que me acaba de decir no suena barato precisamente. Aunque bueno, estoy a punto de cobrar, así que quizás sí podría permitirme un pequeño lujo.

—Pues lo mismo que yo. Vamos a ir a divertirnos.

Podría ser viable, ya que los fines de semana libro en el trabajo y además no puedo meterle ninguna excusa con los estudios, porque ya habíamos terminado los exámenes. De todas formas, me doy cuenta sorprendida de que no me apetece darle ninguna excusa, ya no quiero seguir siendo la misma Crystal Moore que fuera un año atrás y para eso debo actuar en consecuencia.

Ahora tenía un empleo en el que me relacionaba con todo tipo de personas, incluso acababa de descubrir mis sentimientos por Aiden, los cuales, aunque él no se hubiera percatado, por medio de sus acciones había demostrado que eran correspondidos. Sólo me quedaba la tarea de conseguir que también se diera cuenta.

Y qué difícil me parecía involucrarme en esa empresa, joder.

Nuestra estancia en el hostal lo había cambiado todo. Hasta ahora, había creído sentirme confundida con sus acciones y estar viendo imaginaciones allá donde sólo había humo debido al problema principal: él se negaba a reconocerlo.

Sus acciones contradecían a sus palabras, y eso era lo que había provocado mis sentimientos ambivalentes. No obstante, ahora podía verlo todo con una renovada claridad.

La anciana tenía toda la razón, había sido una ciega por voluntad propia. Aquella mujer, sin darse cuenta, me había dado un souvenir mucho más importante que una pezonera. Me había ayudado a activar la alarma en la que me había negado a creer por temor al rechazo durante todo este tiempo, la misma que en circunstancias normales me habría permitido prestar atención a todas las señales que él mandaba sin darse cuenta.

Tremendo idiota.

Podía enfrentarme a una reunión así, me dije con confianza. No tenía ninguna intención de huir como hubiera podido hacerlo en el pasado, aprovecharía para tantear el terreno con él, y lo haría tratando de no presionarle, aunque sin olvidar mi cometido principal, el de conseguir que se diera cuenta de que nuestra "amistad" había dejado de serlo hacía ya mucho tiempo.

—Está bien, vayamos.

—¡Muy bien!

—Imagino que no habrás cenado —comento levantándome de la cama para buscar mi ropa que se encuentra desperdigada por el suelo. Él por su parte se sube los pantalones.

—Vine en cuanto terminé de entrenar.

—Entonces, si te vas a quedar a dormir, anda, encarga unas pizzas, tengo hambre, mientras tanto iré a lavarme. Tengo agendado el número de mi pizzería favorita en mi móvil.

—De acuerdo —accede sacando su propio teléfono del bolsillo del pantalón para llamar, después mira confundido hacia los lados— Espera, ¿dónde tienes el móvil?

—Ahí sobre la mesilla de noche.

Salgo del dormitorio en dirección al baño al tiempo que le escucho poniéndose la camiseta.

El tiempo de la ducha lo destino a organizar el cauce de mis ideas. Desde que acabo de descubrir mis sentimientos por Aiden, me da un poco de miedo que se note demasiado. Me siento como si estuviera ante un cervatillo y yo llevase un todoterreno con luces muy potentes, al más mínimo movimiento este saldrá espantado. Debo enfocarme en actuar como siempre hasta que llegue el momento adecuado para comunicárselo. Si se lo suelto así de la nada estoy completamente segura de que no le sentará nada bien.

Me tomo mis buenos quince minutos para recomponerme y cuando ya estoy saliendo del baño dispuesta a actuar como siempre, escucho el portazo fuerte de la puerta principal de mi apartamento. Intrigada, le busco por el salón.

—¿Aiden?

Sin embargo, el silencio de la estancia vacía es la única respuesta que obtengo. Estoy sola en el pequeño apartamento.

¿Quizás se haya dado cuenta de que le miro de forma diferente? No, eso no puede ser, es demasiado ciego.

Confundida con la extraña situación, me aproximo hasta la mesilla del café, en la que ha dejado mi móvil antes de largarse, y decidida a escribirle para que me dé una explicación, abro el WhatsApp. Sorpresivamente, lo que menos hubiera esperado encontrar, aparece ahí enfrente de todo el que desee leerlo.

Me tambaleo impresionada y noto como la sangre se me congela en las venas.

Jodida mierda.

Ahora sí que la he hecho buena.

El chat de Darren está abierto.

Lo que es aún peor, todas nuestras conversaciones están ahí. ¿Habrá visto que me quejé, y lo insulté un poco al comienzo? ¿Podría haberse enfadado por eso? No, ¿verdad? A fin de cuentas, en la conversación también aparecía que me retractaba de mis palabras.

Cierro el chat, y decido no sacar conclusiones precipitadas, ya que si no lo sé con seguridad lo mejor será hacerse la tonta, por lo que, abriendo su chat, tecleo:

Mensaje enviado:

¿Fuiste a comprar algo?

Él tarda tanto en contestar que empiezo a creer que me acabaré volviendo loca. Frustrada, termino dejando el móvil encima de la mesa, y decido ir a hacerme una tila para calmar los nervios. Al rato, cuando regreso, el móvil me vibra y prácticamente me abalanzo sobre él.

Abro su chat y me quedo sin habla, ha borrado dos mensajes que me había enviado. Desde luego, eso no pega nada con Aiden, quien nunca tiene problema alguno para soltarte lo que piensa sin miramientos.

3 Mensajes entrantes de Calientabragas:
Este mensaje fue eliminado.
Este mensaje fue eliminado.
Me ha surgido algo y tuve que salir.

—Ni creas que voy a tragarme esa patraña. —murmuro negando con la cabeza disgustada.

Mensaje enviado:
Ah, bueno, podrías haberte despedido.

Pasan minutos y ni si quiera me responde, por lo que decido presionarle.

Mensaje enviado:
Entonces, ¿mañana vendrás a recogerme y vamos a la reunión esa del pub?

Mensaje entrante de Calentabragas:
No creo que pueda ir a por ti, mejor nos encontramos allí.

—Ay madre… ¿Cómo puedo estar enamorada de este idiota huidizo?

Aiden Blake, ya puedes irte preparando, porque pienso caerte encima con todo lo que tengo.

Al día siguiente decido recurrir a Jackie para que me ayude a poner en marcha todas las herramientas que requeriré vestir esa noche para llevar a cabo mi plan. Voy a necesitar sentirme con confianza para abordarle. Por eso, sin darles demasiadas explicaciones a Jackie, le pido que venga a mi casa. Ésta no tarda mucho en aparecer ante mi puerta con una botella de cava.

—¡Por fin te veo! —exclama abrazándome con la botella todavía en la mano.

—Sí. Gracias por venir con tanta rapidez.

—¿Cómo no iba a venir? Ahora que hemos terminado los exámenes ¡Tenemos que beber para celebrarlo! He traído esta botella, aunque creo que no será suficiente —señala dudosa tras separarse de mí, luego comienza a dar saltitos pequeños— ¡Vamos a comprar las bebidas y nos emborrachamos viendo algún musical! *"La La Land"* no está mal, ¿tú que piensas?

—Jackie, espera… No te he llamado para eso —le tranquilizo sujetándola para que no se marche, riéndome por su impulsividad, me meto de nuevo en mi apartamento y le hago una señal con la mano para que pase— Entra, por favor.

Ella obedece confundida y cierra la puerta tras de sí.

—¿Entonces? ¿Qué es eso de que no me has llamado para pillarnos una buena cogorza? —pregunta extrañada frunciendo el cejo, como si fuera lo más absurdo del mundo un planteamiento alternativo.

—¡Obviamente que no! Son las tres y media de la tarde. Te he contactado por otro motivo.

—¿Y cuál es ese?

—Necesito tu ayuda.

—¿T-tú pidiéndome ayuda a mí? —indaga atónita señalándome como si fuera alguna clase de extraterrestre.

—Sí.

—Con total seguridad está a punto de acabarse el mundo.

—No digas tonterías. No entiendo por qué te sorprende tanto.

—¿Qué no lo entiendes? —inquiere como si tuviera algún tipo de problema con la comprensión. Sin embargo, después parece pensárselo mejor y dándome una palmada de ánimo en el brazo, continúa despreocupada— Bueno, da igual. Dime, ¿qué es lo que necesitas?

—Es que… verás…

Me siento demasiado expuesta teniendo que explicarle mi situación sentimental. Las palabras se amontonan en mi cabeza, y lucho por tratar de encontrar una manera más suave de decírselo.

—Suéltalo Crys.

—Mi clase da una cena esta noche para celebrar la finalización de los exámenes, y, me he dado cuenta de que quiero a Aiden, aunque él no lo sabe todavía, es decir, estoy segura de que me quiere, pero es demasiado lento para haberse dado cuenta sobre nuestros sentimientos. Entonces, necesito tu ayuda con el vestuario para abordarle en la cena de esta noche. Tengo que hablar con él de una vez por todas, y para ello quiero verme bien por una vez. —suelto de corrido sin pensar demasiado en lo que estoy diciendo.

La expresión de Jackie demuda en auténtico asombro a medida que voy pronunciando cada una de las palabras.

—Espera, ¿te has enamorado de Aiden?

—Sí.

—¡Lo sabía! ¿Y dices que él no sabe nada?

—No, todavía no.

—¿Estás segura de que él siente lo mismo, Crys? —pregunta cautelosa.

—Sí. Al menos eso ha demostrado con muchas de sus acciones.

—¿Y no te preocupa que te rechace o que lo niegue?

Reflexiono un segundo sobre eso, y experimento una sensación de temor que me contrae el estómago. ¿Y si sólo son imaginaciones mías? ¿Estaré pecando de atrevida? La noche anterior, sus actitudes protectoras en el hostal, nuestras conversaciones, y sus formas de acariciarme me vienen de golpe a la cabeza. No, no creo que me lo esté imaginando.

Con la resolución de esa pregunta, se me presenta una nueva. ¿Será una locura lo que me dispongo a hacer? No, sólo por esta vez estoy dispuesta a jugármela por lo que quiero, sin retroceder como una cobarde. Si él decide darle una oportunidad a lo que tenemos, entonces todo esto habrá valido la pena. No obstante, en el caso de que decida huir, con toda probabilidad será muy doloroso, aunque si lo hace, al menos sabré que lo nuestro no estaba destinado a ser desde un comienzo.

—Sí, estoy segura de que no aceptará con tanta facilidad, pero, aun así, quiero ser consecuente con mis sentimientos. No deseo seguir fingiendo y dando de lado mis emociones.

—Está bien, te apoyaré en esto. Estoy orgullosa de ti y de tu evolución, Crys.

—Gracias, Jackie.

—Entonces ¿necesitas ayuda con el vestuario?

—Sí.

—¡¡Yiaaaaaaaaaaaaaaaaaaa!! —grita emocionada abrazándome— Por fin me lo pides, no sabes cuántas noches le estuve rezando a Platón por esto. ¡Por supuesto que voy a ayudarte! Vamos a ver qué es lo que tienes en ese armario, y si no, nos vamos de compras. También reservaré cita con mi peluquero.

—¿No será demasiado excesivo?

—No empieces, Crys, si vas a confesar tus sentimientos, ¡vamos a tirar de tarjeta! ¡Estoy tan emocionada!

—Está bien —asiento agradecida de poder contar con su ayuda.

Después de un rato estudiando las combinaciones del armario, Jackie alaba varios de los conjuntos elegidos por Aiden. Al final, termino decantándome por la falda ajustada de cuero negro que me regaló y cuando estoy a punto de elegir la parte de arriba, ella niega con la cabeza.

—Espera. Si vas a ir a por él, me gustaría formar parte del cambio de mi mejor amiga de alguna manera. Permíteme que te regale algo bonito, por favor, Crys.

—De acuerdo, Jacks.

Pasamos el resto de la tarde visitando una gran diversidad de establecimientos y en una de las miles de tiendas en las que me hace entrar, terminamos escogiendo una camiseta corta anudada en el pecho de color vino burdeos. De acuerdo con Jackie, la combinación con la falda es sencilla, aunque muy sensual para el sitio al que vamos.

Finalmente, tras pedir una cita a última hora de la tarde en su salón de belleza, me encuentro sentada en una silla contemplando asombrada el resultado, su peluquero personal me ha peinado y alisado el pelo, de manera que jamás me lo había visto tan largo. También, a petición de Jackie y de su tarjeta de crédito, ya que se negó múltiples veces a pagase por algo de eso, a cambio de que la permitiera acompañarme a la cena, me maquillaron realzando algunos de los rasgos que ni si quiera sabía que tenía.

Una vez terminado su trabajo, me resulta imposible reconocer a la chica que me devuelve la mirada en el espejo.

—Si con esto no te acepta… Amiga, el tipo será un estúpido de remate —comenta Jackie detrás de mí apoyada sobre mi hombro observándome aprobadora a través del espejo.

Jackie y yo nos presentamos esa noche en el Wells Club y me quedó sin aliento al imaginar el dineral que se han debido de gastar en este sitio. Sabía por Jackie que se trataba de un club donde se manejaba mucho dinero, más al ver su interior me quedo impactada, es demasiado grande, lujoso, y está tan concurrido que hace demasiado calor. Lo primero que hago es buscar a Aiden, aunque al haber tanta gente, se me dificulta la visibilidad.

—Ya sé que estás impaciente por ver a tu Romeo, pero, por favor, antes de entrar en "modo romance", tomémonos algo fuerte. Vamos a la barra, ahora necesitas las fuerzas que sólo puede dar el alcohol.

Jackie me arrastra con ella, abriéndose paso entre la multitud. No le resulta muy complicado ya que con ese vestido verde fluorescente en el que va embutida y la peluca a juego, todos se percatan de su presencia, haciéndose a un lado.

Mientras esperamos a ser atendidas, vuelvo a escanear la inmensa sala, y en esta ocasión lo encuentro de pie a unos metros de distancia, en lo que parece ser un reservado. Mi corazón comienza a latir frenético, al reconocerle y encontrarle vestido tan distinto a lo que estoy acostumbrada a ver. Lleva una camiseta verde militar básica debajo de una chaqueta negra y un pantalón vaquero negro ajustado. Quizás debo estar haciendo el ridículo allí comiéndole con la mirada, pero está tan malditamente bueno que siento ganas de morderle. No obstante, lejos de lucir la sonrisa traviesa que tanto le caracteriza, se muestra demasiado serio. Percibo la tensión de su mandíbula y lo contemplo dudosa.

Por un instante, parece que notase que le estoy observando porque justo en ese momento nuestras miradas colisionan, dejándome sin respiración. Me estudia de arriba abajo con lentitud, evaluándome. Indecisa, me encuentro deseando que le guste lo que ve. Al parecer paso satisfactoriamente la inspección, pues al regresar su atención a mis ojos, traga saliva y noto el delicioso aleteo emocionado pulsando en mi cuerpo, más este último no dura demasiado, ya que su expresión se endurece, y mi corazón se para, destrozando el pequeño revoloteo ante el presentimiento de que algo va terriblemente mal.

La confirmación llega cuando doy un paso para dirigirme hacia donde se encuentra, deseosa de aclarar la situación. Él me retira despectivo su atención y se gira a hablar con una rubia que identifico como una de nuestras compañeras.

¿De verdad está tan enfadado conmigo?

—Crys, ¿qué es lo que quieres tú? —pregunta Jackie sacándome de mis cavilaciones.

Me giro hacia ella, y la observo apoyada en la barra esperando mi respuesta con el camarero.

—¿Crys? —indaga sorprendido este último, a quien reconozco con rapidez— ¿Eres tú? ¡No te había reconocido! Estás impresionante...

—¡Logan! ¿qué haces aquí?

—Este es el otro trabajo del que te hablé.

—Madre mía, cuando me dijiste que estabas pluriempleado no pensaba que también trabajases los fines de semana... —señalo con admiración.

—¿Os conocéis?

Cualquier chico guapo despierta su interés, y a la vista está que Logan no es precisamente feo.

—Es mi compañero del trabajo, Jacks —explico con sencillez— Logan, ella es Jackie, mi mejor amiga, Jackie, Logan.

—Encantado.

—Lo mismo digo.

—Oye, mi turno está a punto de terminar, así que si quieres os invito a algo y pasamos el rato.

—Yo…yo.. —murmuro insegura girándome para buscar a Aiden, quien sigue conversando con la misma chica de antes, supongo que tendré que hablar con él más tarde— Bueno, está bien.

—¡Estupendo! ¿Qué queréis tomar?

—Un ron-cola.

—¿Y tú Crys?

—Una Coca-Cola.

—Marchando.

Vuelvo a dirigir mi atención a Aiden, y en esta ocasión lo localizo sentado escuchando con interés a la rubia, quien parece hacerle compañía en uno de los sillones del reservado. Ahora ni parece mostrar ningún tipo de interés hacia el lugar en el que me encuentro, me digo, notando una pequeña punzada de dolor debido a ese sutil desprecio.

A todas luces cualquier podría darse cuenta de que la chica, ataviada con ese diminuto vestido de lentejuelas, le está coqueteando abiertamente, y conociendo a Aiden, él también debe de haberse dado cuenta. Sé bastante bien que es capaz de identificar a la perfección esas señales, más aún cuando él había sido quien me las había enseñado, y a pesar de todo eso, ahí se encontraba, hablando con ella como si mi presencia no existiera.

De repente, la tipa le acaricia el brazo de manera sutil, mostrando una de las técnicas que Blake me enseñó en una de nuestras sesiones. Aiden le sonríe complacido y su voz me viene a la cabeza, despertándome un ligero dolor que va extendiéndose con lentitud por cada parte de mi cuerpo como un veneno.

"Se trata de una especie de juego tácito entre la otra persona y tú. No pienses demasiado y permite que salga de forma natural. Por ejemplo, la sonrisa también ayuda mucho, si sonríes transmites a la otra persona que estás cómoda con ella, que te gusta su compañía y lo que dice"

Él estaba sonriéndole a otra, jugando con otra que no soy yo, ni si quiera había sido capaz de decirme hola. Desde que había entrado sólo estaba enfocado en esa chica. Empiezo a agobiarme al tratar de encontrar una explicación lógica a toda la situación.

Sin embargo, cualquier alternativa racional se evapora ante mis narices en el momento en el que le pone una mano sobre la pierna desnuda de ella. El dolor se convierte en rabia y tengo que contenerme para no saltarle encima como una loba.

—Aquí tenéis chicas —señala Logan depositando las bebidas sobre la barra.

Recojo mi Coca-Cola y sigo pendiente del espectáculo que están montando aquellos dos. Pronto me doy cuenta de que, si voy a tener que soportar eso, necesitaré algo más consistente.

—Mejor dame algo más fuerte.

—Marchando un Thriller.

—Eso suena ideal para mí.

Reparo en la ironía de la situación, prácticamente estoy asistiendo a mi propia película de terror personal.

—Crys ¿estás bien? —indaga Jackie preocupada acercándose con su bebida. Todavía no ha visto lo mismo que hice yo.

—Sí. Muy bien.

—Aquí tienes Crys —llama mi atención Logan dejando la bebida sobre la barra.

La tomo con una mano y me la bebo de un golpe sin apartar mi mirada de la escenita que se está montando Blake en el reservado.

—Otro.

—¿No crees que vas un poco rápido?

—Eso digo yo —comenta Jackie.

—Logan, no te hagas el digno conmigo y ponte otra, te he visto servirle bebidas a tipos que iban como cubas.

—Sí, sí…

Después de unos instantes, me entrega la bebida y pago depositando los billetes con un golpe sordo sobre la barra.

Me llevo la copa a los labios y me la trago de una sentada, tratando de calmar mis celos con el calor que el alcohol desprende, quemándome la garganta. Cierro los ojos furiosa, deseosa de sustituir el dolor de los celos por el fuego de la bebida.

—Menudo pedo te vas a coger si sigues a ese ritmo. ¿Vas a declararte apestando a alcohol?

La declaración. Casi siento ganas de reír ante lo absurdas que me parecen ahora mis intenciones previas.

¿Y todo esto por lo de Darren? Ni que necesitara su permiso para hablar con alguien. Yo jamás le he pedido explicaciones sobre con quién habla o deja de hacerlo.

Maldito estúpido, ¿para esto me haces venir?

—Logan, ya estoy aquí. Puedes irte ya.

—Perfecto, Lucy, nos vemos mañana —corresponde Logan, y tras salir de detrás de su puesto, se acerca a nosotras— Por hoy ya he terminado.

—¡Jackie! —escucho que le llama a lo lejos una voz femenina.

—Ay, creo haber visto a una amiga. ¿Te encargas de ella, Logan?

—Por supuesto, no te preocupes —la calma con una sonrisa.

Tras esto mi amiga se marcha a gran velocidad dejándome a solas con él.

No logro apartar la vista de la escena que se encuentra desarrollándose en el reservado. En ese instante, Aiden se acerca a susurrarle algo al oído con una sonrisa mientras le da vueltas entre sus dedos a un mechón rubio que cae sobre el pronunciado escote de ella. Es en ese momento en el que me percato de que le hace LA MIRADA, despertando en mí, unos irrefrenables deseos de venganza que arden en mi estómago.

La mirada, como yo la llamo, es esa en la que sus ojos brillan de ese modo tan peculiar que te hacen sentirte única y especial. Cuando te dirige esa mirada sólo tiene un significado explícito: quiero follar contigo.

¿Te atreves a saltarte el acuerdo de exclusividad?

Oh, no, hermano, ahora sí que estás en un buen problema. No creas que esto va a quedar así y te irás de rositas. No, esta me la vas a pagar, pero bien.

—¿Crys?

—Sí. Perdona. —me disculpo girándome hacia él, que me contempla con interés.

—Oye, ¿estás bien? Pareces distraída.

—Muy bien.

—¿Seguro?

—Sí, no debes preocuparte. Me siento más viva que nunca.

—Bueno, si es así… Me estaba preguntando si te apetecería bailar un poco.

—¿Sabes Logan? Lo cierto es que estaba pensando irme a dormir a mi casa, pero ya que me lo ofreces, sí. Ardo en deseos de bailar contigo.

Le dirijo un último vistazo a Aiden, al que pillo observándome de improvisto y le sonrío encantada, enviándole un mensaje que estoy segura, entenderá:

Jódete Aiden. Ahora será tu turno de mirar y ten por seguro de que pienso perrearle hasta la ropa interior.

Me dejo arrastrar por Logan hasta el centro de la pista de baile, y una vez allí, ambos comenzamos a movernos al ritmo de la música. Consigo seguirle el paso como buenamente puedo. La mezcla de la ira con la bebida es tan efectiva que incluso ha mejorado mis dotes de baile.

Dejo que me dé un par de vueltas más, y me acerca demasiado a su cuerpo. Incluso finjo que me río, cuando lo único que tengo ganas es de tirarle algo a la cabeza a ese desgraciado del que estoy enamorada.

No obstante, en una de las vueltas que Logan me da, pega mi espalda contra su pecho y me sujeta con fuerza de la cintura, acercando su paquete a mi trasero. De repente, me siento extraña con ese tipo de baile y más aún que retira mi pelo del cuello, aproximándose para olerme. Su cercanía es demasiado excesiva para mi gusto, por lo que dispuesta a alejarme, soy interrumpida por un movimiento que capta toda mi atención.

Dejo de bailar y me quedo ahí contemplando horrorizada como la rubia se sube a horcajadas encima de Aiden, sin que él haga nada por retirarla. Todo lo contrario, la aferra de las caderas con fuerza, permitiéndola que le bese el cuello.

Mi corazón se resquebraja haciéndose añicos de dolor, que me consume esta vez con violencia, recubriendo las mismas zonas donde antes sólo me hacía sentir felicidad. No puedo apartar mi interés de ellos, pese a que al hacerlo sólo me hundo más y más en la miseria.

En ese momento, por ironías del destino, Logan parece creer conveniente besarme el cuello, igual que la rubia le está haciendo a Aiden, y me estremezco de la repulsión sin retirar mi atención de donde se encuentra. Él agranda los ojos sin apartar su mira de mí y aprieta la cabeza de la rubia contra su cuello, instándola a besarle más fuerte.

¿Qué diablos estamos haciendo?

Me siento asqueada y ridícula.

Me quito las manos de mi compañero de baile de encima, doy la vuelta y salgo corriendo de la pista sin destinarles ni una sola mirada más.

Se acabó.

CAPÍTULO 32

AIDEN

No creo que me caracterice por ser una persona que tienda a cagarla con facilidad. Por lo general suelo tener claras mis prioridades, las cuales son bastante lógicas y me permiten actuar en consecuencia. Entonces, ¿por qué diablos estaba comportándome de forma tan irracional?

Yo, quien siempre había estado en contra de atentar contra la privacidad de las personas y que abogaba por preservar la intimidad de los demás, había actuado contra todos mis ideales, y todo se había ido a la mierda desde que cogiera el móvil de Crystal para buscar el número de la pizzería y viera aquel mensaje entrante de un tipo extraño. Sabía que no debía abrir ese chat, y en principio no había tenido intención de hacerlo, pero al encontrarme de sopetón con ese mensaje cargado de complicidad y familiaridad, cualquier pensamiento moral había sido destruido, siendo sustituido por una rabia desmesurada.

"*¿Te quedaba bien el vestido, bonita?* (emoticono de corazón rojo)"

¿En serio? ¿Quién diablos enviaba hoy en día un corazón? Sólo podía tratarse de un aguililla con intenciones más que sospechosas. Al cuarto corazón flechado que le envió, no pude soportarlo más y tuve que abrir el chat.

Lo primero que me molestó fue la forma en la que lo tenía agendado ¿Logan y una sonrisa? ¿Y a mí cómo me tenía? Me pregunté fijándome en el chat que me correspondía a través de mi foto de perfil. ¿Cómo el Calientabragas? Pero esa mujer, ¿por quién me tomaba?

Lo siguiente que me enfureció había ocurrido tras abrir el chat, esa familiaridad con la que se enviaban mensajes, esos emoticonos que ella le mandaba, etcétera...

Conmigo jamás se relacionaba de esa forma. No, a mi casi siempre me hablaba sin paciencia ni emoticonos. Pudiera parecer una gilipollez el tema de los emoticonos, pero es una cosa seria, porque indica compartir tus estados de ánimo. Si conmigo era parca, y con el tipo se abría, significaba claramente que él le transmitía confianza.

En el mismo chat aparecía también la prueba que había terminado dinamitando mí ya de por sí escasa paciencia.

¡Le había enviado una jodida foto con un vestido negro super corto! Un vestido que, para colmo, no conocía. ¿Se lo habría comprado él? ¿A qué mierdas estaba jugando esta niña?

Solté el teléfono sobre la mesilla sin querer actuar como un psicópata, aunque ya era demasiado tarde. Notaba la rabia bullendo por todas las partes de mi cuerpo, y contemplé encolerizado la puerta del baño donde Crystal todavía se encontraba duchándose.

Durante las tres semanas que estuvimos sin vernos, me había asegurado que no tenía tiempo para distracciones, incluso había rechazado la oferta que le hice de ir a verla por las noches, pese a que solo hubiera sido para tomar algo. En esos momentos, no me había parecido extraño teniendo en cuenta lo responsable que era, por lo que había estado de acuerdo, ya que también tenía mis propios asuntos personales que atender. ¿Y ahora me enteraba que no había tenido tiempo porque se había estado viendo con otro? Más aún cuando nos habíamos planteado un acuerdo de exclusividad.

Había faltado a su palabra y se había estado burlando de mí todo este tiempo.

No obstante, lo que más rabia me daba de toda la situación, era que yo sabía lo mucho que siempre le había costado relacionarse con la gente, y más en concreto con cualquier tipo de hombre.

La había visto actuar cabizbaja en los pasillos de la facultad, trabarse hablando con las personas y esforzarse por pasar desapercibida ante todos. Había sido testigo de las peores consecuencias de su fobia social. Teniendo todo esto en mente, en otras circunstancias me hubiera alegrado de que pudiera hablar con confianza con otra persona, pero el problema no era ese. No, toda la decepción venía de que ella no me había dado la oportunidad de saber que ese tipo existía por su propia boca.

Me había estado mintiendo y ocultando información. ¿Por qué? No lo comprendía. Sé que no siempre soy de trato fácil, pero en algo como esto la hubiera apoyado.

¿Por qué debía estar ocultándose de mí? ¿Realmente le gustaba ese tipo? Por algún motivo se me hacía imposible de creerlo, aunque no tenía ninguna prueba sólida con la que poder justificarla.

De repente, ya no tenía ningunas ganas de llamar a la pizzería. Deseaba pedirle explicaciones, más el simple planteamiento de lo que eso conllevaba me agobiaba.

Tenía que salir de allí. En cuanto esa necesidad se materializó en mi cabeza, me marché de su apartamento con las reflexiones en mi mente viajando a cien kilómetros por hora.

No conocía al tipo en cuestión, nunca había coincidido con él en persona. Como no quería precipitarme en mis conclusiones, le había visto en la foto de perfil que tenía, de esta forma, pude confirmar que no se trataba de algún conocido de la facultad. Para colmo, Crystal jamás lo había mencionado con anterioridad.

Mi lado racional era consciente de que no tenía por qué saberlo todo sobre ella. Sin embargo, luego había otra parte mucho más grande que me estaba costando aceptar y es que esta última me impulsaba a creer que aquello estaba mal.

Crys no podía mentirme. No podía ocultarme cosas. La traición de verla como alguien que no fuera más que transparente y directa me enfureció de tal manera que nubló cualquier juicio alternativo.

Entonces, si eso era cierto, ¿por qué se estaba enviando esa clase de mensajes con un tipo del que nunca me había hablado?

Había tenido que largarme de su apartamento, porque era imposible que en el estado iracundo en el que me había encontrado pudiera hablar con ella desde la calma.

¿Qué me estás ocultando Crystal? ¿Crees que soy alguien fácil del que puedas burlarte?

Ah, pero no creas que vas a salirte con la tuya, mosquita muerta. No pienso permitir que sigas viéndome con esos ojos de cachorrito degollado con los que me mirabas mientras follábamos. ¿Creías que podrías confundirme? Y yo que casi le escupo alguna babosada en base a un absurdo cariño que había creído sentir.

Está muy equivocada, voy a desenmascararla, la expondré y confesará lo falsa que es, así que allí me encontraba, sentado en un club que me interesaba menos que nada, esperando la aparición estelar de la traidora, mientras terminaba con mi segunda botella de Ginebra, y el dolor se resistía a desaparecer. Terminaría con toda esta absurda relación que nos unía.

De todos modos, tampoco iba a perder demasiado. Crystal Moore había demostrado ser nada más que una nerd con aires de grandeza.

Como me sentía benévolo, le concedería el atributo de saber fingir muy bien. En vez de Derecho debería plantearse estudiar Teatro. Sí, eso sería bastante divertido de ver.

¿Por qué seguía preocupándome? Tampoco era la gran cosa, no se encontraba entre las mujeres más guapas con las que me había acostado ni entre las más interesantes.

Crystal Moore era solo una….

De repente, la veo aparecer en el local acompañada de su amiga y me incorporo a gran velocidad. Ataviada con la falda de cuero negra pegada a los muslos que le compré —la cual le remarca las caderas— y un top anudado tan ajustado que no deja nada a la imaginación, Crystal Moore es solo una….

Una…

Una jodida diosa.

Increíblemente sensual, determino sin apartar mi atención de su cuerpo. Durante un rato, parece estar buscando algo en la sala y me pregunto si quizás no seré yo. Es en ese momento en el que repara en mí y trago saliva. Joder, ¿por qué debo sentirme así? ¿por qué tuvo que venir tan sexy y espectacular? Debería odiarla. Me ha mentido, pero contra todo lo que pueda parecer no lo hago.

Moore me mira anhelante y eso vuelve a cabrearme. Se está haciendo la inocente. Aparto mi atención de ella, temeroso de que si sigo así, acabaré acercándome hasta donde se encuentra, por lo que me centro en la rubia que no ha dejado de intentar entablar conversación conmigo todo el rato.

Ashley es bonita y tiene un cuerpo de infarto, el único problema es que ni si quiera sé de qué me está hablando; de todas formas, le asiento simulando estar interesado. Sólo me he decantado por ella porque fue una de las chicas con las que había practicado durante mi primer año de facultad las técnicas de seducción que me habían estado enseñando los Arcángeles y además había sido la que más a mano tenía. Por lo tanto, en cuanto se había acercado a mí esta noche, supe que sería el blanco perfecto con el que vengarme de esa traidora.

Por el rabillo del ojo capto la expresión decepcionada de Crystal. Toda su cara grita desilusión. Por un instante vacilo y me replanteo si quizás no estaré cometiendo una idiotez. A lo mejor debería acercarme y hablarlo con ella.

No obstante, tras un rato observándome con atención termina girándose hacia la barra en la que se encuentran Jackie y el camarero.

En el momento en el que estoy a punto de quitarme de encima a Ashley, me percato de que está sonriéndole a este último y no con una sonrisa cualquiera, no, una de reconocimiento. En esta ocasión, me giro para estudiarle con atención y el mundo entero se me cae a los pies.

ES ÉL.

El tipo de la foto. Logan. Ella debía de haber sabido que trabajaba aquí. Si realmente no tenía nada con él, podría haberme dicho que tenía un amigo en este local.

¿Había aceptado venir disponiendo de esa información? Todos esos argumentos de que ella no pintaba nada en este sitio, ¿habían sido sólo eso? ¿una excusa? Esa parecía ser otra mentira más.

Se había atrevido a venir y sonreírle como si fueran cercanos, sabiendo que yo estaría aquí también. Por el amor de Dios, incluso los que hasta entonces habían sido mis amigos, con quienes me había peleado por ella, creían que estábamos en una estúpida relación, ¿qué diablos pensarían cuando se percatasen de que coqueteaba con él?

A partir de ahora me verían como un maldito cornudo, y yo habría podido ser de todo en esta vida, menos un cornudo.

Ahora bien, a este juego podíamos jugar los dos. Crystal estaba olvidando algo muy importante, y es que cuando se trataba de ligar, yo era el que le había enseñado todo lo que sabía. Si creía que podía usarme y volverlo contra mí, lo llevaba claro.

Le pido a Ashley que me acompañe hasta los sofás, y una vez sentados en ellos, abro para nosotros la tercera botella de la noche.

Si voy a hacer esto, necesitaré mucho alcohol.

—Qué emoción que ya hemos terminado el tostón ese de los exámenes y podemos ser libres, ¿verdad?

—Ajá.

—¿Tienes ya planes para las vacaciones de este verano?

Lo que menos me interesa es hablar sobre otro futuro que no sea el inmediato. Me recuerdo que debo de prestarle atención, pues si quieres ganártelas, las mujeres necesitan sentirse escuchadas. Pese a las dificultades que me supone la presencia de Crystal hablando con el camarero en la barra, consigo concentrarme en seguir su charla intrascendental.

—Quizás vaya a probar las playas de Florida.

—¡Ah! Yo voy todos los años, es un clima muy cálido, diría que casi… ardiente.

—¿Ah sí? —inquiero sugerente acercándome un poco más hasta donde se encuentra. Ella sonríe complacida.

—Sí, si quieres podríamos quedar allí un día o dos. Creo que lo pasaríamos muy bien.

545

Puedo sentir la mirada de Crystal puesta en mí y sonrío encantado con la situación. Finjo estudiar el escote de la rubia, y reparo en el mechón rizado que descansa sobre su pecho.

Ah…observa atentamente Moore…

—¿De qué tipo de diversión estamos hablando? —pregunto seductor haciéndome con el mechón.

—De una gratificantemente sexual para ambos.

Me está acariciando el brazo y lo único de lo que tengo ganas es de arrancármelo de cuajo, pero me limito a sonreírla, recordándome que Moore está mirando. Tendrá de su propia medicina, me digo posando la mano sobre la pierna desnuda de Ashley.

—Hey, ¡esa no es tu novia, Aiden! —grita entre risas Jake, uno de los pocos que ha vuelto a tratarme con normalidad desde hace dos semanas.

—¿Tienes novia?

Esa pregunta me pone en tensión. ¿Qué novia ni que mierdas? ¿Por qué todo el mundo se empeña en sacar esa clase de suposiciones absurdas?

—No tengo novia.

—Bueno, aunque la tuvieras, no sería celosa…

—¿Y cómo puedo estar seguro de que sabrás cómo divertirte?

—Tengo muchas formas distintas para divertirnos, ¿quieres que te lo muestre? —pregunta decidida tocándose con sutiliza el escote.

Ah… Me estoy imaginando la cara que debe estar poniendo Crystal. Desvío un segundo la mirada hacia ella y me recreo en su expresión de perrito abandonado. Perfecto. Vuelvo a centrarme en la rubia y asiento sonriente.

—Bueno, bueno… creo que sí podrías tener lo que me gusta para entretenerme —comento estudiándola de arriba abajo— pero aun así preferiría asegurarme.

—Por supuesto.

Ashley ríe satisfecha levantándose del asiento y, determinada, se pone de pie delante de mí, impidiéndome ver la expresión de Crystal, quien a estas horas se encontrará escupiendo veneno por la boca. No importa, se lo tiene bien merecido.

La chica se sube encima de mí a horcajadas, y el vestido se le levanta tanto que puedo entrever parte de sus bragas. Supongo que venía preparada para todo, me percato desaprobador.

No me gusta la gente que se esfuerza demasiado, prefiero personas a las que le sale más natural. No obstante, no es como si me estuviera planteando tener una relación con ella, sólo forma parte de mi venganza y de momento me sirve para mis propósitos.

Lo primero que intenta nada más subirse es besarme en la boca, así que no le doy la oportunidad de llegar a tocarme, por lo que apartando sutilmente la cara, finjo con una sonrisa que me distraigo recolocándole un mechón detrás de la oreja.

Ella no se lo toma nada mal y comienza a acariciarme mimosa la curva de mi cuello. Aprovecho esta interacción para desviar mi interés a la escena que se está desarrollando por detrás de la rubia. Crystal nos contempla horrorizada y frustrada, bebiéndose dos copas de golpe. Pide otra más y me percato de que Jackie intenta detenerla.

Menuda cabezota.

Mierda, si sigue así acabará borracha. No tiene mucha tolerancia al alcohol que se diga.

Bueno, ¿qué diablos hago pensando en eso? No es mi problema, ella se lo ha buscado.

Sin retirar su mirada ni un segundo de mí, sigue bebiendo con impulsividad. Empiezo a creer que quizás estoy cometiendo un error, cuando me doy cuenta de que en ese momento el tal Logan sale de detrás de la barra y se acerca a ellas. Me pongo en tensión, tratando de anticipar lo que sucederá a continuación.

Bueno, al menos la amiga está con ellos. Crystal parece que no se ha fijado en él y sigue contemplándome de forma reprobatoria. Puedo decir sin temor a equivocarme que no le gusta nada lo que está viendo. Bah, que la den, ella me dio el primer golpe, quiero que sufra, declaro en mi interior bebiendo directamente de la botella.

Tiene que sentir lo mismo que yo.

En ese momento, la amiga le dice algo y, por primera vez, ella aparta la vista de mí. Tras esto, Jackie se marcha dejándola a solas con Logan. Mi boca cae impactada ante tal osadía, ¿cómo se atreve a dejarla sola después de haberse metido para el cuerpo tres copazos?

No voy a cuidarla, ya no es mi responsabilidad. Aunque tampoco le hace mucha falta y más teniendo en cuenta que solita se ha buscado alguien que se encargue de eso por ella.

Crystal, la inocente. De inocente no tienes una mierda.

De repente, su expresión de corderito se transforma por arte de magia y trago saliva incrédulo. Se gira hacia él repentinamente interesada, parece decirle algo rápido y luego me destina una última sonrisa malévola que me pone los huevos de corbata.

Abro los ojos atónito con su desafío. Al darse la vuelta hacia él de nuevo, percibo que ha perdido peso durante estas semanas. Encima, esa jodida falda hace que se le remarque su precioso culo, acrecentando con ello la sinuosidad de sus caderas.

¿En qué momento se me ocurrió comprárselo? Si es que soy un maldito desgraciado.

¿Qué diablos piensa hacer ahora? Esa mirada no augura nada bueno. Se ha atrevido a desafiarme.

Con que quieres vengarte ¿eh, pequeña? Tendrás que probar mejor suerte la próxima vez. Si crees que vas a dominarme con esa actitud descarada, déjame decirte que a mí nadie me controla.

Estoy tan concentrado en observar cada uno de sus movimientos, que he olvidado que tenía una tipa encima. Sin embargo, ésta no tarda en recordármelo mordisqueándome la oreja. Le sonrío y ella se lo toma como una invitación para besarme el cuello.

—Hmm… delicioso.

Me tenso deseando estar en otro lugar, aunque esa emoción pronto es sustituida por una rabia fría y violenta que cala cada parte de mi cuerpo.

Moore está bailando en la pista de baile y no lo hace sola. No. Mierda, está restregándose contra él. No puedo creerlo.

Se ríe despreocupada entre sus brazos, dejándose hacer todo lo que él desea.

Deseo, desde aquí puedo verlo, el tipo la desea, y ¿cómo no iba a hacerlo? Crys es como una droga.

Un clic se apaga en mi cabeza y dejo de sentir cualquier roce de la rubia; tampoco escucho las conversaciones cercanas o la música.

Todo se vuelve oscuro y percibo un pitido molesto de alerta, ahora sólo tengo ojos para una sola persona de todo el local.

¿Se estaría acostando con él? Y yo follando con ella sin condón. ¿Cómo pude emocionarme porque me dijera que se estaba cuidando por mí? Definitivamente soy un idiota. Me la ha jugado una principiante, y yo creyendo que la experiencia me serviría para algo, menudo crédulo.

Las mujeres casadas me habían estado pagando por acostarme con ellas, y ¿yo ahora había pasado a ser como los cornudos de sus maridos? Más aún ¡voy y le pago una escapada romántica! Ugh, solo de pensar en la palabra "romántica" siento ganas de potar. ¿En qué me he convertido? Ni que fuera un vejestorio de esos que le pagaran todo a sus conquistas. ¿Cómo he podido caer tan bajo?

Y no, no estoy celoso, Moore debería nacer dos veces para que yo, Aiden Blake, sintiera celos de esa traidora. Aun así, que tire la primera piedra al que no le afecte una traición y más si esta viene de alguien a quien creías honesta, leal y honrada.

El cretino le da una vuelta y la obliga a pegar su perfecto cuerpo contra su paquete. Nuestras miradas colisionan y ella agranda sorprendida los ojos, endurezco mi expresión sintiendo la rabia ascendiendo por mi garganta al percibir en ella una expresión incómoda que es sustituida por la incredulidad al observar a la rubia besándome el cuello.

Es en ese preciso instante en el que exhibe ante mí una batería de emociones muy diversas que tambalean por un segundo mi todo mundo. Tristeza, frustración, decepción y algo más que no logro adivinar. Intento descifrarla, pero otro gesto más capta mi completa atención.

Detrás de ella, el tipo está retirándole el pelo del cuello, tras esto, desciende hasta besarle la clavícula. Crystal tiembla y me tenso ignorando cualquier otro acto que se desarrolle a mi alrededor.

Esa zona sólo debería besarla yo, pedazo de cabrón.

Yo fui quien la marcó, ¿por qué tenía que estar tocando lo que no es suyo? ¿Cuántas veces más lo habrá hecho?

Unos instintos demenciales se activan en mí, furiosos. Mis piernas pican por quitarme a la rubia de encima para acercarme hasta donde se encuentran y mis manos claman por empujar al hijo de puta que está tocando lo que es mío.

Sin embargo, dolido y furioso como me encuentro, aprieto la cabeza de la rubia contra mi cuello, demostrándole a Crystal que conmigo no se juega. ¿Se atreve a dejarse besar por ese donnadie en una de sus zonas erógenas? Y más aún, ¿delante de mí?

¿Me estás jodiendo, Crystal? Pregunto en silencio tratando de transmitirle el mensaje con mi mirada. Espero que le quede clarito a partir de ahora.

Contra todo lo que hubiera esperado, ella se muerde el labio inferior conteniendo ¿qué? ¿furia? ¿frustración? Súbitamente, compone un puchero lastimero y veo que algo se rompe en su interior. Me tenso, renuente todavía a separarme de la rubia. No puedo dejarme engañar.

No obstante, ella se quita las manos del tipo de encima con fuerza y sin dirigirme ninguna mirada más, sale corriendo de la pista de baile. El tal Logan sale detrás de ella y yo me levanto iracundo, apartando a la rubia de encima de mí, quien, sorprendida, cae despatarrada a un lado en el sillón.

—¡Oye!

Mierda. Hasta ahora había podido contemplarles desde la seguridad del reservado. Si se marchaban a una zona privada, a saber qué otras cosas más harían. No. No podía consentírselo. Ya se había reído una vez de mí, así que, si en mi mano estaba, eso no se iba a repetir, me juro saliendo del reservado determinado a enfrentarla.

—¿Aiden?

Izan me llama al verme cruzar el reservado. A pesar de que ha vuelto a dirigirme la palabra desde hace una semana, las cosas siguen tensas entre nosotros. No es como si eso me importase demasiado, ahora sólo me interesa alcanzar a Moore.

El movimiento de los cuerpos contorsionándose al ritmo de la música me dificulta el avance. Tengo que alcanzarla, por lo que, abriéndome a empujones por la pista, logro cruzarla hasta llegar al pasillo por el que la vi internarse.

—¡Crystal! Espera, déjame hablar contigo —escucho que pronuncia la voz que identifico de un hombre.

Siguiendo el sonido, me giro hacia la derecha y encuentro a ese idiota sujetándola de la muñeca. Ella parece intentar quitárselo de encima.

—No te preocupes por eso, Logan. Sólo necesito un segundo…

Furioso, me acerco con paso decidido hasta el lugar en el que están.

—Suéltala.

—¿Quién eres tú? —pregunta contemplándome confundido.

Bueno, no es de extrañar que no le haya hablado sobre mí.

—Soy su novio —declaro serio tratando de contener mis emociones, y, me deleito en sus expresiones boquiabiertas. Crystal tarda mucho menos en recuperarse que él, reemplazando la sorpresa inicial por el más puro desprecio.

—No es mi novio.

—Eso no es lo que me decías ayer mientras follábamos.

—Definitivamente tengo que irme.

Moore consigue desasirse de su agarre, y en menos de lo que dura un parpadeo corre hacia la puerta trasera. Al encontrarla cerrada, mira hacia los lados desesperada y al final termina metiéndose dentro de uno de los baños de minusválidos.

—Ni creas que te vas a librar de mí —murmuro determinado, aproximándome hacia la entrada.

Ella trata de cerrar la puerta, pero la sujeto interponiendo mi mano y pie, impidiendo con ello que se encierre en su interior.

—¿Qué diablos haces? —demanda saber sorprendido Logan al ver toda la situación.

—Tú no te metas.

Controlo las ganas que tengo de darle un puñetazo. Sólo Dios sabe qué coño habrá hecho con ella hasta ahora. Reprimiendo mis instintos asesinos, decido centrarme en Crystal que sigue esforzándose por cerrar la puerta.

—¿Dónde crees que vas? Tienes muchas explicaciones que darme.

—¡No te debo ninguna explicación! Largo.

Por mucho que intente forcejear conmigo, es una batalla perdida de antemano y consigo abrir la puerta con facilidad. Me interno en el baño con ella antes de que el otro idiota pretenda detenerme y le cierro la puerta en las narices, echando el seguro en el acto.

—Bueno, ahora podemos hablar sin interrupciones —sentencio girándome hacia ella.

—¿Qué estás haciendo, Blake? ¡Te he dicho que te vayas!

—No voy a irme hasta que no me des las explicaciones que me debes.

—¿Qué yo te debo a ti una explicación? —pronuncia atónita dando un paso atrás.

—Una no, ¡muchas! Me has estado mintiendo todas estas semanas y quiero saber el por qué.

—¿En qué momento te he mentido? —demanda saber iracunda alzando la barbilla desafiante.

—No te hagas la inocente conmigo, Crystal. ¡Te has estado mensajeando con otros! ¿Acaso crees que no vi los mensajes? ¡¿Cómo te atreves a saltarte nuestro acuerdo de exclusividad?!

Mierda, estoy gritándola y no puedo evitarlo, me siento tan fuera de mí, que dejo salir toda la frustración apenas contenida.

—¿Me has revisado el teléfono? —pregunta boquiabierta.

—No lo hice aposta, ocurrió sin querer cuando fui a llamar a la pizzería. ¡No te desvíes del tema!

—Serás idiota —escupe despectiva— yo no te he mentido porque no te debo ninguna justificación. No obstante, si tan interesado estás en saberlo, ¡Logan sólo es mi compañero!

—¿Tú compañero? ¿De verdad crees que voy a tragarme eso? —inquiero riéndome desquiciado— Ni si quiera va a nuestra facultad.

—De la facultad no, ¡del trabajo! ¡Estoy trabajando! —me grita frustrada sorprendiéndome con su declaración.

—¿Trabajo?

—Sí, imbécil, estoy trabajando en un Casino.

—¿Y por qué no me lo dijiste? Podrías haberlo hecho y no hubiera sucedido nada de esto.

—Quise contártelo ayer, porque hasta entonces había estado en periodo de prueba y no era seguro. ¡Quería darte una sorpresa! Pero la sorpresa me la llevé yo cuando te largaste de mi casa antes de que pudiera decírtelo.

—¡Vi los mensajes! ¡La foto del vestido!

—¿Por qué si quiera tengo que aguantar esta escena? —pregunta irritada, contemplándome de hito en hito— ¿Con qué derecho me reclamas nada cuando hasta hace dos minutos escasos estabas permitiéndole a una tipa que te besara el cuello? ¿Cómo te atreves a echarme en cara una foto de mierda sobre MI uniforme mientras tú casi te lías con una justo en frente de mis narices? ¡¿Cómo eres tan hipócrita?!

—¿Hipócrita me llamas? Entonces, tú tonteas con un supuesto compañero de trabajo delante de mis amigos, a los que me enfrenté para protegerte y que creen que eres hasta mi novia. Me haces quedar de cornudo y ¿tienes la poca decencia de dejarme caer que el que lo ha hecho mal he sido yo? ¡Vete al diablo, Crystal!

—¡Al diablo te irás tú! —escupe rabiosa señalándome— Acabas de demostrarme que te importo una mierda. Lo único que te duele es que hiriese, supuestamente, tu ego de machito, al igual que los cavernícolas, y lo peor es que te has montado toda una película sin justificación aparente. Pero ¿sabes qué? No necesito nada de esto, toda esta situación es una porquería. Yo venía hoy con otro tipo de intenciones, aunque a la vista está que estaba muy equivocada… Mejor vete a comerle la boca a esa rubia y yo me marcharé

Dándose la vuelta, se acerca a la puerta con la intención de marcharse, dando por concluida la conversación.

No puede irse. Todavía no, no después de haber dejado que otro la tocase, me digo sintiendo la cólera vibrar en mis venas.

Cuando va a quitar el pestillo, sujeto la puerta impidiéndole que la abra, y, dejando recaer mi peso sobre su espalda, le aprieto la cara y el cuerpo contra la madera. Ella suelta un grito de la impresión y yo me acerco a su oído.

—¿Crees que estoy molesto sólo por eso? No, nena —espeto furioso notando como se estremece bajo mi aliento— Lo que de verdad me hierve la sangre es que te dejaras tocar por ese tipo —puntualizo acariciándole la cadera— Porque le sonríes de la misma forma en la que lo haces conmigo —pronuncio tocándole los labios, ella suelta el picaporte y me lanza una mirada cargada de odio. Eso sólo consigue estimularme más, y le sujeto ambas manos, obligándole a apoyarlas sobre la puerta, en el momento en la que la tengo rendida ante mí, le susurro contra su oreja— Y lo peor de todo… porque le has permitido que te besara como sólo yo puedo hacerlo.

La fuerzo a girarse hacia mí y, levantándole la barbilla, desciendo hasta apoderarme de su boca. Trato de interrumpir con mi lengua en su interior, pero ella me lo impide cerrando los labios.

—Abre la boca —ordeno contrariado acariciándola por todos lados.

Joder, si hasta se ha maquillado, está jodidamente sexy. Me está volviendo loco con ese pintalabios rojo.

—O si no ¿qué?

—La abrirás para mí.

Le muero el labio inferior y lamo el superior, capturando el suspiro suspira que escapa de su boca. Ella suelta un poco el agarre y tironeo un poco de sus voluptuosos labios al tiempo que introduzco mis manos debajo del top escotado que me está enloqueciendo. Le acaricio un pezón que se pone duro bajo mi toque, y Crystal se revuelve resistiéndose, hasta que pruebo con el siguiente. Froto la dureza de mi rodilla contra sus piernas abiertas y mordisqueando el lóbulo, se le escapa un gemido. Sujetándola la barbilla, aprovecho que tiene la boca abierta para obligarla a besarme. Esta vez mi lengua irrumpe con fuerza en sus profundidades, dispuesto a marcarla de tal manera que nadie más pueda tomarla en un futuro.

De forma progresiva comienza a responder a mis embestidas con su propia lengua, rodeándome con los brazos el cuello mientras me pega a la calidez de su cuerpo. No lo hace de manera suave, sino que descarga en mí su ira reprimida.

Eso está bien, yo también me siento furioso, así que no tendré que ser delicado ni complaciente. No, hoy no tengo que contenerme. Esta noche saquearé su cuerpo aquí y ahora.

Me separo para lamerle la clavícula, buscando el lugar exacto en el que vi que la besaba antes. Necesito borrar cualquier huella que haya podido dejar en ella.

—¿Te sentías así cuando dejaste que ese tipo te besara aquí?

—Yo…

Subiéndole un poco la falda ajustada, revelo uno de los tangas que le regalé. Complacido, introduzco la mano debajo de la fina tela, y, acariciando su centro, pregunto duro contra su boca:

—¿Te mojabas así por él?

Ella se estremece sin responder bajo el tacto de mis dedos masajeando su clítoris.

—¿Te estremecías así con él? —ladro fuera de mis cabales abriéndole aún más las piernas.

Sólo de imaginar que haya podido tocarla ahí, es que me llevan los putos demonios.

—No, Aiden, aquí no…—susurra sin aliento.

—¡Respóndeme, Crystal! —exijo frustrado deteniendo mis caricias.

No puedo alejarme. Por mucho que me lo esté pidiendo, es que no puedo dejarla marchar.

—Aiden.

—Necesito saberlo.

—No…

—¿No, qué?

—No, sólo me he sentido así contigo —confiesa con sinceridad temblando entre mis brazos.

La satisfacción de constatar esa verdad en la profundidad de sus ojos me llena, y aun jadeando por el deseo frustrado, asiento pegando mi frente a la suya.

—Exacto. Sólo yo sé cómo hacerte delirar, Crys, conozco la manera de hacerte arder por dentro. Yo soy el dueño de tu placer. Nadie más tiene ese derecho, pequeña, pero como parece que lo has olvidado tendré que recordártelo.

—N-no…

—Sí, nena, a menos que me detengas, voy a borrar todo rastro que haya podido dejarte encima. Tengo que hacerlo, tú sabes que debo hacerlo…

Ella me contempla dubitativa por un segundo, y después un brillo extraño de seguridad se instala en su mirada. Aceptando. Termino de subir la falda hasta la cintura con fuerza y le arranco el tanga sintiendo una necesidad urgente de tomarla y hacerla mía. Ansío estar en su interior con una desesperación que duele.

La liviana prenda cae al suelo y sujetándola de la nuca para que me deje acceder a sus pechos, se apoya en mis hombros y la subo a horcajadas pegándola contra mis caderas. Bajándome el pantalón y el bóxer, me extraigo la polla y me clavo con fuerza en su interior, deseoso de dejar mi esencia en cada uno de los resquicios de su cuerpo.

La embisto ascendiendo la intensidad de mis acometidas. Casi la pierdo por un idiota. No, eso no pasará. Ella es mía. Sólo se contrae y jadea así conmigo. Sólo puede gemir mi nombre. El mero hecho de imaginar que otro pudiera disfrutar de la suavidad que estoy sintiendo ahora, me enloquece, por lo que aumento las estocadas.

La poderosa fricción de la unión de nuestros sexos, la humedad proveniente de la corrida de su primer orgasmo y su dulce voz gimiendo mi nombre perdida en el deseo, me dificultan la contención. Sus arañazos en mi espalda al luchar para mantenerse contra mí cuerpo y surcar un nuevo orgasmo, unidas a su expresión de disfrute al morderse el labio inferior mientras cierra los ojos, me conducen irremediablemente a explotar en su interior.

—Aiden… —pronuncia mi nombre en tensión corriéndose una vez más.

Le tiro del pelo hacia atrás y hundo mi cara en su pecho expuesto, cuando el orgasmo me alcanza me encuentro mordisqueándole la tierna piel y, tiritando de placer, la sujeto las caderas con fuerza para descargarme en su canal, que se contrae llegando conmigo al orgasmo. Marcándonos a ambos.

Respiro su olor avainillado, deleitándome en la dulzura de este, y le propino un ligero lametón en la barbilla antes de salirme de su interior.

—¿Lo ves? Deja de buscar esto en otros. Esta química es muy difícil de encontrar.

—Sí —asiente en voz baja dejándose bajar al suelo.

Ambos nos colocamos la ropa en silencio. Crystal parece respirar con dificultad, y el pelo le cubre la cara, impidiéndome ver sus facciones. Cuando voy a retirárselo para observarla, ella me sujeta el brazo con rapidez, evitando que la toque.

—¿Crystal?

—Tienes razón…

Empiezo a angustiarme con todo este silencio. ¿La habré hecho daño?

—¿Estás bien?

No sé muy bien cómo reaccionar, es como si ante mí se cerniese un peligro desconocido y en lo más hondo de mi ser, sé que éste último será imparable.

—No —confiesa en voz baja— Nada de esto está bien…

—¿A qué te refieres?

De repente, ella alza la mirada y en su interior puedo observar una fría decisión, que desencadena un escalofrío de temor a lo largo de la longitud de mi columna vertebral.

—Oye…

—Quiero rescindir nuestro acuerdo, ahora.

¿Cómo ha podido decir eso con una tonalidad tan gélida e inhumana? No puedo creerlo.

—¡¿Qué?! —exclamo anonadado, tras entender el significado de lo que implica, el fuego de la rabia se enciende otra vez en mí provocando que la espete— ¡¿Es por ese?!

—No.

—¿Entonces? ¿Por qué justo ahora querrías rescindirlo? A menos claro que tuvieras intención de tirártelo ¡¿Ese era tu objetivo?!

¡¿Me habría estado usando, aprendiendo conmigo para terminar con alguien como él?!

En ese momento algo se rompe en ella y su expresión pétrea demuda en auténtica cólera e indignación, contemplándome rencorosa.

—¿Sólo puedes pensar en que quiero tirármelo, pedazo de estúpido? —grita enloquecida— ¡NO! ¡No quiero tirármelo! ¡La única fantasía sexual que tengo ahora es la de romperte la cara sólo por pensar así de mí!

—Pues dame un motivo que pueda comprender. Si no le deseas, entonces, ¿qué ocurre?

—¿Qué ocurre, preguntas? —inquiere sin aliento, desviando su mirada hacia un lado como si no pudiera creer que tuviera que explicarme la situación.

—Sí, necesito saber qué diablos está sucediendo contigo…

La veo coger aire y me encara decidida, con la furia y algo que no llego a discernir, brillando en la profundidad de sus pupilas.

Tras unos segundos en los que trato de comprender la situación, ella declara a viva voz.

—¡Sucede que me he enamorado de ti, gilipollas! ¡Amo a un idiota egoísta!

CAPÍTULO 33

AIDEN

"¡Sucede que me he enamorado de ti, gilipollas! ¡Amo a un idiota egoísta!" Esas palabras se repiten una y otra vez en mi cabeza e impactado por esa nueva información, doy un paso para atrás, tambaleándome de la impresión.

¿Enamorado? ¿Me ama? ¿Qué diablos...? Esto debe tratarse de algún tipo de error.

—¿Qué...? ¿qué?

—¿Y sabes lo peor de todo esto? —continúa riendo desquiciada, ignorándome— Que hasta hoy creía que tú también sentirías lo mismo por mí, pero esta noche me has demostrado que no. ¡Esto no es amor! Sólo sabes actuar como un niño enfadado al que le hubieran tocado sus juguetes.

—Yo te advertí que no podías enamorarte de mí.

¿Crystal me quiere? ¿Cómo va a ser eso posible? No, debe estar equivocándose con el efecto secundario que produce el sexo. Eso debe ser, estará confundida.

—Sí, sí toda esa mierda de *"no confundas el amor con sexo"* o *"el amor sólo trae problemas"* e incluso *"el amor es una patraña"* ya me la conozco a la perfección. ¡El problema es que ni si quiera tú te das cuenta de tus acciones! —reclama iracunda, señalándome con el dedo— Ay santo cristo... Eres todo un cobarde, me he enamorado de un puto cobarde....

—No soy ningún cobarde —respondo con dureza, apretando los dientes— Tú sabías hasta dónde podías obtener de mí. Esto es lo único que puedo darte y aun así insistes en despreciar los beneficios del sexo en base a un concepción totalmente idealista y absurda como es el amor. Eso que crees sentir por mí, ¡no es amor! ¡Date cuenta de una vez!

—¡Y una mierda! Puede que no sea muy versada en las relaciones sociales y por eso haya tardado mucho más tiempo en darme cuenta, pero no te atrevas a decirme lo que creo y lo que no, yo sé muy bien lo que siento por ti, y ¿sabes qué? Pese a que hayas decidido actuar de esta forma tan asquerosa, también creo saber lo que sientes por mí, aunque te niegues en admitirlo una y otra vez.

—¿En admitir qué? ¿Qué quieres que admita? ¿Eh? ¿Qué te amo también? —exclamo riéndome ante tal absurdez.

—Pues sí.

Esto es ridículo. Me siento como si estuviera en alguna clase de película surrealista.

—No puedo —niego con impotencia.

—Vale, entonces, dime ahora mismo que no me amas.

—¿Qué? ¡Eso es absurdo!

—Si es cierto lo que dices, entonces podrás pronunciar esas palabras con facilidad —alega cruzada de brazos, apoyándose en la pared— Venga, Aiden, siempre dices que debo de ser valiente, así que te animo a que lo seas tú ahora. Mírame a los ojos y dime las palabras mágicas: Crystal, no te amo. Entonces, olvidaré todo esto.

La sorpresa de ver a esta nueva Crystal observándome toda empoderada, sólo es sustituida por un orgullo ridículo que experimento al notar su cambio. Se encuentra ante mí, mostrándose fuerte y segura, muy diferente a la persona que eludía cualquier conflicto. Me concentro en estudiarla, prefiero percibir esto a profundizar en el ligero temor que nada en lo más hondo de mi interior.

—Yo…

Abro la boca, dispuesto a demostrarle que puedo pronunciar esas mismas palabras.

No te amo. Son tres palabras, siete letras. Deberían ser tan fáciles de decir… Entonces, ¿por qué no me salen? Lo intento de nuevo. Nada. Se quedan trabadas en mi garganta, negándose a materializarse.

—¿Ves? A esto me refería. Lo peor de todo es que tú mismo te crees tu propio discurso absurdo, y mientras lo sigas haciendo, no tendrás salvación, Aiden. Me das pena… Lo mejor que podemos hacer es concluir con esto aquí.

—¿Entonces todo termina aquí?

Mi garganta está seca, hace años que no me ocurría. Aunque sabía que este día algún día llegaría, siempre lo había imaginado de otra manera. Todo esto me está costando mucho más de lo que hubiera esperado.

—Pensaba que éramos amigos, que teníamos algo especial.

—¿Amigos? —pronuncia escéptica como si la sola palabra le resultara extraña— Jamás podré ser tu amiga. Te amo y me está desesperando que me veas sólo como a una amistad más.

—Tú no eres sólo una amistad más, eres especial para mí, Crystal. La última vez te lo dije, ¡eres mi mejor amiga!

Ella se apoya sobre la puerta aún más como si hubiera sido abofeteada.

—Sí, ahí está, sólo eres capaz de categorizarme como tu mejor amiga, y déjame decirte que eso no es justo para mí. De hecho, debería de darte las gracias, porque si algo he aprendido estando contigo todo este tiempo ha sido a valorarme. No merezco seguir metida en algo que lo único que consigue es atormentarme. Ahora comprendo por qué decías que si me enamorase de ti, se terminaría todo. Tenías razón, y aun así no pude evitarlo. Te quiero demasiado —termina con fervor y yo doy otro paso hacia atrás sobrecogido.

—Crystal no sabes lo que estás diciendo. Esto que te ocurre es muy común, estás confundiendo sentimientos con pasión. Créeme, lo he visto antes.

—Ni se te ocurra decidir por mí lo que siento o dejo de sentir, ¿estás en mi corazón para saberlo? ¡No! Tampoco estoy confundida. No me subestimes en base a mi escasa experiencia social, Aiden. ahora mismo lo veo todo más claro que nunca. Puede que te cueste creerlo, pero es la verdad, me he enamorado de ti.

—Pero…

—Si te resulta tan imposible corresponderme justificándote en cualquier clase de excusas banales, entonces lo mejor será finjamos que nada de esto ha ocurrido. Eso es lo que mejor sabes hacer ¿no? No te resultará tan complicado, si de todas formas ya hemos terminado los exámenes. He cumplido con mi parte y tú con la tuya, así que el año que viene podríamos hacer como si esto no hubiera existido.

La contemplo anonadado sin lograr procesar la decisión que ha decidido tomar. Ella se muestra segura. Pronto, su expresión confiada e irritada al pronunciar aquellas palabras, se transforma mostrándose destrozada.

Melancolía, pesadumbre, decepción, anhelo y desesperación se entremezclan mientras se va acercando hasta donde me encuentro.

—Dijiste que los tratos se firmaban con un beso, ¿no? —formula con la voz rota y yo trago saliva sin poder hacer frente a esta situación— Supongo que también se finalizan con otro ¿verdad?

Me rodea el cuello con las manos, desconcertándome, y poniéndose de puntillas me besa tan suave que me conmueve. Con los ojos cerrados compone una visión de entrega y adoración que me resulta imposible de resistir. La pego a mi cuerpo y abrazándola por las caderas, profundizo el beso, dispuesto a tomar lo poco que pueda darme.

Como tantas otras veces atrás, me pierdo en su dulzura y sabor que despiertan un ardiente calor por todo mi cuerpo. Le acaricio por todas partes, ansioso de recordar cada curva, lunar y recoveco de su piel.

De repente, ella se aleja, poniendo distancia entre nuestros cuerpos. La frialdad me invade, calándome mucho más profundo que mis huesos. Debo de contenerme para no atraerla de nuevo, pese a que mis manos ardan por hacerlo.

—Gracias por todo Aiden, ha sido un placer aprender de ti —finaliza con una sonrisa, dándose la vuelta para abrir la puerta— Nos veremos en las clases.

—Yo no he terminado

Trato de retenerla un poco más cerrando la puerta otra vez. No puede marcharse de esa forma. No así. Siento como si algo que no supiera definir se estuviera escapando de entre mis dedos como si fuera arena resbaladiza.

—Sí, sí has terminado. He perdido, Aiden. Me he enamorado de ti, y sabes que eso sólo significa una cosa.

Si te enamoras tendré que marcharme de tu vida.

Esa condición había formado parte de nuestro acuerdo. Ella tenía razón, debía dejarla ir. Creía estar enamorada de mí, pero yo sabía muy bien que nadie podría amarme. No, debe tratarse de un error.

Quizás si le doy el tiempo suficiente descubrirá lo equivocada que está y que todo lo que dice sobre el dichoso amor es una idiotez.

Me separo de ella costándome un mundo y le permito que abra la puerta.

—Adiós Aiden —se despide dirigiéndome una última mirada que me resulta imposible descifrar, pero que, Dios me lo perdone, sólo me hace verla más atractiva.

—Adiós.

Crystal puede pensar que esto ha terminado aquí, pero está muy errada. No. Este "adiós" sólo será un "hasta luego". Jamás permitiré que se convirtiese en un "hasta nunca".

La sigo devuelta a la pista de baile, reticente a perderla de vista. Crystal habla con Logan y al percatarme de que me mira señalándome con un dedo, arrugo el entrecejo molesto.

Él es el culpable de que todo se jodiese entre nosotros. Todo estaba bien hasta que llegó ese tipo. Crys niega tranquilizándole con una sonrisa y se despide de él. Reprimo mis deseos de llamarla y me quedo allí contemplando cómo se acerca hasta Jackie que se encuentra en la barra. Poco tiempo después, ambas se marchan del local.

Regreso al reservado con el único objetivo de dar cuenta de al menos tres o cuatro botellas más que calienten la sensación helada que sigue permaneciendo en mi interior, y es allí donde me interceptan Jake e Izan, quienes se sientan uno a cada lado.

Mierda. No me apetece hablar con ellos. Sólo quiero seguir bebiendo.

¿Qué coño está pasando conmigo?

—¿Estás bien Aiden?

—Sí, me recuerdas a mí, tragando como un barril aquella vez que Susan me pidió un tiempo… —señala Jake bebiendo de su propio vaso, y yo le ignoro.

—No. No estoy bien. Crystal me ha dejado.

Amargado, repito el eterno ritual de beber y rellenar la copa. Es mejor así, al fin y al cabo, se acabarán enterando antes o después.

Jake escupe el contenido de la copa en el suelo contemplándome atónito.

—Pff ¿A ti? ¿Te han terminado a ti? ¿A Aiden Blake?

—Sí —espeto mirándole molesto.

Sólo espero que el alcohol comience a hacerme efecto pronto.

—¿Estás seguro, Aiden? —interviene Izan cauteloso.

—Sí, dice que se ha cansado de mí.

—Ja, no me extraña. Te has dejado montar por aquella rubia como si fuera un koala delante de ella —puntualiza Jake— Susan ya me habría arrancado los ojos y estaría dándoselos de comer a las pirañas.

Le fulmino con la mirada, deseoso de que pille el mensaje de una vez por todas y se calle. No hace falta que me recuerde mis cagadas.

—¿Y ahora qué piensas hacer?

—Eso, ¿te buscarás a otra? —agrega divertido Jake.

Parece que es más idiota de lo que pensaba.

Termino de beberme la copa y, mientras tanto, aprovecho para poner en orden mis pensamientos.

Se ha puesto así porque se ha tragado toda esa chorrada del amor, sólo necesita tiempo para darse cuenta de que lo que cree sentir solo es una sensación de pertenencia despertada por el sexo. Nada más.

Crystal es una mujer inteligente, sabrá recapacitar y ver toda esta situación desde otra perspectiva. Tiene que ser consciente de que lo que hay entre nosotros es demasiado especial para desperdiciarlo. No, ella no podría echarlo a perder de esa forma. Sé que le haré falta, y entonces comprenderá que no necesitamos toda esa mierda emocional entre nosotros. Cuando se dé cuenta volverá a mí y todo seguirá como hasta ahora.

—Por supuesto que no —niego determinado— Le voy a dar un tiempo para que respire y la traeré de nuevo al lugar donde corresponde.

—Te han jodido vivo, amigo —suelta Jake en una carcajada.

—Sí. Te has enamorado de ella ¿verdad?

—Quien lo diría…Vaya con la nerd.

—¿Vosotros también vais a seguir con esa mierda?

¿Por qué todo el mundo cree en ese ideal? ¿Es que no pueden ver la realidad? Lo que han catalogado de sentimiento sólo dura los primeros meses y luego nada. Sólo es algo pasajero, que viene y se larga con demasiada rapidez, dejando demasiados problemas en su camino. Deposito el vaso vacío sobre la mesa con un golpe seco

—Me largo.

—Ehh, ¿ya se va?

—Le han dejado y se marcha a casa a llorar —informa Jake a viva voz, quien ya va un poco tocado.

No le doy ni un vistazo más, y salgo del reservado con intención de irme a mi casa. Atravieso la pista de baile y, a un lado, encuentro apoyado en la barra a Logan hablando con la camarera. Cuando me ve pasar por allí me percato de su expresión desafiante y satisfecha, como si supiera que la he cagado.

La ira y el resentimiento se despiertan en mí y le taladro con la mirada.

¿Y a ti qué coño te importa? Todo esto es por tu culpa. Ni pienses que voy a dejarte el camino libre. Bastardo pretencioso.

La semana transcurre sin incidentes. Mi rutina de trabajo y entrenamiento se torna monótona. La ausencia de Crystal en mi vida me pega más fuerte de lo que hubiera esperado. Jamás hubiera logrado empezar a concebir si quiera que su desaparición en mi vida se me haría tan patente, como si una parte de su esencia se resistiese a marcharse.

No, para mí no se había acabado todavía, pero incluso aunque estoy seguro de que con el paso del tiempo acabaría regresando a mí, no podía negar que con su partida había dejado un hueco que no terminaba de cubrirse ni si quiera con las horas y horas de entrenamiento.

Para colmo de males, el trabajo de acompañante también había comenzado a resultarme complicado e incómodo. Ya no me apetecía sonreír a otras mujeres, charlar de temas intrascendentales y me revolvía tener que buscar su comodidad.

¿La conclusión? Estaba volviéndome un profesional pésimo.

¿Me importaba? Ni lo más mínimo.

Cuando estaba en el gimnasio entrenando, me sorprendía a mí mismo estudiando el móvil ansioso cada vez que vibraba un poco. La noticia de nuestra supuesta ruptura se había extendido como la pólvora por el campus, y había comenzado a recibir mensajes de mujeres de las que no sabía nada desde hacía meses y de números desconocidos.

Tenía muchas sustitutas donde poder elegir, y a pesar de eso, todas ellas me importaban una mierda. Sólo esperaba el mensaje de una persona muy específica. Una que no había dado señales de vida desde la semana anterior y que parecía estar cortando todo de raíz, y ¿por qué? Porque se creía enamorada de mí.

¿Realmente podría amar a alguien a quien ni su padre había conseguido amar?

¿Eso sería si quiera posible?

Sólo había existido otra persona, a excepción de mi abuela, que me quisiera con parecida vehemencia a la que ella había manifestado. Mi madre.

Mi madre me había amado profunda y desinteresadamente, sin prejuzgarme pese a mis rabietas y desastres, había sabido ver cómo era en realidad.

Ese amor que ella juraba profesar ¿sería similar?

No obstante, mi madre también era la prueba palpable de que el amor que se me pudiera destinar nunca terminaba saliendo bien. Mi padre se había encargado de recordármelo una y otra vez.

Mi amor por ella no la había salvado y pese a quererla tanto, la había acabado perdiendo.

No quería repetir eso. No deseaba querer a nadie tanto porque acabaría desapareciendo frente a mí.

563

La vida era una mierda. No debía esperar nada de ella. No existía una final feliz para nadie, sólo momentos esporádicos y eso era lo que había esperado disfrutar con ella.

¿Por qué quería que le jurase amor eterno? Nada es eterno, la vida es impredecible, no puede pretender que nos relacionemos en base a algo tan volátil y efímero como el amor, es demasiado idealista. Tantos libros y películas románticas le han comido la cabeza. Por ese motivo, mi concepción sobre el amor es la de algo pasajero, pues al no ser para siempre, para mí no existe como tal. Solo es otra emoción más como podría ser la ira, con la que en principio puedes enfadarte, pero después siempre terminas calmándote.

Es probable que ella nunca vuelva más y me esté precipitando, creyendo que se arrepentirá de su decisión. Quizás se marche para no volver de verdad…

Si eso ocurriera, creo que con el tiempo podría terminar lidiando con la ausencia de Crystal. No podría soportar perderla o que dejase de existir. No, no resistiría verla consumirse frente a mí.

Lo siento mucho, pero ese es un miedo que no estoy dispuesto a afrontar.

Empiezo a pensar que, después de todo, sí soy un maldito cobarde.

Salgo de mi cuarto para cenar algo ligero con lo que intentar distraerme, cuando me encuentro a mi abuela viendo la tele con un camisón de gatitos.

—¿Cómo es posible que con todo el dinero que tienes estés aquí sentada con ese camisón tan poco favorecedor? —pregunto divertido tomando asiento a su lado.

—Ah, hombre tenías que ser, no entendéis nada. Las cosas que al principio creemos más feas, terminan siendo las más cómodas. No debemos ver con los ojos, pues las modas cambian continuamente, sino con el corazón y en mi caso con mi cuerpo. Amo este camisón —informa con una sonrisa arrebujándose en la prenda.

Pienso en Crystal, en la impresión que tuve durante nuestro primer contacto, al comienzo me había dejado guiar por lo que la gente decía de ella. No fue hasta que la necesité e hicimos ese acuerdo que no empecé a descubrir cómo realmente era. Ella se había convertido para mí de la misma forma en la que ese camisón lo había hecho para mi abuela.

Crystal Moore era mi lugar confortable.

—Puede que tengas razón, abuela.

—¿Sabes Aiden? No sólo compartimos los mismos ojos, ya sabes que yo se los heredé a tu madre, y ella te los heredó a ti.

Sonrío, le enorgullece que yo saliera a mamá y no deja pasar una sola oportunidad para recordármelo.

—Sí…

—También tenemos una historia en común, niño, te he visto crecer, por eso sé que te pasa algo. Tú no sueles quedarte abstraído dándome sólo la razón como un pasmarote, ¿ha ocurrido algo?

—Abuela, ¿tú crees que soy un cobarde?

Ella me mira sorprendida y, tras unos segundos, una señal de reconocimiento brilla en el fondo de sus ojos.

—Por regla general no, pero no quiero a aventurarme a decir nada en caso de que hayas metido la pata…—responde cautelosa estudiándome con seriedad —La has liado con una mujer ¿no?

—Eh… ¿Cómo sabes que se trata de una mujer?

—Ay por Dios, ¿tomas a tu abuela por una tonta? ¿crees que me chupo el dedo? Niño, deberías nacer dos veces para eso. Has dejado de aparecer por casa a altas horas de la madrugada y ya no hueles a una variedad diferente de perfumes. No me mires así, recurda que lavo tu ropa, pero, además, lo más milagroso de todo, es que te he visto estudiando. Esa chica te estaba llevando por el buen camino, y ¿ya la has cagado? En otras cosas no, pero en eso eres igualito a tu padre.

Avergonzado por su lectura tan exacta, me sonrojo me sonrojo desviando la mirada, y yo que me creía tan listo al pensar que no se enteraría sobre mi trabajo. ¿Lo había sabido todo este tiempo?

—Bueno —carraspeo incómodo tratando de que se olvide del tema— Quería hacerte una pregunta.

—No creas que he olvidado el tema, señorito. Luego lo retomaremos. Ahora, dispara.

—Tú vas mucho al Casino…

—Sí, y eso ¿qué?

Necesitaba plantearle una de mis preocupaciones más recientes, porque contra todo lo que pudiera parecer, jamás había asistido a un Casino en calidad de acompañante. Sabía que el resto de mis compañeros sí habían ido en varias ocasiones, pero hasta ahora ninguna de mis clientas me había pedido acudir a un sitio así, más bien, solíamos frecuentar eventos de lujo o subastas, y lo cierto es que lo prefería porque aunque adorase gastarme el dinero, repelía esa clase de sitios por su predisposición a timar a la gente.

Sin embargo, ahora Crystal trabajaba en uno y debía estar enterado de la situación.

—Entonces conocerás el trabajo que se lleva a cabo allí. ¿Los clientes suelen sobrepasarse de alguna forma con las trabajadoras? —pregunto en tono casual, y Elo abre la boca impactada.

—¿Sobrepasarse? ¿En qué sentido?

—Bueno, es decir, si tocan a las empleadas, ya sabes… de manera ¿indecorosa?

Ni de broma pienso utilizar con mi abuela el término "meter mano". Qué vergüenza, podré ser un escort, pero Elo es mi familia.

—¡Aiden Blake! ¡¿Dónde te piensas que voy a jugar al bingo a un Casino o a un puticlub?! Esas chicas realizan su trabajo de forma decente. No he visto a nadie propasarse con ellas, y si lo viera no tendría mundo para correr. No soporto a esa clase de desgraciados inservibles —escupe con desprecio, y luego añade interesada— ¿Por qué lo preguntas? ¿insinúas que mi futura nieta política trabaja en uno?

—Yo no he dicho nada de nietas políticas… No te pases, abuela —murmuro ganándome un golpecito en el brazo de su parte.

—¡Con esa mentalidad de perdedor no llegarás ni al super de la esquina! Estás aquí lloriqueando como un alma en pena por esa muchacha sin intentar ponerle solución. Ah, y sobre eso, de paso responderé a tu pregunta, me dolería en el alma que un nieto mío actuara como un cobarde, así que venga, ¡levanta el trasero de mi sofá y ve a por ella!

La obedezco automáticamente y sintiéndome algo más animado por sus palabras, salgo dispuesto a reunirme con ella.

Supongo que mi abuela tiene razón. Debería tragarme mi orgullo e intentar solucionarlo con Crystal, aunque sea para mejorar este ambiente de frialdad que se ha instalado entre nosotros.

Quizás sea demasiado tarde para aparecer en su casa, y más aún con esta lluvia incesante. Si lo hubiera sabido, me habría traído un paraguas. Recuerdo haberme reído de ella aquella tarde en la que veíamos Orgullo y Prejuicio, ante la absurdez que suponía que el tipo se declarase bajo la lluvia.

No es que yo vaya a declararme, claro, aún tengo que definir mejor todo eso del amor del que me habla, pero no deja de resultar cuanto menos irónico que esté esperándola, empapado, en la puerta de su edificio.

Toco al telefonillo dos veces y a la tercera, comienzo a preguntarme si no estará en casa. No creo que esté durmiendo, y más teniendo en cuenta que últimamente tenía problemas para conciliar el sueño.

Espero que esta última semana haya podido arreglarlo, ya que estamos sin clases.

Los recuerdos de las noches que pasé con ella me llegan de golpe, las dos medialunas oscuras que se le formaban debajo de los ojos, su manera peculiar de fruncir el ceño cuando trataba de dormirse, su lucha con la cama para buscarme en ella con la única finalidad de abrazarme. Ahora mismo podría rememorar con total claridad el cambio que se producía en su respiración tras rodearme con sus brazos y pasarme la pierna por encima.

Le costaba tanto dormirse por su cuenta, que estaba seguro de que esta semana habría tenido problemas para descansar. Si sólo dejase a un lado su orgullo, yo podría ayudarla si quisiera.

De repente, escucho el ruido del motor de un coche entrando en la calle y me giro interesado por si fuera alguien que viniese a abrir la puerta principal, así podría esperarla dentro a que regresara de donde diablos se encontrase. Si no volvía en al menos una hora, la llamaría.

La luz intensa de los faros me deslumbra debido a la oscuridad de la noche y me ciega por unos instantes, dificultándome la visibilidad. No obstante, al identificar a uno de los integrantes que se ha bajado del coche, el frío que pudiera sentir por el agua de la lluvia se volatiliza, siendo reemplazado por una furia candente que me consume de pies a cabeza.

Ese idiota de Logan se encuentra sosteniendo un paraguas mientras le abre la puerta del copiloto a Crystal para que se baje del coche.

Así que te has buscado a un tipo con coche, ¿eh, pequeña? Uno que ni si quiera tiene el último modelo de esa marca. Sin duda, tú puedes aspirar a alguien mejor.

Si esto era lo que querías, alguien que te trajera a casa y te abriera la puerta del coche, yo podría habértelo dado. Sabes lo caballero que puedo ser cuando quiero. Incluso podría haberte conseguido el último modelo, pero no, tú pides más. Quieres algo tan absurdo e intangible como el amor, no buscas cosas seguras y materiales. Lo peor de todo es que estás equivocándote, porque ese tipo no va a darte lo que buscas, a la vista está que sólo quiere meterse en tus bragas.

Ambos se acercan conversando mientras comparten el mismo paraguas, demasiado cerca para mi gusto. No debo olvidar que he venido para arreglar las cosas con ella, incluso si este tipo me lo está poniendo muy complicado sujetándola de esa forma del brazo. ¿La habrá tocado de otras maneras?

Ella emite una risa musical ante algo que él le cuenta y me erizo como un gato. ¿Te atreves a reírte con ese delante de mis narices?

567

Aún no se han dado cuenta de mi presencia debido al paraguas que les cubre, pero eso no impide que pueda escuchar su charla.

—Y, ¿no vas a invitarme a un café?

¿Café? Vamos Moore, tú eres más inteligente para entender que no quiere ningún café.

Sí, es imposible que no se haya dado cuenta de su doble intención, conociéndola, con toda seguridad lo rechazará.

—Eh… Vale. Sí, claro. Tendré que agradecerte de alguna forma todo lo que estás haciendo por mí.

Me quedo boquiabierto ante el atrevimiento que demuestra aceptando tal propuesta, y los deseos de estrangularles a ambos se avivan, consumiéndome por dentro.

—Ah… que tierno… el viejo y confiable truco del café. Ese al que suelen recurrir los perdedores cuando no son capaces de despertar el suficiente interés para que los inviten por voluntad propia. Una técnica de seducción patética y desfasada, si me preguntáis. —intervengo irónico en voz alta decidido a acabar con toda esa tontería. Tengo tal cabreo encima que ni si quiera siento la lluvia. Me apoyo contra la columna cruzándome de brazos y continúo— Si quieres puedo darte un cursillo rápido, a cambio sólo deberás apartarte de mi chica, buitre interesado.

—¿Aiden? ¿Qué diablos? —indaga Crystal asombrada estudiándome de arriba abajo— ¿Qué haces aquí? ¿Cuánto llevas bajo la lluvia? Estás empapado…

—¿Este no era el psicópata del otro día?

Agh, ¿cómo ha dicho? Pero ¿este quién se cree? ¿busca pelea?

—¿Psicópata me has llamado?

—¿A qué has venido Aiden?

—Tenemos que hablar.

Doy un paso hacia ella. Tengo que calmarme. He venido a solucionar nuestros problemas, no a crear otros nuevos.

Sólo espero que se deshaga de este aguililla que no pinta nada entre nosotros.

—Podemos hablar otro día, Aiden. Ahora me he comprometido con Logan a dejarle pasar —explica sin inmutarse y el idiota me contempla satisfecho.

—¡Y un cuerno! Es urgente que hablemos ahora…

—Si quieres puedo quedarme, Crys… —ofrece el moscardón utilizando su diminutivo, ese pequeño gesto me sienta como una patada en el estómago.

Crystal nos contempla con indecisión. Debe ser una puta broma, ¿se lo está planteando si quiera?

—Será una conversación privada que terminará conmigo en su cama como siempre.

—¿Cómo dices?

Ignoro al idiota de Logan y me centro en Crystal.

—Nena, ya sabes que yo no tengo problemas con el exhibicionismo, por lo que a menos que quieras que tu nuevo amigo me vea en bolas, te sugiero que te deshagas de él.

Él abre la boca impactado con mis declaraciones y ella me fulmina con la mirada, mientras tanto, me limito a ampliar mi sonrisa.

—Será mejor que te vayas, Logan,

—¿Estás segura, Crys?

—Sí, sí. Aunque haya sido un maleducado, tiene razón, tenemos cosas que resolver en privado…Gracias por lo de hoy.

—¿Crys? Oh, por favor, esto es increíble…—murmuro soltando una risa incrédula.

—Bueno, si necesitas algo, llámame, vendré en seguida.

—Sí, gracias.

—Nos vemos mañana.

Se inclina a depositarle un beso repentino en la mejilla y ella agranda los ojos sorprendida evaluando mi reacción.

Me tenso de arriba abajo y aprieto los puños, conteniendo el puñetazo que estaría encantado de poder propinarle si no fuera ilegal y todo eso.

—Hasta mañana.

Una vez se ha marchado, Crystal abre la puerta de entrada con demasiada fuerza.

—Estarás contento…. Me has avergonzado delante de él —se queja entrando al portal, la sigo al interior poniéndonos a cubierto. Bien, al menos ya he superado la entrada.

—¿Y qué más te da? ¿Acaso te importa lo que pueda pensar ese?

Ay no, estoy cabreándome otra vez y eso nunca trae nada bueno, ¿por qué sigue haciendo cosas que me molestan?

—Pues sí, porque es mi amigo.

—¿Amigo? No pretendas convencerme de eso, he visto cómo te mira y te toca. Charlie es tú amigo, ese tiene otras intenciones contigo.

—¿Y eso a ti que más te da? —escupe irritada cruzándose de brazos.

—¿No podemos subir a casa y hablar con propiedad?

—No.

—Ah, qué curioso… Afirmas que es sólo un amigo, y sin embargo a ¿él le invitas a subir a tu apartamento y a mí me despachas aquí como si fuera un simple repartidor?

—¿Olvidas que a los repartidores sí les dejo subir? —espeta sardónica alzando la barbilla con un brillo malicioso en la profundidad de sus ojos.

—Nunca te tomé por una persona malvada.

—No soy malvada, Aiden. Si te dejo entrar sé cómo terminará y no quiero pasar por eso de nuevo. Ahora mismo estoy mirando por mis propios intereses, cuidarme a mí misma no me hace malvada.

—Ja, ¿qué no quieres pasar por eso? Como si no lo disfrutaras… Tanto que te llenabas la boca con palabras como amor y te ha faltado tiempo para irte con ese tipo.

—¿Disculpa? —indaga extrañada elevando las cejas sin poder procesar la información.

—La verdad, no te reconozco —niego estudiándola de arriba abajo asombrado— Me hablas de esa forma, llegas a casa acompañada de desconocidos, te dejas tocar y le sigues el juego en su intento cutre de ligar. Yo no te he enseñado esto, Crystal. ¿Qué diablos te ocurre? ¿Hasta dónde más has llegado con él? —exijo saber furioso por su expresión desafiante, una imagen pasa por mi mente a gran velocidad dejándome sin aliento y no puedo evitar plantear a viva voz— ¡¿Le hiciste un trabajillo express en el coche?!

Ni si quiera lo veo venir. Al menos hasta que no resuena el sonido seco que emite su mano al cruzarme la cara con fuerza. Mi cara arde y me tomo dos segundos en girar la cabeza nuevamente para mirarla con los dientes apretados. Tengo que realizar un gran ejercicio de contención para tragarme la maldición que estoy a punto de escupir.

Las palabras pronunciadas se repiten en mi cabeza y el dolor me recuerda que me he pasado de la raya. Aunque me lo tengo merecido, eso no disminuye mi cabreo. Sin embargo, tras estudiar su expresión, esta me conmueve de una forma extraña.

Se encuentra ahí de pie contemplándome pálida, su respiración se dificulta ligeramente y su barbilla, que antes estaba tensa, ahora tiembla luchando a duras penas por mantener una expresión imperturbable.

Trago saliva porque sé por su manera sombría de mirarme que la he terminado de cagar. Yo sólo quería arreglar las cosas, aunque está claro que las he empeorado.

El temor se abre paso sobre mi frustración y cabreo, estoy seguro de que lo que me dirá a continuación será el golpe de gracia final que terminará por destruir mi mundo.

—Pa para…—tartamudea tratando de gestionar sus emociones. Toma una bocanada de aire y continúa— Ya está bien.

—Cryst…

—No —niega categórica cerrando los ojos y cuando los vuelve a abrir, la brecha entre nosotros se ha incrementado. Ella encuadra los hombros, me contempla despectiva y su voz adquiere un tono inusitadamente helado— Basta. No te voy a permitir que me denigres. ¿Dices que no me reconoces? ¿Por qué? ¿No me reconoces porque estoy actuando justo como hacías tú? Tú que te acostabas no con una, sino con qué sé yo, ¿docenas? ¡Tú! que has seguido con tu trabajo, estando conmigo sin decirte yo jamás nada al respecto. Más aun, tampoco tengo que irme muy lejos en el tiempo, hasta la semana pasada, sólo para joderme, dejaste que una tipa se subiera a horcajadas y te besase el cuello ¡sin ser si quiera una clienta! Con esa cartilla de méritos a tu espalda, ¿te atreves a reclamarme algo? ¡¿Y qué si le hubiera hecho un trabajo?! ¡¿No le haces tú cientos a mujeres que ni conozco?! Yo directamente sí que puedo decir que no te reconozco. Ah… y sobre la semana pasada, ¿Sabes qué? Tenías toda la razón. No te amo.

Me tambaleo dolido ante esa afirmación. Crystal realiza una pausa para recuperar aire

—Tú…

—No puedo amar a una persona a la que no conozco de nada.

—¿Qué día..?

—Creo que sólo estaba enamorada de la idea que me hice de ti o quizás de tu papel de escort. Ese que se te daba estupendo interpretar conmigo. Supongo que también tratarías igual al resto de tus clientas, porque así eres tú, encantador. No sé si lo harías aposta o no, de lo único que estoy segura es de que no supiste definir los límites de nuestra relación sexual. Al principio sólo fue eso, sexo, pero luego vinieran las palabras y las acciones. Esas fueron las que me ilusionaron. Bueno, en ese aspecto también debería de asumir gran parte de la culpa. Ingenuamente creí que tus actos, gestos y trato en general eran producto de algo especial que estábamos construyendo entre los dos.

—Crystal…

—Espera, no he terminado. Pensaba que quizás estabas ablandándote y que comenzabas a sentir algo más profundo. Qué idiota por mi parte… Por fin me doy cuenta de que para ti sólo soy eso, sexo, tal y como me dijiste. Ahora bien, lo que creí ver en ti sólo era una parte más del combo. Una característica de tu papel de escort, y no me extraña, probablemente sea eso lo que te haga ser tan buen amante y profesional.

—No…

—Debo reconocer que siendo así podrías enamorar a cualquiera, sí. Te ha salido muy bien, porque caí rendida a tus pies. Encima, como una idiota creí que me amabas de igual manera, por supuesto, eso se termina aquí. Por lo menos, ya no sigo ciega, al menos la venda se ha terminado de caer y puedo darme cuenta de que no te conozco. Jamás has dejado que me acercase a ti, no me diste la oportunidad de conocer al verdadero Aiden. Ah bueno no, algo sí sé, que eres un escort y que follas bien. Sin duda, deberíamos habernos seguido ciñendo a una relación comercial como la que propusimos al comienzo.

—Crystal yo… —intento explicarme sin conseguir que me salgan las palabras. La he cagado a lo grande.

—No, Aiden. Ya estoy cansada de discutir más, no voy a seguir dándole vueltas a esta situación. No me va el rollo tóxico. Vete. Ahora mismo no puedo ni verte. A partir de ahora tú y yo seremos historia.

Doy un paso hacia atrás impactado con el desarrollo que ha tenido nuestra conversación. Yo sólo quería solucionar las cosas con ella, deseaba tragarme mi orgullo y claudicar. El problema es que había terminado jodiéndolo más. No puedo seguir presionándola de esta forma, la he llevado hasta los límites.

Supongo que ahora todo ha terminado de verdad. Hasta entonces había sido consciente de que este momento llegaría en un futuro, pero ¿tenía que ser así? ¿Debía despreciarme de esta forma?

—Lo siento…—susurro con pesar.

Parece una película de terror emitida a cámara lenta, no puedo creerme que esté viviendo esto, es un suplicio. Ella se abraza a sí misma, y temblando, me contempla con expresión desolada.

—Vete, por favor.

Deseo contradecir su ruego, sólo quiero abrazarla y consolarla. Sin embargo, la he hecho tanto daño que ya no me corresponde ejercer ese papel. La contemplo durante unos segundos más con emociones contradictorias bullendo en mi interior. Si voy a marcharme la grabaré en mis recuerdos por última vez.

Hundido, me doy la vuelta y salgo al frío de la noche. Sigue lloviendo y me da igual. Ahora nada me importa. La he perdido. Se ha marchado y no volverá. Desaparecerá y todo lo que hemos vivido juntos se marchará con ella.

Siento tanta rabia que, contemplando mi reflejo en los charcos que ha formado la lluvia en el suelo, grito con todas mis fuerzas.

No es suficiente. Necesito descargar está frustración de alguna manera, estoy desgarrado.

—¡¡Maldita sea!! —rujo propinándole varios puñetazos a la pared del edificio.

Mis nudillos no tardan en comenzar a sangrar. No me importa. Nada es suficiente ya. No siento el dolor o la lluvia. La sangre fluye copiosamente entremezclándose con el agua.

¿Por qué Crystal nos hace esto? Lo que teníamos era perfecto, sin fisuras, y ahora me ha convertido en un desquiciado que grita en medio de la noche y necesita descargar sus problemas golpeando paredes.

Para colmo, ha cambiado su discurso, asegurando que ya no me ama, pues muy bien, no necesito a alguien tan voluble en mi vida. Además, tampoco es como si hubiera estado esperando mucho más.

Maldita fuera, nos había metido en este tipo de relación cuando yo nunca había querido verme involucrado en una. Yo tampoco necesito nada de esta mierda.

Definitivamente, las mujeres sólo traen dolores de cabeza.

Muy bien, Crystal Moore, si quieres que te olvide así lo haré.

Cumpliré tu deseo.

Ahora sí, estás fuera de mi vida.

CAPÍTULO 34

CRYSTAL

Hace unos años, cuando todavía asistía al psicólogo, éste me comentó una frase que en ese entonces no había tomado en cuenta y que ahora sentía clavada en cada fibra de mi ser. Al crecer personalmente, cambiamos y el nuevo "yo" que alcanzamos no siempre tiene por qué gustar a las personas que nos rodean, quienes muchas veces creen que vas a seguir actuando de la misma forma.

Se percibe el nuevo cambio producido en ti como una amenaza en su relación contigo. De hecho, Aiden había sido el fiel reflejo de esa frase. Se negaba a cambiar, a causa de que se sentía cómodo viviendo de la forma en la que lo hacía. Temía a lo desconocido, y no estaba dispuesto a internarse en aguas que a la larga podrían resultarle pantanosas. Entonces, ¿por qué debería de hacerlo? No había nada que lo alentase a hacerlo.

El problema vino en el momento en el que yo había comenzado a tomar decisiones en mi vida, arriesgándome a lanzarme —en la medida de lo posible— a nuevas experiencias. Esas pequeñas decisiones me habían llevado a ciertas reflexiones que a su vez me habían conducido a percatarme de mis sentimientos hacia él.

Con el amor también había llegado el inconformismo. Me negaba a vivir y respirar por un futuro con un hombre que no tenía la seguridad de poder corresponderme algún día. Seguía insistiendo en categorizar mis sentimientos como incómodos y engorrosos, sin importarle una mierda estar pecando de cínico e ignorante ante mis ojos.

Por eso, para mí, la disyuntiva que suponía Aiden se asemejaba a la de una balanza. ¿Debía dejar a un lado la nueva fuerza y confianza que había desarrollado y seguir envuelta en una relación extraña que a la larga me traería más dolores de cabeza que satisfacciones? O ¿podía probar a arriesgarme y alejarme de la bola de demolición emocional que acabaría destrozando todo mi progreso personal?

Sin duda, echarle en cara todas esas cosas me había destrozado. No sólo por la forma en la que había decidido exponerme ante él, sino también por su manera de reaccionar. Me había costado sincerarme y a pesar de todo seguía empeñado en sus ideales. Aun así, no me arrepentía de hacerlo. No me cabía la menor duda de que en la situación en la que nos encontrábamos, había sido necesario, incluso si eso significaba que decantarme por mi propio beneficio personal supusiera la decisión más dura que hubiera tomado alguna vez.

Los cuidados a una misma a veces implican dolor. Un dolor horroroso que me desgarraba el alma. Para mí, concebir un mundo en el que en cada esquina no vaya a encontrarme con una mirada eléctrica o una sonrisa provocadora, me supone una herida terrible.

Dolor, sólo era eso, una sensación que con el paso del tiempo terminaría marchándose.

Se suele decir que todas las heridas terminan curándose con el paso del tiempo, y no soy una crédula total para no ser consciente de que ésta no será la primera ni la última vez en la que experimentaré esta sensación.

Si quería ganar en salud emocional, debía ser funcional. El dolor ya se había apropiado de mi mente, por lo que por más que lo intentase, lo cierto es que no desaparecería. Entonces, ¿qué podía hacer? Me preguntaba continuamente día tras día, hasta que una mañana soleada me percaté de que lo único que estaba en mi mano era la forma en la que me manejaba con la tristeza. No podía quedarme estancada autocompadeciéndome. Por muy tentada que me sintiese a marcar su número, él no podría ofrecerme nada más de lo que ya había mencionado.

Cada uno habíamos marcado la línea que estábamos dispuestos a cruzar, y por desgracia, la mía fue trazada a mucha más profundidad que la suya.

No podía darme amor, no creía que mereciese la pena y comenzaba a tener serias dudas de que, con esa mentalidad, algún día pudiera si quiera sentirlo. Me avergonzaba darme cuenta de lo ingenua que había sido al plantearme ¿qué? ¿enamorar a un escort? Había sido demasiado peliculera, justo como Aiden me había dicho en su día. Qué vergüenza más grande. Él me lo estuvo avisando todo este tiempo y yo no le había hecho ni caso. ¿Tan especial me había creído?

Nada. Sólo me quedaba afrontar mi decisión con madurez y la cabeza alta, así que allí me encontraba, escuchando la acalorada conversación que estaban manteniendo Charlie y Jackie en la mesa de la cafetería de la Universidad en la que ahora nos encontramos sentados.

—¿Tú que piensas Crys?

—¿Disculpa? ¿Qué decías Charlie?

—Oh… —murmura Jackie aprensiva.

En ese momento en la cafetería se produce el silencio. ¿Qué está pasando? ¿Habrá ocurrido algo? Me giro curiosa por la tensión que muestran mis amigos y me doy cuenta de que esta última está más que justificada. En la entrada se encuentra Aiden parado observándonos indeciso con la mochila colgada sobre un hombro y el pelo mojado. Mierda.

Retiro mi atención decidida a evitar verle. Sé que estoy siendo cruel, pero ahora mismo no podría soportar que se sentase con nosotros en la mesa. Soy consciente de que le dije que no le amaba, pero joder, eso había sido una mentira total. Sólo lo había dicho de esa forma para salvaguardar el poco orgullo que pudiera quedarme.

¿Cómo podría ser cierto? Si lo quería tanto que me estaba resultando imposible olvidarle.

Por el rabillo del ojo me percato que se ha sentado en una mesa aparte, y siento algo de pena por verle comiendo solo.

—Jackie, así que lo que me contaste era cierto.

—¿Lo dudabas?

—Entonces ¿habéis roto?

—Jamás salimos, y aunque lo hubiéramos hecho, él se habría encargado de joderlo a lo grande. Tsé —grazno cruzándome de brazos molesta e indignada con el recordatorio de la semana anterior— restregándose con esa rubia en mis narices. ¡¿Cómo se atreve?! Qué humillación más grande…

—Bueno, si nos ceñimos a la realidad, tú bailaste con Logan delante de él e incluso te restregaste contra su paquete. Yo lo vi todo con estos ojitos.

—¿Tú de qué lado estás? No colaboras en nada Jacqueline.

—¿Jacqueline dices? ¡Retíralo!

—Me niego.

—Pues si usas mi nombre completo, sabiendo que lo aborrezco, desde luego que me pondré de SU lado —informa señalando a Aiden, quien se encuentra sentado de espaldas a nosotros.

—Chicas, chicas, calmaos. Crys, no seas cabezota, ya sabes lo que toca.

Pongo los ojos en blanco derrotada y la contemplo, Jackie me estudia con una sonrisa desafiante, sabiendo que ha ganado. Odia que se dirijan a ella por su nombre completo, ya que su madre lo utiliza para tratarla como la mierda.

—Está bien. Lo siento, Jackie.

—Sabes que no lo decía para joderte. Puedo entender que ahora estés molesta con él, actuó como un capullo y no voy a excusarle. Lo único que quiero que veas es que tú tampoco lo hiciste bien entrando a su juego. Es probable que si me encontrase en tu situación también me sintiese furiosa y actuarse de forma irracional, pero si eso ocurre alguna vez, agradecería que mi amiga viera la parte lógica al asunto.

—Sí, sé que fue una idiotez, por eso mismo me aparté de él, estaba actuando como una adolescente y ahora me siento como una idiota porque en vez de odiarle y no querer saber nada de él, tengo ganas de estar a su lado. Miradle, comiendo tan solo en la mesa, es que no puedo soportarlo.

—Pues lo invitamos y asunto arreglado —ofrece Charlie.

—¡No!

Ansiosa, doy tal golpe sobre la mesa que los integrantes sentados en los asientos de al lado e incluso Aiden se giran para observarme con curiosidad.

—¿Entonces?

—Tú no lo entiendes porque eres hombre, Charlie —desestima Jackie propinándole un codazo en el costado, ganándose con ello una mirada airada de Charlie— Crys, ¿preferirías que nos vayamos?

—Mi turno comienza en treinta minutos, pero si Crystal se siente incómoda podría haceros compañía hasta que me toque entrar.

—¿A ti qué te apetece, Crys?

—La verdad es que sí, me gustaría irme… —murmuro bajando la voz sin poder resistirme a echarle un último vistazo.

Joder, es tan atractivo, ¿por qué tuvo que actuar como un idiota justo cuando iba a confesarme? No importa. Quizás así debería haber ocurrido todo, al menos he podido darme cuenta de cómo es en realidad antes de que fuera tarde.

—Parece que ha entrado en modo "comerse a su amorcito con la mirada", así que mejor nos la llevamos Charlie

—¿Eh? ¿Qué dijiste?

—¿Lo ves? Lo que yo decía. Nos vamos.

—Me da pena el muchacho, parecía agradable —comenta Charlie negando la cabeza con pesar.

—La verdad que sí, incluso me escuchó durante horas hablar sobre mi amor por el Capitán Levi…

—¿Queréis callaros ya? Os va a escuchar…

—Madre mía, no te pongas tan tensa, Crys. Debes intentar fluir con el ambiente para atraer buen karma.

—¿Eso si quiera tiene sentido? —grazno desconfiada de todo lo que tenga que ver con una creencia infundada.

—Por supuesto que no, es Jackie, una obsesionada con los signos del zodiaco ¿la vas a hacer caso? —se mofa Charlie estudiándola con ternura.

—Eso es muy Virgo de tu parte, Charles…

—Deja de insistir en llamarme como el príncipe de Inglaterra.

Blake ni si quiera nos dirige una mirada al pasar a su lado, pues se encuentra demasiado abstraído con el móvil. Con toda seguridad estará hablando con todo tipo de mujeres. Al fin y al cabo, ahora es libre. De cualquier modo, ya no es asunto mío, así que no merece la pena que me preocupe por eso.

Aiden Blake no me conviene, no vibramos en la misma frecuencia. Entonces, ¿por qué no dejo de sentir que pese a de todas sus idioteces y malas formas él es mi única señal?

Algo muy malo tenía que estar pasando por mi cabeza si seguía planteándome esto. No, no me interesaba meterme en una relación tóxica, necesitaba algo más seguro y estable. Si él no podía dármelo, no pasaba nada, siempre podría alcanzarlo por mi propia cuenta. Esa había sido una de las enseñanzas que él había dejado en su paso por mi vida, podía aprender a disfrutar de mí misma. Más que eso, Aiden me había demostrado que yo era interesante, valía la pena, y quizás en un futuro alguien más se daría cuenta.

—¿Y qué harás con él? —demanda saber Jackie una vez salimos al pasillo, sacándome de mis cavilaciones una vez cruzamos en silencio la salida.

—Nada.

—¿Nada? Amiga, hasta hace una semana me dijiste que le querías.

—Sí, y lo hago.

—¿Entonces?

—No me interesa lo que tiene para ofrecerme.

—Uh. Eso no suena nada bien…

—¿Qué es lo que te ha ofrecido? —indaga curioso Charlie.

—Amistad y sexo desenfrenado.

Charlie comienza a toser impactado con mi cruda sinceridad y Jackie le palmea la espalda tranquilizadora.

—Crys, que se nos infarta —me recrimina preocupada— Bueno, corazón si lo haces, me ofrezco voluntaria a hacerte el boca a boca.

—Estás loca.

De repente, me vibra el móvil y el corazón me late un poco más rápido ante la remota posibilidad de que pudiera ser Aiden. Desestimo el latido insidioso, irritada con mis absurdas ilusiones.

Al desplegar la aplicación de WhatsApp constato con una ligera decepción que no es él. Aun así, el dueño de los mensajes tiene mucha relación con el mundo en el que Aiden se mueve.

Sonriendo, estudio el chat de Uriel con cariño. Hacía semanas que no hablaba con él y el último mensaje que le había enviado había sido horas antes de que todo se fuera a la mierda con Aiden.

Mensaje entrante de Uriel:

¡Hey! Justo acabo de ver tu mensaje ahora…Perdona mi ausencia, ya sabes que aquí no hay mucha cobertura. (Emoticono sonriente)
Uriel está escribiendo….

Abro la imagen de su perfil y un chico rubio sonriente me devuelve la mirada. Sólo le había visto una vez por videollamada, cuando todavía creía que sería él quien se convertiría en mi amante y no Aiden.

¿Todo se hubiera dado de la misma forma si hubiera hecho el acuerdo con él?

Desde luego que no, había sido tan bueno que hasta me permitió escoger el precio. No como ese idiota, que se las había ingeniado para conseguir que le pagase por adelantado.

—Oye Crys —me llama Jackie observando mi móvil con interés— ¿Qué haces tan callada? Huy, pero si te estás mensajeando con un chico guapo —indaga alerta arrebatándome el móvil de golpe cuando repara en la foto de Darren— Madre mía, si es más que guapo, está tribueno, hermana. ¿Qué diablos has hecho para terminar mensajeándote con gente así? Primero Aiden y luego…¿Uriel? Qué nombre más extraño, ¿ese no era un ángel?

—No digas tonterías… —le regaño nerviosa arrebatándole el móvil. Busco una excusa que suene plausible, y suelto lo primero que me viene a la cabeza— Es un compañero del club de equitación de Aiden.

Ay, Dios… no es una mentira del todo ¿no? Al fin y al cabo, esta gente monta personas en vez de caballos. Quizás vaya siendo hora de cambiarle el nombre a Uriel o Jackie comenzará a sospechar.

—¿Aiden está metido en un club de equitación?

—Sí.

—Qué fuerte. ¿Ahora la gente liga en esos clubs? Menuda estafa más grande. ¡Ni mi Tinder ofrece estas opciones!

Se cruza de brazos molesta con la injusticia y se aproxima tratando de curiosear por encima de mi hombro. Jackie es una cotilla de campeonato, creo que lo que mejor puedo hacer es esperar a contestarle cuando llegue a mi casa y esté lejos de miradas indiscretas.

—Quizás deberías cambiar tus prioridades —sugiere tentativo Charlie.

—Espera, ¿tú tienes Tinder?

—No, pero en la cafetería sólo saben hablar de esas cosas.

El móvil vuelve a vibrar y en esta ocasión lo estudio de forma superficial para que Jackie no se dé cuenta y ponga el grito en el cielo.

Mensaje entrante de Uriel:

¿Tú cómo estás?

Sin embargo, mi amiga quien es igual de sagaz que un lince, capta el sonido de la vibración y el consecuente mensaje, por lo que, decidida, me roba el móvil de las manos.

—Eh, Jackie ¡devuélvemelo!

—¡Ni pienses que voy a quedarme sentada viéndote sufrir por un hombre!

—¿Qué haces? —exijo saber nerviosa tratando de recuperar mi móvil de nuevo.

Ella aprovecha su pequeño tamaño para escabullirse entre mis brazos y al percatarme de que está desplegando el chat de Uriel mi mundo se paraliza.

—¡No lo hagas Jacks!

—¿Qué diablos haces, Jackie? Devuélvele el móvil.

—Callaos los dos y dejad a las profesionales hablar. Mira, ¡si te ha preguntado cómo estás! —exclama emocionada y comienza a pronunciar en voz alta la respuesta mientras teclea— Muy bien chico sexy ¿y tú?

—¡No has podido escribirle eso!

—Por supuesto que sí, míralo, aquí mismo se lo puse.

Efectivamente, la muy descarada ni corta ni perezosa se lo ha enviado.

—Tierra trágame —declaro en voz baja, poniéndome blanca.

—Ay Dios, ya lo veo venir… La va a liar parda… —murmura Charlie llevándose una mano a la cara. Okay, eso, sin duda no ayuda nada.

—Qué exagerados sois, sólo estoy dándole un pequeño empujón a Crys para que salga del hoyo en el que Aiden la ha metido —comenta volviendo a apartarse para que no le quite mi móvil, de repente este vuelve a vibrar y ella salta emocionada señalándolo con la mano— Ah, mira ¡ha respondido! Qué emoción.

Mi corazón se acelera desbocado. Mierda, a saber qué es lo que le habrá puesto. Jackie me lo muestra desde una distancia prudencial.

Mensaje entrante de Uriel:

Oh, no conocía esa faceta oculta tuya tan traviesa… (emoticono mirada seductora)

—¡Jackie! ¡Devuélvemelo ya!

—¿Con lo emocionante que está esto? Ni lo sueñes —exclama alejándose de mí, y continúa en voz alta mientras escribe— Puedo ser todo lo traviesa que tú quieras que sea…

—¡¿Qué?!

—Ay la leche… —interviene Charlie soltando una risa, al escucharle le dirijo una mirada fúnebre y se lleva una mano a los labios, negando con la cabeza— Perdón.

Al final logro hacerme con el móvil de vuelta usando una de las llaves improvisadas alrededor de su cuello que solía hacerme Aiden para hacerme de rabiar. Jackie termina soltando el móvil sobre mi mano.

—¡Qué aburrida!

Ni se me ocurre soltarla todavía. No me fio de ella ni un pelo, esta es capaz de atreverse a volver a escaparse con él, es demasiado escurridiza.

Compruebo ansiosa que no le haya dado tiempo a enviarle el mensaje. Sin embargo, todas mis esperanzas se ven frustradas cuando ante mí, aparece reflejado el mensaje descarado que estaba relatando hace tan sólo unos instantes.

—¡Jackie! ¿Cómo te atreves? —la reprendo apretando mi agarre sobre ella.

—Hija, si lo he hecho para darle algo de morbo al asunto…Ay, me haces daño. Suelta. Charlie, ¡dile algo!

—A mí no me metáis en vuestras movidas.

El móvil vuelve a vibrar y yo la suelto, aterrada por lo que sea que Uriel haya podido responderme.

Mensaje entrante de Uriel:

Lo que yo quiera ¿eh? Esa es una propuesta muy interesante…

Abro la boca anonadada de que le siguiera el juego a Jackie y suelto una risa nerviosa sin poderlo creer.

—Esto es increíble.

—¡Ja! Te lo dije. Ahora, ¿vas a responderle o quieres que siga yo?

—¡Por supuesto que no!

—Vaya chica, qué mal humor…

—Deja de hacerla de rabiar, Jackie.

Dudo por unos instantes observando el móvil. Todavía estoy enamorada de Aiden, no estaría bien que formara parte de un doble juego. Jackie se percata de mi indecisión y no puede evitar decir su frase estrella.

—Recuerda, un clavo saca a otro clavo, hermana.

Con esa aseveración me asalta el recuerdo de Aiden poniendo su mano sobre la pierna desnuda de la rubia. Pf, sin duda, él lo ha sabido aplicar a la perfección.

Aunque comienzo a teclear una respuesta casual, lo borro al instante ¿qué debe responderle una a esa proposición? ¡Yo no soy como Jackie! Una vez más, me quedo bloqueada y la cotilla de mi amiga aprovecha mi despiste para volver a arrebatarme el móvil.

—Déjame anda. Tan sólo pídele hacer algo juntos esta tarde.

—No, ¡espera! Debe estar muy ocupado…

—Mira, le he puesto lo siguiente: si de propuestas interesantes hablamos, tengo una que plantearte, ¿qué piensas acerca de empezar a conocernos un poco mejor?

—¡Eso es demasiado directo!

—Quien no arriesga no gana.

—Ay, no puedo creerme que te esté dejando hacer esto…

—Ah, qué bien, ya contestó —informa deleitada y, tras eso, señala el móvil— Esto es muy buena señal, significa que está interesado en ti.

—¿Qué dice? —pregunto ansiosa colocándome a su lado.

Su chillido emocionado me sorprende tanto que doy un respingo y trato de concentrarme en el mensaje recibido.

Mensaje entrante de Uriel:

Me parece bien, nunca he tenido una ciber cita de esas, ¿te gustaría que esta noche viéramos juntos una película?

—¡Ahhhhhhh! ¿Tienes algo que hacer esta noche Crystal? —indaga Jackie satisfecha, y sin permitirme añadir nada más, afirma— ¡Por supuesto que no! Sólo debes enfocarte en la ciber cita con el bombón cañero.

—Dámelo, quiero responderle por mí misma —le ordeno y ella me lo devuelve esta vez más confiada.

No puedo hacerlo, me he planteado ser consecuente con mis sentimientos, por lo que el mero hecho de verme envuelta en esta situación me transmite cierta indecisión. Aunque debo sacar a Aiden de mi corazón, no deseo recurrir a esta forma. En los libros, las sustituciones amorosas casi nunca suelen terminar bien.

Mensaje enviado:

Estoy dentro, lo único es que no quiero nada formal. Ahora mismo me encuentro muy liada y no quiero temer ningún rollo con nadie.

Uriel no tarda en responder.

Mensaje entrante de Uriel:

Ok. Ya veo que tú sólo eres de placer. No te preocupes, soy un experto en eso (emoticono de un guiño)
Esta noche a las 21h cita online.

Su referencia al placer me extraña. No obstante, recuerdo que fue él con quien en un primer momento había tratado el tema del acuerdo.

—¡Ay por Dios! ¡Si ese chico es más caliente que una maldita estufa! —exclama Jackie emocionada simulando abanicarse por encima de mi hombro.

—¿Alguna de vosotras se ha planteado si quiera la posibilidad de que el tipo podría ser un sexagenario que se entretiene estafando a mujeres jóvenes?

Jackie y yo lo miramos sorprendidas, y él eleva los hombros como si no hubiera dicho nada malo.

—Tú sí que sabes drenarle la emoción a la vida. Muy típico de Virgo.

—¡Deja de justificar todas mis acciones y palabras en torno a mi signo!

—Es que eres un Virgo de manual.

—Yo solo me preocupo por la seguridad de Crys.

—No te preocupes, Charlie. Hace unos meses tuve una videollamada con él, porque yo tampoco me creía que fuera así —informo riéndome ante el recuerdo de la situación bochornosa.

Jackie compone una expresión atónita, mientras que Charlie se limita a sonreír más tranquilo.

—Llevas meses chateando con un tipo cañón como éste y, ¿no me informas de nada? Ahhh… esto sí que no voy a perdonártelo. Bueno, quizás sí, si me presentas a algún amigo que esté igual de bueno que él. ¿Qué? ¿Hay trato?

—¡No tienes remedio Jackie! —exclamo riéndome ante su descaro. Gracias a ellos, ya me siento un poco mejor.

El resto de la tarde transcurre con inusitada calma. Bueno, lo de la calma puede considerarse relativo si descartamos el hecho de que me encuentro siendo un amasijo de nervios.

Nunca he tenido una cita como tal, mucho menos una cita online, y aunque le dijera a Uriel que no quería nada serio, no estoy segura de qué es lo que espera de mí esta noche. Pese a que él no sea Aiden, ambos siguen ejerciendo de escorts, y si tomamos ese factor como referencia, no he visto a nadie que trabaje en su sector, abierto a una posible relación. Me aterraría pensar que pudiera estar metiéndome en un jardín similar al que pasé con Aiden.

No es nada serio, me recuerdo, aunque con Blake tampoco lo había sido en un comiendo y miradnos ahora, es que ni nos hablamos. Me estoy comenzando a arrepentir de haber accedido a aquella locura orquestada por Jackie. ¿Es que no puedo relacionarme con gente que tenga una vida normal?

Contemplo el reloj de mi móvil.

20:50

Mierda. Sólo quedan 10 minuto. ¿Estaré a tiempo de cancelarlo? El móvil me vibra, y despliego la ventana de WhatsApp.

Mensaje entrante de Jackie:

Sólo te escribo para recordarte que ¡ni se te ocurra cancelarle la cita! (emoticono de algo similar a "te estoy observando")

Maldita Jackie… Me conoce demasiado bien.

Mensaje entrante de Jackie:

Necesito tu confirmación de que no lo has hecho. Aguanta un poco más, sólo quedan ocho minutos.

Pongo los ojos en blanco y decido contestarla, de lo contrario jamás me dejará tranquila.

Mensaje enviado:

Tranquila. Estoy esperando tranquilamente.

Mensaje entrante de Jackie:

Ja, eso ni tú te lo crees. Tranquilamente dice…

Decido tomarme una infusión mientras hago tiempo hasta las nueve. En el pasado Aiden se hubiera escandalizado de haber sabido que iba a tener una cita sin apenas arreglarme. Ahora con toda probabilidad ni si quiera le importaría.

Basta Crystal. Es hora de tener dignidad y dejar de pensar en él. No puedes seguir viviendo en el pasado. Me ordeno por séptima vez aquel día.

De todas formas, retomando el tema de la apariencia, ¿qué se pone una para una cita online? Si nos vemos por videollamada dudo que repare en esas menudencias, sobre todo ya que la cámara de mi móvil tiene la calidad de una patata. Sí, con unos pantalones vaqueros y una sudadera estaré cómoda. Me estoy quitando la coleta que tenía hecha, en un intento pobre por demostrar cierto arreglo, cuando me vibra el móvil. Estudio mi reloj de muñeca y emito un gritito nervioso.

20:59 horas.

Me abalanzo sobre el móvil y estudio su contenido con avidez.

Mensaje entrante de Uriel:

No pensarás llegar tarde a nuestra cita, ¿no? Si ya me dejasen tirado vía online, sería todo un chasco ¿no crees? (emoticono sonriente)

Trago la vergüenza que experimento al recordar que hasta hace escasos minutos le hubiera cancelado esta reunión y me enfoco en responderle.

Mensaje enviado:

Siendo sincera debo reconocer que he estado a punto de dejarte colgado…

Mensaje entrante de Uriel:

¿Y eso por qué?

Mensaje enviado:

No creo que pueda tener nada serio con nadie ahora y de una forma absurda, porque no le debo nada, me siento como si estuviera traicionado a otra persona…

Mensaje entrante de Uriel:

¿A un novio? O a un ¿ex?

Mensaje enviado:

Sólo a un idiota…

Joder, estoy permitiendo que lo de Blake me siga afectando incluso en este momento. Al final va a ser cierto eso de que lidiar con tus emociones y sentimientos es un maldito engorro.

Mensaje entrante de Uriel:

No debes preocuparte tanto por eso, ya hemos acordado que sólo nos conoceríamos, y de todas formas, no veo por qué deberías de sentirte insegura ¿de qué manera iba a propasarme? (emoticono de un guiño).

Me rio ante su referencia a la vía online y decido reencauzar la conversación.

Mensaje enviado:
¿Cómo suelen ir este tipo de… reuniones?
Mensaje entrante de Uriel:
Pues he estado investigando un poco antes de llamarte, y hay programas en los que se pueden ver las películas a la vez.
Mensaje enviado:
¿Deberíamos hacer videollamada?
Mensaje entrante de Uriel:
Me gustaría la verdad, pero no puedo hablar.
Mensaje enviado:
¿Por qué?
Mensaje entrante de Uriel:
En mi familia es mejor tratar de hacer el menor ruido posible o terminaremos en bronca y las cosas ahora están demasiado tensas…

No puedo imaginarme cómo debe ser su familia para tener que actuar así. Me resulta imposible concebirlo, ya que mis padres no han sido otra cosa más que amorosos, tratando de que me relacionara con todo el mundo. No obstante, debía ser consciente tanto por la situación de Jackie y ahora por la de Uriel, de que no todas las familias actuaban de la misma forma.

Ahora que lo pensaba bien, ¿cómo sería la familia de Aiden? ¿tendrían el mismo tipo de humor burlesco que él? ¿habría sido un niño querido? No estaba del todo segura, teniendo en cuenta la forma que tenía de afrontar sus emociones. Si me paraba a reflexionarlo con detenimiento, jamás me había hablado sobre ella. Una vez más, el recordatorio de su nula confianza personal en mí volvía a doler.

Joder, ya estoy de nuevo. Basta.

Mensaje enviado:
Oh, bueno. No te preocupes. Entonces, podemos probar con uno de los programas esos de los que hablábamos…
Mensaje entrante de Uriel:
Sí, además, tiene un chat privado para ir comentando cada una de las escenas. Por supuesto, no será igual, pero puedes imaginarte que estoy allí sentado a tu lado.
Mensaje enviado:

¿Y qué tenemos esta noche en la cartelera?
Mensaje entrante de Uriel:
¿Qué tipo de género prefieres? ¿Terror, romántico, comedia, misterio…?

Terror no. La última vez que había visto una película de terror había sido aquella tarde en mi casa con Blake. No obstante, quizás lo mejor sería que le dejara la elección a él y si escogía terror me serviría para desvincularme de ese recuerdo, aunque fuera de manera parcial.
Mensaje enviado:
Elige tú.
Mensaje entrante de Uriel:
Terror.

Mierda. Bueno, no pasa nada. Mejor lo veré desde el lado positivo, y lo tomaré como si me arrancase una tirita de golpe, así dolerá menos.
Mensaje entrante de Uriel:
¿Crystal? ¿Sigues ahí?
Mensaje enviado:
Sí, sí, perdona. ¿Cuál quieres ver?
Mensaje entrante de Uriel:
Sinister.

El resto de la noche transcurrió entre risas a causa de que a Uriel le encantaba mencionar cada una de las incongruencias de la película, por lo que en vez de sentir miedo se encargó de hacérmelo pasar bien incluso aunque sólo fuera por medio de un chat. Me enviaba memes en mitad de la película y ambos nos burlábamos de la situación.

Con el pasar de los días, pronto descubro que pese a la distancia que hay entre nosotros y lo impersonal que podría suponer una comunicación vía online, termina convirtiéndose en un buen amigo al que puedo contarle todo. Mis días buenos, los malos e incluso los aburridos. No importa el tema de conversación que mantengamos entre nosotros, él siempre se encarga de que me sienta apoyada y comprendida. Y lo que es más importante, Darren no tiene miedo en hablarme de sus sueños y de sus miedos. Al parecer le aterraba la muerte, supongo que eso tendría que ver con su situación familiar… Aseguraba que soñaba a menudo que se ahogaba y no lograba salir a la superficie, eso le generaba tanta angustia que terminaba despertando en mitad de la noche. Últimamente he empezado a apreciar en él algunos rasgos de sufrimiento, y eso me genera impotencia, pues lo cierto es que es muy buen chico.

De hecho, no tardamos en caer en la rutina de despedirnos el uno del otro. No pasó mucho tiempo hasta que me acostumbre a sus "Buenos días princesa" o a sus "Buenas noches, hermosa, que duermas bien, sueña conmigo (emoticono de guiño)".

No obstante, pese a lo bien que me trataba, mi corazón seguía latiendo por una mirada eléctrica muy distinta a la azulada de Uriel. No había sabido nada nuevo de Aiden desde que se presentara en mi casa y discutiéramos dos semanas atrás.

Había ocasiones en las que me encontraba a mí misma rememorando cada una de las palabras que le había lanzado, y aunque no retiraría ninguna de ellas, lo que me dolía era recordar la forma en la que me había mirado, herido. Yo no quería hacerle daños, es lo último que desearía, pero tampoco puedo tapar el sol con un dedo sólo para cuidarle. La única que terminaría sufriendo a la larga habría sido yo.

No, incluso si actualmente no hablábamos entre nosotros, aquello había sido lo mejor. El único problema que encontraba a esta situación era que cada día me lo pasaba extrañándole demasiado. Su presencia en mi vida había calado más hondo de lo que hubiera querido darme cuenta en una primera instancia, lo cual me llevaba a plantearme si quizás no sería algo masoquista, adorando a un tipo que me había explotado laboralmente.

Por otro lado, retomando el tema de Uriel, la tarde en la que me contó acerca de su complicada situación familiar, fue de las primeras veces en las que me sentí más cerca de él que nunca.

Mensaje enviado:
¿Qué es lo que pasa exactamente con tu familia?
Mensaje entrante de Uriel:
Bueno... es un tema complicado.
Mensaje enviado:
¿Y eso?
Mensaje entrante de Uriel:
¿Recuerdas que te conté que teníamos problemas de herencia a raíz del fallecimiento de mi madre?
Mensaje enviado:
Sí.
Mensaje entrante de Uriel:
Bueno... como te dije es complejo, pero se puede resumir en tres palabras: Mi padre me odia.

Aquella afirmación me dejó noqueada, por lo que tardé un poco más en responder, tratando de elaborar adecuadamente una respuesta.

Mensaje enviado:

Me cuesta creer que un padre pueda odiar a su hijo.

Mensaje entrante de Uriel:

Puedo entender que no sea lo más común de escuchar, y que incluso puedas pensar que exagero. Parece algo contra natura, pero lo cierto es que cuando digo que me odia no es una mentira.

Mensaje enviado:

¿Qué puede llevar a un padre a odiar a sus hijos?

Mensaje entrante de Uriel:

No, no, esa es la cuestión, él no odia a mis hermanos. Sólo a mí.

Mensaje enviado:

¿Y eso por qué? No te veo una mala persona…

Mensaje entrante de Uriel:

Supongo que influye el hecho de que no soy tan perfecto como mis hermanos, ellos siempre acatan sus órdenes al pie de la letra sin ni si quiera preguntar el motivo que hay detrás, y yo pues no lo hago si no estoy conforme con ello, lo que suele ser la mayoría de las veces … Aunque también manejo otra teoría.

Mensaje enviado:

¿Cuál?

Mensaje entrante de Uriel:

No es la primera vez que he escuchado que puede ser debido al parecido que tengo con mi madre…Es un hombre bastante estirado y orgulloso. Lleva años tratando de superar a mamá, y dudo que lo haya conseguido, es posible que cada vez que me vea para él resulte difícil gestionar las emociones que eso le despierta, y termina perdiendo la paciencia conmigo.

Mensaje enviado:

Eso es horrible. ¿Tan mal te trata?

Mensaje entrante de Uriel:

Un poco…Para él soy una deshonra y una vergüenza para nuestro apellido. No obstante, incluso aunque piense así y nos llevemos a matar, no creo que sea mala persona, es sólo que no estaba preparado para perder a mi madre.

Mensaje enviado:

No deberías excusarle por mucho que sea tu padre. Nada justifica que trate mal a alguno de sus hijos. El amor no debería expresarse jamás así.

Mensaje entrante de Uriel:

Sí, tienes razón. Por ese motivo me largué en su día.

Mensaje enviado:

Y entonces ¿por qué has vuelto?

Mensaje entrante de Uriel:

590

Sólo por el tema controvertido de la herencia. Se niega a que tenga ninguna de las posesiones de mamá, así que es toda una guerra abierta.

Mensaje enviado:
¿Por qué? ¡También era tu madre!

Mensaje entrante de Uriel:
Eso a él le da igual, está convencido de que con mi comportamiento no merezco nada de ellos.

Mensaje enviado:
Me pone tan triste que no tengas a nadie en quien apoyarte en esa familia… Debes sentirte tan solo… Yo no sé qué haría sin el amor y el apoyo de mis padres.

Mensaje entrante de Uriel:
Bueno, al menos no todos son así, también tengo gente que me apoya y quiere.

Mensaje enviado:
Me alegra saber eso. Yo creo que eres muy valioso y buena persona, mereces ser querido, Darren.

Mensaje entrante de Uriel:
Gracias. Tú también eres alguien muy especial, Crystal.

Me pongo colorada al leer el último mensaje y decido cambiar de tema. Demasiada cercanía emocional.

El sábado de la siguiente semana llega con tanta rapidez, que al haberme enfocado por completo en mi trabajo no reparo en que ese día justo es mi cumpleaños. Soy consciente de que no tendré muchas felicitaciones, ya que a mis amigos les cuento con los dedos de una mano. Aparte de mis padres, Jackie y Charlie no espero que nadie más se acuerde de esta fecha.

A pesar de que estoy de vacaciones, el ritmo madrugador todavía sigue asentado en mi cuerpo, por lo que aquella mañana me levanto a las nueve, dispuesta a arrastrarme hasta la cocina. Supongo que hoy puedo darme una alegría a base de dulces y aunque la báscula no esté de acuerdo con esta afirmación, me importa un pepino. Una no cumple veintiún años todos los días.

En cuanto comienzo a prepararme el café, suena el timbre de la entrada, y extrañada, me acerco hasta el telefonillo, preguntándome quién diablos será.

—¿Sí?

—¿Crystal Moore?

—Sí, soy yo.

—Tiene un paquete.

591

—Ah vale, entre.

No sé ni por qué me extraño, cada año mis padres se adelantan enviándome el regalo. En cuanto consiga librar un viernes, tendría que ir a verlos. Les echo muchísimo de menos.

Al abrir al repartidor, éste no aparece con el típico paquete que suele traer, sino que, por el contrario, viene cargando con un montón de globos rosas y azules, así como una bandeja enorme en la que se puede apreciar todo tipo de bollería, golosinas y unas rosas. Para finalizar la presentación, esta última se encuentra recubierta por papel filme y adornos de los mismos colores que los globos.

—¡Desde desayunos felices, queremos desearle un feliz cumpleaños!

—¿Qué?

—¡Espero que el desayuno escogido para usted le sea de su agrado!

Recojo la bandeja que me tiende, todavía confundida con la situación.

¿Desde cuándo me enviaban algo así? Yo me esperaba al menos cuatro calcetines, pero nada de un desayuno.

—Gra gracias.

—Ah, espere un momento.

Ceso de cerrar la puerta y le observo revolver en la mochila que trae en busca de algo.

—¿Hay algo más?

—Sí. Tome —informa extrayendo una caja envuelta en papel rojo de regalo.

—Vale gracias.

—¡Pase un gran día!

Después de que el repartidor se haya marchado, desenvuelvo la bandeja, preguntándome qué diablos le habrá dado a mis padres para gastarse esta cantidad de dinero en todo esto. No parece que sea barato, precisamente.

En cuanto reparo en el interior del contenido con más detenimiento, una gran sonrisa se instala en mi casa. Toda mi bollería y guarrerías favoritas se encuentran presentes. Observo las Oreos, que siempre procuro tener en mi casa, y me da un pequeño bajón al recordar en uno de los motivos por el que sigo rellenando mis armarios con ellas. A Aiden le fascinan, a raíz de que comenzara a visitar mi casa más a menudo, le fui contagiando mi obsesión por ellas. Ambos habíamos pasado tardes compartiéndolas juntos y peleándonos por la última.

Y ahí vamos otra vez. Joder, basta, no es tiempo de pensar en él.

En un vano intento por distraerme de la melancolía, me concentro en los muffins de chocolate y las palmeras de chocolate. La boca se me hace agua al pensar en hincarles el diente. No, debo contenerme, pues lo primero en estos casos es abrir el regalo, ¿no?

Sin duda, este año mis padres se han pasado con la ornamentación.

Al desenvolverlo, mi corazón se detiene. Esto es imposible que sea de parte de mis padres, quienes ya me habían advertido que se negaban a comprarme nada relacionado con *Orgullo y Prejuicio*, excusándose en unos pretextos absurdos sobre la preocupación de mi extraña adicción.

El funko del señor Darcy me devuelve la mirada, quizás preguntándose cómo diablos ha terminado con una dueña que gritonea al verle.

No, este regalo sólo ha podido ser de una persona muy concreta.

CAPÍTULO 35

CRYSTAL

Ese idiota de Aiden se había acordado, me digo emocionada buscando la nota que acompañaba al regalo, tras un rato, la encuentro debajo del envoltorio y con el corazón latiéndome a mil, procedo a leer el escueto mensaje.

Espero que esto te ayude a empezar el día con una sonrisa, hermosa, esa que siempre me sacas cuando hablamos durante horas.

Darren.

La nota se escurre de entre mis dedos y mi corazón se detiene. Soy una desagradecida, sé que debería sentirme alegre por este regalo, es sólo que esperaba que fuera él, porque si hubiera sido de Aiden, quien sabía lo mucho que me gustaba Darcy, este regalo habría tenido otro tipo de significado o valor.

De todos modos, ¿cómo diablos podía saber que me gustaba Darcy? Eso era algo que sólo le había dicho a Blake.

En mi mente comienzan a formarse teorías conspirativas propias de una novela, cuando el móvil vibra sobre la mesa y despliego el WhatsApp.

Mensaje entrante de Uriel:

Creo que ya has debido de recibir mi sorpresa ¿no?

Mensaje enviado:

¡Sí! Muchas gracias, me ha encantado. No hacía falta que te molestaras de verdad. De todas formas, no esperaba tener ningún regalo.

Mensaje entrante de Uriel:

Me alegra que te gustara. ¿Leíste el mensaje que venía con él?

Mensaje enviado:

Sí, encantador de tu parte, pero oye, quería preguntarte algo…
Mensaje entrante de Uriel:
¿Sí?
Mensaje enviado:
Hmm… ¿cómo sabías que me gustaba Darcy? No recuerdo habértelo dicho.
Mensaje entrante de Uriel:
Sí, pero me dijiste que te gustaban los libros románticos, y ¿quién no conocería a Darcy? Es un personaje clásico de la literatura romántica. Además, eres chica. Vivís para estas cosas, ¿no?

Mi cara al leer el último mensaje es un auténtico poema. ¿Cómo puede ser tan básico? De todas formas, se ha esforzado con el regalo, así que lo mínimo será que actúe agradecida.
Mensaje enviado:
Ah, bueno, gracias.

Me siento en la mesa a dar cuenta del desayuno y sitúo a Darcy delante de mí, para que me acompañe en esta velada.

—Señor Darcy estoy feliz de tenerlo conmigo, pero lamento decirle que no lo siento como un regalo tan especial como había esperado en un principio. ¿Cree que sería posible que pudiera pintarle los ojos de un color… no sé grisáceo? ¿No? ¡¿Desfachatada yo?! Bueno vale, ¿hacemos las paces por medio de una Oreo?

Al percatarme de lo que estoy haciendo, concluyo que quizás estoy perdiendo el norte, y depositando la galletita a los pies del muñeco, musito cabizbaja:

—Quizás aún esté a tiempo de volverme lesbiana, total para el tipo de chicos raros que me gustan. Pff, mejor no, las mujeres a veces somos muy complicadas. Lo mejor debe ser la asexualidad. Sí, creo que así se debe vivir mucho más tranquila.

Tiempo después, por la tarde, realicé una videollamada con mis padres en la que les prometí que volvería a pasar un fin de semana a casa. Ellos se mostraron ansiosos al mencionarles mis planes, aunque algo reticentes por la noticia de mi nuevo trabajo.

Al final, conseguí convencerles de que este me estaba ayudando a mejorar mi problemilla con la ansiedad, ya que al esforzarme por rendir bien, poco a poco fue menguando. No es que hubiera desaparecido del todo, por supuesto, aún me causaba ansiedad enfrentarme a nuevas situaciones, pero por lo menos ya no me bloqueaba del todo y podía mantener una conversación más fluida con el resto. Esa nueva información era la que más les había aliviado.

Durante todos estos años había sido asistido, impotente, a lo mucho que les había estado afectando mi situación. Mamá se había acostumbrado a llevar un lexatin en el bolso desde el momento en el que comencé a sufrir los ataques de ansiedad.

Ahora todo eso parecía producto de un mal sueño. Me sentía orgullosa de mi avance y en parte eso era algo que debería de agradecerle a Blake.

Al caer la noche, Jackie y Charlie se presentan en mi casa cargando globos, alcohol, tarta, películas y una ingente cantidad de comida chatarra. Nada más abrir la puerta, Jacks se lanza sobre mí, envolviéndome en un efusivo abrazo.

—¡Aquí llegaron las almas de la fiesta! ¡Felicidades a nuestra Crystal!

—Habla por ti, los trabajadores apenas tenemos vida propia para irnos de fiesta… —comenta Charlie abrazándome en cuanto Jackie me suelta— Felicidades Crys.

—Gracias chicos.

—Bueno qué, ¿ponemos musiquita?

Jackie comienza a menear las caderas al ritmo de una música imaginaria. Su atuendo estrafalario está compuesto de una peluca verde larga y un vestido negro escotado muy diferente al estilo sencillo de camiseta y vaqueros que lleva Charlie.

—Tú quieres que mi vecina me mate, ¿no?

—Si esa vieja se pone gruñona, la invitamos a un ron-cola y seguro que se entona rapidito.

—Jacks, deja de tratar de alcoholizar a una anciana.

—¡Qué aguafiestas! ¡Vamos, vamos! ¡Que empiece la fiesta!

Después de hincharnos a comida, viene el momento de soplar las velas, Jackie dispone un "2" y un "1" dorados en el centro de la tarta y, tras esto, Charlie las enciende.

—Espera, antes de que soples, recuerda pedir un deseo.

—No entiendo por qué debería hacerlo —interviene escéptico Charlie— todo eso no son más que absurdeces.

—¿Y tú qué sabes? —agrega desafiante la otra moviendo la peluca.

—Pues porque entre otras cosas no se me ha cumplido nunca

—Claro, si vas con esa actitud ¿quién querría concederte ningún deseo? —le reprende molesta— Tú no le hagas ni caso a éste. Venga, Crys ¡Pide uno!

Estudio la tarta con escepticismo. Charlie tiene razón, a mí tampoco me ha funcionado jamás. No obstante, hoy me siento envalentonada, por lo que, cerrando los ojos, inspiro aire y formulo un mensaje claro en mi cabeza.

Deseo querer y sentirme querida.

Soplo con todas mis fuerzas, ansiando que por una vez pueda cumplirse mi deseo. Después me cantan "cumpleaños feliz" a voz en grito y en cuanto terminan, Jackie posa una de sus manos sobre mi hombro.

—¿Qué pediste?

—Si te lo digo entonces no se cumplirá, ¿cierto?

—¡Ah, mierda! Es verdad.

—Bueno, Crys, este año andaba justito de dinero para tu regalo, aun así, espero que te guste a pesar de su sencillez.

—No deberías haberte molestado en regalarme nada, Charlie, ya sabes que entre pobres nos entendemos —declaro con una sonrisa aceptando un paquete rectangular aplanado envuelto en papel de regalo.

—¡Oye! No me excluyáis de ese club que tenéis. En los grupos de tres, está muy feo dejar al margen al tercero.

—Tú no cuentas, Jacks. Tus padres podrían tener más dinero que Alemania.

—¡Qué exagerado!

—¿Qué es? —pregunto ansiosa desenvolviendo el regalo. El libro de *"Eleonor y Park"* me devuelve la mirada y chillo emocionada— ¡Ay, Charlie! ¿Te has acordado?

—Sí, es de segunda mano, aunque está en buen estado.

—¡No importa! Me gusta mucho, ¡gracias!

—Ahhh, y ¡ahora toca mi regalo!

Jackie me pasa un sobrecito rosáceo y un paquete envuelto en un papel negro.

—¿Qué es? No me estarás regalando una tarjeta platino como el año pasado, ¿no? Porque la devolvería… No puedo aceptarla.

Sospechosa, estudio el sobre. No parece que contenga ninguna tarjeta, aunque cualquiera sabe con Jackie.

—Ya aprendí la lección. El sobre sólo es un detallito, empieza por el paquete porfa, estoy segura de que te gustará ¡ábrelo venga!

—Creo que siento miedo hasta yo… —comenta Charlie poniendo voz a mis pensamientos.

—¡Es un pijama sexy con lencería incluida!

Mientras revela el contenido, extraigo un camisón burdeos, un tanga y un sujetador de seda a juego. Contemplo atónita el conjunto y, orgullosa, ella ensancha aún más su sonrisa. No sé muy bien qué decir.

—¡Jackie! Esto te ha debido costar una fortuna.

—No tanto, amiga. Además, siempre estás quejándote que no quieres lujos y esas cosas, así que quería regalarte algo que pudieras usar y como ya no formas parte del equipo virginal, supuse que lo emplearás muy bien.

Me sonrojo pensando que la única persona con la que me gustaría probarlo es aquella con la que no podré tener nada nunca más. No puede enfrentar sus sentimientos, ni si quiera para salvar lo que tenemos. ¿Por qué tenía que ser así?

Intento recomponerme abriendo el pequeño sobrecito y saco el papelito que contiene en su interior, mis ilusiones se recuperan al leerlo en voz alta.

—*"Y a veces me he guardado mis sentimientos, porque no pude encontrar un lenguaje para describirlos"*. Jane Austen.

Estudio a Jackie, que me devuelve una mirada significativa. Lo intuye, sabe que estoy pasándolo mal, a pesar incluso de que no le haya contado toda la situación con Aiden. Con esta frase quiere trasmitirme que me apoya, que estará ahí de forma incondicional para mí cuando la necesite y que respeta mi silencio. Casi siento ganas de ponerme a llorar. La quiero, esta mujer es como si fuera mi hermana.

—¿Eso qué diablos significa? —interroga curioso Charlie.

—Crystal lo sabe.

—Gracias por el regalo Jacks… Me ha encantado.

Sólo espero que el recuerdo de Aiden se diluya un poco con el paso del tiempo. Le echo terriblemente de menos, pero no puedo claudicar ante lo que me ofrece. Merezco mucho más.

—¡Hurra! ¡Esa era la respuesta que yo quería!

—Tienes buen gusto en pijamas —agrega Charlie contemplando el camisón.

—¿Te gusta este estilo? ¿Quieres verme con uno puesto que tengo muy parecido?

En ese momento el móvil de Charlie comienza a sonar, interrumpiendo su respuesta, y éste lo descuelga pidiéndonos un minuto con la mano.

—¿Kim? Sí, dime.

Charlie se levanta de su sitio y se aproxima hasta mi habitación. Sin cerrar la puerta, atiende la llamada moviéndose de un lado a otro del dormitorio.

—Ahh… ¿ves? Le llama a las doce y media de la noche —señala Jackie con disgusto señalándole con el tenedor tras devorar parte del trozo de pastel que se ha dejado Charlie— se debe pensar que soy idiota o algo, ese de gay no tiene una mierda.

—¿Cómo?

—Kim. Su compañera. ¿Quién llama de madrugada si no tenéis algo? Obviamente le gusta, y para que deje de molestarle, nos miente diciéndonos que es homosexual.

—Bueno, quizás es por tema de trabajo. A mi Logan me llama de vez en cuando por eso.

—Sí, otro que quiere meterse en tus bragas.

—Ahora empiezas a sonar como uno que yo me sé…

—Es que esas cosas se notan, Crys. Al igual que Charlie nota que me gusta y por eso trata de engañarme con el tema de la homosexualidad. Qué bajo he caído para que los hombres me rehúyan de esa forma —se lamenta llevándose otro pedazo a la boca.

—Bueno, tampoco es algo que trates de mantener en secreto.

—No ayudas, ¿eh?

—Perdona.

—Entonces, si es tan gay como dice, explícame el motivo por el que antes traté de perrearle y me apartó como si tuviera la peste —pregunta a nadie en particular y, contemplando a la nada, se lleva las manos a la peluca— Ya hasta se hacen pasar por gays para no tener cuentas conmigo. Crys, es imperioso que me presentes a alguien nuevo…

Por un segundo las facciones de Michael, el jefe de los Arcángeles, destella en mi cabeza. Quizás podría ser buena idea. Desde luego, Jackie podría costearse a alguno de los chicos. De repente, recuerdo todo lo vivido con Aiden hasta ahora, y mi humor se torna oscuro. Mejor que no. Jackie podría hacerse ilusiones y terminar igual de jodida que yo.

—Yo…

—Chicas, tengo que irme ya.

—¡¿Ya?! ¡Prometiste ver con nosotras el diario de Bridget Jones!

—Lo siento, Jacks, es un tema ineludible.

—¿De madrugada?

—Sí.

Estudio el intercambio de palabras como si estuviera asistiendo a un partido de tenis, y durante el breve silencio incómodo que se instaura entre ellos, decido intervenir para suavizar la situación.

—No te preocupes, Charlie. Sé lo ocupado que estás, gracias por venir.

—Me lo he pasado bien, Crys. Si quieres podemos vernos mañana un rato más.

—Claro —asiento con cariño devolviéndole el abrazo.

—¿Tú piensas despedirte de mí?

Me acerco hasta situarme detrás de su espalda y la empujo a sus brazos. Jackie asiente malhumorada con la situación, recibiendo reticente el abrazo.

—Ok, ok…Pásalo bien con la rubita.

—¡Jackie!

—Está bien, Crys, déjala, ya sabemos cómo es… —la excusa soltándola— Bueno me marcho ya. Hablamos mañana, chicas. ¡Feliz cumpleaños Crys!

—¡Hasta mañana!

Cuando nos quedamos a solas, Jackie prepara el DVD en silencio. Todos somos conscientes de su flechazo por Charlie y de cómo este último continuamente le da calabazas. No sé por qué sigue insistiendo en ir detrás de él. Bueno, quizás ahora sí lo sé, me digo amargada rememorando unos ojos grisáceos.

¿Quién soy yo para juzgarla?

—¿Jackie?

—¡Creo que esto ya está! —exclama recuperando su alegría tan característica. Pillo el mensaje, no quiere hablar de ello. Tomo asiento a su lado en el sofá y recojo el bol de palomitas que preparamos antes de soplar las velas. Ella coge el mando y antes de darle al Play, sonríe aún más y con un tono burlesco, declara— ¿Ves como no tiene nada de gay? ¡No podría negarse a un plan como este!

—Jackie…

—Estoy bien, Crys. ¡Veamos la película!

No sé en qué momento de la película termino quedándome dormida, supongo que estaba mucho más cansada de lo que había creído. Cuando me encuentro navegando en una ligera duermevela, soy arrancada de cuajo por el sonido estridente del timbre de mi apartamento. Doy un respingo y miro hacia los lados desorientada, Jackie me contempla confundida mientras se lleva una cucharada de helado a la boca.

Ambas estudiamos el reloj de la pared y fruncimos el cejo.

01:30 a.m

—¿Quién será?

—Podemos descartar el supuesto rol del ladrón, ninguno llamaría al timbre y tampoco es que haya mucho que robar aquí.

—Quizás sea Charlie… —comento acercándome al telefonillo.

Me llevo el auricular a la oreja y estudio con curiosidad la imagen que me devuelve la cámara exterior del interfono. Mi mundo se paraliza durante unos breves instantes, tratando de aceptar que la persona que se encuentra en el portal es la misma que llevo anhelando estas últimas semanas.

—¿A Aiden?

—¿Crystaaaaaaaal? —pregunta arrastrando sospechosamente mi nombre. Blake se tambalea mientras observa la cámara— ¿Ereessss túúú..?

—¿Qué diablos haces ahí fuera?

—Yo…. Tenía que veerte, ¿acaso no piensas abrirme?

—¿Estás borracho?

—¿Yoo? —indaga ofendido señalándose a sí mismo, luego se echa a reír— Noo… te tengo mushaaaaaa to hip tolerancia al alcohol, ¿abresxz o no?

No puedo abrirle. Para colmo de males Jackie está aquí, y por su mirada interesada parece haberse percatado de la extraña conversación. Si le dejo entrar podría enterarse de todo el tema del contrato. La sonrío tranquilizadora y susurro furiosa contra el auricular.

—Será mejor que esperes ahí fuera.

—¿Quééé? Hace frío, mujer insensible…

—Voy a llamar a alguien para que venga a recogerte. No estás nada bien.

Cuelgo el telefonillo y encaro a Jackie, quien sigue comiendo helado sin retirar su atención de mi conversación.

—¿Y bien? ¿Era Charlie?

—Más o menos. Continúa viendo la película mientras, yo iré en un segundo a por mi móvil. Ahora vengo.

—Está bien…

Voy hasta mi habitación, sin dejar de escuchar sonar el timbre de forma incesante. Tengo que encontrar el móvil cuanto antes o Aiden despertará a todo el vecindario.

Cuando lo localizo sobre mi escritorio, busco el contacto de Erin. Desde que firmara con ella el contrato he intentado evitar saber nada sobre ellos, aunque ahora mismo estoy en una situación desesperada. Necesito ayuda de inmediato.

Mensaje enviado:

Hola Erin, soy Crystal Moore. La chica que firmó aquel contrato por una noche con Raziel. Necesito que envíes a alguien a mi casa, creo que no se encuentra muy bien… Te envío mi dirección.

De repente, el timbre deja de sonar y extrañada, regreso al salón. En él me encuentro con Aiden apoyado en la mesa de la entrada mientras Jackie le contempla sorprendida comiéndose el helado.

—Oye, ¿estás bien? —le pregunta mientras le observa tambaleándose sobre la mesa.

—¿Qué diablos, Jackie?

—Lo siento, Crys. No dejaba de sonar el telefonillo y se le notaba realmente mal. Le he visto por la cámara insultando a un tipo con pinta rara.

Al pronunciar mi nombre, Aiden gira su cabeza hacia donde me encuentro y vuelve a tambalearse.

—Túúú…

—Aiden

—¿Por qué me haces esto? ¿Ehhh? ¡¿Por qué?!

—No sé de qué me hablas.

—Ah ¿noo? —ríe sardónico— Eentonces te lo explicaré. Primero te encargas de envolverme en tu extraño mundo, me haces conocer cosas que nunca viví y me haces desear estar contigo. Después dejas que un imbécil te toque, me reclamas pero permites que te folle salvajemente en un baño, también me dices que me amas. Y para finalizar te deshaces de mí diciendo que no soy suficiente para ti, que mereces musho más… Lo peor es que te he dado todo lo que tengo y lo que soy… —informa estirando los brazos hacia mí, después como si no pudiera creerlo se lleva una mano al pecho— ¡Incluso te dejé usar mi tarjeta ilimitada! ¡Eso no lo hice con nadie!

—Ay qué maldita desgraciada, eso no me lo habías contado…

Jackie se muestra atónita. En algún momento del transcurso de su declaración ha sustituido el helado por unas palomitas y nos observa interesada como si estuviera en el mismísimo cine.

—Estás borracho.

—¿Y cómo no iba a estarlo? —grita frustrado— Soy un fracaso, un jodido chiste andante. Te he perdido a ti y lo he perdido todo…

Esa frase me remueve emocionalmente por dentro. No creo ser capaz de enfrentarle ahora, no con los sentimientos que tengo por él. Me acerco con cuidado hasta donde se encuentra, y tomándole del brazo le insto a sentarse en caso de que pueda caerse.

—Aiden, por favor, siéntate…—le pido agachándome frente a él para ayudarle a tomar asiento en el suelo— Van a venir a por ti. Jacks por favor, coge mis llaves y sal un momento, no tardarán en venir.

—Vale, amiga.

Se pone el abrigo y recoge las llaves de la entrada.

603

En el momento en el que desaparece por la puerta, me giro hacia Aiden. Él no ha retirado su mirada vidriosa de mi cara. Sus mejillas están demasiado rojas como un signo claro de su estado evidente de embriaguez.

—Tranquilo…

No logro añadir nada más porque deposita su mano sobre mi mejilla, obligándome a sostenerle la mirada. Su piel irradia un calor demasiado familiar, despertándome unas ganas terribles de llorar. No puedo derrumbarme por lo que me obligo a contener el aliento, recreándome en esos ojos tormenta y percibo como se endurece su expresión.

—¿Por qué eres tan cruel? Estábamos tan bien… —musita acariciándome con suavidad la mejilla— Y a pesar de todo, ¡para ti no fue suficiente!

—Aiden…—le susurro conmocionada cubriéndole la mano con mis dedos.

—No, ¡tú no lo entiendes! —niega enfadado— Estas semanas he hecho de todo para olvidarte. ¡Todo!

Con esa afirmación retrocedo herida. Puedo imaginarme la cantidad de mujeres que implicará ese "todo" en su mundo. Trato de separarme, pero él me lo impide reteniéndome por la nuca para volver a acercarme a él. Apoya su frente sobre la mía y yo contengo el aliento afectada por la impresión y la cercanía, Aiden se señala su sien con el dedo índice y corazón formando una pistola.

—He hecho todo lo que he podido, y sigues sin irte de mi puta cabeza, Crys. ¿Qué más debo hacer? ¡¿Eh?! ¿Qué diablos quieres de mí?

En una situación diferente, habría amado toda esta improvisada declaración, pero en su estado de ebriedad me hace dudar de la veracidad y reflexión de sus palabras. Estas semanas atrás apenas se puso en contacto conmigo y cuando me lo encontraba por los pasillos o la cafetería parecía haber estado bien. ¿Le habría ocurrido algo?

—¿Cuánto has bebido? Nunca te había visto así… —susurro preocupada, estudiando cada parte de su cuerpo, buscando signos que indiquen algún cambio. Sin embargo, lo único distinto en él es esa mirada triste, por lo que suavizo mi expresión y le susurro— No estoy muy segura de que sepas lo que estás diciendo… Mejor espera aquí sentado o mañana te arrepentirás de todo lo que has estado haciendo bajo los efectos del alcohol.

—¡Me da igual el mañana! —espeta sujetándome las manos con fuerza, decidido a retenerme a su lado— Crystal volvamos a lo que teníamos. Sé que me añoras, pequeña. Mis noches son una tortura sin ti y estoy seguro de que te encuentras en la misma situación, no me digas que no me deseas cuando estás sola, te conozco, nena, necesitas de mis besos tanto como yo necesito de los tuyos, lo sé. Sé que me deseas dentro de ti. Anda pequeña, dime que no…

Acorta la distancia entre nuestros labios y durante unos segundos fantaseo con la ilusión de que me besa y ponemos en práctica su petición, hasta que un ligero olor a Whisky me devuelve a la realidad.

Mierda, joder ¿en qué diablos estoy pensando?

—Sí, es cierto, Aiden. En eso tienes razón. Probablemente siempre vaya a desearte, y estoy segura de que lo que me ofreces puede resultarme beneficioso de una forma física, pero ya está. No puedes darme lo que quiero de ti…

—¿Amor? —grazna ofendido ante la sola mención de la palabra.

—Sí, eso.

—¡¿Por qué diablos sigues creyendo en esa mierda?!

Estoy dispuesta a responderle, cuando somos interrumpidos por el sonido de la llave girando la cerradura de la entrada.

—Espera aquí.

Jackie abre la puerta y se interna con los ojos brillantes de la emoción. Al principio lo achaco a que es una adepta a cualquier tipo de cotilleo, más cuando reconozco a la persona que la sigue a la zaga, mi boca cae abierta de la sorpresa.

Al rubio que se encuentra traspasando el umbral de mi apartamento le hacía muy lejos de Pittsburgh. Nada más reconocerle noto que me bloqueo tal y como haría la antigua Crystal.

¿Qué diablos hacía ahí?

—Mira quien viene conmigo, es tu amigo Uriel ¿no?

Su vestimenta es aún más sencilla de la que suele vestir Aiden, Uriel sólo necesita una camiseta blanca básica y unos pantalones negros vaqueros ajustados.

—¿Da Darren?

Él me estudia con interés manifiesto reflejado en sus ojos azulados y algo más que no logro identificar.

—¿Este chico guapo se llama Darren? ¿no era Uriel? —pregunta extrañada Jackie echándole un buen repaso con la mirada— Un momento… tú no serás parte de ese club de equitación que mencionaba Crystal ¿no?

—¿Equitación?

Ay joder, me está mirando, pidiéndome explicaciones, ¿por qué tuve que soltarle esa trola al explicarle dónde le había conocido?

605

Darren reconoce mi mentira y se gira de nuevo hacia ella quien sigue observándole seductora, de repente, se echa a reír de una forma muy atractiva, iluminándosele la cara.

—Sí, podríamos decir que practicamos un tipo especial de equitación…

—¡Ay! Yo quiero aprender, ¿tú me enseñarías a montar?

—No lo sé, es un poco caro… —asegura con un brillo divertido en sus ojos.

—Ah, no importa el precio, seguro que puedo pagarlo.

Empiezo a toser descontrolada porque está ligando con él sin ser consciente del todo de que el "caballo" que montaría sería precisamente su cuerpo, desnudo.

Al final, decido intervenir e interrumpo su animada conversación.

—Darren, ¿qué haces aquí? ¿Cuándo has regresado?

—Esta mañana —responde estudiándome con interés.

—¡Hombre Darren! Cuánto tiempo amigo… —interviene Aiden todavía en el suelo— ¿Tú también has venido a ver mi declive emocional?

—Aiden, por favor...

¿Por qué tiene que hacer esto? Con las manos metidas en los bolsillos, Darren parece mostrarse igual de atónito que nosotras. Sin embargo, se repone con rapidez y alterna sus atenciones entre ambos.

—Así que tú eres Aiden y yo Darren ¿eh? —murmura pareciendo divertido— Él te matará, ¿lo sabes?

—No sé de qué me hablas.

—No, claro que no… —señala irónico— ¿Qué diablos le ha pasado? Jamás le había visto así.

—Ha bebido más de la cuenta y no sabe ni lo que dice.

—Sí que lo sabe.

—¿Y qué dice exactamente? —demanda saber tranquilo Darren, estudiando ahora a Jackie.

—¿En pocas palabras? Que la ama.

—¡Jackie! ¡En ningún momento ha dicho eso! No te lo inventes.

—Amiga, es que suena peor que le has roto el corazón.

—¡Yo no le he roto el corazón!

—No, no me lo ha roto, sólo me ha usado sexualmente y despúes me ha mandado a la mierda como un juguete roto…—suspira Aiden derrotado y yo me giro hacia él anonadada— Mira, Darren, puede que te parezca toda una mojigata, pero déjame advertirte, hermano, que en su interior se esconde una loba que desdeña a los hombres como le viene en gana. No te confíes, que yo caí en su trampa, y al final en vez

606

de que ella me pagara a mí, terminé soltando dinero por todo. Además, no sé muy bien cómo vas a poder ingeniártelas tú, teniendo en cuenta que eres más pobre que yo. Hazme caso, huye ahora que puedas y no te dejes estafar por esta mujer que jura amarte y luego te patea...

¿Qué imagen está pintando de mí? Siento auténtica vergüenza al escucharle hablar así delante de Darren, pues no había querido contarle mi delicada situación con él.

—Aiden cállate de una maldita vez.

—Bueno, bueno... creo que por hoy ya es suficiente. Venga Aiden, es hora de marcharse, campeón. —agrega agachándose para ayudarle a levantarse. Darren se pasa su brazo por el cuello y le insta a ponerse en pie— Quien te viera y quien te ve, compañero...Estás jodido...

—¿Necesitas ayuda? —me ofrezco solícita sujetando a Blake por el otro antebrazo libre.

—No te preocupes. Tengo el coche fuera.

Eso me sorprende aún más. Desde que ha aparecido por la puerta ha adoptado un tono demasiado cordial para la manera en la que nos habíamos estado relacionando por WhatApp hasta entonces.

A lo mejor se comportaba de esa forma para evitar que Aiden se enterase o quizás simplemente estaba molesto con esta situación. No sería de extrañar, teniendo en cuenta que le había pillado de improvisto.

—¿Te avisó Erin? —pregunto reparando por primera vez en la severidad característica de esa mujer— ¿Está muy enfadada?

—Tranquila. Erin no sabe nada.

—¿Entonces? ¿Cómo supiste qué tenías que venir aquí?

—Esta tarde me prestó el móvil de la oficina para resolver unos asuntos.

—Ah... comprendo.

—Deberías haber sido tú —continúa Aiden ajeno a la conversación— Tú tendrías que ser el que estuviera destrozado aquí. Todo esto es tu culpa Darren, yo sólo era un efecto colateral. Mírame, ¡presta atención a lo bajo que he caído! Por su culpa ya no sirvo para ninguna otra. ¡Observa! ¡Si hasta he engordado!

Se sube la camiseta y revela con ello unos abdominales definidos.

—No me hables de gordura, eh... —agrega Jackie amargada, retomando el helado— Eso sólo podemos decirlo las gordas.

—Bueno, nos vamos, ya seguiremos hablando. Gracias por avisarme.

—No, no, gracias a ti por venir.

—Un placer conocerte —le dice a Jackie cuando pasa por su lado y ella le corresponde con una sonrisa coqueta.

—Oh, créeme, el placer es todo mío. Ya nos veremos en el club de hípica ¿no?

—Claro… —afirma con educación, está claro que no cree mucho en esa posibilidad— Vamos Aiden.

—¿Por qué diablos viniste tú Darren?

—Mejor que haya sido yo, que no otro, ¿no crees?

—Lo que tú digas…

En cuanto ambos se marchan, Jackie cierra la puerta y se apoya en ella, llevándose otra cucharada a la boca.

—Dios santo Crystal, está más bueno que este helado, me tienes que contar tu sucio secreto.

Jackie está muy feliz con toda esta escena propia de una telenovela y yo sólo me tiro sobre el sofá sintiéndome derrotada por completo.

CAPÍTULO 36

AIDEN

Dos. Dos han sido las semanas que pasasen desde mi discusión con Crystal. Dos largas y tediosas semanas en la que he aprendido a las malas el significado extensivo de la palabra "extrañar".

Cada maldita noche me he removido en mi cama solitaria echando en falta su olor avainillado, la suavidad de su piel, su aliento sobre mis labios, sus abrazos, caricias y sonrisas ladeadas.

En cada noche, cada sueño y cada pensamiento, he recordado una a una las tardes en las que aún estaba a mi lado.

En aquella época no había sabido valorar lo jodidamente afortunado que era por el simple hecho de que ese pedazo de mujer hubiera decidido tomarme como su amante. Como el idiota que había sido en el pasado, creía que el favor se lo estaba haciendo yo a ella, que mis enseñanzas serían mucho más valiosas que lo que Crystal tuviera que ofrecerme. Yo le había enseñado todo lo que sabía, más no había previsto que la realidad fuera tan distinta a lo que había creído.

Estúpido. Crystal Moore me acababa de dar a probar mi propia medicina. Lo había intentado todo: ejercicio, trabajo, ocio y hasta los malditos libros de psicología barata. También traté de olvidarla por medio de otras mujeres, con las que ni si quiera había logrado sentir excitación, volviéndose incómodo para ambos en cada una de las ocasiones.

Su ausencia me había pegado fuerte. ¿Por qué? Porque como el idiota que era, no había sabido ver cuánto me había acostumbrado a su presencia continua, ni como había invadido mis rutinas diarias con su esencia, así que en el momento en el que había desaparecido de la noche a la mañana había despertó un dolor mucho más intenso que el que experimentase la noche en la que me mandó a la mierda.

Ella tenía razón, no podía darle amor. Entonces, si los dos teníamos tan claro este aspecto, ¿por qué el dejarla marchar se sentía como si estuvieran arrancándome una parte de mi cuerpo?

Procuraba no encontrarme con ella en ningún lugar, ya que cada vez que la veía, mis piernas reaccionaban por sí solas, aproximándose hacia el lugar en el que estuviera. En más de una ocasión tuve que fingir que pasaba a su lado, porque la costumbre de estar a su lado me había instado a acercarme hasta donde se hallase, y en cuanto me daba cuenta de lo que estaba haciendo luchaba contra mis deseos para seguir mi camino.

Los primeros minutos sólo había experimentado un ligero temblor acompañado de una soledad incómoda, pero a medida que habían ido transcurriendo las horas de los siguientes días el temblor se había transformado en un terremoto de grado tres que amenazaba con destruir los cimientos de mi mundo.

No fue hasta que el entrenador Carson me había realizado la prueba tal y como acordamos en su día, que toda la estabilidad que me quedaba terminó derrumbándose delante de mis narices, sin que ni si quiera se me diese la oportunidad de cambiar la situación.

Al principio todo había ido fluido y logré batir los tiempos que Carson esperaba de mi en braza y crol. Sin embargo, en el instante en el que me pidió mariposa, el estilo que más resentía mi hombro, supe que quizás no consiguiera aguantarlo.

Las semanas anteriores había estado tratando de no darle mucha caña al hombro, por lo que este estuvo respondiendo bien en la primera parte de la prueba. El problema estribaba en que no tenía la seguridad completa de que fuera a rendir adecuadamente y mucho menos completar el tiempo que el entrenador requería.

Carson me había preguntado si estaba seguro de que podría hacerlo, y esa cuestión había abierto serias dudas sobre mi capacidad. No obstante, empecinado como me encontraba en no perder esto también, traté de infundirme ánimos y ser optimista.

Sólo necesitaba pasar esta prueba, solo eso y volvería a estar dentro. Recuperaría mi lugar.

Al menos, esos habían sido mis pensamientos. Craso error. Ahora me daba cuenta de que estos últimos eran demasiado impulsivos y soberbios. Por supuesto, no pasó mucho tiempo hasta que el hombro comenzó a dolerme, dificultando primero mi movimiento, que se volvió más torpe, y a raíz de esto, mi avance fue perdiendo velocidad;

cuando ya no lo pude soportar más, me detuve apoyado en la corchera, maldiciéndome a mí mismo.

La mirada iracunda de Carson había sido el primer signo que me advirtiese que mi delicada posición en el equipo estaba más cerca de ser anulada que retomada. El silencio cayó en la piscina como antecedente funesto a la declaración de este.

—Entrenador… —había tratado de intervenir Izan, quien a esas alturas ya había perdonado mi actuación en la competición. Por su parte, Jake me contemplaba angustiado.

—¡CÁLLATE, BAKER!

Con esa orden enmudeció las palabras de Izan, que me dirigió un vistazo impotente. Tras unos segundos de silencio en los que mis compañeros de equipo se removieron incómodos, incluso Ryan, con quien no había vuelto a intercambiar ni una sola palabra desde el altercado con Moore, desvió su atención. Carter, me puso en su punto de mira.

—¿Qué te ha pasado, Blake?

—Creía que podría con este estilo, pero volví a fallar, entrenador.

—¿Que creías que podrías con este estilo? ¿Puedes decirme por qué motivo estás aquí haciéndonos perder el tiempo a todos, Blake?

—Me ofreció esta oportunidad, señor.

—¿Recuerdas lo que te dije cuando hablamos hace un mes y medio? ¿Cuál había sido una de las cosas que hiciste que más me molestaron en toda la competición?

Ante esa pregunta, repasé la conversación que mantuvimos cuando decidió darme la oportunidad de realizar la prueba. Había tenido varios, estaba la imagen y lo de….

Exacto. Uno de los motivos había sido el hombro.

—No me dolía el hombro cuando mencionó el estilo.

—Eso puede ser cierto, Blake, pero recuerda que te pregunté si te verías capaz y no creas que no me di cuenta de la duda en tu semblante. Llevo tres años entrenándote, muchacho, ¿pensabas que no me daría cuenta? Has vuelto a ocultármelo sabiendo mejor que nadie, que lo que más valoro en mi equipo es la confianza y la sinceridad.

—¿Qué? No, entrenador, ¡no le he mentido! —aclaré desesperado por el cauce que habían tomado los acontecimientos— De verdad que creía que podría hacerlo.

—Sigues sin entenderlo, Blake. Esta no era una prueba para comprobar tu capacidad, que sé de sobra tienes. No, esta era una prueba en la que se valoraba sobre todo la honestidad. Si me hubieras dicho que no estabas seguro de hacerlo por el dolor, no sólo no te hubiera obligado a nadar en mariposa, sino que habrías superado todas mis expectativas con satisfacción. Un deportista no puede ser un suicida, Blake, porque si eres tan inconsciente sobre tus límites, a la larga terminarás costándole mucho más trabajo no sólo a mí como entrenador, sino también al equipo completo.

El entrenador había asegurado que era una prueba de confianza y honestidad, aunque para mí fue más como una encerrona. Carson me conocía, sabía lo cabezota que podía ser y lo mucho que trabajaba por conseguir lo que quería.

—Yo…yo…

—Eres demasiado orgulloso, Blake. No eres capaz de admitir tus límites y eso te ciega en tus posibilidades.

Ese discurso había sonado demasiado similar a lo que me había recriminado Crystal una semana atrás.

—Entonces, ¿qué va a ser de mí? No puede echarme, señor ¡La natación lo es todo para mí! —le había gritado frustrado.

—Lo siento mucho, Blake. Siempre diré que has sido uno de mis mejores chicos, a pesar incluso de las circunstancias en las que viniste, pero debes comprender que no puedo tener entre mis líneas a un nadador que no tiene una visión realista de sus capacidades y mucho menos que no exhibe una actitud honesta, ¿cómo podría tener la seguridad de que esto no se repetirá en otra competición?

—No, por favor…—rogué ansioso sin salir del agua— prometo estar más pendiente a partir de ahora, no seré tan impulsivo, estoy dispuesto a trabajar en mi carácter.

—Esto no tiene nada que ver con promesas, Aiden —aseguró empleando por primera vez en tres años mi nombre de pila, ese detalle envió un escalofrío por mi columna vertebral y la calidez del agua que había obtenido con el movimiento, se tornó helada en el momento en el que recibí el golpe de gracia— ¿Qué confianza puedo tener en ti? Ninguna. No sé cómo irá el tema de tus notas, tengo entendido que han mejorado, pero no es suficiente, ya no. En lo que respecta a mi equipo, el año que viene estás fuera.

Ni si quiera pude pronunciar palabra alguna. Me quedé allí noqueado delante de todos, tomando consciencia de lo que implicaba aquella nueva información. Izan y Jake habían tratado de convencerle, aunque no había servido de nada, pues Carson se había mostrado implacable y había abandonado la piscina sin añadir nada más. Ya todo daba igual. No importaba todas las horas diarias que hubiera invertido en el entrenamiento de estas semanas, en el momento en el que me había sumergido en la piscina todo estaba destinado a terminar.

Había fallado la prueba, me habían echado del equipo y para rematar, había perdido a Moore. Todo mi mundo cayó como el telón de una obra de teatro que finalizase frente a un único espectador, yo. Con eso se dio por concluida una etapa de mi vida que había sido clave en mi desarrollo personal.

Ahora era poco más que un fracasado.

La confirmación oficial de mi expulsión apareció reflejada dos días después en el tablón de la resolución definitiva de las becas de la facultad. No sólo estaba fuera del equipo, sino que además acababa de perder mi beca deportiva.

Eso sólo tenía un significado. El año que viene tendría que pagar mi propia matrícula, y a pesar de que lo había ganado estos años ejerciendo de escort había supuesto la entrada de mucho dinero, no supe gestionarlo correctamente, dilapidándolo todo sin miramiento alguno. Por lo tanto, no estaba seguro de tener fondos suficientes para hacer frente a la matrícula del año que viene sin tener que recurrir a mi padre, si es éste que no se había enterado ya de la situación.

Pero, sobre todo, esto tenía que ver con una cuestión de orgullo. El único motivo por el que decidí estudiar Derecho en esta facultad había sido debido al equipo y a mi beca deportiva. En ningún momento desde que terminase la secundaria había tenido la menor intención de estudiar una carrera, pues mi única pasión era la natación. Entonces, ¿por qué me había metido en esta carrera? Por la libertad. Si quería largarme de casa, la única vía posible de que mi familia no estuviera encima jodiéndome, había sido a través de la facultad.

Por supuesto, mi abuela tuvo mucho que ver en el proceso de mi liberación temprana, ya que el hecho de irme a vivir con Elo había sido uno de los factores que aplacase la ira de mi padre, quien jamás se atrevía a contradecir uno solo de los deseos de mi abuela.

Por todos estos motivos, que me hubieran expulsado no era una cuestión baladí, sino que implicaba que mi sueño había sido destruido por completo.

Lo había perdido todo y ya no me quedaba nada que me uniese a la universidad. En el caso de que continuase el año que viene tendría que hacerlo como un alumno al uso, sin ninguna especialidad de por medio y la sola idea se me antoja terriblemente aburrida.

Para colmo, aquella misma tarde había descubierto por medio de Alex que Darren regresaría en algún momento cercano. Su vuelta significaba que retomaría el puesto principal de acompañante y que a mí me tocaría volver a mi cometido anterior: las maduritas.

613

Horror. Si había intentado acostarme con varias chicas que pudieran resultarme atractivas y no había funcionado, ¿cómo diablos iba a abordar el trabajo con aquellas mujeres? Y lo que menos me apetecía era doparme a viagras de nuevo. No, nada de eso suponía una opción viable.

Sin embargo, ahora que todo lo que había resultado seguro para mí, estaba desapareciendo a un ritmo vertiginoso, lo único estable que me quedaba era mi trabajo de escort.

¿También tendría que abandonarlo? Me preguntaba amargado una y otra vez. Jared no permitiría bajo ningún concepto un rendimiento inferior a la media y ahora que comenzaban las vacaciones de verano, la afluencia de clientela sin duda aumentaría.

No era de extrañar que al enfrentarme a todas estas circunstancias, terminase sentado en la barra de un bar caro, derrochando los fondos de mi tarjeta de crédito.

Había perdido la cuenta de las copas que me obligué a tragar una tras otra. Sólo quería dejar de sentir y pensar en el pasado y en el futuro.

El alcohol no es suficiente, aún recuerdo la expresión confiada de Moore al lanzarnos juntos de aquella tirolina. Trago. Nada, no hace nada, todavía puedo vislumbrar con toda claridad su horror al ver la orgía o cada vez que le hablaba la encantadora anciana. Me río amargado y doy un nuevo trago, cerrando los ojos sin desear ver lo que mi mente se empeña en recordarme una y otra vez. Tampoco sirve de nada. Escucho la risa musical que soltó cuando estábamos metidos en el jacuzzi y le ofrecí un masaje con final feliz.

Hoy era su cumpleaños, ella seguramente creía que no lo sabía, pero lo hacía. Había sido lo primero que buscase en la ficha que Erin hizo con sus datos personales, cuando decidí aceptar ser su amante.

Me estaba volviendo loco cómo se estaba dando toda la noche. Me dolía no estar a su lado, celebrándolo y me frustraba que los planes que tenía para este día se hubieran jodido. No me apetecía nada encontrarme en esta barra emborrachándome, no joder, necesitaba estar en su casa abrazándola, besándola y, ¿por qué no? Dándole placer.

¿Por qué todo se había tenido que ir a la mierda de esta forma? Ya ni si quiera podía tragarme mi orgullo y traerla de vuelta a donde pertenecía. Me había despachado con tanta facilidad que me enfurecía. ¿Qué había sido yo en su vida? ¿Un mero intercambio sexual? ¿Una anécdota más? Ni que fuera algo que desechar… ¿Cómo podía haberme olvidado con esa sencillez? Para mí resultaba inconcebible, pues yo me sentía tan desesperado que no lograba pasar página.

Derrotado, me dejo recaer sobre la barra. Su imagen no se marcha de mi cabeza ni cerrando los ojos. Más aún, la muchacha me acosaba con su presencia hasta en sueños, joder. Cuanto más me empeñaba en borrarla más se resistía su recuerdo a largarse por completo, y ni si quiera podía culparla de ello, ya que había desaparecido físicamente de mi vida.

Me estaba hundiendo a mí mismo como un idiota, sabiendo cuál era mi único salvavidas.

—Oye, ¿está bien? —pregunta dudosa la camarera— ¿Deberíamos de llamar a un taxi?

Un taxi. Esa sería mi solución, me recuerdo con ánimos renovados incorporándome en la banqueta.

—Noo…se preocupeeeeeen….

Sólo estoy un poco mareado. Tampoco es para tanto, ¿no? Además, no importa, tengo cosas mucho más importantes que hacer.

Pago las copas con un golpe de tarjeta y me largo del local. Una vez afuera, consigo un taxi y le indico la dirección que había memorizado meses atrás.

Tenía que hablar con ella. Necesitaba verla, aunque fuera una maldita vez más.

Mientras el taxi se abre paso por medio de las diversas calles, me percato de que estoy engañándome a mí mismo, pues cuando se trataba de Crystal nunca era sólo "una vez más". No, si la veía esta noche, sabía que querría encontrarme con ella mañana, pasado y así durante una incontable cantidad de días.

No obstante, era tal la necesidad que sentía por estar a su lado, que nadie podría pararme. Había tratado de contenerme tanto, que cuanto más duro lo intentaba más necesidad sentía, ¿el síndrome de abstinencia? Pues por ahí iban los tiros…

Maldita Moore.

¿Sabía si quiera lo que había hecho conmigo? Con total seguridad, no. Podía imaginármela sentada en el sofá viendo algún bodrio de esos antiguos que tanto le gustaba. Estaría comiendo palomitas de la misma forma en la que yo me comía mi cabeza. Totalmente despreocupada de la situación en la que me encontraba.

¿Habría soplado ya las velas? ¿Qué habría pedido? ¿Regresar conmigo? Ojalá fuera eso, aunque por su forma de deshacerse de mí e ignorarme, era probable que hubiera variado el deseo a "tenerlo lo más lejos posible".

Me ponía enfermo que no me desease en su vida, cuando ella era de las pocas personas que yo necesitaba y ansiaba en la mía.

¿Por qué el amor del que hablaba era tan importante?

Yo le estaba ofreciendo algo mucho más real y estable. Tenía que escucharme de nuevo, quizás la última vez que hablamos las cosas no habían quedado claras entre nosotros por culpa de la presencia de Logan. No. Esta vez tendría que escucharme.

No sé en qué momento del trayecto me quedo dormido, pero ya no pienso nada más, la oscuridad me invade y me fundo con ella.

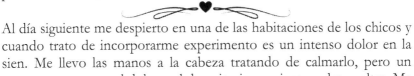

Al día siguiente me despierto en una de las habitaciones de los chicos y cuando trato de incorporarme experimento es un intenso dolor en la sien. Me llevo las manos a la cabeza tratando de calmarlo, pero un mareo se antepone al dolor y el dormitorio comienza a dar vueltas. Me cuesta enfocar un punto concreto, por lo que me agarro a los lados de la cama, deseoso de que este se pase con rapidez.

—¿Qué hago aquí?

—Por fin despiertas

Una voz rompe el silencio y le enfoco con dificultad. Nada más verle, me quedo boquiabierto. ¿Cuándo diablos había llegado? Sabía que sería pronto, pero no tanto.

—¿Darren?

—El mismo que viste y calza.

Mientras trato de procesar su presencia en Pittsburgh reparo en que estoy desnudo sobre la que parece ser su cama. Él capta mi desconcierto y alega con sencillez.

—Tuve que quitarte la ropa, te vomitaste encima en el camino a casa.

Bueno, no es como si me avergonzase que me viera en bolas, entre nosotros eso es bastante normal por nuestro trabajo, lo que sí me preocupa es la condición en la que iba anoche para que terminase potando.

—¿Vomité? ¿Cómo cuando era pequeño? Pues cómo debía de ir…

—Nada bien, te lo aseguro.

—Ay… Estoy en la mierda.

—No me extraña nada, cuando te recogí ayer olías peor que el contenedor de los vidrios.

—¿Hice algo? —demando saber extrañado.

—La palabra "algo" se queda corta a tu lado, compañero.

—¿Vas a contármelo o no? Porque no recuerdo nada.

—¿No recuerdas presentarte en la casa de Crystal?

—¿Qué? —pregunto anonadado y un súbito recuerdo punza en mi mente.

Pequeños retazos se despliegan para mí como un abanico memorial. Trato de seleccionar uno y me quedo horrorizado.

—*Ya hemos llegado* —*avisa el taxista despertándome de mi sueño*— *¿Está usted bien?*

Otro recuerdo me sobreviene:

—*¿A Aiden?*

—*¿Crystaaaaal?¿Ereessss túuu...?*

Reconocería su voz en cualquier parte, aunque es posible que me esté equivocando debido a mi ansiedad por ella.

—*¿Qué diablos haces ahí fuera?*

—*Yo…. Tenía que veerte…¿acaso no piensas abrirme?*

Y otro más:

—*¿Estás borracho?*

—*¿Yoo? —pregunto señalándome y me echo a reír temeroso de que vea mi miedo reflejado— Noo… te tengo mushaaaaaa to hip tolerancia al alcohol…. ¿abresxz o no...?*

—¡Qué vergüenza joder! —exclamo repeliendo los bochornosos recuerdos.

—Ah… parece que ya te vas acordando de las cosas… —asegura Darren acercándome un vaso de agua— Toma anda, lo vas a necesitar.

—No estoy seguro de querer saber lo que hice.

—¿A parte de casi pelearte con un tipo extraño?

—¿Qué? ¿Pelearme?

—Sí, me lo contó su amiga.

Una nueva imagen me asalta la cabeza:

—*Eh, amigo, ¿quieres algo bueno? Parece que vas puesto de algo interesante, pero yo tengo algo que te hará volar de verdad… —ofrece un hombre con pinta algo dejada.*

Le contemplo extrañado de que haya un camello en este barrio. Sin duda, todos los lugares cambian de noche.

—*¿Qué diablooszzz dicess? Noo me interesaa nada de loo que pueda decir algüiens con tuss pintas… ¿do dónde compras la ropa? ¿en el waallmart? Moore también lo hacía…*

—*Menuda mierda llevas encima.*

—*Largoo… moscarrdón… me molesstas.*

—*¿Moscardón me has llamado? Eh, me importa tres cojones que vayas borracho, porque como te pongas tonto conmigo no pienso dejártelo pasar —asegura acercándose con actitud amenazante.*

617

Si hay que pegarse pues uno se pega, sin problemas. No obstante, en el momento en el que alzo los puños tambaleándome un poco, suena abriéndose la puerta de entrada. Mis prioridades están claras, ¿pegarse con un camello camorrista o hablar con Crystal? Escojo de lejos la segunda opción, por lo que sacándole el dedo corazón, veo su expresión ofendida y sonrío mientras me interno hacia el interior del hall, dándole con la puerta en las narices.

—No puedo creerlo… casi acabo a golpes con un camello.

—¿Un camello? No hacía a ese barrio como un lugar en el que se traficase…

—¿Dices que Jackie estaba allí?

Menudo espectáculo tuve que dar delante de ella, seguro que Crystal se sintió avergonzada… Qué horror, ¿cómo es posible que sólo recuerde trozos? No debería recordar nada.

—Sí, amigo.

—Creo… creo que recuerdo algo…

—*Madre mía, Aiden, cómo vienes…* —*comenta asombrada una voz femenina abriendo aún más la puerta para mí*— *Entra anda, que conste que sólo lo hago para proteger al casi algo de mi amiga… Si permito que destrocen tu cara bonita, Crys me mataría.*

—¿Jackiie...?

—*Acabas de ganar 2 puntos conmigo, sólo por haberte acordado de mi nombre* —*afirma sonriente y luego señala el bote que tiene entre sus manos*—¿*Helado, amigo? Es de chocolate.*

—No… —*deniego apoyándome en la mesa más cercana, el estómago me ruje hambriento, quizás si como algo pueda pensar con mayor claridad, por ello, le pregunto*—¿*Haay Oreos?*

Crystal siempre me guardaba un paquete. ¿Habrá dejado esa costumbre atrás? Me revuelvo impotente sólo de imaginarlo.

—*Creo que no, amigo* —*niega Jackie degustando el helado*— *Me comí las últimas.*

—Qué desastre —musito abochornado ya en el presente— Le pregunté por las Oreos…

—¿Oreos?

—Nada. ¿Sabes si hice algo irreparable?

Ay no, si he terminado de cagar mis posibilidades con ella, jamás me lo perdonaré.

—Pues no sabría decirte, ¿a qué te refieres por irreparable?

—Ayyy.

Dolido, me sujeto la cabeza y una imagen borrosa aparece ante mí.

—*Aiden.*

618

Cystal pronuncia mi nombre mirándome con dureza. ¿Por qué diablos debe observarme así? ¿Qué diablos le hice tan malo para que me juzgue de esa forma? ¡Fue ella la que me abandonó!

—¿Por qué me haces esto? ¿Ehhh? ¡¿Por qué?!

—No sé de qué me hablas.

Bueno, eso sí que debe ser todo un eufemismo. No la creo nada, ¿acaso me toma por un idiota? Bueno sí, lo hace.

—Ah ¿noo? —*me río dándome cuenta de lo absurdo que es siquiera. No obstante, me encuentro tan desesperado que voy enumerando una a una las situaciones que llevan una semana atormentándome incluso en mis sueños—* Eentonces te lo explicaré... Primero te encargas de envolverme en tu extraño mundo, me haces conocer cosas que nunca viví, me haces desear estar contigo... Luego dejas que un imbécil te toque —*me estremezco ante el simple recuerdo—* me reclamas pero permites que te folle salvajemente en un baño, luego me dices que me amas. Y para finalizar te deshaces de mí diciendo que no soy suficiente para ti, que mereces musho más... Lo peor es que te he dado todo lo que tengo y lo que soy... —*añado desesperado tratando de alcanzarla, me meto la mano en el bolsillo y le muestro mi tarjeta—* ¡Incluso te dejé usar mi tarjeta ilimitada! ¡Eso no lo hice con nadie!

Para ser sincero, la tarjeta me importa una mierda, lo que más me duele ha sido que me pisoteara y abandonara. Si realmente me hubiera querido alguna vez, jamás se hubiera marchado de mi lado.

—Ay qué maldita desgraciada, eso no me lo habías contado...

—Estás borracho.

—Joder, joder. Me puse en evidencia delante de ella.

—¿Qué diablos pasa realmente entre vosotros, Aiden?

—Yo...yo...Todo es una locura... —*declaro apabullado por los nuevos recuerdos.*

—Tranquilo... —*susurra masajeándome el antebrazo con un movimiento hipnótico. No me ha soltado desde que me ayudara a sentarme.*

Ansío tocarla, pese a que conozco el tacto de cada una de las partes de su cuerpo a la perfección, necesito embeberme de su piel, por lo que dejándome llevar por mis deseos, deposito mi mano sobre su mejilla. Tengo que recordar para siempre cada una de las pintitas doradas que bailan en la profundidad de su iris. Me encantan joder. Sólo desearía poder reflejarme en ellos para siempre. Hasta sólo hacía unas semanas podía hacerla mía cada vez que quisiera y ahora debo conformarme con sólo poder tocarle la mejilla.

La ira me invade. Era mía y ya no tengo ningún derecho sobre ella.

—¿Por qué eres tan cruel? Estábamos tan bien... —*murmuro embebiéndome del calor que irradia la suavidad de su mejilla, incluso irritado como me encuentro jamás me atrevería a dañarla—* Y a pesar de todo, ¡para ti no fue suficiente!

619

—Aiden…

Cubre mi mano con la suya y un escalofrío me recorre por el brazo, transmitiéndose hasta mi columna vertebral. Ser consciente del efecto que aún despierta en mí con ese simple gesto, me enfurece aún más.

—No, ¡tú no lo entiendes! Estas semanas he hecho de todo para olvidarte. ¡Todo!

Ella retrocede profundamente dolida y el terror de volver a perderla me obliga a sujetarla por la nuca para acercarla a mí. Apoyo mi frente sobre la suya, el olor avainillado de su respiración me excita, deseo besarla y hacerla mía. En sus ojos leo reflejado el mismo deseo luchando con sus convicciones. Me tranquiliza saber que sigo alterando su mundo al igual que ella lo hace con el mío. El pulso de mi cabeza se incrementa y me señalo la sien.

—Hice todo, y sigues sin irte de mi puta cabeza, Crys. ¿Qué más debo hacer? ¡¿Eh?! ¿Qué diablos quieres de mí?

Estoy a escasos tres centímetros de su boca, un impulso más y tendré sus labios a mi disposición, más el temor a asustarla reprime mis propios deseos. La última vez que me dejé llevar por mis emociones había terminado mandando todo a la mierda, no podía cagarla con ella de nuevo. Me estaba costando horrores tenerla tan cerca física y a la vez tan lejos emocionalmente.

—¿Cuánto has bebido? Nunca te había visto así…

Ese tono aplaca mi ira y deja paso a una profunda tristeza al darme cuenta de que sigue preocupándose por mí.

Mi niña todavía está ahí dentro, en alguna parte del interior de esta orgullosa y valiosa mujer.

—No estoy muy segura de que sepas lo que estás diciendo… Mejor espera aquí sentado o mañana te arrepentirás de todo lo que has dicho estando bajo los efectos del alcohol.

No sé si me arrepentiré o no, lo único que tengo claro es que, si la pierdo ahora, toda mi vida se verá reducida a la nada. Ella no puede abandonarme, no de nuevo. Trata de alejarse, pero la sujeto por las manos, resistiéndome a dejarla marchar.

—¡Me da igual el mañana! —al cuerno el orgullo, ella lo vale— Crystal volvamos a lo que teníamos. Sé que me añoras, pequeña. Mis noches son una tortura sin ti, estoy seguro de que para ti también lo son, no me digas que no me deseas cuando estás sola. Te conozco, nena. Necesitas de mis besos tanto como yo necesito de los tuyos, lo sé. Sé que me deseas dentro de ti. Anda pequeña, dime que no…—susurro sobre sus labios notando la erección en mis pantalones dispuesta a tomarla de todas las maneras habidas y por haber.

Ella me observa anhelante, despertando en mi corazón un revoloteo de anticipación. Ahí tengo la confirmación que necesitaba, me ha echado de menos. Sabía que el feeling que había entre nosotros no debía ser menospreciado.

No obstante, cuando estoy dispuesto a tomar sus labios ella despierta de su embeleso y su expresión se endurece.

—Sí, es cierto, Aiden. En eso tienes razón. Probablemente siempre vaya a desearte, y estoy segura de que lo que me ofreces puede resultarme beneficioso de una forma física, pero ya está. No puedes darme lo que quiero de ti.

—¿Amor?

Estoy harto de esa maldita palabra que solo genera disgustos. Yo puedo darle mucho más que eso.

—Sí, eso.

—¡¿Por qué diablos sigues creyendo en esa mierda?!

No recordaba si me había respondido o no, sólo podía contemplar debilitado su mirada agotada. Quizás sí la había cagado a lo grande con ella. El terror se adueña de mis sentidos y debo hacer un gran esfuerzo para contenerlo.

—¿Aiden?

—No entiendo qué me pasa, Darren. Estoy perdiendo la cabeza, no recuerdo todo, sólo pequeños fragmentos que no tienen ningún sentido para mí, ¿por qué tuve que actuar de esa forma?

—Madre mía, Aiden, debo reconocer que me has sorprendido, y eso es algo que en este trabajo es difícil de conseguir.

—Y eso, ¿por qué?

—Nunca podría haber imaginado que al pedirte el favor de reemplazarme, terminarías estando hasta el mismo cuello por ella —afirma divertido— Ay… el amor el amor...

Yo gruño negándome a creerlo. Para mi Crystal es importante, claro, eso lo sé, pero… ¿amor? Me había pasado toda la vida viendo a tipos hacer gilipolleces en nombre del amor, insensateces que casi siempre habían terminado mal. Nunca pensé que algo así, tan efímero, mereciera la pena.

—No me digas que tú también crees en toda esa patraña del amor.

—¿Tú todavía no? —indaga mostrando una expresión compasiva— Si no lo has aceptado todavía, realmente estás jodido, Aiden. Sólo a ti se te ocurriría negar la existencia del amor, trabajando en lo que trabajamos.

—Pues precisamente por eso, porque he visto muchos cuernos de gente que se casó por "amor". ¿Cómo voy a creer en algo así, Darren?

—Supongo que si lo miramos desde ese punto de vista, sí tiene algo de sentido que no creas del todo.

—¿De qué diablos estás hablando?

—Ya sabes que nos relacionamos con una gran diversidad de mujeres.

—Sí.

—Éstas pueden ser solteras o no. El problema que veo es que desde que entraste te has encargado de la mayoría de las casadas, así que es normal que no creas en el amor, ya que sólo formas parte de infidelidades o te topas con relaciones que dejaron su amor atrás.

—¿Ves? ¡Eso es lo que digo!

—Ya, pero Aiden, no debes equivocarte, esas mujeres no representan al conjunto de la población femenina, e incluso si decidimos tomarlas como referencia, no debes quedarte sólo con la cuestión de la infidelidad en sí misma. Es probable que en su que en su día amaran a sus parejas y que por los motivos que fueran, sus sentimientos cambiaron de rumbo.

—Creo que ahora me duele demasiado la cabeza para comprender nada de lo que estás queriendo decirme, ¿puedes ir al grano, por favor?

—Sólo quiero que sepas que las cosas, y más los sentimientos, no son blanco o negro, al contrario, están cargados de matices. La mayoría de nosotros nos dejamos llevar por lo que vemos en nuestro trabajo, sin tener en cuenta que fuera de él hay otras realidades. No puedes negar tus propios sentimientos en base a una creencia estúpida, porque por mucho que sigas diciéndote a ti mismo que no la quieres, sólo te harás más daño.

—¿Cómo puedes decir algo así, hombre?

—No seas obtuso, Aiden. Deja de herirte a ti mismo. Tu amor por ella no va a desaparecer mágicamente, solo aparecerá reflejado de otra manera mucho más dolorosa, como ahora, por ejemplo, que tienes una resaca por no saber gestionar tus emociones.

—¿A dónde diablos te habías ido Darren? ¿Te has sacado un título en psicología durante tu ausencia?

—No —niega riéndose y luego responde de forma esquiva— Es complicado…

—Okay, lo pillo. No voy a preguntar más.

—Gracias. Entonces, ¿qué piensas?

—¿De qué?

—Mira que eres bruto, pues ¿de qué va a ser hombre? ¿del tiempo? ¡Obviamente que no! De lo que te he dicho.

—Ay Darren, estoy con resaca —me quejo molesto— ¿Qué quieres que te diga? ¿que la quiero?

—No te lo tomes a broma, esto es importante Aiden.

—Yo… no puedo decir eso —niego con obstinación.

—Bueno, si no puedes verbalizarlo entonces está bien. Aún recuerdo cuando me dijiste en aquel bar que no éramos una ONG, supongo que tu mentalidad no habrá cambiado, ¿no? —afirma riéndose ante mi antigua negativa a responder al anuncio— No pasa nada, si de todas maneras sólo necesitaba saber tu opinión al respecto.

—¿Y eso por qué?

Un momento, ¿a qué viene todo esto? ¿por qué diablos a él le importaría lo que sintiera o no?

—Para poder actuar en base a lo que hubieras decidido.

¿En qué coño está pensando para querer actuar en consecuencia?

—¿En qué iba a afectarte a ti mi decisión? —pregunto notando todos mis músculos en tensión.

—Porque te respeto amigo.

—¿Y eso qué?

—No debes olvidar que Crystal acordó primero todo conmigo.

—¿Y?

—Que venía dispuesto a seguir en contacto con ella. Me agrada bastante y me gusta lo que me ha mostrado hasta ahora, así que si dices que no estás interesado, yo no voy a convencerte de lo contrario. Al fin y al cabo, no perdería nada si intento acercarme a ella, ¿no? De hecho, parece mi tipo, así sensata y protectora.

.

CAPÍTULO 37

AIDEN

"Venía dispuesto a seguir en contacto con ella", "No perdería nada si intento acercarme a ella, ¿no? parece mi tipo, así sensata y protectora"

Tipo. Tipo. Tipo. ¿Su jodido tipo?! A medida que ha ido pronunciando cada una de las palabras de esa frase, mi malhumor ha ido en aumento hasta impedirme atender cualquier otra cosa.

¿Cómo se atreve a hacer esa declaración de intenciones?

—No te pases ni un pelo, Darren.

—¿Por qué no? No es tu novia, Aiden, y has dicho que no la quieres, así que ¿por qué no me dejas probar a mí?

El sólo hecho de imaginar a Darren con Crystal provoca que se me pongan los vellos como escarpias. De ninguna jodida manera. No permitiré que la toque ni un pelo de su preciosa cabellera. Le contemplo iracundo durante unos segundos y él sonríe mostrándose alegre. De repente, tomo consciencia de la amenaza que supone él para mí.

Darren no es como ese aprovecho de Logan ni está tan roto como yo. No, él es dulce y sensible, por lo que podría ofrecerle a Crystal justo lo que ella busca. Sé que debería alegrarme y si fuera alguien decente, la animaría a encontrar la felicidad con alguien como Darren. Pero no soy honrado, no, para mí es una auténtica aberración que ella acabase con cualquier otra persona. Crys es demasiado especial y valiosa.

Ahora sí que estoy en grandes problemas. Aunque sé que aún estoy dentro de su cabeza, Darren supone una competencia a temer y si es cierto que quiere acercarse a ella, estaré fuera de su vida.

Por primera vez, tomo consciencia de que el tiempo corre contra mí. Escucho las manecillas del reloj de la mesilla sonando y mi pulso se acelera alterado. El peso de la indecisión se adueña de mi mente. Necesito aclararme ya para poder agarrarme a algo sólido o la perderé para siempre.

¿Podría darle el amor que me ha estado pidiendo? Me pregunto una y otra vez sin apartar mi atención de Darren.

Súbitamente, repaso todo lo vivido estas últimas semanas: el terror de poder perderla en aquel accidente, mi ira constante al creer que podría marcharse con otro, la furia de que cualquier tipo que no fuera yo la toquetease, la profunda decepción y desconsuelo por su desaparición en mi vida. Más aún, había sido expulsado del equipo de natación y en vez estar lamentándome por eso, mis únicos pensamientos iban destinados a mi penosa situación actual con Crystal.

Su sonrisa, inteligencia y cabezonería se habían colado silenciosamente en mi interior, iluminando y entibiando zonas que hasta ahora habían permanecido oscurecidas y gélidas por la soledad.

¿Cómo había podido estar negándome a verlo una y otra vez? ¿Por qué no podría habérselo dicho cuando me dio la oportunidad? Había estado refugiándome en el miedo durante todos estos años. Ahora podía darme cuenta de cómo este había influido en cada una de las pequeñas decisiones tomadas.

Yo, quien me creía tan fuerte y por encima de los demás, sólo había estado retrasando lo que a todos los demás les había resultado tan evidente.

El recuerdo de su voz me alcanza y en esta ocasión ni si quiera me sorprende, lo acepto repasando una y otra vez cada una de sus palabras.

"¡Y una mierda! Puede que no sea muy versada en las relaciones sociales y por eso haya tardado mucho más tiempo en darme cuenta, pero no te atrevas a decirme lo que creo y lo que no, yo sé muy bien lo que siento por ti, y ¿sabes qué? Pese a que hayas decidido actuar de esta forma tan asquerosa, también creo saber lo que sientes por mí, aunque te niegues en admitirlo una y otra vez"

Hasta ella se había percatado de mis sentimientos y mi negativa antes de que lo hiciera yo…

"Sí, sí toda esa mierda de no confundas el amor con sexo o el amor sólo trae problemas ya me la conozco a la perfección. ¡El problema es que ni si quiera tú te das cuenta de tus acciones! Ay santo cristo… Eres todo un cobarde. Me he enamorado de un puto cobarde"

Por desgracia, tenía que darle la razón, era un idiota. Un estúpido cobarde. Todo este maldito tiempo me había estado repitiendo a mí mismo —como si fuera un mantra— que era importante para mí y sólo sentía cariño por ella.

Me había intentado convencer de que el amor no existía porque me daba miedo de que al encontrarlo, terminase perdiéndolo. No quería arriesgarme, pero ahora, ante la posibilidad de la intervención de Darren, no puedo seguir escondiéndome.

La probabilidad de que Crystal desaparezca para siempre de mi vida es demasiado alta para consentirlo.

Darren niega con la cabeza y cuando se está dando la vuelta para marcharse, cierro los ojos y pronuncio las temidas palabras.

—Sí, la quiero.

El silencio se instaura en la habitación y los entreabro temeroso de ver su reacción. Todavía se encuentra de espaldas a mí, impidiéndome saber si lo declaración le ha afectado mínimamente. Los latidos de mi corazón se incrementan resonando en mis oídos.

Él no se da la vuelta en ningún momento, sino que da un paso hacia la salida, por lo que desesperado de que pueda realizar algún movimiento sobre ella, estiro el brazo.

—¡La quiero, joder!

El desgraciado sigue sin responder y da otro paso más. Mierda. No puedo dejarle marchar de esta habitación hasta que no me asegure de que no piensa acercarse a su lado con ese tipo de intenciones.

—Aléjate de ella, Darren. Siempre te he considerado mi hermano, pero si te metes con ella, te aseguro que tú y yo tendremos problemas.

Estudio cada una de las reacciones de su cuerpo, deseoso de leer en ellas la tan ansiada confirmación que espero. No obstante, la espalda de Darren sólo se tensa y, sin añadir nada más, se marcha de la habitación.

¡NO, NO, NO!

Mierda.

La perderé.

No sabía si las pretensiones de Darren ya habían sido puestas en marcha o no, lo único que tenía claro era que si quería recuperar a Crystal, uno de los pasos que debía dar se encontraba en el despacho de Jared. Por ese motivo, aquella misma tarde le esperaba sentado frente a su escritorio.

Crys jamás me había pedido que dejara mi trabajo, incluso la noche en la que me había dicho que me amaba, no me había recriminado que trabajara por propia voluntad, sólo lo había hecho cuando la reclamé su extraña relación con Logan.

En parte, agradecía y valoraba el esfuerzo que tuvo que realizar para no mencionarlo ni enloquecer. No cualquiera habría actuado con esa contención y respeto de haber estado en su lugar.

No se lo había puesto nada fácil, si a mí me enfurecía que cualquier tipejo le pusiera sus asquerosas manos encima, ella había estado lidiando en silencio con lo que implicaba mi trabajo.

Esa había sido muestra de amor más grande que hizo por mí, ya que dejarlo o no debía ser una decisión tomada a partir de mi propio deseo.

Desde que entrase a formar parte de los Arcángeles, estos últimos me habían acogido como una familia cercana y, gracias a ellos, pude aprender aspectos sobre el mundo femenino que ni de broma hubiera podido desentrañar por mi cuenta.

Ahí sentado en el despacho de Jared, me encontraba ante la encrucijada que marcaría mi futuro destino. Esta era la última pieza de mi pasado.

Por mucho que me supusiera un mal trago, sabía que debía destruir todos los cimientos en los que se había asentado mi rutina de vida anterior. Sólo así podría tener la posibilidad de reconstruir una nueva base más segura y confortable. Mi objetivo a partir de ahora sería crear un hogar para ambos, en el que Crystal y yo pudiéramos coexistir en igualdad de oportunidades, aunque para eso debía dejar marchar uno de los obstáculos que se hallaba entre nosotros.

No es como si hubiera tomado esta decisión únicamente por Crystal, lo cierto era que ya no me satisfacía ofrecer sexo a cambio de dinero. No deseaba volver a sentirme sucio cuando me forzase a hacer algo que no me apetecía. Además, con el regreso de Darren tendría que volver a mis clientas habituales y la verdad es que me resultaba tedioso sólo de imaginarlo.

Había estado muy bien en el pasado y todo eso, pero a partir de ahora me apetecía que los jadeos que escuchase procedieran de una voz muy concreta a la que la quería con todo mi corazón.

—Perdona por haberte hecho esperar, Aiden.

La entrada de Jared por la puerta de su oficina me despierta de mis reflexiones.

—No te preocupes, comprendo que estés ocupado.

—La verdad es que me sorprendió que me pidieras esta cita con tan poca antelación, y más aún que tuviera que ser con tantas formalidades

—alega extrañado sentándose detrás del imponente escritorio— Bueno, dime ¿qué era tan importante que no podías dejarlo para mañana?

—Necesito ser sincero conmigo mismo, Jared...

No sé muy bien cómo abordar esta cuestión. Jared y los chicos siempre se han portado genial conmigo y el hecho de marcharme supondrá un varapalo para ellos.

—¿A qué te refieres?

—Quiero dejar de formar parte de los Arcángeles.

Jared me observa sin alterar su expresión, la única muestra de que me haya escuchado es que junta ambas manos y se reclina en el sofá contemplándome con detenimiento.

Supongo que a este hombre pocas cosas le sorprenden ya...Uf, qué silencio más incómodo.

—¿Jared?

—¿Por qué?

—Me siento muy agradecido con todo lo que habéis hecho por mí, a vuestro lado he aprendido mucho... —comienzo usando el discurso que me había preparado.

—No busco que me dores la píldora Aiden, y lo sabes. Te he preguntado el motivo y quiero la verdad, porque si se va a ir uno de mis mejores chicos, necesito saber la razón.

—Bueno... Lo cierto es que desde hace un tiempo estoy viendo que el trabajo ya no me satisface como antes —confieso incómodo con tener que revelar la situación.

—¿Por eso pediste el cambio para sustituir a Darren?

—Sí.

—¿No influye nada más?

—No.

—Pensarás que te creo y todo —declara sardónico.

—¡Pero es la verdad!

—Vamos Aiden, no me vengas con excusas. Es por ella ¿no? Por la chiquilla esa que te plantó un 4 y te llamó simio.

Me quedo boquiabierto por el hecho de él se hubiera enterado sobre mi relación con Crystal. ¿Lo habría sabido hasta ahora? Y de todas formas, ¿por qué tenía que sacar lo del simio?

—Ja Jared...

—Te mentiría si te dijera que me sorprende, pero no hombre, ya me veía venir todo esto desde el principio.

—¿Cómo? —pregunto asombrado.

—Este es uno de los motivos por los que jamás te di clientas jóvenes, Aiden. Eres de los más vulnerables.

—¿Yo?

Okay, esa descripción sí que me ofende. No me considero alguien tan débil como asegura.

—Sí, tú. Fuiste el más difícil de entrenar, tan sensiblero… siempre fuiste un blandengue, aunque creo que en eso tuvo algo que ver tu abuela —comenta pensativo, luego vuelve a centrar en mí su atención y sin inmutarse, declara— Te falta calle chico.

—¡Jared! No vine a que me pusieras peor que a un trapo…

—Bueno, lo siento por decirte las verdades, chico, pero ¿Lo ves? ¡todo un blando! Reminiscencia de ser un niñito malcriado con dinero. En ese sentido, aunque todos le subestiméis, Darren tiene mucha más espalda que tú. Tú solo eres un amasijo enredado de emociones reprimidas, lo pude deducir nada más verte. Si ya se lo comenté a Alex en su día…

—¿El qué?

—Que serías una bomba emocional que en cualquier momento explotaría.

Al escuchar esas palabras, me ruborizo avergonzado. Él tenía razón, había tenido que cagarla con ella hasta aceptar mis sentimientos.

—Está bien, Aiden. No puedo decirte que me alegre tu decisión, ya que estoy perdiendo a uno de mis mejores empleados, y eso quieras o no me afecta al bolsillo. De todas formas, quizás esto sea lo mejor, al principio tenías hambre de dinero y eso me vino bien, pero déjame decirte que en los últimos meses estabas rindiendo como el culo. Eso debes de saberlo, ¿no?

—Eh… sí.

—Bueno, al menos este trabajo te sirvió para ganar algo de dinero.

—No, no…

Jared me interrumpe ensimismado. Cuando este hombre empieza, cualquier es el guapo que le para.

—Lo que te decía. Veamos, por tus últimos movimientos te has endeudado hasta la coronilla. Yo no te enseñé a malgastar de esa forma el dinero, pero lo que sea. Tu tarjeta debe estar en rojo…—musita contemplando unos papeles— Un verdadero desperdicio.

—¿Podemos ir al grano?

Vaya cera que me está dando en unos minutos.

—Claro, hombre. Negocios son negocios —afirma extrayendo un documento de una carpeta y me lo pasa— Firma y quedarás liberado de nuestra empresa. Ah, una cosa más, ni creas que no estoy enterado que has estado dándole servicios a esa chica gratis. Has traficado con los saberes que te impartimos y no he sido retribuido en ningún sentido. Estando en esa delicada situación, entenderás que tu finiquito va en relación con la deuda que me debe esa muchacha —después me mira con lástima, y suspira— De escort a Sugar Daddy, para lo que has quedado…Qué sacrilegio.

—Espera, ¿tenías todo esto preparado para darme puerta y despedirme? —indago conmocionado, y yo creyendo que mi renuncia sería como lanzarles una granada.

—No es personal, como te dije, negocios son negocios.

—¿Desde cuándo lo sabías? —demando saber firmándolo.

—¿Me crees tan estúpido para no estar al tanto de los movimientos que hacéis con la tarjeta de la empresa? Esa no era la ropa usual que le compras a Elo. Erin vio los movimientos, pero le dije que te dejase juguetear al Richard Gere invertido. Un escort vistiendo a una clienta… dónde se habrá visto eso. Por supuesto, ese dinero también estará descontado del finiquito.

Al ritmo que va me dejará un par de dólares.

—¿Has dejado algo si quiera?

—Claro que sí, hombre. —afirma burlón, tendiéndome el cheque sin rellenar, le estudio suspicaz por su atrevimiento.

Tiene que ser un rata hasta para despedirme. No obstante, en ese momento escuchamos el carraspeo de Erin y la imagino observándole de forma reprobatoria, porque Jared pone los ojos en blanco y se agacha a rellenar el cheque.

¡El desgraciado no quería pagarme!

—¡Jared!

—Anda muchacho, vamos a despedirnos correctamente, si yo te deseo lo mejor, ya que aunque te vayas para nosotros siempre seguirás siendo un Arcángel honorífico. No importa si te echas una novia que trató de joderme el negocio.

—¡Oye!

—Ah, si te casas ya sabes… Hacemos despedidas de soltera para la novia.

—¡Jared!

—¿Qué? Es que ya estoy imaginándote que te irás con la competencia. Esos puticlubs de mala muerte… Ugh, los clausuraba todos.

—Te recuerdo que lo nuestro tampoco es muy legal que digamos.

—Ah, pero lo nuestro es elegante, muchacho. Bueno, a lo que íbamos, dame un abrazo. En toda despedida siempre tiene que haber un abrazo ¿a que sí, Erin?

—Sí.

Me rodea con sus enormes brazos y yo me dejo hacer porque aunque sea un rata con el dinero le debo mucho de lo que soy ahora.

—Me siento orgulloso de que ya no vayas a vivir sólo de tu cuerpo, Aiden.

Me sorprende la profundidad de esa frase, pero aún más que provenga de su parte.

—Jared, ¿te recuerdo que regentas una agencia de escorts?

Él me ignora y se me acerca al oído apretándome más fuerte para susurrarme de tal forma que Erin no le escuche.

—Si alguna vez te pone los cuernos, no te preocupes, que siempre podrás volver con nosotros.

—¿Podrías no ser tan cenizo? Aún estoy tratando de gestionar mis inseguridades, gracias…

—Ah, una cosa más, si alguna vez tenéis hijos y esas cosas, te aviso desde ahora que no pienso tomar el rol del padrino, ¿eh? Se lo pides a uno de los gemelos o algo, porque yo no suelto un dólar en esas cosas…

—¡Jared!

—Vale, vale… Ya paro. —claudica soltándome— Venga, largo. Ya tuvimos el momento de rigor. Soy un hombre de negocios y para mí el tiempo que invierto en los demás es oro.

Sonrío conmovido, esa había sido una de las frases que le había soltado a Crystal las primeras veces que nos viéramos. Ella no lo sabía, pero la había aprendido de él.

Cualquier persona creería que alguien que dirige una agencia de escorts, no es digno de admiración debido a su carácter de dudosa legalidad y moralidad. Sin embargo, todos los que le conocíamos no podíamos pensar otra cosa diferente de él.

—Gracias por todo, Jared.

Él asiente con la cabeza conforme, despachándome mientras vuelve a tomar asiento tras su enorme escritorio. Me giro y encaro a Erin que se encuentra en la entrada, recta como siempre la he visto.

—Gracias a ti también, Erin.

—Si necesitas algo, ya tienes mi número. Te echaremos de menos, Aiden —afirma y sonríe con los ojos ligeramente rojos.

Esta es la primera vez que la he visto afectada por algo. Siempre ha sido una mujer que se mostraba muy dura hacia los demás, por lo que verla así por mi marcha, me despierta mucha ternura.

Ella entra al despacho y me aprieta la mano en señal de despedida, tras ese breve intercambio, abandono la sala entrecerrando la puerta detrás de mí.

Me giro para observar por última vez aquella entrada por la que he pasado tantas veces y me doy cuenta de que no se ha cerrado correctamente. Por la rendija puedo observar que Erin se ha posicionado al lado del asiento de Jared, quien se recuesta cansado contra el sillón y ha cerrado los ojos.

—¿Estás bien?

—Sí, ya sabes que siempre me resulta difícil despedirme de ellos, pero es ley de vida, en algún momento todos terminan marchándose.

—No creo poder acostumbrarme a ello, Jared.

—No me digas que estás ablandándote con la edad, Erin. No te hacía de esas…

—Conmigo no te hagas el tipo duro, recuerda que te he visto llorar a lágrima viva por la muerte de Mufasa.

—¡No vayas aireando mi pasado por ahí! —la regaña molesto mirando hacia ambos lados preocupado de que alguien pudiera haberla escuchado.

—A mí también me resulta complicado cuando se marchan, pero no pasa nada. Estaremos bien por nuestra cuenta, tal y como siempre hacemos.

—Sí, claro. Hasta que te largues tú también.

—Y volvemos a ese tema…

—No seas tan ingenua, Erin. Algún día te darás cuenta de que has desperdiciado tu vida aquí, invirtiendo todas esas horas y querrás abandonar el barco. Incluso es probable que se te despierte ese instinto maternal de algunas mujeres y quieras formar una familia con todo lo que esa basura implica…

Ella no parece mostrar ninguna señal evidente de que le haya afectado más allá de ponerse más recta, encuadrando los hombros. No obstante, para alguien como Erin esa reacción es bastante significativa, ya que no tiende a mostrar sus emociones con facilidad.

—Parece mentira que después de todos estos años trabajando juntos, sigas convencido de que abandonaré esto como todos. No me iré, Jared. Lamento ser tan franca, pero te hundirías sin mí y eso es algo que no podría perdonarme.

—Siempre tan directa. Lo peor de todo esto es que soy lo suficientemente bastardo para alegrarme de ello. No te conviene seguir a mi lado, Erin. No sé cuántas veces te lo habré dicho ya. Lo mejor sería que te marcharas como el resto, ya soy lo suficiente mayorcito para sobrevivir sin ti.

Erin recoge una carpeta repleta de documentos y, alejándose del escritorio, le da la espalda.

—¡Ja! Lo dudo mucho, Jared. Si me llamas hasta para saber dónde guardaste tu ropa interior —responde con una sonrisa acercándose hacia la salida.

Mierda, si sigo aquí me acabarán pillando y mi amor por mi pescuezo es mucho más grande que mi pasión por el cotilleo. Debo largarme cuanto antes, estoy seguro de que, si Jared se enterase de que era conocedor de aquella peculiar información, rodarían cabezas y, más en concreto, la de este servidor.

Esa misma tarde, decido aprovechar que es domingo para recoger mis pertenencias de la taquilla que cada nadador teníamos asignada. Con toda probabilidad los chicos ya habrán terminado el entrenamiento de hoy y no tendré que toparme con ellos. Ya es lo suficiente duro tener que dejar marchar esa parte de mi vida como para encima hacerlo estando rodeado de espectadores.

Sé que recoger mis cosas de esa taquilla supondrá mucho dolor y recuerdos a los que no sé si seré capaz de enfrentarme. En el momento en el que piso el campus me voy encontrando a una serie de personas a quien estoy seguro de que en el pasado puse cara, pero que ahora me son imposibles de reconocer.

—Lo siento mucho, Blake.

—Sí, es una pena lo del equipo…

—¡No será lo mismo sin ti!

Todos ellos me abordan con frases predecibles y me dedico a sonreírles como un autómata. Me están agobiando con tanta charla incesante, no se dan cuenta de que están hurgando en una herida aún sangrante. Lo único que deseo es deshacerme de ellos y largarme cuanto antes.

Mientras busco una salida rápida, a lo lejos, reparo en Crystal con sus gafas de siempre cargando una gran pila de libros. ¿Está trabajando un domingo en vacaciones? Con su simple imagen todas las voces de la gente se apagan a mi alrededor y ella acapara mi completa atención. Toda la turbación que sentía por el cometido que me espera en la piscina, se esfuma al prestar atención a su semblante enrojecido del esfuerzo.

Por supuesto, debía haberlo previsto, porque en el momento en el que pisa el césped, se tropieza y termina dándose de bruces contra el suelo. Me tenso preocupado de que haya podido hacerse daño y doy un paso hacia delante, dispuesto a acercarme hasta donde se encuentra. Al levantar de nuevo la cabeza me percato de que se le han roto las gafas. Mierda, ¿Se habrá clavado algún cristal? Me pregunto dando otro paso más. Me paralizo en el momento en el que su amiga acude con rapidez a socorrerla.

Sintiéndome impotente y frustrado por no tener la suficiente libertad para acercarme a ella, me deshago de los desconocidos que todavía seguían diciéndome palabras de ánimo, y me encamino hacia la piscina.

Sólo espero que tenga dinero para unas gafas nuevas, no estoy seguro de que con lo que gana en el casino pueda permitirse comprar otras.

Después de haberla visto, mi preocupación sobre lo que sentiría al recoger la taquilla empalidece, siendo sustituida por el pesar emocional. La he cagado tanto con ella, que no sé si podré arreglarlo…

Con esos pensamientos funestos termino de guardar mis cosas en la mochila y tras revolver el interior de esta última me doy cuenta de que me he dejado el libro de Derecho Procedimental en mi casillero. Ese libro me había hecho compañía durante todas estas semanas atrás. Lo valoraba tanto, porque se encontraba repleto de notitas en los márgenes que habían sido escritas por Crystal.

Debo recuperarlo, me recuerdo ansioso. Si lo ojeo y vuelvo a releer por milésima vez frases tales como *"¡No pases esto por alto!"* o *"no te distraigas, esto es importante"*, conseguiré animarme para enfrentar mis sentimientos.

El camino de la piscina a mi casillero me sirve para tratar de recomponerme. No creo que ella reparase en mi presencia allí, ¿y si había seguido adelante sin mí? Esas preocupaciones continúan atormentando mi mente en el instante en el que me encuentro frente a mi casillero.

Voy a abrirlo cuando por el rabillo del ojo, reparo en una silueta que se me hace terriblemente conocida. La segunda vez en un día. ¿Todavía se encuentra trasladando más libros? ¿Esta mujer no descansa nunca? Me pregunto si debería acercarme a ayudarla, y súbitamente recuerdo el bochornoso espectáculo que di la noche anterior con mi borrachera. Avergonzado, dudo si ceder a mi deseo de aproximarme hacia donde se encuentra.

635

Me angustia mucho no saber qué decidir, por lo que recurro a la única persona que me trae paz cuando todo se ha vuelto una mierda para mí. Miro al techo y cierro los ojos.

"Mamá, soy yo otra vez, perdona por molestarte, es que me encuentro desesperado, por favor ayúdame, no sé qué hacer. Me siento perdido, envíame una señal por pequeña que sea para saber si debería acercarme a ella. Quiero saber si quiere que me acerque, si me necesita como yo o ya está pasando página. Tú no me educaste para obligarla o ser un acosador. Por favor, dame una señal"

Después de enviar mi ruego, abro los ojos y suspiro sin poner demasiadas pretensiones en su cumplimiento. Este ritual sólo sirve para calmarme.

La busco con la mirada deseoso de que por una vez me esté contemplando como siempre hacía, pero ella ni si quiera ha reparado en mi presencia. Dolido y hundido, abro la puerta del casillero frustrado con tanta fuerza que uno de los libros que se encuentran en la esquina se cae y de él se desliza un trozo de papel diminuto. Gruñendo, me agacho para recogerlo. Al estudiarlo con detenimiento, la incredulidad se abre paso y el corazón comienza a latirme a gran velocidad. Releo la primera frase, que ya me conozco de memoria:

SE BUSCA AMANTE

Anuncio serio y verídico.
ABSTENERSE DEGENERADOS. SÓLO PROFESIONAL
Se busca chico, a ser posible de buen ver, entre 20 y 30 años, con experiencia en el sector. El salario será remunerado acorde a la satisfacción del cliente durante la primera vez. Días laborales por convenir.
Si está interesado, póngase en contacto con el número que hay debajo.
Pregunte por Rose.

XXXX...

En una esquina del anuncio, aparece la caligrafía de Darren reflejando la dirección de Crystal. Esa que me envió para que pudiera presentarme en su casa.

Sonrío emocionado ante todo el torrente de recuerdos y sintiéndome más envalentonado, la observo sin soltar el papel.

En el fondo siempre supe que ella sería la única que conseguía tambalear mi mundo, por eso me aterraba reconocerlo, pues el hacerlo implicaba una muestra de debilidad. Ante ese papel me doy cuenta de que eso es un error.

Ninguno de mis sentimientos tiene que ver con la debilidad, al contrario, quererla es mi fortaleza. Me muevo por verla y abrazarla un día más.

Decidido y con los ánimos renovados, inspiro aire y cierro los ojos. *Esta es la señal. Gracias, mamá.*

Cierro la taquilla de un golpe, recojo mi mochila con rapidez para colgármela sobre hombro y, sin soltar el papel, la busco por el pasillo. Ahí está, un momento, no… acaba de girar en esa esquina.

Se acabó eso de estar desanimado, no, es hora de pasar a la acción. Voy a luchar por ti.

Con eso en mente, salgo corriendo, sorteando a todos los que se interponen en mi camino.

Tengo que alcanzarla a tiempo.

CAPÍTULO 38

CRYSTAL

No puedo pensar demasiado en la noche de mi cumpleaños porque el simple hecho de rememorar toda la dantesca situación me despierta dolores de cabeza. No es la primera vez que algo relacionado con Aiden me hace sentir mal. Ya no deseo tener más expectativas, prefiero evitar soterrarme en la obsesión de lo incomprendido o incontrolado.

Por este motivo, cuando despierto al día siguiente decido focalizar todos mis esfuerzos en concentrarme en mi trabajo en el Casino, menos mal que acepté cubrirle el turno del domingo como un favor a una compañera. Días antes, había creído que sería buena idea ya que los domingos siempre me recordaban a él.

Estas últimas semanas he aprendido que los recuerdos se entierran mejor si los sustituyes por nuevas responsabilidades. Tras lo acontecido en la noche de mi cumpleaños se hizo más evidente lo conveniente de tal decisión, de esta forma conseguía no sobre pensar demasiado las emociones ambivalentes ante las que me enfrentaba.

Cuando llegué a mi casa para la hora de la comida, realicé un escueto almuerzo —no tenía demasiada hambre— y me fui corriendo a la facultad. Le había pedido a Jackie que me permitiera ayudar con la limpieza de los libros en la facultad de Filosofía que serían trasladados a la biblioteca municipal. Aún recordaba su reacción ante la propuesta.

—¡¿Estás loca?! ¿Por qué diablos ibas a querer verte envuelta en eso? ¡Yo sólo lo hago para conseguir que el señor Gardener me apruebe! —había preguntado horrorizada, y al observar mi expresión de desesperación por la videollamada, suavizó sus facciones en un signo de reconocimiento— Ay, Crys, lo siento… Está bien, corazón.

De todos modos, me vendrá bien una mano, aunque te lo advierto, es un auténtico coñazo.

—Gracias Jackie.

Horas después, descubrí cuánta razón había tenido Jackie, los libros duplicaban en tamaño, peso y grosor a cualquiera de los que tuviera que haberme encargado de ordenar en mi rinconcito secreto.

Bueno, no pasa nada, ahora cualquier tipo de distracción es bienvenida. El dolor físico siempre me ha resultado mucho más sencillo de soportar que el emocional que despiertan cada uno de mis recuerdos.

Pronto caemos en la rutina repetitiva de búsqueda, selección, agrupación y traslado. Jackie se queja de vez en cuando y yo trato de animarla como buenamente puedo.

Después de estar unas tres horas envueltas en aquella tarea, comienzo a notar el cansancio y en uno de los viajes que realizamos, reparo en que los brazos me arden y mis músculos se están acalambrando.

Jackie se ha quedado rezagada desde el quinto viaje que hicimos y va arrastrando los pies como si de una presa carcelera se tratase. Si no tuviera mi propio trabajo que hacer me echaría a reír ante la imagen que da.

Estoy tan concentrada intentando cargar todos los libros, que no me doy cuenta del desnivel existente entre la acera y el césped, por lo que tropiezo y me caigo de bruces encima de todos los libros.

Me clavo la esquina de uno de los tomos en el pecho y emito un gemido lastimero de dolor. Cualquiera se preguntaría, ¿sólo es eso? Pues no, ojalá. Lo verdaderamente horrible viene al levantar la vista, es ahí cuando me doy cuenta de que se me han roto las gafas.

—¡Crystal! —escucho que grita preocupada Jackie.

—Joder.

Me las quito y estudio el resultado de mi torpeza. Ay no, los cristales se han resquebrajado.

—¿Estás bien?

—Sí, pero se me han roto las gafas.

—Lo importante es que no te hayas hecho daño.

—Cuestan mucho dinero…

—Bueno, ahora estás trabajando, ¿no?

—Pues sí, pero no contaba con este gasto.

—Anda, venga. Levanta —me insta ofreciéndome la mano— Vamos a terminar con esto…

Tiempo después, soy interrumpida en mi rutina por la llamada del profesor Klaus. No sé qué narices querrá ese hombre ahora, pero desde mi posición de becada no puedo permitirme rechazar el llamado de cualquier docente. Sólo deseo que no sea para pedirme ayuda en algo más, porque suficiente tengo ya con ser la encargada del depósito y con esto.

Aún con la pila de libros en los brazos, me aproximo hasta la facultad de Derecho. Apenas quedan unos rezagados, que con toda probabilidad vendrán de estudiar en la biblioteca para las recuperaciones. En una situación normal me movería por los pasillos con paso rápido, más hay la suficiente afluencia de personas para dificultarme el avance con el peso que cargo.

Durante unos breves minutos debo apoyarme en una pared para poder seguir adelante. Respiro con dificultad y por un segundo fantaseo con tirar al suelo los doce libros y mandar a la mierda a Klaus. Después, me recuerdo que deshacerse de ese modo de los tomos —por mucho que éstos sean un tostón— sería un auténtico sacrilegio para mi vena lectora y me enderezo dispuesta a seguir avanzando.

Mi paso es tan lento que empiezo a replantearme si alguna vez llegaré al despacho. De repente, mis pensamientos parecen resonar en mi cabeza por encima de las conversaciones de los alrededores y me doy cuenta de que se ha producido el silencio.

¿Qué ocurre? No, paso, no es mi incumbencia. Concentrémonos en llegar al maldito despacho.

Sin embargo, una serie de murmullos bajos llaman mi atención.

—¡Hey! —escucho una queja procedente de algún punto detrás de mí.

Me giro buscando curiosa lo que sea que haya captado sus intereses. Lo mismo están regalando dinero y voy a ser la única idiota que se quede sin él.

Pero no, no se trata de dinero, ¡ojalá! En cuanto localizo la causa de tanto revuelo me quedo boquiabierta.

Aiden Blake está corriendo por el jodido pasillo en dirección a… ¿mí?

No puede ser. Miro hacia ambos lados buscando a cualquier otra persona que pudiera resultad de su interés, ¿quizás algún alma desdichada? ¿Una nueva amante? No, no encuentro a nadie y mi corazón comienza a acelerarse por la anticipación.

¿Qué diablos? Yo vine a olvidarle, ¡no a toparme con él!

Trago saliva nerviosa y busco un lugar en el que poder esconderme. No me siento preparada para encararle, mucho menos después de todo el espectáculo acontecido en mi cumpleaños.

Nada. No hay ni un solo resquicio por el que poder meterme como una comadreja. Mierda. Aquí soy un blanco fácil. Ah sí, ya lo tengo, seguiré mi camino y fingiré que no he visto nada. Si piensa que no le he visto, no tengo por qué detenerme ¿no?

No obstante, no llego muy lejos cuando un grito masculino corta el silencio instalado.

—¡Crystal! ¡Crystal Moore, ni si quiera pienses en ignorarme, detente ahí un instante!

Me muero de la vergüenza. ¿Cómo se le ocurre ponerse a vociferar aquí como si tal cosa? Para colmo, eso me obliga a detener mi avance. Me giro hacia él ruborizada bajo las miradas que me están dirigiendo los demás y le espero luchando por no prestarles mucha atención.

No tarda en darme alcance, parándose en seco frente a mí. De los nervios estoy segura de que en cualquier momento se me caerán los libros.

—Pensabas largarte, ¿eh?

—¿Cómo se te ocurre?

Ay joder, hemos atraído la atención de todos los demás. ¿La gente no tiene cosas más interesantes que hacer que contemplarnos?

—Es que no parecías muy dispuesta a detenerte.

—¡Pues claro que no! Se supone que tú y yo ya no tendríamos que estar relacionándonos —respondo dejando en el suelo los libros.

No creo poder aguantar más con ellos encima y, conociendo como es, dudo mucho que tarde en marcharse.

—Y eso, ¿por qué?

—¿Por qué, dices?

Le observo de hito en hito, sin poder procesar el descaro de este tipo. ¿No tiene vergüenza alguna? Llevo matándome a trabajar todo el día para no pensar en la noche de ayer mientras que él me chilla en mitad de un pasillo como si tal cosa.

—Ah, sí. Necesito hablar contigo.

—¿Sobre lo de anoche?

¿Es que no le afecta de ninguna forma?

Tuerce el gesto y reparo en que le está costando mantenerse normal. Supongo que en el fondo sí que lo hace. Eso llama mi atención y decido concederle el tiempo suficiente para que me diga lo que sea que necesite, luego me marcharé al despacho de Klaus.

—Sobre eso… lo siento, Crys…

—¿Eh?

Bien, puedo estar sonando y mirándole como una auténtica idiota, pero al diablo con eso, Aiden Blake está ante mí disculpándose mientras compone una expresión de cachorrito degollado. Esto podría pasar a los anales de mi historia.

—Yo quería decirte que lo siento —repite con más seguridad y sus ojos grises brillan, despertando en mi interior un cálido escalofrío que se traslada por todas mis terminaciones nerviosas— lo siento por todo, nena, por lo de la otra noche y por el día de la fiesta. Tenías razón en todo. Sé que todavía no estás preparada para ello, pero te prometo, no, mierda, te juro que, si tan sólo me das una oportunidad más, te demostraré que no soy la escoria total que piensas ahora.

—No...no creo que seas una escoria total, Aiden.

Todo esto está resultando tan surrealista que ni si quiera puedo comenzar a procesar lo que está sucediendo.

¿Me ha pedido una oportunidad? ¿Oportunidad para qué? Ay no, ¿eso que noto es una expectativa? No, no y no. Tengo que luchar contra ella. Fuerza, Crystal.

—Eso es algo bueno, supongo —afirma componiendo una sonrisa triste que me alcanza hasta el mismo centro de mi alma.

No deseo hacerle infeliz, es sólo que no puedo arriesgarme con una persona que tiene cambios de opinión tan ambivalentes.

—Eh...

—¡Espera! No digas nada, por favor. Déjame terminar —pide con expresión lastimera Y eso es suficiente para que me calle— Verás, la he cagado tanto que ni si quiera sé por dónde empezar. No sé si aún tengo alguna posibilidad contigo y tampoco estoy seguro de que después de toda mi actitud detestable puedas seguir queriéndome.

—Amándote en realidad.

¿De verdad tenía que puntualizar eso? Ay no, tengo ganas de coserme la boca para siempre. Aiden me observa asombrado durante un segundo y yo fantaseo con que me trague la tierra. ¿Por qué siempre tengo que exponerme de esta forma? ¿es que no tengo dignidad? De repente, él sonríe encantado con la respuesta y deseo patearme aún más fuerte. ¡No quería darle coba!

—Amándome... qué bien suena —murmura con una extraña emoción.

¿Se estará burlando de mí? ¿Toda esta actitud será una patraña para conseguir algún objetivo concreto?

—Aiden.

—Sí, perdona. Sigo, es que no sabes lo feliz que me ha hecho eso de que me amas…

—Aiden, cuando a una mujer le mencionas sus sentimientos no correspondidos le haces sentir avergonzada…—confieso deseosa de cambiar de tema— ¿Podrías ir al grano?

—¿Cómo puedes saber que no los correspondo?

Esa cuestión me deja en shock. ¿A qué narices viene todo esto? ¿Se está burlando de mí de verdad? Después de todo lo que hemos pasado juntos y todavía me pregunta eso.

—Tú me lo dijiste.

Estoy cansada de todo este mareo emocional. No necesito nada de esto, sólo quiero aferrarme a algo que sea seguro y si no lo obtengo tampoco pasará nada.

—Lo sé.

—No crees en el amor, Aiden, así que ¿cómo podrías amarme?

—Las personas cambian, Crys —declara con una seriedad poco característica en él, ladeo la cabeza y le contemplo suspicaz— Yo he cambiado, me he dado cuenta de algunas cosas que antes me costaba ver, pero no pretendo convencerte con palabras. Sé que la he cagado, por eso también sé que para ti las palabras ya no valen nada. Necesitas hechos para poder creerme, así que eso será lo que te dé. Ahora prepárate nena, porque pienso ir a por ti.

—¿Venir… a por mí?

—Sí, no puedo pretender que vengas a mí, pues ya diste ese paso en su día y yo me comporté como un auténtico idiota. Por eso, mi consejo es que te prepares, cariño, porque mi intención a partir de ahora es ir a por ti.

—¿Qué diabl..? —musito asombrada con el cauce de los acontecimientos.

No llego a completar la frase, porque su mano atrapa mi nuca y antes de que lo vea venir me arrastra hasta donde se encuentra, besándome con una voracidad vertiginosa.

Me siento tan aturdida por todo el diálogo intercambiado que me dejo besar. Mi boca me traiciona, abriéndose involuntaria para permitirle el acceso. Otro signo más de que mi cuerpo ha estado extrañando su contacto.

Estas últimas noches las he pasado sola en mi cama tratando de lidiar con la excitación a la que Aiden me había acostumbrado a satisfacer con su propio cuerpo. Las suaves caricias de su lengua contra la mía despiertan una vez más el deseo que he estado controlando por mi cuenta, aunque en esta ocasión azota resquicios de mi mente que ya había creído dominados, demostrándome una vez más, que es el único que logra despertar este fuego que me recorre de arriba abajo.

Tras unos instantes, se separa de mí, rompiendo el vínculo mágico que siempre se crea cada vez que nos tocamos.

—Espérame un poco más, Crystal —me pide con la respiración entrecortada, tan afectado como me encuentro yo— Voy a demostrarte que todavía merezco que me ames.

Con esa resolución, me suelta propinándome una última caricia en el brazo que desencadena un estremecimiento por todo mi cuerpo. Al percatarse de ese pequeño gesto, sonríe enternecido.

Después, se da la vuelta y se marcha corriendo por el pasillo, sin importarle lo más mínimo haberme dejado con la palabra en la boca.

Me quedó allí, como una estúpida, contemplándole alejarse a gran velocidad.

¿Qué cojones acaba de ocurrir?

El resto de la tarde lo paso trabajando en el depósito, después de hablar con Klaus, quien sólo había deseado felicitarme por las notas finales, ¿realmente el tipo ese me había hecho enfrentarme a Aiden sólo para felicitarme por eso? ¡Podría haberme enviado un email como hacen todos los demás!

Me sentía tan agitada por todo lo que había sucedido con Aiden minutos antes, que ni si quiera había logrado atender a nada de lo que me dijera el profesor. Mis pensamientos iban a mil por hora. Todavía no podía creer nada de lo que había ocurrido.

¿Qué había dicho? ¿Que había cambiado? ¿En qué? ¿Y qué era todo eso de que iba a demostrármelo con hechos en vez de palabras? No creía que se refiriera al beso que me había dado, ¿estaría tramando algo? Me preguntaba una y otra vez ilusionada.

A pesar de que mi corazón latiera anhelante, sabía que no podía hacerme ilusiones en lo que respectaba a las palabras pronunciadas por Aiden aquella tarde. En el pasado había creído darme cuenta de sus sentimientos y sólo había servido para terminar siendo destrozada por su indecisión.

Por desgracia, no era alguien que en la actualidad me inspirase mucha confianza en cuanto al reconocimiento de sentimientos se trataba.

Sabía que era una gran persona, pero estoy segura de que está lidiando con mucha mierda que ni si quiera puedo empezar a imaginar.

645

No puedo arriesgarme y darle una oportunidad, el costo que implica no es otro más que mi ya maltrecho corazón.

Necesito salir a que me dé el aire y así dejar de pensar en tantos posibles escenarios imaginarios. Soy consciente de que mi parte lectora a veces despierta en mí una vena soñadora que a la larga acaba resultándome muy perjudicial.

Decido salir a sentarme en uno de los bancos de la avenida. Apenas hay gente por la calle, salvo aquellos que regresan tarde de trabajar. El ambiente es cálido, cómo se nota que ya es verano.

Ay qué mal. No debería haberme dicho todo eso de que vendrá a por mí, ahora me cuesta mucho más avanzar. Si termina cagándola de nuevo, no sé qué podré hacer con mi pobre corazón. Si eso ocurriera, no tengo ni idea de lo qué será de mí el año que viene cuando debamos vernos en las clases. Por mucho que me pese, creo que lo que mejor puedo hacer ahora es aprovechar las vacaciones de verano para conseguir olvidarle.

De repente, el móvil me suena, despertándome de mis cavilaciones. Abro el WhatsApp, y leo el mensaje recibido, sintiéndome totalmente abochornada al recordar la noche de mi cumpleaños.

Mensaje entrante de Uriel:
Tenemos que hablar en persona. ¿Qué día te viene bien quedar?

Supongo que querrá darme una explicación sobre su extraño comportamiento de la noche anterior o quizás desee contarme algo sobre Aiden. Esto último me preocupa de cierta forma, últimamente se ha estado comportando demasiado raro para ser él, ¿Habría ocurrido algo importante en su vida para que estuviera actuando así?

Mensaje enviado:
Okay. ¿Mañana?

Mensaje entrante de Uriel:
Perfecto.

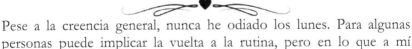

Pese a la creencia general, nunca he odiado los lunes. Para algunas personas puede implicar la vuelta a la rutina, pero en lo que a mí respecta, suponen un renacer. Una nueva oportunidad de comenzar proyectos. Por ejemplo, cuando Jackie ha tratado de hacer dieta, siempre suele decir lo mismo, *"empiezo el lunes"*.

Los lunes son confiables, son días en los que solemos traer energías renovadas del fin de semana. Por eso, jamás hubiera concebido ningún acontecimiento negativo en un día como este, sólo la paz de la rutina diaria.

Aquel lunes específico había esperado lo mismo de todas las semanas, desayunar, comer e irme a trabajar toda la tarde hasta bien entrada la noche. El mensaje de Darren había trastocado un poco mi monotonía habitual, pero no pasaba nada. Trataría de ceñirme a ella quedando con él para comer, escucharía lo que tuviera que decir y luego me iría a trabajar como siempre.

¿Estaba nerviosa? Diablos sí, aparte de Aiden, no acostumbraba a quedar con chicos que parecían modelos de Calvin Klein. Más aún, hasta hacía unos meses, ni si quiera me relacionaba con ellos.

Jackie tenía razón, ¿desde cuándo mi vida había cambiado tanto?

Todo esto había comenzado con mi deseo de dejar de ser considerada una aburrida. Si lo pensaba con detenimiento había tenido mucha suerte desde que colgara aquel anuncio, podría haberme topado sólo con los degenerados del comienzo y si eso hubiera sido así me habría cerrado por completo a cualquier relación social. Sin embargo, a pesar de haber recibido todos esos repugnantes mensajes, la experiencia me había servido para conocer a Darren y gracias a eso, había terminado envuelta con Blake.

Si lo miraba en retrospectiva, pese a todo el follón de sentimientos en el que me encontraba, no me arrepentía de ninguno de los pasos que había dado hasta ahora. Estos últimos me habían servido para crecer de forma personal, y eso en parte es gracias a Darren. Sí, tengo que agradecérselo, me prometo aguardándole mientras me tomo una Coca-Cola en el restaurante en el que hemos quedado.

He escogido un atuendo muy sencillo para la ocasión, unos vaqueros con una de las camisetas negras de tirantes que me regaló Aiden. Me he trenzado el pelo en un recogido rápido y me he aplicado un poco de maquillaje que minimice mis ojeras.

Puede que este hombre me haya visto hasta con mi mantita infantil, pero eso no significa que haya motivos para volver a avergonzarme delante de él.

No es que Darren estuviera llegando tarde, sino que de lo nerviosa que me sentía, yo había terminado viniendo demasiado pronto. Desde que me hubiera distanciado de Aiden, Darren se había transformado en algo más que un conocido, habíamos conectado a otro nivel del que lo hiciéramos en las conversaciones anteriores. Darren sabía cosas que nunca le había dicho en voz alta a otra persona. Además yo también conocía mucho sobre él, y eso me estaba confundiendo porque en la noche de mi cumpleaños no había actuado como lo haría normalmente. Tampoco había notado la magia que teníamos al mensajearnos.

Tenía la cabeza hecha un auténtico lío, en parte por mis sentimientos hacia Aiden y por la aparición de Darren en mi vida. Sobre esto último, poseía sentimientos contradictorios con el chico que me hablaba por WhatsApp y el que había aparecido en mi cumpleaños, pues no parecían el mismo. Lo único que esperaba de esta comida era poder aclararme, porque todo estaba resultando muy incómodo para mí.

Me recreo estudiando el lugar que ha escogido para nuestra improvisada reunión. Se trata de un sitio demasiado sencillo y cálido con las paredes amarillas y las mesas confortables de madera. Supongo que le pega demasiado a su forma tranquila de ser.

Para hacer algo de tiempo, comienzo a leer el periódico en el teléfono, tengo que calmar un poco los nervios. En el momento en el que estoy terminando la primera página, percibo que una silueta se para al lado de mi mesa, qué bien que ya esté aquí, me digo alzando la mirada para saludarle. Al reconocerle me paralizo y la sonrisa se congela en mi cara.

—¿Aiden? ¿Qué haces aquí? Estoy esperando a otra persona.

En ese instante llega una de las jóvenes camareras que me había estado atendiendo amablemente desde que llegase.

—Oh, señor, ¿está sin atender? Perdone, ¿le asigno una mesa?

—No se preocupe, soy su cita —alega con descaro tomando asiento enfrente de mí.

—¿Perdón? ¿Qué has dicho? Y ¿qué narices haces sentándote? Yo no te he invitado.

Le contemplo preocupada y estresada porque en cualquier momento Darren podría venir y no sé muy bien cómo voy a explicarle esta situación, en el caso de que coincidamos aquí los tres. Parecerá la escena de una comedia mala.

Aiden se encuentra ante mí con una expresión inusitadamente reservada, ni si quiera sonríe y eso es el primer indicio de que algo va mal.

—De verdad, Aiden. Estoy esperando a alguien, por favor, vete. Si nos encuentra aquí, pensará algo que no es y todo se volverá muy incómodo para los tres.

—Crystal, Crystal… ¿cuándo aprenderás? —tararea sonriendo por primera vez, abriéndose las mangas de la camisa— Yo no tengo rivales.

Con ese gesto reparo en su ropa, va ataviado demasiado formal, muy distinto al tipo de ropa deportiva al que me tiene acostumbrada.

—¿Qué haces vestido así?

—Se suponía que venía a una cita con mi chica, ¿no hay que ponerse formales para estas ocasiones?

Se ríe nervioso. ¿Qué narices? Es la primera vez que le veo de esta manera, como si estuviera esforzándose por parecer desenfadado.

—¿De qué cita me estás hablando?

—La nuestra, por supuesto. Tendrás que disculparme, no estoy muy acostumbrado a tener citas de verdad. Estoy algo verde en esta parte, ¿qué? ¿Ahora que va? ¡Ah sí! Se supone que tenemos que pedir la carta y entonces yo seleccionaré varios platos por los dos, sin reparar en tus gustos ni nada de eso, así pareceré el tipo de macho alfa, que tanto suele gustaros. Ah no, lo había olvidado, en tu caso acabarías mandándome a la mierda. Otra vez.

—Aiden, de verdad, vete.

Temerosa, miro hacia ambos lados, como llegue Darren estaré muy jodida. La única persona que sabía que iba a reunirme con él, era Jackie ¿le habría dicho algo a Aiden y por eso está aquí? ¿Qué otra razón habría para que haya venido? Poco importaba, tenía que marcharse cuanto antes.

—Nadie más va a venir, Crystal.

—¿Cómo qué no?

—No. Yo seré tu único acompañante.

—¿Qué? De eso nada. Ya me he buscado uno por mi propia cuenta.

—Sí, sí que lo hiciste y aquí estoy. Lo acordaste conmigo, Crystal. Yo fui quien te escribió el mensaje, no Darren.

Mi boca cae abierta ante tal confesión. ¿Qué diablos? ¿Qué es todo eso de que él me mandó el mensaje? No puede ser, debe de haber una equivocación. El WhatsApp era claramente de Darren.

—¿Qué desean tomar? —interrumpe la camarera que acaba de regresar con un block de notas.

No sé qué decir, ¿cómo quiere que comprenda esta situación? Así que opto por el silencio y le observo desenvolverse con la camarera como si estuviera ante una película.

—Tráiganos una botella de vino tinto. Creo que, para esto, vamos a necesitar mucho alcohol.

—Está bien, señor. ¿Algo más?

—De momento no.

—Perfecto.

La camarera se marcha y nos contemplamos mutuamente. Se establece un breve silencio en el que intento procesar lo que está sucediendo. Inspiro aire y me esfuerzo por verbalizar mis pensamientos.

—¿Cómo va a ser posible que tú me enviaras ese mensaje? Yo estuve hablando todo este tiempo con Da…

Me callo de golpe con todas las señales de alerta resonando en mi interior.

Darren.

¿Cuándo había escrito por primera vez a Darren? Trato de hacer memoria sin retirar mi atención de sus facciones. Fue la misma noche de la fiesta a la que acudí con Jackie y Scott.

La fiesta de colores de Susan Miller. Esa en la que acabé volviendo con Aiden a casa. La misma en la que le di con la puerta en las narices. Al día siguiente, Darren contestó a todos mis mensajes y ese fue el aliciente que habíamos necesitado para comenzar a hablar.

No, no, me niego a creerlo, es imposible. No puede ser.

—No es posible. Tú…

—Sí.

—No lo comprendo. ¿Por qué? ¿Tú harías…?

—Lo entiendo. Si estuviera en tu lugar tampoco lo haría —musita desviando la vista, luego vuelve a enfocarse en mí y declara— Esta es una de las acciones que prometí demostrarte.

—Espera. Para —le pido saturada. Ordeno mis ideas y suelto del golpe— Entonces, ¿todos estos meses, eras tú el que me escribía?

El funko de Darcy. Con razón me había parecido tan extraño que Darren hubiera estado tan acertado. Ese era un regalo que sólo había podido saber Aiden. Yo misma lo había intuido en cuanto lo vi, pero al leer la nota había descartado la posibilidad.

Debería haberlo sospechado joder, incluso estaba el desayuno, las Oreos que me habían recordado a él y toda mi bollería favorita. Todo eso tenía que haber sido producto de Aiden.

—Me he dado cuenta de que no puedo ir a por ti con medias verdades. Necesito sincerarme contigo por completo para demostrarte que valgo la pena y merezco tu amor.

—¿Qué diablos, Aiden? ¡Cállate un momento! —le ordeno perdiendo cualquier resquicio de razón— ¿Me estás queriendo decir que te has estado haciendo pasar por otro? ¿Qué me has estado engañando todo este tiempo? ¡¿Qué te has estado burlando de mí?!

Noto una opresión en el pecho y la ansiedad me embarga. ¿Cuál era su objetivo para hacerlo? ¿Reírse de la nerd rara? Siempre había sabido que la gente como yo era un blanco fácil, pero esto estaba a otro nivel completamente distinto.

¿Cómo he podido darle mi corazón a este tipejo?

—No, Crystal, lo estás entendiendo todo al revés.

Aiden trata de sostener mi mano, pero yo la retiro a gran velocidad.

—No me toques.

—Está bien…perdona —claudica componiendo una mirada lastimera al tiempo que levanta las manos en señal de rendición.

—Eres un mentiroso. Has estado jugando conmigo todo este tiempo, ¿por qué? ¿Te hacía gracia burlarte de la nerd con problemas sociales? Oh Dios mío, ¿fue alguna clase de apuesta? ¿Quién más sabe sobre esto? ¿Tus amigos? ¡¿Los Arcángeles?!

Si es verdad que he sido alguna clase de apuesta retorcida, no pienso quedarme sentada como esas protagonistas pusilánimes de los libros, de eso nada, voy a reclamarle al menos el 95% de las ganancias obtenidas.

Eso si conseguía superar toda esta mierda emocional.

—No, Crys. Por favor, déjame explicártelo todo.

—Bueno, ese todo del que hablas parece estar muy claro ya.

Me levanto negándome a oír ninguna excusa barata más, cuando él se incorpora de golpe y me sujeta del brazo, paralizando con ello mi avance.

—Crystal escúchame, te lo ruego, luego podrás hacer lo que quieras, pero escúchame sólo por esta última vez. No es nada lo que estás pensando.

—Ah, claro, porque desde que te has estado haciendo pasar por Darren, ahora eres todo un experto en mis pensamientos ¿no?

—Por favor…No es así. Te lo imploro, tienes que escucharme.

—¿Para qué, Aiden? ¿Quieres seguir tomándome por una estúpida? ¿Así planeabas demostrar que valías la pena?

—¡Nunca te he tomado por eso, joder! Si tan sólo te volvieras a sentar y me dieras la oportunidad de explicártelo, lo entenderías —requiere, y luego baja la voz— Maldita sea, lo único que pido es que lo comprendas…

CAPÍTULO 39

CRYSTAL

¿Comprender? ¿Qué es lo que debo comprender? Me pregunto una y otra vez.

Algo en la profundidad de sus ojos me indica que en esto está siendo sincero, aunque teniendo en cuenta que me ha estado engañando a la cara todo este tiempo, no es como si pudiera confiar en él.

Sin embargo, siempre he abogado por el derecho a la defensa, así que pese a lo dolida y traicionada que me siento, decido ser consecuente con mis ideales y con un gruñido vuelvo a sentarme.

—Habla. Quince minutos. Eso será todo.

—Gracias. Muchas gracias….

—Lo único que quiero saber es el motivo, Aiden ¿por qué lo hiciste? Y más aún ¿desde cuándo?

—¿Te acuerdas de aquella noche? Esa en la que llovía y te estuve esperando en la entrada de tu edificio.

—Sí.

—Aquel día me recriminaste entre muchas cosas que no me conocías, que jamás lo habías hecho porque no me había abierto a ti.

—Lo que está claro es que no me equivocaba, me has estado mintiendo durante meses. Ahora, ves al grano.

—Eso no es cierto. Te acabas de enterar y puede que por eso te lo tomes como un engaño, pero yo no lo viví así. Cada una de las conversaciones que mantuvimos fueron mi forma de abrirme con alguien como nunca lo había hecho.

—¿Y no podías habérmelo dicho como lo harían las personas normales? ¡Siendo tú! No suplantando la identidad de uno de tus

653

amigos, ¡estudias Derecho, Aiden! Eres el primero que debería saber que lo que has hecho está mal.

—Lo sé, joder. Ahora te explicaré eso. Antes sólo quería que supieras que, a pesar de todo, sí me conoces. Después de mi abuela, eres la persona que más sabe sobre mí, conoces mi postre favorito, mi película favorita, mis miedos y pesadillas, mis problemas familiares, incluso sabes… sabes sobre mi madre.

Contengo el aliento al recordar aquella conversación en la que Darren —bueno al parecer Aiden— me había revelado que su madre falleció cuando sólo tenía nueve años. ¿Qué más me había dicho? Ah sí, que su padre le odiaba a tal punto que se había terminado marchando de casa. También había mencionado que no toda su familia había sido así, que tenía gente en la que apoyarse, ¿se referiría a su abuela?

Basta. Eso no me importaba ahora.

—Cíñete a las razones por las que me has estado engañando.

—Está bien, perdona. Todo empezó la mañana siguiente a la fiesta de colores de Susan, esa en la que discutimos.

—Sí, más o menos calculaba que esas serían las fechas.

—Bueno, ese día fui a verte para intentar aclarar las cosas y comprobar cómo ibas con el pie, pero me volviste a echar de la casa.

—No esperarías que te recibiera con los brazos abiertos ¿no? Me llamaste muerta y frígida delante de tus amigos. ¿Cómo no me iba a ofender? Por ese entonces ya eras mi compañero sexual.

—Lo sé, Crys… te prometo llegar ahí.

—Okay, sigue.

—La cuestión es que me fui muy enfadado a donde los Arcángeles para recoger mis cosas y como no había pasado por mi casa en todo un día, me di cuenta de que mi móvil se había quedado sin batería. Tenía que avisar a Izan para que me cubriera con el entrenador porque no podría ir a entrenar. Llevaba un poco de prisa, así que le pedí prestado uno a Erin mientras ponía el mío a cargar y ella me dijo que mejor cogiera el de Darren que estaba en su cuarto.

—¿Qué? ¿Erin también está metida en el ajo?

—No joder, en cuanto lo encendí llegaron todos los mensajes y me di cuenta de que me ponías a parir en todos ellos.

—Y eso que no sabía ni la mitad de lo que conozco ahora… Entonces, fue ahí donde pusiste en marcha tu plan de engañar a la friqui, ¿no?

—No. Al principio no quise leerlos porque no me los habías enviado a mí.

—No me digas. Y si no querías hacerlo, ¿cómo hemos terminado así?

—Porque la noche anterior te enfadaste tanto conmigo que no parecías la de siempre. A la mañana siguiente rechazaste mis cuidados y me echaste de tu casa como a un perro. No me permitiste explicarme ni disculparme.

—¿Cómo iba a hacerlo? Te lo repito. ¡Me denigraste delante de tus amigos!

—Sí, pero también traté de disculparme y hablar las cosas. Me cabreé porque no quisiste ni oír hablar del tema y te pusiste toda fría conmigo, asegurando que sólo querías ceñirte al contrato.

—¿Y por eso tuviste que mentirme? ¿Para vengarte?

—¿Vengarme? Para nada.

—¿Entonces?

—Me sentí fatal por haberla cagado contigo en la cafetería, pero fue aún peor cuando me di cuenta de que no me dejarías explicarme. Me volví loco y volví a meter la pata. Estuvo mal, lo sé.

—Si sabías que estaba mal, ¿por qué me respondiste?

—Porque vi el modo perfecto de llegar a ti. Me di cuenta de que siendo Aiden no podría alcanzarte.

—¿Por qué?

—Me habías catalogado, Crys, dijera lo que dijese pensarías cualquier cosa mala de mí, justo como acabas de hacer ahora. Si hice esto fue por desesperación, porque en ese entonces te necesitaba pero no sabía gestionarlo.

—¿Mintiéndome?

—Ya sé cómo suena ahora, es solo que en aquel momento no pude resistirme a contestarte. Además, fue la única forma que tuve para lograr entenderte y comunicarme contigo. Lo siento de verdad.

—Vale, ponte que logro comprender esta parte, entonces ¿por qué durante nuestra primera conversación hiciste que te enviara una foto subida de tono?

—Bueno, la verdad es que traté de ceñirme al papel de Darren, prudente y tranquilo, pero no tardé mucho hasta que entré en confianza y me salió la parte de Aiden. Ya sabes cuánto te deseo.

—¿Crees que con eso me voy a quedar conforme? ¿De verdad piensas que saltaré sobre tus brazos y nos iremos felices en un corcel? No, Aiden, me siento tan avergonzada… Encima, te envié esa foto dos veces y me amenazaste con publicarla en la facultad si no te decía a quién se la había mandado.

—Eso último lo hice para que no sospecharas de mí. No imaginé que te equivocarías y me la enviarías dos veces. Tuve que fingir que no sabía con quién estabas hablando y, para hacerlo, no se me ocurrió nada más que presionarte de esa forma, lo siento tanto. Sólo quiero que sepas que jamás se me hubiera ocurrido difundir esa foto a nadie.

—Me engañaste y amenazaste, Aiden. Y ¿para qué? ¿Para qué no te pillara en tu doble jueguecito? No sólo eres un mentiroso de tomo y lomo, sino también un egoísta. Además, suponiendo que me crea todo el cuento este que narras, ¿por qué no paraste a tiempo? Pudiste haberlo dejado ahí y ya, pero no. Decidiste seguir actuando a doble cara.

—Eso no es cierto.

—¿Ah, no?

—No, porque una vez que empecé no pude parar.

—No me digas…

—Lo intenté varias veces, de verdad, pero pronto descubrí que me resultaba mucho más fácil hablar contigo siendo Darren de lo que lo hacía cuando era Aiden. Conmigo siempre pensabas lo peor y, la verdad, no te lo recrimino, me comportaba como un idiota.

—¿Sólo un idiota?

—Joder, ya sabes como soy Crys, cuando estoy en persona me cuesta tomarme en serio algunas cosas. Fue ahí, haciéndome pasar por Darren, que comencé a darme cuenta de que esa actitud por mi parte, te hacia más mal que bien.

—Hubiera sido tan fácil como que actuaras en persona tal y como lo hiciste por mensaje.

—Es que no lo entiendes. Llevo tres años siendo escort. Tenemos una imagen que mantener y yo, bueno, antes de ser escort era así. Cuando empecé a ejercer, tuve que esforzarme por interiorizar ese papel. ¿Crees que eso es tan fácil de quitar?

—Bueno, aunque solo haya hablado una vez con Darren por videollamada, nunca le vi actuar de la misma manera.

—Darren no está roto, Crystal, y yo tengo mi pasado detrás. Por favor, trata de entenderlo, desde el comienzo en el que hablamos por chat me sentí tan cómodo, que me liberé de esa coraza que ya usaba de forma inconsciente.

—Bueno, en eso tienes razón. Lo cierto es que estaba mucho más cómoda mensajeándome contigo que cuando conversábamos en persona.

—Sí, yo también lo note —asiente con una sonrisa melancólica— Me acuerdo de que pudimos compartir nuestros estilos musicales y películas favoritas.

Hago memoria y recuerdo que me había mencionado que le gustaban las románticas. Eso me había emocionado un poco, aunque luego dijo que era broma y que prefería las de terror...

Aquellas en la que los payasos trataban de asesinar a los niños.

«It es un clásico»

—¡IT!

—Sí. IT. Ahí metí la pata porque después te pedí que la viéramos juntos.

—Dios mío, debí darme cuenta entonces...

—Bueno, al día siguiente, me contaste todo, lo del Bullying, de tu familia e incluso sobre tus amigos. Jamás habías hablado conmigo así antes, ni si quiera cuando nos unimos más, así que desde entonces no pude parar de hablar contigo.

—Es cierto, Dios mío, te conté todo eso sin saber nada de lo que estaba ocurriendo.

Qué vergüenza siento, le había confesado mi vida, abriéndome a él de una forma en la que no lo había hecho con nadie más.

—Espera, me preguntaste si había alguien con quien pudiera ser yo misma.

—Sí, alguien que rompió tu confianza. Sabía que te referías a mí. Enloquecí al pensar en el dolor que te había causado.

—Y aun así volviste a mentirme. Me hiciste confiar en ti, ¿para luego esto?

—Sí, lo hice de culo, aunque en ese entonces no pensaba en las consecuencias. Lo único que tenía en mente era que no podía permitir que me odiaras de esa forma.

—¿Todo esto ocurrió días antes del accidente en la piscina?

—Sí. No sabía cómo acercarme a ti, así que usé esa forma. Fui tan idiota que, actuando como Aiden, te obligué a ir a mi competición porque quería que me animaras. Después sucedió toda esa mierda y casi te pierdo, así que dejé de usar el chat de Uriel.

—¿Por qué?

—Me di cuenta de que era una estupidez seguir mintiéndote y como ya me hablabas y nos comunicábamos bien, no me hacía falta.

—A pesar de que estás aquí contándomelo, no puedo creer que todo esto me haya sucedido a mí. Cuando te dije que quería vivir la experiencia de una protagonista de mis libros, no me refería a esto. ¡Te lo tomaste demasiado literal!

—Lo siento, Crys…

—¿Hay algo más que no me hayas dicho?

Aiden compone una mirada lastimera y yo me agarro a la silla. Si confiesa estar metido en una célula terrorista, ya ni me sorprendería.

—Sí, como he prometido ser cien por cien sincero, debo reconocer que no te lo he contado todo sobre la parte del accidente. ¿Recuerdas el hospital en el que despertaste?

—Sí.

—En aquel momento, cuando nos encontramos con Elijah en el ascensor, me preguntaste de qué le conocía, y te dije que era porque mi abuela y yo éramos voluntarios allí. Bueno, eso era una verdad a medias.

—¿También me mentiste en eso?

—No es lo que crees. Mi madre falleció allí, Crys. Delante de todos nosotros. Ese hospital es uno de los pocos recuerdos que tengo de ella desde entonces, fue uno de los muchos hospitales en los que estuvo ingresada. Decidí llevarte allí porque necesitaba que te atendieran los mejores. No podía perderte a ti también.

El corazón se me rompe al imaginar a un pequeño niño de ojos grises detrás de un cristal, observando marchitarse a su madre día tras día. Lo ha tenido que pasar terriblemente mal.

Sin embargo, por mucha pena que me dé y todas las palabras bonitas esas sobre llevarme al mejor hospital, no puedo claudicar. Me ha estado mintiendo todo este tiempo. ¿Cómo podría confiar en alguien así?

—Siento mucho que hayas tenido que pasar por todo eso y te agradezco que me cuidaras en ese entonces, pero nada de eso justifica todos los engaños y los dobles juegos en los que me has envuelto.

—Ya lo sé, Crys…

—Un momento —pido recordando súbitamente algo— en nuestro viaje a las termas, dijiste que Uriel había ido allí con su familia de pequeño, en eso ¿te referías a ti?

—Sí, jamás he vuelto a hablar de esto, es solo que quería llevarte a un lugar especial y el único que se me ocurrió fue ese. Solía ir con mis padres y mis hermanos, antes de que mi padre comenzara a odiarme.

—Joder sí que era especial sí… —musito irónica— Espera, entonces, ¿sabías qué tipo de hostal era?

—No. Cuando iba de pequeño era un hostal normal, quedé igual de sorprendido que tú al ver en lo que se habían convertido. Lo han debido de remodelar hace poco.

Le estudio durante unos segundos valorando la veracidad de su respuesta.

Vale, en esta parte sí le creo.

—Bueno al menos hay algo en lo que no me has mentido. Pero una cosa, si te diste cuenta de que tus actos estaban mal, ¿por qué volviste a hacerte pasar por Darren por segunda vez? ¿Sabes lo preocupada que estuve? Al no responder a mis mensajes ¡Pensé que te había pasado algo! Así que estuve enviándote todos esos mensajes. De hecho, cuando te marchaste de mi casa, vi el chat de Darren abierto y creí que te habrías cabreado por eso. Mierda, ahora entiendo que no podías cabrearte por lo de Darren, porque te estabas haciéndote pasar por él.

—En ningún momento pretendí utilizar el móvil de Darren de nuevo. Todo iba tan bien entre nosotros que había desterrado esa idea por completo, pero al ver el chat de Logan estuve comparando nuestras conversaciones con las suyas, por eso lo dejé abierto. Si exploté fue porque creí encontrar un patrón similar.

—¿Patrón similar? Jamás tuve ese tipo de relación con Logan y nunca he pensado en él en ese sentido.

—Sí, pero yo me monté mi película y actué de forma impulsiva. Reconozco que fui a hacerte daño porque quería que sintieras lo mismo que yo…

—Eso es de ser bien tóxico, Aiden.

—Ya, lo sé. Aun así no esperaba que me mandaras a la mierda y no sólo lo hiciste una vez, sino dos. Te paraste enfrente de mí y me dijiste toda orgullosa que merecías algo mejor, que me amabas y que sabías que yo también lo hacía.

—Y a pesar de todo eso, te negaste a creer en mis sentimientos, ¿también me engañaste sobre eso?

—Para mí fue imposible aceptar esa realidad. Yo no creía en el amor de la forma en la que tú lo hacías.

—Sí, ya sé eso.

—Por un lado, estaba el tema de mis clientas, mujeres que se habían casado o que estaban comprometidas por amor y que a pesar de todo le ponían los cuernos al marido.

—Aiden, lo que nosotros teníamos nada tenía que ver con lo que me estás contando. Me enamoré de ti, te pensaba a todas horas. Sabes lo sincera que soy, si hubiera dejado de quererte, habría cortado contigo, ¿cómo pudiste compararme con ellas? Jamás te habría puesto los cuernos.

—Vale sí, pero aunque hubiera podido creer eso, no estaba preparado. La única persona que me ha demostrado algo de amor desde la muerte de mi madre, ha sido mi abuela.

—Yo no te pedí nada imposible de dar Aiden. Tu silencio y tu negativa me destrozaron por dentro.

—Sí, por eso intenté arreglar las cosas contigo, pero ese tipo estaba ahí de nuevo y me cabreó tanto que volví a cagarla y me echaste de tu vida definitivamente.

—¿Y por eso volviste a hacerte pasar por Uriel?

—Sí, no querías hablar conmigo, pero joder, necesitaba tu presencia y soy un idiota egoísta.

Mientras va explicando la situación paso a paso, mi cabeza va relacionando todos los patrones en los que podría haber fallado a parte de "It" Extraigo mi móvil y, sin importarme que esté observándome, releo los primeros mensajes del chat de Darren.

"¿Qué si me gusta? Me encanta. Eres una Diosa, Crystal"

Había dicho el mensaje de Uriel. La voz de Aiden suena en mi cabeza cuando días antes nos habíamos ido de compras.

"No se trata solamente de cómo vistas, también influye mucho la actitud que demuestres. Si te ves a ti misma como una diosa, todos pensarán que lo eres. ¿comprendes?"

"Para eso debes tener autoestima cuando vayas a coquetear con otro. Tienes que sentirte segura, como una diosa."

Había insistido varias veces en que debía verme como una diosa. ¿Cómo no podría haber relacionado esos hechos? Esa era la manera en la que se comunicaba Aiden.

Bajo los mensajes y reparo en la adivinanza que le había enviado:

"Empieza por C, es tan claro como la luz y tan transparente como el agua"

Recuerdo que minutos después, él me había respondido desde el chat de Aiden, por lo que abro el chat del Calientabragas para confirmar.

"Vaaale, valee ya paro... pequeña Kristal"

"Es con C e Y, idiota. Crystal. Sabes perfectamente cómo se escribe"

"Y si no lo sabía, ahora me ha quedado tan claro como el agua, listilla"

Madre mía...Todas las pruebas están ahí y sin embargo por más que las estudiara me sentía como una idiota por no haber sabido verlo en su momento.

—Crystal...

"No están mal, pero prefiero grupos como "OneRepublic, MAGIC! Maroon 5..."

—Espera.

Decido hacer una última prueba, le llamo a su móvil y comienza a sonar la melodía de *Sugar* de Maroon 5.

¿Cómo no me había dado cuenta?

—¿Vas a decir algo? —pregunta dudoso por mi repentino silencio.

El rencor, la traición, la decepción, la desconfianza y la ira luchan por disputarse el primer lugar entre mis emociones. Dios, sería tan fácil dejarme llevar por ellos y recriminarle lo mal que estaba haciéndome sentir, la única diferencia es que ya había leído sobre situaciones parecidas a estas en mis libros, y aunque mi orgullo quisiera tirarle algo, tenía que intentar ser más racional y ver esta situación desde otra perspectiva.

¿Había algo en lo que hubiera tenido razón? Sí, en que jamás me habría abierto así con él en persona. ¿Por qué? Porque justo como había dicho le había prejuzgado, y, si estaba siendo sincero en eso de la coraza, yo también me la había tragado sin haberme molestado en ver más allá.

Aiden había iniciado este juego, pero si era honesta conmigo misma, lo había alimentado al no decidir abrirme de la misma forma con él que como lo había hecho con Uriel.

Sin embargo, pese a que podía tener en cuenta todos estos factores. No podía perdonarle que me mintiera. Yo había sacado conclusiones precipitadas, sí, pero él decidió engañarme. Una vez que alguien caía en eso, había más posibilidades de que se volviera recurrente en su uso.

No, no puedo confiar en él.

Por si fuera poco, si repaso bien la información en ningún momento ha dicho que me ame, sólo que había creído que el amor no existía. Por supuesto, podría leer todo esto como una prueba de amor, pero en base a las nuevas informaciones que gestiono, no quiero jugármela.

Además, está la cuestión de mi propio orgullo personal, el cual en este momento se encuentra muy dañado.

—La verdad, aunque sea tarde, te agradezco que hayas tenido la valentía de decírmelo.

—¿Tarde?

—Sí, lo cierto es que necesito algo de tiempo para reflexionar sobre todo esto.

—Si es lo que necesitas, esperaré por ti y te daré el tiempo que me pides.

—Aiden, debes saber que no estoy segura de que pueda perdonarte porque ahora mismo no conozco quién eres en realidad, si el que se mostraba frente a mí o el tipo de los mensajes.

—Crys soy el mismo de siempre, no necesitas pensar mucho sobre ello. Los mensajes sólo fueron la llave para abrirme a ti, pero sigo siendo yo. Sólo tienes que cerrar los ojos y sentir.

—Me has estado mintiendo, Aiden. Esto no es algo que pueda solucionarse cerrando los ojos y listo, necesito meditarlo.

—Está bien, lo entiendo, sólo quería que supieras que sí me conoces.

—Bueno, creo que es mejor que me vaya.

—¿Ya? ¿Y la comida?

—No tengo hambre…

—Pero hoy trabajas en turno de tarde, ¿no? —indaga extrañado. Esa era una de las cosas que le había contado a Darren— Tienes que comer algo, si no lo haces te podría pasar algo.

—No hace falta, gracias. Mejor me marcho.

Me levanto de la silla, justo en el momento en el que veo venir a la camarera con el bloc de notas y el vino. Supongo que Aiden tenía razón, lo habría necesitado. Ahora tengo que marcharme si no quiero seguir dando más espectáculo del que ya hicimos.

—Está bien, Crys…

Se muestra entristecido sin hacer ademán por detenerme. Al darme la vuelta para largarme, aparecen por la entrada una banda de mariachis, que comienzan a acercarse hacia aquí tocando *"Sabor a ti"*. Por el rabillo del, ojo me percato de que Aiden les hace una señal negativa.

¿Hasta mariachis? ¿Qué pensaban tocar a continuación? ¿La llorona?

Sin decir una palabra más me dirijo hacia la salida con la cabeza dolorida. Esto es demasiado para procesar en una sola tarde y, por si fuera poco, en unas horas entraré a trabajar.

No obstante, antes de traspasar la puerta no puedo evitar reparar en que Aiden comienza a discutir con los mariachis, mirando hacia los lados avergonzado mientras escucha cómo éstos les reclaman algo. Al final, acaban atizándole con un ramo de rosas en la cabeza.

Ante ese panorama, me sale una sonrisa involuntaria. El tipo puede ser un mentiroso, un idiota y un egoísta, pero al menos parece que lo está intentando.

Me toma treinta minutos regresar a mi casa, ya que, sumida en mis cavilaciones, pierdo el autobús dos veces. Tengo sentimientos encontrados acerca de todo lo que ha sucedido esta tarde.

Mi mundo ha dado un giro de trescientos sesenta y cinco grados.

Cuando llego a mi edificio hay un repartidor esperando en la puerta de la entrada con una bolsa que tiene el mismo logo que el restaurante en el que acabo de estar.

—Disculpe, ¿está buscando a alguien?

—Sí, a Crystal Moore del 1°A. ¿La conoce? Si lo hace ¿podría dejarle su pedido? Es que llevo algo de prisa y he llamado varias veces, pero no debe estar en casa.

—Sí, soy yo.

—Perfecto, entonces, tome.

Me entrega la bolsa y compruebo que efectivamente se trata de comida. Si no he sido yo la que la encargase, ha debido ser…

—Disculpe —le llamo antes de que se marche.

—¿Si?

—¿Está pagado?

—Desde luego. Lo siento, pero realmente tengo mucha prisa.

No necesito nada más para saber quién ha sido el artífice de esto. Aiden.

Una vez en mi casa, estudio la comida y me percato de que ha ordenado mi pasta favorita. Sigo sintiéndome traicionada, pero ese pequeño gesto me enternece y aplaca un poco mi enfado, por lo que, decidida a ser educada, saco mi móvil y abro el chat del Calientabragas.

Mensaje enviado:

Gracias.

No espero una respuesta. Sin embargo, a pesar de todo, ésta no tarda en llegar, sólo que en esta ocasión no procede del mismo chat por el que se la envié.

Mensaje entrante de Uriel:

Te quiero, nena. Esta es una manera cutre de decirlo, pero lo hago de verdad. Eso era lo que quería decirte con todo esto, lo siento por haberte hecho daño.

—Menuda forma de demostrarlo —comento irónica— Es tan idiota que ni si quiera sé que más hacer para odiarlo. Ahora que lo pienso, sí que va a ser mi Darcy particular, versión siglo XXI, con sus características de calientabragas y sexy, pero Darcy al fin y al cabo. Creo que al final, sí que voy a tener que replantearme mi gusto en los hombres.

663

El sábado por la tarde decido quedar con Charlie para ir a comprarle un regalo a Jackie, por fin ha conseguido aprobar aquella asignatura que tanto le estaba costando sacar, así que queríamos regalarle un pequeño detalle.

Desde que Aiden destapase todo el pastel, no he vuelto a mensajearle, aunque eso no significa que él no lo haya estado haciendo cada día conmigo.

Todas las mañanas me despierto con un *"Buenos días, preciosa"*, y cuando me voy a la cama, siempre tengo un mensaje de él, que podrá variar más o menos, pero que en esencia viene siendo el mismo.

"Buenas noches, nena, sigo contando los días hasta que decidas volver a hablarme. No olvides que te quiero"

Ha cogido la costumbre de firmar con un "te quiero" y se me está haciendo cada vez más complicado rechazarle, porque lo cierto es que le sigo amando, y aunque debería odiarme por ello, no puedo evitarlo.

Decido esperar a Charlie sentada en un banco del campus. Últimamente trato de rehuir la cafetería porque no sería la primera vez que me encontrase en ella con Aiden. De hecho, creo recordar que los sábados entrenaba con los chicos, así que bien podría estar pululando por allí.

—¿Crystal?

—Oh, Charlie, ¿ya has salido?

—Sí, pero tengo que ir a entregarle el almuerzo al entrenador Carson.

—¿Qué? ¿Debemos ir a la piscina?

Menudo dilema. Mi parte masoquista desea ir y la racional me grita que no es buena idea. Por un lado, quiero comprobar que esté bien, aunque por otro, estoy segura de que si le veo no podré ignorarle.

—Bueno…

La piscina no queda muy lejos de aquí, apenas diez minutos andando. Entramos y tras pasar el vestíbulo, nos dirigimos hacia el interior.

—Supongo que trabajar en la cafetería da muchos puntos, Charli…

No puedo terminar la frase, porque a través del cristal que separa la puerta de los vestuarios reparo en una escena desoladora.

Mientras que varios deportistas están nadando en los carriles, Aiden se encuentra allí, limpiando de rodillas el suelo de la piscina.

¿Qué diablos hace ahí? ¿No debería estar nadando con los demás?

—¿No lo sabías, Crys?

—¿El qué?

—Si ha sido la comidilla de casi todo el campus…

—No sé a qué te refieres, Charlie, desde que he empezado a trabajar no he tenido mucho tiempo para nada, ¿qué es lo que ha pasado?

Algo parece estar terriblemente mal y todos parecen conocer el motivo menos yo.

—Creía que lo sabías.

—Pues no.

—Le han echado del equipo de natación, Crys. Se rumorea que falló la prueba esa que le hizo Carson. No estoy muy seguro de en lo que consistía, pero sí de que le cabreó mucho.

—No puede ser, ¡se ha desvivido entrenando! —declaro ofendida.

Ha debido de haber un error, no han podido echarle, ¿cómo lo iban a hacer? Aiden era el mejor.

¿En qué diablos estaba pensando esa gente?

—No lo sé, pero al parecer ha perdido su beca deportiva.

—¡¿Qué?!

Le observo a través del cristal, intentando leer sus expresiones. ¿Le habrían echado ya cuando habló conmigo? Me habría dado cuenta, ¿verdad? No, quizás hubiera ocurrido después.

—¿Cuándo fue?

—La semana pasada creo recordar.

¿La noche de mi cumpleaños? ¿Por eso se habría presentado borracho?

—Nunca me dijo nada —musito sintiéndome culpable.

Ese mismo lunes me había confesado todas sus mentiras y en ningún momento utilizó su expulsión para tratar de darme pena. No, me había dado libertad para enfadarme con él.

Aiden sabía que en el momento en el que me enterase de eso, me afectaría de alguna forma. Le había visto luchar por ser readmitido y había formado parte de ese proceso. Con su expulsión, nos habíamos convertido en un equipo, así que si él caía yo también lo hacía.

Con total seguridad estaría destrozado, y a pesar de todo, había tenido las fuerzas necesarias para sentarse delante de mí y sonreírme como si no hubiera nada más importante que nuestros problemas. Más aún, me seguía enviando mensajes a diario.

Estaba intentando llevarlo solo, protegiéndome de todo esto.

—No creo que para él sea algo fácil de decir, la verdad. Bueno, ¿qué? ¿entramos? Carson me estará esperando.

Traspasamos la puerta de los vestuarios, y me aproximo instintivamente hacia donde se encuentra. Tengo que alcanzarle y hablar con él. No obstante, no me da tiempo a seguir avanzando, pues Charlie me sujeta por el hombro.

—Espera, Crys. Creo que pasa algo.

—¿El qué?

Sigo su mirada y reparo por primera vez en lo que ha captado su interés. Un hombre trajeado ha salido del despacho del entrenador con gran rapidez, y, está acercándose a Aiden. En menos de un minuto, le agarra del brazo con rudeza y lo levanta del suelo a la fuerza.

—¡¿Tú te has visto?! ¡Mira cómo me has humillado! ¡Te has rebajado a un vulgar sirviente!

Su grito resuena por toda la piscina, atrayendo la atención de todas las personas que están en las gradas y de algunos nadadores.

Durante unos segundos, Aiden se muestra confundido, aunque luego parece reconocerle y su expresión demuda en auténtico hastío.

—Al menos soy consecuente con mis actos y decido ensuciarme las manos con algo de trabajo digno.

—¿A qué le llamas trabajo digno? ¿A limpiar la piscina como una chacha? ¡¿Cómo si quiera puedes ser un Blake?!

¿Ese es su padre? Qué horror, le está avergonzando delante de todo el mundo. Aquella frase parece enfurecer a Aiden, quien le contempla con desprecio sin desasirse de su agarre.

—¡Porque no lo soy! ¡No soy como tú! Yo soy un Evans, ¡como la abuela o mamá!

—No te atrevas a mentar a tu madre en mi presencia —advierte apretando los dientes.

El tipo parece un pitbull a punto de lanzarse al cuello de su presa. El único problema es que, en este caso, esa presa es el hombre del que estoy enamorada.

—¿Y por qué no? —pregunta desesperado— ¿Cam y Josh sí pueden hablar de ella y yo no? ¡También es mi madre!

—Tú no eres como tus hermanos, ¡ni si quiera te puedes comparar a ellos! Cam y Josh se graduaron con honores en Yale, tú solo eres una decepción para toda la familia Blake. Un dolor de cabeza, un auténtico fracasado que se desvive por avergonzarme.

—¡Es mi vida!

Esta vez noto el tono apagado en su voz. Ese desgraciado que tiene por padre le está destrozando emocionalmente, furiosa, doy un paso, dispuesta a intervenir, pero Charlie vuelve a tenerme.

—¿Qué haces, Crystal? No puedes meterte ahí.

—¿Por qué no? ¿Estás viendo como le trata?

—¡¿Tú vida?! —grita el tipo loco captando de nuevo nuestra atención— Te consentí toda esta basura de la natación a cambio de que estudiaras Derecho, y ¿no eres ni capaz de mantener la beca? ¡Te han expulsado Aiden! Y ahora, ¿qué? ¿eh? ¡¿Pretendes que yo te pague la matrícula?!

—¡No pretendo nada de ti! Nunca lo he hecho ¿no te das cuenta? ¡la natación me salvó de la mierda de vida que me obligaste a vivir todo este tiempo! Sólo quería marcharme a la universidad para salir de esa puta casa en la que me tenías encerrado.

—¿Cómo te atreves niñato? ¡Eres un desagradecido! Por mucho que me pese, soy tu padre, te he criado y no pienso permitir que sigas manchando el apellido Blake. Te volverás conmigo a casa y entonces verás lo que es estar encerrado de verdad —amenaza sujetándole de la pechera.

—¡No pienso volver! ¿Crees que sólo tú puedes sentir decepción en esto? —grita fuera de sí— ¡No! Yo también estoy decepcionado de ti, y no soy el único, mamá también lo estaría ¡te has convertido en todo lo que ella aborrecía! Si te viese ahora, te odiaría.

Sucede tan rápido que apenas me da tiempo a soltarme del agarre de Charlie. La mano abierta de ese hijo de puta impacta contra la mejilla de Aiden. El sonido resuena seco en la piscina. Su cabeza gira del impacto y todo su cuerpo se tambalea.

Contemplándole ahí, siento el fuerte bofetón como si me lo hubieran dado a mí. La ira me invade y me zafo del agarre de Charlie.

Aiden ni si quiera reacciona, sólo se sujeta la parte de la cara en la que ha recibido el golpe y se deja arrastrar por él. Esta es la primera vez que le veo así, tan desprovisto de su alegría natural, parece un cascarón vacío a manos de su padre.

La ira se transforma en furia, y me planto con los brazos en jarras delante de ese desgraciado. El tipejo se para y trata de seguir hacia adelante, aunque una vez más vuelvo a cortarle el paso.

No me importa si me dobla en tamaño o si tiene más dinero que todo el estado de California, no voy a permitir que se lo lleve al pozo oscuro en el que querrá encerrarle.

Eso no ocurrirá.

—Suéltele. Ahora.

—¿Quién diablos eres tú?

—¿Crys? —pregunta Aiden confundido apartándose la mano de la mejilla.

—¿Es una de tus amiguitas? No tengo tiempo para estos juegos de parvulario.

—Esto no es ningún juego de parvulario, señor Blake. Se lo voy a decir por las buenas, suelte a su hijo, ahora.

—O si no ¿qué?

Me obligo a inspirar aire bajo su risa despectiva y, decidida, encuadro los hombros.

—No sé cómo pretenderá salir de aquí con él, debe tener en cuenta que pienso ponerme delante de usted todas las veces que hagan falta. Aunque, en vistas a su predisposición por la violencia, no me extrañaría que cometiera de nuevo una agresión.

—Crys, para…

Ignoro el ruego de Aiden, quien me contempla asombrado desde su posición. Le dirijo una mirada breve en la que reparo en el enrojecimiento que se ha formado en su precioso rostro. Esto resulta un aliciente más que suficiente para que mi voluntad se vuelva férrea como el hierro.

—Si quiere llevárselo tendrá que agredirme a mí también, porque de otro modo no pienso apartarme de su camino. No me importa una mierda si debo subirme encima de usted como una jodida cucaracha, y créame, señor, los sirvientes que usted mencionaba antes, somos de aferrarnos muy bien.

—Mira mocosa, seguramente te creerás enamorada porque este imbécil que tengo por hijo te echó unos buenos polvos, pero créeme que esta escoria no la vale la pena, así que no me hagas perder más de mi valioso tiempo y apártate de mi camino.

—¿Cómo se atreve? —grazno furiosa. En un alarde de valentía, me acerco y le señalo con el dedo en el pecho— Aiden sí merece la pena y, por supuesto, la única escoria que hay aquí es usted, que ni si quiera sabe quién es su hijo. No lo conoce, ni sabe nada acerca de él. Es cierto que a veces puede actuar como un idiota, pero es todo lo bueno que usted no parece ser.

—¡¿Cómo dices?!

—Tampoco está solo como usted se piensa. Estoy segura de que hasta ahora se ha estado aprovechando de eso para dañarle, pues que sepa que eso se acabó.

—¡¿Cómo te atreves?!

—No siga haciendo el ridículo, señor Blake. No voy a permitirle que siga tratándole de esta forma. ¡Ya no está solo! Ahora tiene mucha gente que lo aprecia por lo buen amigo que es y no sólo eso. Me tiene a mí que lo amo por su forma de ser y no por su rendimiento sexual, como ha tenido la poca decencia de insinuar. Aiden, me ha enseñado muchas cosas que usted ni siquiera imagina.

—Crys…

—De hecho, si no fuera por él, yo no tendría el valor suficiente para enfrentarme a matones como usted, ni tampoco estaría dispuesta a darles una buena patada en los huevos, en caso de que se pusieran tontos.

—¿Hue…?

—¿Quiere saber algo más? Su hijo también me ha dado las herramientas necesarias para aprender a valorarme y mejorar mi autoestima. ¿Y eso que significa? Que el chico al que está sujetando por la pechera es demasiado valioso para mí, así que si no lo libera y se larga de aquí ahora mismo, le pondré los huevos de sombrero, maldito hijo de…

—¡Crystal!

—Bueno, y ya que estamos, este vocabulario también lo he aprendido de él. Gracias, Aiden.

Para reforzar mis argumentos anteriores, Izan y Jake salen del agua y, amenazantes, se acercan hacia él.

Al encontrarse superado en número, como el cobarde que es, suelta a su hijo que se tambalea un poco, y termina marchándose con paso colérico.

—Aiden ¿estás bien?

Como respuesta a la pregunta formulada por Izan, Blake sólo asiente, y sin mediar palabra alguna, se abre camino entre sus amigos con aire decidido. En ningún momento retira su intensa mirada eléctrica de mi persona y, sobresaltada, me doy cuenta de la implicación de mi actuación defensiva.

¿Estará cabreado conmigo? Me he metido en un asunto que no era de mi incumbencia, Aiden había sido tan reservado respecto a su famil…

En apenas un parpadeo me encuentro siendo arrastrada hacia su cuerpo. Aiden tira de mi antebrazo, obligándome a abrazarle alrededor de la cintura mientras sus brazos me rodean el cuello, inundándome de su delicioso olor.

Cierro los ojos y me deleito durante unos segundos en la presión que ejerce su mano sobre mi pelo. Me aferra con fuerza, sin soltarme en ningún instante.

A nuestro lado comienzo a escuchar los silbidos de los demás, pero los ignoro.

—Gracias.

Ese susurro ronco envía un escalofrío por toda mi columna vertebral y, levantando mi brazo, le acaricio sus dulces facciones.

Aiden se recrea unos minutos en mis caricias antes de separarse apenas unos milímetros.

Levanto la cabeza y me percato de que me contempla como si tratase de descifrarme.

No, tengo que cortar el contacto, me digo removiéndome entre sus brazos. Me está afectando demasiado. Me había prometido tomarme mi tiem…-po.

No lo veo venir, él me sujeta la barbilla transmitiéndome el calor de sus dedos y, en un suspiro captura mis labios entre los suyos. Me tiene tan acostumbrada a su manera ruda y pasional de besarme, que este nuevo y dulce contacto entre nuestras bocas, en el que me explora con lentitud contenida, me deja sin aliento.

Mi corazón se acelera, emocionado por el hecho de que Aiden Blake me esté besando con cariño, veneración y deseo.

Si me encontrara en otra situación, podría catalogarlo como un auténtico beso de ensueño. Esos que sólo ves en las películas, en el que la estúpida protagonista asegura sentir mariposas en el estómago. Siempre había creído que eso sería anatómicamente imposible, más el hormigueo incesante que se instala en mi bajo vientre, supone una prueba trascendental de lo mucho que me equivocada.

Es en ese momento en el que percibo el ligero temblor que intentaba reprimir y un gemido escapa de su boca, traicionándolo. Aumento la fuerza de mi abrazo, deseando que con ese pequeño gesto pueda aplacar todo el dolor y la impotencia que haya podido sentir.

No puedo ni empezar a imaginar el sufrimiento que tuvo que pasar conviviendo tantos años al lado de ese desgraciado. Si no había tenido problemas en tratarle de esa forma en público ¿qué diablos no le habría estado haciendo en privado? Sólo de pensarlo me aterraba.

Aiden me estrecha aún más contra su cuerpo y me acaricia el pelo sin dejar de besarme.

Se siente jodidamente perfecto.

Pese a que mi corazón clama encantado con la situación, mi razón no parece estar muy conforme con la situación, pues la imagen de él sentado en el restaurante confesando haberme mentido destella en mi cabeza, alertándome de que estoy transgrediendo mi tiempo de reflexión.

Mierda. Debería de tener un poco más de orgullo…

¿A dónde había ido toda mi fuerza y decisión? ¿Tan débil era cuando se trataba de él?

Me separo con lentitud de su cuerpo sosteniéndole la mirada, que se torna triste y frustrada, como si acabaran de arrebatarle su juguete más preciado.

—Crystal… yo…

—Está bien, Aiden. No tienes que decir nada. Debo marcharme ya —informo en voz baja para que sólo él pueda escucharme. A continuación, me doy la vuelta y dirigiéndome hacia la salida, adopto un tono robótico— Charlie, dale el almuerzo a Carson, te espero fuera.

Ignoro la sorpresa de mi amigo que, indeciso, alterna su atención entre ambos. Supongo que tendré que darle muchas explicaciones más adelante, pero ahora no, me resultaría imposible proporcionarle cualquier tipo de información.

Con el corazón en un puño, abandono la piscina. A pesar de que quiera regresar para refugiarme de nuevo entre sus brazos, ya no puedo permitirme tener ese tipo de deseos. No después de toda la casuística presente entre nosotros.

Necesito meditar mucho y tratar de verlo todo con perspectiva, una ecuanimidad que no podría encontrar si seguía estando a su lado.

Al menos hasta que logre aclararme con respecto a Aiden Blake, lo mejor sería tomar una distancia prudencial.

A cada paso que doy, tomo más consciencia de que al que estoy dejando atrás es al amor de mi vida. Sin embargo, por mucho dolor que eso conlleve, en esta ocasión voy a escoger priorizar el único tipo de amor que me acompañará toda la vida, el amor propio.

CAPÍTULO 40

AIDEN

M e había defendido delante de mi padre. Crystal Moore le había plantado cara a Daniel Blake y ni si quiera era consciente de la envergadura que suponía tal acción. Ni los accionistas mayoritarios de la empresa familiar, se atreverían a hablarle así a Daniel.

A raíz de la muerte de mamá, las cosas en mi familia cambiaron radicalmente. Mis hermanos y yo pasamos de poder jugar con libertad por todas las estancias de la casa a tener que encerrarnos en el cuarto de los niños porque Daniel no soportaba los ruidos infantiles.

Cam y Josh, quienes por aquel entonces tenían once y trece años, lograron acostumbrarse mucho más rápido que yo. Los síntomas del cáncer que habría ido menguado la fortaleza de mi madre les habían hecho ser conscientes años antes del poco tiempo que le quedaba, más no fue de esa misma forma para mí.

En ningún momento me planteé que mamá pudiera morir, ni si quiera la misma tarde en la que se fue de nuestras vidas.

Tenía tres años cuando le habían diagnosticado el cáncer de mama que se la llevaría seis años después. Durante el primer año, mamá trató de que ninguno de mis hermanos o yo nos percatásemos de su enfermedad, luchó con uñas y dientes para que nada cambiara en mi casa y pudiéramos crecer rodeados de la felicidad que trae la ignorancia.

Al principio, los tratamientos de quimio parecían que funcionaban, pese a que cada vez se fuera encontrando más cansada. Creo que Cam, por ser el mayor, fue consciente mucho antes que nosotros, porque tanto para Josh como para mí, no nos resultó extraño que se le cayera el pelo. Mamá nos había asegurado que se trataba sólo de un cambio de estilo para estar más fresquita en verano, incluso nos permitió tocarle la cabeza para que nos acostumbráramos a su tacto mucho más rápido.

Sin embargo, al tercer año ya no logró seguir manteniendo aquella farsa. Las recaídas aparecieron y vinieron acompañadas de los ingresos frecuentes en el hospital. Con ellos también se fue yendo la alegría de mi hogar.

Daniel comenzó a pasar menos tiempo en casa y la que hasta entonces había sido nuestra cuidadora ocasional, pasó a vivir con nosotros las veinticuatro horas del día. Desde los seis hasta los nueve años, aquel hospital se convirtió en mi segunda residencia. Las primeras semanas sentía terror ante las batas de los médicos, ya que siempre que había tenido que asistir a un doctor me habían hecho daño con las inyecciones que ponían. Por supuesto, aquellas paredes desprovistas de cualquier tipo de color no me ayudaron a terminar habituándome a aquel lugar.

No entendía del todo el por qué mamá tenía que quedarse allí incluso para dormir. Para mi mente infantil, nosotros podíamos cuidarla en casa tan bien como lo hacían ellos.

Un día, me regañaron por esconderme en una habitación que no sabía que estaba ocupada y una vez me quedé a solas con mamá, toda la frustración y la ira de la incomprensión salieron en tropel, por lo que, señalándola con un dedo, se lo recriminé.

—¿Por qué tenemos que estar aquí? ¿Por qué tienes que estar así? ¡Todo estaba bien hasta ahora!

Desde su cama, mamá sólo me había contemplado sin decir nada y, levantándose embutida en aquel camisón que ya se adhería a ella como una segunda piel, me cogió de la mano con una sonrisa serena.

—Ven conmigo, cariño.

—¿A dónde vamos?

—A hacer amigos nuevos.

No entendía a qué se refería hasta que me llevó al área de Oncología Pediátrica, esa en la que Crystal había reparado cuando paró el ascensor para Elijah, y apoyada en el porta-sueros que siempre la acompañaba, me enseñó aquellos pasillos tan distintos a los que había conocido hasta ahora. Lo primero que me sorprendió fue que estuvieran repletos de dibujos y colores, en cada esquina se podía contemplar un juguete diferente. Aquello parecía el mismísimo paraíso infantil.

674

Al menos ese fue mi pensamiento, hasta que llegamos a la zona de juegos común. Ambos nos paramos a observar a través del cristal el ajetreo que acontecía en su interior.

Unos ocho niños de diferentes tipos de edades estaban manteniendo un combate naval.

—¡Ala!

—¿Te gusta, Aiden?

—¡Sí! ¿Puedo jugar también?

—Claro, mi amor, pero antes, fíjate bien en ellos.

Ansioso de poder ir a jugar, hice lo que me pedía y me percaté de que las similitudes que tenían con mamá. También llevaban camisones, aunque en su caso estaban tematizados con dibujos de ositos de peluche. Sin embargo, lo que más me impactó es que algunos, los que no llevaban gorros, tampoco tenían pelo.

—¿Mamá?

—Antes me preguntaste por qué estamos aquí. Sé que todo esto es muy difícil de entender, hijo, pero sólo quiero que sepas que yo he tenido mucha suerte hasta ahora. He podido crecer sana, teneros a tus hermanos y a ti, y sobre todo, he disfrutado mucho de vosotros.

—¿Mamá…?

—Ellos son como tú, Aiden. Deberían estar corriendo por el parque, yendo al colegio, al cine y muchas otras cosas que nosotros hemos podido hacer hasta ahora, pero por desgracia no pueden hacerlo. Deben quedarse aquí a resistir para lograr vencer. ¿Sabes los superhéroes que tanto te gustan? Ese ¡el que lanzaba telarañas!

—¿Spiderman?

—¡Ese! Ellos son como Spiderman, son superhéroes, pero su lucha es mucho más importante, Aiden.

—¿Son superhéroes? —pregunté admirado contemplándoles.

—Sí. Necesito que sepas la suerte que he tenido, y que no todos somos iguales de afortunados. Debes aprender a valorarlo.

—¿Tú también eres una superheroína, mamá?

—No tanto como ellos, pero sí. Yo también estoy aquí para luchar y necesito que me ayudes a hacerlo. Sólo así podré vencer al villano, ¿lo entiendes, cariño?

—Creo… que sí. ¡Mamá lucha contra el mal! —declaré emocionado levantando los brazos— ¡Pium, pium!

Ella se echó a reír y asintió, agachándose para abrazarme. Sus abrazos habían comenzado a estar desprovistos de fuerza, aunque se sentía tan bien encontrarme envuelto en su calidez que ni si quiera reparé en ello.

675

—Te amo, hijo.

—Y yo, mamá.

—Venga, ve a jugar con ellos. Seguro que les alegrará hacer un nuevo amigo.

—¡Vale!

Aquella visita cambió mi concepción sobre el hospital, había pasado a convertirse en un lugar en el que las personas como mi madre venían a pelear y los médicos y las enfermeras eran los ayudantes que los acompañaban en su lucha.

Sabía que mamá se iba a poner bien. Algunos de mis amigos se habían ido recuperando y se marchaban a su casa. Cada una de esas noticias era una esperanza renovada, un nuevo paso dado hacia la recuperación de mi madre.

No me di cuenta de la forma tabú con la que se trataba la muerte. Podía estar jugando con un niño una tarde haciéndole compañía en su habitación y al día siguiente cuando volvía, mi amigo ya no estaba. Cuando eso sucedía, todo lo que quedaba de él y su familia desaparecía sin dejar rastro.

Ni si quiera las veces en las que me había encontrado a alguna enfermera llorando en su puesto, lo había achacado a mis amigos, sólo lo relacionaba con el cansancio. Mamá decía que era normal que la gente llorase cuando estaba muy cansada, por eso no me extrañó, ya que las veía siempre en la misma ala y, además, yo hacía algo similar cuando tenía sueño después de haber jugado muchas horas.

Ese fue otro de los aspectos que llamó mi atención, en el hospital se lloraba mucho, aunque también se reía mucho. Las emociones fluían como nunca lo había visto hacer en el colegio o en casa.

Los siguientes tres años me habitué a ir del colegio al hospital y de este de vuelta a casa. Esta última se había transformado en un lugar vacío, sólo pasábamos por ella a dormir o a ducharnos.

Había ocasiones en las que mamá era dada de alta y podía regresar con nosotros a casa. Sin embargo, parecía que la felicidad se nos escapaba de las manos, ya que meses después siempre terminaba ingresada de nuevo en el hospital. Cada vez que eso sucedía se rompía una nueva esperanza en nuestros corazones y volvían las lágrimas que ya habíamos creído secar.

A pesar de aquella ambivalencia, nos aferrábamos al único hecho que nos importaba: tener a mamá con nosotros.

Un sábado 8 de septiembre a las 16:00 horas. La luz de la alegría que siempre había caracterizado a mi madre se apagó con la misma facilidad con la que lo hacen las luciérnagas al alba, y con su luz también fue destruido cualquier rastro de felicidad que hubiéramos podido experimentar hasta entonces.

El dolor, la frustración, la incomprensión, la rabia y la tristeza nos impusieron su presencia en cada resquicio familiar. Sólo fue a partir de ese momento en el que comencé a descubrir lo que suponía la verdadera soledad.

Mi padre comenzó a concebir su despacho como un refugio personal. Volvía a casa lo justo para dormir y, con la partida de mamá, su carácter cambió de forma radical, pasando de ser un hombre serio y de trato agradable a convertirse en un tipo frío y despreciable. A medida que fuimos creciendo, transformó nuestra educación basada en el juego y el autodescubrimiento, en un estilo autoritario y militar.

Cam y Josh hicieron tándem para adaptarse a las necesidades que nuestro padre requería. Ambos se transformaron en seres perfectos que no transgredían ninguna de las reglas que impuso Daniel, llegaban antes de las diez a casa, eran los mejores de su clase, trataban con desprecio al servicio, se comenzaron a encargar de los aspectos empresariales y, lo más importante, jamás contradecían las órdenes de nuestro padre.

El único que no alteró su manera de ser fui yo. Me negué a dejar marchar la felicidad que mamá había tratado de transmitirnos. Lo último que deseaba era marchitarme tal y como habían hecho ellos, pues sentía que en el momento en el que lo hiciese, la estaría traicionando.

El único problema era que mi decisión había sido vista como una afrenta personal hacia mi padre, por lo que comencé a odiar todo lo que representaban. Si ellos actuaban serios y fríos, yo siempre intentaba parecer alegre y cálido. En mi casa se prohibió el humor, así que les comencé a gastar bromas pesadas.

Todo eso conllevaba siempre una sanción por parte de Daniel, quien le ordenaba al servicio que me encerrasen en una habitación y me impedía salir hasta que no recapacitase sobre mis actos. No fue hasta que crecí que comencé a refugiarme en la natación y a llegar cada vez más tarde a casa.

Había sido cierto lo que le había recriminado a Daniel, la que antes hubiera sido mi lugar favorito en el mundo, se convirtió en una prisión.

Las diferencias con mi padre llegaron a un punto límite cuando alcancé la adolescencia. Una tarde llegué demasiado tarde a casa y Daniel no se lo tomó demasiado bien, ya que ese día habían llamado del instituto para advertirle que había faltado todo el día a las clases.

Como siempre, me trató como la mierda, por lo que harto de tener que aguantar sus malas formas, le respondí de igual modo, él no logró contenerse y me golpeó. La única diferencia es que en esta ocasión lo hizo delante de Elo, quien esa media mañana había ido a comer.

Nada más ver la situación, mi abuela sólo me ordenó que subiera a mi habitación, y tras hablar durante horas en el despacho con mi padre, salió como una reina y me dijo que recogiera mis cosas, que a partir de ese momento me iría a vivir con ella.

Si hasta entonces Elo había sentido animadversión por el que fuera el marido de su hija, a raíz de ese incidente, mi abuela le odió con todo su corazón, y como eso era lo que más temía mi padre, por las consecuencias que podrían derivar de ello, había terminado claudicando en la decisión de marcharme con ella. Otra cosa no, pero la que más sabía sobre los asuntos turbios de la empresa familiar, era Elo.

Desde que me largara a la universidad, había conseguido evadirles todo lo posible.

Hasta hoy.

Había esperado que Daniel se enterase de mi expulsión, pues era amigo del decano, lo único que nunca hubiera imaginado es que se presentara en la facultad para ridiculizarme delante de todos.

Hacía tres años que no había vuelto a saber nada de él, a partir de que me marchara, jamás me había llamado o tratado de contactar conmigo de ningún modo.

Supongo que algunas costumbres tardan en morir, reflexiono recordando la bofetada.

Sin embargo, Crys le había encarado. Se había colocado enfrente de él y le había impedido que me sacara de allí. Al pararse ahí en medio, por unos segundos sentí auténtico terror de que pudiera agredirla y si lo hubiera hecho le habría hundido sin miramientos. Gracias a Dios, a Daniel parecía quedarle algo de sentido común y no había recurrido a la violencia.

Por el contrario, el cabrón le había dejado caer que sólo creía estar enamorada de mí por los polvos que pudiera echarle, dando a entender que sólo usaba y desechaba a las mujeres, o peor aún, tal y como siempre hacía, que sería imposible amarme sólo porque para él resultaba inconcebible.

Eso reabrió la cicatriz de una herida que me había estado esforzando por sanar, y no en lo que respectaba a las mujeres, pues mi padre no sabía a qué me había estado dedicando hasta ahora, sino al hecho de que no fuera merecedor alguno de recibir amor. Esto último sí me dolía, me ardía y quemaba por dentro, revolviendo recuerdos que había tratado de olvidar.

No había sido esa la forma en la que quería que Crystal hubiera conocido mi problemática familiar. Había reflexionado mucho acerca de ello, quería contárselo poco a poco, después de que consiguiéramos solucionar nuestros contratiempos, pero nada se había dado como yo quería. Me había dado vergüenza al imaginar lo que podría estar pensando de mi relación con Daniel. Me había visto gritarle, por amor de Dios. Ella, que adoraba a su familia, pensaría que era un monstruo por tratar así a mi padre…

No obstante, contra todo lo esperado, me sorprendió encuadrando los hombros y encarándole con ese discurso en el que decía ¿qué? ¿qué yo era digno de recibir amor? ¿Qué mi padre no me conocía? ¿Qué me amaba? No había logrado procesarlo del todo, pues, a excepción de mi abuela, nadie había salido de esa forma tan directa en mi defensa. Al menos no así y mucho menos con mi padre.

Fue en ese instante en el que la escuchaba pronunciar palabra tras palabra, que supe con total seguridad que Crystal Moore era y sería para siempre, el amor de mi vida.

No solamente la quería como había pensado en un primer momento. No, allí con la cara enrojecida y los brazos en jarras, encarando al hombre de negocios trajeado al que minutos antes había visto abofetear a su hijo, Crystal Moore me dio una lección sobre la lealtad, la nobleza, el cariño y el amor.

Mucho más que eso, había realizado un acto de amor sin saber ni una cuarta parte lo que eso significaría para mí.

Allí con mi corazón destrozado por las palabras de Daniel, Crys había conseguido acelerarlo y recomponerlo con su sola presencia. Ya no tenía dudas o preocupaciones, no con Crystal. Si me quedaba a su lado, sabía que jamás volvería a dudar. Al fin y al cabo, siempre había sido mi lugar especial, ese en el que podía descansar y confiar.

La amaba, me había enamorado de ella hasta la jodida médula.

Esa verdad se descubrió ante mí con lentitud, deslizándose por cada parte de mi cuerpo e impregnando todos mis sentidos. Mis brazos la amaban, mi torso la ansiaba, mis piernas se movían por ella y mis labios la necesitaban. Todo mi cuerpo se encontraba invadido por su mera existencia. En cada resquicio de mi mente sólo había imágenes suyas en las que aparecía mostrando todas las reacciones que esgrimía ante los diversos tipos de emociones.

Amaba su alegría, sus bromas, su sarcasmo, su lógica, su manera de sobreponerse a los problemas, su forma de mirarme cada vez que la sacaba de quicio, su placer....

La amaba por completo.

Mi mente había estado tan nublada por el pasado que me había sido imposible vislumbrar toda la inmensidad de mis sentimientos. Me odiaba por ello, había sido un estúpido, la había tratado como el culo, acusándola de mentirme cuando yo estaba haciendo lo mismo que ella haciéndome pasar por Darren, me había puesto celoso y le había acachado el hecho de acostarse con otro, echando todo lo que teníamos a perder. No podía creerme que a pesar de habérselo hecho pasar tan mal, se hubiera alzado para salir en mi defensa delante de toda esa gente.

En cuanto Daniel me soltó y se marchó, ignoré todo lo que pudieran decirme Izan o Jake y en apenas dos zancadas la envolví entre mis brazos. Justo de donde no debería haberla echado jamás.

Dios mío, me arrepentía tanto de todo por lo que le había hecho de pasar. Había sido tan idiota e ignorante creyéndome superior a un sentimiento que ya se había colado en mi corazón en el mismo instante en el que ella me puso por delante de sus propias necesidades, y yo que me había reído en ese entonces.... Tremendo idiota.

Mientras la sujetaba la nuca y le acariciaba el pelo, me inundé de su olor avainillado, ese que se había vuelto tan familiar que dudaba que alguna vez pudiera vivir sin él.

Crys me correspondió el abrazo con fuerza. Allí, notando la cintura rodeada por sus brazos, sentí unas ganas terribles de llorar. Tuve que contenerme para no preocuparla. Sin embargo, ella me estrechó más, dejándome claro que siempre estaría ahí para mí, por lo que me estremecí en respuesta, emocionado ante su entrega y honradez, disfrutando de las caricias que prodigaba por mi mejilla dolorida.

Joder, sólo con su tacto me sentía renovar. No deseaba que acabara nunca, si por mi fuera me la llevaría conmigo a casa.

Temeroso de que pudiera haberse arrepentido por lo que hizo, le insté a levantar la barbilla y ella me devolvió la mirada destilando preocupación, ternura, pasión y amor.

El aire escapó de mis pulmones sintiéndome obnubilado por su presencia, y sin poder resistirlo más, me agaché para capturar sus labios. Habían pasado tantos días desde que la hubiera podido besar, que me sentía como un tipo sediento en el desierto. Sus labios eran mi oasis particular y pensaba disfrutarlos como correspondía, reconociéndolos y amándolos tal y como ella lo había estado haciendo conmigo todo este tiempo atrás.

Crys me correspondió en cada caricia que hicieron nuestras lenguas y ante esa rendición se me escapó un gemido emocionado.

Era mía, joder, ¿cómo había podido mantenerme alejado de ella tantos días? Estos últimos habían sido un maldito infierno. No podía volver a perderla de nuevo, tenía que decirle que la amaba, que en mi corazón sólo estaría ella.

Sin embargo, antes de que pudiera elaborar un plan en el que terminaría confesándome, se apartó de mi cuerpo, privándome de su calor. En ese instante abrí los ojos y me di de bruces contra la realidad.

Inseguridad, toda su expresión corporal gritaba indecisión.

"No confío en ti. Necesito un tiempo para pensar..."

El jodido tiempo.

Una vez más, había trasgredido su petición de alejarme. Mierda. ¿Habría retrocedido alguna casilla con ella?

—Crystal...yo...

Me aterraba haber podido arruinar cualquier posibilidad que me quedase de regresar a su lado. Ansiaba formar parte de su vida, ser esa persona a quien pudiera recurrir cuando más lo necesitara. Quería estar para ella, así que tenía que lograr que volviera a confiar en mí. No sabía cómo todavía, pero lo haría.

Teníamos que terminar juntos. No podía perderla cuando había estado tan cerca de conseguirla de nuevo, no después de todo esto.

—Está bien, Aiden. No tienes que decir nada. Debo marcharme ya.

Tenía que decirle muchas cosas, pero ella había preferido hacerlo así, y lo único que estaba en mi mano, era respetar su decisión. No podía volver a imponerme sobre sus deseos, pues destruiría cualquier posibilidad que nos quedase.

Había dicho que me amaba, debía conformarme con eso de momento. Mi corazón sangraba de dolor al observar su silueta marchándose de la piscina. Tuve que obligar a mi cuerpo a permanecer en el mismo lugar en el que la había podido abrazar y besar escasos segundos antes.

Me sentía impotente y frustrado, la había alejado con mis propias acciones de mierda. ¿Por qué siempre tenía que cagarla? ¿Por qué no podría ser como los demás? El verdadero Darren no la hubiera liado de esta forma.

No importaba lo que hubiera sido hasta ahora, a partir de ahora tendría que convertirme en alguien decente que pudiera situarse con dignidad al lado de esa gran mujer.

La esperaría y cuando decidiera que era el momento de regresar conmigo, podría apreciar el cambio que había dado.

Sí, eso haría.

No alejé mi atención ni un segundo de su perfil hasta que no vi que se internaba por la puerta que daba a los vestuarios y fue en ese instante en el que en mi cabeza susurré las palabras que le confesaría más adelante.

Te amo, Crys.

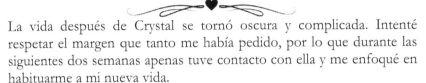

La vida después de Crystal se tornó oscura y complicada. Intenté respetar el margen que tanto me había pedido, por lo que durante las siguientes dos semanas apenas tuve contacto con ella y me enfoqué en habituarme a mi nueva vida.

A pesar de que viviera con mi abuela, no podía regresar a suponerle una carga económica, y mi salida de los Arcángeles había menguado la entrada de dinero a mi cuenta bancaria. Para colmo, con el descuento que me hizo Michael, el finiquito no terminaba de compensar las pérdidas que habían devenido de la vida derrochadora que mantuviera hasta ahora. Mi situación financiera se estaba volviendo tan crítica que no me quedó más remedio que buscarme un trabajo a medio tiempo en un supermercado para compensarlo.

De escort a cajero. El chiste se contaba solo.

Por supuesto, cuando vi el sueldo que ganaría cada mes reflejado en aquel contrato, me quedé horrorizado. No era ni una décima parte de lo que habría ganado con los Arcángeles. Con razón Crystal se había quejado siempre del dinero, un desastre, me había estado riendo de ella sin tener ni puta idea de la situación. Ahora entendía el esfuerzo que había hecho por intentar seguir mi ritmo de vida.

Hasta para eso había sido un idiota…

Suspirando, recuerdo cada uno de mis errores pasados mientras intento entrenar en el gimnasio. A pesar de que me hayan expulsado del equipo de natación, trato de mantenerme en forma como proceso de catarsis personal. Además, a pesar de que ya no sea un Arcángel, Michael me permite seguir asistiendo al gimnasio al que van el resto de los chicos, y allí era donde me encontraba al recibir la llamada del entrenador Carson.

Observar su número reflejado en la pantalla del móvil me extraña bastante. No había esperado volver a hablar con él. Para mí, todo había terminado en el momento en el que me había largado, por lo que, preguntándome qué diablos querría, descuelgo confuso la llamada.

—¿Entrenador?

—Oye Blake —saluda tan parco como siempre— ¿Puedes hablar un momento?

—Sí, claro. Dime.

Suelto la pesa con la que estaba haciendo bíceps y me concentro en lo que sea que tenga que decirme. En ese momento llega Mattia, había quedado para entrenar con los gemelos, pero como siempre Matteo llega tarde.

—Ai…

Se calla en el instante en el que me ve llevarme un dedo a los labios y murmurando una disculpa se enfoca en comenzar su entrenamiento.

—¿Seguro que puedes hablar?

—Sí, señor.

—Bueno, esto no es algo que debería decirte por aquí y, en circunstancias habituales, preferiría reunirme en privado contigo en mi despacho, pero es que no te quiero joder las vacaciones, muchacho, ya has pasado por suficiente mierda.

—No le sigo, señor.

—¿Recuerdas cuando te dije que eras uno de los mejores a los que había entrenado?

—Sí.

—La temporada en la que estuviste ejerciendo de auxiliar con los chavales, como forma de redención, e incluso estos últimos días en los que te has dejado caer por la piscina para ayudarnos con las tareas básicas, tú no te has dado cuenta, pero también me has estado demostrando muchas otras cosas.

Como no podía dejar atrás toda mi pasión por la natación, ni podía quedarme lejos de una piscina, había estado ejerciendo de voluntario para colaborar en lo que necesitaran. Con ello, no había esperado nada a cambio, sólo quería recrearme en el olor del cloro y en mi pasado. De hecho, en una de esas ocasiones fue en la que sucedió todo el enfrentamiento entre Daniel y yo, en el que también había terminado interviniendo Crystal.

—¿Cómo cuáles?

—Entre ellas que tienes mucho potencial para algún día poder ejercer el mismo trabajo que yo.

¿Cómo? ¿Me veía trabajando de entrenador? Jamás me lo había planteado, me gustaba ayudar a los chicos y no tenía problema en corregirles, pero lo que Carson me estaba planteando alcanzaba niveles completamente distintos a lo que hubiera hecho hasta ahora.

—¿Qué me está ofreciendo exactamente?

—Mi oferta es que el curso que viene seas el asistente del entrenador. El puesto está libre desde hace unos años, porque no había encontrado al candidato idóneo hasta ahora.

—Yo...

—Quizás esto no era lo que esperabas, al fin y al cabo, siempre dejaste claro que lo que más te gustaba era nadar, pero es lo máximo que puedo ofrecerte en base a tus circunstancias, Blake.

Desde que me expulsaran, se me había pasado por la cabeza la posibilidad de unirme a otro equipo, más cada vez que me lo había planteado, las palabras de Carson sobre mis errores en la prueba regresaban a mi cabeza. Hasta ahora nunca había tenido mejor entrenador que él, por lo que confiaba en su criterio y si decía que no estaba capacitado para competir, tendría razón. De todas formas, semanas atrás ya venía observando que el hombro se me resentía cada vez que intentaba nadar y al trabajarlo en las máquinas sentía una ligera molestia.

Con esto último había tomado consciencia de que mis posibilidades para competir en las ligas profesionales habían sido cerradas y selladas. Sin embargo, esta oferta de Carson implicaba que podría seguir dedicándome a mi pasión sin abandonar del todo el agua. El único problema era que, al no habérmelo planteado con anterioridad, tenía serias dudas sobre mi capacidad.

—¿Piensa que podré hacerlo?

—Sí, Blake, creo que serías un gran entrenador si decides aceptar. Me recuerdas a mí de joven, siempre metido en el agua, incluso cometíamos los mismos errores, por eso no pude darte una tercera oportunidad.

—¿Usted también se arriesgó?

—Sí. También era una bala perdida, como tú, sin ver el daño que mi impulsividad podía hacer en el equipo. Por suerte, tuve a alguien que me sacó de la natación y, aunque al principio no fue nada fácil aceptarlo, ahora me encanta mi trabajo.

—No lo sabía.

—No te voy a mentir, debes de saber que serás sometido a un método mucho más estricto del que te impuse cuando eras uno de mis nadadores, esto será así porque me tomo mi trabajo muy en serio, pero si consigues aguantar y perseveras, te juro que en un futuro se te rifarán en las Olimpiadas. Jamás te faltará trabajo. ¿Qué dices? ¿Aceptas?

Lo pienso durante un segundo, ¿volver a la facultad como un becario normal y corriente sin poder ni acercarme a la piscina más que para ver las competiciones? O ¿regresar y poder seguir entrenándome en ese mundo? En la segunda opción todavía podría tocar el agua.

Diablos, no quería abandonar el que había sido mi hogar hasta ahora. No obstante, antes de aceptar, necesitaba asegurarme de algo.

—¿Me dejaría usar la piscina gratis durante mi tiempo personal?

Ahora que ando justo de dinero para costearme los gastos más básicos, necesito regatear con él, qué triste que me tenga que ver en esta situación.

Si Crystal me viera ahora, se estaría riendo de mí.

—Claro.

—Entonces sí. Acepto.

—¡Me alegro, muchacho! Empezaremos en cuanto comience el próximo curso. Ya te pasaré tu nuevo horario. Ahora, disfruta de tus vacaciones. ¡Nos vemos a la vuelta!

—Gracias por la oportunidad, señor.

—¿Qué te ha dicho? Pareces contento…—murmura Mattia interesado tras colgar la llamada.

—El año que viene seré ayudante del entrenador. Tengo entendido que va a darme la misma formación que tuvo él.

—¡Qué buena noticia!

—¿Ya sabes por qué está tan contento? —gritonea Matteo desde la máquina de enfrente,

Estaba tan concentrado en mi conversación con Carson, que no le vi llegar. Ha sido el último en incorporarse, como siempre, dejando sus entrenamientos para último momento.

—¡He dicho que no dejaré la natación del todo, cotilla!

—Ahhh, es bueno saberlo. Después de que Jared te diera la patada, me preocupaba que estuvieras lloriqueando por las esquinas.

—¡Jared no me dio ninguna patada! —me defiendo frustrado con su insistencia en eso— Yo me marché por voluntad propia.

—Ah, va bene… Porque te enamoraste de la ragazza ¿no? —pregunta divertido el idiota en un acento italiano que no entiendo por qué, pero lo hace ver como una provocación.

—¡Pues sí! ¡Me enamoré de ella!

—Figlio di puttana… —murmura impactado— Como lo sospechaba desde que te dejé la moto de…ups mierda…

—Entonces, ¡era cierto que me robaste la moto!

685

—Me amenazó con difundir la foto del pastel. Perdón Mattia —se encoge ante la mirada iracunda del hermano. Este último se queda callado y Matteo me señala con el dedo— Entonces, ¡es cierto!

—Pues sí.

—¿Ella lo sabe?

—Todavía no.

—¿Y a qué estás esperando para decírselo?

—Me pidió un tiempo para pensar…

—¿Cómo va a pedirte un tiempo para pensar, hombre? ¿Qué diablos hiciste para que una mujer te pida un tiempo sin ser pareja ni nada?

—Yo…

Si les cuento que me estuve haciendo pasar por Darren, se descojonarán de mi toda la vida, y hablando de eso, me parece tan extraño que no haya vuelto a mencionar nada sobre eso. Estoy seguro de que lo sabe o de lo contrario no me hubiera dicho que necesitaba creer que la amaba para justificar mis acciones. Probablemente se enteró en el mismo momento en el que vino a recogerme al apartamento de Crystal.

Sin embargo, desde la conversación en la que le ordené que no se acercase a Moore, él había vuelto a hablarme como siempre y no me había dado cabida para disculparme por suplantar su identidad. Era como si por algún motivo que no lograse entender, no quisiera que tocáramos el tema. Lo más sorprendente de todo, es que cuando había ido a devolver el móvil, ni si quiera me diera tiempo para hacerlo, pues Erin me dijo que Darren había perdido el suyo y que ya tenía uno de repuesto. De esta forma, había sido como decidí quedármelo de recuerdo. Ese móvil había sido lo que me uniera a Crystal durante una época en la que todavía me encontraba perdido.

—Tú, ¿qué?

No me da tiempo a elaborar una respuesta plausible porque en ese momento mi móvil comienza a sonar con *"Sugar"* de Maroon 5 y las facciones decepcionadas de Crystal de aquella tarde en la que me llamó en el restaurante, me vienen a la mente.

Estudio el móvil, creyendo que será Carson cambiando de opinión —no me parecería raro teniendo en cuenta que mi suerte no puede ir a peor— pero al ver el nombre que se refleja en la pantalla mi estómago se contrae.

Jackie.

Cuando comencé a relacionarme con ellos, le había dado mi número a la amiga extravagante de Crystal, pero hasta ahora jamás me había escrito y mucho menos llamado para nada. Preocupado, de que le haya podido ocurrir algo a Crystal, descuelgo con rapidez y, ansioso, me apoyo en una máquina.

Si algo le había sucedido, ella me lo diría ¿no?

O quizás no y eso era lo que más me aterraba.

—¿Jackie?

—Oh, Aiden, menos mal que me lo coges. He estado debatiéndome mucho tiempo sobre si llamarte o no.

Tengo que mantenerme calmado. No debo precipitarme.

—¿Ha pasado algo?

—Yo… yo le prometí a Crystal que no te diría nada, sé todo eso del tiempo que os estáis dando. Lo cierto es que ahora mismo estoy siendo una amiga horrible, incumpliendo nuestro trato y todo eso…

—Jackie, por favor, cálmate y explícame que ha ocurrido.

—Ay, sí ¡perdona! Verás… ella… oh por Dios, ¿cómo digo esto…?

—¡Jackie!

Me está poniendo nervioso. Me levanto con rapidez, dirigiéndome a los vestuarios en busca de mis cosas.

—¿Aiden? ¿Pasa algo? —preguntan preocupados los gemelos al ver que me alejo.

—Ha pedido un traslado en el trabajo para marcharse donde sus padres.

Mi mundo se congela en cuanto la escucho pronunciar esas palabras. Me paro a escasos metros del vestuario, intentando comprender la situación. Sin duda el día sí que puede ir a peor.

—¡¿Qué?! ¡¿Se marcha?!

—Sí, dice que necesita un tiempo alejada de todo esto y no sé qué más. Mira, Aiden, sólo te estoy contando esto porque sé que has estado esforzándote con ella, pero no creas que te perdono el hecho de que la hicieras de sufrir todo este tiempo. A mí no quiere escucharme y sigue empeñada en largarse, así que por favor, eres el único que puede convencerla, no quiero que mi mejor amiga tenga que huir.

—¿Cuándo se va?

—En tres cuartos de hora cogerá el autobús…

Crystal se marcha, ¿para siempre? El mero hecho de planteármelo me aterra y enloquece, si desaparece para siempre jamás podré recuperarla.

—¡¿Qué?! ¡¿Y has esperado tanto para decírmelo?! —espeto iracundo.

—¡Ya te he explicado el motivo!

687

—Mándame la ubicación.

Tardo menos de cinco minutos en recoger mis pertenencias y ponerme una camiseta. En cuanto salgo, los gemelos me esperan contemplándome confundidos. Ni si quiera les presto atención, tengo que llegar cuanto antes a la terminal de autobuses.

—Aiden, ¿qué ocurre?

—Sí, ¿Elo está bien? —pregunta Mattia preocupado.

—Crystal se va.

—¿Crystal?

—La chica por la que ha dejado los Arcángeles —le informa Matteo mientras ambos me siguen al exterior.

—¿Y por qué se va?

—No lo sé, pero Aiden tuvo que hacerle algo gordo para ello.

—No llegaré a tiempo. Mierda, mierda, mierda… —gimo desesperado acelerando el paso mientras trato de deshacerme de ellos.

No necesito que nadie me ponga la cabeza como un bombo, sólo necesito un transporte. Quizás si pasara un taxi…

—Aiden, espera un momento.

—¡No tengo tiempo que perder!

—Mejor hazle caso, Mattia no habla en vano.

—De verdad, ahora no puedo, cuando vuelva me decís lo que sea.

—¡Voy a dejarte mi moto, stupido! —grita Mattia sorprendiéndonos a su hermano y a mí.

—¿En serio?

—Eso, ¿en serio? —repite Matteo.

—Sí, toma. Total, ya me la habéis robado antes por cualquier gilipollez. No comprendo del todo la situación, pero parece ser importante, así que toma mis llaves —informa lanzándome el llavero desde donde se encuentra— La encontrarás aparcada enfrente del gimnasio.

—Gracias, Mattia…

—Hermano me siento tan orgulloso de ti —le palmea la espalda entre risas Matteo.

—Tú mejor cállate, tenemos mucho de lo que hablar… —gruñe y su gemelo se encoge acojonado.

Les dejo discutiendo entre ellos, y recorro el último trayecto hacia la moto corriendo. Pese a la tranquilidad efímera que haya podido proporcionarme tener un medio de transporte asegurado para alcanzarla, me preocupa y estresa lo que pueda encontrarme o, mucho peor, no encontrarme, en la terminal.

No puedo creerme que haya decidido marcharse y no me dijera nada.

¿Habría abandonado la facultad? Hasta donde sabía estaba becada, no se arriesgaría a perder su beca ¿no?

Mierda, y ¿qué si lo había hecho? Esta nueva Crystal era impredecible, distinta. Bien podría haber trasladado su expediente y no comunicarme nada al respecto.

Joder, joder... debía alcanzarla antes de que se subiera a ese maldito autobús.

Me había empeñado en darle el tiempo que necesitaba y ahora me enteraba de que se largaba, quien sabía si para siempre, pues la voz de su amiga no auguraba un buen pronóstico.

Una punzada de terror se instala en mi pecho, palpitando con fuerza mientras salgo por la calle del gimnasio a toda velocidad. Mi pulso se acelera por la adrenalina y en mi mente aparecen todas las vivencias que hemos compartido hasta ahora.

No voy a perderla. No. Esta vez no la cagaré de nuevo.

Espérame, nena, por favor.

En el instante en el que llego a la estación, todavía no he logrado tranquilizarme. Jackie me ha mandado el nombre del pueblo al que irá: *Forest Grove*.

Estudio mi reloj de muñeca y me doy cuenta de que apenas me quedan diez minutos para encontrarla. Si no la localizo en este tiempo, la habré perdido para siempre.

Desesperado, empiezo a estudiar todos los carteles, y la voz metalizada de megafonía va mencionando las salidas de los autobuses hacia los diversos destinos.

Ninguno es Forest Grove, joder.

¿Me habría dado bien la información? Estudio el último mensaje para cerciorarme de que no estoy equivocado. A pesar de todo, hay demasiada gente, y me estoy empezando a agobiar, sintiéndome inútil e impotente por completo.

¿Cómo no voy a poder encontrarla en una maldita estación? En las películas siempre parece tan fácil... ¿por qué la realidad es tan desoladora?

Esto es un hervidero de personas. ¡Diablos!

Cuando comienzo a perder la esperanza de localizarla entre tanto gentío, la voz metalizada irrumpe mis tétricos pensamientos.

El autobús 691 con destino "Forest Grove" se encuentra estacionado en la dársena veintiocho.

Dársena VEINTIOCHO. Suelto el aire que estaba conteniendo y me fijo en el número de la dársena más cercana a mí. El cuarenta y dos.

Tenía que pasar por catorce dársenas más para llegar hasta ella. Busco el número cuarenta en el mismo lado, ya que están divididos en pares e impares, y en cuanto lo localizo a mis espaldas, me pongo a correr en esa dirección.

Obligo a mis piernas alcanzar la máxima velocidad. Por una vez en mi vida, me doy cuenta de algo que jamás me había pasado durante los entrenamientos y es que me siento lento, como si no fuera lo suficiente rápido. Cada dársena que paso está demasiado lejos.

El autobús 691 con destino "Forest Grove" se encuentra estacionado en la dársena veintiocho. Salida en cinco minutos.

—No, no, no….

Sólo tengo cinco minutos para convencerla de que se quede conmigo.

Joder, ¡¿cómo voy a poder hacerlo en cinco minutos?! ¿Quién diablos se confiesa en cinco minutos?

No era tiempo suficiente, pero era lo único que me quedaba.

Por fin logro vislumbrarla sentada en uno de los bancos que se encuentran al lado del autobús en el que piensa subirse y me paro ante ella. Va vestida con un peto vaquero que le regalé y una camiseta de manga corta con rayas rojas y blancas. Finaliza el sencillo conjunto con unas Converse rojas desgastadas. En un primer instante no se percata de mi presencia, porque está demasiado concentrada con los cascos puestos y moviendo la cabeza al ritmo de la música.

Asombrado de que esté tan tranquila y calmada cuando a mí está a punto de darme un soponcio, le quito uno de los cascos. Crystal abre los ojos y al reparar en mí, se queda boquiabierta.

—¿Aiden?

—¡¿No ibas a decírmelo?!

—¿Qu…? ¿qué haces aquí?

—¡Te marchas y no me dices nada!

—¿Cómo te has enterado?

—Jackie me llamó.

—Esa maldita… —murmura molesta mirando hacia su teléfono— Me prometió que no te diría nada.

—No puedes irte, Crystal, aún no hemos solucionado nada.

—¿Qué es lo que te ha dicho exactamente?

—¡Que te ibas para siempre!

—Ay qué peliculera más desgraciada….

—¿Cómo?

—¿Cómo voy a irme para siempre, Aiden? ¡Estoy becada!

—Pero ella me ha dicho que habías pedido el traslado del trabajo…

—Claro, para pasar mi verano allí. Estuve investigando y en el pueblo de al lado hay un Casino de mi compañía, pregunté y como era una opción viable, la tomé.

—Entonces, si no te vas para siempre, ¿por qué me llamó Jackie?

—¡Porque es una soñadora! Ahora, que esa me va a oír bien…

El autobús 691 con destino "Forest Grove" se encuentra estacionado en la dársena veintiocho. Salida en cuatro minutos.

—Ay, creo que ya debo subir, pues entonces me oirá cuando llegue a mi destino… —asegura recogiendo su maleta y se levanta para acercarse al autobús.

—No puedes irte.

—Claro que puedo, mis padres me están esperando y el billete ya está comprado. Siento que Jackie te haya jugado esta broma de mal gusto, pero debo marcharme ahora o se irán sin mí.

—Espera, tengo que decirte algo.

—Tendrá que ser cuando vuelva. ¿No decías que me esperarías?

Ahora que lo pensaba, mi idea era declararme en el caso de que se marchara sin mirar atrás, pero si era cierto que había sido una broma de su amiga, significaba que volvería ¿no?

Estudio el sitio abarrotado de gente, el calor incesante que hace y la voz de megafonía odiosa metiendo prisa a los pasajeros para que vayan internándose. No, no era el sitio ideal para declarar unos sentimientos. Podría resultar muy bonito en las películas, pero la había cagado tanto con ella, que Crystal merecía mucho más que una despedida cutre y rápida en una estación de autobuses maloliente.

No obstante, tenía que asegurarme de que regresaría en el caso de que estuviera metiéndome una excusa para que me largarse y, si se negaba a volver, le soltaría aquí mismo todos mis sentimientos.

—¡Y lo haré! Te esperaré lo que haga falta, Crys, aunque tienes que asegurarme algo.

—Dímelo ya, porque no me queda mucho tiempo. El conductor me está mirando mal.

—Te esperaré todo el tiempo que quieras tomarte, pero necesito que vuelvas. Por favor, Crys. Júrame que regresarás.

Última llamada a los pasajeros del autobús 691 con destino "Forest Grove" estacionado en la dársena veintiocho. Salida en tres minutos.

691

Ella mira indecisa el autobús y, agobiado, le sujeto de la mano reclamando su atención.

—Por favor, nena…

—Sí. Está bien, Aiden. Regresaré y entonces hablaremos. ¿Vale?

—Dios, gracias. Una cosa más, estos días ¿podría escribirte? —pregunto temeroso de su rechazo.

Apenas llevo dos semanas sin hablar nada con ella y ya ha tomado la decisión de largarse sin decirme nada. Si pasa un mes y medio entonces ¿qué ocurrirá? ¿Vendrá embarazada de quintillizos?

Crystal me estudia durante unos segundos leyendo en mis facciones algo que no logro comprender. Ahora es cuando utilizo todo el arsenal de mi expresión de cachorrito degollado. Sí, tiene que claudicar. Al final, sonríe y asiente.

—Sí, puedes hacerlo, pero no me obligues a que te conteste. Necesito un tiempo.

—No, no, sólo con escribirte me conformaré. Gracias, nena.

Última llamada a los pasajeros del autobús 691 con destino "Forest Grove" estacionado en la dársena veintiocho. Salida en dos minutos.

—Me tengo que ir ya…

Me muero de ganas por besarla, aunque no quiero presionarla, por eso decido plantearle la otra opción.

—¿Puedo abrazarte?

De repente, reparo en que tiene los ojos algo enrojecidos y una mirada triste que me contempla con pesar.

—Está bien.

No debe decirme nada más. Sin perder el tiempo, la estrecho entre mis brazos y me impregno de su tacto. Me corresponde de igual forma rodeándome la cintura.

Dios, voy a extrañarla tanto, ya la había echado de menos durante dos semanas, y ahora tendré que esperar a verla un mes y medio. Será un jodido infierno. De repente ella se separa ligeramente y me acaricia la mejilla con inmensa ternura, una lágrima rueda por su mejilla y la capturo con un dedo. Odio verla tan triste y dolida.

—No llores, por favor.

—Me tengo que ir…

Quiero abrazarla y besarla mucho más tiempo, pero me obligo a separarme de ella. Joder, una parte de mi corazón se marchará con ella en ese autobús. Debo ser fuerte y maduro, no puedo seguir actuando como un niño.

—Claro, perdona, ten buen viaje. Sólo trata de escribirme para decirme que llegaste bien. ¿Podrías hacer eso, por favor?

—Está bien. Feliz verano, Aiden.

—Feliz verano, cariño.

Crystal se gira para darse la vuelta y encaminarse al autobús donde el conductor la estudia de forma reprobatoria. Necesito añadir algo más, por lo que, llevándome las manos a ambos lados de la boca, inhalo mucho aire.

—CRYSTAL MOORE, ¡TE QUIERO!

Mi grito resuena en toda la estación captando la atención del autobusero y de ella, quienes me contemplan incrédulos. Sonrío con picardía y Crystal se pone colorada. Sin decir nada más, le entrega el billete al hombre que se está recuperando de la sorpresa inicial y tras recibir el visto bueno, se sube en el autobús.

Está bien, necesita tiempo para pensar. No importa si no me responde al te quiero, me tranquilizo quedándome allí hasta que veo al autobús desaparecer por la salida de la terminal.

Sin embargo, cuando estoy a punto de darme la vuelta para volver al gimnasio a devolverle la moto a Mattia, mi móvil suena y lo extraigo curioso.

Mensaje entrante de Mi jefa:

Yo también te quiero.

Al leerlo, una sensación de emoción y felicidad como hacía muchas semanas no sentía, me embarga y gruño ilusionado.

—¡Sí, joder!

Una señora mayor se encuentra a mi lado mirándome curiosa y, motivado por una valentía absurda, la alzo en el aire de improvisto propinándole un sonoro beso en la mejilla.

—¿Muchacho…?

—¡Aún me quiere, señora! ¡Vamooooos!

CAPÍTULO 41

CRYSTAL

Un mes y medio da para hacer muchas cosas, reflexionar, trabajar, descansar, divertirse, enfadarse, entristecerse y un inmenso etcétera.

Aquel verano estuvo cargado de emociones muy diversas y sobre todo, lo más novedoso, de mucha actividad. Regresar a mi casa de toda la vida, trajo muchos recuerdos tristes, la única diferencia con el pasado, es que ahora no los afrontaba con lástima o autocompasión, sino con aceptación.

Ahora, me identificaba como una nueva y renovada mujer, quien día tras día iba adquiriendo toda la seguridad que no había podido construir en el pasado.

Debo reconocer que los mensajes habituales de Aiden me ayudaban bastante a ello. No importaba incluso si no le hubiera respondido desde que le dijera que había llegado bien, él jamás había dejado de enviarme varios WhatsApp diarios, en los que me contaba cómo le había ido el día y lo que me echaba de menos.

Cada vez que subía un nuevo estado, Aiden me ponía algún mensaje cariñoso, tales como "estás preciosa", y en el caso de que publicase una foto con mis padres, él enviaba "¿esos son mis suegros?" o "vaya qué guapa mi suegra, está bien saber que cuando tengas cuarenta seguirás siendo sexy…".

Ese desgraciado no se hacía de odiar, pese a que había reflexionado mucho sobre la situación en la que nos encontrábamos.

El tema principal que más me preocupaba a la hora de decidir envolverme en serio con él, era el de la confianza.

¿Podía confiar en alguien que me había mentido tanto?

Me sentía dolida con la manera en la que se habían dado las cosas y aunque entendía su situación familiar, así como su inseguridad despertada a raíz de su temor de terminar siendo dañado, los hechos no cambiaban.

Por desgracia, los sentimientos que tenía hacia Aiden tampoco lo hacían. Lo extrañaba cada maldito día, a pesar incluso de que me enviase fotos con regularidad, porque decía que temía que me olvidara de su cara. Como si eso fuera posible. Más aún, el descarado se había atrevido a pedirme que me pusiera su foto de principal.

Ja. Era bien pagado de sí mismo, al menos ese hubiera sido el pensamiento que habría tenido en el pasado.

Actualmente, lo veía como su forma de estar en el mundo, de reafirmar su propia autoestima. Supongo que era un ejercicio que tendría que empezar a practicar a diario de manera interna.

Sin embargo, me había asegurado que sus intenciones eran honestas y sólo quería despistar a la posible competencia que pudiera surgirme en este pueblucho perdido de la mano de Dios.

No sería yo quien fuera a contradecirle tal argumento, pues si bien era cierto que este pueblo alejado de toda civilización no era mi lugar favorito por la clase de gente que vivía en él —ninguno de ellos resultaba competencia posible para Aiden, aunque no pensaba revelarle tal dato— mi familia era mi sitio especial, y sólo por eso había decidido venir a retirarme con ellos para meditar toda la situación alejada de cualquier influencia.

Mis padres también habían advertido mi cambio. Desde el comienzo se mostraron encantados con mi nueva actitud y fueron muy insistentes al respecto, deseaban saber todos los pormenores que habían ocasionado lo que ellos habían denominado como un "milagro".

Una tarde, los había escuchado cotilleando a mis espaldas, sacando suposiciones sobre el motivo inconfesado.

—Cariño, te apuesto diez dólares a que la niña se nos ha enamorado.

—Te lo subo a veinte.

—¿En serio?

—¡Por supuesto que no! No vamos a empezar a apostar sobre la privacidad de la niña.

—¿Por qué no? ¿Tienes miedo? Hay que conseguir que traiga a ese chico con urgencia.

—Si me trae a un muchacho a casa tiene que saber que será para que le dé LA CHARLA. Me arreglaré y todo.

696

—Ay, no empieces Shaun… Si te pones ese traje asustarás al chico hasta la muerte.

—¿Qué pasa con mi traje?

—¡No puedes vestirte como el Padrino para dar la charla! Los padres normales se ponen un chaleco y esas cosas…

—Pues más miedo que un capo de la mafia, no sé qué va a darle.

—Además, no eres italiano.

—¿Y eso que más da? Puedo poner el acento.

—De todas formas, son jóvenes, seguro que ya se habrán acostado, nosotros a su edad también lo habíamos hecho.

—Ay, qué tiempos más buenos aquellos en los que no me tenías a pan y agua…

—Desde anoche no es a pan y agua.

—Sabes lo que me gusta un buen mañanero… Por cierto, hablando de eso, le habrás informado sobre la píldora ¿no?

—Sí, eso le dije.

—Estupendo, no quiero que me llamen abuelo, aún soy demasiado joven.

—Tú tienes de joven lo mismo que la reina de Inglaterra. ¡Ellos son los jóvenes!

—Me hieres, mujer terrible. Tendrás que hacer algo para compensarme.

Acto seguido escuché el sonido del grifo moviéndose, señal de que la había subido en la encimera.

¡Se suponía que estaban lavando los platos!

—Ah… me gusta esta compensación.

Ugh, se iban a acostar en la cocina. Por supuesto, salí huyendo asqueada con toda la información nueva que no me interesaba para nada.

Hasta mis padres tenían más vida sexual que yo, qué triste. Dos minutos después me encontré contemplando la foto que me había enviado Aiden aquel día.

Te extraño y te amo, joder, pero me dueles demasiado.

Había dicho que no podía venir a mí con medias verdades, ¿eso que significaba? ¿se estaría planteando tener algo conmigo de verdad? Desde luego, que hubiera tenido la valentía para decirme que me había estado mintiendo todo este tiempo, suponía todo un acto de buena voluntad.

¿Valía la pena perdonar y dejar atrás el rencor? ¿Podría tener un futuro a su lado? Él me escribía todos los días que me quería, pero

697

¿cómo lo hacía? ¿cómo a una amiga especial? ¿Cómo a una amante? ¿Llegaría el día en el que me amase como a su compañera de vida?

No me había pedido salir en ningún momento desde que me revelase toda la verdad, ¿qué esperaba de mí enviándome todos esos "te quiero" y siendo tan cariñoso?

Otro de los asuntos que me inquietaba, en el caso de que decidiera involucrarme en serio con él, era el de qué pasaría con su trabajo. ¿Se supone que esperaba que le compartiera con otras? No creo que pudiera soportarlo, no tenía la mente tan abierta para ello.

Aiden seguía haciendo cosas que promovían mis expectativas, incluso me decía todo eso de que me seguiría viendo atractiva con cuarenta años, como si dentro de veinte años fuéramos a estar juntos…

Si bien no le había contestado a ningún mensaje a menos que fuera estrictamente necesario, una noche en la que me rogó tener una videollamada y no había nadie en casa, pues mis padres habían salido a su cita especial de todas las semanas, me sentía tan sola que fui débil, y accedí.

En cuanto descolgué la llamada, el tipo se presentó sin camiseta y recién duchado, así que una cosa llevó a la otra y terminamos teniendo sexo durante la videollamada. Qué bochorno más grande, pero qué bien me había venido, llevaba una racha muy mala desde que me había alejado de él, e intentar tocarme a mí misma en soledad no tenía ni punto de comparación con las cosas que él me mostraba y me decía. Después, tras la finalización no había sido capaz de responderle a los mensajes, ya no porque no quisiera sino porque no podía, me moría de la vergüenza.

Todas esas cosas alimentaban mi ilusión día a día, hasta que volvía a quedarme a solas lejos del teléfono y la sombra de la duda me embargaba.

En cada uno de esos mensajes, me había hecho sentir querida y especial para él. No había tenido tantas dudas, tal y como había ocurrido cuando había comenzado a chatear con Darren/Aiden. Ahora veía los rasgos de Aiden en esos mensajes que en su momento había creído que pertenecían a Darren. Me había sentido tan cómoda con él porque la conexión que existía entre ambos estaba a otro nivel de la que pudiera tener con otro hombre. Ni si quiera Logan, quien se había convertido en un amigo muy querido tras hablar las cosas, había conseguido llegar a tener tanta afinidad conmigo como lo hiciera Aiden.

Más aún, valoraba que, en cada uno de los mensajes diarios, él pareciera mostrarte abierto y directo en todo lo que tuviera que ver con sus gustos y aspectos personales. Sabía que si dejaba de luchar y le escribía, Aiden respondería a todas las preguntas que yo quisiera realizarle. El chico parecía que lo intentaba de verdad.

No obstante, ¿qué ocurriría cuando regresara a Pittsburgh? A distancia todo parecía ideal y genial, pero ¿y en persona? ¿Volvería a torcerse todo? ¿Tendría que aguantar todos los insultos, desprecios e inseguridades? ¿Podría hacer frente a eso y no terminar con el corazón destrozado otra vez? Lo que más ansiaba era tener estabilidad emocional, ¿sería capaz de proporcionármela?

Entre todas esas reflexiones ambivalentes había ido transcurriendo mi caluroso verano y cuando quise darme cuenta, tenía que regresar a Pittsburgh porque el primer semestre de mi último año daría comienzo una semana después y debía empezar a organizar las cosas.

También me preocupaba el futuro de Aiden ahora que sabía que le habían expulsado del equipo, si ya le desmotivaba ir a clase cuando estaba metido en la natación ¿qué ocurriría si no podía nadar? Lo pasaría realmente mal.

Sin embargo, durante uno de los mensajes que me había enviado me había explicado que comenzaría a ayudar al entrenador en sus funciones y, aunque no le había respondido, parecía bastante feliz y emocionado al respecto. Eso me tranquilizaba, quizás al final no fuéramos nada —porque no le veía con muchas intenciones de pedirme salir pese a que me decía todo eso del te quiero y demás— pero deseaba de corazón que fuera feliz. Suficiente había sufrido ya toda su vida.

Regresé a Pittsburgh una semana antes de que comenzaran las clases. Estuve tan ocupada con el traslado del trabajo de nuevo, que no vi a Jackie hasta el que sería mi último viernes de vacaciones.

Habíamos quedado para ir a la facultad a ver las nuevas listas de clase, pues se trataba de la semana en la que había más movilizaciones en el campus y todos aprovechábamos para ultimar detalles de cara al nuevo curso.

Nada más vemos, ambas nos fundimos en un cálido y sentido abrazo.

—Te he echado TANTO de menos…—musita Jackie— No puedo creerme que no me dejaras ir a visitarte.

—Necesitaba un tiempo para mí, tenía que reflexionar sobre todo.

Nos separamos y comenzamos a caminar hacia el campus. Antes me había sentido una extraña caminando por estas calles. Creía que no encajaba en ningún lugar a excepción de al lado de mis amigos. Ahora me daba cuenta de que no sólo sí encajaba, si no que era válida para que el resto de las personas me quisieran. No había nada de malo en mí.

—¿Y has llegado a alguna conclusión?

—Más o menos.

—¿Y cuál es esa?

—Amo a Aiden, lo hago de verdad y con todo mi corazón, pero sólo el tiempo decidirá si debemos estar juntos o no.

—¿A qué te refieres con el tiempo?

—Necesito ver un cambio en él, una implicación real en persona y no me refiero sólo a los mensajes que me pueda enviar estando distanciados geográficamente.

—Amiga, se presentó en la maldita estación de autobuses en tu búsqueda sólo porque le dije que te marchabas para siempre, ¿eso quién diablos lo hace ya? ¡Sólo lo vi en las películas!

—No me recuerdes tú mentira, me dificultaste mucho la marcha.

—Sí, pero bien que la disfrutaste. ¡Ay ojalá me pasara algo parecido a mí! Tienes una vida como la de un libro con un tío cañón detrás de tus talones y ¡ni si quiera te das cuenta!

—No seas exagerada.

Una vez llegamos al centro del campus, indecisa, estudio ambas facultades.

—¿A cuál prefieres ir primero, Jacks?

—Sin duda a la tuya, seguro que la mía sólo tiene malas noticias que darme, nunca tengo suerte con los profesores.

—De acuerdo.

Ambas nos dirigimos hacia el edificio principal de la facultad de Derecho, y una vez en su interior, recorro el camino habitual que sigo todos los años hasta donde se supone que suelen colgar las listas de los profesores y las aulas.

Cuando llegamos, efectivamente, está donde siempre, así que le echo un vistazo rápido y asiento satisfecha. Hago una foto a la cuadrícula y en el momento en el que me voy a marchar ya, reparo en que Jackie se inclina hacia adelante, contemplando interesada otro papel.

—¿Jacks? ¿Qué ocurre?

—Esto es algo raro…

—¿El qué?

—Obsérvalo por ti misma.

Jackie da un paso a un lado para que pueda tener mayor visibilidad, por lo que me acerco con curiosidad.

¿Qué le iba a interesar tanto a mi excéntrica amiga que tuviera que ver con las leyes? Si es que las odia.

—¿Qué es esto? —pregunto desconcertada.

En ese instante una voz se alza sobre todas las demás, pronunciando exactamente las mismas palabras que —no lo puedo creer— aparecen reflejadas en ese papel.

—¡SE BUSCA NOVIA!

Doy un respingo y me giro impactada tratando de procesar toda la situación. Un hombre de ojos grises que conozco muy bien me devuelve la mirada divertido, sosteniendo un micrófono en la mano. Sonríe con picardía y mi estómago se contrae por la emoción anticipada.

No puedo creer lo que está haciendo. Él comienza a caminar con lentitud hacia donde me encuentro, sin apartar en ningún momento su atención sobre mi persona y llevándose el micrófono a los labios, declara a viva voz:

—¡Anuncio serio y verídico! Abstenerse cualquier otra interesada. Sólo una profesional especifica. Se busca chica, a ser posible de buen ver, que tenga veintiún años, castaña, ojos color miel, olor avainillado, con gafas, look natural, curvas de infarto, culo impresionante, ahorradora, aunque un poco tacaña, con experiencia cantando las cuarenta y reconociendo sus propios sentimientos. Las cualidades a requerir serán: tierna, sincera, leal, protectora, valiente, divertida, aventurera, preciosa. El salario será remunerado acorde a la satisfacción del cliente durante nuestros primeros veinte años. ¿Días laborales? —pregunta abriendo los brazos mientras realiza una pausa, luego prosigue— Siete días a la semana durante todos los meses del año. Si estás interesada, Crystal Moore, ponte en contacto con el número que guardas en tu teléfono. Pregunta por Aiden Blake.

No sé qué diablos decir ante esta situación surrealista. Aiden se encuentra ahí de pie, jodidamente sexy vestido con vaqueros y una camiseta gris holgada, rodeado de miradas curiosas, a las que no hace ningún caso, limitándose a estudiarme con intensidad.

Cuando termina con su discurso, los murmullos en los pasillos se incrementan. Con toda seguridad nadie comprende nada de lo que ocurre, sólo nosotros sabemos a qué viene todo esto.

Mi anuncio. Ha variado el anuncio que colgué en aquel bar, aunque en esta ocasión él está pidiendo, ¿una novia?

—¿Qu.. qué haces, Aiden?

701

—Lo que tenía que haber hecho desde el comienzo, nena.

—Tú…

—Perdóname, Crystal. Perdona por todo lo que te hice pasar hasta ahora, he sido tan terco y ciego que te herí. Tenías razón en todo. Lo siento por ser el idiota que decías y no haberme dado cuenta que te quise desde la primera vez en la que me comparaste con un simio…—recuerda y la gente se echa a reír, él aprovecha ese ruido para murmurar fuera del micrófono sin que los demás se enteren— y me metiste ese jodido cuatro…—me guiña un ojo seductor y vuelve a llevarse el micrófono a los labios— En mi defensa debo alegar que no supe reconocer el sentimiento porque jamás había sentido algo parecido.

—¿Q.. qué estás diciendo?

—Lo que oyes, nena, no solamente te quiero tal y como te he estado diciendo todas estas semanas atrás. Te amo, Crystal.

Contengo el aliento. No puedo creerlo, mi corazón está a punto de estallar. Necesito confirmarlo aunque parezca una auténtica idiota.

—¿Me amas?

—Sí, joder, con todo mi corazón. De hecho, aquí viene mi propuesta. Nuestro nuevo contrato, si te quedas a mi lado, te ofrezco como moneda de cambio amarte cada día de nuestras vidas, darte mucho sexo y de tanto en cuanto algún masaje en los pies, con final feliz. Eso sí en el paquete también viene incluido el resto de mí, las partes defectuosas que tanto te enfadan, ya sabes que eso es parte del combo, igual prometo echar el freno un poco contigo.

—Aiden…

En ese momento lanza el micrófono a Izan, quien al parecer también se incluye entre el público improvisado y, mostrándose serio, se acerca hasta situarse enfrente de mí.

—¿Qué dices, nena? ¿Me aceptas? ¿Me dejas regresar a tu lado?

En esa última pregunta detecto cierto nerviosismo y, enternecida con sus palabras, me cruzo de brazos.

—Sólo con una condición.

—Ah, está bien. Sí, sí. Me gusta que no me pongas todo tan fácil y decidas negociar. Ya sabes lo que me pone tu vena de abogada sexy. Adelante, dime.

—La primera condición es que en cada aniversario deberemos ver Orgullo y prejuicio.

—Okay, puedo con eso —asiente con una sonrisa satisfecha, quedando a escasos centímetros de mi cuerpo— Sigue.

—La segunda es que mantengas esa tableta de chocolate intacta —bromeo indicando sus abdominales.

Él ensancha su sonrisa aliviado y me rodea con el brazo por la cintura pegándome a su torso.

—Hmm… qué golosa. ¿Algo más?

—Sí, mi tercer y última condición, es que sellemos esto como siempre hacemos.

—¿Ah sí? Ilústrame, dime las palabras mágicas, pequeña —provoca acariciándome con un dedo el labio inferior.

—Bésame.

—Por fin me lo pides, joder. ¿Arriba o abajo?

—Idio…

No me da tiempo a terminar de insultarle, porque en ese mismo instante soy asediada por sus labios y sus brazos rodean mis caderas. Le correspondo con el mismo fervor y necesidad que él me demuestra, recreándome en su delicioso sabor y olor, esos que tantas semanas he estado extrañando.

Sus amigos comienzan a silbar y a gritar, mientras que el resto de los estudiantes retoman su camino observándonos con manifiesta curiosidad.

En un momento dado el beso se profundiza y Aiden me pone contra la pared, desperdigando lametones por mi cuello desnudo. Me retuerzo de placer bajo su contacto, ansiosa de obtener más e ir más lejos.

—Mejor vayamos a tomar algo… —escucho que pronuncian sus amigos mientras se marchan incómodos con la situación.

—¡Buscaros un hotel! —grita Jake divertido.

Observo por encima de su hombro que Jackie es arrastrada a la fuerza por Charlie, quien al parecer también estaba metido en el ajo.

—Déjame, estoy grabando —se queja sin soltar el móvil.

—Ya lo has hecho durante un buen rato, tú lo que quieres es armarte una película XXX…

De esta forma, nos quedamos solos disfrutando de nuestra mutua compañía, recuperando el tiempo perdido. Aiden deposita un beso suave sobre mi lóbulo y sin separarse de mí, murmura:

—Te amo, Crys.

—Y yo…

—Quizás sí deberíamos de buscarnos ese hotel con urgencia, porque estoy dispuesto a follarte aquí delante de todos.

—Ya veo que no tienes miedo al escándalo público…

—Está bien, está bien. De momento me contendré hasta que regresemos a casa.

Todavía con una sonrisa, se aleja de mi cuerpo. La pérdida de su calor me molesta pero me contengo al comprender el entorno en el que nos encontramos.

Aiden me acompaña a mi casa, y por el camino decido entablar una conversación casual.

—Y aparte de mantenerme atada a la cama, ¿qué más planes tienes para hoy?

—Y lo que te gusta a ti que te aten, ¿qué, eh?

—Sí, ahora se estila el estilo de Anastasia, en vez del de Cenicienta, cómo ha cambiado el cuento.

En el momento en el que llegamos a casa, me maravillo de poder tomar el autobús con él, parece que sí que ha cambiado bastante.

—Hogar dulce hogar —murmura Aiden contemplando el edificio.

—¿Subimos?

Él se ruboriza y yo le contemplo con curiosidad. Me resulta extraño verle en esa situación, suele ser imperturbable, aunque bueno, hasta hace sólo unos minutos se mostraba nervioso, así que todo puede ser posible.

—Eh… no puedo.

—¿Y eso?

—Trabajo.

—Ah…

Mierda, ese es el tema que me queda por hablar con él. Había estado tan emocionada con su declaración que me había olvidado de lo más importante.

—Debo marcharme —musita haciendo un puchero entristecido— Pero no te preocupes, porque en cuanto salga me tendrás aquí.

—Bueno, vale…

—Prepara el lubricante.

Me rio ante su broma y Aiden me atrae hacia su cuerpo para besarme durante un buen rato. Sujetándole de la camiseta me resisto a dejarle marchar, hasta que él me acaricia las muñecas instándome a abrir las manos. Al final, le libero, incómoda con la situación.

No me hace gracia que vaya ahora a acostarse con otra. Debería de hablar esto con él en cuanto regrese. Si a partir de ahora es cierto que estaremos saliendo, me niego a compartir a mi pareja con otra mujer. Eso tiene que parar. Y al igual que se ha abierto de esa forma conmigo, lo justo es que yo también haga lo propio.

—Nos vemos luego, pequeña —promete pasando por mi lado y antes de seguir hacia su camino, me propina un fuerte azote en el trasero— ¡Me vuelves loco, nena!

Sonrío enternecida observándole marchar hacia donde sea que viva su clienta. Un escalofrío me recorre de pies a cabeza cuando desaparece por una esquina.

Va a tocar a otra. Sólo de pensar en ello me siento enfermar.

Sí, debo hablar de esto con él cuanto antes.

❤

El resto de la tarde lo invierto en controlar mis nervios por medio de la limpieza del apartamento. De vez en cuando miro el reloj de mesa y cuando han pasado tres horas, empiezo a inquietarme.

¿Tanto se tarda en follar? ¿Tendría varias clientas? Qué horror. No quiero ni imaginar que alguna otra esté tocando su cuerpo. Mierda, no…

Me encuentro valorando la opción de darme cabezazos contra la pared para olvidar la imagen que acaba de venir a mi cabeza, cuando mi móvil vibra, y corro a recogerlo de la mesilla del salón.

Mensaje entrante de Aiden:

Todavía me queda una hora más. No te preocupes, llevaré la cena, pero tú tendrás que encargarte del postre (emoticono guiñando un ojo)

—¿Una hora más? ¿Acaso esas hienas que tiene por clientas me lo quieren desgastar?

El resto del tiempo transcurre con demasiada lentitud, incrementando mis nervios por su llegada. No entiendo por qué me siento así, si ya hemos pasado por esto cientos de veces antes.

No obstante, me recuerdo que esta será la primera ocasión en la que lo hagamos siendo pareja.

Finalmente, escucho el timbre sonar y tardo un suspiro en abrirle la puerta del vestíbulo. Tras esto, salgo al descansillo en su búsqueda. No tardo en verle aparecer subiendo las escaleras con una caja de pizza y unas cervezas.

Sin embargo, en esta ocasión lo que más destaca de él no es su atractivo o lo que trae consigo, sino la manera en la que está vestido. Lleva una gorra en el que pone *"Randy Market"* y una camiseta roja con el mismo logo así como una etiqueta con su nombre, finaliza el conjunto con unos pantalones negros ajustados.

—¿Qué haces vestido así? ¡¿Tú no eras prostituto?! Espera, ¿te hicieron vestirte así por algo en particular? ¿A quién le puede poner un

705

cajero? —pregunto tratando de mantener la compostura ante la posibilidad de que le hayan podido tocar.

—Primero, nunca fui prostituto, sino un escort.

—¿Fuiste? No me mientas, confiesa la verdad, ahora Michael os obliga a vestiros como los empleados del super del chino ¿verdad?

Aiden se va acercando a mí, y yo me retuerzo las manos con nerviosismo.

—No sé si Michael habrá cambiado la política de la compañía, lo dudo la verdad, pero eso ya no me incumbe.

—Lo has dejado —declaro anonadada.

Él se limita a sonreír enigmático y continúa su camino hacia el interior de mi apartamento. Le sigo esperando una contestación afirmativa hasta que le veo depositar la pizza sobre la mesa del salón.

—Aiden, necesito que me respondas....

—Sí.

—¿Desde cuándo? ¿Cuándo lo dejaste? —repito tratando de controlarme.

—El día después de tu fiesta de cumpleaños.

—¡¿Desde entonces?! Yo creí…

El alivio y la culpabilidad por haberlo prejuzgado es tal, que las lágrimas empiezan a caer solas sin que pueda hacer nada para evitar controlarlas.

No le han tocado, todo este verano no ha estado acostándose con otras. Me doy la vuelta para que no me vea, pero ya es demasiado tarde, Aiden se acerca en dos zancadas y se sitúa delante de mí.

—Eh… cariño, vamos no llores. No te imaginas lo que odio hacerte sentir triste —musita limpiándome la cara mojada con cuidado.

—No estoy triste.

—Entonces, ¿por qué estás llorando?

—Es que me siento tan aliviada… me daba miedo que tuviera que compartirte con alguien más. Gra gracias….

—No debes agradecerme por eso, desde que comencé a enamorarme de ti ya no me satisfacía el trabajo. De hecho, antes de dejarlo, llevaba varios meses siendo sólo un acompañante. Ya no me encargaba de la parte del sexo.

—Yo… pensé todo este tiempo que seguirías acostándote con otras.

—No, nena, encontré la lista de pros y contras que hiciste sobre mí.

—¡Qué vergüenza! ¿Dónde la encontraste?

—Se cayó de un libro mientras dormías. Desde entonces, hablé con Erin y los gemelos se quedaron con mis clientas.

—Eso ¿cuándo fue?

—El día de tu accidente en la piscina. Ahí me di cuenta de que me importabas demasiado y quería hacerte feliz, pero estaba claro que no lo eras. En el momento en el que vi los contras, deseé que todos desaparecieran de golpe. Supe que si seguía así, te acabaría perdiendo, y el sólo hecho de que eso pudiera ocurrir me aterraba, así fue como descubrí que ya no soportaba tocar otros cuerpos que no fueran el tuyo, ni si quiera con ayuda de la pastilla.

—Dios mío, ¿por qué no me lo dijiste? Dejaste que te lo echase en cara cuando viniste a verme a casa.

—Porque ya te dije que soy un idiota —responde acariciándome la cara y depositando un beso suave sobre mi mejilla, continúa— Fue mi maldito orgullo, como siempre, quería que sufrieras como yo lo hacía al creer que estabas con Logan.

—No quiero más esas mierdas entre nosotros, Aiden.

—Tranquila, ahora que sé que te amo y que tú me correspondes, no pienso dudar más de ti. A partir de ahora sólo quiero darte placer y felicidad…

—¿Lo prometes?

—Lo juro.

—Con eso sí que me haces muy feliz, Aiden.

—Bueno, el único problema es que ahora soy pobre…

—Ya lo veo.

—¿Estás segura de que me querrás así? —pregunta nervioso y ladeo mi cabeza conmovida con su inseguridad.

—Yo creo que sí. Además, ahora siempre tendré descuento en el super, ¿qué hay mejor que eso?

—Eres una interesada, ¿lo sabías? —comenta besándome con suavidad.

—Ay, creo que ya empiezo a verle el encanto al outfit de cajero sexy. ¿Me pasas tu código de barras? —pregunto seductora restregándome contra él.

—Estaré encantado de hacerlo. ¿Regresamos a tu ratonera?

Aiden rodea mi cintura con su brazo y me estrecha contra su cuerpo, conduciéndonos a ambos hacia el dormitorio.

—Querrás decir *NUESTRA* ratonera.

—¿Eso es una propuesta? Ya quieres que demos ese paso, ¿eh?

—No, idiota, es que el alquiler está muy caro y quiero ahorrarme la mitad.

—Okay, entonces tendré que cobrármelo en carne…

—¿Y la cena?

—Desde que soy un trabajador formal, debo acostarme pronto, así que primero mejor empezamos con el postre. Aunque ahora que lo pienso quizás deberíamos contratar un seguro nuevo.

—¿Para qué?

—Para la cama, por supuesto.

—¿Y eso por qué?

—Porque después de esta noche la vamos a destrozar.

—Ya, ya… perro ladrador poco mordedor…

—Eh, nadie ha dudado nunca de mis habilidades, tendrás que suplicarme que pare.

—Debes saber que va a hacer un mes que no me rasuro

—Me da igual, estoy desesperado. No me ha quedado más remedio que utilizar la foto sexy que me mandaste hasta quemarme la mano.

—Menudo pervertido…

—No importa, todo buen explorador necesita llevar su machete.

—¿Tienes uno?

—Claro, ven que te lo enseño.

—Eso no es muy sexy de tu parte —me rio divertida con la situación.

—Ahora verás lo que es sexy. Quítatelo todo, nena o lo haré trizas.

—Dios, eso sí me pone ¿ves?

—¿Estás preparada para sentir el filo de mi machete?

Me echo a reír a carcajada limpia y él me observa divertido; propina una patada ligera la puerta, encerrándonos a los dos en el interior de la habitación. Tras esto, se lanza sobre mí, convirtiendo las risas en muchos gemidos, demostrándome una vez más, que estando a su lado la vida comenzaría a sonreírme.

Yo, que en un principio creía que sólo buscaba un amante para aprender, descubrí algo mucho más importante: el amor entre los brazos de un escort devenido en cajero de medio tiempo.

El cuento perfecto, ¡qué cincuenta sombras ni qué mierdas!

Esta era la mejor aventura de mi vida.

EPILOGO

Hay momentos en la vida en los que una mujer comienza a plantearse si quizás no habría sido mala idea tomar la decisión de seguir a cinco prostitutos, una contable y un ex escort a una zona recóndita en el bosque. ¿No eran así como comenzaba siempre cualquier asesinato planeado en las películas de terror? Sólo había que ver *"Viernes 13"*.

Por esos derroteros iban las cavilaciones de Crystal Moore cuando se bajó del 4x4 en el que le habían obligado a montar, después de que Aiden y ella fueran sacados a rastras de su apartamento por los gemelos.

Durante todo el trayecto hasta entonces, recordó que el que hasta ahora había conocido como Raguel se presentó como Matteo y su hermano Raphael como Mattia. Después, se llevaron a cabo el resto de las presentaciones, revelándoles con ello, todos los nombres de los demás integrantes de Arcángeles.

Pronto se dio cuenta de que a Gabriel, la mano derecha del jefe, le había conocido como Alex durante la fiesta a la que asistiera con Jackie meses atrás, mientras que el nombre de Darren había sido confesado por Blake cuando todavía se hacía pasar por Uriel. No obstante, al enterarse de ello, se hizo la sorprendida de igual modo, pues no quería delatar a Aiden.

El último en presentarse fue Michael, el jefe, quien a regañadientes y alentado por el resto de sus trabajadores, pronunció su nombre verdadero: Jared.

A pesar de que le hubieran desvelado sus nombres, lo único que sabía sobre ellos era que habían sido los compañeros y amigos de Aiden, y que se dedicaban al mundo del sexo. Nada más.

Bien podrían ser asesinos durante sus ratos libres.

—Hm… disculpad, no quiero que penséis que soy desconfiada o algo así, pero ¿a qué diablos hemos venido a un bosque a las cuatro de la tarde? El sol parece pegar fuerte y en el último estudio que leí los melanomas tienden a aflorar en esta franja horaria.

—Me gusta cómo habla esta chica, parece que estuviera asistiendo a una conferencia —bromeó Matteo ganándose una mirada airada de Aiden, quien le propinó un codazo.

—Tranquila, he traído crema solar para todos, estos son unos insensatos.

—Ah, gracias, Erin.

Crystal observó que Michael, a quien ahora conocía como Jared, encabezaba la marcha sin ni siquiera dirigirles una sola mirada, fue Alex, su segundo al mando, quien tomó la voz cantante.

—Estamos aquí porque tienes que pasar la prueba de fuego.

—¿Prueba de fuego? ¿Qué es eso? ¿Y para qué?

Pese a que hubiera avanzado mucho a la hora de relacionarse con los demás y ya no se trabase o tartamudease, aún le costaba entender ciertos aspectos sociales.

—Eres la novia de un Arcángel y nosotros somos como una familia —agregó Darren con una sonrisa.

Entre ellos se había establecido una pacífica amistad en la que Crystal no tardó en descubrir que jamás se hubiera podido enamorar de él. Amaba demasiado el carácter chispeante y bromista de Aiden, mientras que Darren había resultado ser mucho más tranquilo y apacible.

—¡Exacto! ¿Y sabes lo que eso significa? —intervino emocionado Matteo.

—¿Qué?

—¡Que tenemos que comprobar que vales la pena! —agregó Alex.

El otro gemelo que siempre parecía más serio, Mattia, se giró hacia ella y con una sonrisa cómplice que le provocó escalofríos, declaró:

—Bienvenida al Infierno…

Crystal se paró en seco, obligando al grupo a reducir la marcha para esperarla. Aiden le rodeo la cintura con su brazo y le instó a seguir adelante.

—¡Dejad de meterla miedo! No te preocupes, no será nada, sólo quieren joderte un poco.

—¡Menudo aguafiestas!

—Pero y esta prueba ¿la ha hecho alguien más?

—Pues aparte de ti, ninguna otra mujer.

—¿Y Erin?

—Ella no puede considerarse una mujer —agregó Alex ganándose un coscorrón por parte de la susodicha— ¡Erin!

—Perdón —respondió seria— Tenías un mosquito… Ah, no, sólo era tu cerebro de troglodita.

—Bueno, entonces ¿en qué consiste la prueba?

—Una partida de… —comenzó Alex mientras Matteo le hacía el redoble de tambores—¡¡Paintball!!

En ese momento apareció ante ellos el recinto de la empresa que se encargaba de gestionar los juegos al aire libre. Crystal había oído hablar sobre el paintball de boca de Aiden. Al parecer era una de las actividades favoritas con las que se divertían los Arcángeles en sus ratos libres y, de alguna manera, le enterneció que hubieran decidido incluirla en aquel plan. Ella, que siempre había sido excluida de todas las quedadas grupales por parte de sus compañeros de clase, ahora se encontraba rodeada de hombres que eran tan atractivos que una no podía quedarse mirando a uno en concreto. Se sentía como si estuviera rodeada de estrellas de cine.

No obstante, entre todos ellos, para Crystal, la única estrella que brillaba con mayor fulgor no era otro que cuya mirada eléctrica le acompañaba allá donde fuera.

Después de que realizaran las gestiones pertinentes, se hicieron con el equipo y las armas que usarían. Mientras iban hacia los vestuarios, Aiden se acercó a ella y le pasó un brazo por los hombros, atrayéndola a su lado.

—¿Qué te pasa, nena? Estás demasiado tensa.

—Es que nunca he jugado a esto, me estresa no conocer las reglas de antemano.

—No te preocupes, luego te las explicaré. Además, no creas que vas a estar sola, irás en mi equipo y yo te protegeré con mi cuerpo en el campo —aseguró estrechándola con más fuerza y adoptando un tono cómplice, susurró— Será campo abierto, pero conozco una cabaña cercana en la que podemos montárnoslo…

—¡Si claro! ¡Para que nos disparen y perdamos! Le he escuchado decir a Erin que no hay que mantener la guardia baja.

—Tu vena competitiva me pone mucho.

—Venga, venga, dejad los guarreos de novios para la noche. ¡Ahora queremos jugar! —se quejó Matteo arrastrando a Aiden al interior de los servicios masculinos.

Una vez la mayoría del grupo ya estaban cambiados, los gemelos le realizaron una pequeña broma a Aiden, en la que fue obligado a la fuerza a ponerse un top y una falda. Éste trató de revolverse, pero de

711

nada sirvieron sus esfuerzos, pues le sacaron a rastras del vestuario para que diera un improvisado desfile de modelos. Las risas no se hicieron de esperar mientras los gemelos flanqueaban su paso sin soltarle, asegurándose de que fuera exhibido por todo aquel que deseara verle. Tras jurar vengarse de ellos repetidas veces, consiguió que le dejaran tranquilo bajo orden expresa de Jared.

—Tiene mejores piernas que yo —comentó Crystal con sorna estudiándose a sí misma embutida en aquella ropa.

El equipo al completo se componía de un mono con estampado de camuflaje, un chaleco negro, una protección en el cuello, unos guantes, una máscara y, finalmente, el arma.

La diferencia era que mientras ellos se veían como unos malditos dioses griegos, Erin con su moño estirado y ella con su coleta improvisada parecían Teletubbies.

Una vez salieron al campo exterior, Crystal pudo descubrir que se trataba de un terreno extenso y boscoso, en el que había repartidos por el suelo carretas, cabañas y diversos tipos de vehículos donde podrían ocultarse.

Pronto entendió que aquel juego se dividía en equipos, uno azul y otro rojo. Siempre le había aterrorizado eso de la elección de compañeros porque en el pasado solían escogerla la última.

Sin embargo, fue Jared el encargado de la distribución, asegurando que estarían bien compensados. Al final, terminó formando parte del equipo azul junto con Erin, Darren y Matteo, mientras que el equipo rojo se conformó con Mattia, Alex, Jared y Aiden.

—¿Qué es esto, Jared? ¡Yo tengo que ir con Crystal!

—Y yo con Mattia… —se quejó Matteo horrorizado.

—¿Quién os ha pedido vuestra opinión? Porque yo no. Los equipos son así y no quiero escucharos berrear más.

—Pero…

—Una queja más y te saco a patadas del campo, Matteo.

—Okay, ya me callo.

—Una cosa... —intervino Crystal algo temerosa con la actitud intimidante de Jared.

—No será una queja, ¿no?

—Eh, no, es que no conozco las reglas.

—Alex, explícaselas.

—Tsé, sólo ejerce de jefe para lo que a él le interesa —murmuró molesto Aiden a su lado.

—El objetivo de este juego es eliminar a todos los oponentes del equipo contrario, ¿eso lo sabías?

—Sí.

—Perfecto, entonces vamos con las reglas, la primera es que no puedes quitarte nunca la máscara dentro del terreno.

—Sí.

—Siempre ten el arma apuntando hacia abajo, así evitarás que dispares por error a tu propio compañero. Además, debes tener el seguro puesto antes de empezar a jugar.

—De acuerdo.

—Si te eliminan levantas un brazo y sales del terreno hasta la siguiente partida.

—Okay...

—Para eliminar a alguien o que te eliminen deben dispararte o dos veces en brazos y piernas o una vez en el torso y la cabeza, comprueba siempre que la bola explote.

—¿Dolerá? —preguntó preocupada.

—Depende de la zona y la distancia del disparo —explicó Aiden y, dirigiéndose hacia ellos, les amenazó— No hace falta que os recuerde que tengáis cuidado con ella.

—Madre mía, eso del amor es peor de lo que pensaba —musitó horrorizado Alex.

—Ah, es importante que si la bola no llega a explotar, esta no contará como disparo, pero si aun así levantas la mano porque no te has dado cuenta de que no ha explotado, estás eliminado igual, por eso te decían que compruebes que ha explotado —interviene Darren.

—Eso mismo —continúa Alex— Además, las bolas que no exploten no se pueden reutilizar, porque pueden estar deformadas y atascar el arma o incluso si llevan algún tiempo a la intemperie estarán más duras y podrían hacer mucho más daño.

—Eso no sé si me convence...

—Tranquila, nena. No es para tanto.

—Y por favor, aunque llevemos protectores, intenta no darnos en zonas sensibles como el paquete, porque aparte de ser tíos y dolernos una barbaridad, nos ganamos la vida con nuestro cuerpo...—agrega intencionadamente Matteo ganándose el asentimiento de todos los presentes— Bueno tú ya no, Aiden, a él podemos darle si queremos.

—Eh, ni se os ocurra, quiero embarazarla algún día —respondió ganándose la mirada incrédula de Crystal.

Ni si quiera habían hablado de eso y el tipo se atrevía a declarar aquello en público.

—Bueno, bueno —intervino por primera vez Jared— El equipo rojo nos quedamos con la caseta de la derecha y los azules con la de la izquierda. ¿De acuerdo?

—Ja, como si tuviéramos alguna opción de contradecirte… —murmuró Matteo por lo bajo.

Cada equipo se situó en sus campos correspondientes y, durante el tiempo previo, Crystal descubrió que entre ellos debían elaborar una estrategia. Los cuatro se reunieron en círculo agachados en el interior de su caseta, planeando la estratagema.

—¿A por quién vamos primero? —indagó Darren rompiendo el silencio.

—A por mi hermano, es uno de los mejores tiradores, y además, pensamos de forma parecida.

—¿Entonces tú te encargas de Mattia? —preguntó Darren dudoso.

—Probablemente Mattia se encargue de él.

—¡Erin!

—Es la verdad —repuso subiendo los hombros.

—Una pregunta —intervino Crystal— ¿No deberíamos planear ir juntos a por alguien concreto? Si cada uno de nosotros vamos a por una persona diferente seremos más fáciles de eliminar, ¿no?

Los tres la observaron sorprendidos con su repentina intervención y Erin sonrió por primera vez.

—Me caes bien, Crystal.

—Eh, gracias.

—Pero no podemos ir todos juntos —agregó Matteo— deberíamos tomar diversas posiciones.

—Sí, lo veo bien.

—Entonces ¿quién será nuestro objetivo? —preguntó de nuevo Darren.

—Yo digo que Alex, es el más impulsivo de los cuatro aparte de Aiden —informó Erin dirigiéndole una mirada significativa a Crystal.

—Ni pienses que voy a contradecirte en eso. Mi novio es una bala perdida.

—¿Primero Alex y después Aiden?

—Sí, y luego mi hermano.

—Okay… pero, una cosa… ¿qué pasará con Jared? —preguntó temerosa Crystal.

Darren y Matteo desviaron la mirada incómodos, ninguno deseaba ser el que disparase a su jefe.

—Menudos cobardicas —intervino Erin— ¿Pues qué va a pasar con Jared? Le vamos a balear como a cualquier otro.

714

—Pero ¿qué estás diciendo Erin? ¿cuándo le hemos podido dar ni una sola vez? —preguntó asombrado Darren.

—Eso, eso, el tipo parece que se hubiera criado con las gacelas. ¡Lleva invicto desde que comenzamos a jugar!

—No digáis tonterías, se puede acabar con él, sólo que quizás nos costará más que con el resto.

—Yo no quiero ser la que le dispare, me intimida un poco.

—¿Le tienes miedo?

—¿Tú no? No sé cómo puedes trabajar con él —musitó Crystal— Cuando te mira fijamente dan ganas de salir corriendo.

—Escúchame muchacha. Si algo he aprendido de este trabajo, es que los hombres, por muy poderosos e intimidantes que sean, no dejan de ser eso, hombres.

—Oh, Erin eso sonó muy profundo —señaló admirado Matteo— ¿Nos consideras poderosos e intimidantes?

—A vosotros no.

—¡Vaya! ¿Has visto lo que ha dicho de nosotros, Darren?

—Sí.

—¿Y no te ofende?

—La verdad es que no.

—Mira que eres rarito…

—La cuestión, Crystal —continuó Erin ignorando las quejas de Matteo que trataba de convencer a Darren sobre la importancia de la hombría— es que, si queremos ganar, debemos hacer algo para sorprenderle.

—¿Y tú sabes qué le puede sorprender a ese hombre?

—Me hago una idea…

—Y entonces, ¿qué?

—No te preocupes por eso, sólo intenta estar pendiente a que baje la guardia, cuando lo haga, le disparas. ¿Entiendes?

—De acuerdo…

—Anímate, mujer. Te lo estoy poniendo en bandeja ¿No quieres vengarte de él?

El jefe de los Arcángeles le había obligado a pagar por un sexo que ni si quiera había tenido por entonces. Crystal todavía podía recordar con rencor la cantidad de meses en los que había tenido que subsistir a base de sobras para compensar el déficit económico en el que le había dejado.

—Por supuesto que sí, pero una pregunta, ¿tú qué sacas de todo esto? ¿acaso no es tu jefe?

—En el terreno de campo, no. Además, yo también deseo vengarme de algo.

—¿De qué?

—Eso no importa ahora —negó esquiva— ¿Qué? ¿Nos confabulamos?

—De acuerdo.

—Fabuloso —sonrió adoptando un aura amenazante— ¡Vamos a hundirles!

La partida comenzó y cada equipo se dispuso sobre el terreno de forma estratégica. Tal y como habían previsto, Alex avanzó de forma impulsiva hacia su campo, por lo que Darren no dudó en dispararle a bocajarro dos veces, eliminándole a la primera.

—¡Alexander eres un matado! —gritó Aiden desde su posición al ver que levantaba la mano.

—Se supone que eres de mi equipo y ¿me insultas? —bufó marchándose del campo.

El juego prosiguió, aunque en esta ocasión, Aiden aprovechó para eliminar a Matteo, quien abandonó el campo profiriendo un insulto en italiano.

El siguiente en caer fue su gemelo, pues asediado en conjunto por Erin y Darren, no logró eludir una estrategia perfecta de acoso y derribo que finalizó con el disparo de Crystal. No obstante, Mattia parecía tener mejor perder que el hermano y, levantando la mano, se marchó del terreno.

Transcurrió un rato más hasta que Darren consiguió dar una vez a Aiden en el brazo, y éste disparó a la vez, eliminándole de la partida, ya que había recibido un balazo previo.

De esta forma, el juego quedó dos contra dos. Crystal y Erin contra Aiden y Jared respectivamente. La tensión podía palparse en el ambiente.

Las chicas se cubrieron en sus respectivos escondites, y por medio de señas planificaron la siguiente estrategia, si querían ganar debían de recurrir al juego sucio.

Crystal acató la orden implícita de Erin, por lo que fingiendo que se tropezaba, emitió un gritito que resonó por todo el campo.

No estaba segura de que fuera a funcionar. Aiden no podía tragarse aquella patraña, se dijo. Perderían irremediablemente.

Sin embargo, al escucharlo, la cabeza del susodicho salió expectante de la parte trasera del coche en el que se mantenía oculto.

—¡¿Crystal?! —gritó preocupado.

No pudo añadir nada más. ¡Pum! La bala de pintura de Erin impactó contra su cabeza, eliminándole del juego en el instante.

—¡Por Dios, Aiden! ¿Cómo has podido caer en esa estratagema barata? —espetó irritado Jared desde su posición.

—¿Qué? ¡¿Era mentira?!

—Bien jugado, Crystal —felicitó Erin.

—Aiden, lo siento... ella me convenció —trató de explicarle, pero Aiden se limitó a levantar la mano.

—¡Me has traicionado!

—Bueno, técnicamente no íbamos en el mismo equipo.

—En este no, pero sí en el de nuestra vida en común. No creas que lo olvidaré, ¡me las pagarás! —juró, y después agregó con una media sonrisa— En especias por supuesto...Esta noche te castigaré, ya lo verás...

—Oye Grey de pacotilla, ¡lárgate ya del campo! —gritó Erin molesta. Al escucharla, Jared rodó los ojos.

Con la salida dramática de Aiden del terreno, las chicas cambiaron la estrategia. Ambas se ocultaron aún mejor, pues aunque sabían que tenían ventaja sobre Jared, siempre existía la posibilidad de que, si se despistaban, éste terminase eliminando a alguna.

—¿Y ahora qué hacemos? —preguntó nerviosa Crystal aferrándose a su arma.

—Iremos con la jugada clásica.

—¿Y cuál es esa?

—Un señuelo.

—¿Cómo? Dolerá... —murmuró afectada imaginándose que le tocaría a ella actuar ese papel.

—Tranquila. Yo seré tu caballo de Troya —aseguró y llevándose las manos al coletero que aprisionaba su cabello en aquel moño estirado, lo aflojó— ¿Preparada?

—Creo que sí.

—Ganaremos.

Dicho esto, se puso de pie y exponiéndose a plena vista, corrió a esconderse en otro lugar cercano.

Jared levantó su arma y la apuntó decidido, era demasiado fácil. Conocía a Erin, no se expondría de aquella forma. No caería, se dijo, no podía caer en su artimaña.

Sin embargo, en ese momento mientras corría, se desprendió el moño zarrapastroso que la caracterizaba, liberando con ello los cabellos confinados, que se derramaron por su espalda como un manto enrojecido por los rayos del sol. Algunos mechones flotaban

717

por la brisa, impidiéndole la visibilidad. A Jared se le antojó como una mezcla de seda y fuego, quedándose durante un segundo sorprendido por la imagen que la joven confería. Sin embargo, eso fue tiempo más que suficiente.

No lo vio venir. Sólo escuchó el disparo procedente de la izquierda, y en un microsegundo sintió el impacto de la bola de pintura sobre cuerpo. Asombrado, bajó la cabeza, contemplando incrédulo la mancha de color rojizo sobre su corazón.

—Eliminado —pronunció Crystal con una sonrisa satisfecha.

—Okay… Estás dentro —claudicó resignado bajando el arma.

Después, buscó al artífice de aquella situación, que en ese momento se estaba recogiendo el pelo otra vez en el dichoso moño. Se tragó el reproche que pugnaba por salir de su garganta ante el juego sucio y se limitó a destinarla una mirada irritada.

El resto se acercaron corriendo y, denotando demasiada alegría, alzaron a Crystal en lo alto, sintiéndose muy emocionados de que Jared hubiera sido derrotado por primera vez.

—¡No puedo creer que hayamos ganado! —grito Matteo asombrado.

—¡Bien jugado chicas! —felicitó Aiden acercándose con los demás.

—Oye, se supone que tu ibas en nuestro equipo —reprendió Alex empujándole— Es que el amor te ha frito el cerebro ¿o qué?

—Me han eliminado, así que yo voy en el equipo de mi chica —se defendió, apartándoles para levantar a Crystal y cuando sus piernas le rodearon la cadera, le depositó un beso sonoro en la boca. Después, añadió— Joder, nena, con esa expresión de tu cara y esa postura cuando disparaste, parecías Lara Croft, me has puesto a mil por hora.

—¡Aiden! —le reprendió avergonzada.

—Vosotros si queréis seguid jugando, yo me pido el baño individual —informó a modo de despedida cargando todavía con ella hacia los vestuarios mientras le agarraba el trasero.

—¡Aiden, qué vergüenza!

—Bah, están acostumbrados —escucharon que le decía a lo lejos.

—Madre mía… si alguna vez me veis así, matadme —comentó horrorizado Alex observándoles marchar.

—Pues parecen felices —agregó Darren ganándose una mirada despectiva del primero.

—Está hecho todo un mandilón —aseveró Mattia.

—Hagamos un minuto de silencio por nuestro amigo Aiden, que cayó en las garras perversas del amor —declaró dramático el gemelo juntando las manos— Coño, ¿ya han llegado al baño? Si desde aquí se escuchan los gemidos.

—Creo que se lo están montando en la cabaña —informó el hermano.

—Sois unos idiotas —intervino Erin que, incómoda por la mirada penetrante de Jared sobre ella, sólo tenía ganas de huir— Venga, ¡a la ducha!

A su vuelta a casa de los Arcángeles, la tarde concluyó entre bromas, risas y buena comida, mientras todos se encontraban sentados alrededor de la mesa que había preparado Elo a su regreso, quien había cocinado comida para un regimiento completo.

Allí, sentada a su lado, Crystal se dio cuenta de que durante todo el día se había sentido arropada entre aquel grupo de amigos tan particular y, mirando a Aiden reír por lo que fuera que le estuvieran diciendo, sonrió agradecida y tomó su mano por debajo de la mesa. Él le devolvió la sonrisa con calidez, y embargada por una emoción de felicidad absoluta, agradeció una vez más haber puesto aquel anuncio.

Sin duda, había sido la mejor decisión de su vida.

AGRADECIMIENTOS

He sido educada en un entorno en el que la frase *"es de bien nacidos ser agradecidos"* era pronunciada con asiduidad. Por este motivo, considero esta sección una de las más importantes a ser tenidas en cuenta, ya que estoy segura de que el viaje que he realizado a lo largo de un año con este libro no hubiera concluido de la misma forma sin el apoyo y la ayuda incondicional de las personas que me rodeaban.

En primer lugar, a nivel laboral me gustaría agradecer a mi editora y amiga *Eva Benavidez* por entusiasmarse con mi idea y ayudarme no solo con la edición, sino también con la estrategia y la elección de temas. Gracias Eva, por quedarte hasta las tantas de la madrugada para bregar con mi desorden continuo y drama excesivo.

En segundo lugar, pero no menos importante, desde un plano familiar, quería agradecer a mi madre, María del Mar, mis abuelos, tías y primas por apoyarme siempre desde que les comunicara mi decisión de embarcarme en esta loca aventura denominada escritura. Os quiero. También, gracias a ti Alex, cariño, por tu eterna paciencia conmigo durante las horas que estuve escribiendo en tu casa. Gracias además por tener la iniciativa de ir a comprarme todos los dulces del mundo, favoreciendo con ello mi inspiración y ruptura de dieta constante. Te amo.

En tercer lugar, gracias a mis amigas y compañeras de aventuras Eva, Yuri, María, Guada, y Jess, por haberme acompañado durante todo este camino escuchando con tanta paciencia mis locuras y cambios de guion. Muchas gracias también a Ana, Gina, Alex y Fabiola por ayudarme a promocionar incasablemente este libro en sus redes. Vuestro apoyo supone esencial para mí.

En cuarto y último lugar, gracias a ti lector, es probable que no nos conozcamos de nada, pero quería agradecerte la oportunidad de permitirme llegar a tus manos, para mí son muy importantes. Espero poder haberte sacado muchas risas, suspiros y alguna que otra lágrima.

Gracias a todos vosotros y vosotras, espero que podamos leernos próximamente.

Con cariño,
Cassy Higgins.

BIOGRAFÍA

Cassy Higgins es el pseudónimo de una joven autora de veinticinco años nacida en Madrid, España. Recién graduada en el Doble Grado Maestro en Educación Infantil y Maestro en Educación Primaria, comenzó escribiendo en sus ratos libres, llegando a hacer de la escritura su pasión. Entre sus novelas se encuentran géneros variados e historias apasionadas, divertidas, sexys y románticas.

Le gusta mucho leer, los helados, el mar y andar descalza en verano.

Más libros de la autora en:

Cassy Higgins

@cassyhiggins_

Cassy Higgins | Perfil
Plasmando sueños | Group

INDICE

Printed in Great Britain
by Amazon